大栅栏

DA
SHAN
LAN

一部老北京人的长篇小说

首 之 ——— 著

百花洲文艺出版社

图书在版编目(CIP)数据

大栅栏 / 首之著. -- 南昌 : 百花洲文艺出版社,
2022.1
ISBN 978-7-5500-4411-1

Ⅰ.①大… Ⅱ.①首… Ⅲ.①长篇小说–中国–当代
Ⅳ.①I247.5

中国版本图书馆 CIP 数据核字(2021)第 186546 号

大栅栏　　首之　著
Dashanlan

责任编辑　杨　旭
特约编辑　张立云
装帧设计　潇湘悦读
出版者　百花洲文艺出版社
社　　址　南昌市红谷滩新区世贸路 898 号博能中心一期 A 座 20 楼
电　　话　0791-86895108(发行热线)0791-86894717(编辑热线)
邮　　编　330038
经　　销　全国新华书店
印　　刷　长沙市精宏印务有限公司
开　　本　889 毫米×1194 毫米　　1/16
印　　张　35
版　　次　2022 年 1 月第 1 版第 1 次印刷
字　　数　570 千字
书　　号　ISBN 978-7-5500-4411-1
定　　价　168.00 元(全 2 册)

赣版权登字　05-2021-345

网　　址　http://www.bhzwy.com
图书若有印装错误,影响阅读,可向承印厂联系调换

目 录

①1 临汾往事

话说公历 1878 年清朝光绪年间出生的姚复臣已经十六岁了，这天竟被他爹老姚头拽着辫子拉进柴房里，小伙子面相英俊憨厚，正值三伏天所以光着膀子，肩宽腰细壮实得就像个小牛犊子，下身一条肥大的缅裆裤，手舞足蹈吱哇乱叫的，绝对是个淘小子。

农村的柴房，原指堆放柴火的房屋，后也指用木头搭建的简陋屋子。人类的文明史可以说是从掌握火开始的，古代人做饭等都是靠柴火的，用火的地方多，需要的柴火也多，这么多柴火自然要找个地方放，于是古人就专门造间房子来放柴火，这间房子自然就叫作柴房了。柴房也是农家放杂物和农具等杂物的地方，墙上挂着镰刀、锄头、木锯、绳子之类，都是怕放在地上生锈或朽了的工具。

爹，爹！哎哟……有啥话您好好说，拉着俺的辫子干啥嘛？

姚复臣一路喊叫着，辫子被他爹狠狠地揪着，疼得他一边大叫大喊，一边还要双手紧紧护住辫根。

老姚头把儿子拽进屋里，顺手从腰间扯下一根早已准备好的绳子，一头拴在儿子的辫梢上，一抬手把绳子的另一头甩过房坨，再用手接住往下一拉。姚复臣的辫子被拉得笔直。

老姚头转身把绳子拴在姚复臣手够不到的地方，姚复臣的头不能抬也不能低，身子要站直，欠着脚才能减轻头皮的疼痛。老姚头看见辫子被吊起后在那里老老实实站着的姚复臣，慢慢地走到门边把门闩插好，然后回到儿子身边。

这就叫作头悬梁。俺现在问你，这书到底还念不念？说！老姚头声色俱厉地一声，吓得姚复臣浑身一哆嗦。

爹，您有话好好说，您那么明事理，把俺的辫子吊在房坨上干啥嘛！十六岁的男孩还被老爹吊打，的确是件很丢人的事情，姚复臣赶快说好话，让他爹把他放下来。

老姚头也是个壮汉，身高体健四肢发达，干农活是一把好手，在三乡五里之内，就属他的庄稼侍弄得好。对儿子管教也很严，孩子在其他方面都没得说，最让他头疼的事情，就是没把儿子培养成读书人。

俺跟你说了千遍万遍，叫你好好读书，你就是不听。别的学生给老师研墨，你往墨汁里扔土，还顶撞老师把老师气病了。现在你长大了，要想打你一下你跑得无影无踪，俺也追不上找不到。你到底读不读书？说得好就放了你，说得不好就再让你吃！苦！头！最后这三个字老姚头一字一顿地说出口，让儿子听明白。

爹，俺愿意读书，愿意读书啦，你放了俺吧。复臣没法子只好苦苦哀求，态度极其诚恳。

愿意读书，前几天给你买的书呢？你怎么卖给二胖了？老姚头可不上这个当，非要问出个子丑寅卯来。

二胖的书不小心掉在灶膛边烧了，他怕他爹打就买了俺的书。姚复臣这句是实话，说得理直气壮。

瞎说！他的书烧了就买你的，你咋读书？

俺俩上学不是坐在一起吗，读一本书就够了。这句虽说是编出来的，但是也没什么破绽。

净瞎扯！给你买了那么好的宣纸写大字，宣纸呢？老姚头没找着茬子，只好另找毛病开审。

写大字啦。姚复臣脑子快，张口就来一点儿也不怵。

写完大字的纸在哪儿，字在哪儿？茅厕里的那些擦腚纸，谁用的宣纸，是俺用的吗？老姚头把早就准备好的证据说了出来，愤愤地一下怼过去。

姚复臣顿时哑口无言，再也编不出什么理由。

再来一个"锥刺股"。老姚头越说越生气，顺手把兜里的锥子拿了出来，用锥子扎姚复臣屁股，你到底读书不读书？

哎哟！老师说"锥刺股"是扎大腿……复臣一声惨叫之后，知道这次不好过关了，赶快用老师的话转移他爹的注意力。

瞎说，锥刺股就是刺屁股。俺就问你到底读不读书？他爹根本不为所动，那架势就是要告诉他，在这个家里是爹说了算。

疼死了啊！……复臣双手捂着屁股，眼睛却紧盯着老爹拿锥子的手，一脸的恐惧。

还敢不敢卖书？他爹觉得这个方法不错，既不用费很大力气，还让这小子知道疼了。把锥子尖躲开他捂着屁股的手，专门找肉厚的地方扎下去。

啊呀！复臣又是一声惨叫，此时只恨手掌太小，屁股根本捂不过来。

还敢不敢用宣纸擦腚？老姚头不紧不慢的轻轻又扎了他一锥子。

……娘呀！爹拿锥子都快把俺扎死了，你也不救救俺啊……复臣突然想起老娘不知道上哪去了，扯开嗓门大声嘶喊起来。

死老头子快开门，你这是要把儿子打死啊？干脆把俺们娘俩都打死你就清静了。快开门！复臣娘出去串门，得了别人的报信，紧捯着两只小脚，一脚深一脚浅地跑了回来，听见儿子的惨叫声，一边敲门骂老头子，一边心疼得直流泪。

你说你到底读不读书？说……老姚头想抓住最后的机会把儿子打服了，又扎了一锥子。其实老姚头心里也很疼爱这个独生子，没肯下狠手，轻扎几下只为了让他得到教训。

娘呀！快救俺啊，俺爹拿锥子扎俺呐！儿子知道只要老娘来了，他就有救了，于是不顾一切咧开大嘴鬼哭狼嚎般使劲地哭喊。

快开门，死老头子，俺要跟你拼命啊！老姚头的媳妇双手狠命砸着大门，门板被砸得咣咣乱响。

俺就想让他好好读书，你不让管孩子就是害他。老姚头没办法只好开了门，一手指着女人一边摇着头找出旱烟袋，坐在院子里的石凳上无奈地抽起来。

娘，你快给俺把绳子解开，疼死俺了！冲进门后忙抱着他哭，不知道赶快解开绳子，他娘推开指一指拴在远处的绳子，提醒她。

死老头子，你真下得去手啊，把儿子吊起来还拿锥子扎。老姚头的媳妇赶快把儿子解下来，前胸后背地看了一遍，见没什么事也就放心了。

听你叫唤得那么厉害，俺还以为你被打成什么样了呢？这也没怎么样啊。

俺爹拿锥子扎俺屁股，你当然看不见了。姚复臣龇牙咧嘴哭咧咧地说。

是吗？俺看看。复臣娘伸手要扒儿子的裤子，却被儿子用手挡住，把娘扒拉到一边。姚复臣嘴里咬着辫子，双手揉着屁股，一瘸一拐地走了出去。

你用灯油抹上一点好得快，复臣娘跟在后边想搀扶又搭不上手。这才体会出儿子长大了，就算是亲妈也不能像他小时候那么随便看了。

晚上老两口躺在床上，老汉一边抽烟一边埋怨女人。

你老不让俺管孩子，咱俩不识几个字就算了，他都这么大了还是不愿意读书，将来能有啥出息，你就惯着他吧。老姚头没达到目的，心里憋着一肚子火气。

孩子不愿意读书也不是一天两天了，能有什么办法。老姚头的媳妇年轻时是同村数一数二的俊闺女，二人打小就相好，属于两小无猜一起玩大的，成婚后的十几年依然情深意切恩爱如初。她枕着男人的粗胳膊，伸手在他身上来回摩挲着，话音里透着无奈。

那就这么由着他？老姚头也知道没办法了，可还是不甘心，话说得恶狠狠的。

这么多年，你骂了多少回，打了多少遍，管用吗？女人柔声说着，继续用手上上下下地摩挲着丈夫的身子，想把他的这股火气摩挲下去。

那你说咋办？见女人一个劲地说好话，老姚头也把声音放低了。

随他吧，人各有命不是你说的吗？不识字的人多了，不都活得好好的？再说了，你不是从小也不爱读书写字的，这孩子随你啊。女人细声细语继续哄着男人。

唉！老姚头长叹一声，俺就想让他多读点书，将来比俺有出息。

别想太多了，由他去吧，你生气伤了身子更麻烦。一拱身子，女人钻进了男人的怀里，她知道男人的气性大，更知道怎么帮他把火气泄出去，软软的小手一直伸进男人的下身……

老姚头动作迅速地在炕沿磕了几下旱烟袋，磕掉烟灰之后，随手把烟袋放在枕边，转身要吹灭小油灯。女人手里一紧，小声说，别吹！老姚头为之一振，一下翻开被子。女人如同水葱般的身体，一览无遗地展现在他的眼前，煤油灯不是很亮，可灯下那白花花的一片煞是诱人，一个翻身压了上去……

老姚头喘着粗气不停地耸动，女人扭曲着身体风情万种，随着一声声呻吟和他更加用力地耸动，那一股心火逐渐化开了。

事毕，老姚头起身吹灭了小油灯，把女人紧紧抱在怀里，享受着肌肤相亲的温存，粗糙的大手抚遍了女人身体的每一寸细嫩的肌肤。

老姚头其实心里也明白，世上不如意事常八九，儿子现在看来是管不了了，好在还有一个可心的女人也算是一点安慰。

小油灯里的火苗虽然一下就灭了，但是随即挣扎着冒出了丝丝青烟，不屈地熏着屋里的人。

姚复臣家住在山西省临汾城尧阳县齐化村。父母虽说只有这一个儿子，却从不娇惯，这孩子从小就能拿得起全套农活。农闲的时候，为让他多接触外界长见识，更是为磨炼不怕吃苦的品性，还要他赶上马车给路人拉脚挣钱。他的马车上带一个棚子，木制的棚子很轻巧，既能为客人遮风挡雨，还能稍带些货物，属于客货两用型。

姚复臣六岁时，父母让他去私塾读书，他整天贪玩逃课。不是下河摸鱼就是上山捉鸟，就是不肯坐到教室里读书。父母怎么劝说也不听，打了几次，他干脆逃出家在村里村外的草垛里藏着不回家，要不就干脆躺到床上不起来，弄得父母对他一点儿办法也没有。

催着哄着他学了几年，怎么也不见长进。人长到十二三岁，认识的汉字超不过一百个。算术勉强能会一百以内的加减法，再多就说脑子不够用了。新买的算盘没几天就被当小车拉着玩，散了架的算盘已有好几个，就是学不会打算盘。

他就是不喜欢念书识字，并不是脑子不好使。凡是庄稼地里的活计，一看就会干，至于糊风筝、涅泥人、只要跟玩的事一沾边，脑子一转就会了。为了教育他，老两口不知道跟他讲了多少道理。

孩子，你不能不读书呀，等爹娘老了，还要指望着你养活呢。老姚头明知没什么用，依然找着机会就数落几句。

俺会种地就行了，保证不会让你们饿着。同样的话姚复臣也顶了他爹不知多少回，他也实在弄不明白为什么硬要他读那么多书，会种地就有粮食吃，还怕不能养父母老吗。

识文断字才能干大事，你不能像我当一辈子的庄稼汉啊！他爹不死心，总希望儿子能听进去他的肺腑之言，自己吃了一辈子不识字的苦，总想为儿子开一条读书识字的路，可是儿子就是听不进去，真把他愁死了。

读书真烦人，俺不想干成什么大事。复臣皱着眉头，不愿听这些把耳朵磨出老茧的话。

你这孩子，早晚有你后悔的时候。古人说的"书到用时方恨少"，等到了需要你写字算账的时候就晚了。看他油盐不进的样子，老姚头只有恨铁不成钢的份。

俺就不喜欢念书，拿起书来脑袋就发蒙，根本看不下去。姚复臣坚定地告诉二老。

农村五天一小集十天一大集。夏天农闲时候，姚复臣赶着大车到集上拉脚，挣几个小钱贴补家用。有一天赶完集，他把一位老大娘从集上连人带货拉到吴家村，到了家门口帮着把货卸下车，大娘喊出家人，出来将货搬进院屋里，掏出一把铜钱数了数递给了他。姚复臣笑着连声道谢，接过铜板揣进怀里，嘴里喊着，俺回去啦，大娘回头见！

这一幕被不远处树荫底下乘凉聊天的两个小伙子看见了，两个人一胖一瘦互相一挤眼转身走开了。

姚复臣赶着大车刚出村口，就被两个小伙子叫住了。

嗨，你是干什么的？瘦一些的高个子向姚复臣喊着。

俺是赶车拉脚的。听见有人叫他，以为又来了买卖，就把车停下了。

俺们要去南边那个村你拉不拉？这二人晃悠着身子，慢慢走过来。

一听就是没事找事的口气，姚复臣憨厚地咧嘴笑了笑。二位老兄，别拿俺开心了，这路不远，你们俩有这工夫溜达着也就到了，雇车干嘛？正说着那两人已经走近了，高个子故意用肩膀撞了他一下。姚复臣一时没设防，被撞得退了两步赶忙扶着大车才没倒下去。

这情景正好被远处一个赶羊的放羊娃看见了，放羊娃顺势把羊往旁边一赶，把头上的破草帽扶了扶，慢慢往这边溜达了一小段路，坐在路边的一棵树下的荫凉里，拄着自己的鞭杆不远不近地看着这三个人。

撞肩膀是混混们找碴的招牌动作，试一试对方有没有功夫。这一试就觉出他是个生瓜蛋子，于是把泼皮的劲头都拿了出来，歪着头斜着眼大嘴一撇，二人晃着肩膀从两面把他挤在了中间。

那小个胖子一把抢走了他的鞭杆，大个子顺势把手伸过来抓住了他的衣大襟。

小子，不想挨打，赶紧把钱拿出来！说话间抢走鞭杆的小胖子把鞭杆抡圆了打了姚复臣后背一下。

哎呀！挨了一鞭杆的姚复臣，忍不住大叫一声。你们怎么打人啊，青天白日的竟敢拦路抢劫？胆子也太大了吧！要是论个头和劲头，姚复臣并不输这俩人，可是他们毕竟是俩人，而且看样子是常打架的。

呵呵，就跟你借几个小钱花，算什么抢劫啊，赶快拿出来吧。大个子的一只脚颠颠着不耐烦地说。

听到姚复臣跟他们讲道理，这俩人心里直笑，笑他讲道理找错了人。

傻大个，这是讲理的地方吗，我俩是讲理的人吗？小个胖子趁机又打了他一下。

其实也没几个钱，你们抢劫老百姓这点钱也不值当啊。姚复臣脑子还没转过弯来，就几个大铜子居然也有人这么硬抢，他觉得没道理。

别废话！俺们不是强盗，所以不杀人抢劫，找点小钱为的吃点喝点，拿钱啊！大个子双手抓着他的衣襟，上下颠个不停地催促着。

姚复臣心想好汉不吃眼前亏，为了这点小钱不值得挨一顿打，于是就把怀里的那几个铜子掏出来，递给了大个子。

就这么一点啊？大个子看着手里的几个铜子，皱着眉头斜着眼看姚复臣。

可不就这几个铜子么，今天刚开张。姚复臣实话实说地摊开两手。

别动！俺看看还有没有了。大个子把手伸进姚复臣的大衣襟里，果然又掏出了三个铜钱。这是早上出门时爹妈给的买早点钱，他没来得及吃饭就拉车到了这里，把这三个铜子忘记了。

看来你不老实啊。说着，胖子又拿鞭杆打了姚复臣一下，然后双手把着鞭杆两头在大腿上一磕，那鞭杆断成了两节，往地上一扔。姚复臣无奈地看着这俩人，两只手向后抚摸着被打疼的后背，什么话也没说。

走，喝酒去！大个子话音未落，在清脆的啪啪响声之后，两个人一前一后"哎哟哎哟"地喊了两声，都倒在了地上。

只见放羊娃一脚踏在胖子的身上，一手用鞭杆指着大个子，俺就知道你们俩又欺负人不干好事，赶快把钱还给人家，别找不自在！嗓音清脆中气十足，一听就是有内功的练家子。

好，好！俺把钱还给他，你别打，你说你管这闲事干吗呢？两人满脸丧气，虽说不甘心，但是也不敢说出个不字，认怂求饶。

哪来那么多废话？再不还给人家俺就开打了。

给你，大个子从地上爬起来，把铜子很不情愿地递给姚复臣，姚复臣赶忙伸手接了过来，看着这个子不高的放羊娃，张开嘴瞪着眼睛，满脸的敬佩。

你看看够不够数？放羊娃转过身来问姚复臣。

够了，够了，就这么几个没多少。缓过神来的姚复臣，只看着这俩小子居然被一个小孩制服了，而且这小孩是为了把他的钱要回来。

这回就放了你们俩。放羊娃又对那俩泼皮说，下回再看见你们欺负人，俺就告诉爹，看不扒了你俩的皮！

好小爷呀，千万不敢跟你爹说，俺俩再也不敢了。听到放羊娃提起了他爹，就像小鬼听见了阎王爷的大名，赶紧告饶。

滚吧！离俺远远的。放羊娃挥了一下手里的鞭杆，人虽小口气却很大。

谢谢小爷，快走！俩人连滚带爬地跑远了。

放羊娃看了一眼地上的断鞭杆，满脸不屑的神情，要说你的个子也不小，手里还有鞭杆就让这两个不中用的给截了，丢人不丢人啊？

他们两人打俺一个，俺能怎么办啊？姚复臣尴尬地说。

俺一个人可以治得了他们这样的四五个，你信不信？放羊娃个头不高，抬起头教训姚复臣。

俺信，看你也就十二三岁的样子，可是你手里的鞭杆真厉害。复臣对放羊娃佩服得五体投地。

俺今年十二岁，要说鞭杆，那可比俺爹差远了，俺爹是鞭杆王……哼！快回家吧，白长那么大个子，可惜了。放羊娃看着姚复臣身材高大，却一点武功都没有，真觉得可惜了。

鞭杆王？那你叫什么？姚复臣当然听说过远近闻名的鞭杆王，问了一句，以满足自己的好奇心。

俺叫吴娃，有工夫来找俺玩吧。看着姚复臣一脸忠厚老实的样子，还有那副好身板，吴娃无形之中对他就有了一些好感。

好，俺是齐化村的，大号叫姚复臣，俺一定来，你教俺耍鞭杆吧。姚复臣见吴娃说话和气，心中一喜，赶快顺杆爬地提出要求。

俺这两下子差远了，你要愿意的话咱俩就一起玩吧，你的身子骨不错。听见姚复臣要学耍鞭杆，吴娃也高兴了，再看姚复臣就更顺眼了。

两人互相道别，吴娃走到远处羊群身边。

驾！姚复臣捡起半根鞭杆，坐在大车上向吴娃挥了挥手，回身赶着车渐渐走远了。

吴娃看着他的方向笑了笑，又摇了摇头，把手里的鞭杆拉开架势舞弄了几下，轻巧凌厉的如同行云流水，辗转腾挪一气呵成。三五个把式练完之后，稳稳收式，对着羊群哦呵……长喊了一声，赶着羊到别处吃草去了。

姚复臣回到家中，把今天发生的事情跟父母说了一遍。

吴娃的个子比那俩人矮了一大截呢。俺都没看清他是怎么动的手，只听见"啪啪"地响了两声，那俩坏小子就"哎呦哎呦"地喊着，一个跟一个的扑通扑通倒在地上了。姚复臣手舞足蹈一边讲述一边比画，绘声绘色的。

那娃子姓吴？老姚头听了若有所思地点点头，嘴里吧嗒着抽烟，似乎知道了什么。

是啊，还说他爹是鞭杆王呢。姚复臣把这句话记得太牢了，赶紧对老爹说明。

哦，看来是鞭杆王吴老爷子的儿子救了你，你的运气不错啊，一边说着一边微笑地看着儿子，老姚头这一口烟抽得很过瘾。

俺听说过耍鞭杆的，但是真不知道有什么大用，这鞭杆也打不过钢刀宝剑的，有什么用啊？虽然心中佩服，但是也有疑惑，姚复臣随即脱口而出。

你可别瞧不起这鞭杆，吴老爷子之所以被称为鞭杆王，就是因为他有一套绝密鞭法，能破得了钢刀利剑，据说只传给嫡子嫡孙，从不外传。见儿子不明道理，老姚头狠狠瞪了儿子一眼，一字一句语重心长的教育着儿子。

是吗？鞭杆能破得了钢刀利剑，这么厉害……复臣听到这里，倒吸了一口气，张口结舌。

老姚头放下烟袋，喝了一口水，郑重地对他们讲了起来。吴老爷子年轻的时候爱看戏，那年有一天进城看戏，一帮地痞恶霸和戏院发生冲突，他按捺不住，在戏院老板的请求下把那几个人打跑了。

那几个人看着年轻人长得不起眼，手上的功夫却如此厉害，心里甚是不服气，就回去找了一群东教场上的棍棒高手，又来寻衅。鞭杆王堵在戏院门口硬是不让他们进来，在戏院门口和这帮高手们大打了一场。为了面子，东教场的高手们只好往前冲。鞭杆王的战术很高明，最后高手们都被打倒了。

听着老爹不紧不慢地讲着，复臣又一次惊呆了。

有人数了数，被打倒的人一共有三十七个，从此鞭杆王的名声就传开了。老姚头闭起眼睛，晃了晃脑袋结束了回忆。

看着不起眼的一个人，真有这么厉害。闻所未闻的故事，深深震动了姚复臣的心，他有了一个想法，慢慢在心中酝酿着。

这就叫真人不露相。真正习武的人，只会路见不平拔刀相助，不会到处卖弄自己，懂吗？老姚头看出了儿子的心事，有心往这条道上引他。

懂了，姚复臣赶紧接过话，不住地点头。

你懂什么了？哈哈！看着儿子实在憨厚的样子，老姚头仰脸大笑。

在清代的山西，因为有了晋商，也推动了武术的发展。这里不仅给武林人物提供了充足的就业岗位和丰厚的工资，而且还有商业团体常年提供经费来资助武术。

形意拳在山西流传甚广。据说，形意拳最初叫心意拳或者心意六合拳，姬际创拳之后一直在河南传艺收徒，河南人马学礼、安徽人曹继武等为第一代弟子。

清乾隆年间，祁县人戴隆邦随着父亲在安徽一带做生意，从曹继武那里学到了心意拳。之后，戴隆邦和两个儿子大闾、二闾在河南开店做生意，两个儿子除了家传还拜高手学心意拳。戴家父子回归家乡，心意拳随之而来，戴隆邦因此成为心意拳北派之祖。远在河北的武术家李洛能（也称李老农）仰慕戴家心意拳之名，变卖家产前来带艺拜师，学成之后在太谷生活多年，后来又在河北广收门徒，成为晋冀两省武林公认的一代宗师。

据记载，戴二闾武功高超，回乡后应众多商家请求，在河南赊店开设了广盛镖局。

山西不仅在历史上诞生过像"铁鞭王"呼延赞和"双鞭"呼延灼这样的名将，而且习鞭用鞭的武家源远流长，门派众多。

鞭杆既是赶牲口用的那根短棍，也是武术的流派。

陀螺鞭，便起源于晋北。在老百姓当中，手中一臂加一肘长的木鞭杆（短棍）原为用毛驴驮运煤炭的赶脚者手中的用具，老人可以作为挂杖，闲时用来驱赶牲畜，战时用来抵御劫匪袭扰，单练可以强身健体，对练可以研习攻防技巧。

姚复臣反复思索之后决定学武术，要拜吴老爷子为师，就找了一个风和日丽的好天，换上一身干净衣服，背着一个小包袱，前去拜师了。

吴家村离着齐化村不太远，满打满算的五里地，要是抄近道也就三里多地。老远地就看见吴娃在放羊，不由得心中欢喜大喊一声，吴娃！

姚大哥你来啦。吴娃一个人放羊，平时也没人说话总感寂寞，见到姚复臣很高兴。

俺来找你，你看，给你带了什么？伸手拽过背在身后的包袱，打开里面是一个粗布小口袋。这是俺前两天在集上买的永和红枣，这枣子核小、皮薄、肉厚，从来不长虫子，这种不长虫的红枣据说是周边五省独一份。

这红枣好吃，俺知道，谢谢你姚大哥。吴娃还是小孩习性，见到有这么好吃的大红枣，笑的嘴巴合不拢。

头天看见你的草帽破了，还给你买来一顶刘村草帽，你看喜欢吗？

"帽儿刘村"的草帽又轻又软，就是贵。姚大哥，让你破费了。吴娃把头上的旧草帽摘下来一撇老远，接过新草帽戴在头上，低下头看着口袋里的红枣，赶快打开拿出一把，一个一个地往嘴里塞。

看你这话说的，这才几个钱啊。那天要不是你救俺，所有的钱都会让他们抢走了。再说俺还想跟你学鞭杆呢，你教俺行吗？看见吴娃高兴，姚复臣赶快说出了自己的心愿。

你真想学鞭杆啊？吴娃嘴里的枣子都装不下了，挤出这么一句。

是啊！姚复臣看着吴娃，生怕他不答应。

俺是二把刀，干脆带你去找俺爹，你拜他为师，跟俺爹才能学得真本事。姚复臣正求之不得。

那好，你带俺去拜师吧。

走，你这人实诚，俺一看见你就喜欢。

那好啊，以后咱俩就是好朋友也是好兄弟。见吴娃答应带自己去见鞭杆王，姚复臣很兴奋，把装着红枣的布袋交到吴娃手里。

成，好朋友好兄弟，好一辈子。吴娃拉着长声，似乎唱什么戏词一般。

吴娃赶着一群羊带着新草帽，手提一口袋大枣带着姚复臣往村里走去。姚复臣比吴娃高出一头还要多，挺胸抬头满心欢喜地跟吴娃进了村子。

吴娃把羊群赶进羊圈关好栅栏门，拉着姚复臣的手走进后院。喊了一声，爹，来客人啦！

哦，那就请客人进来吧。吴娃的爹听说来客人了，满脸笑容地抬起头来。

吴娃他爹名叫吴怀，圆圆的脸上一双大眼睛炯炯有神，常年剃着光头，身形高大威武，胸肌发达腰杆笔直。虽说村里人开口都称呼吴老爷子，徒弟们尊称一声师傅，其实吴怀的年纪并不大，只有四十五岁，由于常年干农活，再加上几十年习武，风吹日晒雨淋之下，面相比同龄人要显老成一些。再加上稳重有担当，头脑灵活清楚，所以就算很多年长的老辈人，也愿意跟他聊天，家里有了大事小情，总想让他帮着拿个主意。

爹，他叫姚复臣，想跟您学鞭杆，您收他当徒弟吧。吴娃声音明显比在街上的时候小了不少，也没敢抬头，只是拿眼偷瞄着他爹。

　　谁让你给俺往家里拉徒弟啊。吴怀见儿子又给自己找麻烦，气就不打一处来，笑容一下没了。早就嘱咐过儿子千万别往家领人，他不想再收徒弟。

　　大伯，您老好！俺知道您是名震四方的鞭杆王，是诚心诚意地想跟您学鞭杆，俺在家是个好孩子，到了这儿也能当您的好徒弟。只要您愿意教俺，一辈子拿您当俺爹孝敬着，您就收下俺这个徒弟吧。复臣心里一凉，战战兢兢的赶紧把自己想了好多遍的心里话说出来，心里扑通扑通地跳个不停，似乎要跳出嗓子眼儿了。

　　你要是来家里做客，俺请你喝口茶聊一会儿天。好好的庄户人家不抓紧时间干农活，学鞭杆干什么？不务正业吊儿郎当的，去吧，俺不收徒弟。但见这后生一表人才，吴怀的气消了一些，好言相劝着。

　　俺是真想好好学这门武功，庄稼活俺一点儿都耽误不了，您就收下俺吧。

　　俺已经说了不收徒弟，你就别废话那么多了，说多少话也没用，不收，走吧！吴怀又板起脸，口气硬了起来，说得斩钉截铁，一点也不留余地。

　　为了表示俺的诚意，特意给您老带来一把紫砂壶，据说是老年间留下来的，家里藏了十几年了，现在孝敬给您，求您收下俺吧。复臣悄声细语地央求着，满脸窘相地望着吴怀，巴望着能有转机。

　　你就是把康熙爷的贡品乡宁紫砂拿来也没用，俺说不收就不收，惹翻了俺，给你一鞭杆，你这辈子就完了！吴怀却不买账。

　　那！……本来还想再说几句，却张口结舌的一句也说不出来了。

　　吴怀不再说话，只是闭着眼把手往外挥了挥，捧起一把精致的紫砂壶接着喝自己的茶。

　　姚复臣没料到，满腔的热情被一阵冷雨浇得透心凉灰溜溜地走到外边。走出门的姚复臣，悄悄地吐了一下舌头，扭头看见吴娃跟了出来，便埋怨道。

　　还说是好兄弟好朋友呢，你怎么也不帮俺说句话啊？

　　走吧，俺送你一段，还要接着放羊呢。两人边说边往村外走去。

　　你哪知道啊？俺要是帮腔马上就得挨打，把你带回家都是壮着胆子呢。

　　你爹不收俺，只能回去啦？复臣不甘心，可又想不出什么办法，只好问吴娃，眼巴巴地望着他。

　　你是真想学，还是假想学啊？吴娃一本正经地问。

　　俺当然是真想学了。复臣睁大眼睛严肃地说。

　　怎么看不出来呢？吴娃知道这里面的道理姚复臣还不明白，就故意问他。

　　俺大老远的一早跑过来，还不就是为的拜师学艺吗？姚复臣赶紧表明心迹。

就你这三五里地的还算远啊？你知道吗，有的人跑了好几百里，甚至从外省到这里想拜师，都被撵回去好几个呢。吴娃背着手仰起头，看也不看姚复臣，撇了撇嘴不屑地说。

啊，你爹这么厉害？那俺怎么办呢？又如同一盆冷水浇头，姚复臣感觉心都快凉了，愁容满面。

看你心诚，告诉你吧，俺爹的门规"十不传"：德行不端者不传；不孝父母者不传；心险者不传；好斗者不传；轻露者不传；无志者不传；喜财者不传；狂妄者不传；私心重者不传；无恒心者不传。

收个徒弟这么多规矩？姚复臣万万没想到。

那当然了。你想想啊，收完一个徒弟，等把鞭杆学好了，武功练成了，成天祸害人惹是生非的，那就成了罪孽了。你要想办法证明你的人品，这样才能让俺爹收留你，知道了吗？吴娃慢慢把道理讲清楚，瞪大了眼睛等着复臣怎么说。

嗯，知道了。姚复臣觉得吴娃说的有道理，至于怎么证明自己的人品，得先回家好好想一想。

看着复臣一脸诚恳的样子，吴娃点了点头，把他送出了村子。虽然知道回家之后他爹还会说他一顿，可是他觉得这样才对得起朋友。

过了三天，姚复臣又来到了吴村，二话不说就把吴家的小院打扫干净，把水缸挑满水，再把村里的道路慢慢都扫干净。再到小院里练习一会儿石锁，举一会儿杠铃，然后站桩，等快到中午就回家，每天如此，一干就是三个月。秋收大田里活忙了，半个多月没露面，秋收之后又开始了一样的扫地挑水锻炼身体。

秋后的一天，天气渐渐地凉了，吴怀坐在堂屋的椅子上，看见吴娃要出去放羊，就招招手把他叫过来，心平气和地让他把那个常来干活的小伙子叫进来。

娃子，你的那个朋友叫什么来着？

爹，他叫姚复臣，今年十六岁了。

俺没问你他多大，你咋那么多话，把他叫进来，俺有话问他。

是，俺这就去叫他。听见他爹这么一说，可把吴娃高兴坏了，赶快跑出去寻找姚复臣。看见姚复臣正在扫大街，过去拉他。快走，爹叫你去问话呢。

真的？走！跟着吴娃一路小跑进了吴家小院，在屋门外站住气喘吁吁。吴娃进门对爹说，姚复臣来了。

叫他进来吧。

吴娃把姚复臣拉进堂屋，姚复臣赶忙跪倒在地，大气也不敢出。

姚家小兄弟，你站起来说话。吴怀喝了一口茶，心平气和地说道。

您叫俺复臣就行了，俺愿意跪着听您教诲。

叫你起来就起来呀，好孩子听话。吴怀加重了语气，看着恭顺有礼的姚复臣，心里又多了几分喜欢。

是！姚复臣起来垂手低头，站起身恭恭敬敬立在一旁。

复臣呀，你在这干了好几个月了，俺也看出你是个踏实肯干的好孩子，你为什么非要学鞭杆呢？吴怀这是例行的问话，对每一个想学鞭杆武术的人都要先问这个问题，而且一定让他们说出实话。

大叔，俺是这么想的，学刀剑那类武器是厉害，可是俺见不得刀砍斧剁的让人流血，俺学鞭杆为的就是不受欺负，也不会欺负别人，听爹娘说过，您的鞭杆能打得过刀剑，俺就更不怕了。姚复臣为人忠厚老实，张嘴话实说，自己也觉得这个道理很正。

好品行。家里还有什么人啊？吴怀夸赞了一声。

爹妈二老健在。

你是上午来俺这干活，下午回家侍弄庄稼照顾父母对吧？

是！

好孝顺的孩子，俺叫徒弟们打听了你的人品，还不错。孝顺、勤快、种庄稼手艺也不错，就是不爱读书识字，有这事吧？

有，复臣老老实实地回答着，问一句答一句，站得笔管条直。

不是啥人都能读书识字，只是能学会一点还是有好处啊。你是个难得的好后生，俺收你了。

多谢师傅，师傅在上受徒儿一拜！听见最后这一句，复臣赶紧跪倒在地，连磕了三个响头。

庄户人家没有那么大规矩，起来吧，你现在想干什么呢？

还没把街扫完呢，俺这就扫去。复臣乐呵呵地跑了出去，浑身是劲。

做事有始有终，是个好孩子。吴怀知道自己没看错人，喜上眉梢，一招手叫吴娃过来，让复臣喝点水慢慢干，日子长着呢。吴娃应了一声跑出去。

从此在鞭杆王吴怀的指导下，复臣练弹跳、练倒立、负重下蹲、站桩、练步法……一个月之后，吴怀手握一根鞭杆把他叫到场院上，说从今天起俺教你鞭杆，俺练你看，这是一套最常用的吊手鞭杆套路。场院上总有抽空来练功夫的年轻人，听说师傅要耍鞭杆，众位徒弟都过来观看。

吴怀说完拉开架势，只见他双目似看非看地盯着前方，起势之后一根鞭杆带起呼呼风声，忽上忽下忽左忽右，乌龙捣骨，骨节嘭嘭啪啪作响，式式相扣，招招不断。鞭杆的五阴和七手，熟练至极，步法和腿法配合极佳，鞭杆就好像黏在了手上一样，一会儿拨云见日，一会儿横扫千军，缠丝纽带，变化无穷。

练至身手快处，几乎见不到师傅的身影，只见四处急速飞动的残影，伴随着有节奏地鞭杆呜呜划破空气的声音，那声音连绵不断忽高忽低，如同冬季朔风的怒号，摄人心魄听之胆寒。

看着师傅炉火纯青、出神入化的功夫。众弟子大声叫好拍手称快。待到师父演练到最后一式竟不似平时，只见单鞭点地，师傅稳稳当当的双手撑鞭两足跃起一个鹞子翻身，竟然跳出原地一丈开外。大家禁不住又拼命鼓掌叫好。

一趟吊手鞭杆演练下来气定神闲，叫人好不仰慕。

师傅，您这最后一招叫什么，怎么没见过？几个徒弟你一言我一语地问。

这叫旱地拔葱，若是被一群人围住了，这可是脱身绝技。吴怀亮出这一绝招，为的是让徒弟们开开眼。

您可从来没露过这个绝招。徒弟们互相看了看，印证了自己的观点。

是啊，你们不是都觉得鞭杆就那么两下子嘛，这回知道艺无止境了吧？吴怀知道目的达到了，微笑着教训起徒弟们。

知道了，知道了，艺无止境！众徒弟七嘴八舌回应着。

咱们这一带的鞭杆，质朴而气势浑厚，劲力和身法中含有劈挂拳的吞吐开合的特点，而在鞭法的结构上又杂糅了陕西、河北以及陇右一带诸家的棍法，尤其是这套俺精心创练的鞭杆，更加细密精巧，富于变化。

师傅，您把变棍为剑的绝招也交给俺们吧。看着师傅高兴，有人壮胆说出了心里藏着的愿望。

教是一定要教，但是要教给最有出息的徒弟。吴怀话里有话，不软不硬地让徒弟碰了个钉子。

憨娃！师傅把一个徒弟叫过来，这徒弟方脸大眼，虽然身量不高，但也是一身腱子肉，走起路来呼呼带风。

师傅，憨娃赶快上前几步，走到师父身边。

他叫姚复臣，现在是你的师弟，你把这套鞭法教给复臣，一会儿俺来看看。复臣，你先跟这个师哥学着。吴怀把那根鞭杆递到复臣手里，话语不多，交代完返身走回院子。

我知道了，师傅！复臣转身叫了一声，师哥好！

复臣你过来。

这鞭杆棍法有几个基本招式，就是点、劈、架、提、抢、扫、拦、戳、截……憨娃将他带到一旁的空地上，为师父抬举自己感到高兴。

憨娃一招一式地教，姚复臣抬手伸腿地学，不一会儿全身是汗，顾不得擦汗也不敢喝口水。憨娃见状赶忙拿来一碗水，递给他喝。复臣接过水碗，三口两口灌进了肚子，道了一声谢，又拿起鞭杆。

复臣，学鞭杆你不能性急，哪有三五天就学会的啊？憨娃见他一刻不停地学练，关切地劝了劝。

俺不急，师哥你慢慢教，俺听话。姚复臣站直了身子，擦了擦头上的汗水，坐到旁边的一个木架子上休息。

歇好了，你把前面这五个招式连起来打一遍。憨娃等他歇了一会儿，想看看他学得咋样了。

好！姚复臣从架子上起身，说话间五式连着打下来，笑嘻嘻地问憨娃，师哥，你看俺练得对吗？

还别说你小子学得挺快的。

师哥你别忙着夸俺，告诉俺哪里还得练练，一把拉住憨娃，一个劲地央求着。

你从头慢慢再来一遍，不要太快。

好！起势……

这时候身子要低一点，这儿要大臂带小臂，出手要快而有力。憨娃认真指点着，一丝不苟地做着示范。

是！姚复臣回答得简短有力，反复演练中领悟着一招一式。

过了一会儿师傅走了过来，憨娃，复臣学的咋样了？

师傅，这小子还真是学武的料，头一天就学了大半套了。憨娃直起身，笑着对师傅说。

是吗？练起来俺看看。

复臣，把你今天学得练一遍给师傅看看。

好！

复臣不紧不慢地练了起来。

怪了，你怎么头一天就学会这么多招式啊？你原先跟别的师傅学过吗？吴师傅上下打量着姚复臣，有点疑惑。

呵呵！姚复臣傻笑了两声，低下头不好意思地说，平时师哥他们练的时候，俺多看了两眼，回家就照着样子比画几下，也没想到能学得这么快。复臣满脸通红，不好意思的实话实说，你真是有心计的孩子，好啊，俗话说"东枪西棍，南拳北腿"在咱们山西和陕西一带，练棍的把式可不少啊，够你学的。复臣的大实话说的师傅满脸带笑连连点头。

师傅，您看哪里不行跟俺说说。姚复臣有心让师傅亲自提点，眼巴巴地恳求。

这样吧，你把这一整套鞭杆练完了，俺再来看看吧。吴师傅对他笑了笑，嘱咐了一句就回去了。

也行，师哥你教俺下边的招式吧。复臣见憨娃转身要走，拉着憨娃的衣襟央求着。

你还想一天就学完啊，不教了。憨娃觉得这半天已经教了不少，足够他巩固练习了，就不想再往下教了。

好师哥哩，回头叫俺娘给你作媒行吧。姚复臣连哄带拉地不肯放手。

行啊，看你这嘴还挺甜的。憨娃被姚复臣一句话说得满脸带笑。

半个月工夫，复臣学会了三套鞭杆，眼看着练出一点模样了，吴师傅又教给他徒手搏斗的沾衣十八跌，说是万一空手走路手上没家伙，就要会徒手相搏的套路。

我今天教你一手"玉女穿梭"吧，师傅叫他看着自己的动作，一边仔细给他讲解着。

先以右手抽打敌面部右侧，对方出手相接，速用左手从下穿入向外将对方手臂挑开，同时上左步套住敌右脚，抽回右掌以掌心向敌胸窝抖击，使敌向后跌出。这个招式的要点是，挑臂要及时，掌击要抖寸劲。

复臣，你要记住，拳技必须精益求精，下大功夫。尤其注重技击、散打，用心思琢磨、切磋一招制胜的技巧，还要进行二人交手的练习，因为真正与贼匪交手，也就是三招两式。

复臣边看边听，随着师傅的招式自己也比画着。

武功史书中记载着著名的"沾衣十八跌"，是源于少林睡罗汉拳法的一套沾衣功。四两拨千斤是其精髓所在。沾衣跌的总诀是：抽身换影，乘势借力，脱化移形，引进落空，避锋藏锐，闪转走化，以斜击正，以横破正，以巧制拙。在实战搏杀中，必须抓住稍纵即逝的空当、破绽，牵逼锁靠，消打并举，发劲跌敌。

"十八"者，是虚数，泛指多的意思。但另有说法却是指身上的十八个揪拿部位。这十八个部位分别是：头、颈、肩、腋、背、胸、臂（大小）、肘（内外）、腕、手、腰、胯、裆、膝、踝、腿（大小）、脚、跟。

"跌"有"三跌"一指"自跌"，二指"落地跌"，三指"跟跄跌"。"自跌"是"未学跌人，先学跌己"的功夫。当然，这其中也包括"倾身跌人"与"躺身跌人"。"落地跌"是"擒跌法"与"相扑（摔）跌"的代表，跂跂都要将人跌扑于地。"跟跄跌"是跌法的上乘功夫，它以手法见长，用内力发人。落不落地不在其要，它注重的是始终都能将对方与自己接触点上的力向转移、或重心领偏，从而使对方用不上力或立足不稳，在跟跄无思中便于进一步出击。

一个多月后的一天，师傅指导了几下姚复臣，然后叫他到屋里来说话。

复臣，你的悟性很好，很快就把三个套路学会了，也学会了"沾衣十八跌"，要是按照你原来的愿望，防身健身够用了。咱们这不是武馆，俺教给你的也就这些了，剩下的你可以回去自己揣摩，下功夫慢慢地修炼吧。

师傅，俺还没学够呢，你别赶俺走啊。复臣满心的舍不得。

不是俺赶你走，庄户人家主要是把这几亩地侍弄好，土地才是咱庄户人的命根子。你回去好好种地孝敬父母，闲下来练练鞭杆就行了，老往这跑的话会耽误事。

……

你怎么不说话啊？

俺不想走。

你要是有空了就来看看师傅，有不明白的地方就来问俺，又不是永远不见面了，这么近，啥时候想来就来玩玩吧。

嗯！也行，不过俺还有个请求。复臣抬起头鼓足勇气，跟师傅提出要求。

说吧！

师傅得把"旱地拔葱"和"化鞭为剑"这两个绝招教给俺。

你还惦记着呐？够有心眼的啊。吴师傅喝了几口水之后，慢慢抬头看了他一眼。

您要是不教俺，俺就不走了。复臣嘟囔着。

呵呵！你还赖上俺啦！看着复臣的实在劲，师傅心里高兴，嘴上却没饶了他。

您就教给俺吧，俺绝不会干坏事欺负人。

嗯，这话俺信。俺问你，要是五六个人甚至十来个人围上你，要打你怎么办？

俺"旱地拔葱"，跳出去。复臣根本没动脑子，脱口而出。

就算你能跳出一丈以外，那么多人要想追你，你也跑不了。

那就打倒前面几个给他们个下马威。复臣这回稍微想了想，试着说出了自己的办法，认为这回应该说对了，等着师傅的夸奖呢。

好虎不敌群狼，懂吗？没等你打倒前边的，呼呼啦啦就都围上来了。师傅可没给他留面子，一句话就给他否定了。

那就擒贼先擒王，把领头的打倒，其他人也就害怕了。复臣认为这回应该说对了，这可是平时听过的故事里，最激动人心的场面。

哼！你知道什么呀。一群人当中，领头的都是本领最高的，你能不能打得赢还两说呢。吴师傅心想，这傻小子虽然不知轻重，但是傻得可爱。

那怎么办啊？说了几招全都没说对，复臣不禁皱了眉头。

傻小子，没等他们围上来，你就得跑。

跑啊？姚复臣没料到学了这么多厉害的武功，遇到事还要跑，大大出乎意料。

你以为拿着一根鞭杆就打得过千军万马啊，不跑你就等着挨宰吧，三十六计走为上。师傅说着站起来，用鞭杆敲着复臣的脑袋，让他记得清楚一点。

师傅，这回俺真的明白了。复臣觉得师傅是用鞭杆把自己敲打明白的，真正的现实搏击中，什么花架子都没用，一切不符合实际的想法，只能给自己带来不幸的后果。

还有，你只需记住，武术中无论鞭拳都有一理相通。凡挑过水的人都知道，初学挑水时，总是行步与水桶不能合拍，两桶乱荡，水花四溅，一担水，走不了几步就会洒掉大半。人体除了骨架之外都是水，好像千千万万个水囊组合而成。行拳时，如果见人，不见水囊，不明挑水之理，势必如初学挑水，体内千万个水囊乱荡，杂乱无章，用劲不一，使本来应该放松的部分，紧张起来，表现为拙气所拘，拙力所困。吴师傅不厌其烦地教导着，姚复臣听得认真，一字一句都牢记到脑子里。

俺明白了，那"化鞭为剑"呢？复臣用手挠了两下头，不依不饶地问。

你先把学到的练上几年吧，真是有出息了俺会教给你的。师傅把头转过去，拿起水壶喝水，不看他了。

好，师傅，俺这就走了，您老保重，俺有工夫就来看您老人家。

行，给你爹妈带个好啊。师傅头也没转过来，嘱咐道。

谢谢师傅！复臣后退一步，给师傅磕了一个响头，悻悻地转过身去走出了屋子。

一直在外边等着的吴娃和姚复臣一起走出小院，又出了村子，二人道别后分手。姚复臣慢慢地向齐化村走去，心里高兴又有点舍不得，这些日子的苦和累真没白受，得到了鞭杆王的真传。复臣暗暗下定决心，非要把鞭杆练得让师傅满意，一定把那个绝活学到手。

秋高气爽，蓝蓝的天上没有一丝白云，复臣这些日子收获不小，也觉着长大了不少，除了跟师傅和师兄弟们学到了武功，更学到了很多做人的道理，他觉得眼前的路更宽了，眼看离村子不远，快步向家里走去。

蓝家善是一个在北京开成衣铺的老板，一年一度回山西临汾老家尧乡村探亲，坐着带篷的马车一路奔波，眼看就要到家了，归心似箭。从放在车棚里的褡裢中，拿出银钱袋子打开，数出几个小钱，然后把银钱袋子塞进褡裢里。掀起车棚上的小窗帘，看见阴霾的天空越来越暗，西北风夹裹着雪花一阵比一阵狂，只恐天降大雪催着赶车的小伙子尽量快一点儿，及至赶到家门口，那雪已经由小变大了。匆忙间付清了车马费，赶快进门与家人团聚。

见到老婆和十二岁的小儿子，免不了一番亲热问候，坐下喝口热茶。探手到褡裢里去找寻，左摸右摸没摸到银钱袋子，这才觉出褡裢里的银钱袋丢失了，不禁大吃一惊，张口结舌。这是抛家舍业到远在千里之外的京城，一年辛苦才挣来的银子和银票，慌得他不知如何是好，脑子里一阵轰轰作响。

咦！我的钱袋子怎么不见了？……这……这……

家里人虽然也是又气又急，见到他心急如焚失魂落魄的样子，知道埋怨没用，只好先劝他不要着急。

你别着急了，好好想一想啊！老婆端起一碗水，递给自己的老伴，心疼地劝说着。

俺想想。手里端着水碗一口也没喝，在地上低着头来回转悠。

银子到底是什么时候丢的，可能丢在什么地方了？

给那车夫拿钱的时候，是从钱袋里拿的吗？你没记错么？

眼看到家了，又下起了大雪，俺急忙把钱给了他就进来了。见老伴不相信，他有点生气了。

已经到家了，你还急什么啊？心急容易出错，你不知道么？本来不想埋怨老头，可还是没忍住。

俺真是从钱袋里拿的啊，快去门口看看，在地上寻寻。蓝家善反复思索之后确定地说，用手指着门外催促着。

一家三口赶快走出门口，四下里寻找。雪下大了，谁也没心思拿伞遮挡一下。找了一阵没见钱袋的影子，大家你看看我我看看你的不知如何是好。

都没找到啊？蓝家善眼睛有点发直。

没有啊，是不是落在车上了？

要是丢在门前，也早就让别人捡去了。要是丢在车上，咱也不认识那个赶车的，怎么说也找不回来了，这可怎么办啊？蓝家善站在原地，已经觉不出寒冷，目光越显得发呆。

先回屋吧。老婆和儿子也觉得老汉的神情不对劲，给儿子使了个眼色，一起把他搀进屋里。

俗话说"钱财儿女动人心"。蓝老板本来年近半百，先是银子丢失急火攻心，又加上雪冷风吹，进屋之后浑身发烧两眼发直，一下倒在地上不省人事，慌得母子俩赶忙冒着大雪找医生，然后买药煎熬忙个不停。

母子二人给他喂药喝水忙得团团转，好半天才忙活完，垂头丧气的不知如何是好，却听见有人敲门。心里烦闷的男孩无精打采地走到门前，开门见一个披着蓑衣的年轻后生站在那里。

你找谁呀？男孩抬头看并不认识这个人，冷冷地问他。

请问，今天下午是不是有一位从京城回来的先生？

他病了，有什么事明天再说吧。

真的病了？快带俺去见见他。听说蓝老板病了，来人不禁着急。

看你那样子也不像是个医生，你快走吧。男孩觉得他是没事添乱，心里更烦。

俺大老远地来找他，你什么都不问，就赶俺走，你可别后悔。复臣有点生气地指着男孩教训着。

走吧走吧！男孩满脸烦躁，厌恶地打断他的话，把他推出门外。

"砰"的一声男孩把大门关上，嘴里还唠叨着，半夜来了这么一个丧门星，真是烦死人了。刚转过身去，却听见门外的年轻人说着话。

告诉那位先生，俺捡到了一个钱袋。男孩听见这话眼睛一闪，赶忙又把门打开，喊了一声，别走！

俺没走啊，复臣老老实实地站在门外。

你捡了俺爹的钱袋？是真的吗？

俺捡了一个钱袋，不知道是不是那老先生的，赶早来问问。

就是俺爹的，快给俺！男孩急着伸手就要。

那不行，俺要见了老先生，问清楚了再给。复臣赶忙手捂着怀里的钱袋。

那你快进来吧。

你不撵俺走了么？

真急人，快进来！男孩说着，一把拽着他的袖子，把年轻人拉进了院子，大门也顾不得关上，转身向大屋里边跑边喊，爹，娘，有人捡着咱家的钱袋给送回来了。

听见儿子的喊声，躺在床上的老人一下坐了起来，非要出来看看是谁把钱袋送来了。复臣把大门关好之后，跟着男孩进了堂屋站在那里。在蓝老板的坚持之下，儿子搀扶着他一步一步地挪了出来。

是你啊？小老板，我认出你来了，是你赶车把俺拉回家的，他一眼就认出了赶车的小伙子。

姚复臣赶忙帮着把蓝老板搀扶着坐到椅子上，拉着他的手，细问了所丢钱袋的样子，然后从自己的怀里拿出那个钱袋，让他清点。

蓝老板一看就是自己所丢的银钱袋，伸手接过来打开一看，银钱和银票的数目分毫不差。蓝老板这才想起来，可能是从银钱袋子里拿出车马费之后，不经意间，把那个钱袋子塞在了褡裢下面掉了。蓝老板赶忙把钱袋放在一旁，紧紧地拉住了年轻人的手，话没说出口眼泪早已流了下来。

孩子，这是俺辛苦一年挣下的，要是丢了，全家人可怎么活啊。

这回您该放心了，复臣微笑着回答，银钱袋子已经归还到主人手里，他感觉心情非常舒畅。

小伙子，快坐下说话。女人把复臣拉到椅子上坐着。

多亏了你啊，孩子，该怎么谢谢你才好呢？稍微缓过神来的蓝老板，颤声说道。

不用谢，做人就该本分。姚复臣老老实实地回答。

你叫什么呀，家住哪个村？

俺叫姚复臣，家住齐化村。姚复臣抬起头恭恭敬敬地回答着。

姚大哥，你喝点水吧，真是太谢谢你了。男孩端过来一碗热水，放到复臣手里。

复臣，这张银票不多，就当俺报答你的一点心意吧。老头从一沓银票中抽出一张，颤抖着执意往姚复臣手里塞。

这可不成，俺哪能要您的辛苦钱啊，您就甭客气了。复臣赶快用双手推回银票。

常言说"人无横财不富，马无夜草不肥"，你怎么会捡了钱还会送回来呢？老汉有点像自言自语。

爹娘告诉俺不义之财不取，靠辛苦挣来的钱，花着硬气。复臣把身子挺直，把这句话说得掷地有声。

只有好爹娘才会教育出你这样的好孩子，你这是救了俺的命，救了俺们一家人。蓝老板连连的作揖打拱。

您千万别这么说，看见您没事俺也高兴，那您歇着吧，俺走了。复臣听见蓝老板这么夸奖着感谢着，身上有点不自在，站起来告别。

孩子，就在这吃点饭吧。

不了，有时间俺再来看您。姚复臣临走给蓝老板鞠了一躬，转身走出门去。

那好，没事就到家里来坐坐啊，真是太谢谢你了。蓝老板一家人千恩万谢地送走了姚复臣，回到屋里还是把他夸个不停。

圣人说过，受人滴水之恩，必当涌泉相报。这可是救了咱们一家人的命，咱们一定要想办法报答人家，要不良心不安。蓝老板喝着水，异常感慨地说。

是呀，不过你也不用着急，反正现在已经认识他了，知道了他姓啥叫啥，连他家在哪里住都知道了，还怕没办法报答他吗？慢慢想想，想好了再说吧。老婆看着蓝老板神情大有好转，心里踏实多了，劝解着。

孩子，这小伙子的人品这么好，你要记住，好好地跟人家学。蓝老板非常认真地说完，若有所思地抬头看着儿子。

俺知道了。男孩翻看着钱袋，听见老爹对他说的话，赶忙点头。

可惜你姐姐出嫁，遇到的男人又馋又懒品行不正，吃苦受累地过不好日子。要是能找这么个好男人，那才是一辈子的福气啊。蓝老板把心里话说了出来，看着儿子摇了摇头。

唉！老婆跟老伴想到了一块，却也只能叹气。

原来姚复臣赶着马车顶风冒雪回到家，把马卸下拴到马厩里喂上草料，就去打扫马车棚子，发现车上有一个钱袋，拿起来看了看，回到屋里脱下身上的蓑衣，挂到墙上。对父母说，爹，娘，有人在俺的车里掉下了个钱袋。

老姚头拿下嘴里的烟袋，思索着问，你最末了拉的谁啊？

是一个从北京回乡的老板。复臣举着钱袋上下打量着，坐到炕沿上。

那一定是他的了，你明天去问问人家。还记得那家住哪里吧？

记得，是尧乡村。我看看里面有什么。复臣把放到炕桌上的钱袋又拿起来，就要打开看。

不要打开也别看！老姚头连连拍了几下桌子，声音不大可透着严厉。

怎么不能看看呢？见到老爹这么严厉，复臣吓了一跳，放下手里的钱袋不解地问道。

这是别人家的东西，明天一定还给人家，莫要贪这不义之财。看见儿子听话，老姚头声音又透出和蔼。

俺就是想看看，不是想要。复臣还是不明白，打开看看为什么不可以。

你这孩子，俺告诉你吧，人心里都有那两条虫，一条馋虫一条贪虫。所以见到好吃的东西就想吃，想一下都要流口水。见到钱财就想据为己有，做梦都想发财。你要做一个本分人，不起贪念。一旦见到钱财，就容易起那贪念，还是不见为好啊。老姚头为人本分，抓住这时机好好教育儿子。

俺知道了。爹，这是不是跟耳不听心不烦，眼不见嘴不馋是一个道理啊？姚复臣脑子快，一眨眼的工夫就悟出了其中的道理。

没错！记住啊，在这个世上活着，要命的不吃，犯法的不做，不义之财不取，才能活得硬气少惹是非！老姚头见儿子脑袋这么活络，心里甚是高兴。

行，俺不看，明天就给他送家里去。姚复臣打心眼里觉得他爹说得对，人生在世就要弄明白这几个道理，老爹这句话他听过很多次，也牢牢地记在心里，但是在遇到事情的时候能做到，才是真的懂得了这个道理。

唉！这钱要是真丢了啊，那人至少会大病一场，弄不好，还要出人命呢。老姚头自言自语，又看了看那个钱袋子，心里沉甸甸的。

那俺明天早早地就给他家送过去。为了让老爹放心，姚复臣特意又说了一句，说完就要回自己屋里歇着。

孩子！老姚头叫住了姚复臣，对他说，俗话说"钱财儿女动人心"，何况这么一袋子钱呢，你还是穿上蓑衣，现在就给人家送回去吧。老姚头虽然也心疼儿子怕他累着了，可是现时下更担心丢钱的人家会出事，拿定了主意，轻轻拍了一下桌子，吩咐着复臣。

您说得对，我这就送过去。姚复臣披上蓑衣跟父母打了招呼就出去了。父母千叮咛万嘱咐，嘱咐他揣好钱袋，千万不可掉了，直接到那人家里去，不要耽误了。他也连连答应着，穿过风雪一手捂着怀里的钱袋，一手甩动鞭子。

那年头有句俗话说"车、船、店、脚、牙，无罪也该杀。"其中"车"说的是赶车拉人拉货的车老板；"船"指的是撑船摆渡的人；"店"是开旅店的；"脚"是赶脚背货的；至于"牙"说的是"牙行"，也叫"中介人"。在这几个比较普遍而且人物众多的行业中，坑人骗人的事情太多了。

他们虽然也都生活在社会底层，凡是与这些行业沾边的人，都是些脑子转得快、腿脚利索、嘴上能说会道，一般称为"人精"的那些人。在多年经营中练就了一番八面玲珑见风使舵的本领，他们会见人说人话，见鬼说鬼话。凡事还没开口先笑脸相迎，点头哈腰地说上一堆好听的话，哪怕是心里将你恨死了，嘴里却要把你捧到天上。

他们吃苦受累的讨生活，有亏也吃得，见了便宜也占得，艰辛的人生经历使得这些人嘴里实话不多了。靠逢迎拍马赢得一些小利，用嘴上抹蜜贪些丁点便宜。"有便宜不占，王八蛋"成了这些人的座右铭，捡到钱财物品不还，说谎话骗几个小钱，都是家常便饭。虽然不是杀人越货的大事，可是会叫人恨得牙痒痒。人们在生活当中惹不起也离不开这些行当，吃了哑巴亏也只好忍着，所以就编出这么一句话骂他们。

虽然其中也不乏姚复臣一家这样的老实人，可少数缺德坑人的孬种，给这些行当留下了坏名声。尤其是在那个年代，人们的生活都比较穷苦，道德教化并不深刻普遍，捡到这样一大笔钱还能送回去，实属难得。能用忠厚守信教育孩子的人家，必定是传统美德沿袭的家族。在姚复臣的家里就挂着这样一个条幅，据说是祖上留下来的。

"与人为善，福虽未至，祸已远离。与人为恶，祸虽未至，福已远离。"

所以一家人生活在农村，世代与人为善、忠厚老实。日子过得不算太富，却也舒心平安、悠然自得。如大多农户家，他们日出而作，日落而息。早起是为了多干一点地里的活计，早睡省得点灯熬油。女人在家织些小布，除了给一家人做衣服之外，还能换些油盐酱醋的日常用品。男人每日在地里侍弄庄稼，捎带着给自己种几棵烟叶子。上地干活和回家的路上都背着粪筐，捡来的牛马粪和自家的排泄物堆在一起发酵，然后施在房前屋后的菜园里，一年的菜钱就省了。到晚上坐在院子里，一家人喝着茶、抽着烟，说说地聊聊天。过着自给自足的小日子，保持着随遇而安的宽和心态，一家人过得清贫而快乐。

"病来如山倒，病去如抽丝"，蓝老板虽然银钱失而复得心情高兴，但是身上的病却是要慢慢调理才能好。姚复臣心上惦记着他的病，知道家里没有壮劳力，赶脚路过或者离此处不远，就过来看望，做点帮助买药或者需要动力气之类的小事。

姚复臣虽然刚满十七岁，却已经长成了一个大高个子，相貌英俊仪表堂堂。聊天的时候，蓝老板见姚复臣不但为人忠厚勤快，而且一表人才很是喜欢，就有心带到京城的成衣铺教他学手艺，也算是报答了姚复臣。

复臣，俺想跟你商量件事，这些年在北京开的成衣铺，虽然也有帮工但都不很满意，俺年纪大了，有心收一个徒弟，跟俺到北京去干活，不知道你愿不愿意？在复臣一次过来看望他的时候，蓝老板把他拉到屋里炕沿坐下，说出了自己的想法。

去北京给您当徒弟，那俺可求之不得。

能到千里之外的帝都，天子脚下的大城市京城找个工作，绝对是件不容易且多少人连想都不敢想的事情。他从来没想到自己能摊上这等好事，乐得从炕沿上跳下来，搓着双手不知该怎么好。姚复臣很高兴地答应了，说要跟父母再商量一下。

那好，俺明天雇辆车，一家人都到你家去看看，也跟你爹娘见见面。见复臣答应了，蓝老板就按照自己想好的计划，安排着下一步。

您还用雇车？我明早来接您一趟，别的车把式还得打听，我来接您就省事多了。姚复臣满应满许的明天赶车来。

那敢情好，只是你可就要来回跑四趟了，好在你年轻力壮的，就劳累你吧。蓝老板也明白其中事理，更觉得小伙子可心，不能辜负了孩子的一片心意。

行，明天俺一定早点来。姚复臣心里高兴乐得嘴巴都合不上了，也不知道再说些什么表示自己的感激之情，只想早一点把这个好消息告诉爹娘，让二老也为自己高兴高兴。

跟蓝老板告别后，把车赶得飞快，一路上心里早已乐开了花。

第二天一大早，蓝老板两口子带着儿子，准备了一大筐的礼品，还有从北京带回来的稀罕物，坐着姚复臣的车到了齐化村，进了老家大院门。

爹娘！蓝大叔他们来了！姚复臣年轻嗓门高，心里又高兴，这一声喊惊得鸡飞狗跳。

听见复臣的喊声，老两口从屋里迎了出来，满脸带笑伸出双手，一个拉一个地把蓝老板夫妇引进屋里，姚复臣也拉着那孩子的手进了屋。

大哥大嫂！俺来给你们拜个早年。儿子，快叫姚大伯、姚大妈！蓝老板夫妇也笑得合不拢嘴，跟着老姚头夫妻俩进了屋，催促着儿子赶紧叫人。

哎！哎！上炕，快坐下说话，你们也真是太客气了。进屋之后，老姚头一边答应着孩子的叫声，也把热炕头引给蓝老板夫妇。

姚复臣提着蓝老板两口子带来的一筐礼品，忙不迭几大步跑进屋去，把筐放到他们夫妇身边。

复臣，给你大叔泡茶。老姚头指使着儿子，身边有这样人高马大的儿子，确实是他的骄傲。

大屋火炕中间摆着一个长方形的小饭桌，无论是自己吃饭还是来了客人，大都让进屋里坐在炕上一起聊天喝茶、吃饭，由于炕头比较暖和，睡觉的时候都是家里老人睡炕头，来了客人也把炕头让给客人坐，以示热情和礼貌。

大叔大婶请喝茶。姚复臣把茶壶茶碗都端到小炕桌上，给蓝老板两口子每人倒上一碗茶，又端过一筐箩的花生瓜子大红枣之类的小零食，放在炕沿的小饭桌上。

大哥大嫂，您们这孩子有礼貌、有分寸、守本分，真是个好孩子。蓝老板用手指着姚复臣。

看您把他夸的。老两口听见有人当面夸赞自己的儿子，心里无比的高兴和自豪，脸上乐出了满脸的核桃纹。

不是俺夸他，捡到这么多钱能主动还给俺，足以说明他为人正直、诚实，也说明你们老两口教子有方啊。

这都是庄户人家的本分，您就不用再提了。听说您要把复臣带到北京去做徒弟，真是对他抬爱了，您愿意把技术传授给他，俺们应该感谢您啊。老姚头凭着自己做人的本分，让孩子把钱袋子送还给了蓝老板，没想到给孩子找到了进京路子，也是满心感激蓝老板。

有这样的好孩子做徒弟，是俺的造化，把他交给俺，您二位就放心吧。虽然不能教得他挣出金山银山，但是每个人都要穿衣服，要穿像样的衣服就离不开俺们裁缝。俗话说"家有良田千顷，不如薄技在身"，学会了这门手艺，让他走到哪都有饭吃。蓝老板说出了那年头一般人都认定的真理。

那是，那是。老姚头两口子连声赞同。

你们放心，俺一定会像对待自己的孩子一样对待他，把俺的全部手艺，一点不留的全都教给他。知道老姚头家里只有这一个男孩，一下子离开到那么远的京城，肯定不舍也不放心，赶紧说出心里话让这老两口放宽心。

放心，哪能不放心啊！老姚头两口子虽然心里舍不得，但为儿子有这么个好的前程高兴，还是愿意让孩子去京城，这机会实在难得。

这是一点薄礼，不成敬意还请笑纳。蓝老板指着带来的东西，笑着对老姚头夫妇点了点头。

哪有师傅给徒弟家送礼的，万万不可。老姚头两口赶忙推辞。

这是感谢你们二位教育出来好孩子，救了俺的命也救了俺全家，你们一定要收下。蓝老板正言相告，表达着自己的诚心诚意。

好，好！互相寒暄一番之后，老姚头为蓝老板摆上一桌下酒菜，两人喝酒聊天，直到下半晌酒足饭饱，蓝老板才告辞回家。

大老远的叨扰你们一天，给你们添了麻烦，我们这就回去啦。蓝老板站到门口意犹未尽，深深感到这一家人的本分厚道。

这哪说到叨扰呢，复臣啊，去把给你师傅、师娘准备好的礼物拿出来，这是自己种出来的一点杂七杂八的土产，你可不能笑话啊。

姚复臣正在一旁跟蓝老板的儿子聊天，一大一小两个小伙子在一起玩着，早已成了好朋友。听到他爹的话转身就把礼物搬出了一大筐，都是一般农户家自己种的杂粮和树上产的干果之类，搬起来放到车棚的后边用绳子拴好。

哪能呢，那就谢谢了。正月十五之后，找一个好日子俺们就走了。你们提前准备好，别忘记给孩子带上生辰八字，出门在外这是要用上的。蓝老板一家三口坐上车之后，还不忘记嘱咐着老姚头，老姚头自然连声答应。

到了晚上，老两口把儿子叫到身边。

母亲说，孩子，今天俺跟你爹给你讲点古，你知道么，只要有人生活的地方就有山西人。你看那些喜欢背着手走路的，管上茅厕叫解手的人，都是咱山西走出去的老乡，你无论走到哪都不用害怕。

父亲说，记住这几句话，问俺祖先何处来，山西洪洞大槐树。祖先故里叫什么，大槐树下老鸹窝。要是不信就叫他们看看小脚趾头，凡是从大槐树这块地里走到外地的山西人后代，在小脚趾指甲盖的外边有一个小指甲。

复臣满脸好奇地脱下鞋袜，看了看自己的小脚趾，果然看见了那个多出一块的小脚指甲。

儿子要去皇城学徒做大事，老姚头两口子在不经意的闲聊间，轻描淡写地传遍了全村，接下来的日子里村里人再见到他们，那眼神和面部表情都有了很大的变化，对羡慕、嫉妒、讨好的各种反应，老两口一律泰然处之，最多微笑点头而已。

离开老家之前，姚复臣去吴村跟师傅告别。吴娃手提着复臣刚给他的一小口袋大枣，两人一起走进房门，复臣给师傅见礼之后站在一旁。

我听说你的事了，你把捡来的钱连夜送还给人家，救了人一家老小，不贪钱财。吴怀师傅说起此事也是满心的赞赏，早就用这件事教育了吴娃和所有的徒弟们。

复臣恭恭敬敬地站在那里，一声不吭地看着师傅。

怎么不说话了？见姚复臣站在一旁一言不发，师傅的话语中透出和蔼，他是真心喜欢这个好后生。

没啥说的，那是咱的本分。姚复臣一来是跟师父师兄弟们告别，另外还有一个心愿藏在心里，见师傅和颜悦色不禁暗喜。

好孩子，你来看俺，俺也为你高兴，俗话说越是有本事的孩子，长大了离父母越远这是要上京城做大事，好啊！

临走之前一来是看看师傅，二是问师傅还有什么嘱咐徒儿的。

看看，几天没见又长大了，说起话来还一二三的，出门在外自己多加小心就是了，俺没什么其他嘱咐的，你这孩子到哪都让人放心。

谢谢师傅！俺到哪也不会给爹娘和师傅丢脸，您放心吧。为实现自己的心愿，姚复臣诚恳地说了一句，为的是把师父的信任再砸得瓷实一点。

放心！俺知道你这孩子仁义。

俺这一走也不知道啥时候回来，您再给俺指点指点吧。复臣心里早已想好，慢慢把话题转向功夫。

走，到院子里你给俺练一趟鞭就行。吴怀也想看看这孩子的功夫到底练得咋样，就抬手指向院子，起身走了出去。

吴师傅走出房门，姚复臣跟在后面，走到当院，姚复臣把所学的几趟拳脚认真地演练一番，吴师傅给予指点后回到屋里。

你的鞭杆练到这程度也就差不离了，看得出来你下了一番功夫，很多要紧的地方都掌握得不错。喝了一口水之后，吴师傅满意的对姚复臣点点头。

谢谢师傅！姚复臣再给师傅鞠躬致谢，依旧恭敬地站在一旁。

正所谓"师傅领进门，修行在个人"。你天资聪明，再加上刻苦练习，所以才有这么好的功夫。

师傅还有要教给徒儿的东西没有了？复臣真想求师傅再多教自己一些。

我问你知道什么是"功夫"吗？

"功夫"就是您和师兄弟们教给我的鞭杆套路和拳法呗。复臣觉得这应该是最好回答的问题了。

你说得不完全对。我就再告诉你一个道理，人们常说，有功夫到家里来坐坐吧。这里所说的"功夫"，代表了时间。

所谓功夫其实要花很多时间去磨炼，这也是人们常把时间说成功夫的道理。若要明此一理，就需用心去行鞭打拳，细心体会，怎样才能使招式与脚底踏足之处合拍，使全身能够聚集点水成大浪，形成排山倒海之势，作用于人。每一个招式的寸步，妙就妙在全身的力量合拍，使拳中之劲道能得到很好地发挥，这也是功力精巧的原因所在。如习武人常说的，行如槐虫，起如担挑，如水中波浪，似压海行舟，动作和谐自然。

你要把鞭式和拳式看成是一个整体，对于每一招式，往往数千言难罄其妙，但一经现身说法，又甚简单，所难者功夫，尤难者长久之功夫。拳打万遍，神理自现，绝对是大实话。吴师傅谆谆教导着徒弟，知道这一别不知何时再见。

师傅说得是，俺听明白了也都记下了。

该学的你都学到了，而且学得不错。

嗯……那化鞭为剑呢？复臣终于把憋在心中的愿望说了出来，眼珠不转一下地盯着师傅的脸。

你还记着这个茬呢？刚喝了一口茶的师傅，差点把茶喷了出去。

师傅，俺离家在外，不知道能遇见什么事，您就把这个绝招交给俺吧。话虽说得不轻不重，却也表示出一定要学会这个绝招的坚定。

吴师傅拿着小茶壶，若有所思地盯着复臣。

求您了，师傅，好师傅！姚复臣生怕师傅再次拒绝，赶紧好言相求。

化鞭为剑是在最紧要关头，救命的一招，出手就是要杀人了，不可轻易使用。吴怀觉得这个孩子值得自己把最后的绝技交给他，便语重心长地说。

俺知道了，俺绝对不会轻易使这招。

俺把这招的秘诀告诉你，千万记牢。

俺听师傅的！回答得斩钉截铁。

吴怀对吴娃说，你到外面看着点人。吴娃答应了一声，走出门外四处看了看，回到屋里站在他爹身边，爹，我看了，没人。

把耳朵伸过来。吴怀对复臣招了招手。

姚复臣把耳朵凑近师傅嘴边，师傅跟他说了几句话，然后看着他盯着问了一句，听明白没有？

姚复臣张着大嘴吃惊地问师傅，师傅，就这吗？

是啊，就这。绝招的"绝"不在复杂和有多难上，而是在它出乎意料的绝。吴怀一脸严肃地告诉姚复臣。从此姚复臣又明白了一个道理，凡是绝招，不一定很难，而在于出其不意，难在一般人绝对悟不出来的地方。

听明白了，也牢记在心了，姚复臣心里佩服师傅，深深地鞠了一躬，感谢师傅的信任和教导，谢谢师傅！

孩子，俺是看你人品好，才把压箱底的绝招教给你，平时要在脑子里多想，练习的时候一定要到僻静处，永远记住不得传给其他人。吴怀再次嘱咐。

俺保证做到，师傅，这是孝敬您老人家的一把茶壶，乡宁紫砂陶，据说真是康熙爷年间的古董，望你老享用此壶，长命百岁。复臣从褡裢里掏出一把茶壶，双手捧着高高举过头顶送到师傅面前。

吴怀接过这把壶，仔细看了看，眼前一亮笑着说道，这把壶果真好啊！

师傅您说说，这壶好在哪儿？姚复臣本来有心想在师傅面前显摆一下，却没料到被师傅一眼就看出来了。

看得出，它的确是一把康熙早年间的老壶，你爹妈是实诚人，让你把这么珍贵的古董茶壶带给我，足以说明这两口子的一片真心。

俺爹妈说过，对人要真诚，有几个字叫"百术不如一诚"。

说得对啊，还有这壶盖上的几个字也好。你看，这五个字"可以清心也"，说的是喝茶可以清心火，可是这五个字无论是从哪个字开始读，都能读得通，而且都是这一个意思。

真的吗？

你来读一读看，是不是这么回事。

姚复臣凑近师傅，用手指点着壶盖上的几个字，嘴里嘟嘟囔囔的读了几遍，立刻开怀笑了起来，师傅您说得对，还真是怎么读都行。

这是读书人的一种文字游戏，虽然没多大用，但是很有趣，壶身上刻的这几个字，也有意思"香茗如美人，不啜枉风流"你小屁孩不懂就不说了，但是我喜欢，不错！

既然师傅喜欢，那就用它喝茶，啥时候喝茶都开心。

好！俺收下了，哈哈！还给俺留下一个念想。

姚复臣当即跪倒在地，给师父磕了三个头，站起身说了一声，师傅，俺走了。

嗯，走吧！吴怀师傅站起身走到姚复臣身边，又上下打量一番，拍了拍他的肩膀，喊吴娃送送他。姚复臣和吴娃拉着手走出了院门，走了一段路之后，姚复臣低下头悄悄地问吴娃，你知道这个绝招吗？

我当然知道啦，连你都知道了，还不告诉我么。吴娃瞥了复臣一眼，一边聊天一边继续吃香甜的大枣。两人一路说不完的话，又过了一个时辰才依依不舍地分手。

姚复臣拾金不昧完璧归赵之后，跟着蓝老板去了皇城干大事，成了在尧阳齐化村周围这三乡五村里，人们茶余饭后的话题。多少年过去，还是人们津津乐道用此教化后人。无论谁提起老姚头家的人品，没有不竖大拇指的。

⓪② 情变牛镇

蔡信刚夺得今年武清县算盘大赛的状元，兴冲冲地回到牛镇村，却万万没料到活生生眼睁睁地看见自己的媳妇花花在外面偷汉子了，这可是他无论如何想不到的事情。

河北省武清县城的中心有一处广场，广场东面醒目的红色横幅上"武清县算盘状元比武大赛"几个大字苍劲有力，小伙子们把条幅固定在两根高高的杆子上，立在了一户大院的墙外面，很多人正搬来桌椅，热火朝天地布置着算盘大赛的场地。

蔡信长脸，身材修长，浓眉大眼高鼻梁，长相不俗。他在出门前就把从村里出发到达集上参赛的时间计算好了。除了自己要卖两袋粮食换点零钱之外，村口张老汉也要搭车到集上卖两袋粮食，粮食搬上搬下需要蔡信帮忙搭手，而且白发白须的张老汉受不得颠簸，大车不便赶得太快，时间略显紧迫了。

张老汉在收购粮食的粮店外，与蔡信一起卸下几袋高粱。

老先生！您来卖粮啊？这时粮店外面的一个矮矮瘦瘦的年轻人叫住了张老汉。虽然满脸赔着笑，两只眼睛却贼溜溜地四处乱看。

是啊！张老汉见有人招呼，顺口应答了一句。

我是倒腾粮食的，您把粮食卖给我吧。我收粮食的价格比粮店高一点。年轻人满面带笑地看着张老汉，说着把两只手里拿着的银圆敲了一下，放在耳边听着，意思是我也有现金。

蔡信一面卸粮食一面听着那个年轻人说话，尤其听到了敲银圆的声音，把最后一袋粮食卸下来后，随口问了一句，你收粮食什么价钱呢？

高出粮店一成。您想啊，要是跟粮店一个价，谁跟我做生意？本小利微赚点小钱。小伙子随口答道，说出的几句话虽不差，但是满脸的浮躁和奸诈，就像俗话说的——带相，毫无掩饰的出卖了他。

听到了这里，蔡信把那个小伙子叫到旁边，你过来，我有话跟你说。

蔡信先用手示意张老汉在原地看着粮食，然后把那小伙子叫到稍远一点的地方，那小伙子还以为蔡信要跟他做一单大生意，屁颠屁颠地跟着走到一边。

蔡信人高马大的单手叉腰站在那里，小伙子一脸讨好的笑容仰面看着他，大哥，您有什么话尽管说，要是有粮食要卖，我给您一个好价钱，要是粮食多的话，价钱还有商量。

小伙子发现蔡信的脸色不对了，刚才还是面容平和，忽然变得满脸怒气，胆小的缩了缩脖子，不敢多话，眼神躲闪。

蔡信一手叉腰另一只手抬起来在头上挠了挠，那小伙子以为蔡信要动手打人，稍稍躲闪了一下，蔡信紧盯着他看了一两秒钟，很低沉地说，我们庄户人辛苦一年，汗珠子掉地上摔成八瓣，碰上好年景才多收得一点粮食，风吹雨打日晒雨淋的容易吗，你在这里拿着假银圆坑人，良心让狗吃啦？

你……你凭什么说我这是假银圆？小伙子色厉内荏，鼓起勇气反问着，胆气不足。

哼，就凭你拿在手里敲的那一声，还别说你特意敲了一下，就算是随便扔到地下，我都能听出真假来。蔡信胸有成竹地教训着他。你这是鲁班门前耍斧头，关公面前耍大刀，玩大了，不服气是吧，要不然咱们找个地方说道说道。

我……我……那小伙子张口结舌转身要跑，被蔡信一把抓住。我一不打你二不骂你，三不把你送官府吃官司，你跑什么啊？

大哥饶命，小弟我错了，以后再也不干这坑人骗人的勾当，我上有八十老母，下有……

下有黄口小儿是吧，蔡信打断了他的话，你说你年纪轻轻的学点什么不好，不务正业到处坑蒙拐骗的，要是不赶紧悬崖勒马，将来一定是蹲监狱被砍头的下场。我现在也没工夫管你的事，要是下次再见到你坑人骗粮，你就倒霉了，绝对不会轻饶了你。

我知道了，大哥饶我一命，我真不敢再干这事了。

滚吧！蔡信厌恶地一挥手，赶走了那小伙子，见他一溜烟似的跑得不见了人影，赶快回到粮店门前，跟张老汉一起把粮食搬进屋子里。抓紧时间把粮食评等级，称分量、结账拿钱之后，二人一起赶车前往算盘比赛场地。

此时，武清广场的算盘比赛场地已被一众人里三层外三层围得水泄不通。场地上十几个桌椅摆成一片，只剩下一个桌椅前面空着没人坐，选手们个个顶着瓜皮小帽，脑后留着长短粗细不同的辫子，有的正襟危坐，有的交头接耳。

一排桌子后面坐着几位长者，个个神采飞扬气质不凡，其中一位拿着手里的报名单，高声点名：

董庄的董思宝，有人应声高高举起一只手喊，到！

大周村的周国兴，到！

赵家营村赵廉明，到！

牛镇村的蔡信……蔡信！……蔡信到了没有？这是第三次也是最后一次点名，再不到就算弃权了。蔡信，到了没有？！

比赛场上的老者喊了几遍，见没人回答就回头征求了一下桌子后面那几位长者的意见，得到首肯之后宣布：今天是每年一度算盘比赛的最后一场对决，得胜者就是今年的算盘王，经过前边三次点名，各村镇提报上来的名单人都到了，只有牛镇村的蔡信没到，算他弃权了。

下面给参赛的各位发放今年的试卷，试卷向下盖在桌面上，在我喊开始之后，大家才可以一起翻过试卷，然后写上村镇名字和自己的名讳，再开始计算。加减乘除四则运算，答案对者胜出，错者淘汰。抢先翻开偷看者，犯规退场，请大家监督。计算完毕把结果写在试题下面，高举试卷不得出声打扰别人。违纪者也算犯规，试卷作废退场，听明白了没有？

听明白了！十几位选手高声回答，兴奋之情溢于言表。

好！老者潇洒的把手一挥，对一个小伙子示意发考卷。

这年轻人把一张张试题反扣着放到各位选手面前，还没宣布开始计算，有的选手把衣袖挽得高一些，并且活动双手的手指做准备，有的选手已经脑门出汗，一个劲用手帕或者袖口擦着脑门上的汗珠，个别人的手已经有点哆嗦，摩拳擦掌的使自己镇静下来。

准备啦！开……始……！当即有人用力敲响了一面大铜锣，一声震耳欲聋的锣响，惊得周围上百名看客鸦雀无声。

翻开试题之后，顿时十几把算盘打得噼里啪啦响成一片。

河北省武清县在早年间每年秋收过后，八月十五都有一个较大的庆祝会和一个特别大的集市。县城里除了各种生意摊贩市场火爆之外，还会有狮子舞、高跷、唱大戏等各种表演和比赛。唱戏的戏班子互相攀比着拿出最好的表演，看谁家戏台前面招来的看客多。人气旺的戏台，戏班的名气就大了，名气大的戏班子在过后的几个节日里，尤其是新年和春节，就会被各大镇子抢去演出，演出的价码也相对高得多。

戏台前面看客少的班子，也许就要远远的流落他乡，甚至到穷乡僻壤去演出，几年之内不敢再回本地。直到有了更能撑得住台面的新台柱好演员，或者有了新的更能拿住人的好戏，才敢再回乡来比试一番。

当然，每年武清县城中心广场的算盘状元比武大赛也是庆祝活动中不可缺少的一项。今年像往年一样，通过比赛最后决出一个算盘状元。选手们在比赛中既要有熟练的手上功夫，也有对他们心理素质的考验。当着周围几十上百的观众，面对省县里各位德高望重的考官，再加上不远不近各种纷繁嘈杂的声响，没有沉着坚强的定力，算盘状元的名号是拿不下来的。

各村镇已经通过几轮比试，此时，只剩下了十几个。高矮胖瘦基本都是年轻人，较之其他几个热闹的活动场地这里显得安静严肃。

在一番噼啪作响过后，老者阅完卷，拿着其中四名答案正确的试卷宣布，为了公平起见，再出一道试题请这四人比试。这次的试题比刚才要难得多了。张庄的张利民、赵庄的赵鸿运、李庄的李孝利，马家河子的马力本，请你们四人到前面桌子来坐好，周围响起了一阵掌声。

请大家安静，发试卷！开……始……！一声锣响之后，又听得一阵噼噼啪啪算盘声。

四人算完之后，有人把四张试卷收上来，几位老者看后窃窃私语，不禁摇头叹息，原来这四个选手竟没有一个算出正确答案，商量过后，那老者起身宣布。

这次参赛的四位，答案都不正确，估计是试题较难和选手太紧张了，你们四位都是层层选拔出来的高手，为了决出一个状元，我们决定，同样的试题，让你们再比试一次。

最后一次考试各位准备好，开……

"开始"两个字话音未落，就被一声"请等会，我来了！"的大喊声打断了。一个头戴毡帽，一身短打扮的小伙子，满头大汗的分开人群，嘴里不停地向各位老乡说着，对不起，对不起，借过借过！

你是谁啊？老者的声音被打断，心里几分不快，皱着眉头发问。

老先生您好，各位老先生好！我是牛镇村的蔡信。蔡信站定之后，上气不接下气地赶忙答道。

你就是牛镇村的蔡信？老者不满地说，喊了这么久没人应，比赛都快结束了你才过来，小伙子，晚啦！

老先生，您好！各位前辈大家好！我还能参加算盘比赛么？蔡信由于从小上过私塾，所以识文断字，能写一手漂亮的毛笔字，算盘也打得远近闻名。他是老蔡家嫡传子孙，去过北京、天津，见过大世面，在牛镇村周围的十里八村之间，也算得上是小有名气，但是从人才济济的武清全县的范围来看，他还排不上号。

小伙子，不成啊，你来得太晚了，已经被取消比赛资格了。说完，老者摆了摆手，示意他离开。

老先生真对不起，我来得太晚给大会添了麻烦。您看这样行不行，我陪着大家打一会儿算盘，输赢都不算数，当着大伙的面练练我的手艺，您几位老人家看行吗？蔡信赶忙满脸堆笑点头哈腰双手抱拳，不仅对这老者也向周围的观众连连作揖祈求着。

就是啊，来晚了赢了也不算数，就让他打一会儿。有人觉得多这么一个人打算盘，也不算什么事，场面还会更热闹一点。

就是，就是！有好事者七嘴八舌的议论起来，几位老者互相看了看，也觉得这个要求并不过分，微笑着各自点头。于是老者宣布决定，蔡信来晚了取消了参赛资格，不管他答案正确与否都不算数，让他打一回算盘，他也算没白来一趟，大家看行吗？

行啊，权当一起乐和乐和。

这还差不多，我看行！又不是进京赶考，哪有那么严格。大家七嘴八舌一声高一声低地议论着，

谢谢，谢谢各位！蔡信再次抱拳，四下里点头作揖地赔笑脸。

你坐在那儿吧！长者指着四位后面的一张桌子。蔡信走到桌子跟前，一位年轻人把试题送过来，也是背面向上放到桌子上，老者走近他把考试的要求简单说了，蔡信伸手按住试题纸，冲着老者微笑地点头，连连道谢。

蔡信落座之后不慌不忙，伸手从怀里掏出一个黑色绒布缝制成的小口袋，小口袋略大于乡村常见的烟荷包，口袋外边垂下一个猩红的穗子。只见蔡信右手两根指头捏住猩红色的小穗，轻轻一抖黑绒布口袋，黑色的口

袋就落到左手里，一把白色的小算盘已然握在右手掌中。小算盘长约四寸宽约两寸比手掌稍小一点。他把白色的小算盘放到桌上，黑色的绒布口袋和白色的小算盘，再加上猩红色精致的穗子，绝对吸引眼球。

老者大喊一声，肃静！全场一片寂静。

准备好，开……始……又一声震耳欲聋的锣响。

五名应试者在试卷上各自写好了自己的姓名和村镇之后，前面四位噼里啪啦地打起算盘。只见蔡信两眼盯住试题，双手在小算盘上运指如飞，把周围的看客惊得目瞪口呆。不一会儿，蔡信停止了运算，用毛笔在纸上写下结果，一手高高举起试卷，等小伙子把试卷收走之后，就坐在那里休息了。

蔡信的算盘和他运算的指法技巧，四位长者中早就有人注意到了，示意另外三人，引得几个人注意力全都集中在蔡信的手上。

前面的四位陆续写出了运算结果，年轻人过来把试卷全收到前面的桌子上，只见几位长者交头接耳，议论纷纷，有的点头有的摇头，有的啧啧赞叹。

最后那位长者对各位点了点头，抱拳四顾。

各位请肃静！今年的算盘状元比赛，出的试题的确有点难，目前的结果我们几位老朽也不好定夺了。前面的四位虽经各村镇层层选拔，乃是我县算盘技术中的佼佼者，但遗憾的是虽然再次计算，答案依然不对。可是被除名的牛镇村蔡信，虽事先有约，成绩输赢都不算数，但是只有他打出了正确结果分毫不差。

老者非常严肃地说完这句话，脸上现出微笑，再看人们议论纷纷，互相讨论的样子，手捋胡须笑了起来。

哈哈，太有意思了！想征求大家意见，算盘状元今年怎么选定呢？

人家就是来晚了，技术大家都看得见，无论算不算，实际上人家也是今年的算盘状元了。爱发表议论的有点慷慨激昂。

就是，明摆着的事。周围几个人也点头，表示同意他的见解。

谁要是不服气再打一回。有人高喊着对台上的几位老者，提出了自己的观点。

台上的几位老者也交头接耳一番，得出了一致意见。

刚才蔡信是坐在后面，现在请他到前面来，再把试题演算一遍，表演给大家看看，也好学习一下他打算盘的技术。老者说完，笑着把蔡信叫到前面的位置，把试题再放到他面前，请他把这个试题再演算一遍。

蔡信深深吸了一口气，镇定之后坐直身子，由于刚才已经算过一遍，所以胸有成竹。只见他气定神闲地伸出双手，手指在算盘上跳动着，急速而有节奏地拨动着算盘珠，算盘珠发出清脆悦耳的声响，以大家不可思议的速度又演算了一遍，数字分毫不差，围在旁边的四个人目瞪口呆。周围人群中又爆发出一阵经久不息的掌声，夹杂着议论声和赞叹声。

蔡信使用的那把小算盘精巧别致，让大家忍不住指指点点，互相询问打探一番。

好！蔡信的算盘技术和手法确实少见，我们几个老朽都很钦佩。看来大多数人的意见与我们几位不谋而合，今年的算盘状元，牛镇村的蔡信名副其实，你们四位也不会有什么意见吧？那老者对着大家郑重询问。

没有，没有！亲眼见过蔡信算盘技艺之后，几个人早已心服口服。

蔡兄算盘打得出神入化，我服气。其中一人特意加重语气，表明自己的态度。

的确比我们几个高明多了。其他几个附和着，伸出大拇指。

我就是再练几年也未必能到这程度啊！更有人感叹坦承差距。

四个人回过身来，向着蔡信抱拳施礼。蔡兄，佩服佩服！

各位言过了，承让！承让！蔡信在此献丑了，偶然制胜浪得虚名。蔡信早已把小算盘收进怀中，不敢喜形于色，一本正经严肃地向各位年轻人致谢。

老者见没人提出异议，于是高声宣布，各位！今年的算盘状元蔡信，得到的奖品是红木算盘一把，由本县乡绅赵老先生奉献。现在请赵老先生把奖品赠予算盘状元蔡信。

发试卷的年轻人引导着蔡信走到前台桌子前面，一位童颜鹤发的长者，双手送过来一把精美的红木算盘。红木算盘紫红色闪闪发亮，上面有大红绸子团成的一朵红花和长长的绸穗，把红木算盘衬托得光彩夺目。蔡信弯腰向赵老先生深鞠一躬，双手接过奖品，再鞠一躬，口中大声喊着，谢谢赵老伯！谢谢各位！

回过身来又向四周围观的群众鞠躬致谢，然后高举红木算盘，满脸笑容地向四面招手。四周的喊声和掌声一浪接着一浪。

几位算盘高手围过来，看着蔡信手中的红木算盘，非常羡慕和赞赏。

蔡兄算盘打得出神入化，得此红木算盘，你的算盘状元绝非浪得虚名啊！有个年轻人眼里冒出崇敬的目光，握住蔡信的手，真心祝贺。

一位白须老者挤进人群，高挑着大拇指向着大家喊道，这个蔡信，可是我们村有名的好后生，这把红木算盘好是好，要是比起他们家的传家宝，那可就差远了。张老汉看着蔡信拿到了算盘状元，一时高兴脱口而出。

张老汉的一句话，惹出不少人的好奇心，马上就有人发问，蔡兄，你家的传家之宝，是一把什么算盘啊？

传家之宝是你刚才用的那把算盘吗？

那把小算盘真漂亮，使用什么材质做成的？

各位兄台，这都是乡间流传的不实之言，哪有什么传家之宝，无非是喜欢收藏的一把小算盘，只是材质上特殊了一点，是用象牙制成的，并没什么其他特别之处，大伙看看吧。伸手把已经装进黑绒布口袋里的那把象牙算盘取出来，拿到眼前让大家观看。

那把象牙小算盘在猩红色的穗子衬托下，显得晶莹洁白，而在牙白色中又略显淡淡的黄色，在深秋艳阳高照的阳光下，闪烁着一层迷人的炫光。人们看得出神，在几声轻轻地啧啧赞叹之后，一时寂静无声。

几位老者也走进人群，近距离见到那把象牙算盘，个个都睁大了眼睛，征得蔡信同意之后，把算盘拿在手里细细鉴赏起来，甚至有人忍不住用手指轻拨几下算盘珠子。几位老者传着欣赏一圈之后，轻轻地把算盘交还给了蔡信，互相点头赞叹之余，还不免再看上一眼。

蔡信接过算盘，轻轻点头致谢，把算盘装入黑绒布袋子里，揣入怀中。

乡绅赵老先生是个算盘迷，今日奉献出的红木奖品算盘，只不过是一般的收藏品，家里收藏了各种材质不同大小不一的算盘几百把，但是这种精致的象牙算盘，他这把年纪还第一次见到。刚才拿到就爱不释手，仔细鉴赏一番后又交给那几位老者观赏，现在见到蔡信已经把小算盘收入怀中，上前把他拉出人群走到一边悄悄地问他，蔡家小哥，这把小算盘你愿意忍痛割爱么，我可以出个大价钱。略弯下的腰身和眼巴巴看着蔡信的眼神，恳切之情溢于言表。

蔡信望着老者的眼睛诚恳地说，赵老先生的意思我明白，但是这算盘除了是祖传之物以外，在小人眼里也是心爱之物，不敢割舍。

老人沉思片刻，点点头对蔡信说，好吧，我明白了。君子不夺人所爱。

赵老伯，那我就回去了。

回去吧，要是有时间再到县城来，希望光临寒舍。若是有出手这把小算盘的意思，一定先告诉我，行不行？赵老先生虽然心里不舍，可也只好客气的告辞。

我记下了，老伯再见！蔡信说完又回过头来看着不远处还在交头接耳的人群，挥挥手大声喊着，各位！这次承让了，咱们后会有期，回见！也没等大家再说什么，赶快抱拳跟大家道别，领着张老汉消失在人群里。

蔡信与张老汉买了一些日用品，又逛了逛集市，特意给老婆买了几尺花布，吃了午饭之后觉得没什么再看的，就赶着车回村了。这一路跟张老汉聊天之外，还拿出红木算盘仔细欣赏一番，人逢喜事禁不住摇头晃脑地唱起了小戏。

车上没有了货物很轻巧，蔡信喊了一声驾！扬手挥动长鞭，一声清脆的鞭响之后，那马一路小碎步颠跑着。快到村口，张老汉下车先回了自己的家。蔡信继续赶着大车往前走，没走多远，见前面有一个女人端着洗衣盆，那女人很像自己的老婆槐花，看似洗完了衣服，却走向村外的芦苇塘，本想喊一声问她去干嘛，张了张嘴却没出声，蔡信想跟着看个究竟，便把鞭杆插在大车上，俗话说"老马识途"，让马把车拉回家是没问题的，自己在老婆的后面百米之外跟着。

这是武清的牛镇村。提起"京津走廊"人们都知道是指武清区。武清区位于天津市西北部，早年间一直隶属于河北省，地处海河水系中下游，像一把折扇平展于京津两市之间。著名的京杭大运河自北而南贯穿武清全区，而永定河则横贯东西。

牛镇村的南边有一片大苇塘，大苇塘方圆有两亩地左右，据说是老蔡家出了状元郎，被皇帝封了大官的那一年，为了盖蔡家大院，大兴土木烧砖烧瓦盖房取土，因而挖出来的一个大水塘。

因为这水塘挖得紧挨着河边，为了解决蚊虫滋生的问题，把水塘与龙凤河之间用两条小渠连通起来。北边的一条叫北状元渠比较长，迎着河水流进村子再流进水塘。南面的一条叫南状元渠比较短，顺着河水再从塘里流出去，水塘里的水就成了活水，不但长满了苇子，还有了鱼。

蔡家的老辈人就经常对他们唠叨，咱们蔡家祖上是出过大官的啊！当了大官的老祖宗从河南省上蔡县举家北迁，被皇封落户到这里。那老祖宗活着的时候，到咱们家门前的文官下轿，武官下马。去世的时候是文官点祖，武官下葬。

虽然老话是如此流传下来了，下轿和下马从字面上也能看得明白，可是点祖和下葬是什么仪式，就没有人能说清楚了。

再说到底在哪一朝哪一代任过何种官职，就没见到有任何记载。在清朝历史上倒是有一个当过宰相的名叫蔡信，不是本地生人，所以村里的老蔡家人并不知道。如果知道的话，就不会再有和祖上相同的名字了。不知是什么原因，如此重大家族事件，居然断档了。老蔡家虽然已经败落多年，作为一个大家族遗风，续家谱的事情早已无人提起，祠堂中历代祖宗的排位，也不知何年何月都消失不见，但是家族中无论是添了男孩还是女孩，都会起一个正式的名字，也称为学名或者大名，以区别一般农户人家为孩子起的俗名和小名。

大苇塘的中央有一块凸起的小土包，土包大约三四丈见方，通过北面一条丈把宽的小堤通向塘外。因为村子的庄稼地比较多，所以只有冬闲的时候才有人到苇塘里割下一些苇子，织成炕席到集上卖掉贴补家用。还有用干苇子烧柴锅用的，那都是地少人多的家庭。大部分农户把自家地里的秸秆收回家，已经够烧火做饭用的了。

蔡信从小就在这片苇塘里洗澡藏猫猫，狗刨游泳，光屁股摸鱼，所以对这片苇塘的地形太熟悉了。

槐花一手揽着腰间的洗衣盆，另一只手不时拨开荡到眼前的头发，步履轻盈地向村南大苇塘走去，略低的头掩饰不住嘴角的一丝笑意。她的心里只剩下了这条路和前面大苇塘里的那个人。

槐花钻进了芦苇塘深处找到等在那里的铁蛋，两人一见面就迫不及待地搂抱在一起，尽情地亲吻着。

铁蛋和槐花全然不知蔡信正在看着他俩的表演。他们自认为找到了最安全的地方。

蔡信看着看着，呼吸急促，鼻子呼出的热气很烫。一只手揉了几下鼻子，另一只手下意识揪住身子底下的苇根，眼睛一眨不眨，直盯盯地看着那两个人。

天空一下子彤云密布遮天蔽日，变得比锅底还要黑，乌云翻滚中一道闪电直劈下来，一个炸雷把大地掀翻。天崩了、地裂了，一阵连一阵滚滚的雷声震得蔡信怒火冲天，一个接一个的霹雳闪电爆出他两眼血红。他拔出剔骨的牛耳尖刀，抽出剁肉的钢板利斧冲上去。夹着狂风裹着雷电一顿狂杀猛砍，只杀得尸横野地、天昏地暗，只砍得支离破碎、血肉横飞……

但是，这一切并没有发生，这样的场景只是在蔡信的头脑里闪了一下，他觉得自己应该这么做，又觉得自己不应该这么做。同时他实在弄不清楚，为什么自己竟然不那么生气，也不愤怒，更没跳起来把这对狗男女抓住捆起来，或者把他们二人都杀掉。

一种说不清道不明的心情，竟然觉得眼前的场景很好看，而且场面和动作都那么和谐，就像无忧无虑的两个童年男女在一起游戏。

秋收刚过的天是高高的、蓝蓝的。已经向西边走下去的太阳，发出暖暖的橙色光芒，光芒照在芦苇上，闪现出变幻不定的色彩。

有风吹过来的时候，芦苇就沙沙响着摇摆起来；阳光的金黄色，苇叶的青绿色，天空的湛蓝色就飘动起来，有时融合有时分开；分开的时候像精灵在飞舞，融合时像迷雾一般飘荡。

那一对童男童女也像融合在这片天地里，无论动作是舒缓还是急促，无论是低声呼喊还是轻声呻吟，都那么甜蜜、快乐、舒心和熨帖。

他静静地坐在一个土疙瘩上，看着他们就像看戏台上演出的一场唱、念、做俱佳的戏曲。槐花白皙又苗条的身子和铁蛋黝黑粗壮的身体，形成鲜明的对比。她不自觉发出来略显高亢的声音，与男人粗犷低沉的嗓音交织在一起，显得那么恰到好处。

激情过后，铁蛋侧身躺在那里，一只胳膊弯曲着支起头，无限满足地看着槐花，而槐花坐在旁边整理着自己的头发和铁蛋轻声说笑着。翠绿色的芦苇在接近根部变得浓绿，背后的一束阳光穿过芦苇落在他们身上，逆光给槐花的身体画出了一条完美闪亮的曲线，那曲线像一团圣洁的光芒笼罩着她，好一幅柔美朦胧、美轮美奂的画面。

他简直认不得眼前的槐花，这个和他结婚了七八年，在一个桌上吃饭，一个炕上睡觉，给他生了三个孩子的女人。

他知道槐花长得好看，但是从来没觉得槐花有这么好看过。他多次看见过光着身子的槐花，却从来没见过她一丝不挂的身材是那么苗条干净，举手投足的舞动那么优美。激情过后染得满脸红晕如醉如痴，似笑、似嗔的声音，他都没见过也没听过。结婚这么多年了，第一次见到槐花是这么美，是一种自己无法述说的惊艳。

蔡信觉得脑子里一阵模糊，晕晕乎乎的像回到了童年，轻飘飘的不知身在何处。眼前似乎出现了一层忽隐忽现的薄雾，那些情景、事物都变得像祖母给自己讲过的故事——牛郎织女"天河配"的画面。

仿佛天上下来的织女，正在和牛郎相会。绝美的声音和画面在自己的心里一下一下拨动着。似乎是戏台上的胡琴慢慢地响起来，那声音轻轻的、柔柔的、细细的、软软的，婉转悠扬的在心里忽轻忽重地流淌着，弄不清是从天际飘来，还是从心里泛出。他的眼泪不知不觉地流了下来。

他觉出自己脸红了，心跳了，手心出汗了，像是偷看了什么圣洁的东西，又像自己做了什么大逆不道、违背常理的事情，有了负罪和羞耻的感觉。

说不清楚自己的感受，本该感受到的耻辱和仇恨，一点也没觉出来，反倒觉得是那么美好，他彻底糊涂了。最后决定还是不惊动这两个人，先好好想一想，等自己想清楚的时候再说。当芦苇又一次唱出沙沙歌声的时候，他悄悄地退了出来。

武清古为幽燕之地，南望齐鲁、民智早开，民间文艺源远流长。北倚燕塞、民族和洽，文化得以交流，流派异彩纷呈。久为京畿，语音纯正，素有"文化县"美称。虽说距离北京和天津都不太远，可毕竟还是农村，与这两个城市的生活习俗还有些不同。

这一带的农村，女人在结婚后的夏季，日常天热有不着上衣的习俗，尤其是有了孩子的女人，抱着孩子出来逛街和村里人聊天，大都是赤裸着上身。不管是在多少男人们的注视下，都心里坦荡地挺着一对丰满的乳房，随时塞到孩子的嘴里喂上几口奶。男人们从小就见到这些年轻媳妇们身上的物件，何况又是嘴里叼着那两个奶头长大的，从来见惯不怪。

乳房是医学和文学上的名称，作为哺乳动物的特征，无疑是一种性器官。虽然槐花是生过了三个孩子的母亲，双乳还是那么挺拔丰满。对于乳房，各地域也有不同的叫法，有的地方叫"妈妈"，有的地方叫"奶子"。在河北省有的地方称为"瑞"，发音为一声。北京的俗称是"咂儿"。

小伙子和老爷们儿经常对那些妇女的乳房发表不同的见解和评论，由于个人喜好不同，从来没有达成一致的看法。蔡信对槐花是非常满意的，由于这种满意，他从来不参与关于这个问题的讨论。

槐花的娘家在杨村，杨村比牛镇村大一些，她出生的日子正是槐树开花的季节，所以起了个小名叫槐花。槐花在娘家村里也算得上拔头筹的漂亮姑娘，她和同村的铁蛋从小一起长大，两人早已互相认定了是小两口，早晚是要结婚过日子的。当牛镇村老蔡家要给大少爷挑选媳妇的消息传出来之后，槐花爹娘的心眼活泛了。

她爹，牛镇村蔡家大院在张罗给儿子娶媳妇呢。槐花妈一边说着，一边用锥子的针尖在头发里面划了一下，为的是让针尖上带一点头油，扎下去的时候能顺溜一点，接着给男人纳鞋底子。

我知道了。槐花的爹装上了一袋烟用火镰点着火抽着，其实这件事他早就知道了，也想了好几天了。

槐花要是能嫁过去，就有好日子过了。槐花妈似乎在自言自语，老两口当然知道自己闺女要长相有长相，要身材有身材，心灵手巧干什么像什么，家里地里一把好手，十里八村谁人不知谁人不晓。

我也这么想过，可是她跟铁蛋从小就要好，要是硬把他们拆散了，也怪不落忍的。槐花她爹说着，嘴里不停地吧嗒着烟袋锅子。他觉得很长时间没这么动脑子想事情了，这件事真得好好想一想。

铁蛋倒是个好孩子，可是他家里太穷了，我是怕闺女跟他受穷一辈子。槐花妈也觉出了这是一个全家人翻身的机会，可是拆了她和铁蛋的婚事，又怕伤了闺女的心。她知道和不喜欢的人成家是什么滋味，她可是过来人。

要是闺女嫁到老蔡家，不但闺女能享福，咱们也能过上好日子。槐花妈把心里话说了出来。

那是，别看老蔡家不像上几代了，可是瘦死的骆驼比马大，彩礼肯定不会少，咱们也能翻身了！槐花她爹跟女人想到了一个点上，都想趁闺女出嫁的机会发一笔大财，过了这个村就没这个店了，绝对是千载难逢不容错过，能不能改运发财，就看这一回了。

闺女要是不愿意呢？母亲身为女人，多少还为闺女着想，虽然想脱离穷命，依然难下这个狠心。

我是她爹，这事哪能由得了她。说完这句话槐花爹抽完了一袋烟，使劲在炕沿上敲了几下烟袋锅子，看来是做出了结论，下定了决心。

我先好好跟闺女说说吧。见到男人已经把话说绝了，女人也就顺水推舟地同意了，为了让闺女心气顺一点，决定先跟闺女好好聊聊，行！你说完了我再说。老两口商量好了之后，决定当娘的先跟闺女说，然后他爹再帮腔，毕竟是女孩子。

找了一个晚上，两口子跟闺女交底，说出了他们的想法。先是当娘的把话挑明了，然后老两口你一言我一语死说活说的，什么恨儿子太小闺女指望不上啊！什么儿女婚事就是要父母作主啊，什么把闺女养了十几年不能白养了啊……一把鼻涕一把泪，抹脖子上吊的总算是把闺女逼得同意嫁到老蔡家了。

说通了闺女之后，赶快找了媒人前去说亲，又定下让蔡家的人到集上相亲的日子。等得到蔡家认可的时候，槐花的父母就筹划着将来怎么和亲家相处了。

由于蔡家送来丰厚的彩礼，使得槐花的爹妈着实在村里风光了一把。除了一小部分给闺女办了嫁妆，绝大部分都留下了。把毛驴卖了换了一头大牲口，全家人做了新衣服，把小儿子也送进了学堂……总之，比原来想的还要好很多。槐花她爹从此变得大方了不少，时不常地把烟荷包递给邻居的老少爷们儿，让人家抽一袋据说是姑爷从北京给他捎来的旱烟丝。

槐花的爹娘为了攀上牛镇村蔡家这个高枝，活生生拆散了她和铁蛋的婚事，把她嫁到了牛镇村。铁蛋在村里窝窝囊囊的种了两年地之后，找机会和回娘家的槐花商量，商量的结果是他先去学铁匠手艺，学完之后再去找槐花。铁蛋有一副好身板，早就喜欢上打铁的手艺，经人介绍给当地一位有名的老铁匠当了徒弟。

铁蛋不仅身体强壮人也憨厚，学艺干活不偷懒，还不时买点小酒小肉的孝敬师傅。选定了铁匠一学就是三年，三年之后出徒的铁蛋练就了一身好手艺，打出的农具都非常好使。接过师傅赠予的一副打铁家伙，铁蛋开始走村串乡以打铁为生。

槐花原来只是恨爹娘给自己找了一个不认识的男人，虽然拗不过爹娘却想着如果男人对他不好就跑，跑不了就死。等花轿抬进了蔡家大院，便感到了老蔡家与众不同的气派。这高大、宽敞、亮堂的大宅院，可不是一般农户人家都能住得上的。在洞房里见了女婿一表人才，不但长相英俊身材高大，而且对她非常和气。知道了蔡信识文断字能打算盘，而且写得一手漂亮的毛笔字之后，槐花的心里得到了一丝安慰，她劝自己认命了。

让她自己也没想到的是，虽然劝说着自己认命了，可一起生活了几年之后，槐花心里仍然装不下蔡信，放不开铁蛋。尽管吃喝不愁，穿戴鲜亮，地位是当家的大奶奶，可她依然不甘心，始终认为自己是铁蛋的女人。一直到生了三个孩子之后，还是割舍不下风雨里漂泊着的铁蛋。人前人后蔡信很少看见她脸上露出笑容，看见孩子们渐渐地长大，她心中充满了安慰，她的笑容只给自己的几个孩子。

有了这段刻骨铭心的经历之后，槐花才知道了，女人要想迈过自己心里的那道坎，真是太难了。

虽说在乾隆年间，朝廷颁布过一部《钦定大清通礼》，《通礼》规定青年结婚年龄是"男十六，女十四"，但是这个规定并没有被严格执行，所以清朝男子结婚早的早，晚的晚，大都根据自家情况来定。

蔡信是老蔡家的独子，与槐花结婚时，已经满十六岁，在当地已经到了娶媳妇的时候。媒人到家里来说的那些话他也听见了。俗话说"媒人两头转，为了扒干饭。媒人两头走，吃成大肥狗。"所以他不大相信那女孩长得像媒人介绍得那么好。及至到了集上相亲，只远远地瞭了一眼，就不由自主地走到了很近的地方仔细相看起来。这一看就喜欢上了，媒人这回说得不错，女孩不但模样漂亮，而且身量高、苗条，胸脯高高地、屁股大大的。按照当地人的说法，屁股大的女人容易生男孩，奶子大的女人生了孩子奶水多。

回家之后就一个劲地催着爹妈赶快下聘礼，心里就像点着了呼呼隆隆的一堆火，而且是越烧越旺的火。结婚之后看着媳妇越看越喜欢，七八年了都觉得没看够。心里总被那团熊熊热火烧着，无论干什么浑身上下都有使不完的劲。也不管是家里还是地里，在他眼里总有干不完的活，他手不闲脚不停，放下这件拿起那件，他要把自己的这个家打理得好上加好，把日子过得美上加美，他觉得自己真是一个有福气的人，而且毫不怀疑的认为自己能这么幸福生活一辈子。

槐花家里家外都是一把好手，不但针线活干得好，推碾子、拉磨、种庄稼，样样拿得起放得下。就是不爱说话不爱笑，可他认为这是女人老实、稳重，不像那些女人整天嘻嘻哈哈的疯打疯闹没规矩。无论他提出什么要求，女人都表现出听话和顺从，更使他觉出自己在家里的重要，那是一种有权威有地位的感觉。

后来发现女人每隔十天半个月都有那么几天，会特别的高兴。他能听见槐花在屋里哼唱着当地那些耳熟能详的小曲，或者不等他吩咐就炒了两个小菜，把酒摆好等他喝。

慢慢又发现女人高兴的那几天，总会找借口出门一趟。虽然也有发现说得不对的时候，也总是让女人搪塞过去。有几次明知道槐花去河边洗衣服了，当有事让孩子到河边找她却找不到，回来却说是被村北头的张婶或者村东的干大妈叫去有事了。看着女人不慌不忙的样子，蔡信绝对相信她说的都是真的。

自从有了头生儿子之后又添了一儿一女，这三个孩子使他对女人非常满意，何况他不是那种小心眼的人，所以也就没对这种事过多的思考。

不是有什么人告诉了蔡信，这是他自己有了疑问。待他有几次弄不清槐花到哪里去了，以及这段时间干了什么的时候，有了一个很想弄清楚的想法。

那天，他去夺取了省城算盘大赛的状元回来，满心高兴赶着大车进村的时候，无意中看见远远的有个女人夹着洗衣盆向村南走去，从背影上看很像自己的女人。等到看清了的确是槐花，又想起了自己的那些疑问，决定跟上去看看槐花到底上哪儿去。

这一看，却看见一出活生生赤裸裸的"牛郎织女天河配"。

回到家的蔡信，认认真真地想了好几天。

他告诉自己，是槐花给他戴上了绿帽子，让他成了"王八"。槐花是偷人的"养汉老婆"，是不要脸的"荡妇""骚娘们儿"……可无论怎样告知和提醒自己，他也没有感觉到那种恶狠狠的咬牙含恨，心里居然生不出一点憎恨的意思。甚至他狠狠地打过自己好几个耳光，边打边骂自己没出息、没血性、不像个男子汉。

另外，他也深深地感觉自己的心里一阵阵钻心的酸痛，有说不出来的委屈。自己明明很喜欢槐花，对槐花一直百依百顺、体贴入微。在结婚之后的这几年里，蔡信从来没有跟槐花吵过嘴，也没有给她任何的限制和要求，一切都依照槐花的意愿来安排生活，在这个家里她有绝对的权利和自由。

蔡信认为自己对槐花的疼爱，就应该体现在给她一个舒心快乐、自由自在的日子。所以无论庄稼地里或者生意上的一切麻烦和难心的事，他都自己扛起来，不对槐花说。既然生为一个男人，他知道自己就是要挑起家里一切大小的担子，既是对这个家的责任，也是对自己女人的责任。

可是无论怎样对槐花和铁蛋，他还是恨不起来，只是他见到的那场苇塘里的情景，那种特殊的圣洁和美好，越来越强烈的充满他心里。萌发出一种说不清的拒绝，使他无法再和槐花有夫妻生活了。

为此他试过好几次，他和槐花躺一个被窝里，可是他只能看着她，最多摸一摸她的身子。哪怕两个人把衣服都脱光了，也没有了性的欲望和要求，这又是一个他无论如何也弄不明白，解释不清的事情。

槐花当然也感到了男人对她态度的变化，但是她没往心里去。对于这个是自己丈夫的男人，她知道应该把身子给他。虽然从来没有拒绝过，但是也从来没有主动过。你要的话就来，什么时候要都可以，但是不要最好。只有面对铁蛋的时候，才感到自己身子里有抑制不住的骚动，才会有那种敞开一切，恨不得全身心都和他融到一起的欲望，像一股股燃烧的烈火，烧得她热血涌动，强烈的快感简直销魂蚀骨。

铁蛋虎头虎脑，膀大腰圆，本是个土生土长的庄稼汉。他又学会了铁匠手艺，使得他在村子里也算得上是个有出息的男人了。谁也不知道他学这门手艺的原因，就是为了有理由在各乡村里来回地游动，在想槐花的时候，就到牛镇村去和她幽会。他把挣来的钱除了必要的生活支出以外，全都放在家里保存起来。看见那银圆慢慢地多起来，对将来的生活也有了盼头。

但是那盼头到底是什么，他并不知道。每隔十天半个月的，能和槐花欢快一次，虽然不能完全满足，但也只能这样，因为他们想不出什么更好的办法能长相厮守生活在一起。他是那么的爱槐花，槐花也那么爱他，尽管这么多年过去了，他还是觉得槐花才是他的女人。

脚底下踩着槐花给他绣的花鞋垫，走路更有劲。穿着槐花缝补的衣裤，他觉得很舒坦。尤其是槐花绣的那个荷包装烟丝，荷包上的花样反反复复看不够摸不够，烟斗上缕缕青烟进进出出地抽不够。长年走村串镇的打铁为生，他的话越来越少，有时候槐花跟他说了半天的话，他就知道看着槐花"嘀嘀！"的傻笑。

明天怎么办，下一个月怎么办，明年怎么办，将来怎么办？铁蛋干脆不去想，只要在这个世界还有个槐花这样的女人爱着他，他就觉得活着是件很好的事情。将来的事他不去想，也想不出来。他全部的心思和生活都放在两件事上，一是打好铁器多挣钱，二是隔十天半月的就去找槐花一次。

武清民风朴厚，人们"蹈礼仪，重许可"。

河北地区河流由太行山发源，由南向北流经华北平原，最后汇聚海河，呈扇状分布。海河五大水系从南到北分布，因上游支流多短而急，中游较为平坦，下游河道低洼易积水，因此旱灾较少水灾较多。

那年八月降雨从南到北几乎同时开始，不同往年南北降雨时间有先有后，可以让河流之间的洪峰错开，彼此之间交错入海，当年降雨集聚，河流普遍涨水，洪峰汇集引发了特大洪灾。

也因连年战争，社会动荡，朝廷无暇顾及河道的治理，水利工程经年失修，导致河流泄洪能力不足。再加上大雨一连下了十几天，降水量大，河北省大部地区都遭了水灾，百年一遇。

蔡家大院坐落在牛镇村中地势最高的地方，几次发大水闹灾的年头，老蔡家的大院都平安无事。每遇灾年，老蔡家都接济受灾的乡里村民，拿出粮食救济灾荒。每说起蔡家大院，没有不敬佩的，都说是"扫地恐伤蝼蚁命，爱惜飞蛾纱罩灯"的大善之家。

这年水灾，蔡家大院依然拿出粮食救济灾民，按照定下的规矩，救济粮发放每人每天一碗粮食。几个晚辈看见大家受灾每天都抬出粮食，分给受灾的乡亲们，看见有的人来回排队，用一个小口袋领了好几碗粮食。分发了半个月之后就很无奈，提出建议不要再分发救灾粮了。这事反映到老家主那里，老人把大家召集在一起，开了一个家训大会。

会议在大院正门之内的大堂中召开，会上老人把受灾的情况和救助灾民的现状跟大家做了详细的讲解。最后语重心长地对大家说，咱们老蔡家虽小有积蓄，也是祖上几代人努力和勤俭持家的结果。老祖宗们有的是学问上努力，当官荫庇了老蔡家；有的是努力劳作，挣下一片家业遗留给咱们。老蔡家的祖先也有几句祖训留了下来：勤学以耳聪目明，勤做使身体强健，见利不可忘义，积善必定有福。

"勤学以耳聪目明"勉励子孙后辈要苦读诗书。

"勤做使身体强健"教育子孙不惜力气，把地种好或者学一门技艺，辛勤劳作可以锻炼出一副好身体，也就有了养家糊口的本事。

"见利不可忘义"强调无论是做生意还是待人接物，都会有利益方面的交往，切记"君子爱财取之有道"，万万不可见利忘义损人利己，宁可吃亏也不能坑害别人。

至于"积善必定有福"就与当下的灾情有关了，无论是天灾人祸，咱们蔡家人都要"逢灾必救，遇难必助"。古人说"积善之家必有余庆"就是这个道理。至于积恶之家，就不必在此多说了吧。

现在看来是乡亲们吃了咱们的粮食，离不开咱家的救助。可是你们都想一想，咱家离得开乡亲们吗？没有乡亲们的租种，咱家那百十亩地能种得过来吗？一个好劳力若是租种三五亩地，已经要起早贪黑的辛勤劳作了，给他一个人十亩地，累死也种不过来。所以看起来是乡亲们离不开咱家的救助粮，实际上是咱家离不开众乡亲们。如果一场大灾把乡亲们都饿死了，明年咱家的地谁来租种呢？若是饥民灾民闹起了民变，你们几个人能保护得住这一大家子人命吗？

回去都好好想想，祖宗留下来的话是不是有道理！

至于说有人多领一两次，估计是家里有老人或者病人之类的不能亲自来领，再说多领一碗少领一碗，谁也不会因此就发了财，咱家也不至于因此就破了产，就不必计较了。

一番话说得大家心服口服，自此全家团结一致，一心救济受灾的乡亲们，哪怕大家少吃一口节省下来一点，也要坚持每天发放救济粮。在蔡家努力下，也靠着乡亲们自动维护着蔡家的义举，再加上一些别的地主大户人家受到蔡家义举的感召，也主动加入救济乡邻的行列，尽力救助附近几个乡村的乡亲们，总算扛住了灾情渡过了难关。

老蔡家就靠着一辈传一辈的祖训守住家业，百十年来几代人稳稳当当的生活繁衍着。

蔡家的产业传到蔡信这一代的时候已经破落了。由于人丁不旺和天灾频发，祖上传下来的百十亩地留给蔡信的只有五亩良田。至于蔡家大院，早已卖掉了大部分。买房的人家在自己买的院子里砌墙封住了通往大院的过道，在外墙修建出新开的大门。为了给蔡信办喜事送聘礼，蔡家又卖掉了一个小院的五间房，除了爹娘住的院子之外，给蔡信一家人只有紧连着大院正门的那一大一小两个院子了。

很多蔡姓人家都住在村子里，虽说都是亲戚，其实大部分出了五服。

蔡信除了种自家的五亩田之外，还下心思在偏院里养了一群猪。有房子有地有自家的牲口和大车，只要不惜力生活就过得去。到廊坊、天津和北京都卖过猪，他甚至想过靠养猪再把蔡家大院买回来，重振蔡家。这五亩地的活计，他不用人帮助，早起晚睡自己全都干了。槐花只是在农忙的时候，才会到地里帮着他干几日，平时都在院子里收拾这个家，洗衣服做饭，还要喂那些猪。好年景时收成不但足够一家人吃的，还有不少余粮可以换成银圆，再和卖猪赚的钱都存一块备用。年景不太好的时候，地里的收成差，还有一院子的猪可以卖，一家人的生活也过得不错。

在蔡信成婚之后的一个晚上，老父亲把他叫到自己的房间里，取出一个小箱子交给了他。

"孩子！这是咱们老祖宗留下来的三件古董，今天我把它们交给你，一来等我们老两口百年之后，也算是留下一个念想。二来也是告诉你，要把这三件东西一代一代的传下去。"父子俩谈了半宿，才算把这三件家传的宝贝交代清楚了。最后老父亲再三叮嘱"这是家传之宝，千万不要轻易说给外人知道，若是为那歹人知道了，生出什么祸事来也未可知！切记啊！"蔡信再三应允了，才捧着小箱子回到了自己屋里，随即放进了大衣箱的箱底。

有一年，蔡信在人家做客时喝醉了酒，信口吹牛把家有宝物事说了出去。有人要求见识一下宝贝。蔡信便取出那几件古董给大家看，铜镜和算盘看见的人都赞不绝口。

后来有位地方父母官，专程从省府来到牛镇村蔡家，要出高价求购一宝。蔡信实在瞒不住了，只好实话实说，但是无论怎么说也不肯出手，连抄写一遍都不答应。那官员也是位正人君子，并没有倚势欺人。

你既然不愿割爱，我也不勉强，为什么不能允许我抄写一篇呢？官员一面喝茶一面对蔡信说。

老大人有所不知，这书中内容不是一般人能理解并接受得了的，家父说过对外人绝对不能传授，以免以讹传讹有伤风化，若因此而受到罪责，可就得不偿失了。蔡信的忠厚老实，在这几句话中表露得一览无遗。

那么我在此看看这本书如何呢？官员略一思索，提出了最后的要求。

老大人既然如此说，我也就不好拒绝了，我把书取来，请大人在此慢慢地阅读。蔡信知道这本书的字数不多，用不了多久就能看完，所以答应下来。

蔡信转身到了后宅，打开衣箱从箱子底下拿出了一个红木书匣，送至客厅那位大老爷面前的桌子上。又打来一盆水，请老大人净手。待到老大人洗净手之后，才把红木书匣打开。只见里面装了一本薄薄的线装书，书页的纸张已经发黄，不知有多少年的历史。官员轻手把书取出，慢慢地阅读了起来。

蔡信重新沏茶并在此作陪，陪着那位官老爷品茶读书，竟然一步也不肯离开，即使自己上厕所，也要叫家里人到客厅来作陪。用了大约一个时辰的光景，那官员把书从头到尾读了一遍，看得出来是非常细心和专注地读了。

官员读完之后将书双手奉还，诚恳地说，多有打搅还请原谅！

蔡信赶忙躬身施礼说，哪里，哪里！只是未能让老大人如愿，多有得罪。小民家里藏有这本书的事情，因为不想多惹是非，还望老大人不要外传。官员再三答应了，于是两人道别，蔡信一直把官员送到村外之后才返回家。

那官员回到府衙，直接到书房，吩咐小厮笔墨伺候。小厮把笔墨准备好，只见老爷凝神静气的闭目养神片刻，然后睁开眼睛奋笔疾书。两个时辰之后，写满了十几张纸的文字，然后放下笔休息了。几天之后，只见一本重新抄写工整的线装书摆在书桌上，封面题写《房中养生秘籍》。

原来此公乃前三期的状元郎，记忆力超群，有读书过目不忘的本领，曾在同僚中为此打赌多次获胜，得一外号人称"雕版公"，大家公认这样一个事实，就是他读过的书就像用雕版印刷术一样的印在了脑子里。他常对人说，所谓"读书破万卷，下笔如有神"是有前提的。一是要记性好，二是要悟性高。记性不好，读过就忘记了，读多少书都等于白读；悟性不高，理解不了书里的内容要义，读得再多就等于是一个书箱，该用的时候不知道怎么用。

所以这次他只读一遍，就牢记在脑子里，回到家中把一册书重新默写了出来，也算是读书人中极难得的能者了。

而到底有没有这三件宝，是怎么样的三件宝，蔡信守口如瓶，再也没对外人说过。

这三件宝的真实情况是，在上几辈的老人当中，有一位曾经在古董市场上买到一把象牙算盘，小到可以放在手掌当中，十分钟爱，常拿出来把玩，一度随身带着做生意，时常拿出来对心中账目进行计算。虽然不少人见到了这把象牙算盘很喜欢，要花重金买下来，但是他一直不肯。后来又在市场上遇见不同质地、不同大小的其他算盘，买下了几把比较喜欢的作为收藏品，其中有红木、铁制、银质、铜质、玉质甚至于还有一把金质的，可是最喜欢的，还是最早买下的那把象牙小算盘。

铜镜也是在这种情况之下，一位老辈人不经意间买下的一面汉代铜镜。这面铜镜装在一个大红绒布做的袋子里，铜镜后面铸有八个字"见日之光，降妖驱魔"，据说叫作透光宝镜。这种透光镜的神奇之处，就是当把太阳光用此铜镜反射到墙上的时候，居然能把背面的花纹和"见日之光，降妖驱魔"这八个字清晰地显露在光影之上，就像从铜镜的背面投射出来的光一样，因此称为透光镜。后来又购到其他几面不同大小、不同花纹的铜镜，但是只有原来的那一面有透光的效果，其他的铜镜都没有透光的性能。

有史书记载，西汉时期，古人能工巧匠发明了一种铜镜，铜镜以铜锡合金铸成，外观和普通铜镜并无差异，但镜面对着阳光向物体上反光时，可将镜背面的纹饰图案映射到白色的光斑中，古人以为铜镜能为光线穿透，故谓之"透光镜"。

隋末唐初时，王度《古镜记》中，将透光镜看作降妖除魔的神物。到了宋代，透光镜的制作工艺就失传了。

这铜镜刚到老蔡家的时候，那位老祖也就是喜欢，并没把它当成什么宝物。可是由于传言越来越玄，就有些人家为了给病人治病或者除掉家里出现的一些怪象，上门求镜借用，说是驱邪避凶、降妖除魔。没料到居然有人说借了这神镜把家里照了一遍之后，家里病人多年不治的老病，或者医生都没治好的病给治好了。

这样一传十、十传百的，来借铜镜的人越来越多，甚至有人为了求借铜镜，送上了大礼。这其中还有那治好了病的人家，再携厚礼上门道谢的。及至后来分别买得那几面铜镜，借出去之后，竟然也有了可以治病的功力，就使得人们无法解释其中原委了。

而那本《房中养生秘籍》古书，就不知道从哪位老祖先手里流传下来的了，属于道家的《房中养生术》著作。对于房中养生这门理论，自古以来就议论纷呈，有研究也有忌讳，有赞成也有诋毁。

早年间有一个蔡姓子弟，受人央求又贪得一些银钱小利，就拿出书来给人传阅。后来闹出风流秽事被官府追究，牵扯出是蔡家的藏书。结果以传播异端邪教的罪名，受到过官府的惩罚。后虽经多方努力，先上缴了秘藏古书的抄本，再典房子卖地花了大量银钱才将人赎出。这个大变故不仅让蔡家担惊受怕，破费巨大，也给了蔡家人一个教训。从此定下了一个家规，严格规定只是在家族内祖辈相传，绝不能对外人言传。

为了应付外人的好奇，也为了掩人耳目，他们曾经把不同的算盘和铜镜拿出来示人，就有了不同的三件宝贝的说法。蔡家后人也并不加以纠正，所以人们口口相传，有时竟然差得很远。居然有一种说法，小算盘是翡翠玉算盘，经过白云观老道诵经开过光，凡是生意只要一经过这个算盘的算计，那就只能赚不会赔。铜镜也是因为有高僧开光，所以不但能降妖除魔，还能驱邪避凶。至于那本书，有人说是无字天书，只有老蔡家人才能看出里面的经文，常读常诵养生健身，消除疾病益寿延年。

直接的证据是，蔡家大院是方圆百里之内，唯一出过几个百岁以上老寿星的家庭，八、九十岁的老人在蔡家是很平常的事情。只有天降大瘟疫的灾祸，蔡家才会有人因病而死，绝大多数蔡家人都是无疾而终，平均寿数绝对高于常人二三十岁。

传家宝流传到了蔡信那一晚，其父对他说，这些物件充其量就是古董，根本就没有什么神奇的力量。只不过从老辈人手里接过来，有了很多的念想在里面。把它们当成一般的玩意，喜欢了就拿出来玩玩，千万不要自欺欺人的认为它有什么魔力或者神力。无论做生意还是务农，都要尽心努力，肯出大力气才会有好收成，肯精打细算的做生意，才能赚钱。

至于那道家的《房中养生秘籍》，当属世上流传各种养生术中的一种。能流传到今天，也一定有他的道理在其中，祖辈中有研习得法的人的确寿命长一些。但是因为其中牵扯到男女之事，所以历来有各种不同的说法。有人说是合乎自然的大道大法，也有人说是伤风败俗的邪魔外道。

愿意不愿意修炼这种养生之道，全在于你自己，能修炼到什么份上也无法给你更多的指点，祖先所能传给你的除了这本薄书之外，还有八个字"多交少泄，只交不泄"，你可以把它传给蔡家的后人，学会了只有好处没有坏处。但是千万不要对外人说，因为一旦流传出去，难免有错讹。要是有歹人利用此书害人，被追查出来那本书的根源，无端惹是生非招来官司或更大的麻烦也未可知。这事一定要谨慎又谨慎，切记！切记！

严格遵守着祖传的家训，老蔡家的确数代人没出过什么大麻烦。

四年后又一场大灾和瘟疫，蔡信的父母因年纪大身体虚弱，没扛住疫情去世了，蔡信的小家依然住在大院里过日子。

与大部分村子一样，牛镇村也有一间铁匠铺。大镇子上的铁匠铺都属于某个铁匠专有，而各村子里的铁匠铺，是为经常来到村子里打铁活的匠人们准备的。铁匠铺也称铁匠炉。所谓"铺"，只是一间破房子。铁匠来到村子里干活的时候，天气暖和就直接凑合着住。如果天气冷了，就找到村里的长者，组织几个年轻人帮助修堵一下暂时住几天。

屋子中放个大火炉，即烘炉。炉边架一风箱，风箱一拉，风进火炉，炉膛内火苗直蹿。

要锻打的铁器先在火炉中烧红，然后铁匠师傅将烧红的铁料移到大铁砧墩上，由徒弟手握大锤进行锻打，师傅左手握铁钳翻动铁料，右手握小锤一边用特定的击打方式暗号指挥徒弟锻打，一边用小锤修改关键位置，使一块通红的出炉铁料打成需要的农具。可以说在老铁匠手中，坚硬的铁块可以有无穷的变化。

　　年轻的铁蛋有一身用不完的力气，他觉得一个人这样干活挺自由自在的，就一直也没找帮手收徒弟。无论大活小活都是自己一个人完成，实在需要帮手的活计，就让找他干活的本家或者随便找个闲人帮扶一下。

　　铁器成品有与传统生产方式相配套的有农具，如犁、耙、锄、镐、镰等，也有部分生活用品，如菜刀、锅铲、刨刀、剪刀，此外还有如门环、泡钉、门插等。另外世上拉车、犁地、载人，以及作战的那么多匹马，每只马蹄子上都有铁匠打的各种各样的马掌。

　　打铁的过程真的好像一支交响曲：风箱拉起，曲子奏响。炉中的火苗，一起随风箱的节拍跳跃，在劲风的吹奏中呼呼地升腾。待铁器热至通红，铁铗快速夹至大铁墩上，一翻铁锤上下，一串钉铛声响，清脆悦耳的敲击声跟着铁花四溅，匠者一阵汗雨飘下，那铁件便成为理想器物。有时需要，铁匠会把铁器放入水槽内，随着"吱啦"一声，一阵白烟倏然飘起，淬火完成。

　　淬火和回火技术，全凭实践经验，一般很难掌握。各种铁器，虽然外形制作十分精美，但是如果师傅的淬火或回火的技术不过关，制作的铁器就很不耐用或者根本就不能用。

　　打铁是男人的事业。这是因为，没有力量不能打铁，没有胆量不敢打铁，没有吃苦精神不愿打铁。有句俗语："打铁先要身板硬，"说的就是这个道理。每至烘炉生火之时，都是温度骤升，拉一阵风箱，抡一番铁锤，便会挥汗如注。那十几斤重的大锤轮番起落，需要超人的力量与气度。

　　铁蛋挂在棚外面的幌子是一个铧犁，表示他是能打造大农具的铁匠，只要看见铧犁挂在棚外的杆子上，槐花就知道铁蛋来村里了，然后想办法找他商量到哪里去幽会。如果在冬天，他俩就在铁匠棚里，也有时就把铁蛋约到自己院子里，那当然是蔡信出门不在家的时候。其他春、夏、秋三季，大部分都是约到苇塘里。

　　这件事情过去了三五天，蔡信依然是满脑子糊涂糨子似的想不出头绪。

　　他自信不是男人堆里的怂货，可是槐花为什么不喜欢他，要背着他偷汉子？他当上了"王八"，这明明是一件丑事，为什么自己心里却恨不起来。

　　他知道自己的日子里还需要女人，生活中不能没有女人。但是不能再跟槐花在一起生活了，怎么办？怎样解决和槐花的这个家，是留下还是休掉她？将来跟孩子怎么说家里出现的这件事？如果这件事传出去了，他将怎么面对自己的儿女，面对老蔡家这一大家子人，如何面对村里那些低头不见抬头见的乡亲？

至于铁蛋，他没怎么想，只觉得这事既不能怨铁蛋也不能怨槐花，只能怨自己没把槐花的心留住。可是左思右想，也不知道自己哪一点对不起槐花。就凭他一心想把家里的日子过好，从来就没有过外心，大小事情都依着槐花，丝毫也没为自己想过，应该算是对槐花一心一意了。

蔡信找出父亲留下的老烟袋锅，用一块破布擦干净，又用一根细树枝，把堵死的烟道捅戳干净，找到邻居要了一些烟丝，他学着抽烟了。又到集上挑选些劲头不太大的烟丝买回来，每天想得吃不下饭睡不着觉，就一袋接一袋地抽烟，想啊想得心里隐隐作痛，也想不出到底该怎么办。

既然他不愿意也舍不得伤害槐花，自己又觉得没有对不起槐花的地方，那就干脆把事情跟她摊开，两个人一起商量，看能不能把这事解决了。

这天晚上，蔡信不但好好地吃了一顿饭，而且还喝了二两烧酒。等把孩子们都安排好睡下了，蔡信点着了一锅烟，想着怎么开口来说这件事。槐花好像事先就知道了，早早就把墙洞里的灯台添满了油。

这是一款酱釉财丁兴旺款陶油灯，酱釉色很匀称，底座之上是丫丫葫芦的造型，葫芦上顶着一个油灯碗，很古朴，在原先早已烧焦的灯捻上，很细心地剪出了新茬。虽然把被子都铺好了，槐花却把一双大鞋底子拿出来，在豆大的灯光下，一下又一下地纳着密密的针脚。

孩子他妈，我跟你商量一件事。蔡信吧嗒了几口烟之后，终于开口了。

嗯。槐花沉甸甸的心略显轻松，这些日子憋闷坏了，可是又不知道该怎么说，终于等到蔡信开了口。

你跟铁蛋的事，我知道了。看槐花不接话茬，蔡信干脆把话挑明了。

噢。槐花听着他说的话，低眉顺眼地纳着鞋底子一下也没停，一点也不慌张，也没有害羞脸红，好像在听他说别人的事。

我想跟你商量一下，往下的日子怎么过。因为我不知道你是怎么想的。蔡信说完两眼直瞪着槐花。

唉！这么多年了，我也没想清楚，闹不清该怎么办，你说吧。槐花稍微停了一下手里的活计，头也不抬轻声慢语地说了一句，她很想知道男人怎么来处理这件事情。

蔡信原想把这个沉重的担子扔给槐花，至少也要给她一半，没想到一句话，就又把担子撂回了他的肩上。

我想了，想了这么十来天，也不知道该怎么办。蔡信不会编瞎话，只好实话实说。

那就再想想，想好了再说。槐花认为谁家摊上这样的事情也难办，走什么路都是自己选的，不能怨别人。

我是有哪点对不起你了，你跟我说说。蔡信实在弄不明白为什么会发生这样的事，特别想问个清楚，眼巴巴地望着槐花，看她能说什么。

这事都怨我，跟你没关系。唉！槐花长叹一声，有些话实在难以说出口，话语中透出些歉疚。

你能跟铁蛋断了么？咱们再好好过日子。蔡信心里没底，只能试探着问一句。

难啊！槐花捻着鞋底，又是一声长叹，没有抬头。

那，就这么往下过？蔡信实在不明白槐花的心思，只好再问一声。

也不好。槐花停下手里的活，沉思了一会儿，两人虽然一起生活了这么多年，可是心里的别扭只有自己才体会得更深。

那怎么办？蔡信不知是问槐花还是问自己，两只眼睛迷茫无助。

槐花抬起头，神色镇定。原先你不知道这事，也就算了。现在你知道了，我也离不开铁蛋，再这么过日子，就是欺负你了，你休了我吧。槐花说出自己的意思，停下了手里的活，抬眼看着蔡信。她想事已至此也只能这样了。

你是不是早就想好了？蔡信两眼盯着槐花，疑惑地问她。

也不是，现在想一想，这样干净利索，省得心里较劲，更难受。槐花说出了心里话之后，也没那么揪心了，更加坦然地面对即将发生的事情，平静了很多。

那我再想想。蔡信有点接受不了这个现实。

我也告诉你实话吧，老大是你的，那个小儿子是铁蛋的，小丫头是你的。这句话说完，槐花像放下了心里的一块石头。

唉，我知道了。槐花虽然是轻松的口气，让蔡信却感到了锥心之痛，然而又说不出任何能伤害槐花的言语，不禁长叹了一声。

两个人相对无言，槐花等了一会儿，不见他说话，脱衣服睡下了。蔡信把煤油灯吹灭，躺了一会儿，又坐起来抽一袋烟再躺下，在炕上如同烙饼一般，一宿也没睡着，直到天蒙蒙的有些发亮了，才算闭眼眯着了一会儿。

虽然还是那种说不清道不明的感觉，但是蔡信觉得日子过得没意思了，而且心里燃起的那团火没有了。没火了的感觉，使他对家里的人和这个家没有了热乎劲。再看女人和孩子，也觉得没有原来那么可亲可爱了，甚至感觉到了一种陌生。这种陌生感让他对这些年一直生活在一起的家人，似乎都不再熟悉，甚至有点不认识他们了。

他和原来就很少见到笑容的槐花一样，也没有了笑容。听见几个孩子的笑声他也觉得很刺耳，大声地呵斥着他们，三个孩子看见他就一声不吭，或者干脆躲着他。这屋子和院子里一下变得冷冷清清，冷清的日子过得没有了期盼，没有了乐趣，除了吃饭睡觉和抽烟，他对什么事都提不起兴趣，也懒得下地和喂猪，就算到了田地里，也是心不在焉地干着那些活。回到家中也就是吃饭和抽烟，有时候似乎觉得自己也是一个陌生人。

这么多年来自己为这个家满腔热情的付出，所有的拼搏、辛勤劳作以及精打细算的筹划，甚至为了节约每一个铜板的小心勤俭，一时间化为乌有。

他的疑心也越来越大，不大相信槐花说的话做的事，甚至连大儿子和小闺女究竟是不是自己的种，也有了一丝怀疑。

槐花也很少跟他有什么话说，每天只是把一切能干的事情尽力都做了，就等着蔡信做出最后的决定，像等着官府的判决似的。

一个多月之后，蔡信把大车套好，提前雇好的三挂大车和车把式按时到了门前，拉上家里的那十几口猪，准备卖到城里。自己的大车上比往日出门多了个小木箱，木箱里装了几件换洗衣服和那几件祖传的宝贝。装好的几辆大车要出发了，蔡信走到槐花跟前说了一声，我去卖猪了。

嗯。槐花两眼瞅着他，总觉得他还有话没说出来，等着他能说出什么，伸手抓住裙褂打开口袋，把做好的两双大布鞋装了进去。

他没有像每次出去卖猪一样，脸上显出恋家的表情，只两眼发直地看了槐花一会儿，张了张嘴没说什么，伸手把脑后的辫子盘在头上，却发现两匹马在吃路边的草，已经把马车拉歪了。

吁！吁！转身把吃草的马拉回正路，一欠身坐到马车上，喊了一声，驾！紧接着把大鞭子甩出一个鞭花，劲道的鞭梢向前方劈开，啪！脆生响亮，二十六岁的蔡信，带着马车队出发了，看着马车前面的路没再回头。

槐花看着男人走远了，若有所思地回到屋里，看见炕上的小饭桌一愣，饭桌上有一封信，信封上的两个字"休书"她认识。于是明白了，这是男人给了她自由，给了她处理这个家的权利。

他，说不定再也不回来了。她对自己说。

过了几天，铁蛋又来村子里了。槐花到铁匠屋说让他把家里的大农具收拾一下，等铁蛋到家里之后，她跟他说了家里发生的事情。

槐花说完了事情经过，两眼盯着铁蛋说，铁蛋哥，你有什么主意没有？

我听你的。铁蛋心里只有槐花，听她的安排早成了习惯。

那好，我还要在这里住着，一直到老大成了家，咱俩就远走高飞。槐花说出了自己早已想好的计划，这句话说得斩钉截铁。

行啊，你说上哪我就跟你上哪。铁蛋毫不犹豫，抓起槐花的手，两眼冒出火光，盼着那天早日到来。

那你不要张狂，咱俩还要守着秘密。槐花抽出两只手，打了他一下，怕他高兴得忘乎所以了。

行啊！铁蛋睁大眼睛看着槐花，满脸幸福的微笑。

做人要有良心，你把蔡家的媳妇偷走了，我们已经对不起人家了，不许你再打蔡家房子和地的主意。槐花特意点明了这件事，不许铁蛋再出异心。

可以啊。铁蛋也不是贪心的人，他对靠自己的力气和手艺吃饭很有信心。

他没打我，没骂我，跟我脸都没红过，一句重话都没说我，我觉得挺对不住他的。古话说杀父之仇、夺妻之恨，不共戴天，咱们伤着他的心了。槐花自言自语，觉得瞒着那个男人的时间太长了，想起蔡信对她的好就心存愧疚。槐花说到这里顿觉得心酸，掉下眼泪。

铁蛋知道是自己拆散了这个家，愧疚的不知说什么才好，便紧紧地抱住了槐花。

从那以后，蔡信再也没有回过牛镇村，谁也不知道他去了哪里，怎样生活着，就这么无声无息地从牛镇村里消失了。槐花对村里的好事者说蔡信在外面做生意，常往家里捎钱。有时候在天津，有时候在北京，还有时候不知道去了哪里，生意忙就回不得家了，来信说是明年再回来。

年年都要编出这样的话，再拿出一封信给大家晃一眼，也有时候拿出新买的布料或者首饰，让大家看个新鲜，还答应大家告诉蔡信，等他回来的时候给大家捎东西。

有人说，老蔡家这几代里最聪明能干的人，就数蔡信了，他不可能在这个小村子里待下去，他是上京城闯荡干大事去了。

地里的活比较忙的时候，槐花就把娘家弟弟叫来帮忙，或者拿出钱来请几个短工，不太忙的时候，就自己抽空干几天，除了地里的活还要照顾几个孩子，大儿子蔡朝文就成了最得力的帮手，有事娘俩商量着办，有活娘俩一起干。剩下的两个小的蔡朝河、蔡慧明就帮不上什么忙了。因为怕引起村里人的怀疑，一直不敢让铁蛋帮着干地里的活计，三年之后才肯让铁蛋和蔡朝文一起下地，省下了一笔雇工钱。

铁蛋还是不定期的到村里来打铁，只不过来的次数多了点，到了村里待的时间长了一些。由于常在外面跑，带来的很多新鲜故事和新鲜东西，让村里人都很欢迎他。如果稍微多了一些日子不来，大家还会想起他，念叨着这铁蛋怎么还不来。过不了几天，铁蛋就会出现在村子里，跟那些爱听他瞎聊的男人们一边侃大山一边打着铁活。

铁蛋又来啦。村里的乡亲们，热情地跟他打招呼。

来了，你老好啊！大伙好啊！铁蛋笑眯了两眼，与槐花确定了将来的日子之后，他觉得自己的生活无时不在幸福之中，性格也由寡言少语变得活泼多了。

最近你又听见什么新鲜事了，跟我们聊聊。几个闲汉凑过来，你一言我一语地跟铁蛋聊起来。

前些日子，我跑到天津城里玩了一天，发现一件稀罕事。见大家这么感兴趣，铁蛋想起最近见到的事情，显摆起来。

赶紧说啊，大家有点等不及了。

咱们这边前几年闹蝗灾吧，把大伙闹得没辙了，咱们不是气得吃烧蚂蚱。铁蛋干脆先掏出烟袋，填好烟丝点着之后抽了一口，又拿一把烟丝布给周围的人，不紧不慢地讲开了。

是啊，怎么了？

我去天津看见，在那儿有的饭馆，把蚂蚱用油炸了当成了一道菜——炸蚂蚱，成了一种风味小吃，把大个的蚂蚱除掉翅膀跟几条腿，下到锅里炸。就听得"滋啦"一声……用油炸到金黄，捞出来之后，在酱油、醋、香油、葱、蒜、辣椒的佐料中蘸了吃。铁蛋睁大眼睛有声有色地说着。

真有这事？很少出村的农民，更是没几个去过天津北京等大城市，哪知道蚂蚱居然成了风味小吃，还有点不相信。

真的，一到天津就听人说，炸蚂蚱是色、香、味俱全，在天津那阵子，吃炸蚂蚱一时成风，凡是有这道菜的饭馆，勾引着不少人来尝口新鲜，每天都排着队来，来晚了就没得吃啊。我买了一盘当下酒菜，你们猜怎么着？

说到这儿铁蛋故意停住了，低头抽起烟来，抽了几口抬头看着大伙。

怎么着？大家等着他抽完了几口烟，见他还不说话，急着催促起来。

赶上立秋的季节，蚂蚱那叫一个肥，也是最好吃的时候。放进嘴里，酥、脆、香、鲜，还真好吃啊，一盘我都没吃够，又要了一盘。我吃一口蚂蚱，喝一口酒，那叫一个美！哈哈！见大家听得入神，铁蛋得意地哈哈大笑。

那以后咱们也尝尝炸蚂蚱吧。听见铁蛋如此一番话，几个闲汉馋得流口水，咕咚咕咚吞咽着。

就是啊，在乡下想吃蚂蚱那是现成的啊。

天津人一般老百姓家也吃蚂蚱，听说他们为了省油不用油炸，而是用锅干煲。而且喜欢夹在热烙饼里吃，更是别有一番风味。因为这炸蚂蚱，天津出了句歇后语，叫作"烙饼炸蚂蚱——夹（家）吃去吧"。说到这里，铁蛋故意用天津话说出这句歇后语，逗得大家一起哄笑起来。

要是真好吃啊，铁蛋，我请你喝酒。一番话说得大家心里发痒，大家七嘴八舌聊得很热闹。有几个人甚至商量着什么时候，去哪里逮蚂蚱去了。

五年之后，槐花给十八岁的儿子蔡朝文成了家。又过了几个月的一天，看着这个新家已经走入正轨，她把朝文叫到自己屋里，把事情一五一十地对儿子讲了。

朝文啊，你现在长大成人了，娶媳妇成了家，家里的有些事情，该告诉你了。槐花想了很久，可是跟儿子说自己的情史，拉不下脸抹不开面。明知道儿子心里也有这么一个疙瘩解不开，总是闭口不谈。她这天终于下了狠心，想实话实说了。

妈，您说吧。朝文抬头看着母亲，心中有太多的不解。

你爹这一走好几年不回来，就连你结婚这样的终身大事，他都没回来，你知道为什么？槐花面对孩子无辜的眼神问。

您说的，我爹太忙啊。朝文见母亲如此郑重地跟自己说话，觉得很奇怪。

无论是谁，只要想干点事情，什么时候都是忙的。你爹他不是忙，是因为他不愿意回来，他不要这个家了。槐花拿过针线笸箩，接着给儿子纳鞋底，这是她给自己最后的一个任务。

我爹干嘛不要家了？朝文心里一紧，有种预感，很可能是自己心里的那件大事要揭开了，耐心等了这么多年，一直不敢问母亲。

在跟你爹结婚之前，我原来就有一个相好的男人，你姥姥和姥爷非要把我嫁给你爹，我拗不过他们只想着认命吧，就跟你爹结婚了。槐花话说的声音很轻，可是只有她自己才知道说出这几句话有多难。

听到这，朝文两眼直盯着母亲，母子之间很少有这么严肃的话题，惊得他心里咚咚地直跳。

跟你爹结婚之后，娘也有心想管住自己，可是没管住，后来让你爹知道了，他伤心了，生气了，就离家出走了。槐花一横心长话短说，简要地把这件事说了出来，似乎也搬掉了心里的一块石头，长长地出了一口气，觉得心里轻松多了。

我爹他上哪去了？朝文还是要弄清楚这个问题，于是再次发问。

有人说他是在北京东四牌楼附近，开了一个"蔡大猪店"，你要是有功夫，就去北京找找他，这几年他在皇城也不容易。槐花觉得内心愧疚，抬起头盯着儿子的脸，积压在心里几年的话题，就这么三言两语地说完了。

我知道了。朝文对着母亲点点头，既然心里的疙瘩解开了，剩下的事就自己想办法解决吧，解决不了就随他去。

你爹临走前，给我写了一纸休书你看看。

槐花拿出当年蔡信给她留下的休书，递给了朝文。朝文看完了，抬头看着母亲，不知说什么好。

跟你把这件事情说完了，妈就该走了。弟弟是你铁蛋叔的孩子，妹妹跟你一样，都是你爹的孩子，但是现在她还小你没法带着她生活，等将来她长大一点再说，妈带着他们跟着你铁蛋叔一块走。槐花说出了自己的打算，早已定下来的事，并没想跟儿子商量。

您能不走么？朝文低下头不知如何是好，虽然已经成了家，他还想求母亲别离开他。

傻孩子，你没听人说过"天要下雨，娘要嫁人"都是管不了的事情啊。槐花是个干脆利落人，事已至此赶早不赶晚，不想拖泥带水的。把鞋底最后几针纳完之后，把鞋帮拿过来比了比。

妈，咱们一块过吧。朝文心里有点慌，他还没自己挑家过日子的经验，总觉得自己离不开母亲。

不行啊，这是蔡家留下的祖产，理应由你继承。你爹当年是把自己扫地出门的，我也把自己扫地出门，蔡家的东西我什么都不带走，你跟媳妇好好地过日子吧。槐花一口气说完了自己的想法，干脆断了儿子的念头。

妈您要去哪啊，我要是想你了怎么办？母子连心情难断，朝文知道事情已经无法挽回，只好把最后的要求说出来。

就是去我娘家杨村，也是你铁蛋叔家的村子，等安顿好了就托人给你带话，要是想妈了，就去看看我。槐花上前摸着朝文的头，把儿子拉进怀里，哪个孩子都是自己的心头肉啊。

妈，我舍不得您。朝文这才意识到，这是母亲要离开自己了，不仅鼻子有些发酸，两眼泪汪汪的。

妈也舍不得你呀！离开这个家离开你，妈心里也是一万个舍不得，可我知道，我对不起你们爷俩。我明天早上就走了，也没什么再说的，你去睡觉吧。槐花要抓紧时间，把给朝文的这双鞋做好。

第二天，槐花简单地收拾了一下行李，把用了半夜时间做好的一双布鞋，交给了儿子，让朝文与弟妹告了别，娘三个向门外走去。

妈！朝文看着她的背影，大喊了一声，他还想把妈喊回来。却见他妈停了一下脚步，没有回头，只说了一声，别送我了。

她背着行李，一只手扶着男孩的肩膀，另一只手牵着女孩，一步步走出了蔡家大院，心里一阵酸楚，不禁热泪滚落下来。

弟弟和妹妹还不时回头看看哥哥，朝文站在门前一时泪如雨下，痛哭流涕。等到不见了母亲三人的身影，擦了擦眼泪回到院子里，看着空下来的屋子和院子，自己的心里也空落落的。

朝文赶快跑回自己小院的屋子里，看见新婚的妻子，才算是安定了身心，走上前默默地坐到炕沿上，忽然觉得身上没有力气，就干脆倒身躺倒在炕上。

新媳妇看他这样问了一句，你怎么了？见朝文不想说话媳妇也就没再追问，两人互相就这么静静地看着。

村外，早已等在那里的铁蛋这时候和槐花一起，坐着雇来的大车，带着两个孩子走向了远方。

⓪③
六成秘闻

姚复臣跟着蓝家善老板到了北京，蓝老板的小成衣铺就在大栅栏临汾会馆内。姚复臣抄了一份生辰八字交到了柜上，他就在临汾会馆里住下了，当了一个早起晚睡的小学徒。怕自己的鞭杆功夫荒废了，特地找了一根枣木棍精心打磨了一番，沉甸甸的很称手，并且也按照自己的想法稍稍加长了一点，练武之人常说一寸长一寸强，这样使着更感觉有劲道一些，时常抽空到前门外护城河边，找没人的地方舞弄一个时辰。随着逐日的用心习练，各招式的动作愈加连贯，刚中带柔、柔里带刚，刚柔相济。

临汾会馆分为东馆和西馆，位于西打磨厂街 105 号的是东馆，后来成为民居区。前门外大栅栏胡同 18 号的临汾会馆是西馆，始建于清朝 1842年，道光 22 年。

"栅栏"之称源于明代。当时四九城里的百户（军官）王敏曾上奏孝宗皇帝：京城之内，大街小巷不止一处，巡捕官兵只有七百余名未免巡防不周，一闻有盗，昏夜追赶，长街小巷，辄被藏匿。因此奏请于小巷路口置立栅栏夜间关闭，以保障住户商号的安全。到了清代雍正时期，建立城门开关制度，准奏京师外城各街道胡同增设栅栏板。至乾隆时京师内外城已建有栅栏达二千四百多座。因廊坊四条内的商铺出资最多，其在东西街口建的栅栏比其他胡同高大牢固，故被人们改称为"大栅栏"。

说起大栅栏古今都认为不仅指的"大栅栏"这一条街巷，人们爱把其周围的廊坊头条、廊房二条、廊坊三条，煤市街、粮市店街以及门框胡同、观音寺街等统称为大栅栏。有人考证现在的大栅栏地区实际仍保存着明末清初"三纵九横"古老的格局模式。三纵指的是珠宝市街、煤市街和粮食店街；九横指的除大栅栏街外的施家胡同、大齐家胡同等众多胡同。

　　大栅栏地区堪称古都老字号商铺集聚之所，在不太宽的众街巷里有几百个商铺戏园子影院和会馆。仅仅长 275 米的大栅栏街就有店铺等 80 多家，"画楼林立望重重，金碧辉煌瑞气浓。箫管歇余人静后，满街齐响自鸣钟。"清人写的《都门杂咏》描写了旧京大栅栏的繁华景象。除了商铺外，大栅栏还曾是京剧的摇篮，在大栅栏一条街里就曾有广德楼、庆和楼、庆乐园、三庆园、同乐轩五家戏园子，街外粮食店街还有个中和戏园。在一百多年当中几代著名的戏曲名家谭鑫培、杨小楼、金少山、梅兰芳、余叔岩、马连良等名伶都曾在此献演众多传统剧目，他们亦成为众多戏迷们捧角儿追逐的明星。自清代起至 20 世纪 60 年代大栅栏里的戏园子以及电影院天天热闹非凡，堪称场场爆满，一片文化娱乐繁华靓景。另外大栅栏地区亦是旧京金融珠宝玉石钱币商铺最集中的交易之所，还是驻京会馆及镖局最多的地方。

　　清末时候的前门大街已经是繁华的商业街了，大栅栏这条胡同更是附近这一带大买卖家集中的地界，因年代久远各个胡同的栅栏逐渐消失，及至近代最有名的大栅栏胡同，所谓的大栅栏也就剩下了一个栅栏的门框，门框上存留着浮雕的大栅栏三个大字，下面的栅栏早已不见，大栅栏胡同就成了一个象征性的名词。蓝家善在京城经营了多年的成衣铺，就开办在临汾会馆西馆两间东房里。

　　蓝老板之所以自己一个人能在京城里站住脚，只因他在制衣这个行业上有一套自己的理论和绝招，这理论其实就是一句话，做出来的衣服要合体还要好看。看上去这句话是所有裁缝师傅的行业规则，其实在任何年代，思维和技术都参差不齐。到了清末，无论短褂长衫一般都是直衣直袖，裤子也只有直筒缅裆裤，几乎没有什么审美因素了。就算是满族甚至皇族，也因思想方式的固化，服装几十年没有什么较大的变化。

　　在街上看见的一般老百姓，很多都是破衣烂衫，有套整齐衣裤穿在身上，就算家境较好的，不到过年过节几乎见不到人们穿新衣服。以至于民俗歌谣都是这样的"新年到新年到，穿新衣，戴新帽……一起迎接新年到。"

　　年复一年的都是等到过年过节，才去做一套或者买一套新衣服的理念，一直流传了百年之久。可是蓝老板却在那个年代坚持自己的理念，不仅把衣服做得肥瘦合体，更要穿着好看精神。尤其是对于年龄不同职位不同的客人，他能把每个人无论长衫短褂的前后摆，都能在穿上身之后保持一样的齐整。只此一技慢慢传出，即使他的裁剪手工费略高于其他裁缝铺，他的客户也是源源不断。

俗话说"一招鲜吃遍天"，这句俗语虽然原来指的是厨师，后来也泛指有一手绝活的手艺人。在一般老百姓都以窝头咸菜度日的时候，靠了这门绝活，他们爷俩却有酒有肉吃白面馒头，又因为本身开的是裁缝铺，穿戴也就相对整齐。

来到裁缝铺没多久，姚复臣就发现了这样一件事，师傅制作好的衣服有很大一部分在他看来都有毛病，前后摆不一样长，起先还怀疑是自己的眼睛看错了，等拿起衣服仔细查看之后，才发现确实前后摆不一样长，有的前摆长有的后摆长，只因自己是刚到店里的小徒弟，也没敢说什么。可在心里想的是，把人家衣服做成这样子，等人家来了看清楚，不骂街那才叫怪事了。

可是姚复臣又发现了不能理解的事情，明明拿在手里前后摆并不一致的长衫短褂，等到顾客穿到身上之后，就马上变得整齐了，人也立刻精神了不少。

有一次爷俩喝酒时聊天，姚复臣就提出了这个问题，蓝老板微醺时眯缝着眼睛笑嘻嘻地看着他，慢慢地开口说道，你能看出这里的门道的确很难得。蓝老板边吃边喝地给他讲解一番。

随手拿过身边的两件长衫，只把它们的下摆位置亮出来，指给姚复臣看，你看看这两件长衫，一件是前长后短，一件是前短后长，但是将来穿在这两个人身上，保证是前后一般齐整，让他们两人都透着精神。

俗话说"人是衣服马是鞍"，人穿上一件合身的衣服，就如同好马配好鞍，会显得精神帅气。还有句话"吃是英雄，穿是威风"说的也是穿出一身合体衣服，整个人都透着威风。蓝老板心里的得意劲全写在脸上，冲着姚复臣点点头。

您说得对，这些道理我都懂，可是衣服为什么做得前后不一样，穿上去却合身了呢？我问的是前门楼子，您跟我说胯骨轴子，这话题跑得远了去了。姚复臣听了半天也没听出结果，于是提醒师傅。

刚学会一句北京俏皮话，就用到师傅身上了，你小子真不是玩意儿。蓝师傅瞥了他一眼。

师傅您别生气，我这嘴上没个把门的，一时说秃噜了，是我的错。给您赔不是啦，我就是跟您没事逗闷子，您就别拍老腔儿了。姚复臣嘴上抹了蜜一样，赶紧站起来连连作揖给师傅道歉。

这你就不懂了吧，盐打哪儿咸，醋打哪儿酸，咱们得弄清楚了，这都是有原因的。这两件衣服的客人你也看见了，布料你也应该记住是谁的了吧，你说说这件前短后长的衣服主人是谁。蓝老板根本就没往心里去，继续按自己的思路教导徒弟。

这件我记着呢，是章亿元茶叶铺老掌柜的。姚复臣赶紧回答，表示自己是很用心地记住了这些事情。

他多大岁数身材什么样？一边喝酒一边吃菜的蓝老板，咽下一口酒之后抿了抿嘴，继续发问。

老爷子大概六十多岁快七十了吧，身材一般啊。姚复臣不懂做衣服跟年龄和身材的关系，但是那个老头他记得。

那是你没看仔细，这老头万贯家财，布料都是瑞福祥买的上等好料子，可是只有我做的长衫，这位爷穿着合适。因为他老人家年纪大了操劳一生，不免有些弯腰驼背头向前倾，若是前后摆一般长的话，穿在身上就会前面长出一块，后面短了一块，长长的前摆就会盖住脚面影响走路。我把他的前摆做得短了一点，后摆稍微长一些，穿在身上不就一般齐了么，不但穿着精神，就连走路也不碍事了。蓝老板慢条斯理地把道理讲出来。

这件前长后短的衣服，你还记得是哪位客人的么？

是个年轻的后生，好像是个什么官来着。那位先生说话都是横着出来，七个不服八个不忿的劲儿大了，看见他进门一脸的傲气，任谁都看不起的样子，我这辈子都忘不了。姚复臣思索了一下，对那位客人的印象很深。

对啊！他是朝廷委派的军机处新任主簿，虽然官不大，但是新官上任，免不了踌躇满志，你没见他走路都是昂首挺胸的，所以必须要前长后短。若是前后一般长的话，后摆就会拖地甚至被脚后跟踩着，不仅影响行走，弄不好会绊脚摔跤。蓝老板依然不紧不慢地说出一番道理，对于自己揣摩出来的手艺，他可不想让谁都知道，但是谁让自己喜欢这个傻小子呢。

就连这一件衣服的前后摆，都有这么大的学问啊。姚复臣瞪起眼睛，嘴巴张得要吞下一个大馒头了。

对啊！正常人，你当然可以做得前后摆一般长，但是如果遇见向前佝偻着腰的老人或者读书人等等，就要做成前短后长。要是客人肥胖腆着大肚子，或者新官上任器宇轩昂，那就一定要前长后短了。至于长多少短多少，就要根据每个人的不同情况，等到长衫做好之后，试穿的时候在下摆上做个记号，就肯定没问题了。蓝老板早就觉出姚复臣不太热心裁缝手艺，这次趁着他发问的由头，也借着二两酒进肚话多了一点，有意引他上心学手艺。

我师傅真有本事，我说咱们这个不起眼的小裁缝铺，比别的裁缝铺价格高那么多，怎么还有不少客人来做衣服呢，您老高明！姚复臣除了在习武方面动过一些脑筋之外，在其他方面就懒得多想，不过对于师傅的这一绝招，他可是由衷的佩服。

所以啊，尤其要注意细节，比如有人一肩高一肩低，有人背有点驼，有人肚子比较大，这些都要观察到，最好在量完了身上尺寸的时候，还要和客人聊聊天，了解他的性格、职业和穿衣习惯。我告诉你吧，这一个人要是想在世上立足干出点事业来，没有点自己的绝招能行吗？……哼！小子，你还年轻，早着哪，好好学吧！蓝老板说完了最后一点之后，发现姚复臣已有所领悟，也就不再多说。

表面看姚复臣既勤劳又聪明，学了半年多基本会独立裁剪。但是由于文化底子太浅，对于服装设计和组合总是理解不透彻。再有就是他根本就不理解这个行当，明明裁缝是一个很时尚的营生，好裁缝绝对是一个服装艺术家，但是在他的心里想的却是，这么好好的一块料子，七裁八剪的成了一堆零碎，它就不是个好营生。

还有就是打心眼里不喜欢剪刀针线的这些活，总觉得这不应该是一个大男人干的活，女人才应该干这样的活。所以一直到了第二年，依然更愿意干着跑腿打杂的零碎活，既不主动学习裁剪技术，也不要求增加工钱。

蓝老板也看出了他的心思，看在这孩子的品性不坏，里里外外的也算是个好帮手，只当是多了一双筷子多煮几粒米就是了。

思维方式决定了在他眼里的裁缝工作，基本停留在剪裁之后的那几块碎布料上，尽管也看得见那些布料缝制成的服装，何况自己的身上也穿着衣服，可思维上的认识，却一直上升不到整件的成衣上。这事说起来很奇怪，其实很多人都有这种思维定式。

就如同很多职业、行业和事业被人看不起一样，很多事情不被人看好，不是因为事情本身不好，而是人们的思想认识没有那么高深。还是古代先贤们说得简明扼要——行行出状元。

去过前门的人说：站在前门里头往外看，看到的是商人的更替；站在前门外朝里端详，看到的是历史的流变。

上溯 600 年，前门大街最初介入市民生活还是在明朝嘉靖年间。在此之前，它是天子赴天坛祭天的御用街道，大部分时候处于戒严状态。而那里的居住者，多是一些仰望权势的达官与富豪。

按照中国古代前朝后市的首都规划，皇帝眼皮子底下是不能存在商业的。嘉靖年间，商业蓬勃发展，经大运河北上的货物到达通州张家湾码头，在前门外集散。这里四通八达，不过几年，发达的漕运就把前门变成了一个集贸市场。

到嘉靖二十三年，前门的景象已经是"市民搭棚盖房，居之为肆"的繁华场所。流转于间的主流，是一批真正做买卖的有钱人，从最初的山东人，到后来的山西人，前门的商人几经流变，成为各个时代的剪影。

因为战乱多年，前门外居民稀少，商业萧条，明朝政府就在前门外大街西侧房招商，当时建造的这些房屋叫作廊房，之后商品密集的廊坊头条、二条、三条、四条都是由此而来。

1644 年清军入关占领北京后，将内城的汉民一律强制迁往外城，戏院、妓院和会馆也一律赶到外城，前门外一下子成了种种商业场所的聚集地。

明清的吏、户、礼、兵、刑、工六大部，就设在前门内的东西两侧，外省进京述职、办事的官员都住在前门外的会馆（当时有 140 多个会馆）。每逢科举考试、乡试和会试时，前门各个会馆饭馆人满为患。

到了清末，京奉火车站和京汉火车站都设在前门，前门成为重要交通的枢纽，各地方来北京的人第一站必到前门。

那时前门聚集了一批会念经的"外来和尚"。山西人做钱庄，山东人做绸缎铺和大饭馆，安徽人卖茶叶和笔墨，宁波人做药业，广东人卖洋杂货，而京津本地商人则多做玉器、古玩、首饰等行当。几代商人的努力，成就了那些著名的老字号。

最初的那些老字号与其说是自持家业、白手起家，倒不如说是与权贵走得最近，资本的原始积累，多是倚仗着皇宫御内。年盛斋老马家最初做的是香料生意。乾隆年间后人马庆瑞偶然进了礼部做供桌，暗中观察御膳房师傅如何做酱羊肉，遂也如法炮制。马庆瑞开了店面，取名"年盛斋马家老铺"。

光绪年间，年盛斋达到了事业的顶峰，据说慈禧最爱吃酱羊肉，每晚夜宵都要吃一小盘，故特赐了腰牌，可以让马家把肉直接送进宫内。每当慈禧游昆明湖时，后面常拴两只小船，一条是御膳房，一条是马家老铺。因朝廷是马家最大客户，故此年盛斋虽然不是官家，但比官家还要硬。身在户部街，没人敢惹。

当年发达的"百草堂"也是如此。宁波"铃医"出身的乐家，明永乐年间来京，清朝时后人乐尊育在太医院做了个小官。儿子乐梧岗想走仕途不成，只好子承父业，在前门外大栅栏开了"百草堂"药铺。

百草堂前店后作坊，自产自销药品，经过几十年的苦心钻营，已初具规模。到了雍正年间，百草堂翻身成了宫里御药房的供应商。皇室同意他们预领官银并屡次特许百草堂增调药价，自道光十七年以后更恩准按市价核算。慈禧当政后，认为百草堂的药好，曾令代制宫内服用的成药，百草堂因此有机会获得更多宫廷秘方。

由此起势，百草堂不但在增调药价上盈利，更以天下药业第一大买主的身份操纵药业市场，垄断持续200余年。

百草堂有了乾隆这个靠山，社会声望和身价倍涨，老百姓认为它是给皇上做药的，都认这个牌子。后来清朝覆灭，当时皇家还欠了百草堂一堆债务。

像这样因为皇族青睐而镀金的老字号还有好几家，如"都一处"，据说乾隆微服私访时吃过他家烧卖大赞而出名，所以一个经营烧卖的小馆也能屹立不倒一百多年。还有"一条龙羊肉馆"，光绪皇帝在此用过一次餐，从此馆子就火了。

前门商人也分三六九等，第一等是官商，如"内联升"，专门给宫里大臣做官靴；第二等就是这些"皇商"，声名远播，日进斗金；第三等就是五花八门的服务业遍布市井，很多开在胡同里，或是走街叫卖，登不了大雅之堂。

前门在清朝乾隆年间商业达到了顶峰。

当时在临汾会馆里租房子做买卖的还有华丰厚、厚得福、同济堂等买卖家。华丰厚主要为洋人和官僚名人服务，是专做西服西装的；厚得福是个专营南方菜的饭庄；同济堂是个药店，药店里制造各种丸散膏丹的药作坊也在会馆里面。除此之外还有益善水会，院子里摆着四个大水缸，该会就是那个时代的消防救火机构，正常情况下有十个人的编制。

姚复臣来到北京第二年，家乡有人捎信来，说他的父母都因一场瘟疫去世了。这一场瘟疫死了不少人，姚复臣因为在北京也算是躲过一劫。急急忙忙回到家乡，除了卖房子卖地料理二老的后事，还特意到吴庄看望了吴怀师傅，给师傅带了一些京城的礼品，也聊起这一段在京城的见闻，告诉师傅自己没忘了鞭杆武艺，抽空常在护城河边无人之地悄悄地练习着，俨然一副见过世面的口气，让吴怀师傅很是感慨。

家乡的事情料理完毕之后，姚复臣又回到京城临汾会馆。又过了一年由于蓝家善老板偶感风寒未能及时治疗，也因年纪大了抵抗力较弱转成慢性肺炎，病了半年多也没有好转，无法再经营成衣铺，想着回老家度过晚年，算是叶落归根，就收起了店铺回家乡了。

姚复臣虽然学会了裁缝手艺，可是他不愿意干这行，既没别的能力也没有多少钱，所以无法自己投资做其他营生。

没能力主要是说他除了学会裁缝以外不识几个字，而且连自己的名字都写不好。说没钱，是因为他干的是学徒，而那时候的学徒基本上属于白吃饭白干活的。几年下来不可能有什么积蓄。师傅虽然走了，他可不想再回临汾老家，经过自己的请求和临汾会馆里会头的商议，看他不仅年轻肯干而且诚实可靠，是个难得的好小伙，就让他在临汾会馆里当了长班。长班也叫"长随"，明清时官员随身使唤的仆人，后来泛指听差、佣人之类。

会馆有人告诉姚复臣，老掌柜和会头们是因为他不识字，才让他当了长班，如果他会读书识字，很可能就当上馆长助理或者账房助理，这时候他想起当年父母的教导"书到用时方恨少"，直后悔得用头撞墙。后悔归后悔，可是要让他念书识字，依然学不进去，无论性格和兴趣爱好，从来没往那方面靠近过。看见书就头疼，他总觉得不会念书识字也活了这么大，这个理由足以使他把文化学习看成没用又很烦人的事情。

不管怎么说能让自己继续在会馆工作，已经使很多找不到工作的年轻人羡慕不已了。换上会馆里的长衫，姚复臣成了一个干净利落、精明强干的伙计。他在会馆里负责招待来客，照看和打扫庭院、佛堂。擦拭供奉各位神仙祖师爷的供桌，采买和摆设各类贡品。

姚复臣心存感激之心，又见各位东家对他如此之好，便一门心思地只管干活报恩。分内之事他绝对尽力干好，不该他干的只要看见了也要搭一把手。会馆里上上下下的人，无论谁有事都愿意叫他，他俨然成了会馆里的香饽饽。

不管谁只要向院子里大喊一声"复臣！"保证就会有一声响亮的回答："来了！"然后就能看见他满面笑容地出现在您面前，嘴里张爷、刘爷的喊着，问您有什么吩咐，待到把事情交代清楚，他就会答应一声："这事交给我了，您就放心吧！"然后高高兴兴地把事情办好。

姚复臣并不按照规定的时间上下班，他每天很早就起床，一直干到很晚才休息。干了十天之后，临汾会馆的大院和供房，整个焕然一新。本来要试工三个月，才能确定是否转为正式用工的条例，从姚复臣干起来之后就改变了。两个星期刚结束，他的工作就确定了，工钱每月八块大洋。

六成居里从东家到伙计都是山西人，而且在临汾会馆的东家在六大会头里面是会首。

六成居开始是个酒铺，所酿的酒必须经过六个要素，即：黍稻必齐、曲蘖必实、湛之必洁、陶瓷必良、火候必得、水泉必香。这几点说出了制酒的要求，通过选料、下料、工艺、设备、时间、泉水等六个必需，所以起名为六成居。

关于六成居还有各种流传。

在明朝嘉靖年间有几个临汾人在北京开办了一个小杂货铺，在小铺的门上用一块小木板学着人家的样子，写上了"某记杂货铺"这几个字当作匾额招牌。

稍小一点的这类店铺，都叫杂货铺。如果经营面积大于百十平方米以上的店铺，就叫百货店或者叫百货商店，如北京有名的"王府井百货大楼"。

为什么叫"百货"如此土气的名字，而不叫其他更好听的名字，有个民间故事，讲出了这两个字的来历。

乾隆在位60年，是中国历史上在位时间第三长的人。乾隆年间歌舞升平国泰民安，而乾隆呢，也是个善体民意的好皇帝，也好个微服私访什么的，有一天心血来潮又出去溜达去了。

走着看着，看着走着，嗯？"万货全"，看字号是间杂货铺，可这名儿起的够大呀，够狂，心里不爽，进去看看。乾隆一进门，门口一小伙计赶紧迎客，来了您哪，爷！里边儿请。乾隆没搭理他，在铺子里看了看，里面的商品虽没有万种，可也有几百种了。把你们掌柜的叫来。小伙计一听，再看了看乾隆，叫掌柜的去了。你想啊，身为一国之君，虽说是微服私访，那衣料可全都是高级货，身边的几个随从也非同一般，迎客的小伙计那眼多毒啊，看穿着，看气势，非富即贵呀！

一脸福相的掌柜过来了，这位爷，您需要点儿什么呀？乾隆用手中的扇子往门口的方向一指，你的铺子叫万货全？是，什么都有。那给我来一个金耙子。掌柜的当时就蒙了，心里话，哪有用金子做耙子的，再有钱也没有用金子做耙子的呀，看来是成心找碴儿的。可这话不能直说呀，自己刚才也说了，什么都有。人家要买耙子，耙子那也是杂货，属于营业范围之内呀。掌柜的开始冒汗了，这要是答对不好，今儿个这招牌可就砸了。我这儿有竹耙子、铁耙子，没有金耙子。你不什么都有吗？还万货全，那万字是随便用的吗？

清朝时期大兴文字狱，清朝人都知道啊。掌柜的一听这话都哆嗦了，恨不得都要给乾隆跪下了，那您老说叫什么好啊？乾隆一看掌柜的都这样了，原本也没想把掌柜的怎么着，这气儿啊也就顺了。你这儿虽没有万种商品，可杂七杂八百种总是有的，这样吧，我给你的铺子改个名儿，笔墨侍候。乾隆爷好写个诗词，题个字儿什么的，这不，老毛病又犯了。掌柜的赶紧让人给摆好了，乾隆提起笔来刷刷刷刷，掏出印章往上一盖，好了。

掌柜的凑到跟前一看，俩大字儿，百货。再一看落款，掌柜的当时就跪那儿了……

从此以后，凡是卖日杂的大商店就都叫百货商店了，御赐的名字也就这么流传下来了。

临汾这几个人的小杂货铺办得很红火，主要突出在他们秘制的酱菜上。由于在制作酱菜的品种和质量上，下了很大功夫，比如酱小辣椒原来总是没腌透就容易变烂，后来用牙签给每一个小辣椒都扎上五六个窟窿，个个都腌的透透的，腌透了回头再一酱，就更有味了。

没过几年自制的几种酱菜味道鲜美独特，回头客和专门来买酱菜的客人特别多，成了杂货铺的主打商品，于是把杂货铺改成了油盐酱醋，后来又变成专营酱菜的京酱菜名店。

与六成居名气相当的另一个酱菜园名叫甜香酱园，多年来两家虽无来往也没有什么竞争，好在北京城的人口众多，两家酱菜商店不争不抢，顾客也差不多，多年相安无事。

但是这一年突然六成居的顾客逐渐增多，甜香酱园的顾客相对减少了，甜香酱园的老掌柜察觉到时，营业额已经大幅度下降，赶忙召集店里伙计开会，大家却都说不出个所以然。于是把股东召集在一起，商讨这件事的来龙去脉和对应之策，反复研究也没得出说得出道理的结论。一时间甜香酱园内部人心大乱，退股的辞职的跳槽的接连不断，老掌柜吃不下睡不着，心火胃火攻心得了一场大病，没有了得力的管事，甜香酱园的店面虽然没关，但是顾客却越来越少。

老北京皇城根的子民吃东西嘴刁，尤其是有权有势的满族大家门户，在吃的质量上最讲究，互相串门的时候无意中说起这件事，得出了一个结论，甜香酱园的东西虽然不错，但还是不如六成居的好。

经过反复查找，最后查清楚原因是一个伙计，因犯错被扣除了月钱心怀不满，故意把一种佐料烧煳了，以致一批黄酱发苦味，而用这苦味的黄酱制作出来的各种酱菜也都带了苦味。找到了原因和那个伙计之后，以工作故意出错败坏店铺名声的理由，开除出店并送官府查办，官府认为这只是工作里出了点差错，也不是杀人放火的大罪，于是把他关了几天大牢就放出来了。

好事不出门坏事传千里，老北京从大宅门、官宦人家到普通老百姓，不约而同地一致认为六成居酱菜为京城第一，而甜香酱园酱菜的质量虽然经过整顿和一系列努力慢慢地也恢复了早先的味道，可是这口碑欠佳，就很难改变了。

姚复臣来到北京没几年就赶上一九零零年庚子事变。

为扑灭义和团的反帝斗争，扩大对中国的侵略，英、美、法、俄、德、日、意、奥八国组成的侵略联军，于一九零零年六月，由英国海军中将西摩尔率领，从天津租界出发，向北京进犯。最后导致中国陷入空前灾难，险遭瓜分。一九零零年，是中国农历庚子年，这场一百多年前爆发的动荡也被中国人称为"庚子国变""庚子国难"。

临汾会馆的事都要集中汇报到六成居，听会头东家的指派。六成居与会馆平日里的日常联络主要是由两边的伙计张彪和姚复臣来承担，张彪和姚复臣年龄相仿，一来二去的两人成了好朋友。

六成居的东家眼看北京的局势混乱，就让张彪和姚复臣赶紧分头通知其他几家大会头来开会一起商量如何应对当前形势。

现在局势紧急，大家商量一下，赶紧拿出对策。会首六成居东家直接发问。

局势乱得要命，谁知道情况请说说。

咱们这里面都是做买卖的，政局的事情谁也说不清楚。

　　我听大内传出来的消息，洋鬼子肯定要打进北京了，就说咱们怎么办吧？

　　咱们买卖家能怎么办？打洋鬼子保北京？

　　您行了吧，义和团倒是扶清灭洋呢，到后来还不是让老佛爷给卖了，再说那么些八旗兵勇都保不住京城，就凭咱们这几块料，拉倒吧。

　　您说得对，话说回来了，普天之下莫非王土，就算咱们都战死，保下来的国家也是皇上的，咱们就别瞎操心了。

　　那咱们就买点洋枪跟枪子儿，保护着这点产业家当，行么？

　　您说这话真不着调，那么些洋鬼子真进了北京，咱们能活命就不错了。

　　要我说，还是三十六计走为上计，咱们赶紧走吧。

　　对！逃离这是非之地。

　　对什么对？这么大的买卖，经营了几十年了，就扔这儿不管啦？

　　管？怎么管，你真是舍命不舍财啊。

　　就是，连慈禧老佛爷、皇上都跑了，你不跑就留下吧，反正我要赶紧跑了。

　　是啊，朝廷都跑了，京城都不要了，咱们不跑还等什么呢？

　　咱们可以走，我觉得买卖也得留人看着。

　　留下个把人，能看得住么？

　　找个比较可靠的人，留下看堆儿吧，能看得住更好，看不住你也得认命。

　　我看行，也只有这么着了。讨论了一个时辰下了这么个定论。

　　六成居东家带着家眷和其他工作人员逃难之前，把留守的任务交给了伙计张彪。临汾会馆留守人员定下的是姚复臣。张彪和姚复臣两人一通气，商定有事互相照应。

　　没料到，那一年的大火，六成居和临汾会馆都被烧了。

　　首先是义和团为响应朝廷招抚，大举"扶清灭洋"的旗帜进入北京。因老德记西药房卖洋货，于是一把火把药房点着了。没料到风吹火起、火借风势，大火一烧就连成了片，这场大火烧了一天一夜，而在救火人员和设备都极差的年代，小小的人祸就演变成了大大的天灾。

　　八月十六日，八国联军进入北京，又对这片商店民居放了第二把火，屠杀和抢掠同时出现，引起了商家和住户的逃灾躲难，把保住性命放在了第一位。前门一带几千家商铺被烧成废墟，正阳门楼，北京二十四家铸银厂也遭烧毁。

八国联军一进北京，就疯狂地烧杀抢掠，曾公开号令全体官兵抢劫三天。但事实上联军从进入北京直至撤出，抢劫始终未曾停止过。从公使、各级军官、教士到普通士兵，就连平时居住在城里的普通外国人，无一例外地都参加了抢劫活动。他们不仅抢劫居民，更热衷于抢劫皇宫、官衙和府第。圆明园、颐和园所藏大量珍贵的历史文物、珠宝金银，均被抢劫一空。凡是义和团设过坛的房屋，都被焚毁。侵略军还到处屠杀中国老百姓，见人就开枪。

张彪和姚复臣两人正在六成居店铺的房顶上查看着四周的态势，商量应付眼前可能发生的动乱，只听见外面忽然大乱。

不好啦！义和团和洋人打起来了。

快跑啊！洋鬼子放火啦！开枪杀人啦！

张大哥，咱们怎么办？姚复臣知道张彪是个老北京，应该比他有办法。

咱们什么也干不了，我看只能把牌匾卸下来，有匾就有买卖，匾就是买卖。张彪其实比他也大不了多少，只记得老东家嘱咐的话。

那好，能留下老牌匾也不错，我和你一起把这个牌匾卸下来吧。

就咱俩也卸不下来啊，试试看吧。

你赶快去找两根绳子，我找梯子去。

眼看四周火光冲天，洋枪洋炮响个不停，两人找了一架梯子，两根绳子要把牌匾卸下来。六成居的牌匾是上好的红木制成，又用桐油浸泡过，足有两百多斤。用桐油泡是为了避免雨水滴润，木质腐烂，也不致让虫吃鼠咬。但是桐油浸泡过的木头，遇火就很容易着起来。所以说凡事有利就有弊。

牌匾的装和卸都不是两个人能干的活。装的时候一般是五六个人，把绳子拴在牌匾上，穿过房檩或者滑轮，四个人拉动绳子把牌匾吊起来，吊到一定高度，另外两人站在梯子上把牌匾调整好，喊一声"放"，四人慢慢地松绳子，这才能把牌匾安放在合适的位置。放下牌匾的程序只不过动作相反，人是不能少的。人少了很可能要摔坏牌匾，再说牌匾的安装都是大事，一般情况下都是掌柜或者东家主持，用的人只能多不能少。

可这回不一样了，人只有两个，而且又是在烟熏火燎之中。情急之下两人找来梯子和绳子，拴好了之后由张彪一个人拉着两根绳子，姚复臣摘下牌匾准备要下梯子和张彪一起放牌匾。慌乱中姚复臣脚踏空处，从梯子上摔了下来，一头撞在梯子的横秤上，却见他自己急忙爬起来，顾不得疼痛，赶快和张彪一起拉绳子，慢慢放下"六成居"的大牌匾。

从火中抢救出了老匾，他俩把梯子和绳子放在牌匾上，一前一后抬着牌匾赶紧往胡同里跑，跑进街里的临汾会馆。

兄弟，牌匾就交给你了，你这可能安全一点。

张大哥你帮我送进库房吧，放在外面不安全啊。

好吧，库房在哪儿？

你跟我来吧，快点！

哎哟！您看啊，大火好像往这边烧过来了，库房也保不住了。

是么？咱们到楼上看看！

两人赶快爬到佛堂的二楼，往东面看。只见火借风势，风吹火起，东边已成一片火海，浓烟大火直往这边蔓延过来。

张大哥，这怎么办啊？

别愣着啦，赶紧跑吧！

那东家交代的会馆，怎么办？

东家早就说了，能保就保，保不了就跑，保住自己的命要紧啊！

那也把会馆的牌匾摘下来吧。

好，快快！

情况紧急不能多想，匆匆忙忙把临汾会馆的牌匾也摘了下来，再把六成居的牌匾，一起放到平时采买东西的小排子车上，两人配合着用绳子使劲拴好。姚复臣顺手把心爱的鞭杆拿起来插在后裤腰带上，两人一个推一个拉，一直把东西都拉到这片漫天大火之外。

二人停住脚步喘着气，张彪说我得回家看看，不然我不放心，爹妈也惦记我。

那您走吧！到了这应该就没事了，我再往前走一段看看。姚复臣见到大火已经在后面了，喘了几口气就催着让张彪赶紧回家看看。

你的头上流血了，找点药抹上。张彪看见他头上有血流下来，急忙提醒。

这会上哪儿找药去。姚复臣用手一抹，果然满手是血。

那千万别沾水，我先走了啊。张彪又提醒他一句，转身向他招了招手。

哦，我知道了。

张彪急匆匆走了之后，姚复臣拉着车顺着路往前跑。

正往前跑只见几个外国兵正端着枪乱放，有几个老百姓就在离他不远处倒下去了，于是他一转身钻了胡同。没跑几步又发现有外国兵在杀人，赶紧转弯再跑，他也不辨方向不管前面是什么地方，反正见胡同就钻。

正跑出一个胡同想拐弯再跑，没料到撞上两个外国兵。

一个日本兵手里拿着步枪，肩上扛着一个大包袱。另一个是军官，腰上挎着日本战刀，两个人都被他撞倒了。当兵的爬起来把包袱一扔，端起枪就要向他瞄准。姚复臣心想，我不能跑，只要一跑他们肯定会向我开枪，谁能跑得过枪子呢，拼了吧。赶忙松开车把，任那排子车顺着惯性溜到一旁，伸手从后腰抽出鞭杆，说时迟那时快，抢上一步喊了一声，着打！先是一鞭杆狠打在枪管位置，啪的一声脆响，让那枪口偏离了指向他的方向，幸亏打偏了枪管，枪声一响子弹不知道飞到哪儿去了。姚复臣听到枪响也是一愣，赶快再顺势划圆从下往上用力一撩，又是一声清脆响亮，鞭杆打在当兵扣扳机的手上。他知道这一下打得不轻，被打的那只手骨肯定是断了。

只听那当兵的惨叫一声，把枪扔出老远，抓着受伤的手疼得满地打滚。当官的从地上爬起身愣住了，没料到竟然在这里遇见了一个敢跟他们动手抵抗的，日本军官看着这个中国小伙子，他抽出日本战刀，闷声低吼八嘎、八嘎！为了显示自己帝国军人的傲慢，挺胸抬头尽量使自己的身材高一点，鄙夷的嘴撇成了八字向姚复臣逼近。

姚复臣自从学武以来，从未这么面对面的参加过实战，看见拿着战刀的日本军官心里也嘀咕，咕咚地咽下一口吐沫。

日本军官高高扬起战刀，看见小伙子依然用棍抵抗，嘴角牵着残忍的狞笑，用尽力气照着姚复臣的头上狠劈一刀，没料到那木棍抡过来打在刀身上，战刀被一股力量推打出去。虽然推打得不远，却靠着小伙子身边砍了一个空，只觉得太不可思议了，顿时大怒，接着上劈下撩左砍右剁。

哪知一根木棍如附骨之疽黏在刀上，顺着对方的刀势或挑或引，或者斜劈，引歪了他的力量，绝不跟他硬碰硬，在嚓嚓地滑过之声和嗖嗖地削砍之声中，油滑似鲇鱼泥鳅，坚挺如磐石砥柱。一根短棍舞动得行云流水一般，虽把他的衣服砍破了好几刀，却都砍向了他的身侧。

七八刀砍下去丝毫伤不到对方，日本军官发现对方的木棍就跟有了黏力一样，让他的刀跟着陷入了泥沼，无处着力更无法挣脱，只能顺着对方的力道，劈砍向对方身侧的空处，不由得火冒三丈，嘴里不停地喊着八嘎、八嘎，再把战刀高高举过头顶，准备狠狠地砍下去，未料到脖颈处一阵凉风逼近，紧接着一股刺痛，心中不禁咚咚狂跳，头发也因受到惊吓根根炸起。这才觉出原先平头整齐的鞭杆上，被他七砍八削地削出了一个利尖，已经猝不及防抵到自己的喉咙上。

姚复臣牙根一咬喊了声，化鞭为剑！用尽力气向前一刺，咔嚓一声，核桃碎裂的声音里，只见日本军官的眼睛猛地瞪圆，眼球几乎突出眼眶，伴着惨叫声猛地向后倒去，鞭杆利尖直插进喉咙穿过后颈，手里的刀再也握不住，当啷一声掉落地上。姚复臣一脚踹到日本军官胸前，顺势猛地抽回鞭杆，一股血喷射而出。姚复臣没有再理会倒下的日本军官，瞬间转过身扬起鞭杆，再找另外那个日本兵。

坐在地上的日本兵已经看傻了眼，发现小伙子向他走过来，满脸恐惧手脚并用地往后急速移动着。姚复臣迈步上前用力一挥，日本兵感觉危险袭来，头发炸立，如同被踩了尾巴的猫，怪叫一声，那声音简直就像金属摩擦一般的难听，鞭杆利尖嗖的一声地滑过他的脖颈，巨大的冲劲激起嘭的一声，风驰电掣中撕裂了日本兵脖子上的颈动脉，又一股血溅出，日本兵本能地伸手想捂住脖颈的剧痛处，可是手的力量如何能抵挡心脏的压力，一股又一股血液喷涌而出，身体滚动不断挣扎抽搐，几个呼吸间瘫软丧命，可眼睛还瞪得老大，死不瞑目。

姚复臣再把鞭杆插进后裤腰里，弯腰抄起车把继续拉车往前跑，边跑边说，师父，您老的绝招"化鞭为剑"救了我一命啊！

直到累得实在走不动了，就在一家门外停了下来，靠在排子车上睡着了。

一九零零年八国联军占领北京时的野蛮行径并不比三十七年后的南京大屠杀逊色。

联军占领北京后，洋人见人就杀，一个不留。甚至以杀人为乐，动辄将无辜者指为义和团斩首枪毙，他们肆意开枪追逐男女老少，枪杀刺死老弱妇孺。

法军将中国人追进死胡同，用机枪扫射数分钟，直到不留一个活口。英军将义和团和群众集体用炮轰毙。德军遇到中国人，一律格杀勿论。八国联军手段极其残酷，枪杀、刺死、绞刑、烧死、棍击、勒死，奸杀无所不用其极。

❶❹
蔡大猪店

蔡信把四辆大车上的十几口猪一直拉到京城，来到东四牌楼附近的韩大猪店，把猪全都卸下赶进猪店里，把雇车费用结清，就在猪店住下了。

韩大猪店位于西四牌楼的西边路南豆腐巷东口。临街的三进大院子很宽敞，还开了一个旁门，为的是进出大车和赶猪的方便。最后里院的几间房住着内眷，前面两个大院子都是做生意用的，院子里有几个大猪圈，院内的房间有猪店老板专用的房，还有接待客人的客厅，伙计们住的房子，其他空着的房子是客人住宿或者临时休息备用，也有可以临时出租的房子。做生意加上养猪，这里时常乱哄哄的，所以租住的价格要比旅店便宜多了，常常是客人跟老板商量着给，也就为一些没什么钱住旅店的人，提供了个方便，属于较大规模的三进四合院。

他以前卖猪也来过京城，每次都是匆匆卖完了就回家。这次没了归心，心平气和的在京城住下，然后在四九城玩了半个多月，凡是听说有意思的地方都去看了看。

他喜欢听京城人说话的声音，那是真正的京腔京韵。虽说跟老家口音差不多，但是这里面透着那么一股子皇上邻居的气势，尤其是恰到好处的儿化韵，更有一种闲散和随意劲。

所有人张口说话，尤其是以小称大，必须称呼"您"。他们把"今天、明天"说成"今儿个、明儿个"。把"小女孩"叫"小妞儿"，管"男人"叫"爷们儿"，"女人"叫"娘们儿"。

他觉得京城人的称谓，有的时候充满着尊敬，有的时候又不乏玩笑。就连京城人叫起"爷"来都那么逗乐，这是京话中很重要的称谓，据说这叫法可有年头儿了。曹雪芹的《红楼梦》里，贾宝玉就被身份比他低的称为

"宝二爷",更早明代西周生的小说《醒世姻缘》中"京中人不叫'爷'不说话的所在……"也说明"爷"在京城历史悠久。

尤其老京城人常常爱说"爷"。

爷爷、大爷是对年长老人的尊称,少爷是对公子的称呼,爷们儿是男人和男人之间比较亲密的称谓。到了今天,哪怕普通话再普及,京城特有的爷还是涵盖了方方面面和各种行业。京城人爱聊天叫侃大山,哪怕根本不相识的两个京城人,只要聊起天来,马上就跟认识了好久的朋友或者干脆就像亲戚一样,最能聊天的男人被称为侃爷。

再看金碧辉煌的皇宫和皇家园林,以及每条大街甚至胡同里的那些高堂大屋,总有他看不够的皇城的气派。

他每次来京城卖猪,都是住在东四的韩大猪店里,时间一久成了熟人。这次住的时间较长,常跟店主聊天,打听一些不明白的事。

所谓猪店,就是进京来买卖猪的客商进行交易和食宿的地方。经常有几十头猪存养在这里,几个大猪圈是常年备好的。猪店里也有自己养的一圈猪,这是生意的需要,也是为了给几个伙计平时找点事干。

韩大猪店的韩老板,年纪快五十了,在东城开这个猪店有些年头了,个头不高五短身材,心宽体胖,为人豪爽热情,有一副热心肠。见蔡信没有一些年轻人眼高手低光说不练的恶习,也很愿意跟他说话聊天,两个人投脾气,一来二去透出忘年交的感觉。

之所以有心在天子脚下立足,是因为蔡信看见很多挣钱的道。拉洋车能挣钱,推着小车卖零食能挣钱,把山里红做成糖葫芦也能挣钱。还有人靠肩膀给人家扛东西,就能有钱挣。这个行当因为扛着桌子这类大件的东西在两个肩膀上,脑袋始终低着歪着,京城俗称叫"窝脖"。总之,在京城能挣钱的道道太多了。何况自己有辆大车和牲口,给人拉货和拉人都没问题。

有几次,他看见同住在猪店里的一个人,把黄泥搓成人丹那么大的小泥丸,用红颜料上了色,晒干了再用白纸包上,却不知道他是干什么的。找了个时间,蔡信买了一包花生仁和二两猪头肉,再打上半斤二锅头,请他到自己住的房间里喝酒聊天,想解开自己的疑团。

张爷,您搓这么些小泥球干什么用啊?蔡信给张爷斟上酒,寒暄几句之后伸手做了一个请的手势,自己也端起眼前的酒杯,笑眯眯地跟他碰了一下,看张爷喝光了杯中酒,学着京城人的口气先称呼了一声,很小心地提出了自己的问题。

蔡兄，这就是您不懂规矩了。这猪往前拱、鸡往后刨，各有自己找食吃的道啊。张爷不知道为什么有人请自己喝酒，反正不是自己掏钱，就没当回事。

真对不起，我是初到京城，什么也不知道，也想找点事干干，为的是挣钱吃饭，要是犯了您的忌讳，只当我没说。蔡信虽然来过京城很多次了，但是像这样一起喝酒聊天还是头一回，满脸尴尬地赶忙道歉。

哈哈，您这人实诚，我也不怕您知道。张爷的阅历使他相当自信，同时也伴随自负，注定没大发展。

张爷说哪的话。蔡信赶忙又给张爷斟上了酒，殷勤的再次做出请的手势。

张爷一仰脖，品了品滋味夹了一块肉放进嘴里，嚼着肉脸上笑容也多了起来。为了酬谢您这二两酒，我就告诉您，可有一样，您不能笑话我，也不能跟外人说。张爷和绝大多数的老京城人一样，都能自轻自贱，在底层生活的久了，难得有人看得起他，更别说向他请教什么。两杯酒下肚，也就打开了话匣子。

行嘞，张爷您放心，我初来乍到，两眼一抹黑的什么也不知道，哪儿还敢笑话人。蔡信诚心诚意请教，一本正经地说。

告诉您，我呀，是卖耗子药的。张爷眯着两只小眼睛，抬起一只手拢在嘴边，靠近蔡信的耳朵，悄声细语地说着。

蔡信见张爷没跟他计较，真跟他聊上了，很认真地听他说着。

那些个小泥球啊，就是我卖的耗子药。张爷很久没这么痛快地喝上一顿酒了，对蔡信心存感激，说出了心里话。

还有这样的事？大大出乎蔡信的意料，他睁大了两眼，连张开的嘴巴也半天没合上。

不信吧，实话告诉您，就是这么回子事。既然喝酒聊天，咱们都自斟自饮吧，甭客气了。张爷给自己倒上了一杯，就着眼前的下酒菜，慢慢地咂摸着滋味。

那泥球……能把耗子给药死？蔡信觉得这买卖有点莫名其妙，根本不相信。

不能啊。张爷品完了这口酒，慢慢睁开眼，实话实说。

那谁买啊？蔡信可觉得他说的不是实话，就盯着问。

这您就不懂了，甭管是谁买了耗子药之后，过些日子才能知道管不管用是吧？再说了，谁还因为这一毛钱的耗子药追着问您啊。

等人家知道是假药，就不买了吧？蔡信没琢磨出其中的道理，满心的疑惑又问了一句。

您可真实诚，就知道在一条胡同里头卖啊？这得一天换一个地方，京城大了去了，一两年能把大大小小的胡同都跑遍了，就算您腿脚利索。张爷把嘴撇了一撇，觉得这小伙子太木头疙瘩了，只好又推心置腹地说。

也是啊，蔡信听出了这里的门道。

眼见得蔡信虽然听进了他的话，就诡异地笑了笑，说道，不过也得买点真耗子药掺进去，一包真耗子药跟十包小泥球掺和到一块，就齐活了，只要有一家把耗子药死了，那就说明咱卖的是好药。张爷喝了几口酒有点上头，很长时间没有这种晕乎乎的感觉了，他觉得很受用，于是摇头晃脑的给蔡信讲起了自己混社会的经验。

有道理，不过这么干有点亏心吧。蔡信是老实人，心里不会藏着掖着，脑子刚想到嘴里就说出来了。

我就是混碗饭吃，能混上窝头咸菜就知足了。张爷吃着猪头肉，喝着杯中酒，听蔡信这么说，不屑地摇了摇头。

瞧您这话说的，好像我比您混得强似的。蔡信苦笑着，觉得自己没着没落的日子，还不知道什么时候是个头。

那是啊，我不能跟您比，孬好您还有辆大车和两头大牲口，甭管到哪儿您能坐在车上一甩鞭子就到了。我这四九城都得腿儿着。张爷说着话把大腿拍了一下，似乎告诉蔡信他的腿脚很好。

一辆破大车算什么，风里雨里的也挣不着几个钱。蔡信没料到自己这么破落的境地，还会有人羡慕。

您拉一趟脚就能吃一两天吧，多拉两趟甜活，够您吃上十天半拉月。我呢，溜达半夜第二天能有窝头吃，就念主之恩了。干这行的比起满大街臭要饭的，强不到哪儿去。张爷想起这些年自己的惨淡经营，张开大嘴长叹一声，

张爷说的是，活着不容易啊。想起这些日子除了赶车拉脚，一直也找不到该干的营生，很是感叹。

京城地面卖东西讲究吆喝，咱这吆喝就容易多了，归类包堆就仨字"耗子药！"。等有人要买的时候，我再告诉他是家传秘方，保证一个月内

见效！张爷拿过来一张白纸，纸上书写着：千年单方，家传鼠药。

有意思啊！蔡信赞叹一声，做生意就是要动脑筋，这是学到了真章。

这买卖都在天快黑了再出去，人家看不太清楚啊，一直卖到九、十点钟人家睡觉了咱回来。所有卖耗子药的都是哑着嗓子低声喊。决不能跟卖萝卜似的，声音又高又脆，萝卜赛梨啊。张爷连说带比画，脸上的表情很丰富，显得很兴奋。

哈哈。听着张爷有声有色的学说，蔡信觉得很开心。

怎么着，您也想干这行？这可是无本生意。张爷话说得不少了，试探着问蔡信。

您放心，我绝不戗您的买卖，自己个另找辙。蔡信明白自己的心气，绝不是在这种走街串巷的小买卖上。

京城的四九城，哪儿都有卖耗子药的，谁也戗不了谁的买卖。张爷话虽这么说，同行是冤家这个道理，他心里门清。

不过您的办法让我开了眼、长了见识，我得学您的精气神，一定能在京城找着事干，好好地活下去。蔡信给了他一颗定心丸，再给他戴一顶高帽。

那是，您比我强啊，身强力壮识文断字的，没问题。我看着你也老大不小的，应该是成家立业了吧？张爷说着话，没停下吃着喝着，突然转了话题。

是啊，在老家的时候，结婚生子的也有几年了，只不过遇见点事，觉着心里不暗分又没法办，就自己净身出户，到京城来混日子了。蔡信慢慢地喝着酒吃着肉又想起了离开家的缘由，脸色略显凝重。

唉！家家有本难念的经，谁都不容易啊。张爷听得蔡信这句话，不禁愣了一下，若有所思。

两人边吃边喝，又聊了一会。吃干喝净之后，张爷跟蔡信道别回家休息。

望着张爷的背影，蔡信坐在炕上拍了一下大腿。就连搓几个小泥球都能活得下去，我一定能活得更好。这一晚上的聊天，更坚定了蔡信在京城里生活下去的信心和决心。

平日里，蔡信常帮着店里伙计们干一些闲杂事，包括挑水、扫院子、帮厨、喂猪、甚至帮助伙计给猪圈起粪。韩老板看他比伙计还能干，就喜欢上了这个勤快的小伙子，允许他在这里白吃白住，只是不给工钱。蔡信怕自己的那两个钱坐吃山空，也高兴这样帮着干点活，使自己心安理得的白吃白住，再加上用大车拉人拉货，时间一长多多少少的也攒下了几个钱。

大约半年后的一天，听见韩老板叫他。

蔡信，有人让你帮着拉点货，跟着把货装上给送家去，十个大子的价钱已经谈好了，麻利儿着啊。韩老板高声大气的话语，透出照顾蔡信相信蔡信的劲儿，明摆着两边讨好。

我知道了，谢谢韩叔。蔡信心里明白，赶紧道谢，边说着披起衣服出了屋子。

这是吕大爷，你跟着他走吧。韩老板把一位上了年纪的客人指给他。

吕大爷，您的货在哪呢？穿好衣服的蔡信点头哈腰地跟吕大爷打招呼。

你赶上车，我带你去，地方不远东西也不太多。吕大爷对韩老板介绍的人相当信任，慢条斯理地对蔡信说着。

吕大爷身量不高，长脸大眼的蛮精神，头戴一顶青缎子瓜皮小帽，透着城里人的气派，身上穿着蓝布裤褂，显得浑身干净利落，一看就是精明人。

蔡信不敢怠慢，马上把大车拴好，赶着车到老人跟前招呼一声，吕大爷，您上车坐好了，咱们往哪边去啊？

新买的两个樟木箱子，还有一个大水缸，给我拉到北边东四十条，吕记杂货铺。吕大爷给家里添置东西，心里透着高兴。

好嘞！蔡信赶着大车带着吕大爷去拉货，然后又把货送到吕大爷家。因为箱子和水缸都不好搬，全家又没有能干力气活的人，蔡信还得帮着把货扛进家里。

吕大爷的临街小杂货铺铺面很小，杂货铺面后边是独门独院，生意虽然不大，一家四口简省着过日子也吃穿不愁。吕大爷家有两个孩子，大的是女孩十四岁，身上穿得鲜亮整齐，头上梳得一丝不乱，亮光光的没少抹油。小的是男孩刚刚四岁，穿着崭新的小长袍马褂，胸前挂着一个银锁，头上戴着的瓜皮帽上，缀着一块小玉石，脑后头耷拉着一根小辫子，脚上的鞋也是新上脚的，一看就是殷实人家的小少爷，活得很娇贵。

北方人家的男孩，小时候喜欢戴虎头帽，长大了一点儿就照着大人的样子，买一顶小瓜皮帽戴，为的是怕冷风吹着脑袋感冒了。银锁又称"长命锁"也称"寄名锁",从"长命缕"演变而来。长命锁是一种吉祥物兼饰物,常见为银质饰物,呈古锁状,上镌有"长命百岁""长命富贵"等字样。按照传统的说法,挂上这种饰物,能帮小孩祛灾去邪,"锁"住生命,所以很多儿童从出生就挂上这种饰品,也有在新生儿满百日,或者周岁的仪式中挂长命锁,一直挂到十几岁。

吕大爷进屋吩咐女儿给蔡信端碗水喝。女孩手里抓着瓜子正一个接一个磕着,就让弟弟端水,男孩端着一碗水跟着女孩出了屋子。

女孩出来一抬头,看见蔡信就忍不住咯咯地笑了起来,连手中的瓜子都忘了吃。原来是蔡信在扛箱子卸货的时候,不小心把毡帽子掉在了地上,为了接着卸车上的货,拿起帽子拍打掉上面的土,随手又扣到头上,就把帽子戴歪了。

这位大哥,您着什么急啊,帽子都戴歪了。姑娘咯咯地笑着说。

帽子歪点不怕,卸货要紧。蔡信两手扶着背上的大水缸,正往厨房里送,听见有人问话头也抬不起来,勉强回了一句。

着急也不在这一时半会的,您先喝碗水吧。姑娘一边不停地笑着一边让弟弟端水给他喝。

谢谢了!蔡信把水缸送进厨房摆好,出门来看见男孩端着一碗水送到跟前,赶忙笑着接过水碗,一口气喝完一大碗水。把水碗还给男孩时,这才转过脸看了看女孩。

头一眼就把自己吓一跳,两眼直瞪瞪地愣住了。女孩长得太像槐花了,模样和身材活脱就是槐花出现在他面前。

哎呀!你……蔡信这句没头没脑的话一出口,就觉得自己错了。

我怎么啦,你认识我怎么着?姑娘随口一问,一口京腔嘎嘣脆,显出了城里姑娘的泼辣利索劲。

不……不认识。那什么,你……忒像我老家的一个人了。蔡信老老实实地说,同时微笑着点头表示歉意。

蔡信这时候努力把在京城学到的京腔,说得清楚一点。虽说这女孩长得很像牛镇村的槐花,但是也听出姑娘满口京腔,声音不一样。岁数要比槐花年轻多了,而且眉眼也比槐花更耐看,是城里女孩子应有的那种精致和漂亮。

蔡信,这是拉脚钱,金凤回屋里去吧。这是我们老两口的独生女儿金凤,长得好看吧,从小娇惯着脾气越来越大,眼眶子也越来越高,都不知道自己有几斤几两了，老大不小的就是任谁都瞧不上，也不知道能不能找到婆家。吕大爷看着女儿走回了屋子，转过身来对蔡信说，话语间透出一股宠溺，还有几分无奈。

爸，您说什么哪？老惦记把我赶出去是吧，我就不走。女孩即便是在屋里，听见爸爸跟外人说自己，嘴巴也不饶人。

你瞧瞧，跟我就这么没大没小的，都让我们老两口给惯坏啦。小兄弟，忙你的去吧，有工夫来喝口茶。吕大爷看着小伙子人高马大一股精神劲，喜欢就多说了两句。

小儿子名叫石头，在院子里跑来跑去地折腾，一会儿喊一声一会儿叫一声。

石头，别折腾啦，又人来疯是吧！吕大爷皱起眉头吼了一嗓子，石头被这一嗓子吼得老实了。

谢谢您，我走啦。蔡信给吕大爷鞠了躬，往窗户上望了一眼，发现屋子里的女孩也在窗边看自己呢，赶忙收回眼神。

回见！吕大爷冲他喊了一声，扬了扬手。

吕大爷，回见！蔡信赶着马车出了院子，走到大门又回过头来往里看，远远地见那女孩还在窗户里头看他，蔡信低下头偷偷地笑着，赶着大车回了猪店。

爸呀，这人老看我姐姐干嘛？石头看着蔡信的样子，抬头问老爸。

老吕头两只眼睛笑成了一条缝，看着蔡信消失的方向，似乎是自言自语地说，这个小伙子，有心啊！低头再看看小石头，疼爱地掐了一下他的脸蛋，又拍了一下后脑勺，回屋里去吧！

从此，蔡信的眼前老是出现吕家姑娘的模样，给他印象最深的除了姑娘长得那么像槐花之外，就是女孩家的笑声了。他从来不知道一个女孩的笑声，会让人感到如此的开心，使得听见这笑声的人也会不由自主地跟着她高兴。那个姑娘的笑声常常会在他的耳边响起来，这让他感到很快乐。

这种快乐让蔡信更加勤快、大度、善良，对自己在京城生活下去的信心更加坚定。最重要的是，蔡信知道了这笑声太难得了，是在原来武清那个家，从来没听到过的，自己被这笑声迷住了。

心里记住了这家人的地址，就为看那姑娘一眼，每次出车绕道也想到这家人门前走一遭。结果是绕十次路走过去，也见不到那姑娘一两次。但是每次见到那姑娘的身影，哪怕只是远远地看上一眼，就止不住心里乱跳。

那个年头，一般家庭里的女孩，从小大都没有名字，在家里生活一般都叫丫头、闺女、妞子，或者起个小名例如武清杨村的槐花之类的。等到了年纪嫁人之后，就冠夫姓后面是自己的姓再加上一个氏字，比如老吕头的老婆，娘家姓常，嫁过来之后就叫吕常氏。可老吕头不是一般人，从小读私塾得了秀才，女孩出生起名叫金凤。

韩叔，我给您打了一斤酒，这可是陈年老二锅头，还有一斤五香猪头肉，您尝尝。蔡信提着酒肉，满脸堆笑地走进韩老板的住房。

瞧你这孩子，不年不节的买什么酒菜啊，那咱爷俩就喝上两口。老婆子，再给炒一个菜。韩老板看见蔡信，喜欢这个勤快的小伙子，也是满面笑容的。

打我进京城就住到您这儿了，时间也不短了，没您的照顾我还真不知道流落到哪儿呢，得谢谢您啊。见到韩老板拿出两个酒盅，赶忙把酒斟满，五香猪头肉也用碟子装好，摆放到小炕桌上。

也是你小子会来事，手脚勤快眼里有活，招人待见。韩老板把眼眯成缝，指点着蔡信。

说话间韩老板的老伴炒好了两个小菜，拿上两双筷子，端进来放到了小桌上，每个人面前各放上了一个小碗。

看您说的。韩叔，有件事要请您老给我拿个主意，行不行？蔡信又把酒斟满，还给韩叔面前的碗里夹上几块肉。

甭客气，有什么事直说。韩老板一杯酒下肚，夹了一块肉在嘴里，说话就不清楚了。老京城有个规矩，嘴里嚼东西的时候不能说话，否则就很失礼。于是又扬了扬下巴，意思是你有话尽管说。

我啊……看上了老吕大爷家的那闺女，您可别笑话我啊。路过他们家那边好几趟了，就看见过她一眼，还没看清楚呢，她就回家了。您说……我该怎么办呢？蔡信虽然急着想让韩老板出主意，但毕竟是男女私事，还是有点不好意思。

呵呵，你小子还真有眼光啊，老吕家的闺女，那可真是这一方有名的漂亮女孩，眼眶子高着呢，要说人品，我看你俩还挺般配，但是你现在的这点家当，还真配不上她。韩老板盯着蔡信，睁大了的眼睛里有点惊喜，可最后又摇了摇头。

我现在就想常见见她，您给我出点主意吧，求您了。

出个主意……这样啊，你有工夫再路过那儿，就进门要水喝，你给他们家拉过脚，也算是半熟脸，进门讨口茶喝也不为过对吧。韩老板对这一套驾轻就熟，张嘴就来。

对对，还是您老有见识。见韩老板确实有头脑有办法，赶紧伸出大拇指。

再过几天呢，你也买点酒和肉之类的，表示一下感谢。韩老板见孺子可教，继续支招。

您接着说。蔡信忙给韩老板斟酒夹菜伺候着，就盼着多指点指点自己。

你小子可是真实诚，我还说什么呀，剩下的就看你会不会说人话办人事了。韩老板指点着蔡信说完这句话，继续喝酒吃肉。

行，我就照您说的办。蔡信紧着给韩老板夹肉倒酒，哄得韩老板满脸带笑。

哈哈，这爷俩快乐的情绪互相感染着，越喝越开心。

请教了韩老板之后，刚开始以路过的名义，进门讨一碗水喝，再后来就是为了表示感谢，经常给吕大叔、大婶买点心送上门，捎带着给那个爱笑的姑娘买些小礼物，就为了多看一眼女孩的笑脸，多听听那姑娘的笑声。

点心、水果之类的主要是为了让老人高兴，头花和小零食之类就是讨好姑娘了。等知道女孩家喜欢手工活，尤其喜欢刺绣的时候，就常找来一些好花样，连带着绣花针、绣花线等等，一块送给姑娘。也许是姑娘上心了，凡是蔡信买来的花样，她都喜欢，而且越绣手艺越好。尤其是得到蔡信的夸奖，姑娘高兴得笑个不停，那活也绣得越来越快、越来越漂亮了。

蔡信喜欢这姑娘不仅是因为她长得酷似槐花，而是她和她发自内心的笑声给自己带来快乐，使自己对过好日子的心气儿更高了。而蔡信的为人正直善良和知书达理以及他的勤劳、实诚，也使得这一家人都很喜欢他。来往的时间长了，大家都明白蔡信的意思，也赞成他俩的婚事，就等着蔡信所说的那个能成家立业的时候了。

在京城里拼搏闯荡的这几年，一直都暂住在韩大猪店里，基本见不到老家来人，偶尔见到老家牛镇村附近来买卖生猪的乡亲，半斤烧酒几个小菜聊上一个时辰，就成了蔡信与老家之间唯一的消息通道。早先是因为抹不开面子，不想再见到家里的其他人，就一直没有再回村子。后来习惯了一个人生活，再加上一门心思干成一番事业，就更没心思再回牛镇村了。以至于后来知道自己的大儿子结婚成家，槐花跟铁蛋已经离开了牛镇村，他也只是委托乡亲给老大捎回去一笔银圆，表示了一下自己这个当爹的情义，依旧没有回老家。

自己平时省吃俭用，再加上手脚勤快的挣钱，蔡信慢慢有了积蓄。没用几年他觉得能干点儿事了。

蔡信从小养猪，再加上多年买猪卖猪，练出了一手绝活。他只要围着一头猪转上一圈，然后用手顺着这头猪的脖子从脊骨往下捋，捋到猪的臀部攥着猪尾巴向上一拉一掂，这头猪的重量就给估计出来了，上下差不了半斤肉。

这也和当时猪的品种单一，都是本地种而且个头长不了多大有关系。

他的这个本事慢慢地被大家知道了，很多人都不大相信，总想亲眼试一试，经过多次之后，人们心悦诚服。

当知道韩叔有意把这个猪店盘出去的时候，想到自己有多年侍弄猪的经验，再加上几年来明里暗里学的本事，他觉得干这行最合适。

从韩叔那儿问清了盘店所需的费用，反复讨价还价，将自己几年来挣的钱和当年卖猪的钱都加在一起，还差着一些钱呢。再说买下猪店之后，还要投资经营，怎么算计也不够。忽然想到了那把象牙算盘，于是拿出来揣在怀里，赶着大车回到了武清县城。

赵乡绅这几年多方搜寻，也没找到过如此满意的象牙算盘，突然被蔡信送到眼前，捧在手中反复查看欣赏，喜出望外爱不释手。两人又是一番讨价还价，最后还是蔡信忍痛割爱，总算凑够了盘下猪店的数目，而且略有些剩余。

再回到京城，他就成了这猪店的老板。先前的"韩大猪店"原地原址，新换了匾额，请了一位书法小有名气的读书人重新写了，反复刷了几遍漆，雕刻之后描上金漆，"蔡大猪店"黑底金字招牌透着一股精神劲儿。

接下来蔡信就找人修房，糊顶棚和刷房，置办几样新家具，韩老板走了伙计却没散，给每个伙计置办了一套新衣裳，没几天工夫猪店里外一片新气象。

为了定下开张的吉日，蔡信请来一位风水先生，先生落座之后敬上香茶，才向先生请教。

这位先生，眼下这个猪店是刚盘下来的，拿不准主意哪天开张大吉，特请先生指教。毕竟是开始了一份新事业，蔡信觉得很多事情都是自己从来没经历过的，因此有些忐忑不安，所以也就入乡随俗地请了这位风水先生。

请问蔡掌柜，有没有大致的时间？风水先生向前欠了欠身子，恭敬地发问。

一个是本月二十七号，另一个是二十八号，您看这两天哪天合适？蔡信把日子已经选好了，就是拿不定主意。

风水先生仰天闭目，稍一思索随即答道，这两天都属吉日宜开张办事，二十七、二十八这两个数，前面的数字"二"是双数，双数主全面没问题。关键是后边这个数，老朽以为七字甚好，就选二十七号吧。俗话说"七上八下"，选"七"这个数字，预示着您的事业蒸蒸日上，这个说法是老祖宗流传下来的，内涵深刻不必深究，照做就是了。

多谢先生指教，谨遵先生之命，二十七号开张大吉。

风水先生半睁着眼睛慢悠悠地说，既然是蔡老板新盘下的店铺，按我们看风水的规矩建议您重新搭建进出的大门，这就叫改换门庭，重新搭建的大门一定要在大门的柱子底下，压几个老铜钱，以示虽然改换了门庭，但是依然要传承买卖老规矩，不会坑蒙拐骗缺斤短两，价格公道童叟无欺。

过门石下面放四个老铜钱，客厅四角再各放一个。老铜钱是老百姓的钱币，经过了无数人的手，沾了很多阳气，放在过门石下面，可以起到挡煞的作用。客厅的四个老铜钱，寓意是四平八稳。老铜钱以年代久远品相纯厚者为佳，切不要用杂铜或质次轻薄者当此大任。

蔡信诚恳地答应，一定按照先生嘱咐，多谢先生。取出两块大洋谢了先生，先生回礼走人之后，按照约定俗成的规矩，重新搭建了大门放好特地买来的大铜钱。开张那日还放了一挂鞭炮，请了一些朋友吃饭喝酒，正式开始了他的新事业。

买卖开张两三个月之后，生意兴隆顺畅，蔡信开始张罗婚事，他独自一人在京城生活，无亲无故不敢托大，把准备好了的属相和"八字"，先请媒人送到女家，再取回女家"八字"，请算命先生合婚。而且嘱咐媒人，要把自己的年龄已经三十一岁，而且在老家结过婚生有子女，休妻之后孤身一人来到京城，前前后后的事情，一定要交代清楚，不可欺骗隐瞒。

合婚之俗，并非一市一县所独有，全国各地大多如此，当然京城也不例外。在北方记一个人的年岁，最重十二生肖，尤其婚姻大事，都以生肖属相的相生相克取决行止。

人们为子女择偶，必须经"媒人"往返两家"提亲"，其步骤是，先由媒人问明女孩的生肖属相，并索取"八字"，把女孩的"八字"送到男家，再索取男孩的"八字"复送女家，双方互请算命先生策算，如男女命中没有相克之处，且有成亲的可能时，才进行议婚，否则虽然"门当户对"也只有作罢了，此举俗称"合婚"。

俗语说"白马犯青牛，羊鼠一旦休，蛇虎如刀错，龙兔泪交流，金鸡怕玉犬，猪猴不到头。"男女有以上相犯的属相，婚事就难以说合了。反之，倘二人的属相相生，别的条件就都可通融。相宜匹配的属相是"鼠配牛，虎配猪。羊配兔，马配狗。"这是男女双方最重视的。还有男家求亲，最忌属虎、属羊的姑娘。俗语说："虎进门，必伤人。"而属羊的姑娘也有"命硬克夫"之说。

蔡信是属鸡的，属相八字送到吕家之后，老吕家犯了愁。给媒人沏茶倒水，奉上一袋烟丝，就到另一个屋子里商量对策。知道了蔡信原先成家有孩子，但现在是无牵无挂的一个，就不是问题了。虽说蔡信年纪大女儿十几岁，可是更会疼爱自己的女儿，也不是问题。问题在于女孩正好属狗，按照"金鸡怕玉犬"的老理，这两个年轻人是不能婚配成一家的。现在老吕家对蔡信这个小伙子实在太满意了，绝对是难得的好后生，说什么也舍不得放手，不想再给女儿找别的婆家。

你们老两口放心，有什么话您就跟我说，我什么事没经历过，只要你们对男方没什么意见，无论什么问题我都有办法解决。媒人喝水抽烟地等着回话，半天也不见老两口的回音，觉着一定出了点问题，就把这老两口叫过来。

我们对蔡信这个小伙是看中了，是咱闺女属相不太合适，可怎么办呢？老两口在另一个屋子里琢磨半天，也没想出办法来，又怕婚事黄了，只好实话实说。

不就是这点小事吗？好办！我看清楚了，咱家闺女是狗年的年底腊月生人，属于狗尾巴了。再过几天就是猪年，把闺女的生日错后几天，不就属猪了吗。一个属鸡一个属猪就没问题了。媒人问清楚了老两口的心结之后，嘴巴一撇就给出了个主意。

媒人巧舌如簧，一句话帮着吕家解决了大问题，于是姑娘从此属猪了。老吕家两口子千恩万谢，媒人不免又在吕家吃了一个肚歪，挺着肚皮打着饱嗝，拿着女孩的属相八字，送到蔡信手里。

蔡信一见属相八字很般配，赶快把聘礼请人送到了吕姑娘家。然后择日请姑娘的父母吃饭，认下了岳父岳母，又给姑娘买了几件衣服和首饰，亲事就订了下来。两家都是百姓人家，商定婚事一切从简，省去放小定、择日子、放大定、送嫁妆等一切繁文缛节。但迎亲还是要的，只要男方雇一顶轿子，到女方家迎娶新人，嫁妆随迎亲轿子一并送到男家，然后在男方家中举行婚礼，就一切大吉。

蔡大猪店前院的大院子和房间用来做生意，后院安排成了自家的住房、书房和几个存储各种物品的仓库。婚宴摆在前院临时搭的大棚下面，无论来多少客人都够用了，洞房在后院最大的正房之中，花了大价钱请来几个善于操办红白喜事的人，帮着把婚礼前后琐事安排得非常周到也很热闹。

择吉日办成婚事之后，他又一次有了自己的家。按照那时的规矩，女孩结婚之后按照习俗要冠夫姓在前面，然后加上自己家的本姓和"氏"字作为名字，女孩改称为蔡吕氏。

京城有句俏皮话说，何家的闺女嫁到老郑家——叫郑何氏（正合适），也是借此习俗而成。

婚礼热闹非常，蔡家没有父母高堂，只跪拜了老吕家夫妇两口。各种例行拜跪完毕，到了入席敬酒的时候，蔡信给各位来客逐桌敬酒，大家自然也说着吉祥话。

石头一下子变成了小舅子，穿戴一新不用说，吃喝的座次也在最尊贵的娘家席面上，见面人称小舅爷。尤其是蔡信给了一个二块银圆的大红包之后，蔡信在他心里的地位，从坏人一下提高到世界上最好的大哥位置，这个姐夫越看越顺眼。

谢谢您了，借您吉言，咱们的日子都越过越香甜。这是蔡信这一晚上说得最多的话。

蔡信忙完进入洞房，看着屋里大红喜字和头顶盖头的新媳妇，只觉得全身的疲惫一扫而空。按照喜娘的嘱咐，入洞房后，新郎必须用秤杆挑去新娘的红盖头，取意"称心如意"。另外，秤杆在传统中象征龙，而新娘佩戴的凤冠霞帔则是凤，所以挑起盖头就是取"龙凤呈祥"的美意。

蔡信拿起旁边桌上缠着红布挂着红穗的秤杆，听见喜娘在外面喊，"蒙脸红子挑一挑，今年有个姑娘，明年有个小（指小男孩）。"于是先挑了一下红盖头，还没看见新娘子的脸，盖头又滑下来盖住了新娘的整个头脸。又拿起秤杆再次挑起盖头，喜娘在外高声唱着"蒙头红，挑二挑，不用三年生个宝"。蔡信看见了红盖头下面女孩羞红的笑脸，只觉得心头怦怦直跳，又放下了红盖头。第三次再挑起红盖头，听得喜娘在外面又唱起喜歌，"蒙头红，门上搭，三年两年抱娃娃"。于是把挑起的红盖头，挂在门框的钉子上。

民俗中的秤又称戥子，亦有直接用称银子用的戥子者，谐音等子。戥子多星，象征多子、用秤钩子的取义勾子、用筷子的取义快生子等等，皆含有祈子的意思。另外，秤杆、机杼、擀面棍、箭、剑等都是男根的象征，挑盖头这一举动，形象地模拟初夜，自然也是为了生子。

蔡信小心翼翼地把女孩抱在怀里，闭起眼睛享受着女人的温暖，觉得自己心里空了很久的那块地方，再一次被充实了，久旱荒芜干枯的心，被一股清泉浸润着，觉得早已烧成灰烬的那一把火，慢慢地燃烧了起来，越来越旺盛火红。不仅脸上发烧，手心也热乎乎的，全身都被一股热气包裹着。

怀里的女孩轻轻地蠕动了一下，蔡信闭着眼睛问了一声，你怎么了？

你身上真热，没病吧？女孩也很享受被自己男人抱在怀里的感觉，又往蔡信的怀里拱了拱，笑嘻嘻地问了一声。

没有，我好着呢！蔡信性情温和老实，压低声音告诉新婚妻子，让她放心。

你会发脾气打人吗？女孩忽然想起这个重要问题，睁开眼推了一下蔡信，虽然认识不是一天两天了，但是毕竟私下接触不多，也谈不上知根知底了解脾气秉性，所以一直担心这个事，突然想到就问了一声。

会啊！蔡信故意逗她，笑着看怀里的女孩，一只手把她抱得紧紧的，腾出一只手轻轻地在她屁股上拍了两下，然后故意用很凶的口气问她。小丫头，你害怕我吗？

害怕，你那么大高个子，身子骨又壮实，我可打不过你，女孩小声地回答。她见过太多的男人打老婆，生怕自己也会挨男人打，诚实地把心里一直担心的事情说了出来。不过你要是真敢打我的话，我就跑回家去，又不是不认得家，你总不能追到我们家打我吧。回到我们家我就不回来了，看你怎么办。你起先花的那些给我爸买酒的钱，给我妈买衣裳的钱，给我买好吃的、绣花线、花布什么的那些钱，就全白花了。你还得再找媳妇，可是你找得着比我更好的媳妇么？女孩小嘴叭叭的，似乎把想了好久的一些话统统说出来了，说完这些话大口喘着气，看着蔡信怎么回答。

蔡信换了温柔的语气，一面在女孩的身上摩撒着，一面轻声细语地说，我脾气挺好的，不爱发火也不爱吵架，你比我小那么多，我只能疼你爱你，怎么会打你呢，放心吧！又伸手轻轻地拍了拍女孩的屁股，浑圆瓷实富有弹性，无论是拍打还是抚摸，手感极好。

那就好。嗳，现在我是你老婆了，我应该管你叫什么呀？女孩又提出了一个自己考虑了很久，却一直没有答案的问题，这个问题困扰着她，简直愁死了，还不知道能问谁，只好留到现在问自己的男人了。

听了这话，蔡信也不禁愣了一下，还真没想过这事，于是就反问女孩，京城人都怎么叫自己男人呢？

那可不一样，就算是京城城里，各种叫法也差远了，当官的叫老爷，识文断字的叫先生，一般老百姓叫爷们，我妈管我爸叫孩子他爸，我爸管我妈叫孩子他妈，特土！我不喜欢。早就想过多少遍这个问题的女孩，一张嘴就把自己所想的全都细说出来，一点儿磕蹦都不打。

蔡信停下在女孩身上游动的手，稍微想了一想说，我不是当官的，只有一个小买卖，认识几个字，你看叫先生怎么样？说出了自己的想法，同时也征求这女孩的意见。

女孩也觉得挺好，满口应承，然后小声地叫着，先生！

哎！蔡信也放低声音答应着，两人不禁笑起来。女孩清脆悦耳的笑声合着蔡信粗声大气憨厚的笑声，在洞房的喜气中和谐震荡。

先生，你管我叫什么呀？可不许叫小名，真难听。这个问题也是女孩想了好几天，一旦成家就不许再叫小名了。

我知道你的小名叫什么……蔡信刚想说出口，就被女孩的小手捂住了嘴。

不许叫小名，这事没商量，叫我的大名，金凤就行。女孩坚定的口气，逗得蔡信哈哈地笑了几声。

我觉得叫金凤挺好的，你干嘛笑话我呀？女孩不高兴了，撅起嘴巴身子扭动了几下。

我也觉得叫金凤挺好的，高兴才笑的。你想啊，我一个平民老百姓，家里招来了金凤凰，能不高兴吗。蔡信伸手摸了摸女孩的脸蛋，光滑细腻吹弹得破，又慢慢地摸了摸，只觉得心里美滋滋的。

真的呀！女孩也高兴了，壮起胆子主动亲了蔡信一口，害羞的把头埋进他怀里。

蔡信伸手摸到女孩胸前，轻轻地爱抚揉捏着，坚挺丰满极富弹性。女孩随即放平了身子，尽量伸展开自己的身体，迎合着他的手，那种舒服的感觉她从来没有体验过，感觉到乳头上的一阵酥麻痒，嘤咛一声伸出双手，抱住了自己身边的男人的脖子，把发烧的脸和身体尽量贴紧他，扭动着身躯尽情享受着男人的爱抚。

蔡信虽然离开槐花很多年了，但是一直忘不了她的影子。虽然两个女人长得很相似，但是女孩毕竟是城里人，眉眼之间精致很多……思绪飘荡地想了一会儿，慢慢地回到现实，回到了新娘女孩身上，于是起身下地吹灭了两根大红蜡烛，屋里顿时黑暗下来，只有月光映射进来，继续陪伴着新房里的两个新人。

蔡信不出声钻进了被窝，伸手慢慢地脱下女孩穿的小衣，又脱了自己的内衣，再把手伸向女孩，觉得女孩的身体有点发抖，就把女孩的身体抱进怀里，柔柔地在她耳边说了一声，别怕啊！又轻轻地拍了两下女孩的屁股。听得女孩用极其细小的声音嗯了一声。

这么多年没碰过女人的蔡信，觉得自己一下子雄壮起来。

顿时不绝于耳的娇喘声粗哼声交织在一起，亦低沉，亦压抑，似欢快，似满足。蔡信从来不知道男人与女人之间的欢爱，会有如此欣喜地感受，每一次动作都能感受的女人的应和，喉咙里冲出尽情地嘶吼，也听得到女孩迷醉的哼声，这才是两人爱的交流，在情深意切的爱欲之中，无论是身体和精神都融成了一体，恣意的游荡，自在的飞翔……

事过之后，女孩疲惫地躺在蔡信身边，两只手臂不舍地轻轻搂抱着他，闭着眼睛感受他的心跳，一双小手在他身上不停游动，摸一摸捏一捏。虽然一声不吭，她的嘴角却露出一抹美艳的笑。蔡信轻轻地搂着怀里的女孩，稍微感觉有点疲惫。不过随之而来的却是浓浓的自豪感，又有了媳妇又有了家，一颗漂泊的心终于又有了栖息之地。

蔡信抱着女孩，不一会儿女孩在他怀里睡着了，听见女孩在自己耳边轻轻的呼吸声，他终于体会到了什么是幸福，难怪人说这是四喜之一，在心里念叨着"久旱逢甘雨，他乡遇故知，洞房花烛夜，金榜题名时"，他忍住了笑声，怕吵醒了女孩。思绪万千的他忽然想到，在老家跟槐花结婚以及结婚之后，那么多年生活在一起的时候，怎么没有这种心满意足的幸福感呢？

仔细回想这一切的时候，他突然开悟了。吕家女孩对他的热情，喜爱，迎合与主动，都是从来没经历过的，若不是发自内心的喜爱，就做不到这么贴心。

蔡信突然想起流传在老家的一句俗语，"有钱莫买路边地，好汉莫娶活人妻。"虽然从小就知道这句话，特别是前一句"不买路边地"，知道是路边的地很容易被牲口糟蹋，也容易被人偷摘偷挖。但是一直不明白后一句的意思，也不好意思问人家，现在突然就明白了，无论是别人休掉的女人，还是心里有了其他男人的女人，再漂亮也不能娶回家做老婆，因为她绝对不会跟你一心一意过日子。蔡信告诉自己，像槐花那样的人，就是活人妻。

想着想着不知不觉睡着了。睡得又香又甜，自己的身体不敢随便动，生怕惊醒了怀中的女孩，只能随着女孩翻身的时候，随着她的动作自己也活动一下，尽管在梦中，也几乎笑了一整夜。

转眼七八年过去，蔡信又有了儿子。大儿子按照老家朝文的名字顺下来，起名叫朝武，二儿子起名叫朝海。一日晚间蔡信回屋里睡觉，看见老婆在灯下缝着什么，小儿子朝海已经睡着了，小朝武还在被窝里玩着小手不肯睡，蔡信顺手扔给躺在被窝里的大儿子两块大洋，给你，拿着玩去吧。

不要！小朝武脖子一拧，这两个字说得干干脆脆。

哎，怎么给你大洋钱都不要了？蔡信想跟孩子逗着玩，故意问他。

每回给我的洋钱都是假的，不能买好吃的。小朝武已经有了好几块这样的假银圆，根本就不稀罕。

哈哈，所以啊，叫你拿着玩。抓起两块假银圆，再次递给了儿子。

好，拿着玩就拿着玩。小朝武拿着这两块钱互相敲击着，听听声音。

你能听出什么来啊？我都给骗过去了。蔡信满脸无奈的自嘲，做生意最怕假银圆，他对此事也很烦恼。

又挑出来两块啊？老婆有点心疼，皱起眉头。

可不是吗，总是有一不小心就被骗的时候，这些人真有邪招。蔡信摇摇头，感到毫无办法。

你听声的时候认真一点啊。老婆嘴里埋怨着，又被骗了两个假银圆。

这事哪有不认真的，过手的钱一多了，总是有蒙混过去的，那声音都差不多，一不留神就混过去了，难办啊！蔡信解释并安慰着女人，对这个问题已经头疼了很长时间。

你再想一想有什么好办法没有。女人体谅男人的不容易，声音也小了很多。

是啊，总想寻思个好办法，能很清楚的区分出假银圆来，可是一直也没想出来。

那就慢慢想，说不定什么时候就有办法了。女人放下手里的针线活，把一碗茶水递了过去，安慰着男人。

由于猪店信誉好，得到了大家的信任，所以生意就好。每次做完一笔生意，进出的银圆就有小半麻袋。为了检查银圆的真伪，必须在点数的时候，把每块银圆都要用嘴吹一下或者把两块银圆互相撞击一下，用听声音的方法来辨别。如果是一两块或者数量不多的银圆，这方法也就可以了，但是猪店的银圆进出量很大，要想把每块银圆都辨明真伪，就不那么简单了。

尽管如此难以分辨，每次挑选出来的假银圆，蔡信都自己承担损失，不再放进流通的银圆之中，担心会给别人造成损失。

挑水去啊？蔡信那天起早出来，看见一个伙计挑着水桶出门，就打了个招呼。

是啊，东家，水缸里没水了，我去挑几挑子。伙计赔着笑答应着。

去吧。蔡信站住脚，若有所思地念叨起来，水缸没有水了……水缸……对水缸！蔡信两眼一亮，抬脚奔着厨房去了，进了厨房之后围着大水缸转着圈地看，随手从衣兜里掏出两块银圆，弯下腰两手伸进水缸里敲打了几下。厨房的大师傅和伙计莫名其妙，你看看我、我看看你满脸的不解。

东家，您这是干什么？一个伙计停止了干活，疑惑地问东家。

没事，干你的活吧。蔡信拍了拍伙计的肩膀，满面笑容地走到了账房，跟管账的先生说，您今天找俩人，去买两口大水缸回来。

咱们不缺水缸啊。账房先生不明白老板的意图，特意提醒了一下。

您就买来吧,我有用,干脆买三口吧。蔡信胸有成竹,敲定要买三口大水缸。

买来搁哪?账房先生一头雾水,就追问了一句。

就搁在您这账房的外间屋,等买回来告诉我一声啊。蔡信吩咐完之后,带着满意的微笑转身,脚步轻快地回了自己房间。

过了一个时辰,新买来的三口大水缸拉进了猪店,搬进账房的外屋,账房先生打发伙计到后院,告诉东家一声水缸买来了。蔡信来到账房,吩咐每个缸里要先倒一桶水,于是伙计就按照东家吩咐去挑水。

见到缸里有水了,蔡信满脸带笑地走了过来,从衣兜里掏出了两块银圆,在水缸上面敲打着,听了几声之后很高兴,这时又让伙计再倒进一桶水,又敲银圆听声音。账房先生不明白东家在干什么,就凑过来到近处看着。

您听听,这样敲出的声音怎么样?蔡信抬头对账房先生说着,把手里的银圆递到账房先生手里。

嘿!这样听声音真是响亮清脆,好像声音大多了。账房先生接过东家手里的银圆,向前探着身子在水缸上面敲打着。

这水缸拢音,银圆在里边敲响了,不要说您在旁边,哪怕离得远点,也照样听得很清楚。蔡信为自己想出了这么一个好办法得意非常。

是啊,账房先生不得不服气,这的确是个好办法,向东家伸出了一个大拇指,嘴里不停地啧啧称赞。

这回咱们数银圆就不用发愁了。俩人都笑了起来。

从此以后这三口大水缸为检验银圆专用,每口大缸里装着小半缸水。三个伙计每人站在一个水缸边上,右手拿着十几块钱银圆,左手先取出一块,右手拿起一块在左手的这块银圆上敲打一下,从两块银圆敲击的声音来分辨出真假,若是真的就放进左手之中。

每数一块银圆都会发出两个声音,一个是敲打出来的声音,另一个是放进左手里的声音。每到了有交易需要清点银圆的时候,账房外就能听到;当——嗒、当——嗒响的连声。

蔡信则拿着水烟袋,坐在旁边的躺椅上,一边抽烟一边从水缸中的声音来判断银圆的真伪,留下真银圆剔除假银圆。

在敲击银圆的过程中,眯缝着眼睛抽着水烟的蔡信会突然说一声,停!

伙计们马上把活停下来，听东家说话。蔡信会准确地说出，哪个伙计刚才敲击的银圆是假的。没多长时间，伙计们也练出了听声音就能分辨出真假银圆的耳力。

这三五个伙计，是从所有人里面挑出来聪明伶俐的，多选几个为的是怕万一人手不够或者其他原因轮换着数钱时用的。因为数钱有时候需要在晚上加班加点，所以挑出来这几个伙计的工钱也比其他人多一些。夏天，数钱的伙计必须要光着膀子，冬天要穿着特制的短袖棉袄。一来是为了数钱的时候手上利索，二来也防着伙计在袖口里藏钱。

哪个伙计要是不小心把银圆掉进缸里，就得下手去捞。捞银圆这事在夏天不算什么，到了冬天可就受罪了。冬天手本来就冷，到水里捞出银圆之后就发僵了，京城人说是手拘挛了，就更容易把银圆掉进缸里。新手数钱掉银圆是免不了的，所以新来的小伙计，挨师傅打就是常事了。

为了解决水里捞银圆的问题，蔡信叫他们买了一个小漏勺，接上了一根长木把。掉进水缸里的银圆用漏勺很容易捞上来，就不再用手去捞银圆了。

每有生意上门，伙计们都要忙着数钱，猪店里的银圆叮叮当当会响好长时间。后来又定制了一个带有蔡字标记的钢戳子，凡是猪店检验过的真银圆，都要在上面用钢戳打上一个标记，人们拿到银圆就知道是"蔡大猪店"里流通出去的，绝不会有假的。

能听见敲银圆的声音，做的肯定是与银圆有关的事情。所以民间就有了"四好听"的说法，"扯绸布、拉弦弓、银钱响、妞哼哼"。分别说的是做衣裳，听戏，数钱和男女恩爱，都是人们热衷的美事。

话说自打进了京城，蔡信就喜欢上了各种各样的小吃和京城最经典的饭菜，经常溜达到豆汁店喝两碗豆汁或者吃一碗炒肝、灌肠之类的。

提起京城小吃，首先让人想起豆汁。这是外地人最不能理解的一种汤水小吃，也是京城独有的吃食。既不是什么米或者豆子熬的粥，也不是什么淀粉糊糊，而是一种不稀不稠有股馊酸味的汤水。有很多外地人不知"豆汁"为何物，以为即是豆浆，其实豆汁与豆浆完全是两码子事。

豆汁是从水磨绿豆制作粉丝或淀粉的过程中，把淀粉取出后剩下来的淡绿泛青色的汤水，经过发酵后熬制成的。据说早在乾隆年间，豆汁已经传入皇家了。因为豆汁的气味及味道独特，有个小名叫"馊半街"，若非长期接触，很难下咽。

喝豆汁儿是有讲究的，首先得烫，偶尔咕嘟着几个泡的热度最好，再者必须得配上切得极细的芥菜疙瘩丝儿，淋上辣油，同时还得搭上两个"焦圈儿"，吃起来主味酸，回味甜，芥菜咸，红油辣，五味中占了四味，再加上焦圈儿的脆和香，绝配！

不要看其貌不扬，但一直受到京城人的喜爱，原因在于它极富蛋白质、维生素 C、粗纤维和糖，并有祛暑、清热、温阳、健脾、开胃、去毒、除燥等功效。

京城人爱喝豆汁，并把喝豆汁当成是一种享受。可第一次喝豆汁，那种犹如泔水般的气味使人难以下咽，捏着鼻子喝两次，感受就不同一般了。有些人竟能上瘾，满处寻觅，排队也非喝不可。豆汁价格低廉，不分贫贱，一律通吃，所以清朝文人雪印轩主在《燕都小食品杂咏》中说："糟粕居然可作粥，老浆风味论稀稠；无分男女齐来坐，适口酸盐各一瓯。"并说："得味在酸咸之外，食者自知，可谓精妙绝伦。"

"没有喝过豆汁儿，不算到过京城。"这是汪曾祺先生写下的话。

过去卖生豆汁儿的，用小车推一个有盖的木桶，串背街、胡同。所谓背街，一般是指偏僻的小街，大街后面的街道。不用"唤头"，"唤头"就是招徕顾客的响器，也不吆喝，因为每天窜到哪里，大都有准时候。到时候，就有女人提了一个什么容器出来买。有了豆汁儿，这天吃窝头就可以不用熬稀粥了，这是贫民食物。

卖熟豆汁儿的，在街边支一个摊子。一口铜锅，锅里一锅豆汁，用小火熬着。熬豆汁儿只能用小火，火大了，豆汁儿一翻大泡，就"澥"了。豆汁儿摊上备有辣咸菜丝，是用水疙瘩切细丝浇辣椒油做的。还有烧饼、焦圈，焦圈类似油条，但作成圆圈，焦脆。街面上靠卖力气吃饭的，走到摊边坐下，要几套烧饼焦圈，来两碗豆汁儿，一碟辣咸菜，就是一顿饭。

豆汁儿摊上的咸菜是不算钱的。有个老笑话是调侃外地人的，说是有个外地老乡坐下，掏出两个窝头，问豆汁儿多少钱一碗，卖豆汁儿地告诉他多少多少钱，咸菜呢？咸菜不要钱。既然咸菜不要钱，那给我来一碟咸菜。

有些南方人到京城之后，便尝京城小吃，花钱买了一碗豆汁，闻着味就已经反胃，可又舍不得倒掉。看着别人喝着一碗又一碗，有滋有味的样子，自己也捏着鼻子喝一口勉强咽下去。可是等喝完第二口，连着第一口的一起吐了出来。

豆汁儿历史悠久，据说早在辽、宋时就是民间大众化食品。乾隆十八年，有人上殿奏本称，"近日新兴豆汁一物，已派伊立布检查，是否清洁可饮，如无不洁之物，着蕴布募豆汁匠人二三名，派在御膳房当差。"于是，源于民间的豆汁成了宫廷的御膳。豆汁传入宫内之后，每年旧历九月至次年立夏后五天，清宫御、寿两膳房都要制作豆汁，帝、后酒肉之余，皆饮豆汁以解油腻。

据说，咸丰梓宫（灵梓）回銮，东西两太后带领同治帝刚回到宫里，即向御膳房要豆汁儿喝。

豆汁能成为老京城的绝活，还因为它可能出自旗人，八旗称豆汁为"本命食"。有笑话说，一天齐化门外营房的旗人都聚在街头痛哭流涕，路人问之，哭者愈痛，谓"豆汁儿坊都关了张，岂不要了性命？"这虽然是笑话，但也可见豆汁与八旗渊源之深。

在民间，豆汁儿的主顾不分贵贱，凡穿戴体面者在庙会上吃灌肠或羊霜肠，往往会被人耻笑，唯独喝豆汁儿则不以为耻。很多戏剧名角，包括京剧表演大师梅兰芳等人，都爱在唱完戏之后，吃夜宵的时候喝上一两碗豆汁。

除了豆汁之外，平民饭食中最出名的就算京城炸酱面了，蔡信也迷上了这口。

京城炸酱面源远流长，追源溯流，炸酱最早由努尔哈赤创导，要以酱代菜，以强化军队的给养，增强士兵体质。清军入关后，这种饮食文化也被带入宫中。宫廷里每席饭上都有生菜蘸酱，卷起来吃。炸酱制法看似简单，却很考验工艺：用黄酱及肥瘦猪肉各半，放入葱姜末和蒜茸末，以小火在热油中熬炸半小时以上，就成浓稠油亮的炸酱。

大酱进宫后，酱料制作工艺也越见精致。春夏秋冬四季分别吃不同酱：春天炒黄瓜酱，夏天炒豌豆酱，秋天炒胡萝卜酱，冬天是炒榛子酱，被称为"宫廷四大酱"。作为皇城根下的老百姓，自然也纷纷自制酱料各出奇招，虽然万变不离其宗，但各家有各家的味道。

炸酱是以酱在热油中炸过拌面食吃的，之所以说是拌面食而不是专指面条，是因为用炸酱佐食的面食有很多种。最常见的有煮面片和煮嘎个儿，用炸酱拌着吃的面片，要比做面片汤的稍厚实一些。煮嘎个儿是用烫面玉米粉制成的小四方块，如同一般麻将牌中骰子的形状和大小，因为玉米面比白面便宜多了，所以这是老京城底层百姓常吃的主食。另外还有揪疙瘩，用白面制作类似煮嘎个儿，但是每家都有自己的制作习惯，揪出的疙瘩也形状各异。

酱有黄酱和甜味酱，京城的炸酱以黄酱为主，天津的炸酱以甜面酱为主，也可根据不同比例将两酱混在一起，杂以其他食材。老京城炸酱十分讲究，如以炒鸡蛋代替肉丁的，就叫木樨酱；如果加上瘦猪肉胡萝卜丁、白豆腐干和虾米一起炸，那就是胡萝卜酱；还有种三鲜炸酱，是用上好猪里脊肉、虾仁和玉兰片制成的。炸酱一定要油多火旺，配料刀工精细。

除了紫禁城的皇宫大内和达官贵人，一般老百姓讲究不到那个份上，但是炸酱的技术、火候的掌握和配料之类的繁复，依然使得炸酱面成为老京城家常招待贵客的主要选择。其中以猪肉炸酱为主还是很普遍的，谁家要是用羊肉炸酱，那鲜香味道就更浓了。所以凡是买了稍微贵一点的羊肉炸酱，都会在街坊邻居面前显摆几句。

嘻！这不孩子他爸挣回钱来了，高兴！买了点羊肉，就吃羊肉炸酱面了。

蔡大猪店对面，隆福寺的西边就有一家炸酱面馆，掌柜的姓霍，打理这个面馆也有十几年了。生意不好不坏，跟京城街面上的其他炸酱面馆一般无二，都是过往顾客临时吃饭的小面馆。蔡信爱吃炸酱面，时常到了中午就让伙计去买一碗炸酱面，对面店里知道是蔡大猪店老板要吃，就用食盒把面条、菜码、醋瓶，连同一双筷子一起送过来，就连炸酱也是挑新出锅的热炸酱。等吃完了炸酱面，蔡信会让伙计把碗碟和筷子都洗涮干净，连食盒与面钱一起送到对面去。

有一次面馆伙计把炸酱面食盒送过去之后，看见蔡信往面酱里放了一点东西再拌着面吃。那刚出锅的炸酱还挺热的，在蔡信把那点东西放进去，搅拌了几下之后，小伙计闻到了一股鲜香气，不由得咽了一口吐沫。自己琢磨着，我天天都在炸酱，也每天都吃炸酱面，吃得都腻歪了，甚至再也不想吃，怎么闻着这股鲜香气，也很想尝尝这碗炸酱面的味道了呢。回到面馆不经意间就把这事告诉了面店掌柜的。霍掌柜的听了这事以后，于是就向送回食盒的猪店伙计打听，伙计说这好办，问问我们掌柜的就是了。

伙计回到猪店，进到账房里间屋，见到蔡信就说，掌柜的，盘碗和面钱我都送过去了。

那就好，没别的事就干活去吧。蔡信忙着手底下写着什么，头也没抬地向他挥了一下手。

掌柜的，炸酱面馆的老板让我打听一下，问您每次吃面的时候，都往炸酱里放了什么佐料？小伙计老老实实地站立着发问。

是你看见这事，告诉了他们，那家老板让你来问我的是吧？蔡信放下手里的毛笔抬起头，看了他一眼。

不是我告诉他们的，是他们的伙计送来食盒的时候看见的，就告诉了他们掌柜，霍掌柜让我问问您。小伙计老老实实解释，他可不愿意为这么一点小事让自己的老板不高兴。

你这孩子真实诚，行，回头你告诉他们，我嫌他们的酱不够咸，又放了一点盐，没别的。蔡信右手拿起笔，左手又向小伙计摆了一摆，示意他可以走了。

掌柜的，不是，我看见您放的可不是盐啊。没料到小伙计不依不饶的，非要问个明白。

你不是实诚，是缺心眼！按我的话，就这么跟他们说去吧。蔡信把脸一沉，瞪起眼睛看着伙计。

我知道了。小伙计见掌柜的不高兴了，赶紧转身出去，没敢再啰唆。

干完了一天的活，小伙计吃完饭去了炸酱面馆，找到了霍掌柜把蔡信的话学说了一遍。霍掌柜更觉得奇怪了，思索了一会儿嘱咐小伙计，下回你们掌柜的再吃炸酱面，你不用刷干净碗筷，直接给我送过来就行。

行！小伙计听话地点了点头。

你送过来，事情办得好，我有赏钱。霍掌柜的怕他忘记，赶紧找补一句。

我记住了，您就擎好吧。小伙计听说有赏钱，立时绽开笑脸，答应得爽快。

等下回蔡掌柜的再来让咱们送炸酱面过去，你记住多给一点酱。我已经告诉那个小伙计不让他涮干净盘子碗，等他把没刷的盘子碗拿过来之后，你千万记着也不能刷，马上把酱碗给我拿过来，等我过眼之后，才能拿走刷干净，听明白了吗？霍掌柜等那小伙计走了之后，又把自家的伙计叫过来，嘱咐了一句。

听明白了，也记住了。这个小伙计已经在面馆了干了好几年，心眼活分手脚利索，是霍掌柜的得力助手。

那就行了，去干活吧。

过了几天，蔡信让小伙计到炸酱面馆叫来一碗炸酱面，面送过来之后，他照例把自己的小佐料加进去一点，搅拌了几下，开始拌面吃。可是明显的这次送来的酱多了一些，他微笑着摇了摇头，剩下一些。

吃完了面又叫那个小伙计刷干净之后连钱一起送过去，小伙计装模作样地走进厨房，又待了一会儿，偷看了一眼没人注意，拿着食盒直奔炸酱面馆，径直走进去，把食盒递给了面馆的那个伙计。面馆伙计打开食盒一看，果然剩下了一点酱。就伸手到抽屉里抓了一把，回手递给了猪店伙计十几个大铜子。

师哥，这可是好几碗面钱呢。小伙计看着手里的这些大铜子，伙计伸了一下舌头，有些不好意思了。

这是我们掌柜赏给你的，自己留着花吧。记住嘴严着一点，有些话不能乱说，明白吗？面馆伙计把他拿着铜子的手卷合起来，拍了一下他的肩膀。

明白，我记住了，不乱说话。小伙计连连点头，把钱揣进怀里，笑嘻嘻地走了。

送走了猪店伙计，面馆伙计拿着剩下的一点酱，走进了掌柜的房间。

掌柜的，照您说的，这点剩酱我给您拿过来了，您看看。

好，给我吧。霍掌柜拿过这小酱碗里的剩酱，看了看又闻了闻，果然发现有点变化，心中一喜，赶快又用筷子夹了一点放进嘴里，仔细品尝着。

伙计，你把今天咱家的炸酱，也给我拿一点来。霍掌柜略一思索，吩咐小伙计把自己的炸酱取一点来。

伙计取来今天的炸酱递给掌柜的。霍掌柜再次把两碗里的炸酱，又重新都尝了尝，仔细品咂着滋味，重重地点了一下头。然后把伙计招手叫过来，来，你也尝尝这两个碗里的炸酱有什么不一样。

小伙计照着老板的话，把两个碗里的炸酱分别用筷子挑起一点，放进嘴里学着掌柜的样子，闭着眼睛品尝。都尝完了之后，慢慢把眼睛睁开，说了一句，还真是有点不一样呢。

怎么个不一样？你说说。掌柜的太想验证自己的感觉，催促着问伙计。

咱家的炸酱每天是经我手配料，亲眼看着炸出来，多少年了，那滋味就不用尝也知道啊。可是这小碗里的剩酱就不一样了，品出了一点鲜香味，好吃多了。伙计加重了语气，点着头说道。

掌柜的一拍大腿，是喽！这就是蔡掌柜佐料的秘诀。他加进来的绝对不是盐，那……是什么呢？霍掌柜一脸迷茫，似乎是在问自己。小伙计看见掌柜的这个表情，知道自己该出去了，就哑么悄声地慢慢走到门口。临出门之前看了一眼掌柜的，不觉摇了摇头退了出去。

经过几天思考，霍掌柜下了决心要把这个佐料的秘密搞清楚，就邀请蔡信到一家名菜馆吃饭。

蔡信应邀前往，互相寒暄一番开始喝酒吃菜，酒过三巡菜过五味，霍掌柜打着哈哈说出了心里的疑问。

蔡掌柜，跟您打听一点事，不瞒您说，您吃炸酱面有绝活这件事，我特别想弄明白，自打我知道您每回吃我送过去的炸酱面，都要再往炸酱里放上一味佐料，就开始琢磨这事了。霍掌柜说出了自己的想法，试探着看蔡信有什么反应。

霍掌柜，这点小事也让您上心了？蔡信边吃边喝根本就没往心里去。

在您看来是小事，对我这个开面馆的就是大事了。霍掌柜的言归正传，脸色凝重。

是么？有点意思啊。蔡信见对方如此认真，也放下酒盅和碗筷。

早先我也没想到有多麻烦，就让您的伙计帮我打听，听您说是炸酱不够咸。霍掌柜面带微笑徐徐道来，这都是几天深思之后，早已准备好的话语。

是的，你伙计问过我这档子事，我还真是这么说的，这孩子实诚，就这么告诉您了。蔡信实话实说，显出自己为人实诚的本色。

后来就让伙计给您多加了炸酱，结果炸酱剩下了一点，您还是往里加了佐料。霍掌柜的又给蔡信斟酒。

嗯，那回您给的小碗炸酱的确是有些多，吃不了啊。蔡信有心把这件事搪塞过去。

不怕您笑话，我还真尝了尝您剩下的炸酱，的确多了一股子鲜香味。霍掌柜的抽丝剥茧，逐渐抛出心中的谜团。

霍掌柜，看来您还真是有心了。蔡信对霍掌柜表示赞赏，因为他自己也是这样肯动脑筋，愿意把事情做得更好的人。

但是我怎么也吃不出来，那佐料到底是什么东西。霍掌柜直言直语用眼神察看着蔡信。

也没什么新鲜东西，就是我自己喜欢那一口。蔡信微笑着把事情说的很小。

今儿个请您吃点喝点，不成敬意，借着这几杯酒遮脸，请问您每次吃炸酱面，都往炸酱里放了什么佐料，您能告诉我么？霍掌柜说完这句话，又给蔡信的酒杯里斟满酒，然后捧起酒杯，两眼直勾勾地盯着蔡信。

蔡信用两个手指在酒杯旁点了两下，表示了谢意，并没拿起酒杯饮酒。霍掌柜把酒杯放到蔡信面前之后，抽回手坐在那里。蔡信看了看酒杯，却取出水烟袋，慢慢装上一锅烟，吹着了火纸，点上火之后，低下头慢慢抽了几口，似乎在想怎么回答霍掌柜才成。

霍掌柜，您这顿酒菜有分量啊。蔡信抬起头，看着霍掌柜微微一笑。

蔡掌柜您千万别多心，我是诚心诚意的交您这个朋友。一来咱们俩的店铺对门对脸，二来您蔡掌柜的为人我也听说过几耳朵。霍掌柜摆了摆手，诚恳地解释了几句。

是么？我的口碑怎么样？蔡信有心岔开话题，就把话扯到了口碑。

您为人正直、热心肠，不但精明能干会做生意，还能宽厚待人，不赚黑心钱。这附近的街面上，若是提起您蔡掌柜的大名，谁都得挑大拇哥。霍掌柜满脸严肃地说着，把大拇指伸到蔡信面前。

您千万别拿这么些好话忽悠我，在下可担待不起喔。蔡信继续跟霍掌柜打着马虎眼，不再说起佐料的话题。

我今天跟您说的都是掏心窝子话，要是有一句瞎话，天打五雷轰！急的霍掌柜指天画地的比画，非常认真的赌咒发誓了。

别，千万别这么说，这么一点小事，绝到不了那个份上。蔡信不禁安慰了霍掌柜一句，真没想到霍掌柜为了这事如此上心。

您能不能把那个佐料告诉我呢？我可是真把它当成一件大事了。霍掌柜把话题又拉回到了佐料上，他是一门心思想把这事弄清楚。

霍掌柜，既然您这么拿兄弟我当人，我也不能给脸不要脸不是。借着您的酒我也敬您一杯，有什么说得对不对的，还请霍掌柜多担待。蔡信稍微歪着头想了想，微笑着开口说出了自己的想法。

两人碰了一下酒杯一饮而尽，相对亮完杯底霍掌柜刚要张嘴，却被蔡信抬起手挡了一下。

霍掌柜，您的盛情我全领会，既然您掏了心窝子，我也把肚子里的真章告诉您，也请您给把把脉。蔡信夹了一口菜吃后，把思绪整理了一下，慢慢地开了口。

不客气，您慢慢说。霍掌柜也边吃边喝的，放松了下来。

我开这个猪店也有几个年头了，深知这里的水深水浅，还真不是一般人都能耍得开的。蔡信回想这些年的艰辛，感慨万分。

那是，那是。换成是我真玩不转那么一大摊子，开这个面馆子，就已经够我难的了。霍掌柜听蔡信说出心里话，也是异常唏嘘，虽说二人买卖不同，可都是生意人，内中的艰难不说也知道一二。

我的年纪一年比一年大，可是看着自己的几个孩子，谁也没能耐接我这个班。万一有一天我干不动了，或者出了什么岔子不能干这个猪店了，还真想开这么一个炸酱面馆。我可一点也没有看不起您的意思，只是觉得开一个面馆简单一点。

的确是这么回事，别人就看见您挣钱多家业大，可他们哪知道您操碎了心呢。霍掌柜心里清楚，自己这个小面馆的买卖，真没法跟那么大的猪店相比。

没错，人们都看见贼吃肉，看不见贼挨打。如果开一个炸酱面馆，不用多大门面，也不用太操心费力，挣出一家几口的嚼谷，应该没问题。蔡信慢慢地说出自己的想法，也是一番心里话。

是这么回子事，虽说发不了大财，也不至于无法生活，养活一家人不是什么事。这个我有亲身体验。霍掌柜惺惺相惜，也很感慨。

您看，我说的是心里话吧。蔡信对霍掌柜的敞开心扉，推心置腹越说越投机。

是心里话。霍掌柜点头赞许，自斟自饮地听着。

如果将来我们家真开了一个炸酱面馆，跟您的面馆一般无二，跟京城这么些家面馆也都没什么区别，人家凭什么上我们家的面馆来吃面呢？所以就琢磨出了这个佐料，让凡是到了我家面馆里吃了面的人，都觉得滋味有点区别。只要多了这么一点鲜香，也许就有人得意这口，再想吃面的时候，就先想到我的面馆来。要不然好模样的琢磨它干嘛，您说对吧？蔡信把自己的想法和苦衷一股脑地说了出来。

还是您想得长远，我这面馆开了真有十几年了，就从来没这么动过脑筋。霍掌柜没想到蔡信为自己的儿子想得这么远，心里很是敬佩。

所以，您别生气。这个小秘方还真不能随便告诉您。蔡信脸上稍微显出一点愧色，表示有点对不住的意思。

得，我明白您的心思了，您说的都是心里话，为人真诚可信我服气，来，咱哥俩接着喝。霍掌柜知道这个心愿无法了结，不免心中略感沮丧，可又不知道说什么才好。

既然话说到这了，我还真想试试这个佐料到底怎么样，不能咱们几个人说好就算好了，能不能得到大家伙的认可，就在您的店里试试怎么样？蔡信又喝了几杯酒之后脑子一转，又想出了一个主意。

没问题啊，您说说怎么个试法。听到蔡信这么说，霍掌柜被激起了好奇心，不禁心里发痒。

每天在您的炸酱盆里加一点我配的佐料，只需连试三天，这三天我就在您的店里吃面，听一听大家的反应。您放心，吃多少面我照常给钱啊。因为是突然想到了这个点子，蔡信也有些担心。

我觉着这个主意行，您的佐料肯定会给我这个面馆带来个好。吃三碗面您要是再说给钱，那可就是打我的脸了。霍掌柜喜上眉梢，一副跃跃欲试的样子。

好嘞，那我就白吃三天。可是有句话我得说到头里，放这个佐料的时候可不能让您看，您要说行，咱们就定了。蔡信觉得还是把丑话说到前边，不能让霍掌柜钻了空子。

行，这个我理解，就这么着了。霍掌柜搓着两只手，恨不得明日早一点到来。

这是咱哥俩的君子协定，明天您把酱炸完了告诉我一声，我就过去。

好嘞！

干了这杯，来，您请！两人喝完这顿酒，各自回家。蔡信到街上转了转，四顾无人才到杂货铺买了一些东西，回家之后自己又炒、碾、剁、磨，忙乎了好一阵子，平均分成三包，才与老婆孩子们一起睡觉了。

霍掌柜可是枕着双手瞪眼睡不着，又思虑了大半宿，到后半夜才睡着。

第二天蔡信正在账房打着算盘，对门伙计来请，说是我们掌柜的让我告诉您，酱已经炸好了，请您过去呢。

蔡信合上账簿，跟着那伙计到了对面与霍掌柜打了招呼。在霍掌柜的带领下走进了酱房，霍掌柜指了一下炸酱大盆，说了一声，您请！转身走开了。谁知一转身的工夫，霍掌柜已经走到隔壁的房间里，通过隔板的一个小洞，偷看着蔡信的举动。

只见蔡信拿起酱勺，稍微地闻了一闻，又用手指沾了一点尝了一下，接着就从衣袋里掏出一个纸包。打开纸包把佐料放进了酱盆里，又用酱勺搅和了几下，顺手把纸包又揣回口袋里。一边搅和着一边叫霍掌柜过来。这边偷看的霍掌柜不知是后悔偷看，还是自己觉得有点愧疚，悄悄地给了自己一个嘴巴子，踮着脚走出隔壁间。

听见蔡信召唤自己，赶紧在门外答应了一声，来了！疾步推开门走进屋里。

蔡信见到霍掌柜，把酱勺递到他手里。霍掌柜，佐料已经放好了，您让伙计搅和匀了，待会儿我再过来吃面条。

全听您的吩咐，您请！伸手请蔡信先走，然后一直送出门，互相作揖道了声一会见！各自回头走开。

霍掌柜急匆匆走向炸酱房，向着那个伙计招了一下手，伙计小跑着跟着掌柜进了酱房。霍掌柜指着炸酱盆说，蔡掌柜的已经把佐料放进去了，你在这给我把酱搅和匀了。听好喽，不许偷懒！搅和够了半个时辰再停手。

您就放心吧，这事我心里有数。霍掌柜点了点头走了，小伙计双手把住大酱勺，往左搅和之后再往右搅和，节奏缓慢而有力，煞是认真。

两碗过水面，一碗锅挑，来啦！您里边请。到了中午，吃面的客人开始多了起来，伙计喊叫声和顾客的聊天寒暄声此起彼伏。

蔡信推门进了面馆，找了一个犄角旮旯儿的位置，坐下之后跟伙计打了招呼，自己开始剥蒜。虽然低着头，可是支起耳朵，听着周围人的反应。

这时一位顾客说话了，伙计，你们今儿个这酱炸得真好吃，香！

另一位搭茬，没错，今天这酱太好吃了，我再来一碗。

伙计满脸赔笑，好嘞！这位爷再来一碗过水捞面。

我是吃饱了，不过这酱炸得太有滋味了。一位顾客拿起一根黄瓜条，到炸酱盆里沾了一点酱，边吃边点头，赞叹不已。

霍掌柜和蔡信都笑眯眯地看着这个场景，互相交流一个眼神，点点头心领神会。伙计把给蔡信的面和菜码都端上来了，蔡信自己拌面吃着看着这一切，知道自己琢磨多日的苦心没白费。

第二天第三天不仅吃了炸酱面的客人交口称赞，还来了一些新客人，吃完了炸酱面都说味道不错。

到了第四天，蔡信不再去炸酱面馆吃面条了，可是其他来吃面的依然不少，今天的炸酱味儿不对了。有人尝出了些滋味张嘴就说，一点也不给留面子。

哎！我说伙计，我大老远地就冲你们家炸酱的香味过来的，我这人嘴刁，头一口就尝出来这酱炸的不行，比前两天差远了。怎么回事啊？嘴刁的客人表现出很不满意的神情。

是啊，这是怎么回事呢？我吃着也觉得没有前两天好吃。炸酱面吃的就是炸酱的香味，连酱都炸不好了，还开什么面馆锕。马上就有几个随声附和，皱着眉头你一言我一语地抱怨着。

看您说的，谁不愿意您吃着香啊，可能是今天炸酱的伙计差了一点火候，没料想就让您吃出来了，我给您赔不是，对不起了这位爷，下回一定让您满意。不就是一碗炸酱面么，差了点味，让您挑理了，今儿个算我请客。伙计赶紧跑过来，满脸堆笑地打圆场。

这叫什么话！我吃饭给钱，不会少一个大子儿。我说的是今儿个这酱，你们怎么炸的味不行了，给你们提个醒，多一点敬业的精神头，把买卖做好了。老京城人嘴皮子利索，数落起人来一套一套的。

您说得在理，提醒得好，下回我们一定注意。点头哈腰满脸赔笑的小伙计心想我招谁惹谁了，今天竟挨数落，真是倒了霉了！

就是啊，这怎么话说的。三口两口这位客人把一碗面条吃完了，伸手把钱扔在桌子上，满脸不高兴地走了。

其他人也不时地摇摇头，什么也没说，但是面馆的气氛就跟前两天大不一样了。

人比人死，货比货扔，都是一碗炸酱面，怎么能差这么远呢？蔡掌柜真不是一般人呐。霍掌柜看在眼里急在心上，在里边账房抓耳挠腮地来回走绺。一屁股坐在太师椅上仰天长叹。

第二天伙计进来报告说，掌柜的，有一位长者要见您。

霍掌柜快步走到店堂里，只见一位面色慈祥白须白眉的长者，两只眼清亮有神，身穿干净合体的长袍马褂，头顶真丝瓜皮小帽，帽子上缀一块翠绿玉石，气度高雅非同一般。

老人对霍掌柜拱了拱手，霍掌柜回礼之后请他坐下慢慢说。

掌柜的打搅了，前两天我偶然路过这里，吃了一碗炸酱面，深感味道特殊，非同一般。回到家中还跟家里人提到此事，认为能把一碗普通的家常炸酱面，做得如此好味道，也是您掌柜的用心，必定是下了一番功夫。

老人家过奖了，小小面馆无非养家糊口而已。霍掌柜小心谨慎地应答着，不敢打听对方是哪个高门大院。

今日特地前来品尝，谁料味道大不似那日，口感相差甚远，再看其他客人也有此感，不知为何，特向掌柜讨教。

您老人家教导得是，这几日的确有客人说味道差了一些，我也正在查找原因，怎奈查找多日，目前还没有头绪。您也知道，看似一碗很普通的炸酱面，京城每家每户都有自己的方式方法，口味也不尽相同。我能得到大家都叫好的程度，也是尽了一番心思。您放心，我一定让大家吃得满意，这两日实在对不起大家了。霍掌柜满脸尴尬，搜肝扯肺的找出这么几句，但愿能搪塞过去。

你说的也对，戏法人人会变，巧妙各有不同。我也不多说了，祝您尽快找到原因，生意兴隆发大财。老人见好就收，给了霍掌柜一个台阶。

您放心，大家都放心，我一定尽力查找，让大家吃得满意。霍掌柜赶紧顺着台阶，来一个就坡下驴。

再往后这两天来的客人，虽然也有不少人吃饱了就走，但是总有那么几个嘴刁的，怨气冲天说出些难听的话。霍掌柜思前想后地挨了两天，提着两盒点心和两瓶好酒，专程拜访蔡信。进了猪店大门冲伙计一点头，我来拜访贵店蔡掌柜，请您通报一声。

伙计赶紧跑到账房里间屋，进屋前先敲了一下门，蔡信说了一声进来，伙计进门之后，垂手站立着。掌柜的，对门霍掌柜前来拜访您。

哦，请霍掌柜客厅叙话。

是，伙计退出门外，引导着霍掌柜进了客厅。

客厅里一套老红木家具古色古香。四面有书架、多宝隔，书架上整齐地摆满了线装书，多宝隔上也高低不平地摆着不少各色古董。客厅中间一个八仙桌，两边各有一把太师椅。八仙桌后边是一个大条案，条案上摆着四季水果供品，条案后面墙上挂的是生意人的文财神"商圣祖师"范蠡的画像。

两旁挂着一幅对子，上联是"财神爷坐镇俯瞰万里财宝"下联是"福禄寿显耀庇护百姓福祉"上面一个横批"吉星高照"。

蔡信从左边太师椅上起身相迎，霍掌柜好，今儿是哪阵风把您吹过来了？您能光临寒舍，蓬荜生辉啊。蔡信满脸堆笑，双手抱拳高高施了一礼。

今日特来拜访，一些小点心不成敬意。霍掌柜双手奉上礼品，待蔡信接过礼品之后，更是双手抱拳一躬到底。

哎哟！这您可太客气了。头两天您请客我这儿还没回请您呢，今儿个又送大礼，这叫我怎么接受得了呢？您请坐。蔡信赶忙把礼物放到一边，伸手让座。

接受得了，太接受得了了。霍掌柜作揖道谢，撩起长衫后摆，坐到了桌子右边。蔡信自己也坐下，这时有伙计端着茶盘送进来两碗茶，按蔡信的手势，先给霍掌柜上了茶，再给自己掌柜的也上了茶，退出客厅之外。

蔡掌柜，打搅您了，我也觉得不好意思，但也实在是想不出别的主意，只好过来再跟您商量一下。霍掌柜既然已经进门了，不想再客气，开门见山说出自己的想法。

您太客气了，有话您就直说，我洗耳恭听。蔡信猜出了霍掌柜的意思。

其实我就是不开口，您也猜得出来，我还是为佐料那件事来的。

霍掌柜有何高见？蔡信示意请霍掌柜喝茶。

自打您送佐料那三天，客人日渐增多，时间虽短效果显见。客人明显多出二成，互相介绍来的新客，口口相传都说鲜香好吃。霍掌柜简短节要地说明了最近的生意情况，尤其着重强调了鲜香二字，说完品了一口香茶。

这是好事啊。蔡信也喝了一口茶，请霍掌柜接着往下说。

这的确是好事。可是您吃完三天走人了。我没有了您的佐料，嘴刁的客人就吃出炸酱不行了。我怎么解释呢，还真没法解释，为了这事伙计跟客人差点打起来。本来挺顺溜的买卖，这么一来得罪了不少客人，这些日子客人反而减少了一成。要这样下去，一年收入得跑多少啊？生意没法做，日子怎么过呢？霍掌柜皱着眉头把这几日发生的事情大致说了说，无奈地把两手一摊。

我还是真没想到事情会闹到这个地步，是我思虑欠妥。霍掌柜，对不起您了。蔡信听了也觉出不妥之处，事已至此只好向着霍掌柜低头道歉。

是我亲口答应的，让在店里试试您的佐料，后来的事谁也没想到不是，您不用跟我说对不起，您得救救我。千万不能把我扔进火坑，甩手您又不管了。霍掌柜也不管话轻话重，谁让自己答应了在店里试试佐料呢，现在就想怎么把这个佐料拿过来，拉下老脸不要了，也得把这个问题解决。

出了事不能不管，不过您冷不丁的这么一说，我还真没主意了。您放心，我绝对不能一推六二五，不知霍掌柜有何高见？蔡信听霍掌柜说的话也觉有道理，后面的事情谁也没想到，但是出了问题就得解决，自己确实有责任。

这些日子我吃不下睡不着，也想了不少办法，可还是拿不定主意，不管怎么说，反正您得把这个佐料的秘方告诉我，要多少钱，兄弟我只要出得起，绝对不含糊。霍掌柜这些日子反复思索，越想这个佐料越觉得重要。当下心里一横豁出去了，就算是把家底全拿出来，也要把这个佐料方子弄到手，那咱哥俩就好好琢磨琢磨，看看还有没有其他更好的办法。蔡信的心想这事没多大，怎么能两全其美的把问题解决了，才是正道。

要是让您供给我一定分量的佐料，我买回去，恐怕这事好说不好做，还给您添了麻烦。要是干脆把方子买过来，又怕您不答应，或者要价太高我出不起，真让我左右为难啊。霍掌柜思来想去的拿不定主意，面露难色汗都流下来了。

应该有一个两全其美的好主意，您别着急，咱们好好合计合计。蔡信对霍掌柜好言相劝，让他静下心来商量对策，把小徒弟叫进来，给霍掌柜的茶碗里又续上开水，再次请他喝茶静心。

我把店名改成"蔡家秘制炸酱面馆"您看怎么样！霍掌柜喝完茶觉得这事急不得，思索了一会儿突然想到这个主意，赶忙说出来请蔡信参考。

您是太着急了，又不是我们家开的炸酱面馆，怎么能这么起名字呢？蔡信刚喝了一口茶笑得全喷了出来，怎么也想不到霍掌柜能急成这个样子。

没关系，只要您同意，我明天就换牌子。为了表示自己的诚心，霍掌柜依然坚持自己的意见，一脸的严肃表明自己没开玩笑说的全是真话。

咱们别着急慢慢想一想，还有别的主意没有。蔡信摇了摇头，又对霍掌柜摆了摆手，否决了这个主意。

霍掌柜拍了拍自己的脑门，很不自然地笑了笑，也觉出自己有点急于求成了，慢慢地说，您家公子也许干不了猪店的掌柜，但是绝对能开得了炸酱面馆。尤其是有了您这个佐料，什么时候开张什么时候发财。所以我就想给您的一位公子先定下一个位置——二掌柜，每个月有一定工钱，或者每年拿几成红利。无论到什么时候，只要我这个炸酱面馆开张做着买卖，您的大公子就是我的二掌柜。别的我也想不出什么了。

不错！这倒是个好主意，免除了我的后顾之忧，至于每个月的工钱就免了，我这买卖还能养家。这样吧，您回去写一个字据，写好了拿过来咱们再商量一下，没什么别的意见就签字画押。蔡信听到此处眼前一亮，满口赞成霍掌柜的意见。

行，我回去写好了再来跟您商量。终于有了眉目，霍掌柜长出了一口气。两位掌柜互相客气寒暄几句，然后告别。

霍掌柜回到自己店里，闷头想想又写写，反复打稿子的废纸扔了一地，终于写得比较满意了，伸了个大懒腰，这些日子愁得他吃不下睡不着的，今天总算是能睡个安稳觉。

找时间二人又坐到一起，霍掌柜拿出字据给蔡信看。蔡信看完了，取出毛笔在字据上改了一个字。

两成红利太多了，就一成吧。蔡信叫来伙计拿到账房，抄成一式两份。

蔡掌柜您真大度，在下佩服。霍掌柜亲眼见蔡信把红利改至一成，心悦诚服，满满的崇敬之意。

不瞒您说，我不是为了眼前这点蝇头小利，只是想为孩子将来有个依靠，万一遇见什么事，还请您多担待呢。蔡信心里确实没把这件事看得很大，既然有人愿意达成这么个协议，他也就顺水推舟随遇而安。

承蒙您这么看得起我，再多说也没意思，您就放心吧，公子的事一定不会让您失望。霍掌柜也确实想合作，再次表示自己的诚意。

两份合同字据写好之后，伙计送进来交给掌柜，两人签上自己的名字按了手印，各自收好。

这是佐料单子，您上眼。蔡信从怀里拿出了一份单子，递给了霍掌柜。

要不说您该着发财呢，一个炸酱面的佐料都下了这么大的心思，我真是佩服得五体投地，自愧不如啊！霍掌柜双手接过来仔细看了半晌，伸出大拇指，对蔡信连连盛赞。

霍掌柜过奖了，既然咱们已经把字据定下了，我也就不用再藏着掖着，要是不介意的话，再给您交代几句。蔡信面色平和态度和蔼，很谦虚的再次开口。

有几处我没想明白，也正想问您呢，您说。霍掌柜可不想这事弄得有一丁点不足之处，赶紧接过话题想听蔡信的详细讲解。

这张纸上写的，很可能跟您店里平时炸酱的方法有很多不同之处，要是您觉得哪一点不妥，也请不吝赐教，咱哥俩再仔细斟酌。蔡信这话说得很小心，一点没有傲慢之意，给了霍掌柜很大面子。

看您说的，我开的这个小店，就是想找个营生，招待南来北往的客人有一碗炸酱面吃，弄点酱跟肉一炸，这么些年也没在这上面动过脑筋。能挣点钱养活一大家子人，对付着过日子，连发大财都没想过，您就别客气了。霍掌柜也是明白人，别人尊重自己就是给自己脸，自己的斤两自己知道，不敢托大。

我先问问您，您店里用的酱既不是甜香酱园的也不是六成居的吧？蔡信为人真诚实在，始终如一的以诚待人，见到霍掌柜如此上心的想得到这个配方，不好意思再有什么隐瞒，一是想帮霍掌柜一下，二是万一自己遇见什么难事，也许霍掌柜也能帮助自己一把呢。所以推心置腹地跟霍掌柜说起了佐料方子，以及使用的方法。

您说得没错，用的都是离这儿最近的那个小油盐店的酱。霍掌柜满心高兴地听蔡信说的每一句话。

我吃第一口就吃出来了，您想想啊，要是满京城的酱味都一样，凭什么六成居和甜香酱园能叫得响全京城啊？凭什么六成居的酱要比其他酱园的都要贵那么多呢？口感和味道就是不一样，必须要找最好的酱，才能炸出最好的味儿，要赢在源头上。蔡信推心置腹侃侃而谈，认真地说出自己的见解。

有道理，有道理！霍掌柜连连点头，越发心悦诚服。

您别以为买酱的钱您花多了会有利润上的损失，只要来吃的客人多了，这都不算什么，利润都给您找补回来了。

您说得太对了！

蔡信指着佐料单子说，咱哥俩再聊聊这方子的事。

接着，蔡信把自己琢磨出来的这个炸酱面佐料配方，以及炸酱过程中需要注意的事项，详详细细地为霍掌柜做了一番讲解，只听得霍掌柜连连点头。

京城城里炸酱面馆子，往少了说也有几百家，大家都开面馆，一来是给自己找个营生，养家糊口。二来是为过往的行人行个方便，到了饭点有个能填饱肚子的地方。蔡信又给霍掌柜重新倒上茶，推心置腹地聊起来。

您说的是，真是这么个理儿。霍掌柜想着自己的面馆，也就是这么办起来的。

我在京城这么些年，特别喜欢炸酱面这一口儿，可是到过很多面馆，大多数都是只管吃饱，不管吃好。就想着怎么才能把炸酱面做得闻着香吃着也香，有事没事的这么琢磨了好几年，把自己想到的法子都试了试，这才找到了这么一个说得过去的配料方子。蔡信把自己琢磨这个方子的过程，一边回忆一边慢慢道出。

您可真是有心人，一般人能吃饱饭，弄碗炸酱面吃也就不错了，还有不少能吃上窝头就凑合活着，哪有那么多讲究。霍掌柜想到一般老百姓过的日子，不由得感慨起来。

别人的事情，咱们管不了，但是既然要做生意，就尽力做到最好。就算是不跟别人比，也得拿出自己最大的努力，不能亏心。蔡信有自己的做事和生活原则，也是他能把猪店生意做好的底气。

您说得有道理，大家伙要是都能像您似的不对付不糊弄，尽心尽责做好自己这摊事，那可真是利国利民的好事。霍掌柜看着蔡信严肃认真的样子，不由得又增加了几分敬仰。

说到鲜香味的秘方佐料，蔡信招手让霍掌柜靠近了一点，凑到霍掌柜耳边低声说了一句，又点了一下佐料方子。霍掌柜张大眼睛张大嘴，大吃一惊地问道，就这么简单吗？

就这么简单，这东西每个小杂货铺里都有，可是我不告诉您的话，您绝对想不到。蔡信沉稳地把话挑明，郑重地点了点头。

那是那是，我要是能想得出来，面馆早就红火起来了。霍掌柜也是老实人，眼睛看着蔡信用力地点了点头。

所有的秘方包括那些祖传药方，各行各业的秘诀甚至武功里的绝招，其实都是一层窗户纸的事情，不捅破这层纸，您就很难知道其中的奥秘。蔡信对于社会上的事理深有体会，这也是多年经商悟出来的。

您说的的确有道理，我这人懒得动脑子，所以半辈子就这么混着过日子。霍掌柜很有感触地说出了心里话。

如果要打分的话，京城各大面馆炸酱味道最多在七八十分上，互相不分伯仲。我这几个主意每一项也就能给炸酱添上一两分，多几项也就能多添三四分，可是七八项加到一起，至少添上了十多分。要是别人家的炸酱都在七八十分，您家的炸酱就到了九十分上，甭管谁都能尝出这里面的区别，那您的买卖就好做多了。而且这个方子里的几样佐料，都没有准确的斤两，这就靠您来掌握其中的分寸，不能太多也不可太少，只要掌握好这个度，那就万无一失了。蔡信借着闲聊生意经，非常认真地谈出了自己的观点，希望能对霍掌柜有点启发。

您说的是，看起来是一星半点的改进，不显山不露水也不显眼，但是这儿改进一点，那儿增进一点，加到一起就显出成效来了。蔡掌柜，我服您！

您太客气了！霍掌柜，虽有一纸字据在，但是依然是君子协定，难道为了这么一点事，咱们还能悔约对簿公堂不成？

您说的对，君子一言，驷马难追。从您改的那一成红利，就说明了您是一位君子，我敬重您的为人，也请您放心，霍某也绝对不是小人，您成全了我，就是我的恩人咱们日久见人心。

我也敬重您是个厚道之人，今天在我这，咱们再痛饮几杯。

要说炸酱，哪个面馆招待客人，不是天天炸出一大盆来呢，可这就成了熟视无睹的事情了。在一件看似很小的事情上，能下心思琢磨研究到这份上的人，真是不多，至少我没见过，就您的这股子心气，让我佩服得五体投地。

这时，蔡信嘱咐伙计到菜馆买来的几个菜送到了，摆上桌之后蔡信亲自取出一瓶酒，霍掌柜见了大喜，原来是"龙康"名酒，由此可见蔡信对自己的实心实意。

二人推杯换盏，开怀畅饮都很尽兴，酒足饭饱之后才互相道别。

过了些日子，霍掌柜派伙计请蔡信到炸酱面馆来看看，蔡信托着水烟袋走到离炸酱面馆不远处，就闻见一股浓郁的酱香气，路人也不禁嘴里喷喷感叹好香啊，还有的人闻着香气走出几步之后，又转身走回来推门进店，见此情景蔡信心里十分开心。到了炸酱面馆门口，正赶上有个老者出门，老者戴一顶瓜皮帽，身上的穿着打扮也是老京城派头，属于一般平民阶层。蔡信赶忙侧身让道，见到蔡信如此懂理让自己先出门，点了一下头表示谢意，然后意犹未尽地笑着说了一句话：这家面馆炸酱真香，太他妈的缺德了，就跟勾了魂似的。哈哈！边说着迈脚出门，站在门口侧身抬手向门内做了一个请进的手势，说声您请。微笑着对蔡信一点头，可嘴里还在咂么着炸酱面的滋味呢。

蔡信也冲老人笑着一点头，表示理解和明白，然后迈步进门，早有伙计进到里面报告霍掌柜，说是对门猪店的蔡掌柜来了，霍掌柜满脸堆笑地从里边迎了出来。

蔡掌柜，您里边请！我今儿个为了招待您，特意让伙计买来的好茶叶，已经给您沏上，您闻闻多香，刚下来的明前江靖白茶，味道名不虚传啊。霍掌柜边说边把蔡信引到客厅坐下，亲自端过一个盖碗，恭敬地放到蔡信面前的桌子上。

不错，不错，您费心了。蔡信打开盖碗就闻到一股明前茶的清香，一时赞不绝口。

看您这话说的，自打有了您的秘方，我这买卖算是火了，不仅老顾客跟回头客越来越多，慕名而来的也不少，只好又打通两间空房才勉强够用。霍掌柜脸上喜笑颜开，洋溢着感激之情。

那敢情好！我老远就闻见您这店里的酱香，祝贺您生意兴隆啊。蔡信也看见店铺里又打通了两间房，腾出来招待客人吃面，而且基本上座无虚席，甚是高兴，毕竟是自己的一个想法，在生意中得到了验证。

您客气了！您猜怎么着，有几回顾客非要买点炸酱自己带回去，有给全家吃的，更有给老人带回去品尝的。霍掌柜把面馆里这几天发生的事，有鼻子有眼地说给蔡信听。

还有这事？蔡信放下茶杯，确实没想到居然还有这样的事。

我一想，孝敬老人这是好事啊，于是就大致算了算成本，按照二十个大子一斤的小罐装了一些，没想到也卖得不错，特意请您过来看看。

这倒是个好主意。

您看我这标签贴的。霍掌柜拿过一个陶瓷小罐，喜滋滋递给了蔡信。蔡信拿过来看见小罐上贴了一张红纸标签。

您看我这做的"老蔡家秘制炸酱——祖传秘方"标签，这个炸酱面馆按照您说的，不能把门脸的牌子改了，可是这炸酱的方子绝对是您蔡掌柜给我的，那我可不能贪天之功，所以这上边写的是"老蔡家秘制炸酱"下边"祖传秘方"这四个字，就是我添上的了。霍掌柜在一旁解释，也为了表明自己的心意。

这不太好吧？蔡信完全没想到，一时不知如何是好。

看您说的，您这炸酱手艺全都是自己琢磨的么，肯定有老辈的家长，告诉您怎么炸之后，您再自己琢磨出点改进的佐料。霍掌柜就把自己的想法细细道来，说明自己也是动了心思。

没错，这倒是真的。蔡信觉得他说的也对，于是不再坚持。

就是啊，所以加上"祖传秘方"这四个字，就显得有年头，历史悠久，更加神秘不是，这个您就听我的吧。

行，就按霍掌柜说的写。

不瞒您说还真有人问这个酱是怎么炸的，要跟我学呢。霍掌柜把嘴靠近蔡信的耳边，压低声音说，您怎么说？蔡信听见这话心中一喜。

我哪能说真格的呀，打个哈哈应付过去就是了。就您这个佐料方子，那才是"缘鞋不使锥子——针好（真好）"霍掌柜一脸神秘的样子，嬉笑着的脸上，一张嘴已经撇得不能再撇了。

霍掌柜，咱哥俩也算是对门近邻，这次能有点合作也体会出您的与人为善，待人热情实诚，是一个可以深交的朋友。蔡信也很尊重霍掌柜的人品，很有心聊得更深一点。

千万别这么说，您蔡掌柜为人是有目共睹，在这街面上更是人人都伸大拇哥的人物，也是咱哥俩对脾气，所以才这么聊得来，也才能顺利的合作。霍掌柜对蔡信早已佩服得五体投地，觉得能跟这样的人物聊天就是自己的荣幸，是一件很让人快乐的事情。

我活了这么几十年，总有一个问题想不通，今天就向您请教一下。蔡信托着水烟袋慢慢装好一窝烟，拿起纸煤儿，将暗红的火头送到嘴边，撮紧嘴唇，急速而短促的一吹，一团明火跃上纸煤儿的端头。

您这话越说越客气了，既然是聊天，有什么话尽管说。霍掌柜觉出蔡信在跟自己倾心交谈，也准备敞开心扉畅聊一番。

小时候不懂事，很多事也不过脑子。长到快三十岁的时候，因为家里遇见了一点变故，我就有了一个问题。您说咱们穿衣吃饭过日子，每天每月每年的就这么活着，可是活着到底为什么呢？点着烟之后深深地吸了一口，斟酌一番说出了纠缠在心里很久的疑惑。

看您说的，人生在世不都是这么活着么。要是说我为什么活着，我觉着就是为老婆孩子活着，要是没了他们，活着也就没什么意思了。霍掌柜没料到蔡信提出了这么一个看似简单，却又很难说清楚的问题，思索了一会儿，终究也没想明白，只得把自己的看法说出来。

也是啊！咱们苦奔苦拽地干事业挣钱，不就是为了养活老婆孩子把日子过好一点吗。知道自己思考了很久的问题很难解答，虽然说出来了，可根本也没打算得到满意的结果。

可不，就是这么回事啊。霍掌柜觉得还是这么简单，没什么太复杂的。

咱们简单点说，您现在每天的工作就是开面馆，对吧？

对，就是开面馆。

为什么开面馆？

为了养活老婆孩子。

把孩子养大了之后呢？

让他接过面馆的生意，给他成家立业。

他的孩子长大之后呢？

也要成家立业，还开炸酱面馆。

咱们为了把孩子养大，养大了孩子他们成家立业又是为了把孩子养大。就像俗话说的"老猫房上睡，一辈传一辈"是吧？顺着自己的思路，蔡信又把道理翻来覆去的给清理出来。

您说得对，人生一世草木一秋，大家伙都这么活着呢。霍掌柜觉得道理可以这么简单的理解，根本没必要想得太多，有房住有饭吃，有老婆有孩子，这不挺好的吗。

是啊，好像大伙都这么活着呢，可是我总觉着有什么地方没明白，什么时候能活明白了，那就好了。蔡信可没觉得有这么简单，可是又想不明白，要是有个高人给他指点一下，可能一下就明白了，他心里对自己说。

也许是您想得太深了，我没您想的深，就这么凑合活着吧！霍掌柜也知道自己没想过类似的问题，也不愿意想这类问题。

我这么一说，您那么一听，胡吃闷睡火化食，混日子吧！蔡信也明白跟霍掌柜讨论不出什么结果，干脆顺着他的口气，结束了话题。

哈哈！咱们是傻小子过年——看街壁儿，人家怎么过，咱就怎么过。霍掌柜大笑着喘了一口气，他可不愿意再深聊下去了。

这话说得实在，今个就聊到这吧。有工夫再找您聊天来。

哪天您带着我们二掌柜的来吃一顿。

千万别称呼二掌柜，也不能叫公子，那是达官贵人家孩子的称呼。咱们老百姓家称为少爷也就不错了。

也好，哪天带着少爷过来，尝尝自家的秘制炸酱面。

过了两天，蔡掌柜果然带了小朝武和小朝海，到店里吃炸酱面。出门之前特意让佣人把两个少爷的小长袍马褂熨烫了一遍，两个小伙子显得分外精神。吃过饭之后，蔡信带着小哥俩一起回家，一路走着一路说着。

以后要是想吃炸酱面了，可以到这里吃，进门先要叫人，掌柜的叫霍大叔，其他人要称呼大哥。这店里的炸酱秘方，是咱们家的，我给了霍掌柜，为的是将来你们兄弟多一条生活保障，干不了猪店可以开一家炸酱面馆，开不了炸酱面馆，拿这个方子也能换点钱。但是我想的多周到也不如你们自己长本事，孩子！

爸爸，咱们家的秘方，干嘛要给他们面馆用呢？小朝武并不知道这里的缘故，只是觉得有点不明白。

这个事简单点说，是为了他们面馆的生意更好一点，而且还每个月都给咱们一些利钱呢。蔡信知道一句两句说不清楚，就简单扼要地说了一句。

那每个月能给咱们多少钱呢？小朝武不依不饶的非要打听清楚。

这个要看他们生意的好赖，平常的话至少是十块大洋，生意好的话也许是二十甚至更多。蔡信大致估计了一下，也就是这么个范围，毕竟不是什么大面馆。

啊？就一个秘方，每个月都要给咱们家这么多钱啊？小朝武吃了一惊，尽管年纪不大，可是也知道十块大洋在生活中绝对不是小数。

你可别小看这个秘方，他们面馆有了咱家的这个秘方，每个月要多挣几十上百的大洋呢。蔡信郑重其事地把秘方的重要性，强调了一遍。

咱家的秘方到底是什么呢？小朝武的好奇心上来了，从小爱琢磨的他非要问出个底掉来。

听到小朝武非要打破砂锅问到底，蔡信就俯下身来在他的耳边说了一句话。小朝武听了睁大眼睛张开嘴，半天才醒过梦来。

这，这东西不是满大街到处都能买到吗，怎么会成了咱们家的秘方呢？

满大街都能买得到的东西，我不告诉你的话，你能想出来么？蔡信慢慢启发着小朝武，看看他能不能悟出一点道理。

我明白了，不管这东西有多容易买到，也不管它有多便宜，只要是别人想不到的，就是秘方。小朝武总算是想明白一点道理，自己也觉得很得意。

说得好，其实任何秘方，包括那些药店里的家传秘方也是一样，都是一层窗户纸，一捅就破。可是你不知道的时候，它就是千金难买的秘方。

蔡信说到此，看了一眼身单体薄文质彬彬的小哥俩，觉得将来的事情很难预料，摇了摇头长叹了一口气。回家的路并不远，蔡大猪店就在马路的对面，可是蔡信的思绪一下飘到了很远，他看不到将来的日子什么样，也不知道这辈子自己想要的生活什么样，更看不懂这个世道是怎么回事。心里总想活得明白一点，可是怎么也弄不明白。人这一辈子活着到底是怎么一回事，究竟为什么活着呢？

蔡朝武看着父亲站在那里发呆，不知道他在想什么，就说了一句话，爸爸，咱们回家吧。一句话叫醒了在自己的思绪中懵懂着的蔡信，"嗯"地答应了一声，双手把小朝武架到自己脖子上，又抱起了小朝海走过马路回到了家。家门口有个推小车嘴里吆喝着卖灯笼的小贩，蔡信买了一个灯笼和两根蜡烛，递到儿子手里，说晚上把蜡烛点着再玩。

过两天，带你们去石头舅舅家玩去。蔡信想到了已经结婚的小舅子两口子，很为他们的生活能力担心，每一两个月就去看望他们。有时候也让老婆带上俩儿子一块过去，顺便带上一些钱接济一下。

蔡信虽然很少提起往事，也偶尔零碎说起老家的一些事，于是小朝武慢慢地也就知道了自己的老家是武清县牛镇村，牛镇村里还有一个大哥和一个大姐。有一次接到了牛镇村蔡朝文托人带过来的一封信，蔡信还特意把朝武叫过来，让他看看大哥写的字很是规矩漂亮，让朝武要向大哥多学习。最后还让他看了看信封，微笑着说，你这个大哥还有这样的讲究，每次写信来虽然都是自己用纸糊的信封，但是信封上写名字的地方，都要用毛笔画上一个双笔道的框框，真是做事很细心的人。

这些事情虽小，但是却给蔡朝武留下了很深的印象。在他心目中，感觉那个大哥一定是高高的个子，英俊的面容，而且是一幅文质彬彬的样子。对那位大姐姐却没有什么印象。

吕家开的那间小杂货铺，虽然发不了大财，维持着一家人的日常生活没什么问题，也算的得上家境较好。亲娘舅石头从小娇生惯养，平时连照看小店生意这样的事情，老两口都舍不得让他做，就像老母鸡护小鸡一样，总想着在自己的羽翼下，孩子不要吃苦受累才好，根本就没想到将来孩子长大了，在社会上怎么自立和生活下去，使他们的宝贝儿子从小只知道吃喝玩乐，长大之后也不愁吃穿，过着坐享其成的日子。

石头长大成人之后，也找了个女孩结婚成了家，日常开销有父母支持，小两口根本就没想过自己挣钱的生活，一门心思沉浸在二人世界中，享受着无忧无虑大松心的日子，就连斗嘴生气都充满了生活乐趣。

1918 年一场大瘟疫在京城城蔓延，犹如晴天霹雳，很多人糊里糊涂就丧失了性命。

那一阵京城让外地人闻风丧胆，瘟疫过后京城空了半座城，吕家二老年纪大了一点，没能扛住瘟疫之灾，不到一个星期双双去世。

父母因病去世之后，小两口一下陷入困境，摆在面前最大的问题就是怎么活下去。店铺虽然还在，但是怎么经营一点也不懂，不知道去哪里批发趸货，甚至连每一件货物卖多少钱都不清楚，有来赊账的也不会记账，随便记在一张纸上，过几天就不知道放到哪里去了。最要命的是脸皮太薄，就算知道谁欠了多少钱，俩人也不知道怎么讨要，张不开嘴不好意思跟人家要钱。等到店铺实在经营不下去了，只好关门大吉。

把店铺盘出去之后，维持了一段时间的生活，家产本来就不多，俗话说坐吃山空，实际这山并不大，最多也就是个小土包。在蔡信的大猪店生意正常的时候，有姐姐和姐夫的照顾周济，日子也说得过去，吃穿基本有保障。

结婚之后的几年里石头的老婆生过两个孩子，但是都不知道为什么，千辛万苦地把孩子拉扯到三四岁的时候，就得病夭折了，两次精神上的打击弄得小两口不知道如何是好。

第二个孩子死的时候，他的一个朋友领来了一位大仙儿，说这位大仙儿是从峨眉山下来的，法术高明。能驱妖抓鬼、斩魔除怪，花十块大洋就可以消灾祈福。两口子赶紧把家里最好的食品拿出来招待大仙儿，又把省吃俭用攒下来的十块大洋交给了大仙儿。于是大仙儿从小包袱里拿出一套长袍仙衣，穿在身上。那长袍很像道袍，袍子的下摆处有几个小铃铛，随着长袍仙衣地抖动，发出丁零当啷的响声。

接着大仙儿郑重地戴上了一个仙帽，仙帽四周坠有各色布条。再拿出一把小桃木宝剑，闭着眼睛唱着跳着驱散这家的邪气。

唱跳了一会儿，大仙儿慢慢停了下来，用戏台上的口吻对他们两口子说，你们家的邪气太重，是有妖怪作祟，看我如何把他们除掉。

大仙儿手持桃木剑，踏到光线幽暗的灶间或墙旮旯里，口念咒语，如佛家念经文一般似说似唱的，最后喊了一声，轰嘛咪嘛咪嗡！有我峨眉大仙儿在此，各路小鬼现形啊！果然不一会儿，只见点点磷火飘忽晃动，而且随着大仙儿的仙袍袖子的摆动，鬼火慢慢地向门缝处飘去，从门缝处逃走。

现在，你们家犄角旮旯儿的鬼已经被赶跑了，可是还有几个厉害的鬼附在饭碗上。说着大仙儿走到桌子上摆碗的地方，挑出一个大白碗，放在地上连唱带跳围着大碗转圈。唱了一阵子，把碗拿起来走到屋外，使劲摔在屋外的石阶上，只听得"咔嚓!"一声响亮，那碗被摔得粉碎。然后大仙儿疾步上前，捡起数块放在口中咀嚼就像吃脆馒头片一样嚼碎咽下。

然后对他们两口子说，这几个厉鬼已经被我吃了，我再看看还有没有别的鬼。

转身从包袱里拿出几张黄草纸，一张一张地用手指在上面乱划着。

好了，剩下的鬼怪都被我的神符镇压住了。说着，从包袱里拿出一瓶圣水，张开嘴含了一口，然后噗的一声，喷在木剑上。

你们看着，这就是最后的几个妖怪的尸首，我用圣水使它现形。大仙儿把那几张神符一张张的用桃木剑戳穿再斩断。只见在神符上的妖尸个个鲜血淋漓，头分尸残。

你家里的鬼怪、妖精都被我抓出来杀死了。但是你们的运数不对，命犯太岁，要是没有特殊的绝招，这个倒运不好破啊。大仙儿的两只眼睛开始翻白眼，故意发出颤音，给人一种哆哆嗦嗦的感觉，就像摸到了电门，浑身发抖。

大仙儿您费心，有办法破这个运么？石头两口子虔诚地望着大仙儿，眼巴巴的。

原先的那个孩子是怎么送走的？大仙儿闭上了眼睛，停止发抖，慢慢地拉长了声音问道。

什么怎么送……没送给别人呀。石头没听明白大仙儿的意思，只好结结巴巴地问。

就是怎么埋的，埋在哪儿了？大仙儿有点不耐烦，口气硬了不少。

您说的是这事啊，就是买个小棺材装进去，埋到乱葬岗子了。石头感到了自己的愚钝，尽快地回答问题，生怕大仙儿一生气，那钱就都白花了。

大仙儿掐指一算说，你们对那孩子太客气了，埋这个孩子不要买棺材，找一个清静一点的坟地，再把坑挖的深一点，一定记住最重要的，就是把他头朝下埋下去，这个霉运太岁就破了，将来肯定是富贵吉祥，子孙满堂。大仙儿说到最后的口气明显提高了，几乎是笑着说出来的，充满了肯定和祝福。

谢谢大仙儿指点！石头两口子千恩万谢，不停地作揖鞠躬。

把大仙儿送到门口，那朋友说，你们两口子去料理孩子的后事吧，我替你们送一送大仙儿。

那就有劳您了，大仙儿您走好。石头两口用虔诚的目光，送走了大仙儿之后，总算是松了一口气，心里踏实了不少。

那朋友送大仙儿到了胡同口拐角处，冲大仙儿一伸手。大仙儿从口袋里掏出了两块大洋给他。

哎，怎么就给我两块呀？那朋友满脸的不乐意，两道八字眉拧到了一起。

这就不少啦，您把这个活给我拉过来，就说了一句话，我可是忙活了半天呢。大仙儿的仙气已经看不出来了，看着这个跟自己要钱的人，一脸的鄙夷。

不行，要是没有我，你一块钱也赚不来。你这人也太贪心了。那朋友本着能争一块是一块的原则，今儿个就是今儿个了。

你才贪心呢，再给你一块吧。大仙儿又掏出一块钱交到他手里，转身想走了。

你先等一会儿。那朋友接过一块钱之后，拉着大仙儿不让走，习惯性地拿着大洋吹了一口气，又放在耳朵旁边听着，鉴定着那块银圆的真假，听完声音才把钱放进衣兜里。

我说，你怎么把碗碴子也吃了？那朋友觉着刚才的表演很精彩，可是没看明白，就想问出点新鲜来。

摔碎的是碗，吃的是鱼脆骨。脱下大仙儿服装的人，已然没了仙气，但是对自己的本事可是骄傲得很，又瞥了那朋友一眼，真是看不起这样什么都不懂，就知道要钱的俗人。

您这还带变戏法的哪？那鬼火是怎么弄出来的？你再说说。

这简单啊，撒一点白磷在暗处，比较黑的地方，就出鬼火了。大仙儿斜眼看着这个朋友，心里说这么简单的事都不懂，这么大年纪真是白活了。

那鬼火怎么会跑走呢？那朋友把手伸进兜里，一只手摩挲着那两三块钱，弄得兜里叮当作响。

这种磷火是无根之火，只要有点风就能随风飘走了。大仙儿可没想到，在这儿又碰见崇拜自己的人，想显摆一下自己的本事。

这可真有意思啊，我就不明白了，那纸上的鬼怪怎么流血呢？他的好奇心越来越大，越听越觉着这位大仙儿说得有意思，眼巴巴盯着大仙儿，刨根问底了。

您干吗呀，想饯行是怎么着？大仙儿看着他一个劲地问，一下把脸拉下来了。

您瞧，我就是觉得新鲜想弄明白。那朋友赔着笑脸面露尴尬，居然被人家识破了自己的心思，有点不好意思，只好给自己找个台阶下。

赶明儿您都明白了，我吃什么啊。大仙儿为了免除后患，一句话给堵死了，省得他老惦记。

说完这句话，大仙儿自己忽然愣了一下，若有所思。那朋友看他这样子，就问他怎么了。他又想了想才对那朋友说，你说如果再过三五年，大家伙都知道了我这套法术是假的，还会这么迷信么？

是啊，要是大家伙都知道了这都是糊弄人的把戏，没人信了，怎么办？那朋友自言自语道。

我估计不会，吃这口饭的已经传了几百年几千年，哪能到我这里就传不下去了呢。大仙儿摇了摇头，不太相信自己的想法。

您说得对，再说世上这么多人呢，哪能就都知道了。那朋友知道自己没机会跟大仙儿学本事了，就顺着大仙儿的话说下去，免得让人讨厌。

没错，不管过了三五年还是十来年，哪怕是再过三五十年一百年，肯定还会有人信我这套，那我就有饭吃。往远了说，我也不想了，那时候也就没我了，爱信不信都跟我没关系了。大仙儿像是想明白了，也就放宽了心。

得！回见吧您哪。那朋友一天工夫就凭着说了一句话，居然挣了三块大洋钱，心里的高兴劲就甭提了，几块钱还没捂热乎呢，已经想了几十种花出去的道了。

再回到石头家里，那位朋友热心的帮着出主意，第二天还陪着两口子，花了半天的时间，找到了一块比较清净的荒地，把孩子头朝下埋在坟地里，一边安慰着两个人，一边帮他们办完了最后这件事。这两口子千恩万谢的，又给了他一块钱，很长时间提起来这件事，都为自己有这么一个好朋友感到欣慰。

过了一年之后妻子又怀孕了，两口子欣喜万分。等到孩子出生的时候才知道，竟然是一男一女的龙凤胎。

虽然负担很重，但是两口子对生活充满了信心，省吃俭用地尽心拉扯，孩子一天天地长大了。不料到了三岁头上，两个孩子同时得病，又前后脚的去世了。

把这两个孩子埋了之后，石头两口子都病倒了。互相照顾着养好了病，也没心过日子。整天你看看我、我看看你的，连话也不爱说，日子就这么混着过。

到了秋后时节，天气越来越冷，纸糊的窗户一年下来早就破烂不堪，就按照每年的惯例把窗户纸糊一下，纸也买好了，糨糊糊也打好了，待往窗户上贴纸的时候。刚刷了几下糨糊，石头突然就把糨糊和纸都扔在一边，坐在地上哭了起来，糊得再严实有什么用啊，冻死得了，活的什么劲啊！不是说恶鬼都赶走了么？不是说太岁也破了么？说得那么好听的吉祥富贵呢？说好了的子孙满堂呢？

年纪不小了还往地上坐，怎么跟小孩似的。女人走过来搀扶着他坐到凳子上，然后弯腰捡起扔在地上的糨糊和窗户纸，默默地把窗户都粘贴好。

进屋吧，谁不是明明知道活不下去，还得拼命活着。孩子是都死了，可早晚谁都得死不是，就连咱们俩也早晚都得死，可是现在没死呢，就得活着，你说是不是？再说了，咱们还看见过自己的孩子，他们也都陪着咱们活了几年。有的人一辈就没见过自己的孩子，那怎么办呢，也得活着是不是。

姐夫家的那两个大小子，见了你有多亲。就说现在咱们家里，你还有我，我也还有你呢，咱们还得互相帮扶着好好活着，别难过了啊！女人想出了所有能安慰石头的话，唠唠叨叨地反反复复地安慰着他。既然还得活下去，屋里就要有说话的声音，不管什么话，能说几句就多说几句吧。

两口子就这么有一天没一天地熬着，谁也不知道这种苦日子，什么时候能熬到头。

05
保护废墟

　　姚复臣拉着排子车上的两块牌匾，直奔西南方向没有火光的地方见路就跑，只想着离那大火越远越好，过了虎坊桥还一直跑，直到菜市口附近，跑得筋疲力尽，已经累得半死，一头倒在排子车上。

　　上哪儿找点东西吃呢？姚复臣休息了一会儿，感觉到肚子咕咕作响。

　　自己昨天还是临汾会馆有头有脸的伙计，今天怎么就落到要饭花子的份上了？虽然有些抹不开面子，架不住又渴又饿又累又乏，浑身虚脱。

　　家里有人么？给一点吃的吧，给一口水喝吧，求求您啦。姚复臣看到附近的一家大门，挣扎起来跟跟跄跄地走到门前硬着头皮敲了敲门。

　　这家人是开轿子铺的，是一个小杠铺。

　　有钱人家里的红白喜事或者有女眷要走远一点的路，就会来这里租轿子用，结婚用的还要捎带轿夫和吹鼓手，丧事也要很多出殡的杠夫和执事。每到了过节、过年或者天气好的日子，他们的收入就好一些。赶上年景不好或者乱世，租轿子的人少了，生活也就勉强过得去。

　　杠房业本是出租葬礼仪仗的，它包括满汉两族各种仪仗执事，如罩棺材的绣花缎缎子官罩，仪仗队用的开道锣、伞、扇、旗、牌、车、轿、硬器等设备。

　　在办事时，按雇主的地位职称，什么人用什么样仪仗执事，不能乱用。尤其是满族臣民，分内外八旗，品级有高有低，不许有一丝一毫的差错，而对汉民则另有一套。

　　有钱的富户人家，要停灵"七天""三七""七七"后出殡。出殡时用杠夫抬杠，人数是有一定丧仪规制的。从皇室、王公、大臣、商贾等都有不同的规格，并不是谁有钱就可以随便铺排。

老字号十大杠房，分布开设在四九城。所谓杠房，不是所指京城中一般小杠铺而言，而是看它能否承办皇家、王公大臣丧仪而得名。故老京城中有"十大杠房"之称。

这十家杠房最有名的是北新桥的永利杠房，它资本雄厚，历史悠久，是旧京城中最大一家，盛时建有九间三卷铺面房。清时京师出皇杠，王公家死了人，都让永利出杠，其他同行是不能相比的。

还有西四牌楼南缸瓦市日升杠房。日本军国主义侵略军侵占北京，军阀吴佩孚死时，就是用日升杠房出六十四人杠出殡的。因吴佩孚信奉佛教，是当时北京市佛教协会会长。使用的棺罩，全新刺绣。在黄缎面上，刺绣蓝色大佛字，非常醒目。

西华门外德兴、德胜、兴胜杠房，后门和兴杠房，东城灯市口永胜杠房，鼓楼大街信义杠房，西单牌楼同顺杠房，西四永吉杠房，以上各家杠房均出售"棺材"和租赁执事。

老字号的十大杠房，它随着历史不断地前进，随着丧仪不断改革，而日趋衰落消失了。

北京杠房行业的经营者，大体上分为两帮，即山西人经营的山西帮和北京人经营的北京帮。

北京杠房业有句行话，叫"三年不开张，开张吃三年"。因为杠房本身只有软片、硬器出租，平常柜上只有三五人看守门市，等候顾客，所以开支不大。一有大事，可临时请同行帮忙。要应上个大人物或财主家的丧事，不仅杠房一行，所有丧事用品行业，如寿材、棚彩、家伙、纸活，还有僧道各门，就都来了赚钱的机会。

杠房的绣花软片，可现裁现绣，随用主之所欲，东西用完后全归杠房所有，杠房又可从中取利。

如遇出杠，柜上都有挂牌伙计，招之即来。抬一天杠，给一天钱。走在棺罩杠前有"打香尺"的为杠夫领班俗称杠头，他得三个伙计的工钱。

杠房的响尺，是杠头发号施令的工具。它是采用坚硬木材，和梆子戏班中的梆子大体相同。不过杠头用的响尺较长，有二尺长，一寸多宽、厚。还有一根一尺长的圆檀木棍，把它和响尺用一丈二尺长的绒绳连接在一起，用短的打长的，响声高昂清脆。全体杠夫及执事前引等起落走步，均以尺响为号，不许乱说乱动。如在行进中发现有个别人出了差错或者不听指挥，杠头有权当头一棒，流了血不得抵抗，这是行规。

另外，尺上的二根绒绳叫尺绳，是用来测量灵柩大小和门口宽窄、坑口大小的，好安排活茬，以免临时抓瞎。响尺还有一项用处是，起杠前用来乱打梆子，使远近人等都闻声聚齐，各就各位，各操各业，谁拿什么工具，谁和谁一条杠，都扶起来。各行都齐备了，响尺只打一声，全体人就一齐上肩抬起开步走。

到了目的地，杠头响尺横打，大家一齐都摘肩落地，然后由做活的将灵柩抬起到坑口下葬，行话叫"登坑下葬抖绳散"。

这家人老汉姓尤，老两口加一个女孩，小名叫英子。正在为这些日子京城发生的大小事情弄得心里不安。

北京可有年头没这么乱过了。尤老汉听了一会儿外面的动静，说罢忧心忡忡。尤老汉不停地吧嗒吧嗒闷头抽烟，女人就缝补衣服、纳鞋底，自己给自己找点事做。

正在这时，听见外面有人敲门，一家人先是吓了一跳。后来听见声音不大，还听说是要口水喝，要口饭吃。这才放心了。

闺女，看看外面是谁，如果是要饭的就给他一口吧。女人心地善良，嘱咐英子出门看看。

哎，英子一边答应着一边往外走，拉开门闩打开门，待抬头只看了一眼便大叫一声，妈呀！有鬼呀，鬼来啦！连滚带爬的就往回跑，跑进屋里一头扎到母亲怀里，眼睛都不敢睁开，浑身不停地颤抖。

闺女，怎么啦？你看见什么啦？

鬼！英子用手指着外面，头也不抬地颤声说。

大白天的怎么有鬼？不能吧。我去看看。

你别去！你先喊两嗓子问问他。女人担心地说。

尤老汉觉得女人说得有理，大声咳嗽了一下，对着外面喊着，你是谁啊，要干什么？说清楚喽！

我是大栅栏……临汾会馆的伙计，那边着火了，我跑出来的……姚复臣有气无力地说。您行行好，可怜可怜我……给我一口吃的，再给口水喝吧，求求您！姚复臣已经进了院子，又稍微提高了一点儿嗓音，所以这几句话他们听得很清楚。

你这孩子，人家明明说自己是大栅栏临汾会馆的伙计，你怎么说人家是鬼啊。人家是逃难到了咱们这。尤老汉松了一口气，埋怨着女儿，说着话走出来。

你……你是大栅栏临汾会馆的伙计？尤老汉抬头看见了姚复臣，不禁心里也是一哆嗦。站定之后指着他问，

我是啊，怎么了？姚复臣又累又饿，腰都直不起来，一副有气无力的样子。

难怪把我女儿吓成这样，我拿镜子来你自己看看，说着进屋拿出一面镜子，递给姚复臣。你自己看看吧！

姚复臣拿过镜子，对着自己的脸一看，也不禁吓了一跳，张开大嘴说不出话。原来他让烟熏火燎的脸上一块黑一块白，头上的辫子也早就散乱了下来，披头散发乱七八糟。再加上碰破头流的血，让他自己抹得半个脸都是血呲呼啦的，活脱一个鬼脸。浑身上下还有杀日本鬼子时候溅到身上的血，而且不知道身上的衣服在什么时候裂开了好几个大口子，两只袖子已经成几片布条了。

回身摸了一下后腰，想把鞭杆拿出来，没料到一路颠簸鞭杆早已不知掉到了什么地方，再一想那上面不知道有多少人血呢，拿出来更吓人，也就释然了。

孩子，先洗把脸再说。尤老汉打出了一盆清水，放在院中的凳子上。又拿出一身衣裤挂在院子里的绳子上，让他洗完之后换上。

谢谢大叔，要不洗洗，我真不像个人了。

打起精神洗完脸，尤老汉又拿出一些吃喝给他。姚复臣狼吞虎咽地把东西吃了一个精光。又把身上的破衣烂衫脱下来，换上尤老汉给他的衣服，三把两把梳好了辫子，站直身子又成了一个精干小伙子。

谢谢大叔，您这是救了我的命啊。来日我一定好好报答您！姚复臣说话又有了底气，双手抱拳一揖到底。

别这么客气，小伙子我问你，你准备去哪儿啊，北京有什么亲戚么？尤老汉看着一表人才的小伙子，心中不禁一动，面带微笑关切地问他。

我在北京就一个人，没亲戚，我也不知道怎么办，也没地方去，您能收留我先住几天吗？姚复臣吃饱了肚子又换好了衣服，也想起不知道在哪儿能躲几天，只好眼巴巴地问了一声。

要是真没地方去的话，你看这样行不行？兵荒马乱的就暂时先住在我家吧。那个偏房没人住，我帮你收拾一下，凑合着住几天再说？尤老汉抬

起头看着他，似乎在征求他的意见。指了一下偏房。

那感情好，大叔您真是心地善良的人，我这儿给您作揖啦。姚复臣连连不停地作揖。

闺女，你出来看看吧，这就是你说的那个鬼，明明是一个长的人模狗样的小伙子。尤老汉看见事情有了结果，冲着屋里喊道。

我不敢，吓死我了。英子的声音颤抖着，被惊吓得还没缓过来。

没什么事啊，你出来吧。尤老汉觉得很可笑，又叫她出来。

刚才就是你啊。英子偷偷地从门后边探出头来，小心翼翼地看了一眼姚复臣，这才放心走了出来，有点怯生生地问。

姑娘，刚才就是我。姚复臣见到英子被自己吓得不敢看他，赶紧先给她作了个揖，一时觉得很尴尬。

你怎么弄得那么吓人，跟个大活鬼似的。英子瞪大眼睛狠狠地剜了他一眼，说话的口气也冲了起来。

我是从北边大火里逃出来的，刚才那样子真是挺狼狈的，把您吓着了，真对不住啦。姚复臣说着又对英子连连作揖。

你倒是礼多人不怪，这么一会儿你都作了一百多个揖了。得了，你不是鬼就好，我的魂都让你给吓跑了。英子露出一点笑容，上下打量着姚复臣。

我刚才从镜子里看见自己那模样，也吓了一跳，真跟个鬼似的。姚复臣听她这么一说，也禁不住傻笑起来。

我看这会儿天也不早了，有什么话咱们进屋聊吧。尤老汉提出了建议，一家人把姚复臣引进了屋里。

大叔，外边有一辆排子车，车上拉着六成居和我们临汾会馆的牌匾，我是护着牌匾跑到您这儿的。我把车拉进来，您看行么？姚复臣指着门外，弯着腰请求着。

行，拉进来吧。这两块牌匾都是你护着哪，这回你是弹棉花的戴纱帽——有（功）弓之臣啊。尤老汉跟着姚复臣出去，把车拉了进来。

看您说的，姚复臣有点不好意思了。我们当伙计的，受东家托付看好买卖宅院，结果只保护住了两块牌匾，将来还不知道怎么跟东家交代呢。姚复臣听见夸奖有点不好意思，低下头脸都红了。

这就不错啦，兵荒马乱的才能看得出来，你就是那乱世忠臣啊。尤老汉指着凳子让他坐下，连声赞叹着。

你是从会馆出来的，知不知道山东的义和拳到北京来了，义和拳变成了义和团，这是怎么回事？女人觉得这小伙子是在会馆那种大地方干活的人，一定知道不少事，赶紧问他知道不知道这回事。

您问我，这事我哪知道。姚复臣一本正经的老实回答，因为他确实不知道这是怎么一回事，没法回答。

他怎能知道是怎么回事。尤老汉认为女人说的是废话，一般老百姓谁也弄不明白的事，姚复臣当然也就不明白。

我就听人说义和团原来叫义和拳，他们反对教会的洋鬼子专门杀洋人，打出的旗号是——扶清灭洋。姚复臣对老两口说了两句，他也是听人家说的。

哦，那朝廷是得支持。可是慈禧太后逃出北京，干嘛又下旨要杀义和团呢？还说是要斩尽杀绝。尤老汉看姚复臣多少还知道一些，接着问。

唉，那是洋人逼着朝廷，让他们杀义和团。朝廷打不过洋人，只能听洋人的啦。至于是真是假就不知道了。姚复臣把自己听到的消息都掏出来，至于传言的真假他也弄不太清楚。

那怎么有人说，头一次八国联军要进北京，就被八旗军和义和团打败了呢？尤老汉这下可找到明白人了，这么多天糊里糊涂憋屈坏了，能弄明白一点是一点。

就是啊，只要中国人拧成一股劲，外国人，没戏！姚复臣觉得尤老汉总算说了一句让他爱听的话。您知道么，听说有一个外国将军，他说要是咱们也有洋枪洋炮，八国联军早就玩完了。对这件事，姚复臣可是有自己的看法，他绝对相信只要中国人抱成团，外国人就一定打不过。

唉！朝廷没本事，一溜烟跑了。把老百姓就扔在这儿不管了，咱们能怎么办？平时没事的时候都管事，现在出了大事就没人管事了。尤老汉长叹了一口气。

您不知道，现在京城里都乱了套了，洋人都出来了，由着性儿的杀人、抢东西，还放火烧房子。姚复臣想到自己经历、看见和听见的那么多事，心里也觉无奈。

这洋人不是老说讲文明，还要平等自由博爱什么的？怎么到中国就不讲了呢？尤老汉多少也有点见识。

我看他们是有时讲，有时不讲，在想讲的时候就讲，要是不想讲了就不讲。由着性的杀人放火抢东西。咱们京城里这回真死不少人呢，满大街胡同的，到处都有死人，这不是跟野兽下山一样吗，还讲什么文明平等、自由博爱。姚复臣的心中充满怨气。

那可不是，听说八国联军贴出了占领北京的告示，大清国完啦，唉！尤老汉长叹着，无法想象以后的日子怎么过。

这家人看姚复臣这个小伙子相貌英俊，大高个，又是临汾会馆的伙计，保护着会馆的牌匾跑出来的。刨根问底问了一遍，知道他在北京只是一个人，父母双亡无亲无友。老两口一合计，这绝对是个倒插门的好人选，先好好把他收留在家里，等事变过后再说。

尤家英子是独生女，长相清秀唇红齿白，虽百般疼爱却不娇生惯养，女红手工、家常饭菜都拿得起来。懂规矩知礼貌，孝顺父母和睦邻居，是左邻右舍都知道的好英子。上身穿一件白地小红碎花短衣，衣服的大襟用扣袢从左侧到右侧，盖住底衣襟。下身穿一条藏蓝色单裤，足下是自己做的一双合脚的绣花鞋，头发漆黑发亮，一根大辫子吊在脑后。那年十六七岁，正值青春年华，情窦初开。看着比自己大一些的邻居姐姐们，都一个个出嫁结婚，还有的抱着孩子回娘家。自己也禁不住悄悄地想着，我也会有那么一天的，可我要找一个什么样的男人呢？每想到此，禁不住心中突突乱跳，脸上发热一直红到耳朵。

尤家二老虽然也惦记着女儿的婚事，可毕竟只有这么一个独生女儿，身材长相都不差，里里外外一把手，如果嫁人出门子了，家里只剩老两口的日子可就不太好过了，终归有些不舍得，就一直没着急张罗这事。有心找个倒插门女婿，虽然也有媒人介绍，可就是一直没有看得上眼的。

住进这家之后，姚复臣每天都给自己找点事干，扫地挑水劈柴做饭，凡事都愿意伸一把手。

英子偷偷地看了姚复臣好长时间，没等到父母发问，自己心里已经喜欢上了。抽空故意把地扫了一遍，等姚复臣走过之后，悄悄量好了脚印的长度，开始找材料要做一双鞋。

闺女，你这是给谁捺的鞋底子啊？妈妈坐到离女儿较近的地方，娘俩一边捺鞋底子一边聊天。

这个啊，我看姚大哥的鞋都破了，给他做一双鞋。英子本来也没想瞒着父母，但是这一层窗户纸捅破了，也有点不好意思。

哦，我闺女有心啊，妈看出来了。女人满脸慈祥地看着女儿，悄声细语地说出话来，就是为了探明女儿的心思。

妈，您看您，说什么呢？英子一下红了脸。

不用你说，妈也知道，你也到了谈婚论嫁的时候了，你看这位姚大哥可对你的心思么？女人干脆胡同里赶猪——直来直去，在家里跟女儿说话，就不用藏着掖着。

我不知道，您看呢？英子不好意思说出口，故意推脱。

我跟你爸爸商量好了，复臣一表人才长得不错，个子也不矮。体格壮实、人也实诚懂礼貌，的确家教有方，我们老两口觉得这个孩子不错。女人把意思讲得很明白。

哦。英子心跳得厉害，一时也不知说什么才好。

你爸爸让我来问问你，你要是愿意的话，得空我们再问问他啊。女人耐心地慢慢把话说出口，就想要英子一句明白话。

嗯，我听爹妈的，您二老要是觉得好，就行。

现在我们想听你是怎么想的，你觉得满意么？

您就别问我了，人家不好意思说啊，问他就行了。英子双手已经把大红脸捂住了，咯咯的笑声却挡不住的传出来。

行啊，我心里明白了，这回妈给你做主啦。总算是得到了女儿的明确回答，女人也松了一口气，多年的心事至此总算八字有了一撇。

知道了女儿的心意，老两口便把姚复臣的生活照顾得无微不至，经常让这两个年轻人有时间在一起聊天说话。相处了不到半个月，两人已经好得像从小就认识的老朋友一般。

这几天，姚复臣先是用铁锹把煤末掺和上一些黏土，用水和在一起，再摊在地上，找到一把破菜刀，切成小方格晾晒在院子里。然后在院子里劈柴禾，虽然各家都用柴烧炕，也用小柴锅做饭，但是用不了多少。姚复臣知道只有在院子里干活，才能靠近英子出出进进的身影，也就找到了说话的机会。

姚复臣早就到了娶媳妇的年纪，可是没人给他张罗这个事。自己每天在会馆里要干很多事没时间分心，接触的人又都是会馆里的大老爷们儿，谁会为他操这份心呢。在这儿每天都能看着英子出来进去的，听着英子说话的声音，都觉得心里美滋滋的。

嗨！给你一点吃的。英子看见他走了过来，往他的手里塞着零食。

什么啊，我可不吃。姚复臣看见英子果然走过来，心里欢喜脸就红了。

给你吃铁蚕豆，怎么啦？又不是毒药，还有山里红呢，我特爱吃，就不给你了。英子反而比他还大方地说。

没关系，谢谢你啊。姚复臣接过蚕豆，眼睛看着英子心里笑开了花。

你说话怎么那个味啊？不会说北京话么？英子大眼睛一闪一闪地问他。

山西、陕西和甘肃一带口音很相似，姚复臣虽然已经改了很多口音，但是偶尔还是带出来一些。

我是山西临汾人，来北京的时间不太长，所以北京话说得不好！姚复臣解释着。

我说呢，原来你是老西儿啊，真逗，特抠门是么？英子扑哧一笑，边笑边说跟他聊天。

啊，山西人秉性节俭，做生意也是比较精打细算的，用北京人的话说就是抠门，也对。姚复臣老老实实地回答。

我听说过你们山西人特抠门的故事，说山西人夏天也怕热，就把扇子放在桌子上，左右晃悠脑袋瓜，一把扇子能用一辈子……哈哈！说完自己先大笑起来。

那是拿我们山西人开心呢，故意编排人，就弄出这么个笑话。姚复臣跟着笑起来，也很开心。

可是姚复臣并不知道，老西儿是旧时代对山西人的戏称。

为什么称山西人为老西儿呢？第一和地理位置有关——山西在太行山以西；第二和山西人的习俗有关——山西人饮食离不开醋，醋的古称为"醯"，和"西"谐音，山西晋中一带现在仍有醯醋的说法，酿醋的大缸也叫"醯"；第三，明清乃至民国时代山西生意人足迹遍及天下，山西商人给别人的印象是抠门，有钱舍不得花，对自己尤其小气，舍不得吃也舍不得穿，所以显得寒酸。

明清时期，山西老陈醋跟随着钟爱它的晋商，走遍了大江南北，甚至远渡重洋，名扬海外。逐渐地，山西人与山西醋合一，人们称山西人既是"老西儿"也是"老醯儿"。其中蕴涵着的亲切感、知遇感和乡亲感，正如同品山西老陈醋，绵、酸、香、甜、鲜，耐人回味。"虽有佳肴，不食（醋）不知其滋味也"——此语正道出了"老醯儿"对醋与众不同的感情。天下名醋在中国，"四大名醋"晋为首。民俗学家认为，山西人被称为"老醯儿"，是一种产品与一个地域紧密契合，并作为一种有趣的文化广为流传的结果。

你这人还挺老实，可是有点笨。英子看着他一边点头一边说，说完撇着嘴，若有所思地看着他。

是么，我怎么笨了？姚复臣见英子愿意跟他聊天心里高兴，不由地顺着她的话说下去，愿意跟她聊天就多说几句。

看见房子着了那么大火，还不赶紧逃命，就为这么两块破木板，弄得差点丢了命，够笨的了。英子完全是用教训他的口吻，数落着姚复臣，虽然嘴里吃着山里红，还把嘴撅嚓得挺高。

那可不行，东家把店铺交给我看管，我看不住已经够呛了，再不抢出一点东西那就更没法交代了。姚复臣笑眯眯认真地说。

为了从大火里抢出两块木板，命都不要啦，你到底是怎么想的，傻不傻呀？要是烧死了呢？这个似乎是早就想好的问题，终于说出来要问问他，不会的，我年轻力壮的手脚灵活，再说这点事也不算什么。姚复臣虽然想起来心里也有点后怕，但是更令他自豪的是，居然用化鞭为剑的武术绝招，救了自己一命。

得了吧，还吹牛哪，到我们家那天，简直就是阎王殿里跑出来的小鬼，吓死我了。英子抬了抬下巴，用手在胸前拍了拍，拍得两座山峰一阵颤抖。

看着英子颤动的前胸，姚复臣只觉得嗓子眼发干，咕咚咽下一口吐沫，稍加镇定之后笑着说。你的胆子也太小了一点儿，哪有大白天闹鬼的。

我胆小，你瞎说，我才不胆小呢，我连天桥都敢去。英子很少出门，跟着爹妈去过两次天桥玩，就算是开了眼，总想再去玩玩，可就是得不到爹妈的允许，说是不让她姑娘家家一个人满世界疯跑。

是么，天桥好玩么？姚复臣对这个问题也很感兴趣，来北京两三年也没去过天桥，他知道天桥离大栅栏不远，也知道那儿挺热闹，可是居然没去过一次。

天桥你都没去过啊，真够笨的，天桥特好玩。有拉洋片的、变戏法的、唱戏的、多了去了。还有卖好吃的……可好玩了！说起天桥来英子一下就来了精神，以老北京人的口吻滔滔不绝地聊起来，手舞足蹈表情丰富。

那赶明儿你带我去吧。看着英子天真活泼的样子，姚复臣越看越爱看，就逗着她说带自己去，而不说自己陪她去，一下就把英子的地位提高了。

好咪。那你得给我买好吃的。英子觉得这下可不是自己一个人疯跑了，要是跟姚复臣一块去天桥玩，爹妈应该松口了。

没问题，就这么着了。英子天真活泼的样子，实在让他开心。姚复臣看这英子聪明伶俐，心灵手巧，又长得浓眉大眼，身量高挑，对自己的爱一点也不加掩饰，打从心底里喜欢上了这姑娘。

两人说笑着聊天，坐在一块吃零食。那老两口坐在屋子里，从窗户里往外看着他俩，止不住悄悄地笑。

行善无须报，却一定有报，作恶一定有报，只等时候到。人的聪明程度也许是天生的，但是善良却是根本，人之初性本善，这是与生俱来的人性。尤老汉看在眼里喜在心上，感叹。

在街上稍微安定了一些之后，人们发现，这一场无法阻止大火的焚烧和其他天灾人祸的破坏，前门外尤其是路西的一大片房屋建筑，满眼里只见残垣断壁、碎砖乱瓦，一片废墟，无比凄凉。所有的店铺房屋坍塌混乱的不见了原址。因为此地寸土寸金，有几个买卖家和原住户为房屋店铺的位置争吵甚至打了起来。还见到有人在废墟中翻找财物，发国难财。

远处有两拨人在吵架，一个头戴瓜皮帽的中年人，涨红着脸直着脖子喊，我告诉你，从这儿一直往东到五十步之内，都是我们家的老院子，你少在这不讲理。

呦呵！您倒是讲理，就凭您一句话，五十步之内就归了您了。您怎么不说往东一百步，再往西一百步都是你们家的呀，这条胡同都成你们家的多好啊，谁家出点事都让您戴孝帽子。另一个把辫子盘在头上，斜着眼上下打量着对方，嘴里可是一点儿也不客气，骂人不带脏字。

我不跟你费那么多话，你只要再赶往西量上一步，我就跟你拼命。瓜皮帽既然嘴皮子跟不上人家，只有说狠话斗横，从气势上压制对方。

你这命就这么不值钱啊，一步远的地界一条命，你要是敢不让我过去这一步，我打出你一肚子狗杂碎你信不信。盘着辫子的说了半天没什么效果，那就都说狠话，看谁压得下去谁。

指不定谁长了一肚子狗杂碎呢，我就敢拦着你，看你怎么着！瓜皮帽瞪大了一双红眼，口里吐沫星子喷出老远，一幅豁出去的感觉。

我可不是当着矬子说短话，你们家那买卖太缺德了，开了这么多年的包子铺，包子里的馅都小出名了。咬了第一口没吃着馅，再咬一口还没吃着馅，咬到第三口硌着牙了，吃出一块石碑来，睁眼一看上面写着，此地离馅还有二里地。盘着辫子的心里知道动手会出大事，干脆就打嘴仗，输了赢了都没什么大事。

你这人的嘴忒缺德，吃了那么多年我们家的包子，包子好吃不好吃心里没点儿数吗？上火了嘴里没味是吧，你眼瞎心也瞎啦，脏心烂肺的东西。瓜皮帽一听说把他们家的包子说得这么不堪，心里的火腾地一下就上来了。

瞧瞧你这个这德行吧，谁要是一说你们家包子有一点儿毛病，立马就跟谁急，有点儿涵养吗。一家子都一个德行，吃亏难受，占便宜没够。盘着辫子的一看对方急眼了，心里偷偷直乐。

你们家好嘛、扒绝后坟、踹寡妇门，打瞎子、骂哑巴，欺负没娘的孩儿，缺德透顶带冒烟了。瓜皮帽赶紧找了一套现成的俗话，打嘴仗哪能没词了呢。

就凭你那两下子，想在我面前拔份，门都没有。

你以为你是马王爷三只眼，跟我这儿挡横，姥姥！

你燕巴虎上插鸡毛，算是什么鸟啊？

你是老母猪追屠户，挨刀的货。

……

两家都住在一个胡同里很多年了，老一辈少一辈的都很熟悉，见面也都很客气，也都知道远亲不如近邻，可是在这块寸土寸金的地方，谁要是多占了一步地，加上整个院子的长度，院子就大了几十平方米的一块，一旦成了定论就能多出一间房的地面，可就占大便宜了。利益的驱使下，见利忘义使得人们的心性发生了巨大的变化。

随着商品经济的发展，各地的三教九流逐渐汇入这昔日的都城寻找生计，他们急于在城内买住房以安家立命。但只有少部分人买得起正规的宅子，或者盖得起好房。大部分人则囊中羞涩，置不起大宅子，只想买几间廉价房屋聊以安身；还有一些人虽然有一些老底，却在坐吃山空，他们也想购置一些房产，希望靠"吃瓦片"维持生计。对廉价住宅的大量需求使得一些以盖"老虎房"为业的包工头与"房虫子"应运而生。

盖房就要置地，好在那时城南有大片荒地、坟地，堆满了内城拉出去的房渣土和垃圾。当时只要花费少量现洋贿赂一下地方官员或保甲长，就可以弄到一块不小的宅基地。而那堆积如山的房渣土就是"老虎房"的建材。造梁、柱、柁、檩、椽及门窗的木材则大部分是从附近农村购来的廉价杨木、柳木等杂木。

开始动工，伙计们先将渣土中的碎砖头筛出，七八百年的老北京可不缺这些东西。这就是砌墙体的主体材料。整砖也买一点，用于砌房角和窗下的坎墙。筛出的土加上一点点石灰就能和出"碴灰泥"，那是砌墙的泥灰。砌墙时，码一层碎砖抹一层碴灰泥，虽说是砌墙但是到了这里就变成了码墙，几乎用不着瓦刀，只要把大大小小的碎砖头码到碴灰泥上就行了。老北京的砖头房都是有柱子的，建"老虎房"时将圆的柱子纵向一劈为二，凸面朝外砌在墙内，谁也看不出用的是半劈料，椽子按常规间距为五寸，"老虎房"却是一尺。屋顶的瓦是面子上的事，要买新的，"老虎房"用的是窑口瓦，就是烧窑时窑口和窑内死角处的瓦。价格非常便宜，但由于火候不到，显出一半红、一半黑。这也难不倒他们，用青灰水刷一下，通体青黑。

房子成形后，就是内外装修了。石灰加麻刀再加一些青灰用于抹外墙，最后用小抹子勾出砖缝的样子。不加青灰的抹内墙，影壁是不能少的，但也是用碎砖头砌的，外贴一层磨砖对缝的大方砖，并在中间雕刻一个一尺见方的"福"字。街门更是马虎不得，被漆得锃光瓦亮，外装崭新的铜活，但门板的材料也许是刚刚挖出的棺材板……

两个青石刻的门墩儿一边一个。这就是儿歌里唱的"小小子坐门墩，哭着喊着要媳妇……"的那个门墩。

房子完工了，就是一座典型的四合院。走进院门，影壁后是上房三间，东西厢房。青堂瓦舍，窗明几净，甚至还有前廊后厦的。屋内四白落地，地墁青砖。当时的平房有两种顶棚，一种是灰顶，就是在扎好的木架苇帘上抹一层白灰，显得比较高级、耐久，普通的是秫秸绑的纸顶。"老虎房"多用灰顶，因为如果是纸顶棚，容易露馅，人们只要撕开大白纸，就会看到上边豆腐渣的椽和檩条。

在当时，购置一院像样的房产要上千甚至几千现洋，而"老虎房"只需数百元就可以搞定。于是那些手头不宽余的人，贪便宜的人纷纷置下这样的房产，或自住，或用于出租。在那个年代，北京的南城，这种用碎砖头和劣质建材盖的"老虎房"比比皆是。在西城、东城，也有一些四合院、大杂院的房屋可归入"老虎房"之列。

这种房子前二年，一般不会出什么大问题，最多也就是门窗变形，关不严等等。两三年后，房主会发现，"老虎"开始"吃人"了。

首先是墙皮开始起硝、脱落，土鳖在墙皮下爬来爬去，耗子在墙角打洞、做窝。豆腐渣房顶出现漏雨、掉土。一下雨，雪白的顶棚就出现一片一片的地图。房东拗不过房客的纠缠，只好雇人来修。这一修，碎砖的墙体、半劈的柱子、破椽朽檩……全都露馅了。可有什么办法呢？今年挑了顶，明年换了柱，省却买房钱，费了修房款。有时候豆腐渣的山墙出现向外倾斜，只好在外边砌一个卧牛，支撑着防止倒下来。那时京城的秋天爱下连阴雨，一下就是几天、十几天，人们称之为"刨房雨"。房东、房客无不提心吊胆，生怕塌下来。那时候的小偷都是先上房，再溜到各个院落偷东西。人们说笑话：贼也不敢上"老虎房"，怎么呢？怕把屋顶踩塌了掉下来。

一些有经验的泥瓦匠用碎砖头照样能盖出质量不错的房子来。砌墙的碴灰泥只要加够足量的好石灰，砌的墙照样可以立上百年甚至几百年。拆开那些几百年的老房子，墙大都是用碎砖头砌的。有时候半劈碎砖墙向外倒，房子却不倒的，墙里埋的柱子全是上好的黄花松。

姚复臣来到这片房倒屋塌的地方，寻找临汾会馆的位置，找了一天也没找到地方，垂头丧气地回到了住处。英子叫他过去吃饭，他走进屋里，坐在桌子旁边，一声不吭地埋头吃饭。

复臣，是不是没找着啊？老太太见他脸色不好关心地问。

唉，女人就是话多，要是找着了，他能不跟咱们说么，甭着急啊。尤老汉埋怨着老太太，又安慰姚复臣，明天再找吧！

不怪我妹说我笨，您说我干了这么多年，怎么连地方都找不着了呢？

你行了啊，多大点事啊，就弄得你五脊子六兽的，先吃饭吧。英子嘴里埋怨着他，筷子却不停地给他往碗里夹菜。

那么一大片房子都塌了，又没有记号，不容易啊。尤老汉体谅地说。

记号啊，哎，我想起来了，煤市街西边没着火啊，找到大栅栏西街东口对着就是大栅栏胡同，再找到厚德福饭庄门口的那两个小狮子，就行了。想到此，姚复臣展开了紧锁着的眉头，脸上露出了一点笑容，大口大口地吃起饭来。

行啊，你小子脑瓜子聪明，准能找到。尤老汉由衷地夸奖。

哼！一天了都没想起找记号，还聪明呢。英子乜斜着看了他一眼，不以为然。

可不是么，妹妹说得对，我是够笨的了。姚复臣憨厚地笑着说。

第二天，他在煤市街路西的大栅栏西街东口，找到了正对着坍塌的大栅栏胡同。顺着坍塌的胡同又找到了厚德福饭庄门前的那两个小狮子，旁边就是临汾会馆大门。在门前立下几块大条石作为记号，坐在那儿看着残垣断壁，他不知如何是好。中午回到尤老汉家，高兴地对一家人说，他找到了会馆的地方了。

第三天，吃完饭之后，英子缠着要他带自己去看看。

嗨！下午你还去么？英子问他。

张嘴就知道嗨……嗨的，你这是跟谁说话呢？都这么些日子了，你怎么还这么叫人啊，没大没小的，让人家说我们家没家教。尤老汉听见英子这么叫人不乐意了，皱着眉头数落英子。

嗯……那我叫他复臣哥，行了吧。英子懂事的接过话茬，心里正想这么叫呢。

我不知道，反正地方找到了，我也做了记号，下边该干什么我还没想好呢，也不知道我的那几块钱还有没有了，你要是想去看看，那就一块去吧！姚复臣只想下午去找一找自己那几块钱，还想再看看能干点什么。

那就走吧，复臣哥，咱们带一把洋锹过去，没准有用呢。英子认为带着工具比较方便，提醒了他一句。

好，您二老歇着吧，我们俩一块看看，还能干点什么。姚复臣找了一把洋锹扛在肩上，转身对两位老人说。

行啊，早去早回，去吧。老两口异口同声地答应着，对这两个孩子看在眼里喜在心中。

看着英子蹦蹦跳跳地往前走，大辫子在背后来回摇摆着，姚复臣觉得真是好看，从来没想到英子的一条大辫子，看上去会这么有意思，煞是诱惑，一时间竟走神了。英子不知道姚复臣正在欣赏她的大辫子，一般情况之下，爹妈是不允许自己这么出门玩去的，现在有了姚复臣当保镖，那就没问题了，可以出来撒欢了。

复臣哥，我这么叫你，你爱听么？英子想起在家里的事情，回过头来问姚复臣。

嗯，爱听啊，你叫我什么都行！复臣这才缓过神来。

那可不行，再叫你嗨嗨的，我爸又该说我了！

两人说说笑笑走到了会馆的位置，找到自己放在那里的几块条石。

先用铁锹把临汾会馆门前的道路清理出来，又把两边的道路清理了一段，使得这段路比较清晰地呈现出来，在门前出现了一块比较平坦的空地。又把那几块条石摆好，也让自己有个地方坐。

正想休息一会儿的时候，姚复臣发现有三个小伙子，拿着木棍正在到处翻找，已经翻找到会馆院子里的位置了。

嗨！哥儿几个，翻腾什么哪，上别处翻腾去，这有人看着呢！姚复臣站住脚，对他们大声说了一句。

是么，这儿是你们家么？那三个小伙子其中有一个大个子，看了他一眼。

这儿是临汾会馆，我是临汾会馆的伙计，咱们东家交代让我在这看着的。姚复臣挺直腰板把洋锹往地上一戳，威风凛凛又腰直立，表示这事不容置疑。看着姚复臣膀大腰圆地往那一站，英子眼里满是敬佩。

哎哟喂！你说这是临汾会馆，这就是临汾会馆么，你说你是临汾会馆的伙计，我还说我是会馆的东家呢，你少管闲事吧，别找打。大个子看来是这三个当中领头的，夸张的表情是那种爱找事、闹事的市井混混的标志。

我说这儿是临汾会馆，就是临汾会馆。你们挖的那地方是会馆的茅房，除了大粪什么也没有。我是伙计就得听东家的指派，要是讲打架，你们几个还真不是个儿。姚复臣沉住气，双手攥住洋锹的木把，理直气壮地说。

哟呵！你还挺横的啊，就你一个人敢跟我们仨人跟前叫横儿，知道我们是谁吗，说出来吓死你。我们是"珠宝市三虎"，我看你是真活腻歪了。转过头来跟那两个小子说，今儿个不找了，陪这小子玩会儿，跟我叫横儿，他找死呢吧。听着姚复臣说话有点山西口音，知道是外地人刚到北京时间不太久，老北京混混的自豪感油然而生，就好像北京城是他们家的似的。

打他小兔崽子，咱们三个还打不过他一个？个子稍矮一点儿的小子，看着姚复臣大高个子有点发怵，但是想到自己这边是三个人，底气又足了一点。

看把他能的，挨一顿胖揍就知道马王爷三只眼了。另一个瘦瘦的也同意这个观点，不相信三个人还打不过那个外地的一个人。

我当然不想找死，不过打你们三个，也就跟拍苍蝇似的。姚复臣笑了笑，一眼就看出这三个人根本就没练过，就仗着在附近这块地盘上，争强要横成了不务正业的胡同串子，欺负人打架之类的没人敢惹，自己可不怕他们。

吊死鬼擦胭脂，你强打精神浪吧，哥儿几个，上！大个子打架也不忘记耍嘴皮子，贫嘴的本事显然要比打架的本事更强。

那就上这边来，要不然你们站不稳，砖头瓦块的磕碰着，再受了伤就更麻烦，也不好受！姚复臣指着自己收拾出来的一片空地，叫他们到这块空地上来，虽然不怕他们几个，可也不想把事情弄得太严重，把他们伤了惹是非。

吭呵！你够牛的，走，上那边平地儿去，好好教训他一顿，让他也知道咱们哥儿几个的厉害。这三个人自己不会武术，也就看不出来姚复臣的本事，以为大家都差不多，看着那片土地比较平整，抓着手里的木棍就走了过去。

三个人走过来站在东边，姚复臣一个人站在西边，互相虎视眈眈地看着。姚复臣稳稳当当地站在那儿，根本就没把这三个人当回事。那三个人心里就不明白了，这一个人的气势居然盖过了他们三个，这是怎么回事儿。

复臣哥，咱不打架啊，我害怕，要是你……英子看见要打架了，生怕姚复臣受伤，尤其是看见对面有三个小伙子，吓得心都快跳出来了，怯生生地拉着姚复臣的胳膊，也是第一次把两人的身体挨得这么近，靠在他身上悄声劝着。

妹子，坐这儿看着不用怕，你就擎好吧，看我怎么收拾这几个小毛虫！姚复臣胸有成竹地安慰着英子，转身对那三个小伙子说，你们手里只有小木棍，我要是手里拿洋锹就算欺负你们了。说着把洋锹交给英子，你拿着。姚复臣没想到居然在英子面前有了一显身手的机会，不由得心中欢喜。

这可是你诚心找不自在啊，可别说我们仗着人多欺负你。这三个人只想翻腾着砖瓦找点外快，没想到打架，本来以为他们三个人能把对方吓着，没料到这人口气很硬，弄得自己下不来台了。

我要是打输了，这片地方由你们翻，找出来的金银财宝都归你们，你们要是输了怎么说？姚复臣只想尽快把这三个人赶走，无冤无仇的也不想把他们怎么着，就想教训他们以后别再来惹自己就行了。

嘿！这话可够斗气的啊。我们三个要是打不过你一个，我们就永远再往这边来！既然是自己说出了硬气话，再说软话就有点下不来台，何况周围已经有不少人过来看热闹了，丢不起这个人啊。

说话算话？拉出的屎可别再坐回去。姚复臣也看见周围人越来越多，就又往死里砸了一句，省得他们输了不认账。

那当然，都是大老爷们儿，说出的话就是板上钉钉。这下大个子也豁出去了，人有脸树有皮，哪能当着这么多人一声不吭地认输了，将来真就没脸在这片混了。

来吧，我让你们先上。姚复臣沉着地看着这三个小伙子。

啊！那三个拉开架势，大个子张嘴了喊一声，举着根棍子冲了过来。后边俩人也跟着往前跑，三个人在一起混了好几年了，平时打架也是三个人一起上，几乎没吃过亏。

领头的大高个冲到姚复臣面前，当头就是一棍。姚复臣只用一只手掌接过来，再捏着他的衣袖顺手一拉，根本就没用力，嘴里一声轻喝"沾衣十八跌，截拿绊扣"，"扑通"一声大个子摔出去三步远，尽管用手臂赶紧撑地，还是摔了一个狗吃屎，一边吐着嘴里的灰沙，一边慢慢地爬起来。后边的俩人见大高个一步没停地就飞了出去，瓷瓷实实地摔了一个大马趴，一时莫明其妙地愣住了。大高个爬起来想了一想，对愣在那里的两个人说，他也没打着我啊！我这怎么就摔倒了呢？

那两个赶快跑过来一边拍打着大个子身上的灰土，一边查看他身上受伤没有。

我没被打着也没摔坏，不要紧的，哎，你们看清他刚才是怎么弄的了吗？大个子被人家稀里糊涂地打倒了，只好问问自己的两个小兄弟。

没有啊！就看见你打他，他也没动手你就摔出去了。这俩人跟在后面也没看清楚，如果老大把对方打倒了，他们可以拳打脚踢地帮着打，老大已经被人家打趴下了，只好先看看老大再说。

这回咱们三个一块上，非打他小兔崽子一顿不可。大个子想了一想，自己不能先动手，要上就三个人一起上，看他还怎么还手。

对，三个人一起上多省事，省得费功夫啊。姚复臣赞成这个意见，他实在是不想打架，现在只想着在英子面前露一手，所以最好既不伤害人，又速战速决。

甭跟他废话，上啊。三个人大叫着抢着木棍冲向姚复臣，姚复臣站在那里身不动膀不摇镇定自若。只见这三个小混混，大声喊叫着冲过来几乎没停住脚步，一个又一个地摔了出去。

好！这身手真漂亮。发现这边有人打架，早已围过来不少看热闹的，见三个人都被打倒在地，迎来周围人的一片赞扬之声。

好，好！复臣哥你真有两下子，狠狠打他们一顿，看他们再敢欺负人。英子也跳着高地拍手叫好，引起一片巴掌声哗哗地响起来，你们就是没事找事，为这点事犯不上把你们打坏了。大家都是不远不近的邻居，不打不相识，没关系啊，我知道你们没摔坏，愿意就交个朋友，不服气的话就接来吧。我知道，多个朋友多条路，少个冤家少堵墙，所以我手下很留情了。姚复臣不想把这些人得罪的太重，都住得不太远，说不定将来还有见面的时候。

你等着，我们找人去，打死你小侉子，哼！大个子这才知道对方有功夫，自己根本就一点也占不到便宜，赶快放下一句狠话，给自己捞一点面子，转身逃离此地。

我死了伤了，有会馆给我治伤庆功，你们就是死了伤了，都落下一个发国难财的罪名。姚复臣转身对英子说，妹子，到周围找找有没有官军。就说这边有发国难财的打架闹事，赶紧抓人来。为了让对方知道好歹，别再找自己麻烦，就紧跟着说了这么几句话。

你们等着，我这就叫官军去，把你们都抓走！英子挺胸抬头站出来，指着溜走的那几个人，说完转过身来四处查看，并不走远。

朝廷有旨，抓住发国难财的什么罪过你们知道么？姚复臣接着话茬往下说。

朝廷有旨，我们怎么不知道？没走多远的那三个人面面相觑，有点发愣。

姚复臣对他们大声说，国难期间凡是杀人、放火、抢东西，发国难财的，一律死刑，还灭九族！知道了吧！……还不快走！

大哥，这小子有两下子，惹不起，咱们走吧。一个小个子央求着，另一个虽然不说话，也用手拉了几下高个子的衣服。

今儿个大爷我不跟你斗颏子，你等着，有工夫跟你算账来。大个子硬着头皮回过身来，给自己找了一个台阶，带着那俩人悻悻地走了。

咳，别走啊，有能耐别走啊！让官军抓着把你们都砍头。英子跳着脚拍着巴掌喊着叫着。

行啦，别没事找事了。朝廷没有那旨意，我是吓唬他们哪。姚复臣止住英子，小声对他说。

英子听了赶紧捂住自己的嘴，偷偷地看了一眼姚复臣，再也不敢喊叫了。

那几个人走了之后，他们两人坐在条石上，看着周围的情景，姚复臣对英子说，你坐着吧，我找一找我住的地方。说着凭感觉往北走了一段路，再往西走了几步。

大概在这儿，我挖开看看。于是用铁锹把脚下的砖瓦一点一点地挖开，挖开了一块之后，看了看下面的东西发现不对。这儿应该还是厚德福饭庄，再往北就是我住的地方了。

最后终于找到了自己住的屋子，还挖到了已经烧毁的衣箱。衣服基本烧焦都成了碎破布，压在衣服下面的几块洋钱还在。这可把他高兴坏了，拿出洋钱之后看了看，赶紧装进口袋里。

他们管你叫小侉子，你说话能不能把口音改了啊，说得真难听。英子想起这件事，撇了撇嘴数落着姚复臣。

行，其实我的口音已经改了不少了，不过在临汾会馆里都是山西人，说起来顺嘴一些，往后我一定注意。姚复臣也知道在京城这个地方，一定要学会说北京官话，才能慢慢融入这个城市。

你们会馆有多大啊？英子四周看了看，问姚复臣。

那儿是大门，这边是过道，过道的后边是院子了，不太大可也不小呢。现在看不出来了！姚复臣指着做标记的条石，再往北边画了一个圈。

你住的地方找出来了！我琢磨你得把整个院子都清理出来，至少得把四周边的院墙清理出来。将来等你们东家回来了，一看就知道原来会馆的地界，这样你也算有个交代。英子慢条斯理地说。

你别说，这是个好主意，要不然谁都可以在这乱翻乱找的，那就从门口顺着墙清理，才能把院子都清理出来。姚复臣同意英子的意见，

我说的对吧，哼，快干活吧。英子为自己能想出这么一个好主意，摇头晃脑得意极了。

说得对，真是个机灵鬼，我听你的啊！姚复臣发现门东边这段墙比较高一点，于是从大门开始往东找墙的基础。一个时辰之后清理出了一段墙基，英子跟在身后，每当他清理出一段围墙，英子就捡起旁边的砖头往矮墙上码，填整着高低不平的围墙，明显整齐了很多。到晚上该回家的时候，已经清理了一丈多长的一段。

二人回到家里吃晚饭，晚饭之后姚复臣拿出白天翻找出来的银圆，交给尤老汉。

大叔！我原来没钱，白吃了您这么长时间，心里挺过意不去的。没想到今天还真找到了我住的地方，翻出来几块钱，交给您吧！我也不知道够

不够饭钱，您就多担待吧！姚复臣一脸的憨厚，手捧着几块钱送到尤老汉面前。

复臣啊！钱你自己先留着，你这几顿饭我还管得起，你是个有情有义的孩子，咱们凑合着过日子，你别嫌弃就是了。尤老汉拍着复臣的肩膀，高兴地说。

看您说的，您就是我的救命恩人，要不然我早就饿死了。

你也别这么说，谁看见你逃命出来，也得帮帮你，哪有见死不救的道理啊。

反正是您救了我的命，您这一家人就是我的救命恩人，你们老两口就是我的再生父母，我一定要永远孝敬你们。姚复臣说着跪在地上，眼泪都流出来了。

快起来，孩子。尤老汉扶起姚复臣，跟女人对了一下眼神，女人冲他点了一点头。今天既然把话说到这了，复臣你也没有结婚，英子是我们老两口的独生女，我们老两口有心把女儿嫁给你，不知道你有什么说的？

哎哟！哪儿有当着我的面说这事儿的啊！真是的，英子喊了一声，双手捂着脸咯咯地笑着，跑回自己的屋子。

我挺喜欢妹妹的！姚复臣心中一喜，想说什么又说不出口，张着嘴吭哧瘪肚的半天才说出来一句整话。

只要妹妹愿意，我一定娶她，我也没有父母了，全由您们二老做主。这几块钱您只当是我孝敬您们二老的，就收下吧。姚复臣红着脸，正正经经地回答。

痛快，那我就收下。老婆！去把酒拿出来，我跟女婿喝一点。尤老汉接过洋钱酒还没喝，已经兴奋得满脸通红。女人拿酒出来，又炒了两个下酒菜，爷俩就喝了起来。

边喝酒边聊天，姚复臣述说着自己在山西的老家那边，已经没有家了，而且也没有父母，也没有兄弟姐妹，从此以后就要拿二老当自己的亲爹娘，哄得老两口合不拢嘴。而后他又说起这些日子看见有人争地盘，还有人到处翻找东西发国难财。

这可是件大事，我觉着从明天开始，你先在那儿搭一个窝棚，搭好了就住在那儿。每天让英子给你送饭，你就在那看堆儿吧，天天清理，直到把院子都清理出来，先把院墙清理出来，再清理院子里面。能清理出多少就清理多少。这就是给你们东家最好的交代。尤老汉听到有人发国难财，思索着对姚复臣说。

行，我听您的。姚复臣点点头觉得尤老汉的话很有道理。

从此，姚复臣找到了几块没烧尽的门板，在会馆的废墟上搭了个窝棚，晚上睡在这里看守着，白天用一把洋锹，从坍塌的瓦砾中凭着记忆和观察，把会馆四面墙的地基挖出来。然后用碎砖尽量整齐的在地基上码起来，逐渐码成了一圈低矮的院墙。

在整理地基和挖动砖瓦的过程中，他找到了一些银圆和银锭。就把这些银圆和银锭装到一个小瓦罐里。为了安全就在窝棚中挖了一个坑，把瓦罐藏在里面，跟英子说等会馆的人回来，就把这些银钱还给他们。

英子白天给姚复臣送水送饭，跟他聊天做伴，晚上回家把瓦罐藏银子的事情说给老两口听。

咱们没看错了人，这么好的孩子打着灯笼也难找，我们闺女真是有福气啊！老两口听了心里别提多高兴了。

八月份，是北京最热的日子。下雨后的洼地里就会积水，蚊虫滋生。除了日晒雨淋，还要忍受无穷无尽的蚊虫叮咬。尽管英子到处找来艾蒿驱蚊，蚊子还是把他咬得满身都是包。

英子虽然心疼却没办法，就用口水给姚复臣抹身上的蚊子包。

来！我给你抹上一点吧！还痒痒么？

嗨！你别说，只要你一抹，就不痒痒了！

不痒痒你还挠，骗人！

那是蚊子新咬的，你抹了的就不痒痒了！真的！

赶明儿，我拿一盒老虎油来，抹上就不痒痒了。

我怎么觉得这四周圈起来的围墙，比我原来想的要大多了。可是这院墙是连着的啊！没有找到断开地基的地方。姚复臣看了看英子，又往四周扫了一眼。

是么？那是怎么回事啊？

可能是我原来看见的是被那些屋子围住的院子，所以显得小。现在什么都没有，就剩下四面墙了，所以显得宽绰。没错！

嗯！你说得真对！英子觉得这话说得让自己信服，她在一堆堆砖头的院子里走过来跳过去的，玩一会儿再帮着干点活。英子胸前丰满的两座山峰，颤颤颤的在姚复臣眼前晃来晃去，再加上红彤彤的健康脸色，清脆悦耳的笑声，撩拨着他的一根根神经，有英子在旁边陪着他，时不时地说说话，姚复臣每天都精神百倍干劲十足。

看你，出了这么多汗，我给你擦擦吧！英子看他满头大汗，拿着手里的毛巾给他擦汗。此刻，英子的身子突然离他这么近，一股若有若无的味道钻进了他的鼻子。他贪婪地闻着英子身上发出来的体味，说不上很香，但是他觉得很好闻。既让他沉醉也让他振奋，伸手抱住了英子。

哎，你干嘛？英子一下脸红了，晃了一晃身子并没有使劲挣扎。

我……我也不知道怎么了，就想抱抱你。对不住啊，我不该抱你，你别生气。放开手的姚复臣满脸通红。

嗯，我不生气。以后在外边这么些人，大白天的你不许这样了。英子也恢复了镇静。

我知道了。姚复臣有点垂头丧气地说。

等回家，没人看见的时候……嘻嘻！英子看见他的情绪一下变得那么沮丧，心里又有些心疼了，红着脸趴在他的耳朵边对他说。

听英子这么一说，姚复臣又傻子似的笑了。

姚复臣每天都能从废墟中找到一些银圆和银锭，没想到十几天居然收集起了大半瓦罐，对这些银圆和银锭，他一点儿也没动心思。

尤老汉两口子惦记着姚复臣十几天没回家吃顿好饭睡个好觉，就让英子带上口信把姚复臣领回家来。吃过晚饭之后，冲洗干净身上的灰尘和汗水，又换了身干净衣服，这时英子含羞带笑地走进复臣住的小屋，身子站得笔直，两只手不知道怎么放才好，就只得把手背在后面，这样的姿势越发显得英子身材秀丽胸部丰满。她低着头轻轻地用脚尖蹭着屋里的地。复臣看见她一声不吭的，一时也不知道说什么好。

这在家里，也没人看见，你怎么倒不敢了？英子把辫子拉到胸前，手捻辫梢稍低着头，嘴里小声地嘀咕着，脸上现出一片红晕。

英子，你可真漂亮，现在你比白天还漂亮。姚复臣傻呵呵地看着英子，在屋里的灯光下，英子的身影更显得迷人，干净利索的一身衣服，把英子陪衬得如同一朵出水的荷花娇艳迷人，姚复臣两只眼睛都看直了。

嘀，人长得挺精神，嘴也挺甜的，跟谁学会这么能说的？英子清脆悦耳的北京话音，把姚复臣带回了现实中，这就是每天跟他生活在一起的，那个可爱的小妹妹，将来有一天就会成了他的媳妇。

真的，头天我一看见你就喜欢上你了，没想到越看你就越好看。姚复臣这回倒是说了一句大实话，自打来到北京一直到这之前，还没正儿八经地看见一个这么好看的大姑娘呢。

哈，我有那么好吗？听见他这么夸自己，英子心里简直乐开了花。

就是好看啊，长得好看身材也好，我真的特喜欢你。姚复臣非常认真的又表了一次忠心，让英子的心里更踏实了。

哼，凭你一句好话，就把我这么一个大姑娘骗走啦。英子把脸一绷，仿佛上当受骗了，一下子蹦出这么一句话，给了姚复臣当头一棒。

什么叫骗哪，我不是喜欢你吗？我……我，……复臣面对着突然变脸的英子，张口结舌不知道说什么好了。

行啦，什么我，我的，你真的喜欢我吗？看见姚复臣被自己呛得满脸通红，有点不忍，又给了他一个笑脸，笑嘻嘻地问着。

真的，真的。姚复臣非常肯定地回答，英子一会儿冬天一会儿夏天，脸变得这么快，实在让他接受不了，不知那句话没说对又惹着她了。

你还什么都没干呢，几句好话，弄得我都有点喜欢你了。英子一字一句地慢慢说道，又像是自言自语，又像说给他听的。

真的，英子。这才听出英子是跟他撒娇呢，慢慢蹭到英子身边，伸出两只大手拉起英子的小手。

英子大大方方地抬起头，心中认准了这就是自己的男人，眼睛里显出渴望又敬慕的神色，她可忘不了在会馆的时候，面对那几个混混，这个男人英勇的身姿。

复臣哥，你一个人怎么能打得过三个人，你可真厉害。英子想起这件事还有点不可思议，她的复臣哥怎么还有这本事。

我学过武术，我们临汾有一种鞭杆功我都练了好几年了，别说这么几个小混混，再多几个我也不怕。姚复臣心里得意得很，可是没敢把自己杀了外国兵的事告诉她，怕她吓着了。

我说呢，三个人拿着棍子都打不着你，还让你给摔出去，一人一个大马趴，原来你会打把式啊，哪天你练给我看看吧。英子提起那天的事就特别高兴，特别想看看复臣哥打把式有多棒。

没问题，有工夫我练两趟给你看看，这不叫把式，这叫武术也叫功夫。姚复臣纠正了她的说法，也想有时间在英子面前显摆一下。

那就明天吧，等没什么人的时候，你练给我看看。英子更高兴了。

我特喜欢你，亲你一下行吗？姚复臣把嘴靠近英子的耳朵，悄声问她。

哎呀，你着什么急呀，嘴里说着不着急，却把眼睛闭上了。

看见这情景，姚复臣马上凑近亲了她脸蛋一下，接着把她抱在怀里一下亲到嘴上。享受到亲吻的英子，满脸通红地挣脱开把她抱得紧紧的姚复臣，赶紧跑回自己的屋里。

第二天俩人又来到临汾会馆的地界，抽空在平地上，姚复臣拿出架势练了一趟拳脚，周围过来好些人围着看。

先别练了，这么些人看着呢。英子不好意思了，想让他停下来。

练武不怕看，看看怕什么的，没事。姚复臣一边伸拳踢腿地练着，一边大大方方地说。

英子越看越入迷，佩服得不得了。等练完了一趟拳脚，周围的人叫好拍掌的一阵热闹，英子对他的复臣哥简直就爱到了骨子里。

女人爱男人的基础是崇拜，崇拜越多爱得越真诚，崇拜越厉害爱得越深情。

几天之后，姚复臣整理出的地界越来越大，很多人都知道了这件事，经常有人特意过来看看他做的这个工程，大多数表示不理解。

有的说，这孩子脑瓜子出问题了吧？大热天的挖这墙干什么？

还有的一边摇头一边不解地说，墙塌了房倒了，挖出这么几块砖头有什么用。

也有讽刺挖苦地说，年轻人啊，有劲没处使去，挖砖头玩，纯粹下雨天打孩子，闲得没事找事。

复臣啊，你在这吭哧瘪肚累死累活的干什么呢？衣裳都湿透了，还不歇一会儿。邻居张大哥过来跟姚复臣打了个招呼，嘴里还啧啧不停。

是东家走的时候，让我留下照看的，房烧塌成了这样了也没别的办法，先把这块地界归置出来再说吧。姚复臣直起身子，抹了一把脸上的汗水。

老阳儿这么厉害，要是没点风的话，这块地上就跟火盆似的。他们都跑了让我看堆儿，我就看着吧。还给他们归置出地界，我可没挣这份钱，这大热天的在这日晒风吹，你看看你这几天都晒成黑驴蛋了，不留神我差点认不出来。要是把这烂砖头破瓦块的归置出来，没个把月干不完。累死活人不偿命啊，你愿意干你干吧，这事在我这儿啊，一子十六盒——不管着。张大哥说着手搭凉棚看了看太阳，撅起嘴摇了摇头。

姚复臣在北京生活了这几年，已经习惯了北京人说话中的幽默，时常的带出一些口头禅，俗语或者歇后语之类的，强调自己的话语权。他听得明白，这个"一子十六盒——不管着"的含义是，用一个大铜钱，就能买十六盒火柴，太便宜质量肯定不好，能不能划着火就不管了。用这个"不管着"实际说的是"管不着"的意思。

无论别人怎么说，姚复臣坚持自己的想法，既然决定了就不会半途而废。有英子帮着他的时候，两人一块有说有笑地干。英子没过来的时候，他就自己埋头苦干，渴了喝口水，饿了吃口干粮，累了就歇一会儿。

那天晚上突然风云变幻，眨眼之间天被乌云遮住黑得伸手不见五指，大风也一阵紧似一阵，地下的灰尘被卷到半空无法张开眼睛看清四周。一阵大雨瓢泼似的被大风卷过来，铺天盖地地洒下来。姚复臣赶紧躲到窝棚里，却发现这个简易的窝棚里只比外面的情景稍好一点，既不能挡住大风也遮不住大雨，不到一会儿工夫自己成了落汤鸡。

风雨越来越大眼看着窝棚就要垮了，他用尽全力双手双脚支撑着，未料到还是被大风三下两下就掀翻了窝棚，站在大风雨里看了看这个被打翻的窝棚，此时是没办法再重新搭起来了，只好向四外看了看，借着雷雨中闪电的光亮，找到了一个稍高一点的墙角，把墙角下边的碎砖瓦稍微收拾了一下，拉过来两块搭窝棚的门板，一块门板垫在下面另一块搭在墙角上，再压上几块砖头，用手胡噜了两下头上脸上的雨水，穿着一身湿衣服就钻了进去。

爸、妈，复臣哥那儿的窝棚肯定塌了，我得赶紧帮帮他去。英子在家里睡觉，突然被一阵雷声惊醒了，忽地坐起身来稍一愣神赶紧蹬上裤子穿上衣服下地穿鞋，一边大声喊着满屋子找雨伞。

你别着急，现在深更半夜黑灯瞎火的，从家里到大栅栏有六七里地呢，你一个女孩子跑出去出点事怎么办。再说了，你现在出门的话，就这么大的风雨走到那儿也就天亮了。老两口已经披着衣服出来，看着风风火火的女儿，宽慰劝解着她。

这可怎么办，复臣哥一个人在那儿这么大风雨的，我也不放心啊！英子听了这话也觉得自己太着急了，转身坐在椅子上。

复臣的身子骨可比一般人强多了，他是打小练出来的，这点风雨对他来说小菜一碟，保证没什么事。老两口你一句我一句地安慰着英子，好歹又把她哄到床上，转身也回到自己的屋里再睡下。英子虽然身子躺在屋里的炕上，眼睛却闭不上，睁着两只大眼睛一直熬到天亮，找了一身衣服用油布包好，又拿上了几个窝头塞进油布包，提着一小瓦罐的水，也没等风雨停止就撑着雨伞出了门，雨依然在下，却比夜间小了很多，英子深一脚浅一脚连走带跑地赶到复臣原先搭窝棚的地方，一看见倒在地上的窝棚，心里一紧，拉开几块窝棚上的板子也没见到人，心里发慌眼泪就流了下来。把水罐放到地下扔开雨伞一边哭着一边喊，复臣哥，复臣哥！你在哪儿啊？

大风雨中到了快天亮的时候才睡着了一会儿的姚复臣，被英子的叫声惊醒了，揉了揉眼睛看见英子把雨伞扔在一边，全身都淋在雨里哭喊着他的名字，赶紧一滚身子钻出了门板，跑到英子面前。英子一眼看见他跑过来，也赶紧迎了上去，两人紧紧抱在一起。过了一会儿复臣放开手走开几步捡起了雨伞，撑着雨伞把英子搂在怀里慢慢走到门板旁边。

晚上窝棚塌了我就搭了这么块门板，在底下躲了一宿，下了一场大雨，可凉快多了，没事。姚复臣感受到了英子身上的温暖，小声安慰着。

没事就好，我到这没看见你，可把我吓坏了。英子抬头见他浑身湿透，心疼得要命。

这有什么可怕的呀，你以为真有老马猴子吃了我呀？姚复臣轻轻地一笑。

那么大风雨你要是被淋病了怎么办呢？英子用手摸了摸他身上，把他抱得更紧了。

我是傻小子睡凉炕，全凭火力壮。这点儿风雨不算什么。姚复臣为了让她放宽心，继续轻声地说笑话。

说着雨慢慢地停了，英子从油布包里拿出衣服要换下了复臣一身湿透的衣服，复臣看见她的衣服也有些湿了，就让英子换衣服。

这光天化日的你让我怎么换啊，你快换了干衣服我好回家换，吃了这个窝头吧，还得给你送响午饭呢。英子瞥了复臣一眼，把窝头递给他，又捡起地上的水罐双手捧着送到复臣面前。

复臣心里热乎乎的，赶紧立起门板，在门板后边换下湿衣服，再把窝头揣在怀里，把水罐放到身边，再双手拉着英子的两只手，又要把她拉进怀里。

别把你的衣服也弄湿了，我先回家了。英子不情愿地挣扎着躲开。

两人恋恋不舍地分开，英子三步一回头地走了，复臣从怀里掏出窝头，一边看着英子的背影，一边大口地吃起来。

一个月左右，会馆的会头们回来，大家看见了废墟中用砖头码出来的矮墙，整齐地维持了会馆的原馆址。还有明显瘦了一圈，白天晚上守候在这里的伙计，也看见了这个伙计双手捧出的一瓦罐子的银圆和银锭，把它交到会首的手里。听到姚复臣说六成居的牌匾和会馆的老牌匾都保存下来了，不禁感慨万分。

这件事惊动了六成居会首的老爹，老太爷拄着拐杖过来了，看着面前四周围一大片几十家、上百家大大小小的买卖店铺的废墟上，只有临汾会馆的地界恢复得最清楚、最完整。

老太爷颤颤巍巍地把姚复臣招手叫到跟前，仔细地看了看这个黑不出溜的小伙子，会首跟老太爷说，这一个多月把这孩子累坏了，看弄得又黑又瘦的，没白天没黑夜的就住在这个窝棚里，可真是受了罪啊。

唉！真是个好孩子。这么大一片地界都整理出来，确实不容易。孩子，你受苦了。说完这句话老泪纵横，轻轻地拍着他的后背，看看瘦成什么样了，我心疼啊！老太爷把姚复臣拉到怀里。

看见那一罐子银钱，又是一阵感动，掏出手帕先擦了擦自己的眼泪，又给姚复臣擦汗，你拿着吧，累了就擦汗使。

你把身上的钱都拿出来，给我。老太爷把手伸向会首说，会首不明白老太爷要干什么，但是赶紧把身上的十几块大洋钱掏出来，放到老太爷手里。

你们几个谁身上还有钱，都拿出来放到这里边，看看能不能填满了，填不满的话剩下的我再添上。老太爷看都没看，直接把钱放到罐子里，然后指着身边的几个人。

几个人听了老太爷的话，都掏出了自己随身带的银圆放到罐子里，一下就把那个小罐子填满了。

孩子，这些银钱都归你了，这是你应得的。你把祖宗留下的基业，一分一厘不少的保了下来，咱们就用不着跟人家争竞地界的大小，更用不着为了这件事打官司。打官司可是劳民伤财的事，你所做的事情帮咱们躲过了一劫。还有的话我就不在这说了，孩子，你也许不太懂，但你是立了大功了。老太爷看见填满了银钱的罐子，脸上露出了笑容，用拐杖指点着小罐子，和蔼地对姚复臣说道。

老太爷回头叫会首抄来了姚复臣的生辰八字，转身交给管家又嘱咐了几句话，管家拿着姚复臣的生辰八字赶紧走了。

回到家里，管家拿着姚复臣的生辰八字跟老太爷复命之后，老太爷把会首叫到自己屋里，慢慢道出实情。

临汾会馆的这块地界为什么这么重要，因为咱们会馆的风水好，这可是请了好几位大名鼎鼎的风水大师测定出来的。

大栅栏往北有三条街，是廊坊头条、廊坊二条和廊坊三条，按说这条街应该叫廊坊四条对吧。其实这条街原本可以叫廊坊四条，后来为防盗贼各个胡同都筹资建起了栅栏，廊坊四条的栅栏由于各买卖家出资多，所以修得也就比较结实也更大，所以就成了众人口中的大栅栏。既然前面还有三条胡同，凭什么就这条街生意兴隆财源茂盛呢，当年老祖宗请人看风水，在这个地段有一条小龙脉，咱们六成居位置就修龙头上，所以才生意兴隆百年不倒，临汾会馆的位置就定在了在龙心上，那是咱山西生意人的根基之地。咱们家之所以能一直当这个会首，不是因为咱们的买卖大银钱多，而是咱们的酱菜馆建在这龙头的位置上，有股子气势在这块地界，就这股子气势，那是谁也比不了的。

为什么这临汾会馆的门脸不在街面上，而是进到胡同里面呢。就是因为会馆建在了龙心的位置，必须要往里进去一块，起到护心的作用。

当年选这块地的时候，老祖宗选的是廊坊头条的胡同口，认为那是独占鳌头的好地方。请来风水先生查看之后，才找到了这条小龙脉。老祖宗当时也不太相信，后来又从山西老家请来了几位风水先生，没料到全都选中了这条小龙脉，这才确定了咱们开店和建会馆的地点。也是这几个人大意了，一时疏忽就把这块风水宝地的事情说出去了。

没料到，得知这块地界是风水宝地之后，就有人来强取豪夺，打了多年的官司，最后拼了大量钱财不说，还搭上两条人命，才保下了这块风水宝地。所以姚复臣能以一人之力，不畏酷暑艰难保住地界，真是立了大功啊！

老人颤颤巍巍从衣裳大襟里掏出了一张纸条，递给了儿子。

这是姚复臣的生辰八字，我找算命的先生看过了，属于金命和火命，先生说这命格极好，在古代就是带兵杀敌冲锋陷阵的武将，现在就是咱们会馆的大护法，也是咱们山西临汾生意家的保护神啊。所以善待他就是善待临汾会馆，更是善待了所有的山西生意人，咱们不但要善待他还要善待他的家人后代，让咱们山西生意人的护法能健康长寿，也是咱们的福气啊。

会首听得此话目瞪口呆，这才知道这块地界的重要性，也更明白了姚复臣此举的功劳之大。

我有点不太明白，既然龙头在咱们六成居门脸店铺的位置上，龙心的位置怎么不在胡同南边，反到胡同北边，紧挨着廊坊三条呢？会首把自己刚想到的疑问，说出来想听听事情的原委。

你多少见过几幅有关龙的画吧，哪一幅画上的龙是跟扁担那么笔管条直的，你以为这龙脉是用尺子画出来的吗？老太爷看着他笑了笑，就这件事当年自己也问过风水先生，风水先生也是这么回答他的。

您说的有道理，龙的身子什么时候都是曲里拐弯的，我明白了。会首也为自己的问题感到幼稚，自嘲地摇了摇头。

老太爷最后嘱咐道，所以，这件事到此为止，风水宝地的事情，千万注意不要外传，免得再被恶人盯上，惹出祸端。对于姚复臣这个小伙子，绝对不能亏待了，你们几个会头好好商量一下，怎么表彰一下他。我呢，倒是有个想法，就是麻烦了一点，但是如果办成了，对咱们会馆和复臣，都会有极大的好处。

您是怎么想的呢？

现在国家政治动乱之时，把姚复臣的忠义之心，奏报到官府朝廷或许能达上听，若是准奏的话，那可真是一番佳话！

会首听了眼中一亮，这可是个绝对的好主意，老太爷您放心，就按照您的主意，我们几个再好好研究一下，拿出一个详细的方案落实了。

老太爷看着他点了点头，眯上眼睛养神，他给老人盖好了腿上的小搭被，悄么哑声地退了出去。

经过临汾会馆六位东家讨论，做了几项决议，其中几件事与姚复臣有关。

一、要立碑记述这段历史，把姚复臣的名字和事迹，以及后来重建会馆的捐助等事项都刻在上面。

二、所有在废墟中挖刨出来的银钱，以及后来大家凑集装满银钱的瓦罐，奖励给姚复臣。

三、将此事行文逐级上报朝廷，请求朝廷表彰这个衷心护馆的年轻人。

四、姚复臣有在会馆里永远工作、无偿居住的权利，这权力后代可以继承。

这是相当高的奖励，等于给了他和他的子孙们永远的铁饭碗和住房啊！

事后，姚复臣把两块牌匾拉回来，交给会首。会首和几位会头看到保存完好的牌匾，又是一番感叹，张彪对他也是千恩万谢。牌匾在会馆重修建起之后，又挂了上去。

六成居那块牌匾也在重修后重新挂上。六成居的东家，认为张彪立了大功，从往常的工作中也看出他心地善良为人正直，聪明肯干，很有些经济头脑，而且有一些私塾的文化底子，便把他升为副经理，三年之后升为经理。

由于六成居和临汾会馆两家给留守伙计的奖励，使得大多数买卖家都对留守人员做了象征性的奖励。姚复臣和张彪在其中属佼佼者，没有其他人得到的奖励超过了他俩。

事后，六成居会首和会馆大东家摆了一桌庆功宴，为姚复臣和张彪庆功。

二位东家，非常谢谢你们的宴请！姚复臣对会首东家所给予的恩惠，心里也是满满的感激之情，双手抱拳一揖到底表示感谢。

像你们这样的好伙计，哪个东家不喜欢啊！会首和会头东家也满脸带笑地说起来，要是不奖赏你们这样的好伙计，那不就寒了众人的心，也对不起你们的一片衷心呐，你和张彪两个人立了大功，我们理当感谢。

东家说哪里话，我们哥俩只是做了分内的事情，是东家管教有方啊！张彪识文断字，所以说话更有分寸，一句话说得几位会头都哈哈大笑。

你这孩子更会说话，只要咱们东家伙计一条心，没有做不好的买卖。来咱们吃饭吧！能喝酒就喝一点，不会喝酒的话就吃饭吃菜，吃饱喝足咱们才有劲干活是吧。几位会头回来之后也是第一次聚会，说起张彪和姚复臣的事情，个个都伸大拇哥表示十分赞赏。

06
猪店横祸

　　蔡信万万想不到，他盘下猪店和娶媳妇这两件大事，深深得罪了两个人，一个是王吾、一个是赵柳。

　　王吾从小出生在东四十条胡同，也就是跟蔡吕氏的娘家一个胡同，出生的时候父母希望他聪明，对世间道理都能有所感悟。吾字五行属水与悟同音同义，而王吾根据生辰八字测出是五行缺水，吾字跟他的命格很相配，但又不太外露张狂，所以选了这个字。王吾仗着祖上是旗人，从小娇生惯养也过了几年好日子。

　　话说咸丰十一年七月，文宗奕詝去世，临终命载垣、端华、景寿、肃顺、穆荫、匡源、杜翰、焦佑瀛八位大臣为赞襄政务王大臣，辅助年仅六岁的皇子载淳（即同治帝）继位为帝。

　　同年九月，皇太后慈安、慈禧勾结恭亲王奕䜣等人发动政变就是辛酉政变，祺祥政变或城京政变，杀死肃顺，令载垣、端华自尽，罢免景寿等五大臣职，实行垂帘听政，赞襄政务王大臣之名目遂废。两个月不到，威风凛凛的顾命八大臣灰飞烟灭。

　　由于王吾的父亲在朝为官，与顾命八大臣走得很近被赐死，家道中落。自己又没有一技之长，虽然祖上留下了些家财，终究因为坐吃山空，只能靠着先祖留下的几间房吃瓦片了。那年头靠收房租为生的人，在京城老话里叫"吃瓦片"。

　　城京的东四十条，不是很多初来乍到的人所理解的"东——四十条"而是"东四——十条"。此地元代称十字街，明代于十字路口四面各建一座四柱三楼式木牌楼，因位居皇城之东，故称东四牌楼，在老百姓的口里就简称东四。东四的一些胡同是以数字几条来命名的，从东四北大街到东直门南大街一线路东，至朝阳门北小街到东直门南小街一线路西，分别有十四条东西向的胡同，称为东四头条、东四二条、东四三条……直至东四十四条，十条为其中之一。

同样的命名，"西四"也是"西四牌楼"的简称，西四北大街上有八条胡同也是按照数字排列命名的，但是因为中间加了一个"北"字，所以不容易产生误会。例如，西四北头条、西四北二条、西四北三条……但是也就只有八条胡同是这样命名的，所以最大的数字也就是西四北八条了。

按说王吾的父母模样也说得过去，王吾也从小并不缺少营养，可是不知为什么就一直没发育好，不但个子矮小，就连眼睛鼻子都似没长开，五官往中间凑，再加上是一个小圆脸，外号人称小包子。对于相貌长到了这份上的人物，北京话里有个专用名词，叫作歪瓜裂枣。

他和老吕家的女孩虽然说不上青梅竹马，也算是打小就熟识。他是早就看上了那姑娘，本来还想着有机会跟吕家提亲，可是一想到自己的身量长相，就没了胆子。早就到了成家的年纪，可是就没人上门给他提亲。为了解决生理需要，有时候就跑那些稍远一点的三等窑子或者暗门子里去玩玩，他自以为这事做的天衣无缝，其实满大街的老少爷们都知道他这点嗜好。

为了实现藏在自己心里的愿望，隔三岔五地上老吕家找老两口聊天，给那姑娘买点零嘴的套近乎。

吕叔，吕婶，我给你二老请安来了。小包子满脸堆笑，嘴里就像抹了蜜一样的甜。

是小包子来啦。快进屋来坐下喝点茶吧。吕家虽然只开了一家小杂货铺，但是生意全靠着街坊四邻的，所以也本着和气生财的待客之道对待小包子。

您瞧，老上您这喝茶，我实在有点不好意思。

几口茶水算什么啊。都邻里街坊的多少年了，甭客气。

我知道您二老心疼我，谢谢您啦。

哈哈！自家的牲口甭（谢）卸了，套着喂吧。

今儿个，我给您带来二两茉莉高碎，您尝尝。

你看，来串门聊天，就是你看得起我们老两口，哪能让你破费啊。

您打我脸呐。俗话说——当官的不打送礼人，二两高碎还称得上破费啊？再说了，这么些年的老街坊，您二老也没少照顾我，我也应该孝敬孝敬您二老。来来。用这高碎沏上一壶，您尝尝，这我是专门上章亿元大茶庄买来的。王吾挑起大拇指往脑后一比画，特意提高了声音，强调着"章亿元"的名头。

那好，尝尝你买来的这高碎。

还给我妹妹买来了一包花生瓜子伍的，给她解解馋。

她一个小孩子，你为她花钱干什么？

不光是您二老把她当宝贝儿，我这当哥哥的也得心疼她一点儿。

金凤，你吾哥给你买来零食了，还不谢谢你吾哥。吕叔冲着另一间屋子喊着。

谢吾哥。金凤走了进来伸手接过王吾的零食纸包，头也没抬地说了一声，转身就回自己屋子了。

这孩子真不懂事，也不坐着聊一会儿。

没关系，妹妹这是不好意思。姑娘大了脸皮儿薄。嘿嘿！

一来二去老两口也看出了王吾的意思，虽然心里不赞成，既然他不说出口，老两口也就装聋作哑的不把事情挑明。况且大家都是邻居，犯不上得罪他。

王吾看老吕家人并没有显出讨厌他的样子，以为这事也许有戏，就放长了心思，用他的话说这是凉水沏茶——慢功。

不料蔡信从提亲到结婚只用了一个月，就把他一直认为是自己媳妇的吕家姑娘娶走了。等到看见花轿上门把姑娘抬走了，他才醒过梦来，一下子傻眼了，吕家姑娘出门子了、结婚了、嫁人了、找了婆家、成了人家的媳妇，没他什么事了。

这才叫，老太太吃柿子——喂瘪子啦。

到了蔡大猪店门口一打听才知道，娶了金凤姑娘的人叫蔡信，是猪店的新老板。小包子一路上歪着脖子愣瞪着眼，把牙咬得咯咯响，回到家里踢翻了一把椅子，脚疼得他撇着嘴一个劲吸气抽抽。看着镜子里的自己，瞪大两只小眼睛，他左右开弓抡圆了给自己两个大嘴巴。

王吾你给我听着，那金凤姑娘本来应该是你的媳妇，现在让那个姓蔡的抢走了。这夺妻之恨，不共戴天啊。你给我记着，只要还有一口气，就要报这个仇！小包子说完了这句豪横的话，自己也觉出没底气。

可是……我能怎么办啊？一屁股坐到地下号啕大哭起来。

赵柳家住韩大猪店旁边，属于城市中的穷家孩子，起名为柳是为了好养活，生得长乎脸浅眉细目，小噘嘴地包天塌鼻子，只有两个耳朵长得很好，耳垂尤其长大，据说是有福之人的耳朵都长成这样，中等身材腿脚利索，以卖小金鱼赚钱谋生。和其他卖金鱼的小贩一样，他家也是从高碑店一带到京城做生意的。父母去世之后他接过了父亲的营生，每天把两个扁圆形木桶挑出去，走街串巷地吆喝“哎，大小——小金鱼儿来哎……”

从每年春天三、四月间开始，胡同里就有卖小金鱼的，贩者挑两个带提梁的扁圆形木桶，每个木桶用十字交叉的两块木板条间隔成四个槽，槽内放各种大小金鱼儿、龙睛鱼，另一头放小一些的鱼苗和玻璃鱼缸。另有带卖蛤蟆骨朵、大田螺丝的。京城人管蝌蚪这种体小而色黑的青蛙的幼虫叫“蛤蟆骨朵”，管田螺叫“田螺丝”，吆喝时要在“小金鱼”之后加上“蛤蟆骨朵、大田螺丝来噢”“买点熟咸螺丝吧！真正五香的”。

人们把蛤蟆骨朵买到家中，换上清水洗一洗，然后把还在欢蹦乱跳的蛤蟆骨朵连水一起喝下去。据说蛤蟆骨朵性大凉，喝了清热去火，买不起药的人家，就可以用它来败火解热。

买小金鱼的除了一些爱好者，为了给平民家庭单调的生活增加一些色彩和乐趣之外，大多是十来岁的小孩。每次买二、三条拿回家放进各种瓶瓶罐罐里喂养，养得好也许能活几个月，养得不好也就能活三、五天。看见自己的小金鱼死了，孩子们往往就哭闹着还要买，这就成了卖金鱼小贩们永不枯竭的客源。

至于田螺，有人买了放在鱼缸里，和金鱼共同养着。也有人用清水泡上一阵，等它们吐净了泥和脏水，再洗一洗下锅煮熟，加上花椒大料和适量的盐，煮熟了之后捞出来。用针挑出里面的螺蛳肉吃，拿它们做下酒菜的大有其人。

还有专门卖煮熟田螺丝的小贩，背着一个小木桶，里面都是煮熟的五香田螺。如果有马上就吃的客人，不仅把煮熟的田螺用纸包好，还要给客人拿一根酸枣树的刺，用来挑出螺丝里面的肉。这可是事先准备好的，从酸枣树上挑选出那些长得长一点的刺，剪下来备用。

赵柳生意好的时候，除去吃喝之外还能有点积蓄，赶上生意不太好，能把嚼谷挣回来就不错了。

出门回家都要经过韩大猪店，低头不见抬头见的日子久了，再加上韩老板也买过几回龙睛鱼，并且向他请教过养鱼的道道，和韩大掌柜也算是熟人了。眼看着猪店生意红火，有心参加进来干点事，可是由于他好赌成性，在这一带口碑太差，所以大家都敬而远之，尽量不招惹他。

说起来赵柳也算是有心人，起早贪黑省吃俭用多年也攒下了一些钱，可是赌性太大，总想捞一把发大财，所以常到赌场里去碰运气。尤其是听到了谁又赌赢了多少钱，心里就痒痒，总想借人家的赌运，自己也发达一回。可是每次都是赢得少输得多，几年下来老本贴进去不少。

切！甭跟我显摆，赌场里咱也赢过钱。赵柳这句话常挂在嘴边上，虽然说得并不硬气，时间久了也能给自己增添一点底气。

听说韩大猪店要出手，赵柳是真有心接过来，怎奈资金相差甚远，于是又想赌一把，万一赶上手气好的话，几把就能把猪店的钱凑够了。尤其是听见邻居张家二小子愣头青，居然赢了不少钱，跟他面前显摆一番，又给他好赌的心火上浇了一把油。横下心来带上所有的积蓄，昂首挺胸地走进了朝阳门外翟家赌场。

民国时期，赌场最有名的地方也是在八大胡同，韩家潭胡同是妓院云集的"八大胡同"之一。所谓"八大胡同"，是位于前门大栅栏附近，由八条胡同组成的妓院密集的地区。

明代此处地势低洼，凉水河一条支流在此积水成潭，故名寒葭潭。清代因内阁学士韩元少在此居住，改称韩家潭，后改为韩家胡同。韩家潭胡同二十号则是一家跑马场，也就是赌场。在它的斜对门是韩家潭胡同二十一号，是一家头等妓院。这两个门相隔约十米，可以想见当年的嫖客是如何的将赌与嫖"完美"结合的。

当时京城内外均有后台很硬的俱乐部。这类俱乐部，门口挂着大牌子，被来客们称为"安全地带"，安全是指此地的后台一般都是没人敢惹的主儿。所以，赌徒们都乐意到俱乐部玩。这种俱乐部往往是赌场、大烟馆与妓院的三合体。

在八大胡同里，最有名的俱乐部是王广福斜街西口路南的俱乐部。

进这种俱乐部，需有熟人引路。进门得先买筹码，买的数目不能少于百八十元，不然是不会有人跟你赌的。这里面赌法俱全，赌的最大的是牌九和扑克。由于这里后台较硬，所以不管是谁赢了钱，赌场都要按百分之五抽头，过钱时是只认筹码不认人。

朝阳门外赌场最大的一家要数翟家赌场，除了门前立着的一对小石狮子之外，那用红木雕刻出来的一副对联，也非常有气派，上联：小施勇气得春夏秋冬禄，下联：大展身手获东南西北财，横批：时来运转。这里无论白天黑夜随时可进，哪怕是没钱也能借你一点，让你过一把赌瘾，或者有翻本的机会。

其实赵柳不知道的是刚一进赌场的门，就被眼观六路耳听八方的伙计盯上了，往他身边一靠就知道他带了大约多少银圆，转身报给当家掌柜，特殊地"照顾"就开始了。两把庄家坐下来，他连本带利已经赢得不少。于是他认定自己转运了，那大猪店很快就是自己的了，要趁着红运当头，一鼓作气来一把大的。有人夸他手气好，肯定是今日赌神。

赵柳脑袋一热大赌了一把，又赢了不少钱，心里就热血沸腾，人常说事不过三，我这可是连赢了四把，一定是时来运转了。这时有人劝他见好就收，赢了钱赶紧走人。也有人怂恿他下大注，千万别放手这难得的好运气。后来居然这两拨人是吵得不亦乐乎，差一点就动手打起来了。

当家掌柜的出面带着伙计打手平息了这场争斗，然后心平气和地对大家说，你们看不明白么，这位爷，虽然穿得普通平民化，但是身份心态极其高贵，赢的再多也不会乱了心境，输光血本也不能动摇身份。至于下不下注和下多大注，还是请今日赌神自己决定吧。

只见赵柳挺胸抬头踌躇满志目空一切，仿佛世间万物都在自己的掌控之中。撇着嘴向四周的人群瞟了一眼，潇洒地胡噜了一下自己的脑袋，长长的一次深呼吸之后，决定不放弃这个运转的机会，又开始下注了。

没料到接下来连连失手，三次下注三次输，赌红了眼的赵柳一咬牙，推出去最后的几十个银圆，结果连本带利输得干干净净。眼看着已经属于自己的那么一大堆银圆，不到一袋烟的工夫，又换了主人，自己输得爪干毛净。手里拿着老掌柜扔给他的几块大洋，一路蔫头耷脑地回了家，像被霜打了的茄子秧，在家里躺了好几天。

等赵柳把精神头缓过来，又能迈步出门的时候，继续操持着卖小金鱼的生意，生活总算又步入正轨。那日上午整理好挑子正准备出门，却听得门外人声鼎沸，出门看见猪店门口很多人在忙活着，走到近前才发现，"韩大猪店"牌匾已经换成了"蔡大猪店"。抬头两眼直瞪瞪地看着蔡大猪店上的牌匾，赵柳犹如受到当头一棒，一下子头发晕眼发花腿脚打软，瘫倒在地上不省人事。有好事者围上来连喊带叫的看热闹，过了一会儿赵柳稍微清醒过来却觉得浑身无力，爬了半天也爬不起来。

那日正好王吾在人群中看热闹，但见倒在地上的人看着有点眼熟，仔细琢磨了一会儿，是常在胡同里见过几面的金鱼小贩，虽然没说过话但是眼熟。把一只手里的东西揣进怀里腾了出来，一时仗义伸手把他搀扶着回了家里。到了赵柳家扶他上床休息，赵柳躺到了床上，请王吾给他和自己都倒了一碗剩茶喝，互相询问了姓名、年龄，就开始称兄道弟的了。王吾比赵柳小三岁，就把赵柳尊称为赵哥，赵柳自然也就称王吾为兄弟，于是这二位算是有了初识。

在这之后窑子里偶然相见，二人也知道此处并非聊天的地方，自然是话不多，但也有了点头打招呼的交情。

为了能让自己的心情好受一点，他们不约而同地又选择了抽大烟来麻痹和解脱自己。

一天正好在烟榻上凑到了一块，这可是聊天的好地方。

兄弟，您人在这抽烟，脑子上哪去了？赵柳瞥了一眼王吾，觉得他精神恍惚，一副灵魂出窍的模样。

没有啊。王吾打了一个冷战，收回了自己的思绪。

我看您抽烟的时候，老是这么魂不守舍的一点精神也没有，您想什么呢？跟哥哥我说说。

我现在是春困秋乏夏打盹，睡不够的冬三月，就觉着日子过得没有一点儿意思。

您守着上几辈子留下的产业，一个人吃饱了全家不饿，多自在的日子，怎么老是愁眉苦脸呢？

赵哥，虽然咱哥俩没什么交往，可也认识有不少时间了，我就是心烦了。

有什么烦心事说出来。没准我就能替您解开了。

唉！谁也解不开啊。

您别这么说，瞎猫还有碰上死耗子的时候呢，说说。

那好，我也就不憋到心里，跟您说说，可是您不能笑话我啊。

看您说的，咱哥俩谁跟谁呢？兄弟啊！

赵哥，我实话告诉您，我老早就看上一个姑娘，糇了也有好几年，眼看着差不多有门，硬让人给戗走了，您说我有多憋屈。

是够憋屈的，我说您怎么老是一脑门子官司呢。

这不是一天两天的事情啊，我看上那姑娘好几年了，一心一意想娶她跟我过日子，这些年我可没少往她们家跑，哪回去也没空着手啊。这回倒好，猫咬尿泡——一场空。

噢，那是谁家的姑娘，让谁㕕去了？

离我们家不远，一个胡同邻居老吕家的姑娘，让一个进城没几天的土包子，您的高临蔡大猪店老板给㕕了行了。

谁？您说是让谁给㕕了行了？

蔡大猪店的老板啊，叫蔡信的那主儿。

嘿，要不说咱哥俩有缘呢，我还笑话您，我跟他也有仇啊。

是吗，您跟他有什么仇啊？

我一直就想把那个猪店盘下来做大买卖，攒了好几年的钱，刚觉乎着差不多了想去谈这个事呢，没想到被他抢先了一步，这本来是赵大猪店就变成了他蔡大猪店了。

您也有那么多钱啊，能盘下来一个猪店？

我说是差不多了，那老板要是松松口，我就可缓一缓。他要是不松口，我也可以找亲戚朋友借一点儿，没问题啊。

没想到，赵哥您差一点儿也成大老板啊？

时也运也，活该碰上他这么个丧门星，让我一下就倒运了。

那您有那么些钱，不开猪店干点别的买卖也行啊？钱哪去了？

我一生气，全扔进赌场了，再干什么也没心气儿了。

我也是啊，心爱的女人成了别人的媳妇，什么心气都没有了。

君子报仇，十年不晚。

几年过去了，俩人一块抽烟的时候，常说起这霸占生意、抢去女人的堵心事，除互相开导、安慰之外，挂在嘴边的就是那句话：君子报仇，十年不晚。

每当躺在烟榻上吞云吐雾，他们都仿佛实现了自己的心愿。云里雾里的王吾和吕家姑娘亲亲热热地翻滚在床，尽情享受着男欢女爱。昏头昏脑的赵柳则当上了"赵大猪店"的东家掌柜，买卖着一群群的生猪，清点着白花花数不完的银圆。

王吾本是旗人后代，祖上在皇帝面前也是能说得上话的，即便是到了他这辈家道中落，坐吃山空也能吃上几十年。而赵柳属于城市贫民出身，是这个城市阶层里的最下层人物。所以按一般情况来说，这两个人根本就不可能有什么交情，更不要说成为好朋友了。

这些年王吾又跟那些旗人纨绔子弟学会了一些新作派，最典型的就是两只手一上一下地做派，一只手提着鸟笼子，另一只手拿着玩意儿。如果新换的鸟，鸟笼子就举得高高的，另一只手放在下边盘着手把件。要是新淘换了玩意儿，那就要把玩意儿举得高高的，提着鸟笼子的手就低了一些。要是两样都同时换的新样，那就得看遇见什么人物了。看见玩鸟的，那鸟笼子就举高了；碰见玩手把件的，新手把件就举得高一点。只要碰见玩着这两样的人，就赶紧低头哈腰得往上凑，嘴里贝勒爷、贝子爷的叫着。

不过他一直认为一对好核桃是一种身份的象征、品位的标志，虽然一直也没淘换着，只要看见有人手里把玩着一对好核桃，肯定要含着口水欣赏半天。嘴里也总念叨着顺口溜说：贝勒手中三件宝，扳指、核桃、笼中鸟。或者说：文人盘核桃，武人转铁球，富人玩葫芦，闲人遛遛狗。显示着他可不是圈外人，更暗含着自己是满人在旗的身份。

要说清代京城人玩鸟玩到了极致，这一点大概是不会错的。京城里上至达官贵人下至平民百姓，许多人喜欢养鸟。而且养什么鸟，提溜着什么样的鸟笼子，也的确常常是一个人身份、脾气和品位的象征。比如百灵、画眉、蓝点颏、红点颏、黄鸟，还有俗称为柞子的苇莺和红子的沼泽山雀。把这类鸟养在笼子里，让它一天到晚百啭千鸣，为主人带来欢乐。但是，不能让鸟随着自己的性子叫，养鸟人为它们做出规定，只许叫自己应该叫的声音，不能胡叫。一旦学会了别的叫声，比如生活在苇丛里的柞子学会了蛤蟆叫，百灵学会了画眉叫，这只鸟便被认为"脏口"，不值钱了。遇见脾气暴的，说不定就把鸟摔死甚至炸着吃了。还得强迫鸟模仿一些特定的声音或是某种鸟的叫声，这叫给鸟"压音"。"嘤其鸣矣求其友声"。鸣叫本来是鸟的天性，可是非让它为哄人高兴而鸣叫，还强迫它如何鸣叫，这就有点儿不讲理了。

可惜的是王吾因为有两样不可言传的嗜好，有点钱就花在了那上边，从来就没有珍贵的禽鸟进过他的鸟笼子，常年玩的都是别人淘汰了不值钱的，要是淘换上一只叫乱了套或者有了脏口的百灵鸟，他能到处显摆个十天半拉月的。但是平常他的笼子里也就一只掉毛耷拉膀子的蓝点颏等等，反正谁要是有不想要的禽鸟了，一般都会想到他，他也高兴拿出仨瓜俩枣的钱，买回来自己玩上一阵子。他自己根本就不讲究，想起来了就给小鸟喂口食倒点水喝，没心思兴许就把鸟给饿死了，鸟死了几天之后想玩了再淘换一只。在他的心思里，有只鸟在笼子里活着，手里还有个把件盘着，甭管是什么鸟或者什么把件，只要有了这两样东西，就是他的身份证，证明他是旗人这个圈里的。

所以，若是人群里有人说起王吾玩鸟的事，准保会引出那句京城话的歇后语：武大郎养夜猫子——什么人玩儿什么鸟。话糙理不糙。

凡事都有一个前提，能成为好朋友的前提是要有共同语言，这两位都是家里的独子，又从小娇生惯养，家长从来就舍不得管教，等到长大成人想管的时候，不但家长管不住，自己也已经管不住自己了，只会吃喝玩乐全无一技之长，这就使他们对事物的看法一致。等到都去大烟馆消愁解闷的时候，共同的爱好使他们一见如故。再加上他们现在有了一个共同的仇人——蔡信，所以王吾和赵柳有太多的共同语言，绝对是这个世界上最知心的朋友，成了比亲兄弟还要亲的人。

两个人常躺在烟榻上，一面享受着腾云驾雾的感觉，一面讨论怎么实现自己的梦想。可是人一旦抽上大烟，就等于是废了。一口大烟抽进去，说话的时候可以赌咒发誓，要怎样立志奋发图强，将来一定光宗耀祖。而不抽烟的时候满脑子想的都是怎么才能再抽上那口烟，其他一切都不重要了。

蔡信兢兢业业地打点着生意，脾气好，善交际，用人得当，待人真诚，生意自然越来越好。蔡吕氏相夫教子料理家务，对人热情实在，没有串门子传闲话的陋习。蔡信和妻子陆续生下了几个孩子，按照原先在牛镇村给孩子起名的排列，蔡朝文和蔡慧明这两个留在武清县的孩子，在京城一共生了四个孩子，除了蔡朝武、蔡朝海之外，后来还有了女儿蔡惠清和一个小男孩。

蔡吕氏的手巧会做小点心，经常给他们做各式各样的点心吃，几个孩子特别听话，为的就是能吃上母亲做的小点心。

在京城东四的"蔡大猪店"里，小朝武和蔡朝海都是少爷。吃得好穿得好，每天都有专门的先生教他们读书写字，都在一个私塾班。由几个买卖人家共同出钱请先生，教给子弟们的一种学习形式。因此小朝武的毛笔字从小练成，标准规矩的正楷，有些像柳体。

小朝武骨架小，模样活脱就是一个小蔡信，所以虽然管得严却也百般娇惯。千好万好之间也有一点遗憾，朝武说话细声慢语，要是不注意的话，甚至听不清他说的是什么。胆子也很小，不但过年不敢自己放鞭炮，就连一般男孩都敢抓的蚂蚱、蜻蜓之类的活物，他都不敢用手拿。一到天黑了就不敢出屋子，说是怕坏人怕鬼。

蔡信对朝武分外喜欢，一方面觉得这个孩子长得很像自己，另外这孩子虽然胆小，但是活泼可爱，聪明伶俐，比自己还好学上进。比如从小就看见自己记账打算盘，小朝武也就爱在算盘上噼里啪啦地拨弄着，稍微大了一点就在算盘上学会了数数字，也知道了上面的一个算盘珠代表数字是五，下面的都代表一，到了五六岁就学会了用算盘做简单的加减法。

再有就是每当自己写字的时候，五六岁的小朝武就在旁边双手支着头，瞪着两只大眼睛一眨也不眨地看。身穿一身小少爷的长袍马褂，头戴小瓜皮帽，脑后留着一根细细的小辫子。蔡信看他那么喜欢看自己写字，把一支笔递给他，又在旁边腾出一块地方铺了一张纸，再把墨盒放到旁边。

来，儿子，你也试试，看能不能写个字。

朝武拿着毛笔学着他父亲的样子，左一下右一下抹了半天，也没写出什么字。

爸爸，我怎么写不出来啊？小朝武噘着嘴挠挠头，嘟嘟囔囔地问爸爸，对于自己很认真却写不出字来，耿耿于怀。

写字要先知道拿笔的方法，这事不能着急，慢慢多写多练就好了，不过俗话说“字无百日功”，不好好练习几个月是写不出来的，想把字写得好，要下几年甚至几十年的工夫。当爹的自然要慢慢开导，一副慈祥又望子成龙的样子。

那我好好练，小朝武满怀信心地又开始一笔一画地写起来。

你先学写自己的名字吧！我给你写一个字帖，然后你照着描。

蔡信认真地写了“蔡朝武”三个字，轻轻地吹了几口气，然后在上面盖一张宣纸，把笔重新沾好墨。一只大手攥着朝武的小手，从拿笔的方法到写字的顺序，蔡信手把手地教儿子。

你看啊，笔头上有墨了才能写字，这样横着掭笔把多余的墨掭掉，转着掭笔就能把笔尖掭出来，写字的时候才能写出笔锋。

哦！似懂不懂的朝武，认真听着爸爸的话。

你别以为这笔啊、墨啊、纸啊……都是死的，其实它们有灵性，有脾气性格，只有把它们的脾气摸准了，顺着它们的脾气秉性，才能写好字。蔡信摸着儿子的头，嘴上的胡子不停地颤动。

笔也有脾气啊，那它要是发脾气怎么办？小朝武还是弄不明白，纸和笔是怎么发脾气的，不由得有点害怕。

一般它不会发脾气，但是你不顺着它的脾气，就写不好字。蔡信看着儿子那么认真的样子，不由得喜笑颜开，也为自己悟出来的道理感到高兴。

您告诉我它们的脾气什么样，我就知道了。小朝武打破砂锅问到底。

它们什么脾气……还真不好说，比如不同的毛笔，笔头的大小、软硬不一样，写字的时候使劲和运笔的方法也就不一样，不同的宣纸对墨汁浓淡的要求也不一样，用不同浓淡的墨汁写出的字，模样也差得很远，你要是把它们都当成好朋友，慢慢地找出它们的性格脾气，那字就一定写得很漂亮。蔡信只好把自己悟出来的一点道理讲出来，给自己的话打个圆场。

行啊，以后他们就是我的好朋友。小朝武认为爸爸的话很有道理，于是很庄重地向爸爸表示了自己的决心。

那好，你慢慢地在这儿练习写字，写完了就歇一会儿。回头吃饭了我叫你。

哦！小朝武没有抬头，一笔一画地在纸上描摹着蔡朝武三个字。

蔡信出去做自己的事，小朝武在屋子里很认真地练习毛笔字，一边练习着嘴里还念叨着：你是我的好朋友，我也是你的好朋友，我俩都是好朋友。

过了一会儿蔡信回到书房看看屋里没人了，桌子上的笔砚和宣纸也不见了，就走到外面问大家，我说，你们谁看见大少爷了？

其中一个人答道，回老爷，刚才看见大少爷拿着纸笔什么的回后院去了……

哦！蔡信答应了一声也没在意，于是到书房又取出一个新砚台和一支毛笔，用一个白玉水滴，注入一些水，特意取用一块上好的桐油烟墨在砚中研磨，研好墨之后，开始在账本上写起来。

老爷，这是今天的《晨钟报》，给您买来了。一个伙计拿着报纸进来。

放到桌子上吧。蔡信吩咐了一声并没有抬头，把一笔写完之后拿起报纸。

真香啊！老爷今天一定有什么高兴事，所以把这么好的墨拿出来用，这块墨可真漂亮。伙计看见老爷取出一块新墨，又闻见墨香很是好奇。

你就看它外表做得漂亮，你可知道这是桐油烟墨吗？取油桐子做桐油，烧成的烟料勾桐油烟，一般二十斤桐油才可出上等烟料一斤。很多书画家多喜用桐油烟墨，取其色泽黝黑，沉着内蕴，我这是大材小用了。蔡信也很喜欢这块墨，本来是想留着练习书法，今天一高兴就用了。

我说老爷，您别这么说啊，用好墨记好账，您的买卖就会越来越好，年年发大财不是。这下人看着老爷心情好，就捡着好话哄他高兴。

就你会说话，不过这话我爱听，赏你几个大子，买点好吃的去吧！蔡信从抽屉里抓出一把铜钱，抬手哗啦啦一阵铜钱响，十几个大铜钱被扔到桌子上。

谢谢老爷！谢谢老爷！下人忙不迭地连声喊着谢谢，赶紧上手把桌子上的铜子收起来装进口袋，但是眼睛盯着蔡信打算盘没离开账房。

你还有事吗？没事就忙去吧。蔡信打了几下算盘之后，抬起头有点疑惑地问伙计。

我没事了，老爷，您不知道，您打算盘的响动跟别人不一样，大家伙都觉得特别好听，我们伙计都爱听您打算盘，刚才就想亲眼看看您到底是怎么打算盘，我这就走。伙计说完转身出了账房，今儿个亲眼见到了老爷打算盘，又可以在伙计们面前显摆一番了。

蔡信看着走出去的小伙计，想起当年自己夺得算盘状元的事情，也开心地笑了笑。

到了吃晚饭的时候，饭桌上免不得对老婆夸自己的孩子，咱们这个老大将来一定有大出息。蔡信自斟自饮一口酒一口肉，滋溜滋溜的好不自在。

你怎么看出来的？听见丈夫夸自己的儿子，正在给小儿子喂饭的媳妇也不免高兴。

你看啊，俗话说三岁看大，七岁看老。咱们老大这么小就喜欢舞文弄墨的，将来准中个状元回来。来！儿子，多吃肉把身子养得棒棒的，将来考个状元。蔡信端着酒杯，喜滋滋地看着心爱的儿子，不时地给儿子碗里夹上一块肉。

看你说的，天下的读书人有千千万，几年一次的进京赶考，也就一个人能中状元，你当考状元就那么容易啊？女人心里虽然高兴，却故意说句反话，一面往他爷俩碗里夹肉添菜，一面逗他高兴地多说几句。

当然不容易哦，可是咱们老大有那股子好学上进的劲，将来一定不简单。就算中不了状元，也许中个探花榜眼的，最不济也得给我拿回一个举人吧。你就等着当举人老爷的妈，我就是那举人老爷的爸爸。哈哈！哈哈！

蔡信喝了一口酒，又夹起一块肉先给儿子放进碗里。

爸，什么叫举人哪？小朝武吃得满嘴流油，并不太懂爸妈为什么这么高兴，只好发问。

举人，就是有大学问的读书人，要在乡试里考第一名才叫举人。明白了吗？蔡信郑重其事地给儿子解释，似乎已经忘记了他只有六岁的年纪。

不明白。小朝武一点儿不给老爸面子，不明白就直说了。

也是啊，你太小了，长大就明白了。呵呵！蔡信这才从自己略微发晕的状态下清醒了一点，自嘲地笑了笑。

看你美的。好像儿子现在就是举人了似的。女人似嗔似怪地笑着斜了他一眼。

哈哈！怎么看，我儿子都是举人的料啊。两口子不由得为将来做举人老爷的爸和妈，畅快的大笑起来。

到了晚上睡觉的时候，女人已经钻进被窝里，哄着小儿子睡觉。蔡信也脱衣服准备睡觉了，却发现朝武在被窝里来回地拨弄着什么。

儿子，你在那干什么呢？看着儿子在被窝里不停地折腾，不由得发问。

没干什么啊。小朝武并没回过身来，依旧在被窝里倒腾着。

你折腾半天了。还在脱衣服的蔡信，不由得起了疑心，停住手穿上鞋走到儿子的被窝前边。

我和我的朋友一块睡觉，我得让它们睡得舒服了。小朝武依然倒腾着没抬头。

什么朋友啊？你把什么东西弄到被窝里藏着呐？

您就甭管了。

那可不行。我得看看。掀开被子一看，小朝武抬起头看着他，身上脸上黑一块白一块的，拿自己的一件衣服包着东西，有些地方黑乎乎的。你这弄的什么啊？弄得衣服被子和满身都是。

我的朋友，我的好朋友！小朝武使劲抱着那堆脏东西不撒手。

蔡信把那衣服打开一看，原来里面摆着那只笔和砚台，残留的墨汁染得被褥和小朝武身上脸上黑一块白一块的。女人也起身凑近了儿子，看见这情形两口子又气又笑，赶紧拿盆打水给他洗了一个澡，又换了一套被褥。蔡信特意把砚台和毛笔也洗净擦干，又找了一块布包好放进他的被窝里。

你怎么还给他放被窝里啊？女人不明白地发问。

这是孩子的朋友啊，你不知道，凡是世间物，它都有灵性。你别以为砚台和毛笔是死东西，它也能通人性。老大喜欢就让它在一块睡觉，通通人气儿有好处，这你不懂。蔡信慢条斯理的给女人讲着道理。

哼，就你懂。女人知道男人这是在逗自己，故意装作生气的样子。

睡觉喽！儿子，去跟你的朋友睡觉去吧。蔡信轻轻地拍了儿子的屁股一下，转身把女人拉进被窝里，吹灭了灯对女人悄悄地说，我儿子将来一定有出息。可他这么胆小真不是个事啊……

刚说完却又听见儿子在被窝里小声地叨咕起来，每天这孩子到了睡觉的时候，都会在被窝里自言自语的嘀嘀咕咕，不跟他喊几声不许说话啦，快睡觉！他就会没完没了的，也不知道在那说什么。

蔡信把耳朵凑近儿子的被窝仔细听了听，原来儿子在跟毛笔和砚台聊天呢。说什么咱们是好朋友，我特别喜欢你们，以后咱们就一起睡觉一起玩，你们帮我念书，晚上我就给你们讲故事……

蔡信越听越可笑，拍了拍儿子的脑袋，行啦啊，你的朋友们也累了，快点儿一起睡觉吧。

小朝武在被窝里嗯了一声，不再叨咕慢慢地睡着了。

小朝武六岁之后，蔡信把他送进了附近的私塾，小朝武也因喜欢书法，所以认真的学习和练字，在班里总是头三甲。

私塾老师常先生，先是摇头晃脑地带着读了几遍千字文，学生也摇头晃脑地跟着读。在教学生写字的时候，他慢条斯理地说起来。

你们注意听啊。写大字讲究笔力，古人云写字要"力透纸背，入木三分"，就是讲究用笔之力透过木头达到木下三分深处。写出的字每一笔要有力，古人云每一笔一划都要有"空中坠石"一般的力道。

怎么才能把全身之力凝聚在一起，达到笔毫之上，表现在每一条笔画上。古人云要"万毫齐力"，才能写出有力的笔画。

怎么才能达到万毫齐力呢？古人云要用全身之力而送之，怎样才能做到把全身之力凝聚在笔尖之上，达到万毫齐力呢？根据古人的教导，我觉得那就是一个字"练"。知道吗？老师推了推眼镜，坐在那里教导大家。

知道啦！坐在下面的十来个学生，奶声奶气的齐声回答。

就像习武之人一样，冬练三九，夏练三伏。说的是，内练一口气，外练筋骨皮，这是练武啊。练字就要外练纸、墨、笔，内练丹田气。丹田无力，就无法运力到手上，手上没有力气，连握笔也无力，就写不出有力量的字来。

书法讲究气势，既要万毫齐力，也要八面出锋。所以笔要拿直，不可偏锋。知道吗？

知道啦！无论知不知道，学生们也都是这样齐声回答。

宣纸上滴一滴墨汁，就会透到纸的背面，那不叫力透纸背，笔画上看见力道，那才叫力透纸背了。知道吗？

知道啦！学生们齐声回答。

写字吧！老师也知道学生不一定都能听懂，苦笑着摇了摇头，喊了一声。

为此老师经常趁着学生们写大字的时候，偷偷地站在学生们的身后，突然伸手把学生手中的笔向上拔一下。能拔出笔来的就会弄一手的黑墨汁，还要被老师批评一顿，推到外面去洗手，回来就要被罚多写一篇大字。拔不出笔来的学生，就会受到表扬，小朝武属于经常受表扬的学生。

私塾的老师为了鼓励他们，常买一些文具奖赏给学习好的学生，小朝武也就总能拿回奖品。奖品大都是文房四宝里的毛笔一支或者小墨一块，奖品虽然不多也不值什么钱，对他的鼓舞却是很大的。

常听人说"由字看人"，意思是从一个人写的字里可以看出这个人的性格、脾气、爱好、甚至于身体状况。

蔡信给小朝武讲过一个关于书法的故事，多少年后小朝武依然记忆犹新：王羲之是一代大书法家，有一次出外游历，得了病被困在一家客店里。由于出门的时候准备不足，所带盘缠银两用光了，王羲之既是书法家又是才子，对此根本不在意，他认为自己学富五车、才高八斗，只要提笔写几个字，银子不是随时取用么，于是让书童准备好文房四宝，提笔写了一个大大的"当"字，然后对书童说："那日来到此地，无意中看见当铺中的'当'字，虽然有些功力，但是不像名人所提。你把这个字拿到当铺，不要说是谁写的，跟他要一百两银子，看他识不识货。"

俗话说"宰相家人七品官"，这书圣的书童自然也不同一般人。书童拿着字纸到了当铺见到掌柜，嗓音响亮地说："我家主人刚才写了一个字，让我送来要卖给你一百两银子，你买不买？"说完展开字纸，挺胸抬头看着当铺掌柜。

掌柜的抬头看了一眼书童，然后把字仔细看了一看，连连点头说这个"当"字的确不错。本店铺的字是家父写的，家父虽然也喜爱书法，但是写了几十年，也没有这个字写得好。这个字的间架结构匀称，笔画间透出一股灵性，尤其是那股仙风道骨，显出写字人有很高的书法造诣。不过要卖一百两银子有些高了。

书童不解地问道，你说字好，又说不值一百两银子？

掌柜说，字虽不错，但是透出一些病容。请问小兄弟，写字的人是谁，他现在是不是得病了？

书童大吃一惊，把字收好马上就回到客店，把情况前后说个清楚。

王羲之听了大怒，我写的字他居然说不值一百两银子。好，我再写一个你拿给他看。

书童把新写的字拿到当铺，给掌柜的看。掌柜的欣赏半天说，这个字显然比刚才的那个有力，但是显出一股怒气，不太平和。你的主人跟谁生气呢？

书童一声不吭，把字卷起来就走。回到客店一五一十地把情况回报给了王羲之。王羲之听了，这才感到遇见高人了。于是沐浴更衣，燃香定坐。待到神清气爽，又提笔写了一个"当"字，吩咐书童再次送往当铺。

当铺掌柜看了字，欣赏一番赞不绝口，于是带着润笔银两随书童亲自来到了客店，见到王羲之深施一礼。说道，在下早就看出是先生的书法，但是一直不敢相信先生竟然能亲临此地，再三无理，还请先生原谅。

从此两人惺惺相惜，成了至交。

蔡信还讲过一个关于写字的笑话。

有个秀才出门在外，到了中午时分感觉又渴又饿，走到一个卖元宵的店铺，却发现自己身上没带钱。元宵店门口有一个牌子，用毛笔写着"元宵一文一个"，低头看见随身带着的毛笔上挂着的一个铜钱，心生一计。用吐沫把毛笔弄湿，趁着四周没人看的空当，在那个牌子的一文一个的第二个"一"字上，描了一竖。然后大模大样地坐到店里，喊了伙计要吃十个元宵。伙计很快把元宵送上饭桌，秀才不慌不忙吃完喝完，解下那一文钱往桌上一拍，喊了声伙计结账。

伙计过来看见这一文钱，不由得一愣，然后满脸堆笑地说，先生，咱们店的元宵是一文一个，您吃了十个元宵应该给十文钱。

秀才大模大样地指着店外的牌子，你们店外的牌子上写的是一文十个，我就是看你们店卖得便宜才进来吃的，你怎么能欺负我？

伙计赶忙跑到门外看了看牌子，把牌子拿进来一脸懊恼地说，不知道哪位先生给改的牌子，要是这么开店可就赔大发了，得了，今天您就赶上这一文钱十个，算我们倒霉，您就给一文钱吧。

秀才把那一文钱交到伙计手里，然后对他说，不要小看文人，这是我们读书人笔下留情，要是在那十字上再添一瞥，你们这个店就得关张了。

由于蔡信待人真诚，所以往来客商都愿意到这里做生意。有时候甚至把大量的银圆存放在蔡信这个店里，委托他们帮忙买生猪。等到生猪买好之后，再通知他们用车拉走。

无论春、夏、秋、冬，猪店里买猪和卖猪的人来人往，门前车水马龙。为了解决来往客人舟马劳顿之苦，蔡大猪店除了有几间客房招待大家休息之外，也为大家准备有茶水，至于吃饭基本上都是介绍到对面炸酱面馆去吃面条，或者让伙计买一份拿过来吃。

春、夏、秋这三季，茶水供应可以现沏现喝。尤其是夏天，喝热茶更解渴清心火，就用小盖碗沏上茶，也得稍微等一会儿再喝，要不然茶水烫嘴。到了冬天，就要用大茶壶沏茶，为的是壶中存的开水多，容易保持茶水的热度。那年头没有热水瓶，蔡吕氏就在大瓷茶壶外面，加上一个棉布套子保暖用。

蔡吕氏家务事并不多，孩子的吃穿和收拾打扫等家务事有老妈子伺候，自己就买来厚实的布和棉花，给几个大茶壶做成冬天用的棉布套子。慢工出细活，不仅用布考究，蓄的新棉花，而且在棉套的布面上绣了各式各样的图案。茶壶套子上面千变万化，弄出了各种花样，个个绣得花团锦簇色彩艳丽，棉布绣制的茶壶套子俨然成了一件艺术品。

女人常常做一点自己喜欢的绣品，也哄着孩子休息和玩耍，朝武常趴在妈妈的肩膀上，看着妈妈绣花，看得高兴了也拿着针线比画几下。

男孩子别动这针头线脑的，要学会识文断字，长大才有本事当大官。

我才不当大官呢，妈您绣的真好看。

等你长大了娶了媳妇，妈给你媳妇做一双绣花鞋。来，儿子，亲亲妈。

儿子亲了妈一下，也让妈亲了亲自己，小小子儿，坐门墩儿，哭着喊着要媳妇儿。要媳妇儿干吗呀？点灯，说话儿，吹灯，就伴儿，明天给你梳小辫儿。女人有时候给他们唱着自己从小就学会的各种京城儿歌。

我不要媳妇，我要妈。朝武根本就听不明白儿歌里的内容，只是觉着不能没有妈。

花喜鹊尾巴长，你娶了媳妇就忘了娘。女人逗着自己的儿子，看他还说什么。

妈好，我忘不了。等我长大了就孝顺爸妈。儿子可不含糊，说出了妈妈想听的话。

孝顺？你别笑话爸妈就不错了。虽然心里美滋滋的，可是就像怕儿子忘了，故意再叮嘱一句，心满意足地笑了。

这些儿歌孩子也就都学会了，将来也会教给他们的孩子，于是就这样一辈接一辈地传承下去了。

除这个最有名的歌谣几乎所有的男孩都会说之外，还有比较流行的是，谁跟我玩儿打火镰儿，火镰儿花儿，卖菜瓜儿，菜瓜儿苦，卖豆腐，豆腐烂，摊鸡蛋，鸡蛋鸡蛋磕磕，里边坐着个哥哥，哥哥出来买菜，里边坐着个奶奶，奶奶出来烧香，里边坐着个姑娘，姑娘出来点灯，烧了姑娘鼻子眼睛。

拉大锯，扯大锯，姥姥家门口唱大戏。接闺女，叫女婿，小外孙儿也要去，背着也不去，抱着也不去，叽里咕噜滚着去，不让他去，气的他一劲放大屁。搭搭棚，挂挂彩，羊肉包子往上摆，不吃不吃吃二百。

孩子们长大了在一起玩，也会互相教唱一些城京儿歌。流传较广的是那些很有趣的，可以在一起唱的。例如几个淘小子一起嘲笑额头比较大的孩子，就会一起唱这个歌谣起哄欺负人。锛儿头锛儿头，下雨不发愁，人家打雨伞，他打大锛儿头。锛儿头窝眍眼儿，吃饭挑大碗儿，给他小碗儿他不要，给他大碗儿他害臊。

也有几个讥讽恶习劝善的，月亮爷亮堂堂，开开后门洗衣裳，洗得白浆得白，娶了个媳妇儿不存财，除了喝酒就斗牌。讽刺挖苦那些不正经过日子，专门喝酒打牌的女人。

蔡信看媳妇把茶壶套子做得漂亮，心里喜欢，常夸她绣得好看、漂亮，就给她多留几块钱，让她买好布和丝线。丈夫的欣赏更鼓励了女人，于是每年都要花样翻新地做出各式各样花饰不同的茶壶套子。而淘汰下来的那些就送给了账房、伙计等，走得比较近的亲朋好友，送的都是新做成的茶壶套。

一来二去的，给茶壶做一个棉套子，居然流行了起来。而蔡大猪店的老板娘心灵手巧，茶壶套做得漂亮这件事也就传开了。不少有头有脸的家庭或者大买卖家的，专门找到门上来就为求一个壶套。见过蔡吕氏的人多了，大家都知道蔡大猪店老板娘不仅心灵手巧，而且相貌俊俏也就流传出去了。在相当的范围之内，成了不少人茶余饭后闲聊的话题。

到后来居然有人专门做茶壶套子的生意，有素面的也有绣了花的，走街串巷送到各家各户和买卖家，成了养家糊口的一个营生。

猪店买卖做得好，一家人的生活质量也就越来越好了。几年过去，蔡信成了京城东四一带，猪店这个行当里的名人。

猪店里添了一架留声机，刚开始放在柜上，因为喜欢京剧，买的都是京剧唱片。常有店里的伙计图新鲜围着听，这样一来就耽误干活。后来把留声机搬到了蔡信的书房，伙计就不敢再追到书房听京剧了。

有空了蔡信就打开留声机，放上一张唱片，转动摇把上好弦，喝茶抽烟的欣赏起来。小朝武从见到留声机开始，就喜欢上了这个会唱戏的家伙，见到它被搬到书房里，每日做完功课之后，就要听一会儿或者摆弄一阵儿，圆盘的名字叫唱片，看着一模一样，里面怎么会发出不同声音来？问他爹蔡信，蔡信自己也弄不懂，只好实话实说，我也不知道这洋玩意是怎么回事。

时间长了蔡信可以随着留声机唱出不少京剧段子，看见朝武有时候也跟着哼哼几句，觉得有意思，就叫他唱一段听听。

朝武，你也学会了几段啊！你给我唱一段《四郎探母》我听听。

我不会唱……小朝武一听让他唱戏，没张嘴脸就红了。

瞧你这怀窝子劲。明明是个男孩，胆子还不如个女孩。蔡信十分不解地看着儿子，心里想这孩子长得那么像我，怎么脾气秉性不随我呢。

我真不会唱。朝武嘟嘟囔囔就是张不开嘴唱戏。

忽听得门外有卖糖葫芦的经过，葫芦！……冰糖的。一声吆喝传出很远。

马上叫伙计去买来一串。伙计买来之后刚要递给少爷，蔡信冲他一招手。

等等，先给我。

伙计把糖葫芦送到掌柜手里。朝武本来伸出手已经要拿到糖葫芦了，忽然间老爹不让给他，只好先咕咚一声咽了一口吐沫，把手收了回来，眼巴巴盯着那串糖葫芦。

儿子，想吃吗？蔡信笑了，把手里的糖葫芦一举。

想！小朝武两眼紧盯着糖葫芦，脱口而出。

那就给我唱一段听听。唱得好糖葫芦就是你的，唱得不好就给你弟弟和妹妹吃。怎么样你唱不唱？蔡信手里拿着糖葫芦晃了晃，笑着逗儿子。

我唱！小朝武两手不知放到哪里，只好双手搓了搓，脸上露出一副急不可耐的表情。

那好，我先拿着，唱完了就给你。蔡信手里拿着糖葫芦，坐正了身子一本正经的要听儿子唱戏。

朝武眼盯着糖葫芦，一句一句地唱起来，蔡信手捧小茶壶边喝茶边闭眼静听，一只手还随着唱腔在桌子上打节拍。

杨延辉坐宫院自思自叹，想起了当年事好不惨然……小朝武一大段唱完，蔡信拿起桌子上的糖葫芦，冲朝武一伸手，拿去吃吧，唱得不错。

朝武接过糖葫芦，一口咬掉了一个，然后递到老爹嘴边，看着老爹也吃掉一个，就依偎在爹身边慢慢吃起来。看着老爹吃完了，又把葫芦递到他嘴边，喂着他又吃了一个，爷俩不由得笑了起来。

蔡信嘴里吃着糖葫芦，眼里慈祥地看着儿子，抬起头来若有所思。

过了几天，蔡信跟老婆打了招呼，要带朝武出去，到朝阳门外东岳庙逛庙会。爷俩穿戴一新，出门叫了洋车，豆腐巷往西路过隆福寺东边的景泰茶园，茶园外边贴着大幅京剧广告《打渔杀家》，拍着儿子的小肩膀，一指那大广告。

看见了吗？这景泰茶园实际上也是戏园子，要是想听人唱京剧，就得上戏园子。名角唱戏穿上漂亮的戏装，还有真人拉胡琴伴奏，锣鼓钗的满套家伙。好听又好看，那才叫过瘾呢。小朝武听着老爹说的有声有色，不由得又回过头去看了看景泰茶园。

过镶白旗交界穿过朝阳门瓮城，特意指给小朝武看看那墙上刻的那束大谷穗，给他讲解起来，这是朝阳门，在元朝的时候也叫齐化门。朝阳门里有九个大粮仓，所有进京的粮食都是从这儿运到里面，所以城门洞内刻了这么一束谷穗，这个朝阳谷穗就成了第一位喜迎神。

再往前一直拉到城外的东岳庙，爷俩下车进了东岳庙的庙会，东岳庙位于朝阳门外大街的北侧，原是道教正一道在中国华北地区的第一大丛林。东岳庙规模宏大，气势壮观，装饰精微，构思巧妙，散发出中国传统文化的精神、气韵。

东岳庙每年开庙四十四天，庙会摊位一百多个，有卖小吃的、杂货的、花鸟鱼虫的，还有杂耍的套圈儿的游戏，引得游人围个水泄不通。庙外有卖木材的、家具的、食品的、铁器的及日用百货，还有说书的，不过在东岳庙说书有个不成文的规矩，就是不能说《岳飞传》，因为庙里供着岳飞。

后罩楼文昌殿前立有文昌帝君的一铜特和白瓷马。所谓铜特，其实是用铜铸造名叫"特"的"神兽"，在大自然中并不存在，相传它是文昌帝君的坐骑。"特"的形状为骡身、马头、驴尾、牛蹄，因此还有"四不象"之称，俗称铜骡子，高三尺许，鞍背铸康熙戊子年一七零八年制，为京城善士所献。又传康熙皇帝巡幸江南时骑过它。曾流传，东岳庙的铜骡子能治病，哪里不舒服，只要先摸摸自己，再摸摸铜骡子的相应部分，病自然就好。

还有几个典型的庙会习俗，如跨小金豆子，岱宗宝殿西侧走廊上有块方石，原来上面露出闪光的小金点儿，人们称为"小金豆"，后来被人们顺口说成"小金豆子"。其实是这块方石因为含铜而显露金色，据说从此石上跨过可来年发财，不少游人跨石祈福。

透亮碑，有块顺治七年间的石碑，碑头的蟠龙造型是镂空六孔，两人站于碑前后可互相看见，被人们称为透亮碑或透龙碑。

有一幅古画是天地君亲师，每年的农历腊月三十日晚，锣鼓喧天，村民烧香、放鞭炮迎接，把古画天地君亲师接来庙内，奉神半个月，直到正月十五晚止。这副古画，每年只能出现一次，所以四面八方的善男信女、道友，都前往祷告家庭平安，生意应手。

爷俩吃了点儿庙会上的灌肠和炒肝，跨过小金豆子，摸了铜骡子，看了透龙碑和古画，又买了一包炸开花豆和一包驴打滚，逛了一会儿之后走出庙会，找了个比较清静的地方，坐在小亭子里。

来，儿子，坐下歇一会儿。这好玩吗？

这比城里好玩，有树有草的，老琉璃真多季鸟也多。小朝武第一次出城来玩，看哪都是新鲜。

你要是喜欢，赶明儿只要有工夫我就带你出来玩。

当然喜欢，您给我讲个故事吧。

行！咱们刚才路过的城门叫作朝阳门里，有"禄米仓""海运仓""新太仓"这几个胡同，那都是存放官粮的仓库。

话说当年大清朝乾隆爷那会儿，有个大学士名叫纪晓岚，那可是一个才高八斗学富五车的人物。纪晓岚的爸爸叫纪容舒，当过京城南新仓的监督，就在他当监督的那几年，有一座仓廒的后墙忽然倒塌，仓廒就是储藏粮食的仓库。后墙倒了之后派人清理渣土的时候，发现墙下砸死一大窝耗子，这一大窝耗子有上百只那么多，而且个头都不小，有一只最大的耗子又肥又胖。看见这只耗子的人都吓坏了，好家伙！个头就跟一只猫那么大。原来是耗子守着粮仓偷食吃，干脆就在墙下挖洞做窝，大耗子下小耗子一窝又一窝越来越多，耗子洞也就越挖越大，终于挖空墙角，墙一倒一大窝耗子全砸死在里边了。

那耗子不知道墙倒了会砸死他们么？小朝武好奇地发问，逗得蔡信直乐。

哈哈，耗子哪知道那么多呀，就看见那么多粮食，吃得越来越肥，小耗子越来越多，就得把耗子窝弄大了，越弄越大最后墙倒屋塌，一窝耗子全砸死为止。蔡信不慌不忙的给儿子讲解着。

耗子可真是大笨蛋！小朝武把眼睛一斜，轻蔑地骂了一句。

说起来是耗子鼠目寸光，太笨，实际上有的人也是一样一样的。蔡信想到了那些因贪而死的人和事，也很感慨。

那怎么回事呢？小朝武没听懂就追问起来。

现在跟你说你也不懂，长大了就知道了。蔡信知道说了也没用，只好推脱。

噢，那我什么时候才能长大呢？

再过十几年吧。

还得十几年我才长大，多慢呀。

你不懂，到时候你就知道了，十几年的工夫，一晃就过去了。儿子，我问你，想不想进戏园子看京剧？那可比听几张唱片好多了。蔡信把早已想好的办法，开始实施。

想！爸您什么时候能带我进戏园子里听戏？小朝武一听高兴得很，马上就进了圈套。

这样吧，你今天给我再唱一出京剧，唱什么都行，我要是听着好的话，明天就带你听戏去。明天那戏可太棒了，谭鑫培的《打渔杀家》，那个肖恩把一群坏蛋都杀了，你看着一定过瘾。蔡信继续引导着，让他自己主动上钩。

那我还唱《四郎探母》吧。

可有一条，你得离我远一点，就像你在戏台上唱一样，我听不见可不行。

那我在哪唱？小朝武四下里看了看，弄不清在那儿唱。

你就在这唱，我在那块大石头上坐着听，只要听你唱完了，这么些好吃的东西都是你的。蔡信指着两三丈开外的一块大石头，说完对着儿子点了点头。

那老有人路过，我怎么唱啊？小朝武看着过往的行人，不好意思地脸红了。

唱歌和唱戏都是要让人听的，不用怕，唱吧。蔡信满不在乎地说了一句，拿着满满的两手零食，走到亭子外面的大石头上坐下，冲儿子喊了一声。

杨延辉坐宫院自思自叹……小朝武刚唱完一句，就听见老爹对他喊，我说你快唱啊！

我唱了一句啦。小朝武觉得自己唱得挺好的，就回了一句。

我一点儿都没听见。大点儿声！蔡信说着晃了晃手里的零食。

杨延辉坐宫院自思自叹……小朝武又开始唱起来，声音并没大多少。

你唱了吗？我怎么一点儿也听不见啊？蔡信明明听见了，却故意问他。

小朝武皱着眉头，挠了一挠脑袋，干脆扯开嗓子大声喊起来。

杨延辉坐宫院自思自叹……刚唱完一句，那边就听老爹大声喊了一嗓子，好哦！又冲他晃悠着两只手里的零食。

听见老爸大声地夸奖他，又看见了那么些零食，于是大声喊着气喘吁吁地往下唱起来。几个没事闲逛的人，也围过来听他唱戏。

这一段唱完，围着听的人有拍手的也有叫好的，小朝武头上流汗，小脸通红。蔡信几步跑上台阶进了亭子，一把抱起儿子使劲亲了一下，呵呵，都出汗了。给你，都是你的，不够吃的话，爸再给你买……

这么大声唱完了，自己有什么感觉？

挺累的……气虽然还没喘匀，嘴里已经嚼着东西。

别着急儿子。都是你的。

爸爸，给您吃一口。儿子把手里的零食往老爹嘴里塞了一块。

我问你，这么唱戏痛快不痛快？

这么大声唱戏……嗯。挺痛快的。

这就对了儿子，你是男孩，长大了就是男子汉，闯练天下就得有点男子汉的气魄，以后就要这么大声唱戏，大声说话，痛痛快快地活着。听见了吗？

听见了，小朝武嘴里嚼着零食，小声地回答。

大点声！蔡信又提高声音提醒着他。

听见了！小朝武把嘴里的一口零食咽到肚子里，直着脖子大喊一声。

听听，这声多响亮。走喽！蔡信把儿子抱在怀里，就要走。

不，爸爸，您猴儿摆着我。小朝武故意不走，站在那里撒起娇来。

行啊！蔡信把儿子放到亭子里的石桌上，头往下钻进儿子的两腿中间，把腰板一挺，儿子就骑在脖子上了。

这才是我儿子。这才是男子汉大丈夫。走喽……

这天，小朝武正在自家小炕桌上练习毛笔字，身体座得笔直手握笔杆一笔一画地描摹着。蔡信进屋看见此景，不由得心生喜欢，顺势坐在儿子对面，把水烟袋点着，一边呼噜呼噜的抽烟，一边看着儿子写字。小朝武抬起头叫了一声爸爸，蔡信嘴里嗯嗯地答应着，摆了摆手示意他继续写字，小朝武又低头继续写字，那认真劲的小样儿，看得蔡信心里的幸福感油然而生。

写完了一篇大字，小朝武拿起来递给父亲看，蔡信边看边点头，没想到你小小年纪能把字写得这么好，不错。

小朝武扬起头很自豪地对父亲说，老师说我们几个学生里，就数我写得最好。

嗯，笔头子有劲，间架结构也不错。但是你看看这一笔，要是稍微长一点儿就更好了，这一笔又太长了一点儿，收笔的时候不要犹豫，以后多写多练，就能越写越好了。蔡信挑出一些毛病，一笔一画地指点着。

爸爸说的对，我也看出来了，您放心吧，我会好好练字。

我儿子将来一定有出息。

爸爸，您给我买的这个新墨盒，上面的字我都认识，可是不懂得这几个字是什么意思。您看看这几个字横着数是四行，竖着数是三行，可横着没法念，竖着才能念出点意思。您看这墨盒盖上有竖着写的三行字，闻歌能生，万感怀人，常在三秋。写得每行都有四个字，可又不是四言诗，到底是什么意思呢？小朝武指着墨盒盖上的字，满脸疑惑地问。

你念错了，应该这样念，闻歌能生万感，怀人常在三秋。蔡信给儿子买了一个新墨盒，还真没仔细看上面装饰的那几个字，拿过来看了一遍，笑着对儿子讲解。

那我就明白了，是我句读的错误。小朝武眼前一亮，明白了自己的问题。

既然明白了，就给我讲讲是什么意思吧。蔡信抓住时机，考问儿子的理解能力。

我不知道，您告诉我吧。小朝武毕竟年纪还小，就想听听老爸的讲解。

闻歌能生万感，说的是一首歌能让听歌的人有特别多的感受。怀人常在三秋，是说怀念别人的时候，常常有深秋的悲哀。蔡信慢慢地说出自己对这两句文字的理解。

听唱歌能让人有很多感想，思念别人就心里难受，是这么个意思吧？小朝武张开小嘴，清晰明白的讲出了自己的见解。

嗯，说得不错，能理解到这个程度，也说明你的确懂得了这几个字的意思。

这就是一副对子，我当然懂了。

蔡信把儿子揽在怀里疼爱地抚摸着，心里无限感慨。

七八年过去了，王吾和赵柳依然是各自吃着瓦片、卖着小金鱼过日子，日子的艰难和不如意在这二位脸上刻下了一些沧桑。王吾留了两撇小胡子，据说是看着那些洋人留八字胡很有气派，有点意思，于是自己也留了八字胡。八字胡虽然留出来了，可是气派却没出来一点，每谈起此事不免有些尴尬。但是王吾毕竟不是没有主见的人，就算是没有气派，八字胡他也要继续留下去。

祖上原来留下一套四合院里的十几间房子，如果经营得好，也是他的安身立命之所在。只可惜王吾不务正业，从来没有在经营之类的事情上用过脑子。房租虽然是按月的收取，可是一旦房子出了问题，他是不管修理的。因为一个人懒散惯了，不管房租收进多少，也不够他一个人花的。多年的老房难免失修，冬天透风夏天漏雨，他也不肯找人修理。主要是找人修理就要花钱，而花钱修房子小包子舍不得。

每当房子出现问题，他就让租房子的住户自己想办法解决。可是俗话说"官不修衙，客不修店"，房子又不是住户的，凭什么让人家修呢，租房的人家往往也就凑合着东堵西挡的对付过日子。

一旦时间长了，住户就会发牢骚，我住房交房钱，你的房子凭什么让我修理？告诉你，这间房我修了好几回了，这个月房钱不交了。

房子是我的，你不交房钱就搬家。

我没说房子不是你的，每个月都交房钱，凭什么你不修房啊？

我没钱修房，房子就这样，你爱住不住。想住房又不交房钱，姥姥！

我就不交房钱了，你能把我怎么着。我修了三回房了，还不顶你一个月房租啊！你的心也忒黑了吧？

我吃的就是这几间瓦片，都不给房钱我喝西北风啊？

事情往往就这么吵来吵去的，最后也许少交一些房钱，也许还是房钱照交不误。这就要看两边哪一方更蛮横一点儿，也看是不是哪一方正好心情好一点儿。解决的方法也没有一定之规。于是房子自然也就越来越破旧，一直到实在无法住人了，小包子就干脆把那间破房子卖掉。

到最后只剩下三间出租房了，因为房子太破旧，也租不出个好价钱。除了那些根本没有能力租到稍微好一点儿房子的人家，再也没人租他的那几间破屋子了。一般情况下，每卖掉一间破房，就能让小包子无忧无虑的生活几年。至于房子都卖光了之后怎么办，小包子也不是没想过，只是从来没有想明白过。习惯了大松心的日子，王吾每天就招猫逗狗，养蛐蛐遛鸟倒也自在，人说他是：一个耳朵罐子——胡抡。可是已近而立之年还没找到媳妇，这么多年仍然孑身一人，就剩下孤枕难眠了。

按说小包子王吾吃瓦片应该比赵柳卖小金鱼有钱，可是架不住小包子有钱都填进了窑姐的无底洞里，有时候上来大烟瘾了，还得跟赵柳借钱买烟泡。既然是借的钱，又经常在烟馆碰面，小包子从来是有借有还的。甭管是坑蒙拐骗，还是省吃俭用，小包子决不会把账赖掉。用小包子自己的话说，咱哥们为人仗义，决不能做那种对不起朋友的事。

赵柳不喜欢八字胡，就留了山羊胡，据他说这样显得有学问，而且至少他自己认为自己还是有点学问的人。自从结婚成家之后有了儿女，为家事所累，往烟馆里去的次数就少多了。哥俩偶尔在烟馆里碰见了，聊起来还是陈年老事。唉声叹气之后互相安慰的，还是那句老话：君子报仇，十年不晚。

小包子王吾几十年居住在一个地方，附近的邻居几乎都是看着他长大的。只要一说到这位面相如同包子的先生，大家都会用这五个字的评价"馋、懒、笨、坏、穷"，总而言之是没出息。

但是从另一个角度来说，王吾又比那些"吃喝嫖赌抽、坑蒙拐骗偷、尖懒馋滑坏、阴毒损黑狠"的坏人恶人好多了，他只是占了其中很少一部分。混了这么多年王吾心里明镜似的，除了赵柳和他有点共同语言之外，可以说没有一个真正意义上的朋友了。

赵柳因为自己每年有三季都要出去走街串巷的卖小金鱼，到了冬天就改行卖山里红和冰糖葫芦。自食其力每天辛苦地用劳动来为一家人谋生活，从心里就很看不起吃瓦片的王吾。因为自己能区别出金鱼的种类并且懂得喂养方法，从而认为这是一种很高深的技术甚至可以称作学问。

比如，赵柳就知道世上本来没有金鱼，是人们自己从鲤鱼当中专门挑选培育出来的一种鱼。而各种金鱼的种类当中，要是详细区分起来就有很多种类。用赵柳自己的话来说，这里面学问大了。每当赵柳又学会一些关于金鱼的知识，漫不经心地讲给王吾听的时候，赵柳的心里就充满了骄傲。在偶尔瞥过去的一眼当中，看见王吾张大嘴听得如醉如痴的时候，赵柳自豪之心更是油然而生。

因为赵柳生活当中的崇拜者实际上只有两个，一个是王吾，所以他一直还把王吾当成朋友或者说是倾诉对象。何况他们还有蔡信这样一个共同的宿敌，更是百谈不厌的话题。至于赵柳的另一个崇拜者，就是他老婆了。

由于王吾和赵柳都爱上了抽大烟的这口累，年纪轻轻的就都有了大烟鬼的名号，则成为二人都难以娶上媳妇的最大障碍，而赵柳能娶上一个漂亮媳妇，实在是出乎王吾和一众人等的意料。

那年赵柳挑着金鱼担子走街串户的卖小金鱼，正在给其他几个小孩挑选金鱼的时候，来了一个大姑娘在旁边看着。一眼看上去，姑娘的身材和长相都不错，就向那姑娘点了点头。等那几个小孩欢天喜地地拿着金鱼走了，就顺口问了那个姑娘一声，姑娘，你买小金鱼吗？

姑娘冲他一笑说，是啊，我买小金鱼。

要鱼缸么？买几条啊？

要鱼缸，几条都行。

赵柳一听，这是个不小的买卖啊。赶紧挑了一个大鱼缸，盛上水问姑娘喜欢哪条鱼。姑娘咬着手指头，在水盆里一会儿点这条，一会儿点那条，不大会儿已经点了十几条。刚开始赵柳还喜滋滋地夸着姑娘好眼力，挑的都是上等好看的金鱼。等到金鱼已经挑了十多条了，还不见姑娘停止，就抬头看着那姑娘说，姑娘，你要是再挑，这鱼缸就养不下了。

哦！给你钱。姑娘抬起头笑盈盈地接过鱼缸，伸过来一只白白净净的小手，把一个铜钱放到他手里。

赵柳看着手里的那个铜钱当时就傻了，心里纳闷，十多条小金鱼加上鱼缸，说什么也不止一个大铜子啊。再抬头看那姑娘，手捧着鱼缸慢悠悠地回家了。

赵柳在后面喊了几声，姑娘，姑娘，你别走啊！这钱差的不少哪。看样子姑娘没听见，仍然在前边不慌不忙地走着。哎哟我的小姑奶奶，这买卖要是都这么做，我还活不活了。只好赶紧挑着担子，一路小跑地跟了上去。好在那姑娘家不太远，走了没几步就看见她进了一家大门。

赵柳赶紧挑着担子跟进了大门，把金鱼挑子放在院子里，喊了一声，这家里有人吗？

话音刚落，就看见打堂屋出来一位中年妇女。一边纳着手里的鞋底子，一边问他，你找谁啊？

大嫂，我是卖小金鱼的，刚才有个姑娘买了小金鱼进了这个院子里，她还没给钱呢。也不是，她就给了一个大铜子，这不够啊！

哎哟，这怎么话说的。那中年妇女回头向屋里喊着，她爸，你闺女又买东西了，你看看怎么办吧。

赵柳被姑娘的父亲请进了堂屋，说清了事情的原委。姑娘的父亲拿出了金鱼和鱼缸钱，一共二十个大铜子给了赵柳。赵柳接过钱，有点纳闷地问姑娘的父亲，您的姑娘我看挺好的啊，她怎么会这样呢？

我这姑娘就是我们老两口的一块心病，你看着她跟好人一样，要说长相也不寒碜，可惜就是脑子有点慢。

那是为什么呢？

听大夫说，怀这孩子的时候她妈发过烧，或者吃多了药，再有孩子在一周岁之内得了感冒发高烧，都对小孩的脑子发育有很大影响。

哦，是这么回子事啊。

可不是么，这两档子事都有过，对不起孩子啊。

那她什么都不会干么？

也不是，做饭只学会了熬粥，做菜就会把咸菜剁碎。生活也能自理，就是缺点心眼，但是不招人讨厌。

哦！那……那我走了。

给您添麻烦了。您慢走啊。

　　后来赵柳心里惦记着那个姑娘，常常去看望。因为金鱼死了几条，姑娘就拉着他，让他教怎么喂养小金鱼。一听姑娘问她怎么喂养金鱼，赵柳两眼发亮，这可是他的强项，坐下之后就滔滔不绝地给姑娘讲起了金鱼经。那姑娘按照爹妈的指示，给赵柳倒了一杯茶水之后，就坐在他旁边张着嘴，眨巴着两只大眼睛，一动不动地听着他讲。讲了几回怎么养好金鱼之后，姑娘对他佩服得五体投地。虽然最后还是没学会，但是这姑娘特别爱听他滔滔不绝地讲金鱼。经历了个把月教导之后，那姑娘尽管没学会怎么养金鱼，却终于被他娶回了家里。

　　赵柳结婚之后三、四年，不但有了一双儿女，媳妇也学会了蒸窝头，熬白菜，咸菜也能切成丝了。

　　尽管赵柳只是一个卖金鱼的小贩，还是被那姑娘爱得一往情深，历经多年真情不变。姑娘的父母也因为解决了女儿难嫁的这块心病，何况姑爷还有养家的生意和一门技术，对待姑爷除了表示感激之外，简直看得比亲生儿子还要亲。至于抽大烟的毛病，也就忽略不计了。

　　蔡信的生意做得红火，除了京城周围几个区县，还有天津等较近的城市，就连张家口和绥德也有猪贩子往来。这些边远地区的猪贩子，也是在跟蔡信交往过程中，感觉到他的精明之中带出的诚实和本分，猪贩子互相交谈介绍，又经过多年生意上的交往，才成为比较固定的生意伙伴。

　　在众多的生意伙伴中，有一个叫田景民的，和蔡信有比其他人更深的感情。田景民比蔡信小七岁，也是一个诚实正直的人，出身穷苦老家在天津。虽然早就娶妻生子了，但是这么多年生意做得不好，日子过得紧巴巴的，后来发现了买卖生猪的这个行当，又知道了在蔡大猪店做生意靠谱，试着做了几次都赚钱了，最重要的是从这里拿出银圆绝对是真的，心里踏实。

　　田景民刚开始做这行生意的时候本钱小，所以每次都只买一两头猪，再卖出去养家糊口。那天他看好了一头猪，上称计价之后正准备付钱呢，蔡信正好从柜房里出来，看见了他就打声招呼，田先生，买猪啦？

　　蔡掌柜，您好，刚看好这头猪，您给照一眼。

　　蔡信看了猪一眼，顺口问了一声，猪不错啊！多少斤？

　　刚称完，是七十八斤。

　　是么？听见这话，蔡信又看了看那头猪。走过去眼睛盯着这头猪转了一圈，然后用手顺着这头猪的脖子往下捋，捋到猪的臀部攥着猪尾巴向上一拉一掂。回过头来问伙计，这是咱们店里的猪么？

伙计说，不是。这猪是今天刚送进来的，田先生看上就过秤了。

你先等一会儿收钱，把卖猪的先生叫到账房里来，就说我找他有点儿事。蔡信想了想对伙计说了一句，对伙计摆了摆手。

行！我给您叫去。伙计答应完了，转身出去找人。

掌柜的，卖猪的孙先生给您带来了。蔡信走进账房坐下，有伙计把沏好的茶送上来，刚要喝茶就听见外面伙计的话语。

孙先生请进。蔡信从容地喝下一口茶，放下茶碗，同时站了起来，向走进来的孙先生抱拳行礼。

蔡大掌柜您好，您找我有话说？进来的是一位农村打扮的中年人，又抱拳又鞠躬的不知怎么好了，由于猪店这种买卖一般都是伙计在打理，能见到大掌柜的时候并不多，所以多少有点诚惶诚恐的。

没什么事，想跟您聊聊天。伙计，上茶。孙先生是常客，多谢您照顾我这个小店的生意，您请坐。

蔡大掌柜您可千万不要这么客气，我是觉得跟您做生意放心，所以才常上您这个店。

我怎么叫您这么信得过啊？

在您这个店里，我从来没拿到过假银圆，银圆上只要有您店里的钢印，拿到什么地方使用，都觉得硬气。

那也是您孙先生看得起我啊。哈哈！喝茶。

谢谢蔡大掌柜的。孙先生喝了口茶满口称赞，蔡大掌柜的茶真香啊，好喝，太解渴啦！

孙先生，我这就是一般的花茶，是您渴了吧？

我也是有点渴了，不过您这茶真是挺香的。

那您就多喝一点。伙计，倒茶。

多谢！多谢！

孙先生这猪是自己家里喂的吧？

是啊！

把猪送过来不太远吧？

我就住在齐化门外关厢东边，不远。

蔡信点点头，站起来走到孙先生旁边低下头来，在他的耳边说了一句话，然后笑眯眯地看着他。

孙先生听罢脸上变了颜色，赶忙站起来一脸尴尬地说，这事瞒不过蔡大掌柜，我是给猪喂了一点……蔡信抬手拦住了他要说的话，回身又坐到自己的椅子上，用手示意孙先生坐下接着喝茶。

孙先生哪敢再坐，满头冒汗的请求着，蔡大掌柜，我也是头一回用这招，家里有个病人急等钱看病抓药，就想赶紧卖了猪又想多卖俩钱，就听了人家的这个馊主意。以后不敢了，请蔡大掌柜原谅我这一回。

孙先生请坐，喝茶。看见孙先生坐下了，蔡信自己也喝了一口茶，其实对于我来说，一口猪多几斤少几斤不算什么，最多以后不再跟孙先生打交道也就是了。

以后再也不敢了，您就放我一马，求您了！

可是您想过没有，田先生买了您的猪，等这头猪一泻肚，他可就赔钱啦，一家人这几天的日子怎么过啊？

我错了，蔡掌柜，我等猪泻了肚再上称一回，决不多要他一个大子。您高抬贵手，千万别传出去，要不然我不但没脸再来您这，别的店也不收我的猪了。

知道就好，孙先生，要是缺钱治病，由我柜上给您支几个没关系。

哎哟，您让我这脸往哪搁啊？不敢不敢，再也不敢了！

那我就什么话都不说了，把茶喝了，这件事您自己处理吧。

孙先生把事情处理完了之后，特意悄悄地给田先生赔了不是，两个人以后也成了好朋友。田先生自打这件事情过后，更加敬重蔡信的为人，不但生意到这里来做，有什么大事小情也都愿意跟蔡信说说。每次从天津来到京城做生意，上门也总是带着几根天津十八街的麻花，或者冰蒲包里几斤海鲜等小礼物。赶上过年过节的，还捎带着给蔡吕氏送块布料之类的。

由于田先生比蔡信小七八岁，后来就称大哥和大嫂了。蔡信知道田景民的家境，所以在生意上决不让他吃亏。每次都会在价钱上让他一些，使他不仅能收回礼物上的花销，还让他多少有些赚头。田景民心知肚明非常感激，赶上机会也给他介绍来一些新的客户，多年来也是有钱大家赚，大家皆大欢喜。

田景民赚了一些钱，也学到了不少生意经之后，在老家天津也开了一家小猪店，生意上有了什么事情解决不了的，还会进京来和蔡信请教。

小朝武到了十岁，已经学会了算盘的四则运算，蔡信为了让他学会这个技术，常把他叫进账房里帮自己算账，两三年里小朝武的算盘已经打得得心应手，在同龄的孩子当中绝无仅有，等到十三四岁的时候，已经完全把账房里的算账记账事务全都拿下来了，成了蔡信的好帮手。

无论是与京城的县区，还是天津、张家口或者绥德的猪贩子往来，只是生意上的交往，非常公开的事情，没想到却被王吾和赵柳这两只苍蝇找到了下蛆的地方。

那一天他俩前后脚聚在了一个大烟馆里，两人一左一右躺在烟榻上，迫不及待地吞云吐雾了一会儿之后，没话找话的瞎聊天。

唉，我除了跟那些窑姐之外，也只有在这儿才能找到一点乐儿。小包子王吾吐出了一口在五脏六腑里转了好几圈的烟之后，把自己的思维从吕家姑娘身上挣脱来，打起了精神。

赵哥，您这些日子发财啊？

我发财？我看人家发财。那么好的买卖被人家敜去了我还能发财，能活到今天，就算不错了。看见有一点儿烟油子流到烟锅外面，赶快用手抿了回去，却被烟锅子烫着了，疼得他一个劲甩手，嘴里还咝咝哈哈地弄出了些个响动。

小包子看见赵柳的样子，忍不住乐，被烟呛了嗓子，用手指着赵柳，又咳又笑得说不出话来。

瞧您乐得，喝了夜猫子尿啦？我就是烫了手一下，您至于么？

我还以为您几天没见，学会了弹弦子了。小包子深吸一口烟，缓了口气，说完又咯咯地笑了几声。

你听你叫唤那声，就跟夜猫子似的，看见你就算我倒霉。

别介，您是我赵哥，哥俩逗闷子您别生气啊！

我不生气，你赶紧把欠我那两毛钱还给我。

您瞧，就那两毛钱，您还老记着跟我要，好像我不还了似的。

废话，跳蚤虽小也是块肉，还钱！

您再容我两天，我今天真没带着，有了钱一定还您。

我告诉你小包子，下回再不还钱，我就上你们家吃饭去。

行咧！下回要是再没钱给您，我把您请到我们家，坐在南墙的炕沿上，我把窗户都打开——西北风管够。

嘿！你个小包子，满地捡烟头——找抽是吧！

得，得！赵哥，咱哥俩打哈哈找乐，您千万别生气。哎我说，这些年您就没找找发财的道吗？蔡大猪店就老让他那么开着？

废话，人家不但开着，而且越开越红火，我听说张家口、绥德都有猪贩子来跟他做生意了。

张家口、绥德？生意做得那么远啊？小包子若有所思。

那有什么办法？就凭他一个进京城没几年的土包子，居然把生意做得这么好。比咱们这些老京城都强，比起你这堂堂的旗人，皇家后代都强了，凭什么呀？赵柳把对蔡大猪店的嫉妒、羡慕、不服气加到一起，那股怨恨表露无遗。

闭眼抽着烟的小包子突然睁开眼，眼珠一通乱转，把几个最近听来的事情转着圈地联系起来，突然拍了一下大腿。赵哥，我听说——张家口、绥德那边可是闹革命党呢？小包子突然想明白了什么的，开始往外冒坏水了。

闹革命党跟咱们有什么关系啊？赵柳没听明白。但是看小包子胸有成竹的样子，不禁也来了兴趣。

我可听说逮着一个革命党，官府要赏几十块大洋呢？小包子提醒着赵柳。

你想发那个财啊？弄不好革命党先把你命革了。

咱们要是抓住一个私通革命党的呢？也得赏给咱们几块大洋吧？

谁私通革命党了？你想抓谁啊？

蔡大猪店的老板啊！你想想。小包子终于泼出了他的坏水。

他就是跟那边的人有生意做，谁能说他私通革命党啊？

咱们就把这事告发给官府，到底是不是私通革命党有他们去查，由他们去定。

你说的是咱们只把这意思递过去？

你想啊，咱们这也是为官府为朝廷，就是为国家办事，应当应分的啊！小包子搜肠刮肚的终于找到了一个名正言顺的理由。

我怎么觉着你小子想官报私仇啊？赵柳稍微一转脑子，一下揭了小包子的老底。

您就不想么？君子报仇，十年不晚，这可过了十年啦。

小包子和赵柳这几年来的交往，深深知道赵柳是什么人品，也就毫不忌讳地把话直说了。

就这么着了！我也不图能赏多少钱，把他的猪店赏给我就行了，咱们明天就去。

我只求把他媳妇判给我，什么钱不钱的。要我说啊，赵哥，咱们赶早不赶晚，现在就走，省得夜长梦多。

行！走着。

二人伸了伸懒腰，下了烟榻一前一后出了大烟馆，直奔衙门口。

官府接到了这两个人的密报，每人先赏十块大洋，派人调查了蔡大猪店几天，只查出了与各地商人做生意的事情，并没有查出任何有关革命党的行踪。可是这线索已经报告给了上司，又得到了要严查的指示。眼看着那些查办出革命党的同僚，一个个地被封官打赏，实在是羡慕又嫉妒。天天盼夜夜想地抓几个革命党。好不容易有人报告了线索，可就是查不出实据来。

官老爷把几个下属同僚叫到一起，把这件事摊开了琢磨。

我说老爷，咱们这是什么地方？这儿是衙门。大堂不长高粱，二堂不长黑豆。不吃他们这些原告、被告，咱们吃什么？就指着那一点儿俸禄啊！谁家不是老婆孩子一大堆的，喝西北风吧！师爷翘了翘两撇小胡子，从眼镜后面露出阴险狡诈的目光。

师爷，按您的意思，咱们应该怎么办？老爷的肚子里本就没几两墨水，是买来的这个官职，每天想的就是如何捞点钱。

干脆用蔡大猪店当成咱们的垫脚石，要不然，您琢磨琢磨，得等到哪辈子，您才能升官发财啊。师爷已经琢磨了好几天，缓缓地说出了自己的心思。

那两个报案的人怎么处理呢？得给他们多少钱啊？老爷想了想，剩下的就是告密报官的人怎么处理了。

您就别提这俩人有多臭不要脸了，他们一个要求把猪店判给他，另一个要求把猪店老板娘判给他当媳妇，纯粹就是想官报私仇，拿咱们老爷当枪使呢。师爷一听这俩人别提多烦了，完全没把他们当正经人看。

嘿！这俩不要脸的碎催，敢拿官府当枪使？查查这两块料有什么碴口。老爷一听师爷说得有理，马上也想出了一个办法。

查了，也就是俩混混，其中一个是赌鬼，俩人的共同嗜好都是逛窑子、抽大烟，没什么大出息。师爷赶紧汇报，这件事他已经提前办了。

就这样的混蛋，给他个买卖也干不好，有了媳妇也过不好日子。既然都是大烟鬼，按现在的禁烟法律公告，抓起来砍了。类似这样的杂碎，只能让他们嗝儿屁着凉大海棠，查办两个大烟鬼简直就是裤裆里抓鸟——手拿把掐。老爷深深感到有个好师爷，自己就省事多了。

老爷，您要是把他们俩也杀了，那将来谁还敢告发革命党啊？师爷赶紧拦住，把利害关系说了出来。

你这人真是的，他们俩其实是图财害命的诬告，这样的坏种留不得。老爷虽然觉得师爷提醒得有道理，可还是觉得应该坚持自己的想法。

老爷您圣明。接下来怎么办？师爷知道是老爷在行使权威，只好顺着他说。

先查抄猪店，有多少油水都给他榨出来，再派人盯着那俩碎催，只要他们进了大烟馆，一块给我抓进来，先关进大牢再说，再敲那个烟馆的老板一下。老爷思索一番之后，终于想出了两全其美的妙计。

老爷您神勇，这回得忙几天啦！师爷其实也是这么想的，不过绝对不能把话都说明白，赶紧给老爷伸了一个大拇指，表示赞赏。

下雨天打孩子——闲着也是闲着，快去办差事吧！老爷为自己的神机妙算十分得意，赶快把差事布置下去。

喳！一众人等齐声答应着，随师爷一起走出去。

这两天我怎么老梦见有大石头从天上掉下来砸我，把我吓醒了，而且眼皮老跳。这天一大早，蔡信睁开两眼就觉得不舒服，伸了一个懒腰又揉了揉眼睛对身旁还没起床的老婆说。

我听老人说过，什么眼跳财什么眼跳灾来着，可是老记不住是哪只眼跳什么。你是哪只眼的眼皮跳啊？老婆睡眼蒙眬打着呵欠回答。

说不清，好像两只眼轮着跳，不是左眼跳就是右眼跳。蔡信边穿衣服嘴里边叨咕着。

可能是没睡好觉吧，没事。蔡吕氏也没往心里去，劝解了一声。

俗话说日晕而风，月晕而雨，凡事都有先兆，但愿没事吧！蔡信依然觉得心神不宁。

谁知道蔡信刚坐到账房的椅子上，就听得一阵乱哄哄的声音，抬头却从玻璃窗中看见一队官兵冲进了猪店的大门。不由得心里咯噔一声，暗暗叫苦，噩梦和眼跳真不是好兆头。

顺天府衙门派一队官兵查抄了蔡大猪店，把蔡信抓到了衙门里，并且派官兵封存了圈里收养着的七八十头猪。

堂下被告报上姓名，年龄。老爷装腔作势地问。

草民姓蔡，叫蔡信，今年五十三岁。蔡信满脑袋糊涂糨子一般，问什么回答什么。

有人告你勾结革命党，可有此事啊？官老爷看着下面跪着的蔡信，就像看见了一堆白花花的银圆。

回老爷话，我是个老实本分的生意人，就知道做生意，或者替两边牵线买猪卖猪，实在不知道什么是革命党，求老爷明察。蔡信知道自己没有什么罪证，心里很坦然的回答着。

已经调查过了，和你做生意的有张家口和绥德那边的革命党，你怎么说？官老爷看着面前师爷给拟定的审问词，故意拉长声音问话。

小民的确和那两个地方人做过生意，并不知道他们是不是革命党。蔡信依然觉得自己是无辜的。

这件事呢可大可小，往大了说，你和革命党做生意，就是勾结革命党反对朝廷反对皇上，和造反没什么区别，属于同一罪名，杀头的罪过啊！官老爷明知此案的来龙去脉，故意把事情说得很严重，就想吓唬他一下。

小人是良民，普通老百姓啊！不会也不敢造反，求老爷明察！

经过调查，把你告到官府的人，也不是什么良善之辈。蔡老板，你得罪人啦。虽说没查出你有什么革命党的实际行动，但是你跟革命党做生意，即使不算勾结革命党，也算是支持或者同情革命党吧？官老爷按照事先想好的罪名，引导着蔡信认罪。

小民既没支持也没同情革命党，只是买卖几口猪养家糊口而已。

你也应该知道，很多事情呢，属于民不举官不究，现在既然有人把你告了，也查出了你和革命党有买卖关系，那就要给上边一个交代，对你也要有点小小的惩戒，你说对不对啊？

求老爷明断！蔡信根本想不到这事还能判他什么罪，一心只求老爷明断了。

现判决如下，查，蔡信，男，年龄五十三岁，原籍河北武清人氏，身份为蔡大猪店老板。该犯在未查清对方身份之前提下，与革命党人有生意往来，遂造成对革命党之支持和同情，危害朝廷。由于此罪并非被告主观故意行为，故此从轻发落，准其归家之后反思，再做良民。官老爷用最快的速度审完了案子，宣布了判决。

多谢大老爷明断！蔡信听到此处，感觉这个老爷还算是比较明白事理，稍稍有点放心了。

我有话还没说完呢。官老爷抬起眼皮缓缓地说道。

为维持法纪严明，没收其现有存栏生猪七十八口，以及在家中查抄出之一切赃款，以儆效尤。官老爷嘴角现出一丝阴笑，心想你别高兴得太早了。

蔡信听到这话立马就傻了。青天大老爷，那些生猪不都是我的啊，要这样全家没法活了。

蔡信，要说你也五十多岁了，怎么就不明白这点人间事理呢，这是什么地方啊？这是衙门！从来就是有错拿没错放的。简单说吧，就两条路：一条是没收财产之后放你回；一条是没收财产之后再把你收监看押，你自己选一条吧！

看来只能选第一条。蔡信看着那个官老爷，觉得莫名其妙，明明自己没罪怎么还查抄家产呢，也不敢再问只好认倒霉。

这不结了，退堂！官老爷极不耐烦地宣布退堂。一方面为自己断案的神速感到满意，再想到这一下子将有一大笔收入，看着蔡信远去的背影，心里乐开了花。

结果这七八十头猪一去不复返。

蔡信遭了一场糊涂官司，昏头昏脑地回到家中，看见家中被抄得只剩下被褥和砸得乱七八糟的家具，还有哭成一团的老婆、孩子。蔡信一口闷气带着鲜红的热血，喷出口腔，随即倒在地上不省人事。

老婆孩子更大声的哭喊着，围着他浑身发抖。半晌，蔡信才睁开眼睛，在老婆孩子的搀扶下，躺在了床上。

猪不见了，家里存的银圆和银票都被抄光了。被抄走的银圆，既有准备买猪客人预付的，也有卖了猪还没取走的钱款。虽然是被官府查抄了，但那些银圆是在你手里弄没了，这可是铁定要赔的。加上没收的七八十头猪款也要赔，只能盘卖猪店。等找到接手的下家，把猪店廉价盘卖出去，依然无法完全赔偿人家的猪钱和欠款。

蔡信思索半天突然想到了自己的那个古铜镜，于是让妻子找一找是否还在箱子里，蔡吕氏翻箱倒柜一番查找，终于在箱子底下找到了那个红绒布口袋，完全没料到是查抄的兵丁不识货，侥幸给他们留下了汉代铜镜。于是嘱咐蔡吕氏悄悄地把古董店老板叫到家里，古董店老板和蔡信互相商量了一阵，蔡信把古镜拿出来交到那老板手里。

古董店老板是个识货的人，反复查看之后确认了是汉代古铜镜，又听得蔡信说是珍奇的透光镜，捧着这把汉代古铜镜两眼露出惊喜的光芒，他也是听别的古董专家说过，也在古书上见过记载有这样的宝镜，可是从来没见过。

对着日光审视了一番，连连称赞说这回可是大开眼界了，如今才相信世上真有能透光的古镜，而不是人们口中和书上的讹传。

了解了蔡信所经历的事情，对他的遭遇深感同情，也是的确得到了一件珍宝，所以给了一个比较合适的价格。蔡信千恩万谢地含着热泪，送走了古董店老板，老板回去之后让伙计把一包银圆送到了家里，这才算是还清了所有的债务。

虽然没有能把祖传的宝贝流传下去，可终究是在需要的时候救了急，也算是物尽其用了。

赔了客户的猪款之后，一贫如洗。全家人只留了后院的一间小房子住了进去，进出都走后门。新房主给了一个月的期限，一个月之后给人家腾房子。

大气伤身，蔡信有小朝武打着算盘帮助，带病把事情处理完，就倒在床上起不来了。精神上的巨大打击，一下摧毁了他的身体，蔡信自知来日无多，一日把朝武叫到跟前，慢慢对他说，咱们老家是河北省武清县牛镇村人，离京城也就百十里地，我是回不去了，你长大了要是有机会，就回老家去看看。蔡信又拿出了一个红木书匣，打开书匣就见里面有一本古书《房中养生秘籍》。

原先有三样东西是你爷爷留下来的，不是什么宝贝，也就算是个念想吧。象牙算盘和铜镜值点钱，可都换钱用了。现在就剩下这本书，我跟你说说，学会了这本书能养生、祛病、益寿延年，你爷爷交代的八个字，也写到书后边了，我现在没法跟你讲什么，你年纪还小，将来长大了，娶妻生子之后才有用。

最重要的是这本书只能自己看，保存好将来再传给你的儿子，这是咱们老蔡家比一般人要长寿十几年的祖传秘诀，但是绝对不能借或者送给外人，弄不好会给自己招灾惹祸，也许是牢狱之灾，甚至性命之忧，记住了吗？

孩儿记住了！小朝武把爸爸的话都记在了心里。

唉！我不是个败家子，可是老蔡家败到我手里了。

把大夫请到家里给蔡信看病。医生望闻问切之后，开了药方交给蔡吕氏，蔡吕氏拿出钱给小朝武，让他带着药方去抓药。

老大呢？蔡信昏昏沉沉地缓慢睁开眼睛，看了看身边哭得两眼红肿得老婆孩子，问了一声。

老大去药铺给你抓药去了。蔡吕氏悄声细语地回答。

唉，没料到我苦心经营半生，从不得罪任何人，会落得这个下场。蔡信心乱如麻，不甘心自己落到这个份上。

孩子他爹，这到底是怎么回事？你到底犯了什么事呢？蔡吕氏这会儿才敢把心里的疑问说出来。

有人在县衙告我勾结革命党，反对朝廷反对皇上，是要造反的大罪。蔡信知道事已至此没什么可以隐瞒的，就把事情告诉了她。

怎么会有这样的事呢？咱们从来都是本分过日子，做生意这些年从来也没坑骗过谁，跟革命党有什么瓜葛，这话是怎么说得？蔡吕氏听了根本不相信，她太知道这个家里的事情了。

咱们省吃俭用，靠自己的兢兢业业拼出了这样的一个买卖，虽然不大可也招人嫉妒。蔡信昏昏沉沉了几天，慢慢把事情想明白了一点儿。

自己本本分分辛辛苦苦地做点买卖，也有罪了吗？蔡吕氏却依然想不明白。

这就叫"欲加之罪，何患无辞"啊。蔡信说完记得还有一件心事未了，于是叫老婆把一支小楷笔以及墨、纸、砚准备好，把小饭桌搬到身边，文房四宝依次摆上。招呼着老婆把自己搀扶起来，坐到小饭桌旁边，蘸墨添笔颤抖着写了抬头五个字《炸酱面秘方》，后面是满满一篇小楷字，写完觉出自己已经油尽灯枯，就在纸上指点了一下，只说出两个字，老大。

我明白了，这张秘方一定交给老大，你放心吧。蔡吕氏完全明白丈夫的意思，把话说清楚了让他放心。

我……蔡信还想再说些什么，却只觉得一时间胸闷气短，嗓子里感觉一股腥甜，几口鲜血喷出口，往后便倒。

蔡吕氏急忙把他扶着放倒在床上，用毛巾擦了擦他身上的鲜血，再擦干净其他地方，收拾好桌上笔墨，又把秘方放在怀中。忙活完了才发现蔡信一直没动静，小心翼翼地上前，伸手试探了一下蔡信的鼻息，已经一丝进出的气息也没有了，方知丈夫已经气绝身亡，顿觉天塌下来一般，不由得放声大哭，只哭得五内俱焚失魂落魄。

小朝武买完药回家，还没进门就听见里面哭声一片，蔡信已经去世了。

蔡吕氏已经哭得晕了过去，大家急忙掐人中灌水喝进行抢救。七手八脚地忙活了半天，才把蔡吕氏唤醒。

蔡吕氏年纪比蔡信小十三岁，本是个没主意的人，虽然结婚十几年了，也刚刚四十岁。原先一切事情都有蔡信做主，她从来不大操心，这一下没了主心骨，带着四个孩子，其中一个男孩才刚出生不久，往后怎么生活。每天除了支撑着身体给自己和孩子做一口饭吃，剩下的就是以泪洗面，终日哭个不停。

牛镇村老家来人做生意，得知家里出了如此大的变故，也是大吃一惊，当日回村把蔡信去世的消息送到了武清县牛镇村，第二日蔡朝文带着蔡惠明赶着大车来到了京城，找到这一家人也没有什么更多的话说，带来几麻袋的粮食和其他豆类杂粮，还有一些家乡的土特产应急，又把蔡信的灵柩拉回老家入土为安，蔡信落叶归根回到了他的家乡，这个他不想再回去却又一直梦魂牵绕的地方。

有了这次变故，小朝武第一次见到了自己的亲大哥和亲大姐，虽然那相貌与身材都与自己原先想象的差不多，但是大哥的面貌却明显地透出一种庄稼汉的朴实，大姐也很慈祥漂亮，或许是遗传基因太强大了，弟兄俩都不善言辞，也因为不在一起长大，没有一家人之间的那种亲切感，所以互相之间话不多，互相的安慰确是真心实意。临走时留下了一些银钱，解决了眼前的困境，给朝武和弟弟留下了很深印象，感受到并非两旁世人的那种关系。

小朝武在父亲去世前，虽然有时也帮着父亲打打算盘记记账，但是对猪店生意往来，和这次灾祸原委一直懵懵懂懂。

那年他刚刚十五岁，身体比较瘦弱单薄，身高却比同龄人都高上大半个头。有一天又去猪店的前院，却发现大门口有两个当兵的站岗守卫，院子里住进了一伙当兵的，就没敢进院。围着院墙外走到原先自己住的房子外边的时候，却听见屋子里有人嬉笑也有哭声，觉得很奇怪，就扒窗缝往里看了看，原来是一个当官的正在欺负一个大姑娘。

那是一个要饭的姑娘，沿街要饭走过这里，被几个当兵的看见了。姑娘虽说是个叫花子，衣服比一般乞丐整齐，头上脸上也不显得十分脏乱。几个当兵的拿她取笑了一番之后，说是厨房里有白面馒头，把她骗进了连长屋里，连长伸手赏了当兵的两块大洋，让他们去下馆子，转身说是要跟那姑娘好好聊聊天儿，却把房门锁了。

小朝武看见的时候，那个姑娘的衣裤已经被撕扯烂了，躲在炕上的墙角里用手抓着破碎的衣裤，尽力遮挡着身子。一个男人脱得只剩下一个大裤衩，坐在距离姑娘不远的地方，手抓着一把鸡毛掸子，打逗着那个姑娘，那姑娘一面本能地躲闪，一面喊叫哭泣着。

小朝武看见这情景吓得愣住了，转身要走却被里面的人发现了，喊了一声外面有人，抓住他。一伙当兵的端着枪追了出来，抓住了小朝武把他拉回院子里，七手八脚把他拴在一个大柱子上。那个当官的披着衣服提着裤子，出来看见被抓来的人，上下打量了一番。

小兔崽子，你叫什么？说话！连长因为被人搅了好事，而且看见了自己的丑态，不由得恼羞成怒。

我……我叫……蔡朝武。自幼胆小怕事，吓得他浑身发抖回答得有些口吃了。

哦！多大了？那位连长坐在勤务兵搬来的凳子上，点着了一根香烟。

十……十五岁了。

瞎说八道，我看你他妈的像二十多岁了。跑到我军驻地，是来刺探军事情报吧？

我真的十……十五岁，这儿原来是……是我们家，我……我来看看。

我怎么不知道这是你们家啊？看你他妈就像革命党派来的探子，要不然你有这么大胆子，敢闯我军事驻地，是谁派你来的，有什么任务？说！

我不知道这……这里面住了人，就……就是看一看。

我就知道，好好地问你也白搭。你们这样的人都他妈是贱骨头——不炼不出油。来人！把他给我扒光了吊起来，用鞭子好好熟熟他那张皮子，等这个小兔崽子想招供了再叫我。

连长，这孩子别看个头不矮，最多也就十五六岁，他原来是这家猪店老板的少爷，老板被人家坑得破产了，才把房子卖了，老板一口气没上来吐血死了，现在就剩下娘几个还住在这后院里呢。我姐夫打点了衙门里的人，买了这个院子，租给咱们驻军不就是为了弄出点拨款么。另一个军官在连长的耳边说。

哦，是一位少爷呀！谁让他妈的不老老实实的在家待着，满世界瞎跑瞎看找倒霉呢。

他就是个倒霉孩子，咱们把他放了？

放了他？我告诉你，这人就不能由着性子惯着他们，再说了，有错拿没错放的，这几天我手头紧，还指望着他给我送俩钱来呢。

也是啊，咱们半年没发饷，不找他们找谁去？来人！照连长吩咐地办。

小朝武被抓进去把衣服扒光了，用绳子捆起来吊到房梁上，让他承认是刺探军事情报的革命党探子，用皮鞭抽打，逼他招供，整整吊了一天一夜。同时让保长给蔡吕氏带话，让她拿钱来赎人。

田景民进京办事，来到蔡大猪店一看，已经成了兵营，再一打听才知道摊上了这么个官司。知道废话说多少也没用，赶快进了兵营找到长官。

长官您吉祥！这家人是我的朋友，摊上了这个官司也是无奈，这孩子才十五岁，绝对不是什么革命党的探子。

你敢保他？

我敢拿全家性命担保，他绝对是个老实巴交的好孩子。

那行，拿一百大洋领走这孩子，少一个子就等着抬尸吧！

您也知道，这家人已经倾家荡产，屁都没有。我这是从天津刚过来，身上就带着十块钱，全都给您我腿儿着回天津您就甭管了。

有你这么做买卖的吗？要一百给十块，得！我不跟你废话，接着打！

官爷，您再打这孩子就死了，那时候您可就一个大子儿也拿不着了。

跟我这斗气儿是吧，一个大子没有我认了，我还不信就打不出几十块钱来……打！

官爷，您是我的亲爷爷，我不吃不喝给您二十块大洋，要说这二十块大洋给多了，我是小狗子，要是我身上还有一个大子儿，我也是小狗子。我帮人帮到这份上，您就给我一点儿面子吧。

嗯……就这么着了，拿钱！

得嘞！这是二十块大洋您数数。

我才不数呢，少一快我就再把人抓回来，接着打。还告诉你说，在我这儿把他放了就像放一个屁那么容易，把他打死也就如同捻死了一个臭虫那么简单。

是！是！绝对没错。

哎，你这块怀表不错啊。

官爷既然喜欢，我孝敬您了。

你这个人挺懂事啊，把人带走吧！

谢谢官爷！

田景民把小朝武背到后院，找到了这娘几个，听到蔡吕氏还有个弟弟，就商量着把他们送过去。蔡吕氏把几个人的衣物收拾到两个箱子里，见到原先那么大的家产只剩下这么两只箱子，不免又唏嘘一番。知道要离开这里了，小朝武让母亲用小包袱把纸笔墨砚包好，抱上包袱躺在床上。田景民雇好了一辆大车，搬上箱子和一些被褥等日用品和老家送过来的几袋粮食，在大车上铺了两床褥子，又把小朝武背上大车躺好盖上了被子，一家人都坐到了马车上，小朝武抬起头，看了看蔡大猪店的牌匾，默默地转过脸去。

天已经黑了，田景民自己也坐到马车的另一边，对车老板轻轻说了一声，走吧。车老板用鞭梢撩了一下马，老马四蹄用力拉动马车向前走去，空荡荡的大街上偶尔有几个如同幽灵般的人走过。车老板不用吆喝，用马鞭轻轻引导着那匹老马，老马的头一顿一顿走得慢悠悠，马蹄踏在路面上嘚嘚地闷声响着，几个人一路无话，只有最小的弟弟哭两声，被母亲的奶头堵住嘴，大约一个时辰才把他们送到了果子巷。

田景民安顿好这母子几个之后，找朋友借了几块钱，第二天回了天津。

当家的男人死了，买卖没有了，房子卖出去了，钱也赔光了，母子五个挤着住进石头舅舅的那间小屋里。前几天过得热火盆似的一家人，这一下如同进了冷冰窖，就像山崩地裂一般，一座大山倒下来，瞬间就压垮吞噬了它身下的一切。

第二天，小朝武浑身发烧烫得像个火盆。请来老中医，把脉问诊之后，说是受了惊吓受到外伤所致，连扎针灸带吃药，外敷内服的调养了个把月之后，身体和神志才慢慢恢复。从此以后，原来就老实胆小的小朝武就更加谨小慎微，尤其是见了当官的和当兵的，只会点头哈腰怕得要命，什么话都说不出来。等到年纪大了之后，虽说爱唱爱笑的性格慢慢恢复了，可是不管大官小官，见着当官的就发怵的毛病，却跟随了他一辈子。

过了几天，田景民又来到京城跟蔡吕氏商量，劝蔡吕氏跟他过日子。原来，田景民的老婆得急症去世一年多了，留下一男一女两孩子。有心再找一方填房，又怕孩子受后娘的虐待，就一直拖着没办。看到老蔡家出了这么大变故，对蔡吕氏人品性格也多有了解，就想接她去天津跟自己过日子。但是自己的生意不大，日子过得并不富裕，担心孩子太多自己负担不了。

大嫂，家里出了这么大的事情，我看你一个人也无法支撑了，我有个主意不知当讲不当讲？

田先生，有什么话您就直说吧！

蔡老板对我恩重如山，按说我应该照顾你们一家人度过这难关，可是您知道，我的买卖不大，一时的救济还行，要是长期的负责您这一家人的生活，就没有那么大能力了。田景民也把心里想好的话慢慢说出来，先表示了歉意。

能在这时候伸出手来帮我们一把，已经很感谢您啦！蔡吕氏对他忙着前后跑，确实很感激。

您千万别说这样的话，不瞒您说，我的内人去年就得病走了，给我留下了一儿一女。我自己照顾着买卖再照顾两个孩子，实在忙不过来。所以我有心把您接过去，咱们成一个家过日子，不知道您能不能屈就。田景民诚心诚意地想接走她，但是也知道自己的身份和财力都无法跟蔡信相比，心里也有些忐忑不安。

事情到了这份上，您能给一个安身立命的地方，我也没什么说的，愿意跟您去。可是这几个孩子怎么办呢？我也离不开他们呐。蔡吕氏这些日子也在为将来的日子发愁，听到田景民这么一说，想了一想觉得也是条路，只不过实在放不下这几个孩子。

大嫂，刚才我说了，都去天津我恐怕是养活不起。这几个孩子您得想办法安置好了，过一个礼拜我再来吧。您要是安排好了，我带您去天津，我给您留下一个地址，要是您提前安排好了就上天津找我去也行。田景民知道这事急不得，就留下话口让她再思忖几天，安排好了再说。

那好吧，我再想想怎么办。

蔡吕氏一时没其他主意，跟兄弟石头商量一阵之后，剜心切肝地把刚满月还没起名字的小儿子，以三十块大洋卖给了人家，又把最小的女儿蔡惠清卖了八块大洋。把这三十八块大洋和老家来人留下的银钱，以及手头所有的钱都归拢到一起，把弟弟叫到跟前。

兄弟啊，我一个妇道人家，根本没办法养活几个孩子。你也不能养活我们这么多人，所以我想跟田先生走。田先生不让带孩子，一是养活不了这么多人，二来估计也怕他的那两个孩子受委屈，没办法。这事咱们也得体谅人家的苦衷。

把那两个小的找了人家，就为的给你减少拖累，这两个大的是老蔡家的根，我把他们俩交给你，你尽量带着，他们多少也能帮你干一点活，孩子大了跟你互相也能有个照应，能不能活下去就看他们的命了。

唉，姐啊，你的命也够苦的，怎么就摊上了这么个无头官司。我反正也没孩子，就带着他们哥俩过吧！生死有命富贵在天，能活一天就算一天。

这些个银钱，留给你带着他们过日子，过几天他来接我就去天津了，将来到底什么样我也不知道，只能听天由命了。

蔡吕氏特意找了一个空挡，把家里发生的事情跟小朝武前前后后细说了一遍，最后从怀里掏出那张秘方，告诉他是他爸爸临走之前写给他的老蔡家秘方，一定保存好也许将来能用得着，也把自己要往前走一步嫁人的事情说了，让他们哥俩以后跟着石头舅舅好好过日子，不用惦记她。

听着母亲说了很多，大人说什么他们都只有听着。

接下来的几天里，蔡吕氏给孩子们洗衣拆被，缝补收拾了衣服鞋子之类，几天之后田景民再次来京接走了她。

她这一走，就再也没有回来。

为什么把好衣服都收起来呢？看着哥哥把衣服收拾好折叠整齐放到了小箱子里，小朝海不解地问哥哥。

父亲去世了，妈也跟人家走了，咱俩从此再也不是少爷，这么好的衣服，留着过年再穿吧。小朝武早已把那张炸酱面秘方与那本古书都保存在同一个红木书匣里，用手抚平长袍马褂，锁好箱子用手弹了一下身上的旧衣。

那我也把好衣服收起来过年再穿。小朝海更加仔细地抚平自己的那套长袍马褂，也放进自己的小箱子里，再脱下身上的旧衣到门外抖了几下，穿到身上之后还颠了两下肩膀，顺畅合身之后才满意了。

炸酱面馆霍掌柜听人说蔡信是犯了革命党的官司，生怕被扯进去有什么瓜葛，一直躲着不敢露面。

后来一年又爆发大瘟疫，瘟疫如同妖风一般掠过半个中国，很多重灾区十室九空，居住在重灾区的霍掌柜一家人，都没逃脱病魔的魔爪，小炸酱面馆也就消失了。

　　王吾和赵柳得了银圆，笑出了满脸的核桃纹，分手后各自找自己的喜乐天堂。王吾低头进了窑姐屋，赵柳挺胸跨进赌场门。等到二人又在烟馆见了面，却发现都涨了行市。王吾说我现在觉得白面儿比大烟更过瘾，但是咱哥们有原则，把白面儿卷到烟里抽，我是宁抽不哈。赵柳说，你懂什么呀，把白面儿放到锡纸上烤出烟来，张嘴吸进去这才叫哈白面儿，比你那抽白面儿可过瘾多了。但是我也能控制得住自己，我是宁哈不扎，绝对不学那些给自己扎针的。

　　话刚说到这里，就见几个官军进来，稀里哗啦地用锁链栓走了正在抽大烟的几个烟鬼，又装模作样地要抓大烟馆掌柜的，被塞进一把银圆之后，才松口了说以观后效。带到官府之后，把几个大烟鬼先打了一顿板子，再每个人敲诈了几块银圆，以初犯和治病等缘由没再纠缠都放了出去。唯独留下了王吾和赵柳，坐实了抽大烟的罪名，写了供状签字画押按手印，判了秋后问斩打入死牢。

　　王吾身子骨本来就弱，这一惊吓加上过堂时打的一顿板子，两三天之后就病死在牢里了。住在王吾几间房里的住户，得知官府处死了王吾，房子一下变成了无主房，都买通地方占上了房产自己修房补漏，从贫困户变成了房产主。

　　赵柳的日子也不好过，犯人们都知道他俩是陷害别人自己作死进来的，见着他不是打就是骂，谁心里不舒服都拿他出气，不让他吃东西也不让喝水，再加上毒瘾上来的时候，那种生不如死的折磨，撑了一个礼拜之后，也阎王殿找他那王吾兄弟去了。

　　得知女婿吃了官司，赵柳媳妇的娘家来人，接走了留下的娘三个。蓬头垢面的女人，一直不知道她那既有学问又疼她爱她的赵哥，为什么一去就不回来了，问谁都说不知道，心里犯了糊涂每天都出去满大街找人，最后只能把她锁在屋子里，没多久就抛下一双儿女去世了。

0️7️
朝廷封赏

　　山西临汾商会拟定了一份奏折，内容是请求朝廷表彰姚复臣，奏折后面附有姚复臣的姓名、籍贯等履历，派人送到了顺天府，顺天府又送进军机处。军机处的一应大臣们看了这份奏折都一致同意应该由朝廷表彰一下，以正当下乱世浮躁颓废，不忠不义之风。

　　这份奏折送到慈禧太后手上，老佛爷看了感慨万分。

　　这真是家贫出孝子，乱世出忠臣！我亲手推上皇位，像对待亲生儿子一样抚养长大的皇帝，都不能跟我一条心。姚复臣这孩子不大，怎么就会这样忠心事主呢？有情义啊。慈禧太后感叹了一番之后，若有所思地问了一句，他考上过秀才么？

　　回太后，履历上说他不识几个字。大臣们都看过姚复臣的履历，马上回答。

　　唉，可惜啦！要不然给他一个官，就他这品行一定能干得不错。慈禧有心提拔一下这个忠肝义胆的小伙子，可是当下国事太乱，这个想法也就一闪而过，给自己找了一个借口，可以简单处理这件事了。

　　太后圣明！大臣们齐声赞颂着，但是就这一句话已经让很多大臣都震惊了，都知道上位者喜欢忠于自己的人，没料到太后对这件事能重视到了这份上。

　　那咱们怎么表彰他呢？慈禧太后幽幽地说完这句，放眼四下里看着众位大臣，她要的就是这种感觉，让底下的人知道只要忠心侍奉她，她是绝对不会亏待的，要是不忠心的话，那就另说着了。

　　回太后，他的确是忠义感人，但是他毕竟是一个平民仆人，只要朝廷给他一个谥号，就已经是天大的恩典了！交给顺天府把这件事办好，也能教化民众，体恤圣恩。李鸿章开口是很有分寸的，既考虑到了朝廷的面子，也没把这件事看得太小了。

说的也是，他的名字中有一个臣字，看起来应有为臣之心，的确是个本分忠厚的孩子，李中堂你看着写几笔吧。慈禧太后对这个臣字特别看重，于是起身走到台案跟前，向李鸿章招了一下手。李鸿章遵命走到台案前面，稍一迟疑，在铺好的宣纸上提笔写下了"忠义臣民"四个字。

这四个字，倒是恰到好处，小李子，取宝来。慈禧看着桌子上的这四个字点了点头，又在四个字的左下方用手指点了一下。

李莲英赶忙把慈禧的玉玺取出，反复按在朱砂红印泥上蘸好印泥，在慈禧太后指点的位置，把印章盖了下去。

把这四个字赏给他吧！既然说他是咱们大清朝廷的臣子，也准他有从七品官服和顶戴花翎。唉！只是可惜这么一个好孩子，他怎么不识字呢？

诏旨你们稍微润饰一下。慈禧太后又写了一份诏书，拿起来看了看之后交到李莲英手里，抬头跟李鸿章等人说。

众臣子回应：嗻！

慈禧由表彰姚复臣这件事，想起了这次去山西逃难时的经历。她和众大臣说，我在山西跟曹家借十万两银子，当时曹家开口就说，我给您三十万两，不够了您就说话。为了报答曹家的忠心，虽然已经把西行期间的财税款项，一律交由山西票号经营，给了曹家一些好处，可现在咱们已经回到京城，欠着人家钱不还，实在有失皇家和朝廷的身份。但眼前朝廷实在是钱紧，我琢磨着把我屋里搁着的那个西洋玩意儿金火车头的钟表给他们，再拟写一份表彰，一块派人给他们送过去，军机处把这两件事一块办了就行了。得嘞！就这么着，你们拟旨去吧。慈禧心里明白，类似这种一个大子不花就能办了的事情，好办极了。这些用一个空名头，或者一点儿小意思，就能让人感恩戴德，荣耀一辈子的事情，慈禧太后和皇家都是很擅长的。

慈禧太后说完一挥手，屋子里的几位大臣施礼后退出。

军机处把慈禧拟好的诏书，修改掉错字和不通的文理，重新誊写一遍之后，交给太后盖上了两枚玉玺，转交给顺天府尹，由顺天府尹代天宣旨。同时派钦差特意去山西，给曹家送去了那个金火车头和表彰的旨意。

这边，顺天府尹忙着在府衙客厅里召见山西临汾会馆在京的几位会头，交代了朝廷的意思，指着供在香案上太后写的字和圣旨让他们看了。

告诉你们，朝廷已经准了你们的请求，要表彰姚复臣。你们看看，太后亲笔写的横幅，这是圣旨。顺天府尹特别郑重严肃地交代了一番，带领着大家行了跪拜之礼，高声称颂，草民等谢主隆恩！

多谢府尹大人，真是太好了！礼成之后众会头欣喜万分，都觉得这件事要是办得好了，大家都有面子，在此互相拱手相贺：大喜，大喜啊！

我告诉你们，太后老佛爷亲口说的，可惜这孩子不识字，要不然给他一个官，就他这品行一定能干得不错。顺天府尹啧啧连声，摇着头很遗憾的样子。

所以要把事情办得更体面，影响大一点儿才好。你们觉得这件事怎么办才更好？顺天府尹认为这件事居然能上达慈禧老佛爷和皇上面前，也绝对为自己长脸了，坐下之后手指敲了几下桌子。

请老大人示下。众人听得府尹大人发问，一时不知如何应对，只好再请示。

这是太后老佛爷的御笔亲题，也是朝廷给这孩子的谥号，装裱之后再买一个好镜框镶上，既是朝廷也是你们的脸面。府尹拿起写着那四个字的横幅递给会首，顺天府尹早就想好了一应事情的办理程序，既然是一群商家，怎么把自己的利益最大化，而且还要不显山露水，就看自己的运筹帷幄了。

小人一定照办！众人无话可说，只能应允。

再给他置办一套从七品的官服和顶戴花翎，等你们都置办好了，咱们择吉日去会馆宣旨，要把动静弄得大一点，把事情办得体面热闹，就是要弘扬这样的忠义之举。这件事要是弄好了，为你们长脸，给朝廷增光，就是下官我也有面子啊！顺天府尹接着把早已想好的程序，一一交代出来，不仅要办得风光影响越大越好，自己还能大大地捞上一笔。

那是，我们一定照办！请问府尹大人，这个……这个官服要我们置办么？有人不明白这件事，不问清楚也怕无端出是非，小心翼翼地问了一句。

你连这都不懂么？告诉你，在朝廷里当官，不管当多大的官，朝廷只管任命，官服和顶戴包括朝珠都得自己置办。就连下官我这身朝服，也是自己找裁缝置办的，明白了吗？还有，从七品顶戴珠子只能用素金的，花翎也只能用蓝翎，也就是用鹖羽做成的，俗称"野鸡翎子"，要是你们不懂官场上的事情，弄出了什么幺蛾子，就麻烦了。顺天府尹知道面前这些商人，不太懂官场上的事情，心中一阵鄙夷，慢慢地把事情交代清楚，免得弄错了。

明白，明白，谢大人！众人听完了顺天府尹的话，赶忙连连点头，官场上的事情果然与他们距离太远，不打听清楚还真不知道。

镜框和官服都置办好了之后，会首派人报到了顺天府。

顺天府尹让来人带话，通知临汾商会，明日辰时要派人带路到临汾会馆宣读圣旨。会首又通知了各会头按时到会馆里等候，也事先告知了姚复臣朝廷有封赏之事，并且如此这般嘱咐了一番。

那一日，姚复臣正在会馆里候着，听院子里的人声嘈杂，锣鼓声唢呐声响成了一片。

姚复臣早已穿上取出来的新长衫，又穿上女孩为他做的新布鞋，坐也不是站也不是，在屋里忐忑不安的待了一会儿，觉得口渴拿起水杯刚喝了一口，还没咽进去，忽然听门外所有的声音戛然而止，有人大声喊着，圣上有旨，姚复臣接旨！

姚复臣一口水咽下半口，一下呛着了，连声咳嗽着慌忙走出屋子，见到几位会头都已经进了院子，笑容满面地看着他，他站在院子当中，愣着不知道该怎么办才好。

复臣，今天是朝廷表彰你的日子，一会儿你跪下先说，小民姚复臣领旨！宣旨完了之后，你再说，小民领旨谢恩！就行了。会首见他站在那里发愣，赶忙几步走过来，笑着拍了拍他的肩膀。

好，我知道了。

圣上有旨，姚复臣接旨！又听那边一位大人高喊，小民姚复臣——领旨！姚复臣赶忙跪在地上高声喊，那官员打开明黄色绣着龙纹和圣旨两个字的大清朝圣旨高声朗读。

奉天承运，皇帝诏曰，查姚复臣在国家动乱之际，忍酷暑冒风雨，忠心守护临汾会馆和会馆牌匾，拾金不昧义盖云天。特赐谥号忠义臣民，并赐制七品官服、顶戴花翎一套，以示表彰。钦此！

姚复臣脑子里嗡嗡作响，官员说的什么他一概没听见，并不知道圣旨宣读完毕，还在那里低头跪着。

会头走过来跟他说，复臣，赶紧领旨谢恩呀。

姚复臣这才如梦初醒，大声喊了一句，小民领旨谢恩！弄的满院子看热闹的人都哈哈大笑。

这时锣鼓声、鞭炮声和大家的掌声、欢呼声震耳欲聋地响了起来。

姚复臣把圣旨和新官服、顶戴花翎接过来，捧在手上。有两位会头抬着镶在镜框里的"忠义臣民"四字横幅，站在他旁边。上来两个小伙计，很麻利地帮他套上了官服，戴上官帽。会首把穿戴好的姚复臣拉到自己旁边，这时候姚复臣已经紧张得连路都不会走了，两只脚直拌蒜，差一点儿把自己绊了个跟头，会首赶紧把他扶住了，站稳了身子。只见他脸上不知是哭还是笑的表情，一脸懵懂傻乎乎的。会首见他站稳了，不禁笑了一声，哈哈！复臣呐，这可是大好事，你不用害怕也不用紧张啊。

俗话说"人是衣服，马是鞍"本来一身新衣新鞋的姚复臣，人高马大的往那一站，已经是很精神利索的小伙子，待到穿上这一身新制备的官服官帽，马上就像换了一个人，精气神完全不一样了，身板笔挺光鲜靓丽两眼放光，居然显出一种威风凛凛的气派。

大伙静一下，请顺天府府尹老大人给咱们训话！会首回过头来看着满院子的人，没料到就这么一会儿的工夫就连墙上、房顶上也都有爬上不少人看热闹，赶忙双手作揖向大家拜了几拜。

百姓们，下官秉承朝廷旨意，来此表彰忠义臣民姚复臣，他临危受命护馆，不畏酷暑炎热又从大火中抢出了牌匾并保存了起来。护卫会馆地界的完好，就连捡拾到的银两、银圆，都完好地交给东家。这样的忠心义举，堪为我等楷模，不愧朝廷表彰。顺天府尹等大家静下来之后，挺胸抬头大声说着。

这朝服和顶戴是从七品，是朝廷御赐。姚复臣现在就是县太爷的品级，按照官场规矩我应该称他姚大人，老百姓就应该称他为老爷。因为这只是一种表彰的谥号，所以一切从简，但是大家从此要称呼姚复臣为姚大爷，还是应该的。

"忠义臣民"四字横幅是太后老佛爷御笔亲题的，是朝廷给他的表彰谥号，姚复臣是大家的榜样，他为山西人增了光，为临汾会馆增了光，为咱们大栅栏增了光，也为我京城顺天府增了光。府尹说完双手抱拳四面作揖。

另外呢，朝廷已经准了你们刻碑记事的意愿，在北京刻一块流传千古的石碑，为你们临汾会馆扬名立万。扬名立万可不是一件小事啊！顺天府尹把会头拉到一边，很郑重地对他说。

是！是！全仗大人美意。几位会头抱拳施礼，连连点头。

你们几家商量好了石碑的式样、大小尺寸，再想好了请谁撰写碑文，立碑的位置等等事宜后写个折子报到我这儿，由我再报请朝廷批准。等批文下来，你们就能立碑了。顺天府尹说完，直起身姿做深呼吸状。

一定遵从大人指教，等拟好了折子会尽快报请朝廷，您放心！会首赶紧答应着，又取出一些银圆作喜钱，赏给了府尹大人的随行人员。众位会头见到大事告一段落，也松下一口气。

行啦！今儿我也累了，回去再等你们的折子。顺天府尹把手一挥，作出告别的样子，示意师爷咱们该回去了。

大人留步！会首见状赶忙伸手阻拦，再一次把身子弯下去。

还有什么事嘛？顺天府尹昂首挺胸居高临下地看着他们，手扶朝珠一副高高在上的官派架势。

在下和几位同仁，在泰和楼饭庄置办了一点薄酒，劳烦大人赏光！会首事前心里早就想好该怎么招待这位府尹大人，也预定好了房间菜品，赶忙大声说明宴请，给足了这位大人面子。

这就让你们太破费了，我也只好遵命喽！顺天府尹就等着这句话呢，咧开大嘴哈哈地笑着，接受了这份盛情的邀请。

哪里！哪里！谢大人赏光，请！

哈哈！走着啊！

锣鼓声、鞭炮声和大家的掌声、欢呼声又震耳欲聋地响了起来。抬着镶在镜框里的"忠义臣民"四字横幅的两位会头，把镜框放到姚复臣手里，拍了拍他的肩膀又竖了竖大拇指，道了一声，姚大人恭喜，恭喜啦！才作揖告辞。姚复臣双手抱着镜框只能鞠躬道谢，多谢二位会头老爷，多谢各位会头老爷。

会首已经伴随着府尹大人出门，坐上洋车跟在府尹大人的轿子后面，直奔泰和楼饭庄，各位会头也都巴望着能跟官府老爷攀上交情，欢声笑语中各自乘车坐轿到了饭庄。

至于当事人姚复臣，站在原地可就没人理会了。见那些看热闹的人慢慢散去了，轰走了还在起哄看热闹的小孩，抱着镜框和圣旨悻悻地回到屋子里，把镜框和圣旨放到了桌子上，走到帽镜跟前对着镜子左右看了看，然后小心翼翼地脱下官服和官帽，坐到凳子上喘了一口气，拿起杯子咕咚咕咚地喝了一大杯。转身躺到床上，头枕着双手，跷起二郎腿，脑子依然在懵懂之中。

休息了一会儿之后，又起身查看镜框和镜框上的四个大字，仔细地看了看那几个印章，心想这可是皇上和慈禧老佛爷的奖赏，赶紧叠好官服放上官帽，找来了铁钉和锤子，小心翼翼地把镜框挂到了有桌子的那面墙上，又把官服官帽和圣旨也放到了镜框下面的桌子上，对着镜框横幅、衣帽和圣旨深深作了一揖。想了一下之后出门，买回来一个小香炉和几捆线香，抓了几把土放在香炉里，再把线香点着之后插进香炉里，再磕头作揖表示一番恭敬。在这之后几个月的时间里，香炉里的线香一直点燃着，后来擦了几回镜框之后，把官服官帽和圣旨掸干净上面的灰尘，用一块包袱皮包好放到了衣柜里，就改为过年过节的再上香了。

泰和楼饭庄上会首和几位会头与顺天府尹大人推杯换盏谈笑风生的好不热闹，会首举杯对府尹大人说，大人肯赏光，真是我等之荣幸。您看这石碑的大小尺寸要怎样比较合适呢？

这个嘛！我想不宜太高大，一般有一人高左右也就够了，太大了就越制了，太小也不成体统，就一人高左右吧！

谢大人指教！

您看这碑文请什么人撰写比较好呢？

这个就不好我来说了吧？你们自己琢磨好了再说。

那行，等把碑体式样尺寸等等画好样子，再送到大人这儿请示下。

哈哈！那好啊！

事不宜迟，会首第二天召集了几个会头讨论一番，确定好了石碑的样式和尺寸等等，写成了折子派人送到了顺天府衙。

过了一个月左右，会首喝着茶，拿起水烟袋边抽边问管家，咱们立石碑的那个折子递到顺天府有日子了吧？

回爷的话，是有些日子了，仔细算的话差不多有一个月了，府尹大人怎么就不给一个回话呢？管家心里有数，可是还不能马上说清楚，只怕会首嫌弃自己心计太多，这时候只要听吆喝就行了。

就是，抽时间您去顺天府打听打听。请府尹大人的师爷喝茶，看看怎么回事，就这么一点儿事不至于耽误这么长时间啊！会首实际上也能猜个八九不离十的，可这种事情不能光凭自己想象，必须要问出个真章来才好办事。

行，我听爷的吩咐，明儿就去。管家显得非常听话，神态谦恭无比。

第二天，管家到顺天府递了帖子，请出师爷，到某茶馆喝茶。师爷抬头看着他说，您先去稍等片刻，我随后就来。师爷回府跟府尹大人说明缘由，得到了指示之后，到茶馆找到了管家，二人作揖打躬互道吉祥的客气一番，分两边坐下。

师爷请！这是为您老人家专门点的宫廷小吃，太次的您也看不上啊！管家客气地指着几碟子小点心。

管家您太客气了！我只不过是顺天府一打杂的，您真抬举我。师爷客气的表示谢意。

千万别这么说，人常说宰相家人七品官，您给府尹大人当师爷，在朝廷那就是宰相的位置，出兵打仗您就是军师。府尹大人的官威，可有一半都让您扛着呢！

老管家您可真会说话，说吧，找我有什么事？

我们家老爷让我跟您打听一下，那个立石碑的折子递到府里可有日子了，怎么就一直得不到回话呢？按说这也不是什么大事。

哦！就这事啊？说大不大说小也不小，只怨你们家老爷没明白一件事。

这几块钱是给您的跑腿费，没别的就要您一句话。管家明白这是该送银子的时候了，赶紧把几块银圆塞进师爷的手里。

管家您真客气，我这却之不恭了。师爷一抬手几块大洋就揣进了袖口里，笑眯眯地对管家说，您俯耳上来！管家赶忙把耳朵凑近了师爷，师爷在他耳边如此这般地说了片刻。

听明白了没有啊，不用我说第二遍了吧？

我都听明白了，这就回我们爷去。这儿的点心和茶水钱我已经结了，请您慢用，我先行一步了，告辞！

您请！师爷心里明白，老爷交代的事情告诉他们，这也是自己的生财之道，除了那几两俸银，各方面的好处多着呢，凭什么人说"宰相家人七品官"呢，就是背靠大树好乘凉，有依仗啊。

老爷，我回来了！回到家里管家见到了会首。

那件事您打听清楚啦？会首虽然心里有数，但是既然派人打听了，就很想听听府尹到底是怎么说的。

　　您想啊，这石碑刻好了往那一立，那就不是三年五载的，按府尹大人的话说是流芳千古的事。这能流芳千古的事情，一辈子谁能赶上几回？所以，府尹大人有心撰写这个碑文，但是，又不好自己说出口，就只能抻着咱们呗。管家把打听来的消息翔实汇报，摇头晃脑地说了一番，表示自己不辱使命。

　　咳，就这么点事，还至于费这么老大劲啊，原先大伙还说让我写。行，咱们让他写，府尹大人亲自撰写碑文，还给咱们长脸呢。会首看着管家的样子，不由心里一乐，就干了这么点儿事，你也值得这么夸张嘚瑟。

　　所以，第一，咱们要郑重其事的，委托府尹大人写这个碑文。第二，为了和府尹大人搞好关系，这一回的润笔也不能少了。管家并不知道会首的心里在想什么，怡然自得的继续显摆着自己的收获。

　　还是府尹大人会算计啊，他这是名利双收啊！会首心知肚明，不禁抬头咧嘴一笑，心想这大清朝的官，都当成贼奸溜滑的东西了，往下还能好得了么。

　　要不说怎么人家当顺天府尹，还是老爷看得透彻。管家看出会首心里对顺天府尹的腹诽，一句简单的话语，既赞成了会首的不满，又拐着弯地拍了会首的马屁。

　　还真是这么档子事！明儿个请几位东家，还在泰和楼摆一桌，宴请府尹大人。哎，对了，师爷说没说这润笔要多少啊？会首说着忽然想到了府尹润笔的数目，问了一句，脸上的不耐烦已经无可掩饰了。

　　说了，管家把嘴贴近会头耳朵，说了一句话。

　　啊！他可真敢开口，一张嘴就是三百大洋！会首听了瞪大眼睛，被府尹的海口惊吓住了。

　　哎哟！我的爷！您小点点声，要是让人家知道了，您这块石碑不知道猴年马月才能立上了。人家没张口跟您要上一千块，您就念主之恩吧。要是真跟您要一千块大洋，您还敢不给么？事情已然到了这份上，可千万别再节外生枝了。管家赶紧把一根手指放到自己嘴上。

　　他这是发国难财啊！会首大喘了一口气之后，说出了一句恶狠狠的话。

　　国难财能发他也得发！这才叫没有由头找由头，有了由头抽油头。对了，师爷说以后顺天府所有的酱菜都由咱们供应了。管家找出理由给了会首一个台阶下，对生意有点好处，也是一个收获。

　　是啊，谁敢按市价跟顺天府要钱啊？他一点儿也不亏，这套把戏官府最拿手，你还真没办法支应开。会首一听就知道这里的猫腻。

得啦，爷，您就别较真了。管家努力劝着会首，让他想开一点儿，好歹咱们不是还在人家管辖之内么。

唉！没辙，就这么着吧。会首长叹一声，无可奈何认命地摇摇头。

第二天晚上，会首再次召集了几位会头，商量这件事。几个人说原先想的是请会首写这个碑文，现在会首说是府尹大人要写，认为是给咱们临汾会馆的面子。最后才知道是写完了要润笔三百块银圆，唏嘘一番也想不出别的办法，只好应允了。

会首自己应下一百银圆，其余由各位会头均摊。

次日，在泰和楼饭庄会首和几位东家，再一次宴请顺天府尹大人。酒过三巡菜过五味，会首端起酒杯。

府尹大人真是海量啊！朝廷有府尹大人这样的栋梁之材，国家幸甚百姓幸甚，我等深感敬佩！会首在商海闯练多年，这样的场合经历不少，场面上的话说得顺嘴顺耳。

哪里哪里，会首大人过奖啦！鄙人才疏学浅，还望各位海涵。府尹大人也是官场老油条，应付这样的场面也是富富有余。

我们几个人刚才商量了一下，有心想请府尹大人给撰写碑文，不知大人是否肯赏这个脸面！会首明知故问，把假话说得像真的。

哈哈！你可真会将我一军，我不答应吧，说我不给你面子，我要是答应吧，公务繁忙真没时间啊！府尹大人深谙此道，推托一下也是必须要做的文章，绝对不能免掉的。

那没关系！不管时间早晚，只要是大人肯帮忙写出这流传千古的碑文，我等一定会有丰厚的润笔奉上！会首再次双手抱拳深施一礼，谦恭地代表大家请求府尹大人。

那我就只好恭敬不如从命了，何况刻在石碑上流传千古，也是给我了一个扬名立万的机会。这样吧，碑文我尽量给你们快一点儿写出来，润笔嘛……这个这个……就免了，省的人家说三道四的毁我的清誉。府尹大人虽然已经答应了碑文的委托，最后还是要提醒他们不要忘记润笔的事情，不过话语就委婉多了。

大人既然答应了，我等翘首以盼，但愿能早日拜读妙文，领教大人的文采。会首见事情已经谈完，自己就再说几句客气话。

行啊！哈哈！众人互相寒暄几句，也就散了。

第二天，管家把府尹大人的润笔三百大洋送到府里，立碑的批文和府尹大人撰写的碑文顺利拿到。不久这两块记叙事件的纪念碑刻好后都在大院子坐南朝北的佛堂楼下，一东一西对脸立着。

从此，姚复臣虽然名义上还是临汾会馆的长班，而实际上已经成了临汾会馆的管理员，所有关于会馆的一应杂务，都由他来处理解决。他只需接受六位会头的指示安排，而会头里的第一位会首就是六成居的东家。

由于他受过皇封，朝廷赏了顶戴花翎，太后老佛爷的御笔亲提忠义臣民的大镜框和皇上的圣旨都在屋子里供奉着，这人就长了行市，出来进去挺胸抬头的，不久人们都尊称他为姚大爷了。

六成居的后院正厅里，会首站在房中正在欣赏一幅中堂幅字，也在跟夫人闲聊天。忙活了这么久，买卖总算重新开张了，我的心也踏实了。会首大大地伸了一个懒腰，浑身的疲乏也缓过来了一些。

老爷安排得好，遇见这么大的变故，有多少买卖家倾家荡产啊，幸亏提前有准备，要不然这一回就全完了。夫人喝了一口茶，异常感慨地说。

其实店里已经没什么了，没想到这俩小伙子居然把牌匾保存了下来，这就是好兆头啊。张彪这孩子不错，不但心眼好、聪明、勤快，还忠心。伙计要是对东家都这么忠心耿耿，那买卖能不好么？说起来只是一块木匾，但是这几个字对这个店的意义可就太大了，如果真的没有了或者烧毁了，对大家的心气和对这个店的生意好坏也会有很大的影响。会首每次想到这件事，心里都是热乎乎的。

是啊！要说复臣这孩子也是，难得的忠心。他怎么就想起来把会馆的地界圈起来，这一下省了多少事，少费多少周折和口舌啊。那么多店家为了地界拿刀动杖地打官司，本来就烧得差不多了，打官司又要花钱。夫人对于姚复臣能把地界保护好这件事，也是感到非常满意，这次恢复六成居店铺的地界和生意可是费了不少人力和财力。

彪子就没想到这一点，保住酱园地基，这回咱们费了多大劲，要是六成居也像会馆那样保住了，咱们又能省多少事省多少钱啊。可谁也没想到的是，只有姚复臣做出来了，虽说有点遗憾，可也不能求全责备。

眼下世道纷乱到如此地步，还能得到朝廷的封赏，也是不幸之中的万幸了。夫人说起朝廷封赏，心里也得到不少安慰。

这回朝廷封赏之事，不仅仅在京城里传开了，还像一阵风传遍了家乡，咱们山西尤其是临汾的进京做事的又来了不少人，这一下山西临汾商会的势力大增，各地商会也都上赶着跟咱们联络感情，增加了不少生意上的往来，往后咱们生意好做多了，我这个商会的会首面上增光不少啊。

原先一点儿都没想到，这俩孩子可真是有用之才。夫人每提到这俩孩子就高兴，满脸笑容。

所以对他们俩的提拔和重用，就是给其他伙计们看的，他们就是伙计的榜样，只要像他们一样忠心耿耿，我决不会亏待了他们。会首在这点上与夫人感同身受，认真地对夫人言道。

东家，姚复臣来了，说是有喜事请您做主。这时候张彪走进来，笑嘻嘻地跟东家说。

真是说曹操，曹操到！快叫他进来。会首心里一喜，提高了声音。

东家，婶子，二老吉祥！姚复臣进门对这二位东家深施一礼。

复臣，你来啦，听说你有什么喜事，快跟我说说。会首一边让姚复臣说话，自己也撩起长袍坐到椅子上，郑重其事地听他说话。

是这么回事，我拉着排子车上的牌匾逃难的时候，没吃没喝头上还带着伤，有一户人家救了我，还让我在他们家一直住到您回来，给人家添了不少麻烦。姚复臣简单节说的把事情叙述一遍，也想看看会首对此事有什么反应。

那咱们有工夫得去人家里一趟，好好谢谢人家。会首是个外场人，对这类事情完全有一套办法应对，马上就说出了自己的意见。

我已经谢过了，遭难的这些日子我一直住在他们家，这人家里有个闺女，他们家二老挺喜欢我，就说要把……闺女许给我。姚复臣见会首这么热情真诚，虽说还有点儿不好意思，也磕磕巴巴把自己的婚姻大事说了出来。

哈哈！这可是件大喜事，你小子运气不错啊。什么时候办喜事？会首听到姚复臣居然还找到了老婆，一下子开心极了，赶紧问个明白。

我这就是向您请示来了。还有，我没有父母了，想让东家为我做主，当我家人。姚复臣看着会首高兴成这个样，赶紧趁热打铁，顺着杆子往上爬。

也就是说我要是应下了这桩子事，我就是你的干老子，你就是我的干儿子了，是不是？会首一下子明白了姚复臣的意思，没想到这小子还有这么个心思，这完全是早就想好了，到了这会儿才说出来，挺有心计的。

这件事还要看您愿不愿意。姚复臣站在那里，老实巴交地说着自己的想法，生怕会首东家不答应。

我当然愿意。老婆子，有这么好的干儿子，谁能不愿意呢。会首的心里早就把他看成了自己的孩子，尤其是老太爷那一番叮嘱，让他每次见到姚复臣的时候都有一种亲切感。

谢谢干爹！干爹干妈在上，儿子给您磕头了！姚复臣没料到会首东家答应得这么干脆痛快，赶紧双膝跪倒，给干爹干妈连磕了三个响头。

快起来！会首和夫人满脸是笑，赶快叫他起来。

谢谢干爹！谢谢干妈！姚复臣起来之后心里虽然高兴，也多少有点不好意思，都不敢正眼看着两位刚认下的干爹干妈。

这么着，明儿个咱们爷俩带上礼物，你带我去看亲家认亲，剩下的事就都由我安排，你小子就等着搂新媳妇睡觉吧！会首两口子看姚复臣紧张得满头大汗，两眼不知看什么，两手也不知放到哪里的窘态，不免发笑。

那敢情好，谢谢干爹，您忙吧，我走了。姚复臣这辈子头一回认下了干爹干妈，多少还是不习惯，事情既然都说完了，就赶紧告辞回会馆。一路上不停地用衣袖擦着满头满脸的汗水，感觉就说了这么一会儿的话，比干一天活还累。

姚复臣跟英子结婚，山西临汾会馆的几个会头都来贺喜，六成居会首作为干爹，给姚复臣当了一回家长。按照六大会头约定，在临汾会馆里西北角特地分给他们一套里外两间的住房做新房，新房里除了几对喜字，最醒目的就是那个"忠义臣民"横幅镜框和官服官帽、圣旨了。前来贺喜的人无不进屋来看一眼镜框里的四个大字、官服官帽和圣旨，连连作揖上香，嘴里啧啧有声对着新郎和新娘赞叹不已。

当天进入洞房之后，小两口必然甜甜蜜蜜的一夜缠绵，姚复臣始终就跟喝醉了酒一般，乐得昏头昏脑的，小英子却在兴奋之余还保持着一份清醒，沉静了之后，开口发话了。

这一整天可算是忙活过去了，我就听人跟我说，这是谁谁，新郎新娘磕头！于是我就跟着你磕头。没完没了地磕头，结这个婚我头都磕晕了，根本不知道都给谁磕头了。英子慢悠悠地说着，既体会婚礼仪式的各种疲惫，也品尝着燕尔新婚的快乐。

可不是么，好些人我都认不出来，就知道磕头。咱们这头可不是白磕的，咱们给他们磕头那都要给份子钱，账房先生那可记着账呢。姚复臣也累得够呛，顺口答音地跟英子说话。

复臣哥，你知道你这一身荣耀和新名头，是谁给你的么？英子心里想的可是另一件大事，要是不说清楚，将来也许就更说不出口了。

谁啊？是会馆的各位会头和朝廷，慈禧老佛爷给的啊！姚复臣对这件事可是很清楚的，明明白白是太后、皇上和官府给的。

是——么？英子眨眨大眼睛，慢悠悠地问了一句。

是呀！姚复臣毫不含糊，一点也不打磕巴地把话说出来。

那你想过没有，要不是我给你出了主意，让你把院墙整理出来，你能想起这么好的法子么？不是我帮你把墙砖都码到矮墙上，这些个活你一个人干得完么？没有我每天给你送饭送水，你能挺着一个多月么？我们家要是不收留你，这么长时间你怎么活着呢？英子慢条斯理有理有据地把心里话说了出来，提醒着姚复臣别忘记自己在其中的功劳。

对啊！你说的是，主意是你出的，要不是你说出来，这个法子我可想不到。而且要不是你帮着我干活，还每天送吃喝，我都活不到今天。姚复臣这下明白了，原来英子是怕自己忘记了她在其中的作用，想一想这么长时间英子一家对自己的好，自己绝不能昧了良心假装不知道。

哼！这说明你还知道好歹，不是个丧良心的家伙，你要真是个糊涂车子，我这辈子就算是崴了泥了。听见姚复臣说的话，英子总算是放心了。

我要是丧良心，还能跟你成两口子么？姚复臣抱紧了英子，狠狠地亲了一口。

行了，只要你良心没让狗叼了去，日子就能过得好。英子顺着他的话，也给他一颗定心丸。

英子你知道么，接圣旨和官服官帽的那天，我就是穿着官服官帽和你给我做的新鞋接的皇封。大声喊着姚复臣领旨谢恩！好家伙，所有的人，包括会首和那些会头，各位官老爷大人们，还有那么些看热闹的，人海了去了，都看着呢。姚复臣想起那天的事，自己那一身官服官帽和那个御赐的横幅大镜框，多给自己长脸啊，至于那天的心慌意乱，全都给扔到爪哇国里去了。

是吗？这事英子可不知道，一听这话眼前似乎出现了一副画面，一身官服官帽的姚复臣接皇封的样子，咯咯地乐。

那是啊，我威风大了去了！夸大着自己的威风，更是为了讨英子的欢心。

我爷们儿就是威风。人家说"爷们前边走，带着娘们手"要是男人在外边干净利索，威风英雄，全凭着女人这双手给收拾呢。以后我老给你做新衣裳新鞋，老让你这么威风着。英子早就知道这句老北京话，也记在了心里，她一定要让自己的复臣哥，永远干净利索威风着。

住房虽然只有二间，但是每一间小屋里干净整齐，处处显示出女主人的勤劳和贤惠。正如俗话说的妻贤夫祸少，子孝父心宽。

一天晚上，复臣和英子两人亲热了一番之后，躺在床上相拥在一起，互相亲吻和爱抚着对方。复臣对这样的生活简直着了迷，不管白天多累多辛苦，到了晚上总是可以让自己美美地享受着爱的滋润。而且感觉到英子也和他一样在享受着，体验着，他觉得有一句北京话最能表达出他现在的感觉，喝儿了蜜！没错！

他天天都像生活在甜甜的蜜里，他爱不够，抱不够，亲不够……就连每到干完活以后往家里匆忙赶的时候，他都觉得心里甜丝丝、美滋滋的。想到这里，他放开了抱在怀里的英子，仰面朝天尽量展开身子。英子闭着眼睛把头枕在他肩上，一只手在他身上抚摸着。

英子，我现在有点后悔了。

什么？

我不骗你，真的后悔了。

听清了姚复臣说的话，英子一下睁开了眼睛，从床上坐了起来，看着表情严肃的复臣，她满脸疑惑不解。

你说什么？

我跟你说，我，后，悔，了！

你后悔了，你跟我刚结婚就后悔了，你凭什么后悔？你说你又看上谁了？英子怒气大发，用双手锤打着复臣，你看上谁了你？说！

看见心爱的妻子一下气成这样，裸露的双乳上下起伏不定，忍不住伸手要摸。英子把他的手打到一边，你别碰我，你不是后悔了吗，干吗还碰我？复臣坐起来一下把她重新抱着又躺下来。英子挣扎了几下就不动了，可是嘴里还喘着粗气。

你至于吗，我后悔什么你也不问清楚就生气。

你抱着我说后悔，你肯定是后悔喜欢我，后悔跟我结婚呗！

你看，误会了不是。

那你后悔什么了？

我后悔认识你太晚了，跟你结婚太晚了。你想，要是我五年前就认识你，至少四年前就跟你结婚了。

哎，五年前你才十六岁，还是个小屁孩呢！

这年头十五六岁结婚的多了去了，我要是四年前就跟你结婚了，那就可以多跟你爱上四年多，一辈子多过上四年这么美的日子，那是多好的事呀。现在，这四年一下就没了，想找都找不回来，我能不后悔吗？

你真是越来越坏了，我就这么跟你好你还不知足？说话也不说清楚，我还以为你跟我结婚后悔了呢，我打死你！英子又枕在他的肩上，用拳头轻轻敲着复臣身上。

复臣转过身来双手捧着英子的脸，看着她的眼睛说：我特别喜欢你！这辈子都喜欢你！

我也是，两个人又相拥着亲吻起来，好久好久。虽说房子不大日子也不富裕，小两口亲亲爱爱，日子过得和美幸福，让亲朋好友和邻居都羡慕。

九年之后，正是宣统元年。

听说媳妇有了产前的预兆，姚复臣赶忙请来了产婆子和她的两个帮手，看着她们里里外外地忙着，自己就在堂屋里摆下几个小菜和一壶酒，再把文房四宝都备好，然后把心爱的小铜钟拿到跟前。对着铜钟看了一会儿，把铜钟的小门打开了。然后坐在那里，一面浅斟慢酌，一面等待着好消息。

前两个生的都是女孩，姚大爷心里憋屈好几年了，这回到娘娘庙里烧了三回香，就盼着媳妇给自己生一个大胖小子。一辈子没干过坏事，怎么也应该让自己有个续香火的啊。

产婆近来对姚复臣说，姚大爷，该做的准备都好了，估计孩子也快生了，您就放心吧。

那好，您几位辛苦啦，待会儿有赏。虽说心里有点忐忑不安，可也保持着镇定的神态，用一句话说那就是，泰山崩于前而不变色，这才是真正男子汉大丈夫的气派。

那就先谢谢姚大爷了。哟，您看着钟，干吗还把钟门打开啊？那个产婆谢过之后，发现了桌子上的奇怪事，好奇发问。

我就是怕它突然停下来，记错了时辰。姚复臣听见产婆问他也愣了一下，因为所有的动作都是下意识做出来的，并没有仔细地考虑，冷不丁地听这一问，还真有点懵住了。仔细想了想怎么把小钟的门都打开了，自己也觉得有点可笑。

姚大爷您可真有意思，得，我赶紧去，别把事情给您耽误了。产婆见到姚大爷有点脸红了，赶忙走开，边走还边笑着摇头。

您多费心啦！姚复臣赶紧在后边喊了一嗓子。

大约半个时辰过后，里屋一阵骚乱，一声响亮的儿啼声传出，那产婆满脸带笑地过来报喜。

姚大爷，给您道喜了，您得了一个大胖小子，是位公子啊！产婆太知道这个世上的男人心理，一百个人里有九十九个重男轻女，这姚大爷的媳妇生了个男孩，那就是大喜，赏钱绝对少不了。一高兴嗓门的调调也提高了不少，恨不得让左邻右舍全听见。

是吗，真是太好了！都辛苦了，这是给您的赏钱，其余的每人一份。当即把早已准备好的红包，双手送到产婆面前。带来的几个帮忙妇女，每个人都打有赏钱。姚复臣张着大嘴不停地笑着，提笔在纸上写下：长子，宣统元年某月某日某时生。妇女们嘴里不停地道喜再加上连声喊谢谢的，给大厅里又添了几分喜气。

姚大爷您是不知道，这孩子长得与众不同。赶上这么好的事，产婆当然不能轻易地就放过。

是吗？姚复臣心里乐开了花，听见产婆一说更是高兴，一定要弄清楚明白，自己的儿子怎么就与众不同了。

是啊，虎头虎脑七斤多沉还不算，那小鸡儿长得别提多正了。产婆收起满脸的笑容，郑重其事地对姚复臣说出了自己的看法。

早就听人说过十个男孩九个歪，一个不歪是秀才。哈哈！姚复臣听见产婆这么说，尤其对小鸡儿两个字感兴趣，想起京城俗语里的这一句，又开心地笑了起来。赶紧轻轻走进屋里看儿子。

不错，我儿子的小鸡儿，挺正。姚复臣从产婆手里轻轻地接过来，那小儿已经不哭了但是眼睛还没睁开，产婆打开小被子，姚复臣睁大眼睛先看了看儿子的小鸡儿。示意产婆把小被子包好之后，闭上眼睛搂在怀里，尽情享受着抱儿子的感觉，嘴咧得合不上。突然又使劲睁大眼睛看着儿子，使劲亲了一口，没料到孩子哇的一声哭了起来。

哎哟！我的好儿子，这回是爹的不是，胡子扎着我儿子了，我刮胡子去。姚复臣千不舍万不舍地把儿子递给了接生婆。

我有儿子啦！姚复臣转身一边走着还自言自语，又像说给别人听的那么大嗓门。

您小点声，别惊吓着孩子。女人看着放在身边的儿子，微笑着申斥姚复臣。

媳妇，你可给我们老姚家立了大功啊，十个箩花女，顶不上一个跩脚的儿。姚复臣想起这么半天还没关照自己的女人，觉得太不对了，赶紧凑到老婆身边，摸了摸女人的脸蛋，又摩挲两下头发，眼睛里充满了感激和关爱。

这孩子虎头虎脑的真壮实。今年正赶上宣统元年，您得长子，大吉大利啊。产婆乘机又赶紧奉承一句，把话说得高调圆满。

这话我爱听，再赏您一块钱。姚复臣心里当然知道，这是产婆又在讨赏，于是毫不吝惜地再拿出一块大洋钱，扔给了产婆。在他的心里儿子是最值钱的。

姚复臣前后等了将近十年，终于得了一个大胖儿子，就如同三伏天吃了冰镇的西瓜，心里那叫一个爽。但是给儿子起什么名字，让他为难了。请了好几个有学问的人给起名字，总是觉得不满意。只好请来天桥四绝之一，大名鼎鼎的算命先生胡半仙，传说胡半仙打卦算命灵验起名吉利助运。差人把他请到家里之后，奉上香茶，再报上孩子的生辰八字。

胡半仙嘴里念叨了一遍孩子的生辰八字，又将男孩的面相手掌仔细查看一番，仰面向空念念有词，手指间不停地掐算着。然后问姚复臣，您对这孩子有什么愿望吗？

姚复臣说，就想给孩子起一个好名字。

这我知道，来之前不就说是要给贵公子起名字吗。问的是您对他的愿望。胡半仙来姚家之前，已经听说过前面几个算命先生的遭遇，知道了姚大爷的长子起名是个不容易办的差事，所以反复斟酌了之后，也想好了对策，今天一定要把这个名字起好，也是一个给自己扬名立万的好机会。

我当然愿意他比我强，将来能当大官，发大财。福大、命大、造化大，逢凶化吉遇难呈祥，能活得长远一点儿。可是一般名字也就三个字，还是请先生帮忙起吧！姚复臣把自己的愿望说了出来，希望这个要价最高的胡半仙，能把自己这个儿子的名字给起好。

照您的说法，最好福、禄、寿、喜、财，都让贵公子占上才好是吧？胡半仙两只眼睛看着姚复臣，按照自己早已制订好的路子，一句一句慢慢诱导着，这就叫请君入瓮法。

是啊，您就多费心吧！姚复臣见到这位先生完全领会了自己的意思，心里特别高兴，态度上也就更客气了。

我说怎么那么多高人给起的名字您都不满意呢，在下才疏学浅难当此任，还请姚大爷另请高明吧，告辞！胡半仙说完站起身就往外走，一面走还一面摇手。

先生，先生，您别生气，我愿听您的教诲，请坐，请坐。姚复臣发现突然场面一转，一时有点懵圈，心想刚才还好好的，我没说错什么话呀，哪里得罪这位先生了，怎么一下就变脸了，有话不会好好说嘛。

胡半仙一听这话，才又重新坐下，把茶碗端到嘴边喝了一口。

还请先生多多指教。姚复臣见到先生重新坐下，更加恭敬地请教。

指教谈不上，若有得罪，还请原谅啊！胡半仙一招欲擒故纵，就镇住了姚复臣，重又坐下，慢慢抚平长衫的前摆，施展着自己原已定好的计策。

您请说。姚复臣老老实实地坐在椅子上，恭恭敬敬地听着胡半仙的指教，完全被这先生给拿住了命脉。

这年头在北京提起您姚大爷，那可是无人不知无人不晓啊。尤其是在咱们南城更是妇孺皆知。您在庚子年间的义举，受皇封得子孙厚禄的事，人人听了都敬佩得五体投地，在下也早就如雷贯耳了。胡半仙喝完两口茶之后，跷起二郎腿先把姚复臣大大地赞颂了一番。至此，前面的铺垫算是结束。

先生过奖了实不敢当。姚复臣见到胡半仙的脸色变得和颜悦色了，放下了一颗悬着的心。

姚大爷客气啦。这么着，我先给您讲一个小笑话吧。胡半仙把之前突然很紧张的场面缓和下来，便开始往下进行诱导。

姚复臣也心平气和地坐在那里，认真地等待着，很想听这位先生给自己讲些什么。

说的是，早年间有个穷秀才，为了给自己修一个好的来世，一生吃斋念佛，修桥铺路地做好事。真像戏词里说的"扫地恐伤蝼蚁命，为救飞蛾纱罩灯"！胡半仙一板一眼有条不紊地讲着，为了让姚复臣听清楚，他必须讲得很慢。

哦。姚复臣应了一声，表示自己在认真地听着。

话说，秀才到了老年无疾而终，是个喜丧。到了阴曹地府见过阎王爷，阎王赐座，仔细翻看了生死簿之后，和和气气地对秀才说，秀才啊，我看了您的生死簿，真是一生做尽好事，并无半点欺心，本王我有心好好提拔您，也给世上人做个榜样，说说您想投生到什么样的人家啊！胡半仙说到这里，又端起茶杯慢慢地喝起茶来。

那秀才怎么说的呢？姚复臣听得很入迷，觉得这个小笑话挺有意思，原先还真没听说过，问了一声。

那秀才思索半日，在书案上展开笔墨，笔走游龙写下四句诗。诗曰：地有千顷靠山河，妻妾成群子孙多；金银财宝无其数，寿命还须三百多。胡半仙喝完了几口茶，见到姚复臣听得很上心，心中暗喜，故事也讲得越绘声绘色。

这四句诗里边包括了他的愿望，写得不错。姚复臣听了之后想了想，也稍微懂一点这里的意思，认为诗里的意思很全面，内容写得不错。

好这位年兄，不仅要千顷地，还要靠山傍河，这样天旱了河边有收成，涝了山上淹不了，好年景那就是大丰收。老婆多是有艳福，孩子多流传万世，而且钱也要多得无其数，就是花不完的意思，以上都有了还不算完，最后的要求寿命长啊！胡半仙见状也很高兴，解释得更清楚。

那阎王爷怎么说？姚复臣听出了这个故事里的意思，心里暗暗发笑。

那秀才把写完的诗句恭恭敬敬送到阎王爷面前，阎王爷从头到尾看了这首诗之后哈哈大笑，说干脆您来当阎王吧，有那么好的事我还去呢，能轮到您的身上吗？胡半仙绘声绘色地讲完了这个故事，既委婉地道出了自己的想法，也不得罪当事人。

姚复臣听懂了胡半仙的故事，也明白了他的意图，既没有把话说得很生硬，又完全表达除了自己的想法，的确不是常人所能办到的，在一众算命先生当中，真是绝对聪明过人的一个了。

两人一对眼神，已经都了解了对方的意思，会心地笑起来，剩下的事情就好办多了。

姚大爷，要是说起来，您是一个老实、本分的人，怎么事情一到了自己头上就不明白了呢？胡半仙一面喝着茶，一面侃侃而谈。

还请先生明示。姚复臣打心眼里佩服这位先生说服人的本事，感觉两个人完全是好朋友在聊天了，没有一点拘束的感觉。

您看那戏台上一出来就是福、禄、寿三星，不是贺喜就是祝寿，实际上哪个人能占全了啊？甭说是一般老百姓，就说那些当了大官的，谁占得全。再说一句大不敬的话，就连皇上他老人家，都未必占得全啊。胡半仙知道，尽管如此明白了道理，依然要掰开揉碎了仔细地讲明白，才能更加使对方信服。

是，是！姚复臣已经佩服得五体投地，自己只是一个老实巴交的平常人，平时与社会上的三教九流接触不多，这时也发现自己的社会经验真是太少了。

史书上记载的那些得道明君，能活到八十岁以上的也是寥寥无几，就甭说那些短命的皇帝了，更何况你我这样的草民，谁担得起福、禄、寿、都占全了的命啊？所以说人不能太贪了，人生是有定数的，这边占得多了，那边就少了。如果命里没有，就算是给您了您也担不起来啊。胡半仙不慌不忙，一点一点地把道理说明白。

您圣明。姚复臣没别的想法，认真地听着先生的教诲。

贵公子天庭饱满地阁方圆，将来有当官的命，占一个禄字。华字在古文中也作花字解，含有锦绣前程，繁花似锦的意思，再加一个华字，就叫禄华吧。先生拿起毛笔，在纸上写下禄华二字，双手举起送到姚复臣手里。

禄华，好名字！姚复臣接过写着这两个字的纸条，笑得嘴都合不上了。

何况，既然有了当官的命格，只要把官做好了，还怕不发财么？当了官发了财日子就过得好，寿数也不会少了啊。所以这一个禄字，包含的可就太多了。您看怎么样啊？

好好，就叫姚禄华了，多谢先生。姚复臣觉得这两个字也很响亮，冠上自己的姓之后，叫起来也很顺口，很是满意。

不谢，能给贵公子起名字，也是在下的造化。再说了，刚才看到小少爷的手纹是断掌，俗称通贯手。相书上说"男儿断掌千斤两，女子断掌过房养。"就是说男人断掌，是有挣钱发大财的能力，价值千金。而女子若是断掌，那是与父母的缘薄，宜过继给他人抚养。所以说小少爷这一生是不缺钱花的，您大可放心。胡半仙完成了这个使命，也大大出了一口气，这开口饭吃得不容易啊。

这是酬金，请笑纳。姚复臣恭恭敬敬递上五块大洋钱，心里高兴不在乎多花两块。

那就不客气啦，回见！胡半仙费了一番口舌，总算是把这份钱挣到手了，用了半天工夫，凭着自己的三寸不烂之舌，挣回了将近半个月的生活费，也算不错了。这位姚大爷还真是给面子，原先说好是三块大洋，现在居然给了五块，将来说出去也是自己的本事和面子。

我送先生。姚复臣满脸带笑，恭恭敬敬把先生送出大门，再三作揖道谢。回来后把儿子抱到屋子中间的八仙桌子上，然后给儿子深施一礼，口中说到，姚禄华先生，哈哈！然后抱着儿子不停地叫着，禄华，我儿子叫姚禄华！

自从听得算命先生说，这个儿子不但有做官的命，而且一辈子不缺钱花，姚复臣非常满意，简直比自己当了大官发了大财还知足，从此满脑子认定，只要踏踏实实地把儿子养大，将来自己也就无忧无虑了。

姚复臣由于从小吃苦受累，再加上前两个生的都是女孩，这回得了一个儿子，简直把姚禄华当成了心肝肉尖子，真是含在嘴里怕化了，捧在手心怕摔了。从小早上不起晚上不睡，惯得没边，要什么给什么，吃什么买什么。虽然已经有了洋学堂，把他送进去学文化，但是他想玩就玩，不愿意学习就不去，为了让姚禄华上学花了不少钱，可是勉勉强强只上到小学四年级。这期间上课睡觉看小人书，下课打架贪玩，经常逃学不上课，从来不做作业，到了四年级就说什么也不学了。

那年夏天，姚复臣走进久联升鞋铺，摇着扇子看了四周一看，这边早有伙计迎了出来。

姚大爷，您老吉祥，您可有日子没来了，我们掌柜的早就想您，都跟我们念叨好几回了，您老最近发财啊。小伙计满脸堆笑，热情地接待着这位姚大爷，嘴甜的就像吃了蜜蜂屎。

您客气，甭跟我打马虎眼，他要是想我怎么不看看我去啊？姚复臣对于商家的这些做派早已熟悉得很了，立马提高了警惕，知道这是又要推荐给自己什么新进的好货了。

姚大爷您请坐，小立巴儿，给姚大爷上最好的龙井茶。伙计可是经验老到，不管哪位顾客来到店里都要非常热情地招呼着，让他觉得自己跟别的顾客不一样。

算啦，就你们那龙井茶不知道是乾隆爷还是康熙爷那年喝剩下的，我不要。你要是真想让我喝一口，就把你们掌柜的那上等茉莉花茶，给我沏一碗。姚复臣这样的老顾客都知道，张罗得再好那龙井茶也是几年的剩茶叶，掌柜的平时喝的茉莉花茶，那才是正经好茶。

姚大爷您吉祥！掌柜的听见小伙计报告姚复臣姚大爷到了，赶紧出屋走到店铺的门脸房里来接待。

老掌柜您吉祥！姚复臣见到老掌柜出来，马上互相打千行礼。

快去给姚大爷沏一碗茉莉花茶，就从我那茶叶盒里抓。掌柜的到了门口正好听见要喝他的茉莉花茶，暗暗发笑，向小伙计吩咐了一声。

得嘞，您就擎好吧。小伙计是早就练出来的机灵鬼，知道这是不能慢待了的客人，转身就去沏茶了。

姚大爷请坐，您可有日子没来了，贵府上人都好啊？

都好，劳您惦记着，最近买卖兴隆啊！二人落座之后寒暄着。

姚大爷，您的茶来了。掌柜的，这是您的。小伙计沏完茶，用托盘端上来，每人一碗摆到两位面前，站在一旁。

你下去忙吧，我这不缺眼前花儿。老掌柜看了一眼小伙计，让他下边忙其他的，自己想跟姚大爷好好聊聊。小伙计见没有别的吩咐，就退了出去。

姚复臣心里明白，说起久联升鞋店本身距离临汾会馆就不远，这么多年凡是要买鞋穿都是到这儿，互相早已熟悉了。

您请！老掌柜伸手让茶。

您请！姚复臣也不再客气，端起茶碗互相让了一下，喝了一口。

我听说您的小少爷身子骨壮实，小人机灵越长越像您。老掌柜知道见什么人说什么话，对于这位姚大爷，最好跟他聊他的宝贝儿子。

这话说的，我的儿子长得不像我，像你啊。果不其然，姚复臣一听人说起自己的儿子，立刻满脸笑出了核桃纹。

我可没那么大造化，我是说小少爷长得像您，真是一表人才啊！老掌柜的嘴更是功夫到家，一句话说得姚复臣立刻云里雾里。

哈哈！姚复臣忍不住心里的喜悦，哈哈大笑起来。

姚大爷，您来看看什么鞋啊？老掌柜两句话说到他心里，立刻把话拉回来。

还是老千层底，又结实又舒服。姚复臣心里高兴也没忘记自己干什么来了，顺便也把鞋店夸上一句。

行嘞，给姚大爷拿一双老千层底，记账！老掌柜向柜台吩咐一声，马上有人按照早已确定的号码，给包上一双鞋，放进鞋盒里用绳子拴好，提到姚复臣面前。

这千层底就咱们老鞋铺里做得地道，经济实惠。姚复臣知道好听的话谁听了都高兴，适时添上一句，也不费银钱，何乐而不为呢。

其实就您老这身份，也该换换新花式，赶时髦啊。老掌柜见火候已到，不显山不漏水地跟上一句。

什么时髦？姚复臣果然还是老实人，马上就被带进了圈套。

就是眼下最新的时兴款式，进口牛皮鞋。老掌柜睁大眼睛，郑重其事地说。

您说的那鞋我知道，没穿过。姚复臣在会馆里当然见过皮鞋，可是对此不感兴趣，自己穿惯了北京布鞋。

又结实又漂亮，有钱有势的上层人家，都时兴穿这个啦。俗话说得好，爷不爷全看鞋，这您比我懂啊。老掌柜有点神神秘秘的，把这件事压低声音说。

老百姓有几个能穿的，再说穿上那牛皮鞋，就跟长了个牛蹄子似的，也不是样啊，怎么就会时兴了。姚复臣没穿过皮鞋，也说不出有什么不好，反正自己看不惯，周围穿皮鞋的也不多，他不同意这个见解。

时兴的事情，那就是一时一变啊。老掌柜赶紧解释，脸上保持着笑容。

也许是服装搭配的问题，再有就是不习惯。姚复臣不好意思把话说得太硬，只是一个劲强调自己看不惯。

我看那些从外国回来的留洋学生，穿着也挺好看的。哎，将来您的小少爷有出息，没准就能出国留洋，到那时候您就是留洋学生的爹了。老掌柜赶忙换了一种说法，绝对不跟姚复臣对着干。

要那样可就好了。姚复臣见话茬回到自己儿子身上，又把他高兴劲引出来了。

这么着，我送少爷一双皮鞋，祝小少爷将来出国留洋，那就成了大人才。老掌柜采取迂回进攻的办法，以退为进。

那可不行，他太小了，经不得这个。姚复臣赶紧推托，知道自己的孩子不大，哪就到留洋那份上了。

拿一双八岁孩子式样的小皮鞋。老掌柜不由分说，对后面柜台吩咐一声。

来了，您看看。伙计手脚麻利，立刻送上来一双小孩的牛皮鞋。

这鞋做得可真结实，锃光瓦亮的。姚复臣拿到手里一看，小鞋做得很漂亮，鞋面上擦得锃光瓦亮，也喜欢上了。

挺好吧，您拿走，这是送给小少爷的。老掌柜把话说得慷慨大方，心里却明白，今天一定要把这双小牛皮鞋卖出去。

那可不成，就算是您有这个心，我也不能白拿您的，这鞋我知道，价钱不便宜，我得给您钱。姚复臣喜欢上了这双小牛皮鞋，但是咱这身份不能占人家便宜，钱多少的不说，不能失了身份。

姚大爷您跟我还客气啊，您的儿子就是我的大侄子，我说送了，您就拿走。老掌柜不管心里怎么想的，嘴里的话茬子可顶得住。

不能这样，您这买卖也不容易，一大家子就指着它吃饭呢，还有这支撑的门脸，伙计们的开销……我哪能白拿您的啊？我成什么人了？大老爷们穿得起鞋就花得起钱，更别说是给自己个的宝贝儿子买鞋了，绝对不能让人家背后戳脊梁骨。姚复臣可一心为了鞋店着想。

还是姚大爷体谅我们做买卖的。这么着，二两银子，您给我个进价，我一个大子不赚您的。老掌柜见火候已到，马上顺口搭音地把价钱报出来。

一双鞋二两银子也就合四块大洋了！姚复臣一听价钱打了一个愣怔，这可是一个人半个月的吃喝开销，就买这么一双进口小孩牛皮鞋么。

您瞧！我说让您拿走送您了，您非要给钱。老掌柜不依不饶的顶上一句，让姚复臣再也没话可说。

得得，既然我说要了，您记账吧年底一块结。一想起是给自己宝贝儿子买的，姚复臣把心一横，不就是这么一个儿子么，花点又能废到哪里去。

行嘞，后边记账八岁进口小牛皮鞋一双，姚大爷给少爷买了。老掌柜赶忙喊了一声，后面账房有人答应着。

老掌柜的，还是您会做买卖啊。姚复臣到这会儿才有点醒过梦来，笑着点了一下老掌柜。

看您说的，哈哈！老掌柜见买卖已经做成了，更加亲热地寒暄着。姚复臣拿着这双小牛皮鞋，到柜台上装进小鞋盒里，手提着拴好的麻绳，摇摇头自嘲地笑了一下出门回家了。

姚复臣花了二两银子，给八岁的宝贝儿子姚禄华买了一双进口牛皮鞋，高高兴兴地拿回家里，把姚禄华抱在怀里穿上牛皮鞋。一转眼姚禄华就跑不见了，等回来的时候，一双新鞋在雨水里趟玩之后，湿淋淋的又脏又臭。

姚复臣见了，赶快把湿鞋脱下来，放在火炉边烤干，连一句重话都不舍得说他。

姚禄华跟爸爸要钱说是想买一个玩意儿，拿钱出门买回来一看是个空竹。可是他年纪还小根本就玩不了空竹，姚复臣却说，宁买不值，不买吃食。买了吃食回家，也就是香香嘴，臭臭屁股，买了这玩意儿，能玩好几年呢。

有一次出门，姚禄华非要买一个拨浪鼓，这玩意儿是小孩子玩的，他早已过了玩这玩意儿的年纪。姚复臣却说，咱们买的那些吃喝穿戴图的不也就是一个高兴嘛，只要我儿子高兴，这钱就花得不冤。

姚禄华逐渐长大了，个子虽然不太高，但是身体强壮，是能在大冬天光着膀子在院子里擦洗身子的人。

有一阵子说是要学武术，可是又受不了锻炼之苦，除了几个花架势之外什么也没学成。就这么混到十二三岁，娇生惯养得不但没文化，而且又馋又懒非常任性。

姚禄华的通贯手非常厉害，掌上一道横纹从左到右连成一条粗线。身体强壮胳膊和手上都有劲，所以打起人来特别疼。那时无论哪家买卖户和人家要是抓到了小偷和盗贼之后，都要打一顿然后送往官府。而打这盗贼的时候往往就要叫上姚禄华，几个巴掌打下去，轻则脸肿嘴流血，重则连牙都打掉了。

有一次是五个小偷商量好，要一起报复姚禄华，就找了个没人的地方，引诱他过去要打他一顿。没想到被他的两个发小发现了，三个人打五个小偷。这一架打得惊动了其他店铺里的人，好几个店铺里的活计和街市上的子弟都来凑热闹，结果五个肇事者全都被打断了胳膊腿，然后送进了官府被关了起来。从此没人敢再惹这大栅栏里的伙计们。

可是直到这会儿，姚复臣也没看出自己的儿子能当什么官，对于那算命先生的话，多少也有了点怀疑。他怎么不想想，自己的儿子大字不识一巴掌，如何能当官呢。

有了姚禄华之后过了十一年，才得了第二个儿子。次子姚润生，聪明伶俐，有正义感。虽然身体看上去很壮实，但是从小就得了癫痫病，俗称羊角风，扎针吃药一直也没治好。

头生大女儿在家叫大丫头，出门人称大小姐，生得大眼睛小嘴巴，高鼻梁长乎脸，俊俏苗条，喜爱唱歌唱戏，性格活泼。无论各路梆子还是京剧，一学就会，而且很快就能唱得有板有眼，也学会了翻跟头，劈叉和下腰，所以就连身段都能学的大致差不离，是个人见人爱的小美人。

从小每天在附近各大小戏院玩，玩得疯了心，从不好好在家陪陪父母，或者帮助干点活。仰着头出出进进，任谁都看不起，愿意干什么就干什么，想上哪就上哪，谁也管不了。

后来姚复臣听她在家唱的有点滋味，就有心请人给她吊嗓子。一天，姚复臣把请来的一位拉胡琴师傅带进院子，听见大丫头正在唱戏，就对拉胡琴的师傅嘘了一声，示意他先听一听。大丫头唱了一段之后，停下来的空档，才又向拉胡琴的师傅点了点头。

大丫头，出来！姚复臣对着屋里喊着。

来啦！大丫头听见父亲叫她，赶快打开帘子出来，正待张嘴说话，看见一位拿着胡琴的师傅站在一旁，笑嘻嘻地看着她，心中一喜。哟，这位先生会拉胡琴吧？

是啊。姚复臣回答了女儿之后，转过头来对那人说，这就是我大闺女。再对女儿说，大丫头，这是周师傅，我请来给你吊吊嗓子，看看你是不是那块料，快叫师傅。

周师傅万福！大小姐赶忙施礼，双手轻轻搭于左胯处，右脚后支，庄重缓慢地屈膝并低头，口道万福。

大小姐别客气！姚大爷请我来给您吊嗓子，那是抬举我呢。这儿有桌子和凳子，咱们就在这院子的树荫里练吧。周师傅是外场人，场面上的客气话说得很到位，张嘴就来。

您坐这儿就行。姚复臣赶紧给周师傅掸了掸凳子，伸手示意请坐。

两人坐定之后，大丫头给姚复臣和琴师各端来一杯茶，琴师谢过之后开始调弦。

大小姐要唱哪一段？调弦之后周师傅问了一句，先要找人家最擅长的那一段试试，所以只能由唱家定段子。

《苏三起解》《打渔杀家》您拉哪段都成。大丫头最喜欢的就是这两段，也是青衣唱腔中最有名的唱段，很能听出功力。

那我起一个调，咱们先唱起解吧。周师傅就选了大丫头先说的那一段，一般情况下先说出来的一定是最拿手的。

我听师傅的。大丫头嘴很甜，话茬子也跟得上。

胡琴拉响了一段过门之后，大丫头随着胡琴声唱起来。这是她第一次跟着琴师的伴奏唱戏，刚开始还有些怯生生的，过一会儿就底气很足地跟着琴声的节奏，有板有眼唱得不错。

唱了几段之后，大丫头连身段都带上了。几段唱完，姚复臣问那琴师，周师傅，您看我这闺女行吗？

姚大爷，您这闺女，太行了。跟您说实话，有钱人家的少爷小姐喜欢唱戏的多了去了，我这把胡琴在北京四九城跑，还真没见过像大小姐这么有天分的。头一回就能把胡琴跟的这么好，难得啊。琴师笑着对姚复臣说。

周师傅，您说的是真话？姚复臣听见周师傅这么肯定的夸赞，也是满心喜欢地看了大丫头一眼。

跟您这么说吧，要是蒙您我是小狗子，真是很不错。周师傅也是真感觉出这个女孩确有唱戏天分。

看来是个可造之才。姚复臣还要再确定一下这个结论，因为他有心给大丫头找师傅，让她正式进入梨园行。

没错，您该给她找个师傅了。周师傅郑重其事地表示，这孩子的确是个可以造就的人才。

得，谢谢周师傅，今儿个咱们就到这了，下回有工夫再向您请教。姚复臣听周师傅一再肯定，于是心里有数，接下来要做出最重要的决定。

在下告辞。周师傅收拾起胡琴，施了一礼。

周师傅慢走。姚复臣伸手付给周师傅说好的劳务费，走几步送出了周师傅。

自打周师傅对大丫头的唱功给予充分的肯定之后，姚复臣就决定要给她找师傅了。他并不认为唱戏的就是下九流，也从来不把唱戏的人叫戏子，对于那时候有名的戏剧演员，心里充满了崇敬。他自己喜欢听戏，也爱随口唱几声。所以他也体会出，不下几年十几年工夫，不可能把戏唱得那么好。用戏班子里的行话说，那才叫真玩意儿。

既然女儿有这方面的天分，就可以往这方面发展，不能把孩子的前程耽误了。于是便在附近的各个戏班打听一下，怎么才能进戏班学戏，都有什么规矩。

有一天大丫头跟着几个小姐妹到陶然亭公园的湖水边玩，听见有人在唱戏。循声走过去，看见一个女人身材苗条，着彩衣带身段地唱戏，旁边的琴师也拉得特别好。几个人听着看着，竟然入了迷一般。

一段过后，那唱戏人要喝水，发现了这几个女孩，就走过来。

你们上别处玩去吧！我这儿不许外人听。说完话还对她们挥了挥手，赶着她们到别的地方去。

几个女孩害怕了，一哄而散，大丫头却还在那坐着笑眯眯地看着唱戏人。

你怎么不走啊？唱戏吊嗓子的女人觉得这孩子胆子挺大，居然面对自己一点不怵。

大姨唱的真好听，我舍不得走，您就让我听听吧。大丫头本身喜欢唱戏，出来玩一回好不容易遇见一位真唱戏的，心里喜欢得不得了，哪肯就这么走开呢。

噢，你爱听我唱戏？唱戏的女人却知道，戏剧一行非常讲究天分，真遇见有天分的好料子，稍加指点就能成了角。

大姨唱得好，谁都爱听，我都听得入迷了。大丫头一句话说出来就让那女人喜欢上她了。

你想唱戏么？那女人有心试一试这个女孩的天分，边喝水边问了她一句。

嗯！大丫头赶紧瞪着大眼睛，使劲点了点头。

你唱一段给我听听吧。那女人伸手招呼大丫头走近自己，上下打量着她的身材和身体的柔韧性。

我唱得不好，还请您多指点。大丫头毕竟在外面是第一次见到真正的演员叫她过去唱戏，不免有些紧张，声音也比刚才小了不少，说到最后几乎都紧张得说不出声音了。

孩子别怕，过这边来唱。那女人知道大丫头的心理状态，鼓励着她。

有了前边跟着胡琴唱戏的经历，大丫头一两句之后便放开了，全神贯注地唱开了，有了专业琴师托得好腔，再加上几个小身段，那女人只看得眼珠都不动了。跟着琴师的胡琴唱了几段之后，唱戏的女人双手拉着大丫头的手不舍得放开。闺女，你多大了？

我十四岁了。大丫头见那女人紧盯着自己，刚唱完还没把气喘匀呢。

哦，年纪是稍微大了一点儿，你想上台唱戏么？那女人想了想，这年头喜欢唱戏的孩子很多，但是真正有天分的太少了，这女孩是不可多得的人才。

想啊，大姨，您教我唱戏吧。大丫头听见这话恨不得一蹦老高，跳着脚的赶紧双手拉着那女人，央求着。

那好吧，我收你为徒弟，叫你爸爸到元庆戏班来找沈老板。孩子，咱们娘俩有缘，今天就到这儿吧。那女人姓沈，是元庆戏班的老板。

大丫头鞠躬告别之后，风一样地跑回家，把这件喜事告诉了父亲。姚复臣听到这个喜讯也高兴万分。第二天就带上礼物，父女二人一起拜访元庆戏班沈老板，说定了先在戏班里学戏，每天到戏班里半天，不管吃住晚上回家休息。一年半载之后确有成绩，再正式拜师进戏班。

沈老板把大丫头叫到身边，面对姚复臣问道，大小姐有大名么？

没有大名，沈老板给她起一个吧！那年头一般女孩不到出阁嫁人的时候，都不起大名，所谓的大名是区别于平时家里叫的小名。到了洋学堂，不论男孩还女孩都要起一个名字，所以后来名字也称为学名。

你生的俊俏，身材也不错，就叫俊英吧，你看行吗？沈老板上下打量了一下大丫头，略一思索就说出了这个名字。

俊英，姚俊英，我喜欢这个名字，谢谢师傅！大丫头转过头来看了看父亲，姚复臣向她点了点头，见到父亲同意了，赶紧给师傅跪下磕了一个头。

头一个是谢谢您给我闺女起了名字，二来也想问一问沈老板，您看我这闺女真是学戏的材料吗？姚复臣一本正经地看着沈老板，既然这师傅大小也是真正唱戏的角，就想问出一句真话，自己也有个主心骨。

我的眼睛不会看错，俊英天生就是这里的虫儿，她很快就能登台亮相，而且肯定能成戏班里的台柱子，您就放心吧！沈老板对姚俊英的评价不低，她觉得自己发现了一颗好苗子。说完话，又寒暄了几句之后，父女二人才告辞回家。

第一天练功教戏，师傅要摸一下姚俊英的基础状况，俊英你会下腰、劈叉么？要是会的话让我看看。

我自己瞎练的，您看看。姚俊英先下腰后劈叉，然后喘着气站起来。

功夫不深但总算练过，算有一点儿底子。以后记住不管春夏秋冬，刮风下雨，每天都要练功两个时辰。几年之后应该能赶上你的师姐、师妹们，要是肯下苦功夫，也许能早一点儿赶上来。沈老板嘱咐她要比别人更努力，否则以她的年纪很难有什么大的前途。

我听师傅的，好好练，争取快点赶上师姐们。姚俊英是好学上进的性格，自己也明白以目前的状况来说，要想上台唱戏还差得很远，之所以不马上就让她正式拜师学艺，还是要看看她有没有发展的前途，如果练上半年没多少进步，正式拜师的事情也就吹了。

那就好，这功夫要是练不出来，到时候没法用。沈老板见到姚俊英很知道努力，点了点头，把话都说明白了，剩下的就看她自己的努力了。

什么叫没法用呢？姚俊英听见师傅说了一个自己不懂的词，生怕弄不明白会出问题，赶紧发问。

就是你舞起来的时候不能唱，唱的时候舞不动，这就叫功夫不能用。你唱戏的时候舞不起来、打不起来，不能加身段。就算是能舞能打，可是动作不到家不好看，气息不对也唱不出来了。台上一分钟，台下十年功明白吧？沈老板知道姚俊英新来乍到很多事情都不明白，可是肯动脑筋学习敢发问，也是个不错的开始。沈老板喜欢这个孩子，愿意跟她多说两句。

哦，我知道了。姚俊英大声地答应着。

还有，以后吃饭咬硬东西，不能只用一边牙，一定要左右两边都用到。沈老板突然想到了这个问题，也顺口告诉了她。

姚俊英听了吃惊地看着师傅。

左右都用到了，两边嘴上的力量就用的一样，时间长了你说话唱戏还有笑的时候，就不会歪嘴了。沈老板苦口婆心的教导着，希望她能打下好的基础，不辜负自己的一片苦心。

我知道了，谢谢师傅教诲！姚俊英也感觉到了师傅对她的关心和照顾，美滋滋地笑了。

过了半年，姚复臣接到女儿带话，说是沈老板决定让她正式拜师。于是亲自带了礼物去戏班看望沈老板。到元庆班见过了沈老板，谈了收徒弟的一应事宜，并且签下了一份收徒合同，商定好日子去行拜师礼。

等到行拜师礼的那天碰见了一件事，沈老板请他们爷俩在一旁坐下，稍等一会儿，有伙计奉茶上来，父女二人坐在旁边等候着。

沈老板坐在椅子上喝茶，旁边跪着一个女孩泪流满面。

嗓子坏了是吧？这时候想起我来了，你不是嫌我这管得严挣钱少，另攀高枝了吗？让你师傅给你把嗓子治好啊，找我干嘛？沈老板看也不看身边跪着的那个女孩，自己漫不经心地喝着茶，等了一会儿才慢慢开了口。

您有那个治嗓子的秘方，我知道。女孩不知道是因为倒苍还是咽喉发炎，沙哑着嗓子，很难受地说着话。

我呢，的确是有秘方，哪怕你的嗓子全坏了，哑巴了，我也能给你治好了。可是孩子，你不能欺师灭祖，这山望着那山高，是你不仁在先，就别怪我不义了。沈老板慢悠悠一板一眼地说着，没有声色俱厉的训斥，却每句话都像刀子刺进女孩的心。

求您了师傅！女孩已经学了好几年戏，也有很好的天赋，尤其是嗓子高亢响亮，后来被别的戏班老板看中，许给她更高的包银挖墙脚给挖走了。现在嗓子坏了无法再上台唱戏，就被那个老板赶了出来，说是不能养活白吃饭的废物。只好再回来求沈老板，跪在这里已经半天，磕头磕得前额都流血了，也没把沈老板的心软下来。

我已经不是你师傅，你投奔别人这事，说大不大说小也不小，对别人来说也许就不算个事，可是我就最恨你这个样人。干脆告诉你，嗓子坏了爱找谁找谁去，别在这给我添堵！沈老板不再跟她多废话，说了几句绝情的话之后，打发那女孩走人。对旁边的两个徒弟使了个眼色，那两个徒弟上前搀起女孩，架起身子送出了戏班大门之外。

姚大爷您好！不好意思，徒弟不孝的事都让您看见了。沈老板打发走了欺师灭祖的徒弟，再回过头来接待姚复臣父女俩。

沈老板好！这类事很多戏班都发生过，其他手艺行当和买卖家也常见，您对她就算是客气的了，要照着别人家的规矩，早就把她打出去了。姚复臣已然很了解社会上的一些规矩，对类似这种见利忘义之徒也很鄙视。

是啊，姚大爷这样的忠义之人，眼睛里绝对不揉沙子。您老请坐！沈老板笑着转头吩咐一声。

按照戏班的规矩，举行了一个拜师仪式。仪式虽然简单，但是那份"生死契约"是不能免的。主要内容就是在戏班学戏的过程中，无论是受到处罚或是得病等其他原因，徒弟如果死了，与师傅老板等人无关。

从此姚俊英就正式进入了沈老板的班子。

仪式举行完毕，姚复臣又和沈老板聊了起来。

承蒙沈老板抬爱，收下小女为徒，往后还请沈老板严加管教。姚复臣向沈老板拱了拱手，

姚大爷您真客气，俊英的身段、扮相和嗓子都是她的好本钱，既然进了我的班子，我自然会努力把她调教好，您就放心吧！沈老板心里有数，收徒弟最终还是要给自己挣钱，当然要调教好了。

首先是姚俊英确实有唱戏的天分，其次当然也是银子的力量，姚大爷花了那么多银子，做师傅的怎么着也得给人家一句好听的话吧。

北京有句俗话"仰头老婆低头汉，不好惹"。这是说，如果遇见仰头走路的女人或者低头走路的男人，尽量不要惹他们，和这样的人打交道要多加小心。仰头走路的女人，心气高得离谱，一般的人她们看不上，她们自命不凡。胆子大，脑子快，嘴茬子厉害，得理不让人，无理搅三分，泼辣劲远在一般人之上。低头走路的男人，往往城府很深，非常有心计。跟这样的人打交道，被他卖了还得帮他数钱。要是他吃了一点儿亏，早晚会找补回来。明着跟您甜哥哥蜜姐姐，暗地里能害得你倾家荡产，家破人亡。

姚复臣的两个女儿，不仅一个赛一个的傲气，还都非常聪明，都属于那种走路挺胸抬头目不斜视类型的人。

二女儿姚舜华属虎，长得跟姐姐很像，也是端庄秀丽，长鸭蛋形脸庞，大眼睛高鼻梁小嘴，头发浓密。长得身量高挑随其父，说话声音也响亮，性格泼辣，聪明能干，为人尖刻，不吃亏，属于心肠比较硬的那一类人。只不过人中较短，张嘴一笑就把上牙床露出来了，相书上说这种相貌的人寿命不长，可实际上也活到了八十来岁才去世。她虽然没有唱戏的天分，但是心灵手巧，先是跟母亲学会了锁扣眼，后来又跟丈夫学会了裁剪服装，干起活来有条不紊干净利索。

原来姚舜华也没有名字，在家里就称为二丫头，直到结婚之前才现起了名字，找了一个叫安国民的裁缝，两口子勤奋肯干，把家业做大了。

08
同乐影院

在一场瘟疫中，石头的老婆得了霍利拉，上吐下泻没几天就去世了。只剩下石头一个人，自己孤独寂寞的生活。

没有孩子也没有老婆的日子，过得一点儿盼头也没有，这时才感悟到没有独立生活能力的难处，若是从小帮着父母管理店铺操练几年，也不至于到了三十多岁，什么都不会做。

自从姐夫一家遭了大难，不但自己失去了依靠，姐姐还把两个男孩也推给了自己，这下可把他这个做舅舅的愁坏了，他太知道这几个钱花光之后的日子有多难过了。跟这两个孩子商量吧，老大还能说几句话，老二除了瞪眼坐着什么也说不出来。后来还是朝武出了个主意，卖小孩的玩意和零食，用不了几个钱就能做的小买卖，挣钱也容易。

蔡朝武弟兄俩从锦衣玉食，一下子落到吃饱饭都是问题，就像从天上一下摔落到地底下。现实生活让他们慢慢知道很多事情没有爹妈就得靠自己了，似乎一下子就变懂事了。尽管经历了一场巨变，可是从小养成的爱学习爱干净，穿戴整齐讲卫生的好习惯，却伴随了他们的一生，也使他们受用了一辈子。

跟着石头舅舅一起生活，虽然穷苦却使这家里有了生活气息。尽管饥一顿饱一顿，石头舅舅把希望，都寄托在这两个孩子的身上。

石头舅舅跟一个做小买卖的人打听到了批发趸货的地方，又捡到了一个破旧竹编儿童小推车，把破损的地方认真地修理了一下，兄弟俩每天跟着舅舅推着小推车，卖一些洋画、山里红、小泥人、山楂糕、酸枣泥等乱七八糟的东西，过年过节的时候，也卖一些小鞭炮。

洋画是老北京小孩们的一种玩具。最早的"洋画"，是第一次世界大战前后，是由烟画演变而来的一种小画片，最早是英国和美国烟草公司香烟盒里的一种宣传画片，也是用来向中国促销香烟的一种手段。每包香烟内，附有其中的一"将"。集齐若干枚规定的图案，可以免费领取一包香烟。这种烟画叫大洋画，规格是 5 厘米×7 厘米左右。

积攒了较多烟画的孩子们，发明了一种带输赢的玩法。每人商量好了各出几张叠在一起放在地上，然后用手拍在这一叠烟画旁边的地面上，拍出的风能吹翻几张，就算赢到手了。拍之前要用石头、剪子、布的手势，决定谁先拍谁后拍。拍或者扇都可以，但是绝对不能用手碰到洋画，碰到了就是犯规，翻过去多少张也不算，改由对方拍。

由于烟画的面积较大，儿童的小手拍起来很费劲，有经济头脑的人，就找印刷厂印出来 3 厘米×5 厘米的小卡片，在很长一段时间里风靡北京的孩童之间。儿童们称为洋画，但决不称它为小洋画。

后来，洋为中用，洋画成为一种寓教于乐的袖珍型启蒙读物。这种用厚纸片制作的长方形画片，面积略大于火花（火柴盒封面画）。印出来是一大联张，市面常见的有三十张、三十六张、六十张和七十二张多种规格。画片上印有历史故事、花鸟鱼虫、戏曲人物等，有的画片背面还印有与画面图案匹配的谜语。例如《三国演义》《水浒传》《封神榜》以及《西游记》等故事中的人物。一大联张为一版，大小杂货铺和街头流动小贩都有出售。

为了引起孩子们的注意，石头舅舅买了一个儿童玩具小喇叭，走到哪就吹到哪，时间长了小孩子们几乎成了条件反射，只要一听见小喇叭的声音就出门，去看看那些他们喜欢的小吃和玩具，哭着喊着缠着父母，要买那些好吃好玩的东西。除了吹小喇叭之外，有时候也要吆喝几句，有时候就念着一些儿童歌谣吸引小孩来买。有一首关于"豌豆糕"的歌谣是这样的：豌豆糕，点红点儿，瞎子吃了睁开眼儿，聋子吃了听得见，瘸子吃了丢拐儿，秃子吃了长小辫儿。这是明显夸张不实的广告，人们听见却不以为然，权当是逗大家一笑。

大部分东西是从晓市上按照批发价论斤的趸来，然后分成小包装，一点一点地往外卖。顾客基本上都是街道上的那些小孩，所以石头舅舅把这些小孩都说成是自己的衣食父母，有时管他们称为小祖宗。

另外还卖炸花生仁、酸枣面、山里红，甚至自己卷烟卖假烟卷。

所谓晓市，就是清晨早上的市场。德胜门城楼东侧，曾是晓市市场，大致范围在德胜门到鼓楼的大街两侧。当年的德外晓市每日拂晓即开市，天亮就收，俗称鬼市。南城磁器口附近也是著名的晓市大街，因为离家较近，石头舅舅常去那里趸货。

旧时的晓市大街是当时北京城最繁华最热闹的街道，街道两侧商铺、作坊林立，有布铺、鞋铺、帽铺、绒线铺、棉花铺、煤铺，有酒馆、茶馆、油盐店、豆腐坊等等商铺，各种商品应有尽有，从早到晚走街串巷的叫卖声不绝于耳，早上主要是卖油条豆腐脑等等小吃早点，白天有卖菜的、卖烤白薯的、卖蛤蟆骨朵小金鱼的、修理雨伞旱伞的、焊洋铁壶的、焗盆焗碗的、摇煤球的，晚上有卖炸豆腐开锅的、卖馄饨的、卖半空儿的等等（半空儿即瘪的、没发育成熟的花生），这些生意人都是挑着扁担挑子走街串巷，其实老北京做买卖的不全都吆喝，也有用乐器或物件发出声响替代吆喝的，比如卖"薄荷凉糖"的吹号、卖"小磨香油""硬面饽饽"的打梆子、"收旧衣服"的打鼓、卖"针头线脑"的摇拨浪鼓、"捏泥人、吹糖人"的打小锣，"卖艺耍猴"的打大锣，还有像磨剪子磨刀的一种是用几块铁板连接起来发出"呱啦呱啦"声响，另一种是吹号发出"笃嘟"的声音，听到"笃嘟"声就知道磨剪子磨刀的过来了，当年晓市大街直到深夜还能听到叫卖声。

当然晓市"灯下黑"售假的也多，逛晓市的人每天都黑压压一片，有淘着宝的，有打了眼的，有买着名人字画的，有买着黄鼠狼尾巴其实是小黄狗的，哭笑不得。这里不仅有各种真假古董、杂货和生活用品，也是北京假烟贩卖的集中地。

蔡朝武带着弟弟蔡朝海，兄弟俩跟别的小孩学会了捡烂纸和烟头，找根竹竿用铁丝拴上一根针，再找一个罐头盒子用铁丝安个提手，看见别人扔在地上的香烟头，就用针扎起来，捡到罐头盒里。看到废纸也扎起来，扔在背筐里，把收集到罐头盒里的香烟头和背后的烂纸，都卖给收破烂的。一天下来最好的成绩也就能换一两个大铜子买一个窝窝头。

收破烂的再把这些捡来的烟头，卖给快手公司。最初的假烟是人称"快手公司"制出的，他们把在街头巷尾捡来的这些乱七八糟的烟头里面的烟丝弄出来，和着那些抽烟人的吐沫和地上的灰土再卷成烟卷。

后来石头舅舅在晓市上买来卷纸烟的小手工机器，香烟纸和包装的纸盒还有烟丝。把这些东西买齐了，爷仨就在家里一根一根地把香烟卷好，用纸盒包装起来就成了自制的假烟。

蔡朝武的手很巧，每一盒烟都能包装得方方正正，就像真正的香烟一样。舅舅和弟弟的手就不太灵活，不但烟卷得不太好，就是外包装盒也常黏得歪歪扭扭。可是这种烟的价格很低，依然有很多人来买，买这种烟的大多数还是穷苦老百姓。

制作包装好了的香烟，放在一个扁扁的木箱里，木箱分成同样厚度的两部分，用两个小合页连在一起，打开之后可以用绳子挂在脖子上，里面的香烟也分成两层，一层在胸前的半片箱子里，另一层平摊在肚子前面的半片箱子里。小哥俩到街上去卖香烟，哥哥主要做生意，弟弟陪着哥哥壮胆。

捡烟头不容易，跑一天也捡不满一个罐头盒烟头，可是到晓市上买烟丝卷成香烟，成本还是挺高的。为了降低成本蔡朝武想了很多办法，最后才找到了一个切实可行的好办法。买一种劲头大的东北的蛤蟆烟，虽然贵一点，但是劲头很大而且有香味，然后买一些最便宜的没有什么劲的旱烟，掺进去制作成烟卷，成本降低很多。后来干脆找来一些干白菜叶子掺进去，连买劲头小的旱烟钱也省下了。

爷仨住的是一间坐北朝南的屋子，这一间的房子在果子巷胡同里。门前虽然也有一小块空地，但是没有围墙，所以算不得是自家的院子。空地东边有一棵榆树，夏天可以为他们遮挡一些阳光和风雨。最受欢迎的是春天，树枝上长出一串串鲜绿色的榆树钱，（在'榆钱'这个称呼中，'钱'的口语化读法也很特别，是第三声"浅"并且儿化韵）不用费多大力就可以摘到很多榆钱。那是圆片状榆树的种子，吃进嘴里很甜。顺着树枝用手一撸就是一大把，往嘴里一塞可以吃得满嘴香甜。因为石头舅舅小车上的糖果是要卖钱买棒子面吃的，所以榆树钱是小哥俩能吃到唯一带甜味的东西。

吃榆钱的孩子，绝对不会用水洗完了再吃，都是从树上撸下一串吃完了再撸一串，吃的多了嘴边都会留下一嘴的泥土，都是积落的灰尘，他们也不怕牙碜，用衣袖擦一下就得了。至于细菌之类的，谁知道呢，也没有因吃多了榆钱得病的。如果把榆钱采集起来，掺到玉米面里蒸窝头的话，不仅可以代替一部分粮食填肚子，而且窝头也变得清香和带有一丝甜甜的味道，用来掺进玉米面的榆钱，就事先要用清水洗干净了。

石头舅舅住的屋子不太大，大约长五米宽四米。土炕占了整个屋子的三分之二，只留下了一米多宽的小空间，小空间里面靠墙有一个小柜子，柜子上有一面三角形小破镜子片，不知什么年月留下来的，还有一块木板和一把菜刀。大多时候都是用这把刀和木板切开一块咸菜疙瘩，然后每人一块咸菜就着窝头还有一碗凉水，就算一顿饭了。因为吃不起青菜，所以连铁锅也没有，调味品只有一罐子咸盐。一个小饭桌白天吃饭时都放在炕中间，晚上睡觉的时候再把它挪到炕头。

小窗户和门上都糊着窗纸，为了冬天暖和一点，后窗早就用砖和泥给封死了。如果天气好，白天屋子里还能看清东西，如果阴天下雨，要想看清什么东西就要把墙洞里的小煤油灯碗点上。虽然屋顶漏雨不太厉害，但是顶棚上已经没有一点纸了，抬头就能看见房上的大梁和檩条之类的，这屋子结构一览无遗。因为大梁比较粗，所以耗子在房梁上跑的时候掉下来的次数并不多。

窝头存放在篮子里，篮子吊在房梁拴着的一个钩子上。一旦有耗子爬到篮子里要偷吃窝头，只需用一根树枝敲一下篮子，耗子就会跳出来，摔在地上或者掉在炕上。因为房梁居中，炕的面积相对较大，所以耗子掉在炕上的机会要远远大于摔到地上。

小小的窗户外面有一个遮挡的雨搭，就是两根棍子支起来的一个木框子，木框子上盖着几块破席子。为的是下雨天刮大风的时候，能挡住一些风雨，免得打湿和吹烂窗户纸，也为了下面放着的煤球和炉子不被雨淋湿，可也使得屋子里的光线更加昏暗了。

夏天为了省一点劈柴和煤球，一般是两三天才升一次火，火升起来之后蒸一锅窝头，省着点能吃两三天。用井里打上来的水烧一余开水，沏上一碗茶，那是留了一年半载的茶叶末子，也觉得是很享受了。因为京城的水井，尤其是南城里能打出来的几乎都是苦水，所以要喝上一般人所说的甜水，是要花钱买的。用苦水泡茶什么滋味，现在已经没人知道了。虽然没有炒菜的铁锅，但是有一个用铁罐头盒做成的余，装上水之后放进火炉里可以烧开水喝。

柜子里放着一些破衣服，柜子上的两个抽屉装着日用品。日用品是几个破碗，几双筷子，半盒洋火，一本破旧皇历……

兄弟俩有了头疼脑热的小病，就只能硬扛着喝点凉开水，七八天以后慢慢就会自愈，除了在家里休息也没别的。有一次小哥俩都着凉感冒，喝了凉水之后躺在床上休息养病，感冒虽然好了可是发烧留下了咳嗽却没好，石头舅舅把自己小摊上卖的甜甘草拿过来几根，让他俩没事就咬着吃几口。小哥俩发现这甜甘草确实有一点甜味，用牙齿咬开之后嘴里甜丝丝的，那甜水咽到肚子里咳嗽就减轻了不少。几天之后，咳嗽果然见轻，石头舅舅居然用几根小草棍就治好了他们俩的咳嗽。从此，小哥俩能享受到带甜味的东西，又多了一种。

蔡朝武感冒发烧在家里休息，几天后身体缓过来一点觉得很闷，屋子里光线不好，拿出那本破皇历看不清，就到屋子外面坐在一块砖头上看。有时找到一根树枝，偶尔在地上练习着写字。

武哥，你干什么呢？带我玩吧。邻居女孩看见他坐在那儿，蹦蹦跳跳走过来一屁股坐到他旁边。

我没玩，在写字呢。蔡朝武抬头看着她，心里还是挺高兴的，一个人干总有点无聊，有人来找他玩，况且还是女孩子。

武哥你会写字啊，那教教我吧！女孩眨巴眨巴大眼睛，谨慎小心地看着他。武哥会写字，这在他们住的这一片的孩子当中，是唯一仅有的一个。在这片居住的人家里，能每天管吃管住把孩子养大就不错了，如果再供他们读书，那挑费可负担不起，所以孩子们都是玩泥巴长大的。

好吧，你想学些什么字啊？对于蔡朝武来说，写字是从小就开始学的，直到家里出了那场大变故之后，才知道了很多小孩是不能上学的。

"武哥"两个字怎么写？女孩笑嘻嘻地看着他，张嘴就问这两个字，很想看看随便说出来的字，他能不能写出来。

你看着，蔡朝武在地上用树枝写了这两个字。这个念"武"，这个就念"哥"，你能照着写么？

可是我知道"五"字不这么写啊，好像是这样的，我写一个你看看。说着拿过树枝在地上歪歪扭扭地写了一个"五"字。胡同口有个小杂货铺，卖瓜子的牌子上就写着"五香瓜子"，她常去买一点吃，掌柜的也跟她说过这几个字怎么念，所以她知道五字什么样。

你写的这个是四个、五个的"五"，我的名字叫朝武，是练武、武术的"武"，这里边区别大了，根本不是一个字。朝武非常认真地把这两个字的区别讲给她听。

我叫"小妞"，这两个字怎么写？小妞听明白了，想知道自己的名字怎么写。

你看，这个念"小"，这个念"妞"，"小——妞"小朝武很快就写出来，突然觉得自己会写字真是一件好事，就连这个漂亮的小女孩都跟自己玩。

武哥你知道的真多，你真有学问，既然你叫练武的武，那你应该会武术吧？女孩突然发现一个问题。

没练过，我只会写字，不会练武。听了这话小朝武愣了一下，只好实话实说。

那你能当文官，长大了你当宰相吧。小妞别看年纪不大，可是她知道文官和武官的区别，既然武哥会写字，那就只能当文官了，文官里最大的据说是宰相。

当宰相？我还当皇上呢，想得倒美。朝武心里明白，现在这日子能有口窝头吃就不错了。

也行，你当皇上，我当娘娘。没想到小妞倒是挺乐观，不但让朝武当了皇上，还把自己给封了娘娘，一边说还一边晃着脑袋自得其乐。

行啦，别做梦了，要是能天天吃得饱饭，就不错了。就我这样的穷小子，还能娶得上媳妇？朝武肚子早就饿了，没心思幻想。

怎么就娶不上媳妇？我当你媳妇。

你愿意当我媳妇？朝武心里一乐，这女孩有点没心没肺，自己穷的都吃不饱饭，她还说愿意给自己当媳妇，就张口叫了她一声。嗯……媳妇！

哎！女孩答应得非常干脆，笑眯眯地看着他。

哈哈！两个人都笑了。

这以后，只要两人在一块的时候就玩过家家，他叫女孩"媳妇"，女孩叫他"爷们"。虽然她愿意教给女孩识字，但是女孩除了"小妞"两个字，其他的就一直学不会。因为她从小到大，所有的人都管她叫"小妞"，她认为那就是自己的名字。

一家人里面，有一个当家的老爷们识字已经不容易了，哪有几个老娘们认识字的呢。后来女孩对蔡朝武说过这样的话。

要是一起玩累了玩困了，就都躺在屋里的土炕上，聊一会儿天歇一会儿睡一觉，真像书里说的，两小无猜日夜相随。

知道小妞喜欢他识字写字，蔡朝武抽空就把小包袱打开，取出自己的文房四宝，研墨铺纸用心地练习写字。有时候还把蔡朝海也叫上，小哥俩一个坐一个跪一边一个在小饭桌上练习写大字，哥哥教弟弟怎么握笔如何运笔，没多久蔡朝海的毛笔字也写得有模有样了。

不过他俩练习毛笔字也有区别，蔡朝武喜欢写大字，用大楷笔写出来的都是豆腐干一般大的正楷字，蔡朝海喜欢写小字，专拣细小的笔头练习蝇头小楷。蔡朝武跟他说要是练习大楷字，有个三年左右就能写的差不多了，可练习小楷五年也未必练得出来。可是不管怎么说，蔡朝海就喜欢写小楷字，当哥哥的也不能管得太多了，只好由他去。

没几年时间，小哥俩的毛笔字越练越有型，蔡朝武的大字庄重凝练，形似柳体却又略长一些，就像石头舅舅说的高个写长字。蔡朝海的蝇头小楷潇洒飘逸，仿佛一朵朵小花开放，大小整齐精巧美观。

石头舅舅看在眼里喜在心里，时常把小哥俩写好的字纸拿出去跟邻居们显摆，别看我这俩外甥还小，将来一定会有大出息。你们看看小哥俩这毛笔字写的，横是横竖是竖，这叫什么你们知道么，这叫书法，嘿嘿！

石头舅舅吃的菜都很咸，刚刚跟石头舅舅一起生活的小哥俩都觉得菜咸。石头舅舅告诉他们，咱们吃了上顿没下顿，经常吃不饱饭，要是再不吃的咸一点儿，嘴里没味身上就没劲了。一天什么都不吃，嚼一口咸菜也能过得去，要是没有咸菜光喝水的话，你走道都走不动。小哥俩跟着石头舅舅时间长了，也口味越来越重也吃惯了很咸的菜。

没过多久蔡朝武从家里带出来的笔墨和纸就用没了，几只毛笔写秃了毛也掉光了，几张宣纸早就写完了，后来都是在外面捡来的各式各样的旧报纸和包装纸，等到所有的毛笔用坏，墨也用光了之后，练字这件事就维持不下去了。

我虽然也上过几年学，但是小时候没吃一点苦没受一点累，天天以玩为主，所以学问没学好字也没写好，学的那些东西都就着窝头吃下去变成大粪了，现在就只能干点小买卖维持生活，你们可不能跟我这样活着。石头舅舅看着小哥俩很久没再写字，也犯了愁，思前想后了很多天跟朝武说，话语中带着遗憾和无奈，但是早已激不起小哥俩任何学习或者奋斗的勇气，只是想办法活下去而已。

没关系，现在这点活有我帮您，等您年纪大了干不动的时候，我也长大了，我给您养老。朝武虽然还没长大，可是心理成熟却很早，知道帮着石头舅舅干活，一方面减轻一点石头舅舅的劳累，也能增进爷俩之间的感情，现在我还不老，这些活我自己干就能成，可是你的学问不能老这么耽误下去了，我没学会读书写字，这辈子吃亏上当受苦受累的也就算了，你们哥俩都是上过学的，怎么才能不把本事弄丢了呢。石头舅舅想的是不能把他俩的学习耽误了。

没有学堂的老师教，我也不知道该学什么呀！朝武本身是很喜欢读书写字的，可是他认为上学就要有老师才成。

那就把你原先学过的那些东西，都拿出来重新学一遍两遍的，把你小包袱里带来的那几本《百家姓》《千字文》《三字经》都从头学，每天练练大字。石头舅舅想了很久才想出这么个主意，不管怎么说只要不把原先学了的忘光就行，没有老师教新的，就把旧的拿出来再学几遍，也是个没办法的办法了。

好，我听石头舅舅的话，把那些唐诗也重新学习一遍。朝武觉得石头舅舅说得有道理，点头答应了。

我就知道你是个听话的好孩子。石头舅舅见朝武答应了，心里的高兴劲就甭提了。

可是没有了纸和笔墨，只剩下了一个小砚台，怎么写字呢？

这倒是个事，你先慢慢学着，我想想办法。石头舅舅明白了朝武的意思，很想找到好办法。

过了几天，石头舅舅捡了一块大石板背回来了，高兴地放在屋子门前，把比较平整的一面向上，在下面垫了几块砖头，成了一个小桌子，又找了几根别人扔掉的秃头毛笔，放在上面。

看着石头舅舅兴冲冲地干着这些事，兄弟俩也帮着找砖头抬石板的，一通忙活终于干完了。石头舅舅擦了擦头上的汗，对这小哥俩说，这个小石板桌子就是你们练习写字用的，石板比纸好啊，风吹不坏雨打不坏，用它练字一辈子也没问题。说着又拿起那几根秃头毛笔，递到小哥俩手里，这是人家用着不好使的笔，我捡回来咱们接着使，虽然没有笔锋了，但是咱们就练间架结构，练好了间架结构，等到有了好笔的时候，笔锋自然就出来了。

朝武你学得多一点，除了自己练习之外，还要教好弟弟。明白了吗？石头舅舅一边擦汗一边嘱咐着两个孩子。

明白了！这可是千年不会坏的大纸，练习写字可是有地方了，舅舅想的这个办法真好。朝武重重地点了点头。

从此小哥俩开始自学书上的知识，哥哥教给弟弟一起读书写字，没有毛笔的时候，小哥俩用一点窝头哄着一只小狗，从狗身上剪下一撮毛，把狗毛绑在笔杆上写字，后来甚至用麻刀或者破布片，蘸上水练习写字。

旧报纸，甚至人家丢弃的小碎墨块，石头舅舅也宝贝似的收好，到时候用水泡开，或者用石块磨开，到了可以用毛笔写字的时候，小哥俩每一笔一划甚是用心，生怕浪费了笔墨和纸。

写大字的笔可以用乱七八糟的材料自己制作，小楷笔就只能用很少的一小撮动物毛捆绑在一起代替了。好在小哥俩都心灵手巧，无论是大楷字还是小楷字通过他俩精心制作的"笔"都写得有模有样。写字没毛笔这一关，居然就这么被他俩闯过去了。

有一天石头舅舅到晓市上趸货，将各种紧俏玩具食品的货物都趸了一点儿，看见一个摊子上卖小丫丫葫芦。一个个小葫芦精巧秀美煞是喜人，蹲下身子看了看，那小老板见有人照顾生意赶紧招呼。

来了您呐！这可是俏货，今年刚上市的小葫芦。今个早上发过来一麻袋，转眼就剩这么多了，您要是再不下手，过了这村可就没这个店了。老板是个行家，知道什么时候见什么人说什么话，几个丫丫葫芦说的眼看就要卖光了似的。

石头舅舅可是卖了好多年小玩意的老行家了，这里的猫腻他懂。听见老板这么说，就站了起来，右手托着下巴，左手夹在左腋窝下，看着这个老板，过了一会儿才问他。

你这葫芦怎么卖呀？问完了还东张西望的，似乎并没有把这几个葫芦当回事。

一个大子俩，一共三十五六个，我也不跟您多要，您给十五个大子。老板的话说得斩钉截铁，似乎一点儿也不能还价了。

石头舅舅一听这话，转身就走。那老板赶紧把石头舅舅拉住，换了一副笑脸。您看您，怎么也不还价就走，您要是真想要，我还能给您便宜点儿。再说了，这晓市里的规矩不就是这样么，我能漫天要价，您就能坐地还钱呀，没这么一来一往的，那生意做得多没意思，您说是吧。

石头舅舅说，就你这么咬牙的主，我没功夫跟你逗嗑子。干脆一句话，这几个丫丫葫芦我都包圆了，多少钱吧？石头舅舅真是看上这小东西了，心里虽然喜欢，可脸上没露出来，似乎随时都可能走开。

您给十二个大子怎么样？得了，就十个大子，赔本赚吆喝我认了。那老板原先嬉皮笑脸的样子，一下换成了一本正经，似乎说出了最低的价格，看那样子要是还不行，是绝对不撒手的。

别跟我来这里格楞，往多里说，我给你五个大子全包圆，你也赶紧回家再置办货去。石头舅舅嘴里哼了一声，一麻袋小丫丫葫芦卖到最后，就剩这么几个了，他比谁都着急，就想赶紧卖完了回家，不会在乎这仨瓜俩枣的大铜子，正是捡便宜货的好机会，慢慢腾腾地说出了自己可以接受的价格。

大哥，您就是我亲大哥。我听您的，半卖半送了，就五个大子您给搂走，我也该回家了。老板早就盼着来个人把最后这点货都买走呢。

这不结了！见到自己的小计策成功了，虽然很高兴依旧满脸的不屑，早说早完事了，净瞎耽误工夫。三下两下把一堆小葫芦收到一个口袋里，往小车上一扔。回见了您呐！冲那老板摆了摆手，这才把嘴裂开了。

三个大铜子是一个半窝头的价钱，省下了就等于多了一口嚼谷，俗话说半大小子吃死老子，这俩小伙子正是吃饭长个的时候，能给他们多吃一口也是好的。

回到家之后，石头舅舅把这些个小丫丫葫芦大小分开，每天拿出三到五个挂在小车上，哪一个都能卖两个大子。可是有一个小葫芦模样不太好看，上下一边大，而且龙头也掉了，就给扔到一边。

推着小车出去卖货，要是有人想买丫丫葫芦，还不厌其烦地告诉人家，您看这小葫芦上边的葫芦秧子和须子，绝对不能掰下来，这叫龙头，讲究的主玩的就着这个劲，就跟蛐蛐似的，玩的就要全须全尾。

过些日子又看见了那个上下一边大的小葫芦，既然卖不出去，那就自己拿着玩，盘了几天之后想给它上一点颜色，去中药房买了一点黄连和黄柏，再加上一点甘草，说是给自己治疗拉肚子的。回到家之后用开水冲泡了一阵，把小葫芦放进去泡了一会儿拿出来晾干，等干了之后觉得颜色不太深，就用小刷子往上刷了一层。刷了三五次之后依然觉得颜色不深，干脆把药水烧开，放进小葫芦煮了一会儿。取出来等葫芦干了看见颜色还不太深，就再煮上一会儿，就这样一层又一层的也不知涂抹着煮了多少回，觉得差不多了，每天出门都把它放进口袋里，没多久就把小葫芦盘得油光锃亮。

然后在小葫芦中间绑了一根绳子，把小绳子拴在自己腰上，每天带着小葫芦，给自己找点乐趣，也是给别人提醒一下，做了个小小招牌。有个路过的小伙子，看见车上的小葫芦想买一个，转眼发现了石头舅舅身上挂着的小葫芦，就抓在手掌里仔细把玩一番，那小葫芦给人的感觉竟然像婴儿的皮肤一样光滑细腻，啧啧称奇。

您行啊，就这么一个小葫芦，居然让您给玩出仙气来了，手上的感觉如此细腻，有点儿意思。小伙子怎么也没料到，这么一个不起眼的小玩意，居然能玩到这份上，太出乎他的意外了。

呵呵，玩得不好，瞎玩。石头舅舅心里一喜，有心想逗逗他玩，闹好了没准就能挣到一两个窝头钱呢。

就这颜色，多鲜亮！小伙子越看这葫芦越喜欢，勾起了他的兴趣，拿到手里用拇指磨蹭，又用五个手指盘着玩，眼睛里发出喜欢的神色。

那是！这叫明黄，要是在有皇上的年头，这是只有皇爷，才能使用的尊贵颜色。一般老百姓，身上有这么个颜色的玩意，就能要了你的命。玩的大了会被满门抄斩灭九族。再说了，葫芦、葫芦、带着福禄，玩着小葫芦会增福增禄，这可是吉祥物。石头舅舅见到小伙子喜欢这个小葫芦，满嘴直喷吐沫星子，似乎这个小葫芦人命关天了似的，开始卖弄自己学识。

把您玩的这个卖给我吧。小伙子没那么多心眼，喜欢这个小丫丫葫芦，心想就这么个小玩意，也没几个钱。

那可不行，有好几个正黄旗的朋友跟我说了，今年就时兴这种上下一般大的葫芦，现在可不好找了，到了明年，我这葫芦可就值钱了。明明心里特想用它换几个钱，可是为了抬高它的价值，还不能松口，多绷一会儿也许就能多卖几个大子呢。

看您说的，一个小破葫芦还能值几个小钱？小伙子心里也明白，这是想卖高一点价钱的惯用伎俩，干脆给他点破了，看他还能说什么。

破葫芦？这可不是原先刚买来的小葫芦，费了多少心思才把它弄成了这样，您哪知道。几个小钱？爷们！我这是用黄连、黄柏和甘草好几味中药材，溜溜煮染了七七四十九天。石头舅舅一听这话有点不高兴了，就想教训小伙子几句。

那有什么用啊？不就是加上了点黄颜色么。小伙子不以为然，把葫芦染上了颜色能好看一点而已，在手里盘几天也就更细腻发亮，这有什么大不了的，谁都能办到，一点也不新鲜。

不新鲜？这你就不懂了吧？用这么多药材煎熬出来的东西，现在它就是一个小药铺了，里边含着几味药的力量。要是到了关键时刻，兴许就能救了你的命。石头舅舅瞪大了眼睛，说出连他自己都不信的话，想唬住这个家伙。

您就吹吧，这么个小葫芦，到了您嘴里都快成灵丹妙药了。

这你不懂，跟你也说不明白。明儿见吧您呐！石头舅舅见他不上钩，就把头一仰满脸鄙夷地看着小伙子，仿佛看着一个傻小子，把手一摆，迈开步拉着小推车就走。

五个大子卖不卖？小伙子有点不甘心，好不容易看见一个喜欢的小玩意。

不卖！石头舅舅回答得干脆利索，一点儿也不含糊。

十个大子，卖不卖？小伙子一狠心，说出了他自己能接受的最高价格。

不卖！你以为你有钱就能买到想要的东西啊，我偏不卖给你，就让你干瞪眼买不着，怎么着吧？石头舅舅依然干脆地回答。

切，十个大子都不卖，还真以为您那个是宝葫芦哪？怎么做生意人的脾气还这么拧，什么人呢？小伙子感到奇怪了，就这么一个小丫丫葫芦，十个大子都不卖，这人是不是有毛病啊。

我这就是个宝葫芦，你给六万紫金也不卖！石头舅舅这当口也不知道哪根筋不对付，脸红脖子粗的就是不答应，跟这个小伙子较上劲了。

谁给您六万紫金呐，穷疯了吧？不卖拉倒，我还不买了呢。小伙子心里说不卖就算了，说出话来还这么噎人，自己也有点下不来台，说完话转身走了。

石头舅舅看见小伙子走了，眨巴眨巴眼睛，意识到了自己放过了一个好生意，想把小伙子叫回来，张了张口又把话咽了回去。自己把话说得那么硬气，不好意思立马收回来，后悔地跺了两下脚。

虽说俩人互不认识，但小伙子知道他是这一片买零食玩意的小贩，过不多久又在路上碰见了，没了那么大火气，话就好说了。

哎我说，今个我带了六万紫金，你那个小葫芦卖不卖给我呀？小伙子看见他就想乐，不明白他的脾气那么冲怎么做生意。

您只要拿出六万紫金，连车带我都归您了。真是对不起，我也不知道那天怎么就突然心里不安分，冒犯您了，您千万别往心里去，那也是话赶话说到那了，我给您赔个不是。石头舅舅听见他这么说，也笑着回答，说完了还给那小伙子作揖道歉。

事情都过去了，也没什么了不起的大事，怎么着，把那个小葫芦卖给我，行不行啊？话都说开了，都不再计较那天的事。

这个小葫芦本身也不值几个钱，您拿走吧，送给您玩了。石头舅舅赶上天气好，刚出来就遇了好几个小主顾，有了进项心里高兴，就解下身上的小葫芦，双手递过去。

我也看出来了，你在这个小葫芦上下了不少功夫，也挺喜欢这个小玩意的。如果白拿走了，一是对不起你下的一番功夫，二是有点儿夺人所爱，此乃君子所不为也。你出个价吧，差不多我就要了。小伙子把葫芦接过来满心喜欢，一边在手里摩挲着一边说。

要说这葫芦值多少钱，那绝对是我瞎说，可是您不知道我在这小玩意上下了多大功夫，整整在上等中药材锅里煎熬了九九八十一天，我容易吗。石头舅舅又开始忽悠。

说着说着您又来了，上回说是七七四十九天，这会儿又九九八十一天了，下回是不是该说几年的工夫了？小伙子打断了石头舅舅没边没沿的山呼海哨，揭了他的老底，笑嘻嘻地抱着两只手。

您看，这就叫说书的嘴，唱戏的腿，我要是不说的邪乎点儿，聊天也没意思了是吧。石头舅舅不好意思了，挠着头皮给自己找台阶下。

这么着，我知道你们这小买卖不容易，吃了上顿没下顿的，可话说回来了，救急救不了穷，我也帮不了您多少，就这几个大子您拿着吧，多少就是他了。小伙子郑重地掏出了二十个大子，送到石头舅舅手里，

我也不说什么片汤话了，您是个好心人，多给了我几个大子都是您的恩情，我记下了。多谢！石头舅舅接过钱，满脸的感激之情。

那您还得告诉我，这个葫芦怎么给弄得这么光溜，这么细粉。我原先也试着想把自己个的葫芦弄得这么锃光瓦亮的，可怎么也办不到。

这可不是抹上一点油就能办到的，祖传下来的绝活，吃饭的本钱，哪能随便就告诉你啊。

您就别满嘴跑火车了，凡是这类绝活，都是隔着一层窗户纸，一捅就破。

话虽是这么说，你不会就是不会，我知道就是我的本事。告诉你也行，拿点儿什么值得让我告诉你的东西换吧。

您说吧，只要是我有的。您别又大嘴张开就要六万紫金啊。

哪能呢，拿点文房四宝来，尤其是笔和墨。我的两个外甥要用，我买不起又怕把孩子给耽误了。

有两个孩子要学习，这可是正经事，我一定给您拿来，就冲这俩好学上进的孩子，您能这么求我，就算不告诉我您的绝招，我也愿意送点笔墨来。

转头小伙子回家真拿来了几支毛笔和两块墨，交到石头舅舅手里。

这可是我那两个外甥梦寐以求的宝贝啊！石头舅舅小心翼翼地捧在手里。

您知道做家具在上漆之前要打磨吧，用什么呢？石头舅舅小心翼翼地

收起笔墨，放低嗓门故意小声地对小伙子说了一句。

哦！我明白了，要用细砂纸磨蹭它。这可真是窗户纸，一捅就破。谢谢您啦！

我看你也是个实诚小伙子，再告诉你一句存在箱子底里的话吧。

您可真逗，连话都能存在箱子底下。

这就是叫花子唱小曲——穷欢乐，日子过得这么艰难，再不给自己找点乐呵，活着可真没什么意思了。

您说得对，把箱子底里的话告诉我呗。

就这个小葫芦，甭管你玩到什么时候，赶上跑肚拉稀又不方便买药上医院，把它砸碎了用水熬一会儿，就成了中药汤，喝下去就管用，关键时刻兴许能救你一命呢。

还真是这么回子事，用了那么多药熬出来的东西，肯定没错。

把这话记住喽，关键时刻能救命。

得嘞，我记住了。您可真快活成老神仙了。

我才四十来岁，老神仙不敢说，有个小病小灾的，不用求人就行了。

谢谢您了，回见！

回头见！

从此之后，两个人再见面也就有了点头之交。

过了些日子，石头舅舅又精心制作了一个把玩的小葫芦，反复在药汤里煎熬了很久，虽然再也没有人花上几十个大子买这玩意，可是这个花费了心思，又用了很长时间制作成的小药葫芦，当真成了自己的心爱玩物，就连朝武和朝海跟他要，他都没舍得解下来给他们。

那些年，爷三个就这样相依为命。

小妞没有父母，跟着哥哥嫂嫂过日子。哥嫂都还不到三十岁，身强力壮正当年，哥哥是拉洋车的。

洋车是一种载客用的两轮人力车，19世纪末期首先出现在亚洲，东方各国普遍使用，后又逐渐传到西方各国。由于中国的人力车由日本传入，故称东洋车，简称洋车，曾流行于大部分城镇。该车有两个胶皮车轮，圆椅状的木制车厢上搭着可折叠的车篷，有的甚至前挂车帘用以遮阳挡雨，可乘坐一两个人。车厢前伸出两根辕杆，顶端有横木相连，为拉车的把手。提起辕杆，乘车人身躯后仰，可减轻拉车的力量，车夫两手握着辕杆在其间拉着车奔跑。脚踏三轮车出现后，洋车逐渐被取代，仅在亚、非一些不发达的国家和地区继续使用。

二十世纪八十年代以后，这种古老的人力车在美国底特律、加拿大渥太华以及中国北京、上海、香港等大城市中重新出现，拉运游客。

洋车在中国各地俗称不同，北京称洋车，天津称胶皮，上海称黄包车，广州称车仔。

小妞他哥哥那洋车虽经多年早已旧了，却是省吃俭用攒了几年买下的。在他的心目中那是自己的一份产业，所以倍加爱护。每日出车回来必定要擦拭一番，垫子或者棚子破了都是及时补好。每年快到年底，与全家人都要换一身新衣服一样，洋车也尽量换一副新棚新垫子。

说这是他这个买卖的门脸，关系着生意的好坏。这话是有道理的，一般坐车的客人只要看见他的车，就不会再选其他的洋车了。再加上小妞的哥哥身强体壮，人也勤快不会偷懒，日子过得比其他家里稍好一点儿。所以小妞的衣服穿带也还整齐，也少有饿肚子的情况。

大多数洋车夫们每日风里来雨里去的，挣下了就吃一口，挣不下只好东家借一口西家借一点儿地过日子。如果几日生意好攒下几个钱，那就是日后没进项的时候的救命钱，丝毫也不敢乱花乱动的。小妞的哥哥自从得了风湿腿病之后，一到阴天下雨的日子，腿疼的没法出车挣钱，靠着前些年存下了几十块钱的箱子底，省吃俭用地过日子，日子一天不如一天了。

小妞对蔡朝武崇拜得要命。经常拿一些有字的书刊报纸来问他，这写的什么，那写的什么。看着他读那些文章，女孩子的眼睛睁大了，气都不敢大出。等到他看完了文章，给她讲解里面的内容，讲一句女孩点一下头，讲一句女孩点一下头。

有时候还把蔡朝武写好的字纸要走一两张，拿回家给哥嫂看，然后自己收好藏在干净的地方，时不时地拿出来看看，每次拿出来看的时候满脸的喜悦和虔诚，她就觉得这字怎么也看不够。

自己的妹妹跟蔡朝武要好，当哥哥的看在眼里并不反对，他心里也很喜欢这个文静好学，识文断字的小伙子。只是嫌他家太穷了，老的太穷，小的又干不了什么大事，心里也盼望着蔡朝武长大之后能有些出息，让自己的妹妹跟了他不再过苦日子，也就了结一桩心事。

小妞的手很巧，喜欢刺绣手艺，用平常缝补衣服的花线，在鞋面上、衣领和袖口上锈点花样，每次绣完了，就跟她的武哥面前显摆一番，她说自己就爱臭美，还说跟人家学会了打毛衣，等有钱了就给哥哥嫂子买几斤毛线打毛衣，可惜一直没见到有钱的时候。

石头舅舅临出门卖货之前，拿出俩窝头说，天太冷，就别出门去了。这是你们一天的干粮，咸菜在小坛子里，想早点吃还是晚点吃，自己掂量着办。水缸里还有水呢，今天不用去抬水了，渴了就自己烧点水喝。唉，到什么时候吃窝头能吃饱了，也就不错了。

这两个孩子从来不要好的吃喝，除了捡破烂、煤核、卷香烟和卖香烟之外，小哥俩还能用扁担一个人抬着一头，用扁担穿过桶梁，帮着石头舅舅抬水，干点烧水扫地倒炉灰的零活。

那年的大年三十，石头舅舅从外边买东西回来，离着房门还老远就叫他俩。朝武，朝海，快来帮我搬东西！其实就是二斤白面、一提油和一碗黄酱。心里高兴嗓门也大了不少。

过年了，咱们爷仁来顿好吃的，老北京炸酱面。

哦！过年喽，有好吃的喽！俩孩子欢天喜地地把东西搬进屋，又把卖货的小推车也搬进屋，赶忙捅开炉火，石头舅舅从小妞家借来炒菜锅。

石头舅舅把黄酱泄开又往里边加了一点盐，在锅里倒了点油，放进一把虾米皮，然后开始炸酱。小朝海失口说，呦！炸酱不搁猪肉啊？朝武赶紧拉了弟弟一把，叫他别乱说话。朝海冲哥哥吐了下舌头，知道自己说错了话。

小子，您现在不是少爷啦，有这碗虾米皮炸酱面过年，就念主之恩吧！

是啊，舅舅，咱们过年吃炸酱面真挺好的，我最爱这口。朝武赶忙把气氛搞得欢快一点，大家也都笑了起来。

朝海说，舅舅，等我长大挣好多钱，每天都让您吃炸酱面，猪肉炸酱还是羊肉炸酱由您点，过年一定让您吃一个肉丸的饺子。知道自己说错了话，小朝海赶紧说点好听的，想哄自己的石头舅舅开心。

好小子，甭管能不能吃上，有你这句话，我就高兴。我知道你们哥俩都爱吃饺子，你们哥俩看我像不像饺子，要是像的话就把我吃喽！石头舅舅可没跟这俩孩子较劲，有他们俩陪着自己过日子，负担虽然重了点，可是日子也有了盼头，也有了很多乐趣。

舅舅是饺子，吃舅舅喽……哈哈！一家人被舅舅的话逗得开怀大笑。

小朝武愿意找隔壁邻居女孩小妞子玩，有什么好吃的也想给妞子送一点去。正月十五这天石头舅舅买了几个油炸糕，给俩孩子解馋。

真好吃。舅舅，我想给小妞子拿一个吃，行吗？小朝武一边自己大口吃着，一边问石头舅舅。

行！你这孩子不护食，自己爱吃的东西也能想着好朋友，大气！石头舅舅看着越来越懂事的蔡朝武，心里满是疼爱。

这东西油大，别往兜里装，把衣裳都弄油了。石头舅舅看着朝武要往衣服兜里装炸糕，赶忙伸出手拦着。

舅，你也吃一口，特好吃！朝武拿起一个炸糕，送到舅舅嘴边。

我吃过了，这些都是你们的。石头舅舅其实就买了这么几个，自己哪里舍得吃，都拿回来了。

我吃一个就行了，那我找小妞子去啦。朝武拿着炸糕兴冲冲地出了门，跑着找小妞玩去了，今天他要给小妞吃好吃的，这可是最重要的事。

去吧，别跑，留神摔着，好好玩，别弄脏衣裳。石头舅舅嘴里不停地嘱咐着，抬起头一看，朝武早就跑没影了，呵呵笑出了声。

知道了！听见朝武远远的回答声，也就放心了。

小妞，这是油炸糕，可好吃了，给你拿来一个。小朝武找到小妞子，赶紧把一个炸糕塞进她手里，真香啊。小妞接过油炸糕，先拿在手里闻了闻，她长这么大没吃过这东西。

俩人一块吃油炸糕，吃得满手满嘴都是油。吃完拿衣袖擦了嘴，互相看着傻笑。

好吃么？朝武看着小妞吃完了，眼巴巴地问了一声。

真好吃，我从来都没吃过炸糕呢，这是头一回吃。小妞慢慢地嚼着塞着满嘴的油炸糕，咽下最后的一口之后，回味着炸糕的香甜，感慨地说了一句。

那你还不谢谢我。小朝武开心地逗着小妞。

我怎么谢谢你呀？小妞吃得很高兴，挺感谢小朝武也愿意跟他一起玩。

你陪我下棋玩吧。小朝武想了想，决定这回玩一个新的游戏。

我不会下棋啊。小妞一下愣住了，他们这个地方长大的孩子，都没玩过这种游戏，最多也就是藏猫猫，或者满街乱跑。

没事，我教你下老虎棋，特好玩！我一教你就会了。

怎么玩呢？

你看啊，这是老虎窝，这是大草地，画上格子，不能乱走。朝武一边在地上画着格子，一边给她讲着。

小妞看着，很入神。

这块大石头当老虎，小石头当羊。羊要是能把老虎围得走不了，老虎就死了。老虎跳过一只羊，就算吃了一只羊。明白了吗？朝武找来一些石块，摆到画好的棋盘上。

有点明白，可也不怎么明白！小妞没玩过，听着好像不难，但心里没谱。

没关系的，玩一会儿就会了。朝武知道玩法很简单，说着不太明白，走上几步就会了。

原先俩人都坐在那玩，后来小朝武干脆趴在地上，用一只手托着下巴，支起脑袋，另一只手走棋子。两条腿翘起来，专心致志地教小妞子下棋。小妞子盘腿坐在地上，两只眼睛只盯着朝武的小手，没几下就学会了。

先是小妞子争当老虎，被朝武围死了。后来又非要当羊，又被朝武吃光了。

老是我输，不玩了。小妞一不高兴把棋盘和棋子都扒拉到一边，嘴巴撅得老高，一脸的不高兴。

别胡噜啊，你看你学得多快，再玩一盘你就赢了。看见小妞不高兴了，朝武赶紧说好话，想哄着她再玩一会儿。

小妞子连玩了两盘都赢了，这脸上才漏出笑模样。高兴地拉着小朝武的手，晃悠着唱起了新学的儿歌：我哥有钱盖洋楼，盖在前门五牌楼，楼上挂着金字匾，上写专卖窝窝头。我长大了做买卖就专卖窝头啊。哈哈！小妞开心地对他的武哥说着，俩人一起大笑起来。

蔡朝武到了二十岁，已经成了身材高大相貌英俊的大小伙子。女孩也长成大姑娘了，出落得高挑，脸前一排齐眉刘海，身后留一条大辫子，走到街上很惹人注目。女孩年纪比他小三岁，女孩的堂伯在同乐电影院工作，是账房先生，女孩跟电影院的那几位工人很熟，所以他们看电影不用买票了。女孩带着朝武看了几次不花钱的电影，死说活说地磨着堂伯给蔡朝武找个事干，堂伯把他推荐给同乐电影院经理陆庭浦，陆经理见小伙子不但有文化写得一手好字，人高马大一表人才，就接受了他。

同乐电影院就在大栅栏胡同里路北，门框胡同南口的西南角，虽然不是有名的大电影院，但是由于地处商业和娱乐中心地段，所以票房买卖一向不错。

陆经理是接受亲戚委托做了这里的主管，基本上属于给自己家里干活所以很是精心管理。每天都是早来晚走。早到了，为的是安排好一整天的电影放映工作，联系电影发行公司和安排各家电影院的放映工作。晚上一般都是半夜十二点之前回不了家，大家都走了他再四处检查一遍，怕有什么没收拾好的电器、火种之类的没检查到，容易出事。

而同乐电影院的前身，则是"同乐轩"戏园。同乐轩始建于清代中叶的一九零九年，清朝后期，北京的各茶园为适应社会的发展和业务的需要，先后都改为戏园，如著名的"广和园""中和园""庆乐园"等等，因为当初圆明园里有座大戏楼叫同乐园，为了避免重名，所以就改名叫作同乐轩。当时称"茶园"，与北京的众多茶园一样，以卖茶为主，辅以说书、唱戏、演曲艺。清朝末年改为戏院俗称"戏馆子"。

"同乐"占地面积不大，规模比之西面广德楼戏园略小，造型相仿，舞台也是坐北朝南，可以容纳一二百名观众。但因其台面和后台都比较狭小，不大适宜演出大型剧目，所以当时戏班来这里演出也比较少，平时还是以演出一些小型的曲艺、杂耍之类的节目为主。民国时期干脆改名为"同乐电影院"，变为以放电影为主了。

电影院的后面有一个小院，说是小院其实也就是不到两米宽的一个小过道。有楼梯通往楼上的放映室和两间小储藏室，储藏室里有一些干活的工具，以及架子上摆放着不知多少年前保存下来的旧影片。

在过道般的小院里，乱七八糟的堆放着一些碎砖、扫帚、簸箕、拖把、水桶和洋锹、洋镐之类的东西。也有堆了好几天的垃圾，等收垃圾的车过来了再扔出去。过道的西边有一口直径两尺左右的小水井，井上有一圈砖砌的井沿，这是为了在电影院里洒水，擦洗各处用水方便也省钱，喝的水是由自来水管子供应的。

经理带领大家兢兢业业，勤奋努力地工作，使得同乐电影院在同行业中的业绩，以及员工伙计们的待遇基本都属于中上等。所以员工们也都很安心的努力工作，盼望着每半年和一年的年底，经理给分发的红包里多几块钱。

刚进到同乐电影院，蔡朝武就是干杂役，基本工作是收电影票和打扫卫生。进到同乐电影院工作，蔡朝武每天都比经理去的还早，先把火升着再烧好一壶水，然后里里外外外擦桌子扫地收拾一遍。等到经理来了，赶紧把茶水沏好，端到经理的桌子上，再问问还有什么是需要自己干的。整个同乐电影院的所有人，谁都可以支使他干活，他从来不推辞，高高兴兴地把活干好。

蔡朝海比蔡朝武小七岁，跟着哥哥和舅舅一起生活，饥一顿饱一顿的也长大成人了，可是自小没有人严格管教，所以在读书写字上就比哥哥差远了。

蔡朝武有了电影院的工作之后，买了一些毛笔和纸墨，等到回到舅舅家，依然带着弟弟练习写毛笔字。

蔡朝武经常把自己原先学过的一些诗词教给弟弟，蔡朝海按照哥的要求，一首一首背下来。

在李白的"黄鹤楼送孟浩然之广陵"诗里，"故人西辞黄鹤楼，烟花三月下扬州。孤帆远影碧空尽，唯见长江天际流。"为什么说"三月"，"烟花"指的是什么？蔡朝海一脸稚气地向哥哥提出了问题。

烟花的含义我问过老师，老师说他也不知道，花丛里怎么会冒烟呢？后来有一年春天我在三里河看见了一大片柳树，正在冒小绿芽的时候，没有树叶，只能看见一片犹如绿纱绿烟，朦朦胧胧地笼罩着树丛，我突然觉得这应该就是"烟花"的"烟"了。所以在这首诗中"烟"和"花"一定是两个含义。"烟"指的就是柳树的嫩芽，让一片柳树如同在绿烟笼罩中，"花"肯定就是指的花海了，江南花开茂盛的时候，一片花海真是美景。蔡朝武一边回忆，一边把自己对这首诗的理解领悟，慢慢地说给弟弟听。

这个解释还是挺合情理的。蔡朝海听了这个解释也很满意。

比如"蓟门烟树"为燕京八景之一，就在西直门外西北那块地方，石碑正面为乾隆所书"蓟门烟树"四字。碑阴为乾隆帝所书律诗一首："十里轻杨烟霭浮，蓟门指点认荒丘。青帝贳酒今何少，黄土埋人即渐稠。牵客未能留远别，听鹂谁解作清游。梵钟欲醒红尘梦，断续常飘云外楼。"我还特意把这首诗也抄下来了，有的字还不认识，有几句诗的意思还没完全弄清楚。但是烟树是看见的。

那"三月"呢？为什么要把月份单独写出来呢？蔡朝海又问。

"三月"就是孟浩然去的月份，要不然也没有后来的景色啊。蔡朝武认为这不是什么问题，没必要再讨论了。

可是我觉得既然李白特意把月份提出来，一定有它的含义，我得想一想。蔡朝海坚持自己的看法。

还有一天，蔡朝武想起一首诗词，是李清照的《醉花阴》"薄雾浓云愁永昼，瑞脑消金兽。佳节又重阳，玉枕纱厨，半夜凉初透。东篱把酒黄昏后，有暗香盈袖。莫道不销魂，帘卷西风，人比黄花瘦。"用毛笔把全诗写下来之后，慢慢地教给蔡朝海临写。

"瑞脑消金兽"是什么意思呢？蔡朝海一遍又一遍地临写，然后提问。

"瑞脑"一种薰香名。又叫龙脑或者冰片。"消"是说香炉里香料一点一点地慢慢燃尽。"金兽"指的是一种香炉，造型类似狮子的兽形的铜香炉。蔡朝武知道弟弟学习时爱提出问题，故此每一次给他教诗词的时候，都先要自己想好了每一句的含义，不能被弟弟问住了。

小哥俩就在这样的穷苦生活中，不忘记一点一点学习文化知识，使得他们在后来的生活中，受益匪浅。

魏师傅是同乐电影院的堂头，管理着几个干杂活的工人。堂头读过几天私塾能写毛笔字，所以负责着写电影海报的工作。字虽然写得不太好，但是能写出来，是可以占住堂头位置的一个资本了。那天堂头让蔡朝武把广告水牌摘下来，要写新的电影广告了。

水牌子其实就是一块黑板，是用毛笔沾石灰水写上当天要演的电影片名，当作广告挂在电影院外面的墙上。

朝武你把水牌子卸下来，擦干净了再叫我。魏师傅招手把朝武叫到跟前，吩咐下要做的事情，马上又要在人前显摆一番了。

我这就去！蔡朝武到了门口摘下水牌。又打来一桶水，用一块大麻片沾水擦干净了水牌，又去把白灰桶兑好了水，搅开了白灰水，然后把大笔小笔都整理好，跑着去叫堂头。

魏师傅，都准备好了，您去看看吧。朝武兴冲冲地跑到魏师傅面前，满脸赔笑地汇报着，心里想着跟师傅好好学学写大字。

水牌子擦干净啦？魏师傅喝了口茶，慢慢从椅子上站起身，既然是负责写水牌子的，这架子得端着一点。

您放心，都擦干净了。白灰水、跟那几杆笔都准备好了。朝武依然赔笑着。

呵，你小子挺有心计的，好好干！魏师傅摆了半天谱，总算是向着水牌子走了过去，他知道每次写水牌都有人围着看，那感觉真不错。

我听您吩咐。朝武恭敬地跟在后面。

今天的电影是什么啊？魏师傅似乎是漫不经心地问了一句，实际上早就打听好了，心里也反复地写了几遍这几个字，可是还要表现得是刚知道似的，到时候才能显出提笔就写得潇洒。

今儿的片子是《火烧红莲寺》。朝武恭敬地报上电影名字。

等写完了你赶紧再给挂上。魏师傅摇晃着身子，慢慢走到水牌子跟前。

接过蔡朝武递给他的大笔，稍微甩了一甩上面多余的白灰水，开始写水牌。写完之后自己看了看，觉得那个"莲"字写得不太好，就让蔡朝武给擦掉重新写。就这样写了几遍还是不太满意，正不知怎么办才好，就把笔放在一边，看一看想一想。蔡朝武捡起毛笔对魏师傅笑了笑，魏师傅，要不您歇一会儿，我帮您写这个字吧！

你也会写字么？魏师傅眼珠都没转过去，不耐烦地问了一句。

我上过学，写得不是太好。朝武没听出魏师傅的不耐烦，老老实实地说。

自己知道写得不好，还要写。你知道在这儿你是干什么的么？杂役！把杂活干好了就不错了，怎么着，屎壳郎爬进首饰店——冒充黑宝石，刚来没几天，就想写水牌子啦，屎壳郎变季鸟——你想一步登天啊！我还真是木头眼镜儿，瞧不透你。魏师傅一巴掌把那杆毛笔打到了地上，指着他的鼻子就一通臭骂。

魏师傅，我就想帮您写一个字，没别的意思。朝武没想到魏师傅居然翻脸了，自己也没说什么，他不明白，魏师傅干嘛发这么大火。

想拍我的马屁啊，瞎子点灯——白费蜡，一点儿用也没有，把牌子挂上去！魏师傅重新写好了"莲"字，把大毛笔往水桶里一扔。

蔡朝武主动要求帮着堂头写电影海报，却被劈头盖脸地骂了一顿。一声不吭挂好了水牌子之后，眼睛里含着眼泪一头雾水的请教堂伯。

堂伯，我就是想帮助堂头写一个字，他干吗骂得那么难听啊。蔡朝武满心委屈地说。

这件事我知道了，你初来乍到的不懂规矩，这也没什么。堂伯也不好说什么，只好这样安慰着他。

这叫什么规矩啊？我看他那么大年纪，想帮他干点活，怎么啦？朝武觉得自己好心被人家当成了驴肝肺，满腔热火被一盆冷水浇灭。

你不知道啊，堂头认识的字不多，写得也不太好，他就仗着写水牌子这件事，给自己撑门面呢！堂伯见朝武还是不明白，只好把这件事的道理说明白。

哦，是这么回事啊！朝武这才明白了事情的道理，也明白了好心不一定就能办好事，所有的事情除了表面的意思之外，也许还有更深的含义，这就得好好琢磨了，不长点儿心眼，将来怎么死的都不知道。

再有，你会写水牌子，如果以后抢了他的饭碗怎么办，所以他不骂你才怪呢。你以后干好自己的分内差事就行了，少管闲事。堂伯也怕朝武再受委屈，就又嘱咐了两句。

弄明白了原委，蔡朝武踏实下来做自己的事，对堂头还是礼貌客气，让他逐渐消除了对自己的戒心。

因为账房里无论是账目和钱财都属于生意上的重要事务，所以一般人是不能随便进去的，就算蔡朝武跟唐伯比较熟悉，也很少进去跟唐伯说什么，只是每天都给经理和堂伯的账房里打上一壶开水，再扫地擦桌子的收拾一番。

平时收拾账房的时候，就发现这把算盘是上好的红木制成的，跟自己家里的那把算盘非常相似，看着堂伯噼里啪啦的算账，就顺嘴夸奖了一句，堂伯您这把红木算盘真是不错，跟我们家原先的那把算盘差不多。

堂伯从账本上把眼睛抬起来，看着蔡朝武说，你也会打算盘吗？

我会打一点儿，不过很长时间都没打了，可能都忘了。蔡朝武已经有五六年没打算盘了，也不知道自己的手上还有没有这份技能。

我给你报数，你打一打试试。堂伯想不到这个小伙子还会算账打算盘。

也行，我试试，您报数吧！蔡朝武一时技痒，看见堂伯把算盘推过来，就摆正算盘用手指上下扒拉了几下，算盘珠子打得清脆悦耳，虽然略有生疏但是活动了几下之后，手指上的感觉也就都找到了。

你把这几个数字都加在一起吧。堂伯把账簿一页上的数字从上往下报了一遍。

堂伯嘴里报一个数，就抬头看一下蔡朝武，见他很轻松就打出来了，于是头也不抬地嘴里报数。蔡朝武运指如飞一点儿也不含糊地把算盘打的噼啪声连成一片，把最后出来的数字报给堂伯，和堂伯心里知道的数字分毫不差。

还行，这算盘打得不错。堂伯稍微一愣神，心里琢磨开了。这小子还真有两下子，不但能写一手好字，算盘也打得不错，看起来往后他不仅能当堂头，也有可能当上账房啊。

朝武我跟你说啊，这个账房里头既有账簿也有钱财，以后没事尽量别往这屋里来，万一出点岔子你担不了责任，知道吗？你干活去吧。堂伯心下一硬，就把蔡朝武打发出去，他自己还指着这个工作给全家人挣饭钱呢，万一被朝武给顶下去，他上哪找饭辙去啊，必须要防备着一点。至此堂伯算是完全体会到了堂头魏师傅的心理，人同此心心同此理啊。

蔡朝武并不知道堂伯的想法，只觉得堂伯还是关心自己，怕不小心出岔子。过后因为有点私塾的文化底子，蔡朝武有心想学习电工或者放电影等高级技术工作。可是没有拜师傅的钱，想跟电影院里的汪师傅学，但人家哪里肯轻易外传。那年代电影院就几家，会放电影和检修电影放映机的人要是多了，就会产生工作危机了。俗话说："教会了徒弟，饿死师傅"，这可是那个年代的现实问题。人家可以对你非常客气，但是绝对不会把技术教给你。汪师傅不但不教给他技术，还一本正经的教训他，别什么都想学，知道吗？巧人是拙人奴，会的越多就越吃苦受累，把心思放平和，干点什么能把嚼谷挣来就行了。

蔡朝武有心偷学技术，可是人家提防得很严，偷了好几年只知道了从哪里拧下来螺丝钉，还要拧回到原来的位置，除此之外什么也没学到。

后来堂伯告诉他，放电影是个技术活，要想学会这门技术，就得花钱拜师学艺，这拜师学艺的钱可不是仨瓜俩枣就能打发的，就你那俩工钱，能养活自己就不错了，学放电影的事就别想啦。

可是汪师傅跟我说，不用学那么多技术，还说巧人是拙人奴，这话听着也有些道理，可是又觉着好像哪不对。

你甭听他说，什么不用多学技术，什么巧人是拙人奴，那都是为了不教你技术跟你打马虎眼呢。生怕你学会了技术，饿了他的行市。将来攒点钱找个师傅，多学一门手艺就多一个饭碗，尤其是剃头和厨师的手艺，到什么时候都缺少不了，你没听说过吗，朝里有人好做官，厨房有人好吃饭，你手里的本事别丢了，早晚会有用处。堂伯的心里很矛盾，既欣赏蔡朝武这个小伙子，又担心他抢了自己的饭碗，一方面不赞成汪师傅的说法，另一方面也能理解汪师傅的担心。

堂伯有一辆当时的名牌自行车，英国的"凤头"。而且是最先进最时髦的加快轴带磨电灯，骑上去绝对比一般自行车快多了，晚上还带自己的磨电灯。那年头要是有这么一辆自行车，就像现在开上了奔驰宝马大红旗的架势，绝对是一个人身份地位和财产的象征，自然如同眼珠子一样的爱护。

对于这辆自行车，堂伯坚持做到了下雨天不骑，刮风天不骑，下雪天不骑，自称"三不骑"。真要是不小心遇上了这样的天气，那就宁可车骑人，也不能人骑车，都是把车扛起来走路。

如果有人跟他借车，老先生就和颜悦色地问那人到哪里去。问清楚之后，请那人到外面，然后招手叫来一辆洋车，吩咐拉车的把人拉到什么地方，然后把车钱付清。也就是告诉你，我宁可自己掏钱给你雇洋车，也不能把自行车借给你。

一来二去的，再也没人好意思跟他借自行车了。

堂伯看着蔡朝武会读书写字，还会打算盘，是个心灵手巧、勤快还有上进心懂礼貌的小伙子，所以平时也跟他说几句话，对别人虽然也笑容满面的，但是没什么话说。

对于堂伯的这辆宝贝自行车，蔡朝武也是羡慕喜欢得不得了，出来进去的也多看几眼，有一天发现这辆车上落尘土了，于是就拿一块大抹布，上上下下的一通擦，特意找来一点机油，把该上油的地方都仔细地上了油。看着焕然一新的自行车，又看了看正在擦汗的蔡朝武，堂伯更喜欢这个小伙子了。

蔡朝武很喜欢自行车，虽然自己还没有也不会骑车，但是看见别人骑着自行车风驰电掣一般，眼睛会追着看，就连在大栅栏胡同口的修车摊，他在旁边路过也不时停下脚步多看一会儿。时间长了居然把修补车胎，换轴和车条等等小活弄明白了，没事的时候看到修车师傅活多了忙不过来，就搭把手帮着干一点儿。修车的刘师傅对这个勤快好学的小伙子很是喜欢，知道他是同乐电影院的伙计，抢不了自己这碗饭就没什么可担心的了，一来二去两人交情越来越深。

蔡朝武想着将来一定要买一辆自行车，如果车有了毛病自己也能修的话，那就省了不少开销呢。

大栅栏

一部老北京人的长篇小说　　　　　　首 之———— 著

百花洲文艺出版社

09
会馆生活

按理说姚复臣把孩子们养大了，就该让闺女儿子把家里家外的事情接下来。可是四个孩子都指望不上，会馆里的事情虽然不多，哪样都还得自己做。常言道越呆越懒，越吃越馋，一家人基本上不干什么活，吃穿不愁的日子过久了，都懒散的没了边。

由于娇生惯养，二儿子姚润生连学也不愿意上，什么活也不想干，长到十几岁了还要吃母亲的奶，虽然性格、人品与其兄相差较大，可馋懒贪玩却一脉相承。

我怎么会有这么两个不争气的儿子，这真是黄鼠狼下耗子，一窝不如一窝啊。当年算命先生说我儿子能当官发财，这不是明摆着瞎说八道！姚复臣常一个人私下里念叨，明知道是自己的娇纵害了孩子，可就是不愿意认这个账。

剧团里的大铜锣突然出了毛病，敲打时变得啪啦啪啦的。老师傅对沈老板说，这毛病叫哑锣。沈老板就把正在台上练功的小俊英叫过来，给了她三块大洋，让她去找一个姓雷的补锅老师傅，说他能治好哑锣。

小俊英按照师傅说的地点，真找到了这位雷师傅。像这样的补锅匠，在京城里有几十个，大多数都勉强度日。那年代京城的老百姓家都用大铁锅做饭炒菜，出毛病的少，所以，一般补锅匠的生意都不太好。这个雷师傅也不知用的是什么诀窍，凡经他补过的铁锅都非常结实。所以，他带了两个徒弟打下手，补锅工钱也比其他人收得多一些，生意还是忙不过来，摊位上总是叠放着几口待补的破锅。也可能就是故意摆上那么几口破锅，当幌子招揽顾客。

您是雷师傅吧，我师傅叫我来请您帮着治一治这面哑锣。小俊英开口叫了一声，说完把那面哑锣递了过去。

雷师傅把手里的活放在一边，接过那面哑锣，用一把小锤在大铜锣上下左右地轻轻敲打了一会儿，手指沾白膏泥在上面标出了三个点，再拿出一把大锤，让小徒弟帮着扶稳，在每一个点重重地敲了一下，拿破布擦干净白膏泥，然后把铜锣交给小俊英，把手一伸说，三块大洋。

小俊英疑惑地轻轻敲了几下铜锣，果然又噔噔地响亮了，于是把手里的三块大洋送了过去，却噘着嘴不甘地说，敲了这么三下，就值三块大洋钱啊？您这大洋钱挣得可真容易。

雷师傅听了这话，什么也没说，推开她送过来的钱，把那铜锣拿过去又敲了三锤子，再交给小俊英，就干自己的活去了。

小俊英不知道怎么回事，拿着那面铜锣看了看，又敲了敲，没料到又变成哑锣了。小俊英这才知道这三锤子的重要性，赶紧对雷师傅连连作揖地赔礼道歉。雷师傅也不计较，再敲三锤治好了哑锣，小俊英恭恭敬敬地奉上三块大洋。

我这三锤子容易么？补锅老人接过钱问了一句。

嗯……我明白了，您这是一招绝活。小俊英眼珠转了转，向雷师傅点了点头，心服口服地说。

没错，记住了丫头，一招鲜吃遍天。老人见她领悟了这个道理，觉出这是个聪明伶俐的女孩。

我懂了，也记住了，谢谢爷爷！小俊英受到了深刻教育，郑重的给雷师傅又鞠了一个躬。

雷师傅递给俊英几个大铜子，拿着，买点好吃的去。看着眼前的女孩眉清目秀，机灵懂礼嘴巴又甜，很是喜欢。

俊英接过那几个铜子，爷爷，您今个告诉了我一个道理，我要留着这几个铜子当念想，谢谢您！她再一次向老人深深地鞠了一个躬，转过身拿着修好的铜锣回戏班交差去了。

打那以后，姚俊英更加刻苦，比其他师兄弟姐妹都起得早，无论是喊嗓子还是练身段都一丝不苟，一有机会就紧盯着台上的师傅，揣摩着每一句唱腔和每一个手眼身法步。看到什么时候台下一片叫好，就用心思揣摩师傅的表演好在哪里，没人的时候就上台走场子，照着师傅的样子连唱带走身段的演上一阵，细心体会着每一个动作的意思。

沈师傅都看在眼里，时常走上前指点几下，一两年下来姚俊英的确长进不少。

这天晚上，就要开戏的锣鼓点一直响着，天桥戏园子里台下坐满了观众，已经开始"噢！噢！"起哄了，可是女主角沈老板不知道因为吃了什么东西，上吐下泻出不了场。

这可怎么办呢？派出去的人回来了么？戏院经理急得连连问伙计，看着吐得连气都喘不过来的沈老板，连连转磨却拿不出主意。

还没有呢。

正说着话，一个伙计满头大汗地跑进来说，经理。我回来了，赵老板来不了，也正在台上唱着呢。下一出要赶长安大戏院，没办法救咱们的场。

啊?! 这怎么话说得。经理急出了一脑门子汗，脑子已经有点乱了。

赵老板说来不了，我就赶紧直奔钱老板的戏园子，可是钱老板也来不了。因为咱们沈老板有一回没给她救场，打那会儿结下了梁子，一直就想看您的笑话，死说活说就是不来。伙计上气不接下气地说完了，两只眼睛直勾勾地看着经理。

完喽，这回可玩完喽！到了梗节儿上就要了命喽。经理捶胸顿足的后悔不已。

快找找……俊英……沈老板有气无力地说，找那个姚家大小姐……，我教过她这出戏，她唱得……不错，能顶上。

我刚才看见了，一个伙计说着指向台下，姚家大小姐就在后头那儿坐着呢。

快去把她请过来，你们俩一块去。经理就像临死的人又喘过来一口气，指着另一个伙计对他说，快去啊！

是，是。俩伙计赶快去找姚俊英。

台下已经有人往台上扔东西了，还有喊要退票的。经理见伙计已把姚大小姐请到了后台，赶紧找了一杯茶递到姚俊英手里。姚大小姐，听说这出戏您唱得不错了，今儿个沈老板是急症，上吐下泻唱不了了，您得救救场。

我行吗？姚俊英激动地红了脸，虽然一直盼着有上台表演的机会，可是没想到突然这机会就出现了，我可从来没正式唱过戏。我师傅呢？

俊英，你过来。沈老板趴在桌子上，抬起头招呼她过去。

师傅您怎啦？看见师傅满脸煞白，有气无力的样子大吃一惊。

俊英啊，你赶紧扮上……戏比天大……救场如救火，你能行……唱吧，你学了两年了，别让我白疼你一场……说着指了指化妆师傅，快给她扮上吧。沈老板捂着肚子勉强说出这几句，肚子疼得脸都抽抽了。

两个化妆师，赶紧给姚大小姐化妆，戴行头。经理心里踏实了，赶紧跑到台上对着台下左右鞠躬作揖。

各位！各位老少爷们，对不住啦。沈老板被一位大帅请去唱堂会啦，咱们惹不起，不去不行啊。今天请来沈老板的得意门生、戏剧新秀姚俊英，给咱们唱这出《拾玉镯》，望大家稍等片刻。

姚俊英？几个坐在前排的老戏迷互相看了一眼，表示很迷惑。

没听说过。另一个戏迷也表示不知道这个演员。

我知道。有这么个女孩，跟沈老板学戏来着。不知道唱的怎么样？有人插嘴说了一句。

台下正在七嘴八舌地议论着，台上一声响，大幕拉开，姚俊英扮演的孙玉姣上场门亮相，一连串行云流水般地表演，再加上清脆嘹亮的嗓音，赢得台下一片掌声和叫好声。

好俊的扮相，好啊！

身段不错，好嗓子！好！姚俊英俊俏的扮相一出场就赢得了满堂彩。

北京的戏园子听戏，台底下的叫好声，是对台上演出的那些角们最大的捧场和肯定。如果没有了这些直着嗓门吼出来的"好！"，那就不叫北京的戏园子了。

这天台下坐着几个东北军的官兵，头上的五色帽徽很显眼。等得不耐烦想要闹事的时候，只听得台上锣鼓震天，上场门出来了一个俏花旦，一亮相居然赢得了满堂喝彩，于是静下心来认真看戏。听台上唱得有板有眼嗓音清亮，身段扮相别有一番风韵，顿时就被迷住了。

人高马大的曾团长是土匪出身，来京城换防驻军不到半年时间就迷上了京剧艺术，对有女角的戏码绝对场场不落。他有一句名言，老子是把脑袋别在裤腰带上，随时要跟人家玩命的人物，活一天就要乐呵一天，谁知道哪天大炮一响，老子就吹灯拔蜡上西天了。

在前面较长的等待中，虽说紧锣密鼓连声震耳，可是团长却一点没受影响地睡着了，肥大的身躯瘫躺在戏台下的座位上，虽然鼾声如雷但是因为没有开戏，副官也就没有惊动他，见到有女角上台唱戏了，赶快吧团长叫醒。团长吧唧了几下嘴，抬起肥手在脸上胡撸一把，睁眼一看台上已经开始演戏了，而且上台的是个漂亮的女角，扭动身体坐正了一些。

团长人高马大脑袋也大，脸上的胖肉把两只眼睛都挤没了，眯缝着两只小眼睛，紧盯着台上唱戏的角色，身子越来越往前探，张着大嘴也忘记闭上，就像是看见一块嘴边的肥肉，口水就流下来了。似乎感觉到了自己的失态，赶紧把满嘴的口水吞进肚里，收回了往前探出好远的身子，吧嗒着嘴悄悄地问身边的副官。哎！副官，这个小姐扮相不错啊，怎么以前没见过呢？

听说是沈老板新收的徒弟，这是头一回登台。那副官太了解自己的团长了，马上就把刚听到的一点消息，传给了团长。

那好啊！这么俊的扮相，身段也不错，咱们爷们捧捧她。团长色眯眯的两眼，随着台上的女角满台转动着，悄声跟副官商量。

确实不错，团座真有眼力。副官就是吃侍奉长官这碗饭的，嘴甜是必备的本领。

告诉他们老板，戏唱完了我要请她吃饭。团长见副官明白了自己的想法，迫不及待地下了命令，对遇事能当机立断这一点，团长特别佩服自己。

马副官到后台，把他们长官的意思告诉了经理，经理马上转告了沈老板。沈老板虽然推出了徒弟登台演出，可毕竟这孩子是第一次登台，她不太放心就一直在后台盯着没走，跑了几趟茅房之后浑身无力地瘫在椅子上，手下人到药房买的止泻药到了，吃下之后就一直捂着肚子在后台听着看着。期间又上了两次茅房，稍微轻松了一些。姚俊英虽然是第一次登台，这孩子聪明伶俐早已把师傅的这出戏吃透了，果然一点也没出岔子。

悬着的心刚慢慢放下来，却听经理说了有当兵的邀请姚俊英吃饭，又把眉头皱起来。想了一想对经理说，您跟那位长官说，这孩子才十六岁，没出徒呢。第一次登台不能把她惯坏了，我不让她吃这个请。

经理马上把话照样传给了那位马副官，马副官又把话传给了团长。那团长知道了之后，微微一笑。既然沈老板不给面子，下一场戏不看了，咱们走吧。说完一挥手，就和马副官以及几个护卫一块走出了戏园子。出去之后对马副官说，我饿了，要去馆子里吃饭，你把这几个弟兄在戏园子的前后门给我安排好了，什么时候散场，就把那个小姐给我带到府上去，只要不死人。

是，团座！马副官接受了团长的命令之后，转身对士兵中的几个人吩咐了一番，你们俩在前门堵着，你们俩跟我在后门截着，只要出来就把她带走。能跟团长出来听戏的自然都是亲信，答应一声表示明白了，转身到前后门找到位置，持枪立正把守。

那年头被当官的请吃饭，对于许多演员来说是件很荣耀的事。要是唱戏的没人捧，根本红不起来。

戏唱完了，一直盯在戏园子前后门的几个官兵，早就瞄着姚俊英。等她卸完了装，又跟师傅告别完了，准备跟经理打个招呼回家的时候，经理叫住了她。

姚大小姐，您等等。经理非常客气得叫住了姚俊英，满脸赔笑地走近她身边，伸手从衣兜里掏出几块大洋。

还有什么事呢？经理。姚俊英还沉浸在自己在台上唱戏的兴奋之中，哼着戏里的唱段蹦蹦跳跳地往外走着，听见经理叫她，就停下身来看着经理。

这是您唱这场戏的包银，请您收好。经理心中明白，今天这位小姑奶奶可是帮了大忙了，可是又不能表现得太喜形于色，那样就失了自己的身份。

我可是头一回拿着自己挣的钱了，接过钱一看居然是五块大洋，她看着手里的钱，又抬头看看经理，您给多了吧？这我可不敢要。

姚大小姐，您千万别客气，要是学徒上台唱戏，绝对拿不到这么些包银。要不是您来救场，今儿个咱们谁都拿不到一个大子。您给我们大家保住了今天的进项，所以多给您一点也是应该的，您千万别嫌少。经理看着她，诚恳地说。

哪能呢，这怎么话说的。姚俊英笑了笑，眼珠一转双手捧着钱走到沈师傅跟前。

师傅，您这两年跟我没少费心思，不是您的调教，我说什么也唱不到今天这份上。今天我头一回挣钱，就孝敬师傅吧！

俊英啊，你的本钱好悟性也高，再加上肯吃苦，才唱到了今天这份上。我教你唱戏，你爸爸每个月都给了钱，你不欠我的。好孩子，你的孝心我知道了，这钱你拿回去孝敬你爹妈吧。沈师傅的病明显减轻了一些，她拉着姚俊英的手疼爱地说。

　　孝敬爹妈以后有的是机会，再说他们也有钱，我今天就是要孝敬您。姚俊英打心里感谢师傅的教诲，知道自己这一身本事，没有师父言传身教是根本不可能的。

　　他们有钱是他们的，做儿女的该孝顺还要孝顺。这样吧，师傅收下一块，算是你孝敬我了，剩下的拿回家去吧。

　　那就再给您一块，我拿回去三块大洋孝敬我爹妈，他们得乐坏了。姚俊英觉得师傅跟自己太客气，一定还要再给师父一块钱。

　　行！我拿两块，好孩子，我真没白疼你啊。沈师傅把姚俊英抱在怀里，好好地亲了她一下。

　　这时经理听了底下人进来说了几句话，赶快走到沈师傅身边，趴在她的耳朵旁边，悄悄地说了几句话，然后为难地站在一边。沈师傅听了经理的话，脸上变了颜色，一把拉住要走的姚俊英，把她按在旁边的椅子上。

　　俊英啊，你今天头一回上场就得了满堂彩，很难得，为师父救场，回报师恩。还有一件事我跟你说，今天有个当官的看上你了，要请你吃饭。沈师傅低头走了几个来回，然后走到姚俊英身边，语重心长地看着她。

　　师傅，我不去。姚俊英尽管没见过什么大世面，但是被人请吃饭这样的事是经历过的，对这个根本不认识的人，没心思跟他吃饭，所以就一口拒绝了。

　　你听我说啊，咱们这些个唱戏的，不管到了什么时候，有人愿意请你吃饭，就等于有人捧了你，要是没有人捧，哪个角也红不起来，捧你的人越多，你就红得越快，这也是咱们这行里的一个规矩，但凡是唱戏的，谁不想成红角啊。沈师傅觉得自己必须把这件事跟她说清楚。

　　可是有一样，就是不想吃请，也不能得罪了他们。到底怎么应付这些人，对他们客气是必须的，对他们好到什么份上，就得看你自己掌握了，师傅我教不了你这些。我私自做主给你挡了一回，但是人家不答应，他们还在门外边等着呢。

　　哼，不就是吃饭么，谁没吃过呀。京城里的哪个大馆子没去过，我又不是没见过大老板掌柜的，不怕他们。姚俊英想起爸爸带着自己到各大饭店吃饭，会馆里的各位会头请吃饭也不是一回两回，把北京小姐的泼辣劲拿上来了。

　　该说的我都跟你说了，剩下的就得你自己掌握了。沈师傅明明知道这里的水很深，不能不说但是又不能明说，女孩从这里出去的，自己多少也要担待一点。

谢谢师傅，我走啦！姚俊英根本就没往心里去。

姚俊英走出后门，看见那里等着的几个官兵，用手绢一捂嘴笑了几声。哟！各位军爷，是等我呢么？

是啊，大小姐。马副官上下打量着姚俊英，两位士兵马上就扛着枪，一边一个守在身边。

我姓姚。姚俊英大大方方地向副官介绍了自己，满脸的不在乎。

姚大小姐，是吧？我们团座一定要请大小姐吃饭，所以让我们在这儿死等，等您唱完了马上把您请到府上，为您准备了家宴，请吧，姚大小姐。马副官一看这架势就知道这姚大小姐，不是一般家庭的女孩子，态度客气了不少。

好吧，不能驳了你们团座的面子，我去就是了。姚俊英看着舞枪弄棒的场景，知道自己不去也不行。好痛快！马副官说着扬手招呼几辆洋车。转身对姚俊英说，小姐请上车。又对那两个当兵的说，你们俩坐一辆，再叫一辆车拉着前门的两个弟兄，赶紧回府给团座报一个信，就说我和姚大小姐随后就到。

大家分别上车，前头两辆洋车飞快地走远了，后边这两辆车也轻快稳当的在路上跑起来。

这一天，姚俊英到了团座府上，团长并没有为难她，吃完夜宵聊了一会儿，又听她清唱了一段京剧，就让马副官送她回家了。姚俊英回到家里把登台救场和曾团长请客的事说了一遍，又把三块大洋拿出来孝敬爹妈，虽然钱不多这可是孩子的一片孝心，两口子高兴得欢天喜地。让女儿把这几块钱留着自己零花，以后孝敬爹妈的日子还多着呢。

从此，每天都有包下的专门洋车，拉着她到各戏园子唱戏，那团长给她置办了新行头，买了四季衣裳。出来进去都有两个护卫跟着，每场戏几乎都有那位团长来喝彩捧场，为她祝贺的大花篮在戏台下排满了，还请了各报记者给她拍剧照，大幅照片登在京城各大报纸上，姚俊英京剧新秀的名气，没多少日子就火遍京城。

知道大闺女唱戏快成名角了，姚大爷带着老婆孩子上戏园子，专门听了几回自己闺女唱戏，也觉着挺高兴，不时还哼上几句解闷。左邻右舍的见面都会夸上几句，哪怕就是听见一句奉承话，姚大爷也觉得自己倍儿有面子。

　　曾团长经常拿着报纸，盯着姚俊英的大剧照，觉得姚俊英应该成为京城里的名角，一定要把她捧红。

　　经过几次吃饭捧场，两个多月之后的一次晚宴上，团长特意避开了其他人，单独宴请姚俊英。

　　姚大小姐，我老曾对你一片真情实意，我想你也感觉出来了吧。酒过三巡，曾团长借着酒劲说出了心里话。

　　曾团长对我不错，我当然看得出来。没有您捧我，再过十年我也红不起来啊。姚俊英根本就没弄清楚这里的水有多深，就知道这个当官的对她挺好，自己刚上台不久就红起来了，好运气让自己赶上了。

　　姚大小姐也是见过世面的人物，我也就不藏着掖着了。曾团长摊牌了。

　　曾团长有话直说，唱哪出戏我听您吩咐。姚俊英认为既然这位官爷花了这么多钱，即便是让自己在家里唱什么戏，也不过分。

　　真是这话？团长看着姚俊英的小样心里真是喜欢，还想再培养出一点感情。

　　您是团长大人，谁敢不听您的命令啊。

　　不能这么说。不过你这小嘴真甜，我就爱听你说话，也爱听你唱戏。曾团长也知道女孩根本就想不到自己的心思，依旧顺口搭音的聊天。

　　那好，您随便点戏吧，只要我会唱的，您爱听哪出我就给您唱哪出。

　　今儿个咱们不唱戏，我要跟你说几句心里话。曾团长又喝了一盅酒。

　　哦，那您说。姚俊英这时候有点奇怪了，以前也聊过天，没见曾团长这么费劲过，不知道今天怎么这样吞吞吐吐的。

　　原先我就想把你捧红了，让你成为一个名角。曾团长把酒杯放下，胡撸了一下自己的脸，又给姚俊英和自己倒上了一杯酒，伸手示意请她喝酒。

　　是啊，这我知道。姚俊英端起酒杯和曾团长碰了一下，自己也抿了一口。

　　可是姚大小姐。通过这么长时间的交往，我是越来越喜欢你了。曾团长的酒量不小，可是喝到这会也有点脸红脖子粗了。

　　曾团长。您不是喝多了说醉话吧？姚俊英听了这话吓了一跳，这样的话从曾团长这把年纪的人嘴里说出来，可有点不合适。

　　我借着这几杯酒壮胆，说出了我的心里话，你不许笑话我。曾团长把话说出去了，还想给女孩留下一个不那么粗鲁的好印象。

我哪敢啊！姚俊英这时候有点不知所措了，心一慌不知道该说什么。

那我告诉你，我要娶你做我的六姨太。曾团长把身体坐直，用最郑重严肃的口吻，一本正经地把这话说了出来。

那可不行，我年纪还小呢，不想结婚成家。姚俊英虽说从小娇生惯养，可是也从来没人跟她说过结婚嫁人的事情，这事不能答应只好拒绝。

我打听了，你周岁十六虚岁十八，不小啦。再说了，你要是唱戏，就算唱成了名角，说出大天去还是一个戏子。你要是嫁给我，马上就是团长夫人，说不定过几年就是军长夫人、司令夫人。吃香的喝辣的，谁敢跟你愣瞪眼，我马上就枪毙了他。曾团长早就料到这个回答，也预先就准备好了说辞，一边诱惑拉拢一边恐吓，这话说到最后一句，瞪圆了眼睛指向墙上挂着的盒子炮。

那要是……我爹妈不乐意呢？姚俊英悄悄地撇了一下嘴，虽然挺感谢曾团长捧红了自己，可是真没有什么喜欢他的意思，年龄差着三十多岁不说，那满脸的横肉看着就吓人。

不能吧？有多少人家想把闺女给我，我还看不上呢。你就说你愿意不愿意吧？给一个痛快话。曾团长酒足饭饱，用牙签剔着牙缝。

我……也……不愿意。姚俊英鼓足了勇气，低头躲着曾团长的眼神，小声地说了出来。

哟嗬，你的胆子还真是挺大的啊，可是有日子没听人这么跟我这么说话了。马副官！曾团长一拍大腿嗓门高了不少，事先安排好的手段拿了出来。

到！副官心里明白，到了该自己上场表演的时候了。

你带姚大小姐，到咱们后院参观参观。曾团长轻描淡写地向副官摆了摆手。

姚大小姐，请吧。副官微笑着弯腰伸手示意，向着客厅的后门引领着她。

姚俊英不知道参观什么，迟疑地站起身，跟着马副官出了屋子走到后院。这后院很大，在院子最后边的一个小偏院门前，有两个士兵在站岗。看见马副官来了马上立正敬礼。

你们好好站岗，我带这位小姐进去看看。马副官吩咐了一声，继续引领着姚俊英往里走。

是！士兵按照惯例答应。

　　姚俊英看见这个小院子的四角上都有高台架子，每一个高架子上面都有一个棚子，棚子里也有士兵在站岗。

　　到了一排屋子的前面，马副官推开门把姚俊英引了进去，姚俊英看见粗大的栏杆里面，横躺竖卧的几个衣衫褴褛、蓬头垢面的人，吓得她浑身发抖。当走进旁边一间很宽大的屋子里的时候，姚俊英的心都收紧了。

　　原来在屋子正中的一根大柱子上有一个人，那人被捆住双手吊在大柱子上的一个铁圈上，双脚只有脚尖沾地，身上只穿着一条短裤，低着头不知是死是活。旁边的火盆烧着的炭火，把他身上照得红彤彤的。两个光着膀子的打手，拿着鞭子无奈地看着他，看那样子是打累了。

　　他招了没有？马副官问了一声。

　　没有。几个打手看来也很无奈，懒洋洋地回答。

　　你是横下一条心死也不招是吧？马副官走过去拿过打手的皮鞭，抬起那个人的下巴。

　　姚俊英看见那人脸上红彤彤的，眼睛虽然又红又肿，但是散发出一股毫不在乎的眼神。看见那人睁开的眼睛，姚俊英才知道他还是一个活人。那人一声不吭地盯着马副官，似乎要好好地认清楚，深深地记在脑子里，永远也不忘记地看着他。

　　我叫你看。马副官抡起鞭子使劲地抽打着那人，但就像抽打在别人的身上，只有鞭子抽打的声音，那人连一个哼声也没有。

　　你说不说，你说不说？马副官一声比一声高地喊着一边抽出手枪，抵住那人的头。那人又睁开眼睛一声不吭地看着他。猛地吐出一口带血的痰，吐得马副官满脸血花。马副官扣动扳机，随着一声枪响那个人的头歪到了一边，迸出的红白之物溅在周围人的身上，也溅了姚俊英身上一些。吓得她大叫一声赶紧躲到马副官背后，紧闭着眼睛用手绢哆哆嗦嗦地擦着脸。

　　把他扔出去，再把他那个女同党挂上。马副官吩咐了一声。

　　是！两个光膀子的打手解下那个男人的尸体拉到外面，又打开栏杆拉出了一个人，吊在大柱子上的那个铁圈上。因为那人的头发比较短，姚俊英还没看出那人是男是女，只见马副官走上前去，双手一扯那人的上衣，刺啦一声随着上衣被撕开来，姚俊英看见了那人的两个乳房，这才知道那人真是一个女人。

　　马副官这次也没多说话，拿起火盆里烧着的一把发红的烙铁，往那女人的乳房就按了上去。霎时，那女人眼珠都快瞪出了眼眶，张开大嘴死命地嚎叫，撕心裂肺的惨叫声和烙铁上吱吱啦啦的声音，还有皮肉烧焦的味道加在一起就像一个巨雷，把姚俊英吓得张开大嘴一声都没喊出来，就晕了过去。

马副官喊来两个士兵，把姚俊英架起来送回到团坐的屋子里，虽然姚俊英已经醒过来了，但是浑身抖个不停，她真的吓坏了。

团长没在屋子里，马副官就给姚俊英倒了一杯茶水，她拿着水杯手还是发抖，杯子里的水直往外洒，她只好放把茶杯放在桌子上。眼睛盯着茶杯，一点也不敢往别处看。

我们团座说了，只要你答应嫁给他，你要什么给你买什么。你要是不答应，就把你们全家都当成革命党抓起来，随时都可以让你们全家一个不剩，你到底答不答应？说话。马副官声音不大，却很清晰，恶狠狠地盯着脸上毫无血色的女孩。

姚俊英抬起头来含着眼泪连连点头。

我说马副官，你怎么把姚大小姐吓成这样啊？你像话吗？咱们要尊重姚大小姐，等到她真心愿意的时候。这时团长从屋外走进来，对着马副官大声呵斥。

报告团长，姚大小姐已经愿意了。马副官的脸上如同风吹过一般，立刻换了一副笑脸。

姚大小姐，你真的愿意啦？曾团长明知故问地转向姚俊英，满脸赔笑柔声细语一副惊喜的表情。

我……愿意……愿意。姚俊英两眼发直毫无表情地说着，似乎现在她的嘴里只会说这几个字了。

哟哟，看看我的小宝贝，怎么给吓成这个样啦，真是可怜啊。王妈，曾团长一边轻轻拍着女孩的后背，一边喊着早已在外面等了半天的佣人。

来了，您有什么吩咐。一个胖胖的中年妇女，赔着笑脸快步走进了客厅。

赶紧给姚大小姐洗澡、更衣，我要好好地安慰姚大小姐。曾团长一切尽在掌握之中，慢条斯理地吩咐着佣人。

是！王妈搀扶着两腿发软的女孩走了出去。曾团长和马副官相视一笑，马副官接过团长手里的几块大洋转身走了出去，他知道今晚曾团长又要当新郎了，自己也赶快到八大胡同找女人去了。

王妈给姚俊英洗完澡换上早已准备好的睡衣，把她送进了团长的卧室，团长抱起她还在瑟瑟发抖的身子，放到床上……

姚俊英从惊吓中清醒过来，已经是第二天早上了。看着身边躺着赤身裸体的曾团长，再看看一丝不挂的自己，知道她已经是失了身的人。曾团长醒了之后，又宝贝长、宝贝短的亲热了一番。

宝贝儿，今天你回家一是报个平安，不要让他们二老着急。二是把我的意思告诉我的老丈人和丈母娘，说我军务繁忙，过几天一定登门拜访。但是，把话说完就得回来。怎么说你看着办，反正你已经是我的人了，我娶你是娶定了，所以不能让你还在家里住。我派几个人保护你，赶紧去赶紧回。曾团长不慌不忙一只大手不停地在女孩身上游动着，这里摸摸那里捏捏的依然兴致很浓，嘴里慢条斯理的又像是安慰又像是嘱咐，还有点恐吓的意思。

姚俊英穿好衣服慢慢地醒过梦来，通过这些日子的遭遇，她总算是想明白了，不论是请她吃饭还是买衣服、拍照、上报纸捧红她，最终的目的都是为了把她弄到手里。曾团长有权有势，枪杆子握在手里说一不二，自己家里说出大天也就是平民百姓，住在皇城脚下依然是平民百姓，对于曾团长这类人绝对惹不起，把这位官爷惹怒了，自己一家人都没好果子吃，为了全家不受连累也只能这样，她认命了。

姚俊英一夜没回家，家里人正在着急。姚复臣已经出来进去地走到大门外四处张望了好几次，好不容易家里出了这么个有点出息的孩子，不仅是学好了戏能上台了，而且有了当官的捧场，各大报纸上都不断地登出大照片，眼看慢慢红起来就要成名成角了，一直都顺顺当当的，怎么就一宿都没回来呢？

这孩子上哪儿去了？就是有什么事，也得跟家里人说一声啊。姚复臣也知道问谁都没用，只好自言自语地嘟囔着。

每次演出都有曾团长的护卫，不会出什么事的啊。老伴也知道他是真着急了，可是自己也没办法，只好把能想出来地说一说，让老头想开一点。

说是保护，兴许就保护出了事呢。俗话说'秀才遇见兵，有理说不清'平民老百姓怎么会跟当兵的扯上关系呢，可是人家要跟你扯关系的话，你敢不扯么。姚复臣心里有数可是没法说，怕吓着老伴。

那怎么办啊？老太太也看出了名堂。

禄华，你姐姐一宿都没回，你去打听打听，找找你姐姐，别老是没心没肺的吃粮不管穿。姚复臣看着没事似的姚禄华，不由得来气。

我上哪儿找去啊？我找不着。姚禄华早上起来吃过早饭，正琢磨着今天找谁上哪玩去呢，至于姐姐回不回来，这不是该他操心的事。

你这也叫儿子，什么事也指不上你。

正说着，只见姚俊英走了进来，还看见两个护卫扛着枪在大门里边站上了。

爸妈，我回来了。想明白了的姚俊英，面无波澜地走进家里。

你这一宿都没回来，也不说一声，都快急死我们了，你这是怎么啦？昨晚上去哪儿了？老两口看着姚俊英满脸苍白，有气无力的样子，急切地问道。

姚俊英看着二老，脸上挤出一点笑容。昨天是曾团长请我吃夜宵，喝得多了一点，事后也太晚了，就在他们府上歇着了。这不是一大早就派人给我送回来了么？

没事就好。那两个当兵的怎么不走了，给咱们家站岗啊。老两口听明白了姚俊英的话，可是看着门口两个站岗的士兵荷枪实弹的样子又糊涂了。

曾团长让我告诉您二老，他很喜欢我，要娶我跟他过日子。姚俊英事先已经想好了怎么跟家里说这件事，慢条斯理地把话说了出来。

这……这……那个……曾团长有家室的啊。老太太想到了这件事，姚俊英的话虽说是声音不大，可着实吓住了老两口。

现在这是什么年头，您也不好好看看，有权有势的男人哪个不是三妻四妾啊。姚俊英早就有了思想准备，知道爹妈和家里人很难接受自己给人当小老婆的事，得开导他们一番。

那不行，我闺女不能给人当小老婆。姚复臣说出了自己的观点。

爸，您也得想开一点，找个普通人成家，一夫一妻的吃糠咽菜，那日子也没法过。姚俊英对于爸爸很尊重，老爷子一世英名她听说过，也享受着不少的好处。

咱们家是缺吃少穿的人家么？咱们受过皇封……咱们……姚复臣鼓起勇气说出来这么一句，其实自己也觉着底气不足。

您得啦，现在是民国了，皇上早都下台那么些年了，还提皇上有什么用啊？姚俊英故意把话说得狠了一点，好让一家人尽快接受这个现实，不要惹出什么灾祸来。

那我们不乐意，总不能牛不喝水强按头吧？姚复臣打心眼里不愿意自己的女儿给那当官的做小，脾气上来了拧着脖子说了一句。

曾团长对我挺好的，我都答应他了，就是当姨太太我也愿意。您就别较劲了，我回来跟您说一声，还得赶紧去陪曾团长打牌呢。我走啦。姚俊英知道现在不能跟父亲硬顶嘴，一旦把火拱大了这事就麻烦了，慢条斯理的把话说绝了，让他们自己好好琢磨去。一转身往外走出门，低头流出了两行泪，自己也真是没辙啊。

还没说完呢，怎么就走了，这怎么话说的啊？姚复臣赶紧追出去还要再说话，却被两个当兵的拦住了。

老爷子，您就别追了，我们这是受了团长的命令，一定要接姨太太回府。只要姨太太能回府，咱们什么事都没有，您要是非得拦着，那可就是为难我们，出点事大家都不好受，哪杆枪一个不留神走火了，谁死了可都活不过来。当兵的这几句话虽然说得很温和，可脸上的表情却僵硬。

弟兄们，收兵回府！当兵的班长大嗓门吆喝一声，向着进来的几个士兵一招手。

姚复臣这才看见后门那边有几个兵走过来，大门外边还有几个当兵的也走进来，站成了一排。

稍息……立正！枪上肩。随着口令的声音，院子里响起了一阵枪械声、脚步声，十几个人的队伍排齐了。向前看，向右转，开步走。这些兵稀里哗啦地走出了会馆。姚复臣眼看着面前发生的事情，不知如何是好，他从来没见过大兵能在他面前这么背着枪演练，老两口都站在那里发愣。

这是怎么了，来了这么些当兵的？老太太一脸的懵懂，等人都走了一会儿，才缓过劲来问到。

你心里还不明白？这是那位曾团长给咱们颜色看呢。姚复臣看出了眉目，悻悻地跟老太太解释着，哼了一声还撇了撇嘴。

那咱们闺女就得给他了吗？

谁的胳膊能拧得过大腿啊？谁身上的肉能挡得住枪子儿啊？姚复臣斜眼看着老太太，心想这不是明摆着的事情，怎么还看不明白呢。

俊英说她一定要跟曾团长，做姨太太也愿意，就她的脾气禀性，你说是真的吗？老太太主要考虑的是自己闺女，眼睛长到了头上傲气的没边，绝对不是给人家当小老婆的女孩。

那可真说不定。就像今天这阵势，咱们不让她走行吗？姚复臣心里想得深一点，对于有权有势又有枪的官爷，老百姓谁能惹得起。

就看不了这些当兵的，浑身没有一点人味儿。我就知道好铁不打钉，好男不当兵，这年头当兵的哪有好人呢。等闺女回来劝劝她，让她找个一般的人家过普通的日子就挺好。老太太满脸的鄙夷，向着地下狠狠地呸了一口。

我估计曾团长不会让她回来啦。姚复臣长叹一声。

那怎么办呢？这明摆着是欺负老百姓。老太太嘴里嘟嘟囔囔地叨咕着。

我去找会头商量一下，他懂得多。姚复臣思前想后也拿不定主意，只好提出去找会头商量一下，看看这事怎么办才好。

姚复臣找到六成居的东家，说了家里发生的这些事情，让会头给拿个主意。会头思索了一下，拿起电话找来一个律师，律师来到会头家里，问明了事情的缘由，马上就提出这事必须和他们打官司。

咱们可以跟他们打官司，现在是民国了，民国就不能不讲法律，还像原先似的皇上说了算，当官的说了算，那就不行了，一切有法律管着。就告他们拐骗良家妇女，只要姚俊英说不愿意跟那个团长，咱们这个官司准赢。可是打官司就要舍得花钱，姚大爷您得有点准备。那律师振振有词，有条有理的把打官司的可能性和必要性讲清楚了。

我没打过官司，您说得花多少钱？姚复臣从来也没打过官司，脑子里是糨糊一大团，听律师如此这般地讲了一遍，也没弄清楚重点，只好拣自己最关心的事情，问清楚打官司的花费，再琢磨自己能不能承担。

首先是律师费，这个官司不仅要把事理弄清楚，还要找到法律的切入点，何况咱们是民告官案情重大比较难打，您先拿出一百大洋。律师一本正经的报价，毫不含糊。

哦，我给！姚复臣刚听到一百大洋，也没仔细听到底是哪笔钱，觉得自己还能承受，赶快答应。

除了律师费之外，还有法庭上的费用，估计也得一两百大洋。律师心理非常明白，一般老百姓打官司的机会很少，不管你听得懂还是听不懂，我都要把花费说清楚。

啊？得花那么多钱啊。姚复臣一听还要一两百大洋有点傻眼了，家里那点压箱底的积蓄自己心里有数。

您糊涂啊！闺女值多少钱？只要能把闺女赢回来，花多少钱也值啊。

律师一听姚复臣怕花销太大，赶快用亲情打动他，绝对不能让他放弃。

要是这么打官司的话，我可就倾家荡产了。姚复臣心里犯难，不打官司的话闺女就回不来，打了官司还不知道能不能赢，自己先就把这点家底都扔出去了。

俗话说'衙门口朝南开，有理没钱别进来。'打官司就得舍得花钱。再说您是谁呀，您是北京四九城有名的姚大爷，能咽得下这口气么？律师苦口婆心地劝解着，鼓励着姚复臣下决心打官司，只要收了这笔律师费，他这几个月的日子就好过多了。

我回家商量商量再说吧。姚复臣思虑再三，这么大的事自己一个人决定不了，还是回家跟老婆商量商量再下决定。

姚复臣回到家里跟老婆把律师的话，前前后后仔细地一说，老太太也思索了一阵子，最后一咬牙提出，这官司一定要打，就是倾家荡产也要打。

倾家荡产了以后怎么活啊？姚复臣把自己最担心的事情说出来，虽说闺女很重要，可是不管怎么说一家大小还要生活下去啊。

别人家怕这个，咱们家不怕。咱们家有皇封的封号，有临汾商会给咱们的铁杆庄稼。每月都有雷打不动的例钱，住房也不花钱，世世代代可以继承。所以咱们不怕什么倾家荡产。只不过攒了几年的钱花光了，花光了咱们再挣，何况你还有裁缝手艺呢。我宁可把闺女掐死，也不愿意给了那曾团长。这些人只要是当了兵，就横骨穿心如同畜类一样，没了人味，说什么也不能给了穿七个纽襻当兵的，咱们攒鸡毛凑掸子，上法庭的时候我跟你一块去，我就不信没有讲理的地方。老太太把自己想的道理一条条说出来，打消了姚复臣的担心和顾虑。

说完马上打开几个箱子，整理出这些年攒下的几百块大洋，交到姚复臣手里。

律师按照法律程序，把那个军阀告到了法院，理由是他们拐骗良家妇女。法院给双方都发了传票，通知了公开审判的日子。

到了开庭的那天，姚复臣两口子都去了法庭，法官宣布开庭。

原告律师提出姚俊英年纪还小，学戏出徒还没几年，对社会上的事情还不明白。曾团长以请客吃饭为名引诱姚俊英，并且把她扣留在府里不放一月有余，已构成强迫抢婚、拐带良家妇女之罪。请法官大人秉公而断。

被告律师却声称，姚俊英年纪虽小，按目前社会习俗也到了可以结婚的年纪，现在已经是京城戏剧界的新秀，曾团长怜香惜玉确有爱慕之意，于是在互相交往一段之后向姚俊英求婚，姚俊英小姐确实爱上了曾团长，所以答应了他的求婚。这是民国以来社会男女之间自由恋爱的新风气，并不存在抢婚、扣留等问题。请法官大人秉公而断。

原被告都提出姚俊英是证人，于是法官要求证人姚俊英出庭作证。姚俊英进入法庭之前，马副官笑嘻嘻地走到她跟前。

六姨太，您现在上了法庭只要说愿意嫁给曾团长，大家相安无事。你别以为你们家有钱，就打得起官司。你们家有的那点钱，还不够我们团长半个月的开销呢！你要是犯糊涂乱说话，那就离全家抄斩的日子不远了。六姨太，您自己掂量着说吧。马副官盯着姚俊英点了点头，加重语气地叮嘱一番。

姚俊英听了这话，浑身发抖脸色惨白，那晚死人的模样又出现在眼前，那女人的惨叫声犹在耳边。赶紧走了几步，停在法庭门口，镇定了一下自己的情绪，慢慢地走进法庭。

有人把她引导入证人席。这时法官发问，证人，你的姓名、年龄、籍贯？

我叫姚俊英，今年十六岁，北京生人。姚俊英抬起头镇定回答，她已经把自己的生死置之度外，只希望不要因为自己一个人，给全家带来灭顶之灾。

你的父母状告曾长官，强迫抢婚、拐带良家妇女。现在我问你，曾长官是否有强迫你的行为？法官根据诉状，一字一句地向姚俊英提出问题。

没有，曾团长对我挺好的。姚俊英简明扼要的回答，使得曾团长等人很满意，坐在被告席上的曾团长，一脸鄙夷地看着姚复臣夫妇二人，对于这次的官司，他根本就没放在心上，只觉得自己居然还当了一回被告，这可是很有意思的事情。

曾长官是否把你扣押在他们家不放？法官继续发问，满脸严肃一丝不苟。

不是，我们在一起打麻将来着。姚俊英知道该怎么回答，可是她的回答把她的父母惊呆了，他们万万想不到女儿竟然这样回答法官的问话。

那么曾长官是否亲口向你求婚了呢？法官对这类民告官的官司早就心

里有数，但是既然已经告到法庭，那就要走走这个程序，对于社会各界舆论和各大报纸上的反应，还是要照顾到，千万不能留下把柄。

是在这个月的十三号，曾团长向我求的婚。姚俊英的回答虽然平静顺畅，但是每一句话都像刀子刺进他父母的心里，也像霹雳一般轰塌了两位老人的精神。

那么你同意了么？法官继续发问，按照程序丝毫不含糊。

我觉得曾团长对我很好，就同意了。姚俊英一口咬定是自己愿意，就想让父母绝望到底死了这条心，不要再告状了也好省点钱过日子。

你在曾长官府上住了一个多月，是你自己愿意的还是曾长官扣留了你？法官把准备好的问题都提完了，最后的宣判不言而喻，法官一本正经地合上了自己面前的册子。

我愿意住在那里，没人扣留我。姚俊英顺畅地回答，使得法庭上既没有争论也没有反复。

闺女，我说服不了你也管不了你了，既然要走也不拦着你，看在生你养你的这些年，临走就再抱你一下吧。姚复臣夫妻俩见她仍然坚持要跟那军阀走，已经绝望毫无办法。老太太恳求着。

姚俊英明白自己这一走，不知道还能不能见到家里人了。姚俊英走到母亲跟前，喊了一声妈抱在一起禁不住流下了眼泪。

老太太突然从怀里拿出早已准备好的剪子，对准姚俊英的喉咙便刺。却被一旁的法警抢下了剪子，拉走了姚俊英。

我先把她杀了，然后再把自己个也杀了，我跟她一块死！老太太嘴里喊着话，依然挣扎着要掐死姚俊英，却被几个法警拉着无法向前一步。

一时间法庭内大乱，法警好不容易维持好法庭秩序，法官宣布休庭议事。过了一会儿继续开庭，法官宣布，曾姚二人乃自由恋爱，至于强迫抢婚、拐带良家妇女之罪不能成立，曾长官无罪。姚尤氏咆哮公堂，公然蔑视法庭破坏法庭秩序，罚款一百大洋。

这场官司姚家大败，丢了女儿又赔钱。老两口回家之后大病一场，亏的会馆老东家帮助周旋，罚款减免到了五十大洋，东家就给交上了。还给这老两口请医生，买中药，亲自上门安慰他们，这件事总算过去了。

曾团长官司打赢了，兴高采烈大宴宾客举办了婚礼，花钱请记者在各大报纸刊登了文章，说是劣等市民挑战民国大法，抗拒婚姻平等自由，不仅反对女儿的自主婚姻，甚至以杀害女儿和自杀为代价，自绝于社会与国民，完全是逆社会潮流而动，必定如同螳臂当车蚍蜉撼树一般，绝没有好下场。一时间社会舆论都在讨论怎样让婚姻自由，勇敢冲出封建旧思想的牢笼，成为新社会青年追求的主体潮流。

姚俊英虽然嫁给了曾团长，保住了一家大小的平安，可是心里并不喜欢曾团长，自己虽然不是什么大户人家，但也是吃穿不愁从小娇生惯养。受京城文化的影响熏陶，说话办事待人接物都很知道分寸，嫁给曾团长后才知道还有如此野蛮无礼，没有文化教养的男人。

除了对下属张嘴就骂抬手就打之外，嘴里不干不净的满是脏话，随地吐痰，随地解小手那才是肆无忌惮。衣服扣子似乎就没完全系好过，帽子也很少戴正，一笑起来大黄板牙之中的碎米菜叶暴露无遗。不刷牙洗脸是常事，用手把脸一抹穿上衣服就是一天，晚上不洗脚就上炕，更不用说个把月洗一回澡，内衣十天半个月都不带换的。

最让姚俊英接受不了的就是一边打麻将一边抠脚气，到了吃饭的时候直接拿起馒头就啃，似乎从来就没见他洗过手。再有就是满嘴的口臭，说话的时候一口臭气喷出来，可就是这张臭嘴吧，每天都要亲她不知多少次，每一次都让姚俊英恶心得想吐。

姚俊英心里不高兴，不免就流露到脸上，人前人后的总也见不到一点笑容，曾团长给她买什么衣服首饰，也看不到她的笑脸。曾团长也知道姚俊英心里并不喜欢他，为了尽力讨好她，不仅把前面几个姨太太找房另住，而且慢慢地改掉了一些不爱干净的陋习，不但每天洗脸刷牙，就连洗澡也比原先次数多了。

曾团长是真喜欢这个比他年轻三十多岁的北京小妞，为了让她高兴，赔着笑脸问她是不是还在生气。

姚俊英一脸无所谓的样子说没生气，就是心里高兴不起来。她哪里敢说自己不爱曾团长，根本就不愿意跟他结婚的话。

那你怎么才能高兴，好好的跟我过日子呢？曾团长觉得自己也很难，深了不是浅了不好的，不知道怎么才能哄高兴了这位六姨太。

姚俊英低头想了想说，我爱唱戏，你还是让我回到戏班里唱戏吧，挣多少钱还是小事，唱戏是我喜欢的事情。姚俊英不敢说出心里话，只好把希望寄托在演出这件事情上，只要能上台唱戏了，她的精神才有了寄托。

那可不行，你要是再回到戏班，万一有个小白脸比我还有钱有势，把你抢跑了的话，我可就竹篮打水一场空了。曾团长心里有数，北京这块地方可是藏龙卧虎，各路大侠你方唱罢我登场，真要是说起文打武斗来，他根本就排不上号，所以坚决不能松口。

一见曾团长不答应让自己到戏班去唱戏，姚俊英的心里彻底凉了，刚才还抱有一点希望的面色，马上又成了一碗凉粉，娇嫩蠕软冷冰冰的。面对着这个冷美人，曾团长陷入了两难境地，既想哄得她高兴，又不想放她回戏班，怎么办呢？这件事居然把久经沙场，杀人如麻的他急得团团转。最后还是副官给他出了一个主意，让六姨太抽上大烟，这样就能既出不了门，又离不开他。曾团长听了这话思忖半日，一拍大腿就这么办了。

一连好多日子，曾团长只是叫人把烟枪和大烟都放到了姚俊英的卧室，姚俊英问来人，我又不是大烟鬼，你把这东西拿来干什么。来人只是点头赔笑，静静地退出门外什么也不说。过了一段时间，在家里闲得无聊就点上试着抽了一口，没觉出有什么好或者不好。几天之后又拿起烟枪抽了几口，琢磨着也就是那么回事，大烟这东西根本就拿不住自己，只要想不抽就能不抽了。再过几天之后实在闲得没事，又试着抽了几口感觉还好，放下之后就有点再拿起来的意思。久而久之慢慢地抽大烟终于成了正常的生活内容，再加上曾团长说，这年头有头有脸的谁不抽几口大烟呢，这叫福寿膏，没福气的人还抽不起呢，只要你愿意抽这玩意，我绝对保证供你抽得痛快。

可是一旦姚俊英再闹脾气不高兴的时候，曾团长什么话也不说，根本就不再哄她高兴，只要断了大烟供应，用不了多久姚俊英就会犯了烟瘾，一把鼻涕一把眼泪地求着曾团长给她大烟抽，到了这份上只要能抽上一口，姚俊英对曾团长什么要求都能答应，再也不提到戏班唱戏的事情了。每天在家里把自己打扮得干净利索漂漂亮亮的，除了吃点饭就是抽大烟这件事情，再有就是把曾团长伺候得舒服就行了，这日子倒是也不难过。

其间姚俊英也曾想回家看看母亲，但是母亲根本就不让她进门，不愿意再见她的面，认为她给全家人丢了脸，一连串的骂声把她赶出门，让她永辈子也别回家，不再认她这个女儿了。

姚复臣自打有了四个孩子之后，就觉得每个月的八块钱花着有点紧张了，慢慢地增加了几口人吃饭，这点收入就很捉襟见肘了。为了增加家里的收入就把会馆的长班那点活交给了大儿子，自己用早年学来的裁缝手艺，开了一间成衣铺专门制作中式衣裤，因为学下了师傅的拿手绝活，所以生意还是挺不错的。

二女儿本来是一直叫二丫头，并没有姚舜华这个大名，在姚禄华有了名字之后，就顺便把中间的一个子改了，给她起名叫姚顺华。偶遇一个有学问的人，觉得顺字太俗气，出了个主意改成音同字不同的'舜'字，说这是古代帝王尧舜禹用过的字特别贵气，而且诗经中也有'有女同车，颜如舜华。'的字句，舜华二字乃喻女子容貌美丽，正符合这个女孩子的姣好的相貌，就定了下来。

姚舜华虽然年纪也到了十三四岁，可是因为有了姚俊英的前车之鉴，再也不肯轻易放她出门，二女儿性格沉稳好学，对于裁剪服装特别上心，跟着父亲学习裁缝手艺，没几年就学会了各种服装的量体裁衣，父亲有事出门她便独当一面，日子过得踏踏实实。有了一份手艺的二闺女，心气比一般女孩高了不少，对于市井的男孩更是捏着半只眼的看不上，也是大人孩子都不着急，她的婚事就给撂下了。

姚复臣的长子姚禄华长到了十五岁，快到了要娶媳妇的年纪，无论儿子多么不争气，到了时候也得给他娶媳妇成家。姚复臣四处托人帮忙，找合适人家的女孩子要娶大儿媳妇。

姚大爷家的长子要娶媳妇的消息一传出去，可忙坏了三五里之内的大小媒婆，谁都想把这事办成好拿个大红包。可门槛子都让媒人踩平了，也没有一个女孩能让姚大爷看上眼的。

那天来了一个媒婆，兴冲冲到会馆家中提亲，进门先给那"忠义臣民"四个字横幅作揖，接着给姚大爷见礼之后，屁股还没坐稳就满脸带笑口若悬河地介绍了一番，说是南横街四平园有一家茶叶铺，老板姓包，他家有一个女孩儿也到了待嫁的年纪。这个女孩可是老两口的心头肉，自打出生就长着十分俊俏的小脸，待到长成大姑娘之后，更是出落得花容月貌。邻居们嘴里说起来，老包家那丫头，长得活脱一个小仙女，细皮嫩肉地如同水葱儿一般……

只是与一般平民老百姓的家庭一样，全家都不识几个字，家里的女孩自然更不会让她读书识字，女孩长大了总是要嫁人的，说不好听的女孩都是赔钱货，掏多少钱也是给别人家花的，何况还有女子无才便是德的古训，闺女长大了只要找个好婆家，自然就一切问题都解决了，没必要读书识字花那份冤枉钱。

媒人说包小姐与姚家的少爷极为般配，绝对是郎才女貌的天作之合。听了媒人一番巧舌如簧的介绍，虽然媒人指着御赐的横幅赌咒发誓，一口咬定自己说得真真切切绝无半点假话，姚复臣心中还是半信半疑，大少爷婚事的重要性毋庸讳言，最终决定自己要亲眼相看一番。

打听清楚了女方住址之后，特地前去拜访相看了一番，到了那家说明来意，女孩被父母叫出来见过姚大爷。姚大爷抬眼一看便睁大了眼睛，目不转睛地盯着女孩心中不由地叫了一声好漂亮的闺女。但见那女孩的确如媒婆说的，鸭蛋脸型白里透红细皮嫩肉，两只大眼睛如同会说话一般水灵灵明亮，高高的鼻梁之下长了一个小乖嘴，唇红齿白好不爱人，精致的五官恰到好处分地布在小瓜子脸上，在吹弹可破的白皮肤衬托下，如同书画中描绘出来的仙子一般。身材苗条凸凹有致，不肥不瘦干净利索，高矮适中十分好看。知道那媒婆没有说谎，回家之后给媒婆回了话，说自己已经相中了女孩。媒婆自然也尽快地把这几句话回报了女孩家。

大栅栏临汾会馆姚大爷亲自上门相看，男孩家世上无可挑剔，女孩家父母只提出要相看姑爷。媒人把话带给姚复臣，这老两口知道自己儿子什么都不会，不知道该怎么应付。媒人见多识广，给姚家出了个主意，叫姚复臣在前门外的街面上租下一个水果摊，姚禄华装作卖水果的，让女家来相看。

等一切准备就绪。姚禄华十五岁正当少年。在水果摊上卖着水果，看见两辆洋车拉到了水果摊前，前面车上下来一个老头买水果。老头身穿八成新的藏蓝大褂头戴一顶礼帽，身材不高，圆圆的脸上微笑着，紧盯着姚禄华上下打量一番。姚禄华按照父母的叮嘱，事先背会了应该说的话，知道这是准老丈人到了，满脸笑容地迎上前去忙打招呼。

老先生您来啦，我这儿水果价钱公道，都是新上市的个个保鲜保甜，您买点什么果子啊？姚禄华热情地询问着，伸着手指点着摊上的水果，点头哈腰努力献殷勤。

掌柜的，您给约五斤大红枣，五斤水蜜桃，十斤高庄柿子。老头上下打量了一番姚禄华，看见他身体壮实心里高兴，再看服饰打扮，也比一般摆摊卖货的强。

好嘞！您瞧着，五斤大红枣，祝您老人家鸿运高照。姚禄华故意让秤杆高的停不下来，用手挡住往上翘起的秤杆，把满满一称的大红枣倒进一个大果篮里。

五斤水蜜桃都是大寿桃，祝您长生不老！姚禄华的嘴上就像抹了蜜，好听的话一句接一句，字字清晰响亮，说的老人心花怒放。又把满满一称的水蜜桃倒进一个大果篮里。

十斤高庄柿子，祝您老人家事事如意。姚禄华把柿子分成两份，分别倒进两个果篮里。

瞧这掌柜的真会说话，见面开口笑，说话招人听。听到姚禄华这么会说话，老头心里也高兴，这将来要是能哄着我闺女过日子，两口子感情一定很好。

不是我会说话，您瞧您满脸的福相，身子骨这么硬朗，肯定长寿。再看这位老太太，一副旺夫之相，夫唱妇随，财源广进。这位小姐是您的千金吧，真是要身条有身条，要模样有模样，长得这么俊，就跟九天仙女下凡尘了似的，我都不知道怎么说好了。后面一辆洋车上坐的是母女俩，老太太喜气洋洋地看着这一切，女孩害羞地低着头，一句话不说，却不时偷偷地抬眼看看卖水果的小伙子，跳个不停，红得像块火烧云。

多少钱啊？几句话说得老头高兴了，问了一句就从身上掏钱。

共是一块三毛六，您给一块吧，让我也沾沾您的福气。姚禄华按照媒人嘱咐好的，不管买多少水果，都说这个价钱，再把零头抹了去，还得说句好听话。

给你钱！老头眼见这么一大堆水果，才张口要了一块钱，觉得自己捡了大便宜，肯定是这个未来的姑爷讨好自己，那就不客气了。

谢谢您啦！像您这么慈眉善目的老人真不多见，今儿个您买的多，再送您一个大西瓜，往后还请您老多照顾我的生意。装满了两个大水果篮，直接送到洋车上放稳妥了，再满脸堆笑地奉承一句。

好说，好说。老头笑眯了一双眼，至于多少钱一斤，总共应该是多少钱，根本就没心思计算了。

事先准备好的几句话让女方家非常高兴。尤其是证实了姚禄华的父亲姚复臣在临汾会馆有铁饭碗，是那一带响当当的名人，得过御赐官服和封赏的姚大爷，明摆着是攀上了高枝，这门亲事就毫无悬念地定下了。姚复臣对女孩相貌身材尤其满意。

既然婚事确定了，于是择吉日大办婚礼。临汾会馆姚大爷家的大少爷要结婚了，对于姚复臣来说这可是长子成家立业的大事，将来要靠这个大儿子顶门立户，开枝散叶延续香火呢。对于外人来说，无论是参加婚礼的还是凑热闹的，关心的只是新媳妇漂不漂亮。

会馆里的上上下下都攒了份子钱，会首和各位会头也都送来了礼品和礼金。会首根据目前姚家居住情况，跟各位会头商量之后，把邻近的两间房拨给新婚的小两口居住。到了结婚的日子固然是请客吃饭，临汾会馆里摆了三天流水席，收礼、磕头、拜堂一时热闹非凡不再细表，来客们无一例外地依次瞻仰了御赐的横幅和官服官帽和圣旨，包家小姐也正式改名，按例冠夫姓叫作姚包氏。

这一场婚事办得热闹，姚大爷的儿媳妇身材苗条长相漂亮，肤白俊俏貌似天仙，一下子轰动了大栅栏，传遍了前门外的大街小巷。

姚包氏上街办点事或者买东西，总有一帮年轻小伙子跟在后头品头论足，或者不远不近地看个没够，就算是年纪大一些的男人，也不顾形象地张着大嘴，眼随人动的多看两眼，同时提防着不被老婆发现。其实就算是女人，街坊邻居的也愿意跟这个漂亮的新媳妇亲近，有事没事也盼着多说两句，谁要是跟姚包氏聊了一会儿天，都会跟其他人显摆好几天。

婚礼再热闹也就一两天，日子要过得细水长流年，包家的小姐虽然在家里也是娇生惯养的，但是家务活还是能做一些，做饭洗衣收拾屋子和一般的沏茶倒水之类的小事倒是都懂，可是怎么挑起一家人的生活，就不太行了。好在全家人的生活有两位老人执掌，她也乐得轻松。不过儿媳妇没什么小脾气，老人吩咐什么都很听话，里外的小活都能干的了。

姚禄华结婚之后，小两口的日子过得很甜蜜，没几年接连生下了两个女儿。头胎生了个女儿，当了爷爷的姚复臣虽然很失望，但是毕竟看见了第三代，高兴和失望互相抵消，日子就这么不咸不淡地过着。没料到姚包氏生了第二胎还是女孩，姚复臣的脸上有点挂不住了，脸上冷冰冰的没有一丝喜气，转身出门到酒馆喝闷酒去了。

裁缝铺里有老婆和儿媳妇帮着干一些缝扣子、锁扣眼、衣服熨烫平整等杂活，再加上二女儿各方面都是一把好手，日子虽过得平淡，一家人依然吃穿不愁，相比一般老百姓，日子过得舒坦多了。

由于社会动荡，会馆里来的客人并不多，所以每日能干的活实际就是打扫各个佛堂和各个房屋及庭院，两三天打扫一遍也就可以了，工作量不大，时间也就很充裕。

结婚之后的姚禄华，照样什么活也不干，除了在家里跟媳妇起腻，就是找一些市井哥们上天桥或者鸟市、鱼市、狗市遛弯，再不然就找几个浮浪子弟喝酒、贫嘴、打架、聊天。

你的小买卖呢，怎么就没再见你去做生意啊？那天在水果摊上，你不是挺能说的吗，看上去还挺有眼力见，现在怎么就不爱说话了呢？整天就知道玩去，合着弄两筐烂水果把我们给骗了呀。我妈回家之后还问我爸，这个男孩子你相看得怎么样，我爸说，挺好的。什么呀就挺好的，买了两筐便宜水果，就挺好的啊？两口子常拌嘴，一说起来姚包氏就有气。

会馆的工作不多，为了增加点收入进项，也为了不让姚禄华满世界闲逛，姚复臣在益善水会帮他找了一点活，益善水会是一个救火的组织，什么地方着火了，就把水车推出去救灾，平时除了练习一下救火也没其他事，所以工作并不辛苦，而且自由自在。水会是旧时民间救火组织，由几个买卖大户出资维持，只有着火的时候才把水车推出去，水车是一个四个轮子的木质板车，车上固定着一个巨大的水箱。几个人把水车推到火场合适的地方，有人指挥操作，有人用压水机压水，有人抓着水龙头喷水救火，这时候就需要卖把子力气，把火扑灭才成。平时基本没什么事，一个礼拜左右给水车轴上抹点润滑油，加满车上水箱里的水，最多半个月左右推动水车做做演练，免得真出了火灾的时候，水车推不出去。每个时辰尤其是刮大风的时候，都要派人轮流到瞭望杆上瞭高。

水会在特定地点设置瞭望杆，白天悬旗、晚上挂灯，用来通报火情。瞭望杆是一根几丈高的独木杆梯，竖立在适合瞭望的位置，杆顶悬挂形似"升"状的木斗子，瞭望的人从杆梯爬上杆顶，站在木斗中瞭望远近火情，如果发现火情就要敲响铜锣示警，人称此为"瞭高儿"。

益善水会在临汾会馆占着一间房，门前上方有一块横匾牌，上面写着"益善水会"四个大字，门两旁有很长木杆的斧头钩子之类的破毁工具。

这么个轻轻松松的差事，姚禄华干了不到一礼拜就满腹牢骚。干这个活太脏太累，发的一件号衣也不合身，那几个人都不愿意给水车轴上抹油，就支使我一个人干活，这不是欺负人么。大热天的谁愿意晒着大太阳，钻到车底下抹油啊。他们几个人推车都不卖力气，看着我一个人使劲还笑话我。派别人瞭高儿的时候，看一会儿就下来，等到派我的时候，至少在上面瞭高儿半个时辰。姚禄华干了不到两个月，每天不停地埋怨，拿了两个月的例钱之后，说什么也不去了，要自己去找活干，不相信就凭自己这一身的力气，挣不来小两口的那碗饭钱。

这个活离家太远，两条腿跑老远的路才挣那几个小钱，吃胖了也跑瘦了，不干了。那个活不是在一个地方上班就能干，每天让上哪就得上哪去，没有一点准头。不干了！这种活需要学技术，我这笨手笨脚的，我还学什么技术啊。不干了！有一个朋友看在姚复臣姚大爷的面子上，介绍姚禄华到铁路上工作，铁路上工作有一身制服穿着，对人说起来也很体面，工资待遇也很高，可是每次出车都要连续三五天回不了家，过些日子又不干了，说是想家舍不得媳妇。一趟远道车就一个礼拜都见不着媳妇，他觉得自己真受不了，不如在门口摆摊。

最后的结果是干什么都觉得不合适，没有一样工作是他看得上的。

自从把慈禧老佛爷赏赐的横幅、官服官帽和圣旨供在桌子上之后，姚复臣就把那个银钱罐子也放到了横幅之下。他还养成了收藏银圆和钱币的爱好。时期不同银圆的样子也有不同，见到不同花纹和币面的各种银圆铜钱，他都仔细擦洗干净后放进罐子里，时不时地拿出来把玩一番。

姚家两位少爷吃穿不愁，花钱没够，想花钱就跟老爹张嘴要一点，老爹要是不给就从罐子里拿。刚开始还是拿出一、两毛钱，后来就取五角、一块的，再后来要下馆子一次就敢偷三五块大洋了。直到一天姚复臣觉得不对劲，打开钱罐子一看，上面已经少了一层，才知道是怎么回事了。等两个儿子回家连打带骂的一问，才问出偷钱花已经有很长时间了。

为了这两个孩子的将来，他必须要动脑筋了，琢磨了很长时间终于想出了办法。他先把家里的小黄铜自鸣钟送进钟表店擦了油泥，再找银店熟人在小铜钟底下，用铜片做了一个可拆卸的夹层。又把一幅古董画的轴换成了新的，再找人把帽镜的木框给修理好了。

然后找了一个晚上，把几个孩子都哄出去跟他们的母亲一起回娘家探亲，临走还抓了一把银圆给了老婆，让她回娘家多住几天，还嘱咐她别白吃白喝的，到店铺里买点礼物带着，再请两位老人去戏园子看两场大戏。

等老婆带着孩子出门走了，他把钱罐子又填满了。在屋子里把衣柜挪开之后，衣柜底下挖了三尺深的一个坑，把罐子埋下去。本来是想在院子里挖这个坑，可是真要挖一个大坑，连挖带填得需要不少的工夫，可是会馆人来人往多有不便，所以思来想去还是在自己住的屋子里挖了一个坑，埋下了那个装满银钱的罐子。

人都说挖地三尺也要把东西找出来，这回你们不挖地三尺还就找不到。姚复臣整整用了两天时间，才挖好又填平了这个大坑。一边埋着土一边自言自语的，把土坑填满一层踩瓷实了再埋下一层，直到把整个大坑填满之后，又画了三张图，标明钱罐子埋藏的位置，并且写下了三尺的深度。然后那三张图用油蜡纸封好，分别放进钟表底夹层、字画的空轴和帽镜的镜框后面封存起来。

等娘几个回来了，姚复臣打发女人和女儿先去屋里休息，对着两个儿子招了招手，把他们叫到身边。

你们俩给我好好听着，我姚复臣就你们这两个儿子，有什么本事都想教给你们，有多少财产也都要留给你们。但是从小到大把你们给宠坏了惯坏了，除了吃喝玩乐，你们什么都不会。现在我活着还没问题，等我死了你们靠谁去？

爸，您想得也太远了，咱们家每个月都有柜上的进项，那就是铁杆高粱，什么也不用干，到什么时候也饿不死啊。姚禄华真觉得老爸多虑了，满不在乎地说了一句。

没出息的货，世界上就没有永远不变的事情，万一这例钱没了，怎么办？

石碑在那立着，谁说不给也没用，这是您立下的功劳。姚润生觉得哥哥说得对，何况石碑上的字谁也不能抹掉。

我是干了那么一点事，你们哪，也得给自己找一点干活挣钱的事情吧。姚复臣尽量压下火气，想教训一下小哥俩。

干什么呀？怪费劲的，我不会干。姚禄华一听干活的事就感觉累了，立刻打着哈欠伸了个懒腰。

那好，告诉你们那钱罐子已经埋藏起来了，如果不学好，就永远也不告诉你们，什么时候有出息了，再告诉你们。姚复臣看着两个油盐不进的逆子，已经不知道再说什么。

您怎么也得给我们俩零花钱啊。姚禄华一听银罐子埋起来，以后没地方拿钱了，立刻嚷嚷起来。

不给了，这家以后只管吃管住，想要零花钱自己长本事挣去，尤其你这老大，年纪不小了，老婆孩子都有了还整天这么满处打游飞的，想法子挣钱养家吧你。姚复臣已经没心思再跟他们俩说什么，只是把现实情况说清楚，让他们自己掂量着办。

别介，我们俩毕竟是您儿子啊。姚润生小一点，低声下气地央求老爹。

死了这条心吧，你们怎么就不想想，月例钱只有这八块钱，家里人口越来越多，将来老二要是也成家了，这八块钱你们怎么分？姚复臣想得比较远，现如今只有这八块钱的月例钱，再加上自己的裁缝铺，真是捉襟见肘，只能狠下心来逼着他们长点本事。

哪就到了那个地步了，这日子过得挺好的，这不是没事找事吗。姚禄华是只顾眼前的人。

今天我说了就算定了，那坛银子我也不动，最后还是留给你们，有出息能办事了，就告诉你们藏哪了，老这么没出息就甭想了。姚复臣把话说得斩钉截铁，没有一点回旋余地。

你说留给我们，又不告诉我们藏哪了，这叫什么事啊？姚润生见老爹不说出藏银子的地方，就埋怨起来。

另外你们兄弟俩千万记住，即便是我死了，或者病得喘不出气，只要你们不败家，就能找到那钱罐子。姚复臣咬紧牙关不松口，只是给他们提了一个醒。

我们学好了还不行么？您就告诉我们那坛子银子藏哪了。姚禄华一心只想把那坛银子的地方问出来，也低声下气地央求着。

只要你们学好，听我的话，去学一点手艺找点事干，我就把银子给你们。要不然你们都有这么一大家子人，将来怎么生活啊？他知道自己开的裁缝铺传不到两个儿子手里，他们根本就不想学这门手艺。只能用这个方法断了他们的念想，逼着俩儿子找些事情做，将来自己去世了他们也能把自己的家撑起来。

在大儿媳妇姚包氏马上要生第三个孩子的时候，姚复臣早早地就洗净手脸，换上一身干净的长袍马褂，收拾整齐之后，给佛龛里的观音菩萨上了一炷香，跪在地下磕了三个头。嘴里念念有声，救苦救难大慈大悲的观世音菩萨，善民姚复臣诚心跪拜，求大师千万保佑，前两个孙女我很满意，只求您降吉祥让我添一个孙子，只要能有一个孙子继承香火，就必定去庙里给您重修庙宇，再塑金身。他站起身来再三拜了又拜。

他觉得自己的心已经非常虔诚了，盼望着得一个孙子的心愿，已经有好几年了。两个儿子不会有什么出息了，已经是无可改变的事实，就把满心的希望寄托在将要出生的孙子身上，只要有了孙子就有了新的希望。

把酒盅和下酒菜摆好了，把黄铜小座钟也对着自己摆好，面对着桌子上的三个炒菜和一壶酒，以及已经斟满了酒的酒盅，等着姚包氏生孩子。

姚尤氏也等着儿媳生孩子，不过她可没那么偏心，对女孩也很喜欢。

大年初一头一天，小妹妹跪在姐姐面前，姐姐一见忙搀起呀，小妹妹你听言，嗯嗨咿嗨呦，一奶的同胞你拜得什么年，咿呀嗨……姚尤氏带着两个孙女，在另一个屋里教她们唱儿歌，一句一句的不厌其烦。

您儿媳妇都快生了，姚大爷，您儿子上哪去了？领头的喜婆站在御赐的横幅前瞻仰了一番，鞠躬作揖表示崇敬之后，走过来跟姚复臣聊起来。

这个不着调的东西，谁知道上哪浪张去了。姚复臣早就明白了，这家里里外外大大小小的事情，一样也指不上这个儿子，所以就干脆没再把他放在心上，大撒巴掌不管了。

姚大爷，您怎么不吃不喝的就这么干等着啊？领头的喜婆看见桌子上摆好了酒菜，却不见姚大爷吃喝，莫名其妙地问了一句。

等我孙子出世了，我再大吃大喝。姚复臣低下头闷声说了一句，自己的心里忐忑不安，又不想让其他人看出来。

瞧您说的，孙子孙女都一样啊，不都是您的后代吗？领头喜婆见惯了这种场面的，便开导他一句。

那可不一样。十个萝花女，不如一个踮脚儿。姚复臣这下不爱听了，抬起头瞥了喜婆一眼，自己满心希望来个孙子，她说都一样，这不是当着和尚骂秃子，咒自己是绝后么。

领头喜婆知道孩子要生出来还有一段时间，就坐在姚复臣对面，自己倒了一碗茶喝着。瞧您这话说的，我们这些女人就都没用了？赶明儿您的孙子找不着媳妇，看您着急不着急。喜婆依旧笑嘻嘻地说着，似乎是开玩笑的口气，倒不是故意跟姚复臣过意不去，更不想争出一个道理来，就是想预先给这位姚大爷提醒一下，您满心地想要个孙子，心气提得太高了，一旦生出来的是女孩，就有可能精神上受打击太大，万一得个病就麻烦了。

我孙子会找不着媳妇，那不能，男人是传宗接代的。姚复臣也明知道是这么个道理，可是就过不了心里的这个坎。

要是没有女人，光靠你们老爷们也生不了孩子不是吗？您得想开一点。领头喜婆慢条斯理地劝着，希望自己能给这位爷提个醒，别太死心眼就认一个理。

那可不一样。生个丫头片子，粪堆都要噘三天嘴，生了大胖小子，坟头都能冒青烟。姚复臣这会哪里听得进去，搬出了几百年前的俗语，为自己的道理找依据。

喜婆听了不禁扑哧一笑，您这老爷子可真逗啊，这是哪辈子的陈年老话了，还拿出来说道。跟您说吧，要是生了孙女，将来一定能伺候您、疼您，比儿子孙子还孝顺。领头喜婆苦口婆心，想把这个老爷子说服，只要他能听进去一点，万一这回真的生了女孩，自己的赏钱也不会少了。

不是我重男轻女，我知道女孩要是有本事，照样能有学问做大事。可这家业就是男孩的，没有男孩家业传给谁啊？这"家"就是儿子的江山，女儿的饭店。姚复臣脑子里的固执哪里是这么容易改变的，几千年来根深蒂固造就成了铁律，满脑子都是关于男孩如何传宗接代，如何打江山创事业，女孩都是赔钱货等等。

忽听得屋里有女人喊了声，大婶您快进来，这可是快生了。领头喜婆放下茶碗，起身走进里屋，只听得屋里一阵忙乎，姚复臣的那颗心已经提到了嗓子眼。

屋里终于传出婴儿的啼哭声，姚复臣赶紧端起斟满酒的酒盅，夹起一块肉，在那里等着接生婆出来报喜。

姚大爷您大喜了，这回得了一个千金。喜婆子满脸赔笑地走过来，对姚复臣施了一礼。

什么？你再说一遍。姚复臣筷子夹的那块肉已经掉到了桌子上，瞪着大眼睛看着领头喜婆，根本不相信自己的耳朵。

姚大爷您……得了个……孙女。领头喜婆早已断定这回的赏钱已经没指望了，脸上虽然也挤出来一点笑容，嘴里的声音却低了下来。

怎么就不转运呢？咳，我还大喜呢，哪来的喜呀……姚复臣一听还是女孩，立刻把酒盅连带着一桌子酒菜全都胡撸到地下了，铜钟表也被打翻了，满脸发青怒气冲冲走到了门口。姚禄华正好一头闯进来，见到老爷子满脸不高兴，当下一愣，接着问了一声，爸，我媳妇生了吗，男孩女孩？

呸！你这败家的浪子，你就是让我绝后的败家子，这么些年了，一个儿子都没生出来。姚复臣当即一巴掌抡到他脸上，这一巴掌打得他倒退几步，靠到墙上才没倒下去。

看见老家主发怒没人敢说什么，等到家主走出去之后，家里人赶忙收拾好了满屋的乱象，碗碟之类的已经摔坏，酒盅和酒壶是金属锡制成的，虽没摔坏也弄得灰土不堪。几个喜婆收到了接生的费用，赏钱一个大子也没得到，铁青着脸灰溜溜地走了。

等到很晚，姚复臣才从外面喝得醉醺醺地回到家中，一向干净体面的他，居然不洗脸也不洗脚的上炕拉过被子就睡觉。

第二天早上醒来，一翻身下地上了一回茅房，然后回到屋里蓬头垢面敞胸露怀地对老婆喊了一声，我要喝酒。

姚尤氏看着一脸阴沉的姚复臣，什么话也没说转身走了出去，过了没多久端过来一个托盘，托盘上有两个小菜一壶酒和一个酒盅。先把小饭桌放到炕上，再把托盘上的酒和酒盅酒菜等放到小饭桌上。姚复臣一看见酒来了，倒了一盅酒，闭上眼扬脖吞下肚里。

老伴瞥了他一眼，嗫嚅地说，你也不洗把脸漱漱口，大早上起来就喝酒啊？

就不洗脸，我都绝后了，还要什么脸啊。姚复臣满脸浑不吝的样子，与平时有分寸懂事理的他简直判若两人。我有俩儿子，可是这两个儿子都没一个能传宗接代的，我就是老绝户头啊，我不喝酒你还让我干什么去，我横是不能扎到河里、井里，自己把自己个淹死了吧，啊？

姚复臣拿起酒壶往自己嘴里倒，咕咚咕咚喝下一壶酒，引来一阵咳嗽，咳嗽止住了他却自己呜呜地哭开了，无论是谁也劝不住。

姚复臣思前想后很长时间，怎么也找不出解决这个问题的办法。自己虽然满打满算也才五十三四岁，但是自打生了小儿子之后，已经逐渐没有了那个能力，再想要个孩子已经力不从心。只因大儿子一连生了三个女孩，姚复臣私下找算命先生卜了一卦，未料到算命先生说姚禄华就是个生女孩的命，再生十个也不可能是男孩。儿媳的身体越来越差，也不能再抱什么希望了，小儿子的羊角风病很严重，能不能找到老婆都很难说。他虽然有两个儿子，但自己很有可能是个老绝户命了。

不甘心的姚复臣，在京城找名医想让自己雄风再起，虽然每个医生都打包票，承诺他吃了自己的家传秘方，一定能再振阳气传宗接代，可自己依然感觉不到年轻时那种心力。偶然略有欲望或者似乎有力一搏的感觉，真到了阵前也照样无力再战。他最想不通的就是，自己年轻的时候身子骨那么棒，怎么没几年就变成了如此这般糟糠。

后来有人给他出主意，说是找个年轻的外室，也许那种新鲜的感觉能让他雄风再起。为了实现自己留下传宗接代的希望，他瞒着家人花了一些钱，在外边租了房子，也典买来了一个年轻的女孩。女孩家因为实在穷苦，又赶上父母都生了大病，为救二老的命便宜地把女孩典给了他，说好只要生出一个男孩，就算完成任务，两家互不相欠再无瓜葛。

女孩住进给她租的屋子，拿着不多的钱自己一个人过日子，也还过得去。姚复臣在京城依照自己的经济实力，遍访名医寻求传宗接代的正方偏方，每当觉得略有起色的时候，就去女孩的住处一次，十天半个月的来一趟，女孩也算尽职尽责的伺候着他。可转眼一年多过去了，女孩的肚子就是不见动静。

这天，一向温顺伺候着他的女孩实在忍不住，瞥了一眼他那垂头丧气的命根子，慢悠悠地说了一句话。

姚大爷，这一年多来我是怎么伺候您的，您自己个跟明镜儿似的，今个我说一句话，您也别不爱听，我不是不想给您生个儿子，可您要是没有金刚钻，就别揽瓷器活了。一句话说得姚复臣满脸通红，只觉得一张老脸都没处搁了，张口结舌地半天说不出一句话，狠下心一跺脚摆了摆手转头出了这屋子。

临出门之前硬着头皮喊了一声，我不来了，你回家吧。从此再也不来这屋子，算是放了女孩一码。后来也想让儿子再找个姑娘试试，可是又觉得他没有生儿子的命，原先自己的脸已经丢大了，要是儿子再跟着丢一回脸，他都想不出来怎么能活在世上。

姚禄华一无是处，正如俗话说的物以类聚人以群分。同伙中一个叫吴殿元的跟他关系最好。

吴殿元比姚禄华矮小瘦弱几分，年纪也小两三岁，家中比较穷苦，平时常被人欺负，姚禄华看不惯就帮他出气，有几次还为他跟别人打了架，所以被他看成了能保护自己的大哥。

这两兄弟最能说得来，很投脾气，俩人一起招猫逗狗，上房打枣下河摸鱼，赌场碰运找碴打架，除了互相吹捧之外，任谁都看不起，一对难兄难弟，好的恨不能穿一条裤子。后来干脆跑到关帝庙里，拜把子结为异姓兄弟，从此吃喝不分家。吴殿元在京城里找不着媳妇，就托人介绍在通县的乡下找了一个女孩，女孩的娘家姓刘，结婚之后就叫吴刘氏。

吴刘氏个子不高，圆脸庞宽脑门，刚结婚就把头发挽起来，梳成脑后的发髻，两只大眼睛总含笑意，鼻梁不高但是嘴小，是个长得很精致的女人。

吴殿元虽然在北京，其实并没有什么很体面的工作，但是介绍人说是吴殿元在京城里有份差事，这话一到远郊农村就是很了不起的人物了，农村人是靠老天爷吃饭，种几亩地过着日出而作日落而息的生活，结婚不久的吴殿元，因为在京城居无定所，也就没把媳妇接到京城里住，城里乡下的两头跑着。结婚之后生的头生孩子夭折了，女人得了月子病，到京城里来看病。既然是把兄弟的媳妇，从大老远的乡下来到京城，姚禄华伸手跟老婆那儿要了几块大洋，找了一个馆子请客，招待一番之后，又送过去几块钱，算是帮着兄弟媳妇看病了。

会馆里的房租便宜，又是姚禄华说了算，象征性的收了几个钱，就住到临汾会馆里。天气热的时候，为了表示一下谢意，吴殿元就买了一个西瓜回来，放进水井里镇拔凉了，再切成十几牙小块，摆在桌子上给大家吃。京腔土语里为什么把小块的西瓜前面的量词叫牙，很可能是那形状像半个月亮的月牙吧。

姚复臣一家人吃住都在会馆里，每个月除了八块大洋的例钱之外，还有一些外快。会馆里的佛堂那时候供着六位坐像，有财神、孔子、龙王、火神、关公和三只眼的马王爷。过年过节的时候要上供，上供的贡品是由各位会头出钱，姚复臣到各处采办买回来，分成六分摆到供桌上，等到上供的日子一过，就留着自己家里享用了。

会馆后楼里有专门制作西服的华丰厚成衣店，专营南方菜厚德福饭庄。前楼里有同济堂的制药作坊、益善水会和为打更人休息的更房。这些买卖家，每到了年节都会拿出些钱做红包奖赏给姚复臣一家，有时还捎带着送一些过年过节的鱼肉等。

这年的春节，两家人凑到一起，热闹了一回。

过春节的时候北京人最讲究的是吃，有歌谣里说得很形象：新春正月过大年，吃点喝点解了馋，初一饺子初二面，初三合子团团转，初四那天吃米饭，初五的饺子要素馅，初六初七需吃鸡，初八初九牛羊肉，初十吃顿棒子粥，十一吃鱼，十二吃鸭，十三没错吃对虾，十四大碗打卤面，十五家家闹元宵，打春要吃春卷炒鸡蛋。

吴刘氏病好了之后，也留在京城里不再回乡下老家了，平时找到有钱人家当保姆，那年头保姆不叫保姆，叫老妈子，年轻的老妈子，叫小老妈儿。

姚禄华的头两个孩子都是女儿，大丫头完美继承了母亲的优点，长的大眼睛小嘴巴鸭蛋脸型，皮肤白皙细嫩，从小就是个美人坯子。长到七八岁，不大的小人不但手脚勤快嘴巴也甜。想要钱了跟奶奶说，我给奶奶当小使唤丫头吧。我来给奶奶点烟，划根火柴把奶奶的烟袋点上，然后就伸出小手，奶奶掏出一个大铜子给她，拿出去买糖吃。虽然爷爷不喜欢女孩，可是奶奶很喜欢她，经常买点零食或者拿些小点心送到她的被窝里。

吴刘氏也喜欢大丫头，见到大丫头还没裹脚，就张罗着给她把脚缠裹成小脚。因为吴刘氏从小就裹成了小脚，所以对女人裹脚特别推崇。大丫头五岁时吴刘氏就要给她裹脚，说她脚大将来会嫁不出去。大丫头不愿意裹脚，实在拗不过去了，就在这里裹上，回家后就拆掉了裹脚布。二丫头的长相更多的继承了姚禄华的基因，不但皮肤较暗，浓黑的眉毛和嘴长得更像父亲，因为从小眼睛受到伤害，所以自卑心理压抑着性格也比较闷，被吴刘氏裹小脚的时候不敢拆，结果脚被裹出了大脚骨，到后来把脚放开时早已经变形了，成了典型的"解放脚"。

⑩
漫漫长夜

当年在天桥地区有作恶多端的著名恶霸"四霸天",东霸天张德泉,西霸天富德成,南霸天孙振山,北霸天刘翔亭。四人中只有霸占天桥东侧地段的张德泉精通武功,练的是三皇炮锤,他是当时著名武术家人称"大枪侯"的侯金魁先生的弟子。

侯金魁先生是会友镖局的著名武师,曾经抗击外国侵略军,在保卫大栅栏、珠宝市等数百家商号中出过力。西、南和北霸天三人是有名的戏霸,分别把持着天桥西侧地段、天桥丹桂戏院、天桥吉祥戏院,勒索财物与奸淫女艺人是他们的专长。这"四霸天"就以天桥地区为核心把当时的北京城划分为四部分,形成他们各自的所谓地盘。"四霸天"中的老大是张德泉,张德泉特别爱看电影,无论电影院新来了什么片子,他都要去看几场,而且从来不买票。

有一次张德泉没买票要进同乐电影院看电影,堂头魏师傅正好在门前收票,看见有人进来习惯性的伸手要票,待看清楚来人是张德泉,已经把手抽了回来,点头哈腰地请张德泉进去看电影,话没说完就连着挨了两个大嘴巴。

张德泉手挽着一个摩登女人,趾高气扬地走来看电影,却看见有人胆敢跟他要票,这绝对是让他在女人面前栽面,当下火起给了堂头两个嘴巴。在他的印象里,一般人看见他马上就低头弯腰,张德全虽然身体壮实却个子比较矮,所以最看不得有人比他高。现在却发现这个人挨了打之后,仍然不低头弯腰,而且还瞪着眼睛看着他,张德泉大怒。

没长眼睛的狗杂碎,还敢跟我面前愣瞪眼?你眼瞎心也瞎吗?居然跟我伸手要票,真是活腻歪了。话没说完把手臂从时髦女人怀里抽出来,对着堂头左一拳右一拳、左一巴掌右一巴掌地打开了。这一下门口就乱套了，胆小的吓得又哭又叫，有人往里跑，有人往外逃。

蔡朝武看见赶忙把堂头拉到里面，叫一个伙计给堂头拉进休息厅，再出来给张德泉赔礼道歉，把他们让进礼堂，帮助找好了座位。又赶忙回到休息室，打了一盆水叫堂头洗了脸，又一旁安慰堂头。魏师傅您别生气了，为这点事气坏了身子不值当的。然后买来一盒大前门打开拿出一根，请堂头抽上，再把剩下的烟塞进他的手里。

魏师傅拿烟的手却还在发抖，眼睛里流下了眼泪。

魏师傅，张德泉是欺男霸女的东霸天，看上去人模狗样的，实际上他们都是畜类，可咱们是人，您让狗咬了一口，您也咬那只狗一口么？咱们不能跟畜类一般见识，咱们现在只能忍着，等遇见更厉害的，他就该倒霉了，咱们早晚有杀狗吃肉的那一天，您别生气了啊。朝武看着魏师傅难受的样子，只好说几句话劝解着。

唉，朝武你说得对，咱们得熬着，不生气。魏师傅深深地叹了一口气，抬头看了看眼前的蔡朝武，心里得到一丝安慰，没料到在自己受了欺负的时候，是这个小伙子安慰自己。

这就对了，您在这喝茶歇一会儿，外边的事情您就别管了。蔡朝武又递给堂头一杯茶。

朝武，你受累啦！魏师傅想起自己是怎么对待这个小伙子的，心里一阵愧疚。

看您说的，当徒弟的多干一点算什么，我走了。蔡朝武早就把那件事放下了，无论怎么说大家都在一个锅里混饭吃，自己还是晚辈，理该忍让。

眼看着蔡朝武里里外外地跑着，这才把事情给压了下来。魏师傅觉出蔡朝武是个心地善良的好孩子，也感到了自己对他的小心眼，流着泪自责起来。

蔡朝武的所作所为，被经理看在眼里，心里着实喜欢这个小伙子。

也许因为魏师傅心里窝火，再加上天气突然转阴气温下降，穿的衣服单薄了一点，受了风寒没注意休息，风邪侵身一下子发高烧病倒了。蔡朝武在电影院里是唯一的单身汉，没有拉家带口的累赘，影院陆庭浦经理指使他去买了点药和水果，代替大家去家里看望一番，更把堂头一家感动得千恩万谢。

　　谁也没料到魏师傅这一病对身体的伤害就大了，虽说是病已经痊愈，可身子骨一下就软了，不但转成了慢性咳喘，就连腰也直不起来了。

　　过了半个多月，才重新回到同乐电影院上班。魏师傅在家养病的日子里，经理问大家谁会写水牌子，一众人都不吭声，最后蔡朝武小声说，陆经理，要不然我试试。得到准许之后，蔡朝武准备好毛笔石灰水，擦干净水牌子，写完了大家一看，大大出乎意料，谁都能看出这不是一两天的功夫，只有从小打下的底子，才能写出如此漂亮的毛笔字。于是在堂头生病的这段时间里，都是蔡朝武代替他写水牌子。

　　等魏师傅病好回到电影院之后，陆庭浦经理就当众宣布，由于老堂头年纪大了，而且体弱多病，所以由蔡朝武接替他当同乐电影院的堂头，薪水相应提高。老堂头为同乐出力多年，劳苦功高，除了工作改为烧锅炉，收门票等轻省活计之外，原先的薪水待遇不变。蔡朝武年轻、知书达理，工作认真负责，办事胆大心细，书法也不错，是当堂头的好材料。

　　大家除了对陆经理所说的蔡朝武"胆大"一词略有异议，其他也都符合实情，也就没再多议论。

　　听说蔡朝武爷三个挤在一间小屋子里，就让他搬到同乐电影院来住，值班的房子就交给他了，也不用再让大家轮班值守，正合了那些有家业不愿意值夜班人的心愿。这样一来，值班的工钱就让他一个人挣了，一个月又能多挣两块钱，可是一笔不小的进项。

　　从此蔡朝武在同乐电影院的小楼上，有了一间自己的小屋子。

　　姚复臣五十九岁的时候得了一场大病，一直身体很强壮的他，被撂倒了，请郎中诊治之后扎针吃药感觉轻松了一些。把两个儿子叫到床前，看到他们俩吊儿郎当的样子，又想到这么大的男人了居然什么也不会干，是文不能武不会的两个废物点心，痛心疾首到了极点。

　　他有气无力地指点这两个儿子，你们俩就总这么站没站样坐没坐样，什么时候能有点出息呢？能不能记住这句话"永辈子不沾吃喝嫖赌抽，永辈子不干坑蒙拐骗偷"。

　　爸，我们记住了。听见老父亲把话说得这么重，两个儿子都感到了事情的严重性。

　　再有就是要记住这句话"要命的不吃，犯法的不做"，就算是穷的要饭也不会没有好下场，谁也不能拿你们怎么着。

知道了。两个儿子有气无力地敷衍着。

你们给我把这两句话每人说三遍，老大先说。姚复臣用手指点着姚禄华，皱着眉头越看越有气。

两个人学舌般的把那两句话各自重复了三遍，姚复臣挥了挥手让他们出去了。姚禄华转身回到了自己的屋子，依然什么也没往心里去。姚润生站在门外却若有所思，他觉得这两句话的分量很重，就自己自言自语地又说了几遍，加深了对这句话的印象。'永辈子不沾吃喝嫖赌抽，永辈子不干坑蒙拐骗偷'。

姚复臣没料到这次的病越来越重，几十年很少有病的身体，这一回得病就要了命。更没想到在自己神志还清楚的时候，就说不出话来了，想写几个字也拿不住笔。经过几次挣扎着指引着家人，把小钟表、字画轴和帽镜拿到了自己跟前的炕沿上，指了指依然说不出话来，无力的手拍到大炕上，手指还指向藏图纸的那几样东西，一口气再也没喘上来，睁着的大眼睛慢慢失去了光泽，结果谁也不知道是什么意思。他死不瞑目，后悔不该把儿子娇生惯养，更恨他们没本事，不能在社会上自立，最恨他们没能给自己生一个孙子，连传宗接代的希望都没有。至于那坛银子埋在什么地方了，从此再也没人知道，成了这个家里的一个传世之谜。

姚复臣去世没多久，姚尤氏也因失去了生活的意念，想念死去的老伴，终日闷闷不乐抑郁而死。

爹妈去世之后的姚禄华和姚润生哥俩没事就琢磨，那罐银子到底埋到哪儿了，他们认定是埋到院子里了，所以猜到一处哥俩就拿着铁锹和搞头去刨挖一阵子，人们奇怪地看见好吃懒做到了家的哥俩，会连刨带挖的出力气干活，无论如何也想不通是怎么回事，问他们这是在干什么，哥俩什么也不说。连挖带刨的好几回，连个屁也没挖出来，也就没心思再进行。念叨埋怨是少不了的，但是解决不了实际问题，也猜不出老爷子在这之前交代的与临死那几个动作有什么意思。

动脑筋想事情也要有个思维方式，从来不思考的人，即便遇见事情也想不出所以然，压根儿就不知道怎么思考。思考这种脑力劳动，也需要学习和锻炼才能掌握。

说到败家子，一般都是赌徒居多，很多故事中的那些富家子，常被描绘成用赌博来输光一大笔的资产，变成了一个穷屌丝的。其实败家行为绝不仅仅是赌博一个，最典型的有吃、喝、嫖、赌、抽五种，而吃排在第一位。

吃字虽然指的是吃饭，可俗话说没有最好，只有更好，这在吃的范围内非常明显。家常便饭和路边摊都能够吃饱，高级名厨饭店也能吃饱，那花费可就不一样了。慈禧太后每顿饭都要上满汉全席，在吃上奢侈无度的皇家生活，也是清朝败亡的原因之一。

喝字指的是喝酒，不是姚润生想的喝水，一瓶普通的二锅头是白酒，与五粮液的味道也相差不多，但是两种酒的价值就不同档次。茅台酒的价格，更是一般老百姓不敢问津。英国艾雷岛威士忌限量版，一瓶的价格高达600万美元。

有钱人在喝酒上追求和在意的不是质量，更多的而是一种氛围，甚至就是一种炫富所以在"喝"的比拼上，也照样能败家。

嫖就更不用说了，败家的程度上，嫖是仅次于赌的。

赌大家都明白，赌桌上无父子，赌红了眼的基本六亲不认，别说钱财货物，就是老婆抵押给人都不稀奇。

抽大烟才是抽的真正含义，更泛指吸毒，瘾君子的瘾上来，什么事都做得出来。五种败家行为走一遍，万贯家财也会败得光溜溜。没钱怎么办，饭可以吃便宜的，喝酒可以戒掉，用毅力也可以不嫖不赌，但是毒瘾只要一上来，瘾君子是无法抗拒的。败家子想要有钱，大部分都是邪路，而邪路跑不出五种邪门歪道：坑、蒙、拐、骗、偷，最后的结果就是万劫不复，坑人害己家破人亡。

姚包氏在大丫头三岁的时候，又生了个女儿，姚禄华平日里是游手好闲不务正业，家里家外的琐事全靠姚包氏。大丫头由于太年幼不懂事，看见妹妹亮晶晶的眼睛很是好奇，就用手指甲抠了一下，没料到抠破了眼球感染了细菌，导致二丫头一只眼睛失明。为此二丫头左眼残疾生活了一辈子，大丫头心存愧念也内疚了一辈子。

年纪长到十二岁的大丫头，已经把大人应该干的活儿承担下来了。每天数她起得最早，起来后的第一件事就是先要劈几块柴给煤球炉子笼火。劈柴的响声有点大，经常会吵醒还在睡觉的姚禄华。

大丫头，你个挨千刀的，成心不让我睡个踏实觉是吧，吵死人啦！姚禄华虽然声音沙哑，可骂人的音量却不小。

我劈柴火呢,不劈几块没法笼火啊。大丫头直起瘦小的身子,皱着眉头回了一句。

上后胡同劈去,别找揍啊!姚禄华骂完了女儿,翻了个身继续睡觉。

大丫头到后胡同也就是廊坊三条,在那儿劈完了劈柴,再回到院子里把烂纸、劈柴和煤球按顺序放进炉子,拔火小烟筒放在炉子上之后,回到屋里拿火折子,耳朵感觉很冷就用两只手捂在耳朵上,跑到家里开门的时候正好被一阵风吹过来,不但屋门没关上还迷了眼睛,赶紧用手揉了几下。

走惯城门了是吧,赶紧把门关上。姚禄华被一阵冷风吹得一哆嗦,冲着大丫头喊了一句把脖子缩进被窝里。

我不是不关门,风吹的迷眼了。大丫头伸手把屋门关上,在墙上取下火折子,又出门去生火炉子。

大丫头把火升起来再做早饭,等大家起来吃过早饭,就要洒水扫院子。院子收拾干净之后,就该打扫、擦拭佛堂了,要是有人来烧香拜佛,还要在适当的时候敲一下罄,按佛教说法是敲给磕头的人听的,提示拜佛要用真心,不能搞形式。罄声音清脆,容易入心。作为道具提示人委婉一点,不能别人在拜佛,还开口训斥他不专心。另外也表示这些香火和跪拜已经被坐在这里的佛们接受了。

这一家人住在会馆里,除了看门这一件事之外,其余的打扫、擦拭、采买、上供等事都由大丫头做了。

那时候的孩子没有多少玩具,小孩们会一块自己找快乐。摸瞎子和藏猫猫是人较多的时候玩的游戏,抽打陀螺又被人们叫作抽汉奸,是几个人都可以玩的游戏。

翻花绳,在不同的地域,有不同的称呼,如线翻花、翻花鼓、挑绷绷、解股等等。用一根绳子结成绳套,一人以手指编成一种花样,另一人用手指接过来,翻成另一种花样,相互交替编翻,直到一方不能再编翻下去为止。这个游戏最大的乐趣在于翻出新花样,展现自己的聪明才智。

打花巴掌,是一首说唱风格的北京儿歌,旋律欢快、流畅,有着浓郁的河北民歌的音调,也是一种传统的儿童游戏,两人一组,边拍手边按节奏数着花名字,念说着合辙押韵的顺口溜。儿童们玩得最简单的就是打花巴掌了,连翻绳的那根绳子都省了。因为在互相拍巴掌的时候,手掌的拍法要变换，有正手、反手和交换手等拍法，所以叫花巴掌，而且一边打一边唱着；

打花巴掌哎，正月正，老太太爱逛莲花灯，烧着香捻纸捻儿呀，茉莉茉莉花儿呀，串枝莲呀，江西蜡呀，海棠花呀……

二月二，老太太爱吃白糖块……

三月三，老太太爱抽关东烟……

四月四，老太太吃鱼不择刺……

五月五，老太太爱吃烤白薯……

六月六，老太太爱吃白煮肉……

七月七，老太太爱吃炖公鸡……

八月八，老太太爱吃甜面瓜……

九月九，老太太爱吃莲花藕……

十月十，老太太吃饭不择食……除了月份和老太太吃的东西有变化，后面其余的词句是一样的。

歌词里的串枝莲，是一种图案的花纹，主体为莲花，而以盘曲的枝茎相串联，荷叶也变为窄长小尖叶，多用于瓷器和刺绣。而江西蜡却是翠菊的俗名，秋日开青蓝色或粉红色的小花。

女孩一个人的时候，喜欢用纸折各种东西或者剪纸玩。下雨天，穷孩子们就蹚雨水找乐子，一面把水花踩得溅起老高一面唱着，下雨喽，冒泡喽，王八戴上草帽喽。如果正好赶上一个戴草帽的人路过，那就会挨上一顿臭骂，甚至挨打。

在下完了雨之后，就会在湿墙上或者草地、树干或者在房柱上、窗棂上都会找到一种小蜗牛，上面是青灰色扁圆形薄薄的外壳，下面是半透明软软的身体，慢慢地爬动着，因为它的软弱，就连最小的孩子也敢抓着它玩，抓住之后，它就会把身子缩进外壳里，很久不出来。北京小孩管它叫水牛儿，这名字叫得好听，水灵灵的一个小巧玲珑，还长着两个犄角的小牛儿。

为了看见它身子出来的样子，孩子们用尽各种方法。有的把它们在石上磨，要是磨热了，或者把它磨疼了，它就会挣扎着露出来。也有老实一些的孩子，把他们放在高一点的地方，对着他们唱儿歌。水牛儿……水牛儿，先出来犄角后出来头，你爹你妈，给你买了烧羊骨头、烧羊肉，你不吃，喂猫吃了喂。男孩子往往没这么耐心，早就跑到一边玩去了。

女孩子们踢毽子也是一种很普及的游戏。毽子是用一小把鸡毛插在几枚铜钱的中孔中，用线扎紧制成的，毽子可以一个人自己踢，可以踢出各种花样，也可以许多人踢一个毽子，要能用脚或者头、胸等部位接住别人踢过来的毽子，再踢给他人，要求毽子不能掉在地上。

踢毽子也有儿歌，唱着儿歌踢毽子，能把这些小孩累得气喘吁吁。一个毽儿踢两半儿，打花鼓儿绕花线儿，里踢外拐，八仙过海，九十九，一百。

另外跳皮筋也是女孩们的专属游戏，皮筋从低一次一次的提升到高处，女孩们的两脚勾挑着皮筋，欢快地蹦蹦跳跳。最让男孩们看不懂的就是当跳到大举的时候，哪怕是两个高高的男孩把皮筋举得最高，女孩们照样可以用脚尖伸到不可思议的高度，勾下那根远远高过他们头顶的皮筋，接着跳下去。

小孩们常玩的游戏还有一种叫猫儿拿耗子，是由八九个甚至十几个儿童手拉手围成一个圆圈，圈里边有一个小孩当耗子，圈外边有个孩子当猫。围成圆圈的儿童朝一个方向转圈行走，一边走一边念一首童谣。

内容是这样的：一更鼓里天哎，猫儿拿耗子嘞，天长哩，夜短哩，耗子大爷起晚啦。这时圈外的猫问道：耗子大爷在家没有？圈里的耗子回答道：耗子大爷还没起哪。然后儿童们重复开头的童谣，从二更鼓一直念到十更鼓，圈外的猫随后问道：耗子大爷在家没有？圈内的耗子每次回答都不一样，依次是：

（二更天）耗子大爷穿衣裳哪。

（三更天）耗子大爷漱口哪。

（四更天）耗子大爷洗脸哪。

（五更天）耗子大爷喝茶哪。

（六更天）耗子大爷吃点心哪。

（七更天）耗子大爷吃饭哪。

（八更天）耗子大爷剔牙哪。

（九更天）耗子大爷抽烟哪。

（十更天）耗子大爷上街遛弯去啦。

当念完最后一句时，圆圈立刻打开一个缺口，耗子从圈内跑到圈外，早已等得不耐烦的猫马上追过去，耗子和猫绕着圆圈你跑我追，耗子如果被猫追上就算输了，另换上两个儿童当猫和耗子。

这首童谣的作者是谁已经无法调查清楚了。不过童谣的内容倒是活灵活现地描绘出一位住在北京城里的大爷一天中的生活，毫无激情，天天如此，年年如此。当年也不知道有多少北京人的生命，就是在空虚无聊中消耗掉了。

北京人管老鼠叫耗子，无非是因为这种啮齿类的小动物不仅不能给人类带来好处，反而还要消耗粮食，糟蹋家具。那位拟人化的耗子大爷就是某些北京人的真实写照。这是一种人性的堕落，也是人生最大的悲哀。著名剧作家曹禺在话剧《北京人》中也写到了耗子，那是在全剧结束前，当曾家大少爷曾文清吞服鸦片烟自杀后，家人惊恐忙乱中弄出了声响，曾老太爷听到后问道：刚才那屋里是什么？家人为了掩饰真相，回答道，闹耗子。真是一语双关，堪称点睛之笔。

大丫头看见其他小孩在玩，也忍不住参加进去玩一会儿。玩了一会儿马上就要干活，她的感觉是别人家的孩子都有很多玩的时间，可是她总有干不完的活。

首先是姚禄华根本就不管家里的事，每个月只管到会馆的账房取回八块大洋，自己留下两块钱的零花钱，剩下的就交到姚包氏手里，然后就大撒巴掌什么都不管了，家里的所有大事小情的，全都交给了姚包氏，除了吃饭睡觉回家之外，其他时候基本见不到他在家。其次是里里外外繁重的家务，一家人的吃喝穿戴，生活全都压到姚包氏一个女人身上。自从大丫头长大了一点，到了十岁左右能帮助她照看小妹，也能干点家务活了，她才又拿起了锁扣眼的手艺，给家里的日子添了一点进项。

可是常年的艰难生活，身体非常缺乏营养，城市中瘟疫大流行，卫生条件很差的城市贫民，一拨又一拨的在疾病中挣扎，死人的事情司空见惯。姚包氏躲过了霍利拉、鼠疫，却没躲过鼠疮脖子。

霍利拉也称为火痢拉，是外国语音译而成，有人说是病毒性痢疾，也有人说是霍乱。

鼠疮脖子的晚期，淋巴结液体，形成冷脓肿，溃破后，排出豆渣样或米汤样脓液，最后形成不愈的窦道或溃疡，少数病人伴长期低热、盗汗、食欲不振、消瘦等症。本病大多见于儿童和三十岁以下的青年，这在当时是无法根治的病。

为了治好姚包氏的鼠疮脖子，大丫头那一段时间每个星期中的三天早上，三点起床到老远的西单乐仁堂药店给姚包氏排号拿药，到得早了就睡在药店门前的地上。无论天气有多冷，她顶风冒雪的也要给母亲排队买药。

大丫头，该起来买药去了。看着还在熟睡的大女儿，姚包氏虽然不忍心叫醒她，可是为了把病治好，还是狠了狠心拍醒了她。

嗯。大丫头还没睁开眼睛，嘴里答应着坐起身，用手把自己单薄的小棉袄棉裤套在身上。

外边下雪了，俗话说"风前暖雪后寒"你套上我的大棉袄去买药，我今天就不出门了。看着外面北风呼啸大雪纷飞的天气，姚包氏把自己的大棉袄披在女儿身上。

妈，这天太冷了，我能白天再去排队买药么？大丫头睁开眼睛，发现屋外边风雪交加，不解地问母亲。

孩子。白天买药太贵了，他们这就是让有病又没钱的人家，少花钱也能买得起药。姚包氏无可奈何地解释着。

那怎么能区别谁是穷人谁是富人呢？大丫头问道。

能受得起罪，吃得了苦的才是穷苦人，有钱人谁能受得了这份苦啊。姚包氏长叹了一口气。

是这么回事啊，那我还是早点起排队吧。知道了半夜起来买药的原因，大丫头赶忙爬起来，利索地穿好衣服，再找一根绳子拴在腰间，为的是不让风吹进衣服里。

你受苦啦，孩子，你从笸箩里拿半块窝头，饿了先垫补垫补。姚包氏把几个铜钱交给了大丫头，虽然已经把大棉袄给了女儿，心里还是百般的无奈和不忍。

不要紧，只要您的病早点好，我不怕冷。大丫头很懂事，把铜钱放到兜里，从笸箩里拿了半块窝头揣进怀里，赶忙出门回身把门关好，两只手揣在棉袄的袖子里，趿拉着一双大人穿破的棉鞋，缩着脖子顶风冒雪地给母亲买药去了。

大丫头从大栅栏走到西单牌楼乐仁堂药店的门前，每次都是她第一个到，到了药店之后在旁边找一块避风的地方，躺下身子迷瞪一会儿。

渐渐地又来了几个人，有孩子也有大人，看年纪都比她大。几个人挤在避风的矮墙下边，没话找话闲聊着。

天气寒冷，衣不蔽体的几个穷人用嘴里的那点热气哈着手，来回地走着跺着脚，嘴里没食身上就更冷，冻饿中的时间就显得更难熬。大丫头抬头看看风雪中漆黑的天空，打了一个冷战。

这么半天了，怎么还不亮天啊？她知道自己的问题没法回答，可还是忍不住自言自语地说出来。

这是三九天，冬天的夜就比夏天的长多了。一块在寒风暴雪中打颤的穷人，你看看我我看看你，没人出声，过了很久终于有人回了一句话。

腊七腊八，冻死寒鸭，腊八腊九，冻死小狗，腊九腊十儿，冻死小人儿，老人留下的话没错。不知是谁，哆哆嗦嗦也接上了一句。

几个人又抬头望望漆黑的天。对于穷人来说夜总是深沉的，冬夜尤其寒冷深沉。

靠着女儿经常给自己去买一点便宜的药，姚包氏的病好一阵坏一阵。刚刚有点起色，因为没钱再买药，拖了一阵子又严重了。这天，姚包氏看见女儿用针线，笨手笨脚地缝着几块毛乎乎的东西，凑上前去看了看也没看明白，大丫头抬头看了母亲一眼，笑了笑也没说什么，接着缝。

大丫头，你那儿缝什么呢？姚包氏问了一声。

妈您看，我从皮匠铺捡来好些小皮子头，想缝成一双带毛的皮袜子，把皮袜子套在脚上再穿破棉鞋，脚就不怕冷了。大丫头放下手里的活，抓起手边的一堆破皮子头给母亲看。她的脚已经冻裂了好几个大口子，每天用热水烫洗了还是不见好。那天路过皮匠铺，突然发现皮匠铺的垃圾堆里，有很多小块带毛的皮子，灵机一动捡了出来，想用它们缝一双皮袜子。

母亲在她身边坐下，翻看着那些破皮子，从中找出几块稍大一点的，对比着用剪刀修剪合适，飞针走线一个上午的时间就缝好了一只。大丫头拿过母亲给她缝的皮袜子，抱着妈一边撒娇一边说，我妈手真巧，缝得又快又好。

缭皮活不难，有钱人的皮衣大氅不管是狐皮还是貂皮，都得这么一点点的缭到一起，缭完了用手两边一抻就平整了。姚包氏边说边示范，把缭皮活的手艺教给了女儿，看看她天真活泼的高兴劲，自己却一点也高兴不起来，可怜的女儿，几块破皮子缭成的袜子就让她高兴成这样，心里抽搐着把泪都咽进肚子里。

大丫头按照母亲教给自己的方法，从中午一直缝到晚上，终于缝完了另一只皮袜子。

后来姚包氏的鼠疮越来越严重，大腿、脖子和腋窝里都长了脓疮，疼得要命还要锁扣眼挣钱。生活的劳累和疾病的折磨，除了两只大眼睛还有点亮光，披头散发满脸沧桑，整个人瘦骨嶙峋，皮肤灰黑没有血色，十几年的时间就把原先像小仙女一样漂亮的女孩，折磨得没了人样。

我这病是治不好了，浑身上下真是难受啊，这样的苦日子什么时候是个头呢，要不是可怜你们这几个孩子，我早就不想活着了。姚包氏一身的疾病给身心带来很大的折磨，经常对大丫头唠叨。

姚包氏疼得实在太难受的时候，听人说抽一口大烟就不疼了，打发大丫头给她买一包大烟，试着抽了几口果然能减轻疼痛，于是疼得实在受不了的时候，就抽一口大烟止疼。

大烟的味儿这么香啊，我都有心尝尝了。姚禄华闻到飘出来的烟味，也凑了过来。

这东西你可千万不能碰。您没听说么"大烟鬼、大烟鬼"，正经人只要抽上大烟，就成"鬼"了，他就不是人了。

那我看你抽大烟，也没怎么样啊，不就是抽几口烟么，怎么就戒不了呢，那是他们心里没有艮劲，要是我的话，说不抽就能戒了，我就不信了。姚禄华不以为然地撇了撇嘴，脖子一梗满脸的不服气。

我是身上的病痛得受不了啊，你就别抽了。姚包氏心里知道这东西的厉害，苦口婆心地劝男人。

我就抽一两口尝尝，不会上瘾。姚禄华的好奇心上来了，低声下气地央告着，他对自己的心性非常自信，也不想成为人家口中的大烟鬼。

这事我也说不清，我爹妈就告诉我了，打死不能抽大烟，我要是抽上大烟就把我打死。还说抽那玩意能败家。女人发现自己说服不了男人，只好把父母亲的话说给他听，皱着眉头苦苦地劝解。

哦，姚禄华也说不出什么，对抽这东西一点概念也没有，除了好奇心之外他真不信这东西能上瘾，让人离不开。

要不是这些些年的病拿得我这么难受，我决不碰这东西。姚包氏只能把这话翻来覆去地说，再深刻的道理也讲不出来，就想断了男人的这个念头。

你给我抽一口，我就抽一口。姚禄华还是没压制住自己的好奇心，抢过大烟就深深地抽了一口，又咳嗽又恶心，赶忙把烟枪送过去。真难受，我才上不了瘾呢。

过了些日子，有一天又看见姚包氏抽大烟，好奇心又上来了。就凑到姚包氏跟前拿起烟抢看了看，一歪身躺在那里，轻轻地抽了一口，闭上眼睛体会着自己的感觉，过了一会儿睁开眼睛说，不错，挺舒服。

抽一口就行啦。姚包氏担心男人抽上了瘾，赶快伸手抢烟枪。

我再抽一口，就一口。姚禄华这回觉得不难抽，哪里肯放手，攥着大烟枪又抽了一口，闭眼找感觉，慢慢把烟吐出来，哎，舒服啊，真是舒服啊。

一来二去他也抽起了大烟，在外边跟一些浮浪子弟聊起抽大烟，有些人跟他说，抽大烟证明了您的身份，您是姚大爷，不抽大烟就显不出您的身份。再说了，大烟是什么？那是福寿膏，长寿膏，不但能让人舒服，还能治病。这跟喝酒差不多，不喝醉了就不会伤身体，适量的每天喝一点是益寿延年。大烟这东西只要不多抽不仅对身体没坏处，还能保养身体提精神。不信要是感冒了，只要喷一口烟就好。

姚禄华从抽几口尝尝，逐渐开始了抽大烟，到后来自然而然地就成了戒不掉的大烟鬼。

刚开始姚包氏还让大丫头给姚禄华去买一种戒烟的药水，到后来也和姚禄华一起抽开了大烟。

大丫头时常要去胡同西口外的白面房子给姚禄华买大烟，一次两毛钱买一小包，一块钱能买一大包里面共有五小包。买的时间长了，烟馆里的那些人都认识她。

姚小姐，您好，您来啦。对于老主顾的到来，无论店主还是伙计，都显得分外热情。

我买一大包，给您钱。大丫头照例递上钱，拿到大烟往门外走去。

您稍等，姚小姐。一位伙计按照店主的吩咐，叫住了正往外走的大丫头。我们店主说，您是这里的老主顾了，如果您愿意吸食的话，我们可以免费送给您一点大烟，供您享用。

是么？大丫头脑子灵活，马上就把话接过来了。我也想试着抽一点，可惜没那么多钱，您要是能送给我一点，就太谢谢您了。

没问题，这一包您拿走吧。说着伙计给她拿出了一小包，笑容可掬地递给她，大丫头接过来装进兜里，连声地说着谢谢。

哈哈！又有一个女孩要变成大烟鬼了。等她出了白面房之后，店主和伙计都放声大笑。

下次再去给姚禄华买大烟的时候，她故意要两包，伙计和店主相互交换了眼色，店主点了一下头，伙计依然笑容可掬地给她两小包，接过两包大烟她也笑眯眯地说了几声谢谢您，然后回家。回到家以后，把买来的大烟给姚禄华，把店里送的那几包，都存在自己的小箱子里。等到再买大烟的时候，她还是一包两包的要，等攒齐了五包就给姚禄华，换来一块钱自己收留起来。

她对自己说，我才不当大烟鬼呢。给我多少我也不抽。

姚禄华为了抽大烟，他把家里所有的东西都卖光了当掉了。邛窑唐三彩，永不生虫的樟木箱子、五彩大果盘、山水鼻烟壶、四幅朱砂镜框画、大掸瓶、夹棉衣服、洋钟都送进了当铺。在把藏着秘密图纸的三样东西送进当铺之前，嘴里说着，爸爸临死时指着这几样东西，什么也说不出来，到底想说什么呢？得了，我对不起爸爸，等我有了钱一定再给您赎回来，出门就送进了当铺。

出了廊坊三条西口就是煤市街，煤市街上有一家大当铺，旁边的扫帚胡同也有当铺，他挨家问，哪家给的钱多就当给哪家。所以姚禄华打家里偷拿出来的东西，从后门出去，转身就送进了当铺，马上就换成钱买大烟抽。实在没东西了就把当票再卖掉。

就这样，把埋藏银子的图纸连东西一块送进了当铺，老人用尽心机也没挡住儿子败家。

近处的门框胡同里也有大烟馆，因为政府就靠这些店铺收税，所以也就不禁止。大烟馆里什么都收，什么桌椅板凳、锅碗瓢盆、连做衣服的轴线也收，收上来之后再卖钱。

烟毒泛滥，使无数财富化为乌有，尤其在 20 世纪 20 年代末 30 年代初，烟毒最剧之时，全国有八千万吸毒者，以每人每天平均耗毒资一毛钱计，则一年便消耗二十九亿元，远超出政府的财政收入。

吸毒的人上了瘾就不能称之为人了，甚至有的居民夏天在院中生火做饭，一不注意，他会将火炉里还在烧着的煤给倒掉，把炉子搬走换成白面儿。有的连狗都不如，把亲生的儿子女儿押在那儿，作为吸毒的开支。家里人发现孩子不见了，就到附近白面儿房子中去找。

因为公娼的合法性及吸毒的社会认同，在高级妓院，"往来无白丁"，通过狎妓冶游，"叫局""吃花酒""打茶围"等，不仅可以销金泄欲，而且能洽谈生意、买官卖爵。

在北京娼业最为昌盛的民国六七年间，八大胡同的嫖客有"两院一堂"之说。同样，吸毒也兼有谈买卖、拉关系、联旧谊、结新知的社交功能，烟馆成为一种兼有消遣、娱乐、社交、议政等多种功能的"公共场所"。

硬木的烟榻跟个大椅子似的很短，烟榻底下接一个垫脚凳。烟盘一般是铜的，里边有烟钎子，很细很细的，也是铜的。烟泡安在烟斗上，一手拿着烟枪，另一只手拨拉着抽，等烟泡全都进了烟斗，这才算完了。

姚复臣去世之后，小儿子姚润生没有生活来源，就跟一个师傅学了一点电工知识，能帮助人家安装电灯、电线之类的挣钱养活自己。有时还经常到晓市上买一些旧电线，旧电线的卖相不好，他跟着师傅学会了用买来的猪皮，用肉皮上的油把旧电线从头到尾捋一遍见见新，再卖给人家装电灯用。有时候身上锱子都没了，就回到哥哥姚禄华家来蹭顿饭，就是挨骂也忍着。

大哥大嫂，吃饭呐。姚润生进门先打招呼，人穷志短不说，礼貌不能少，嘴甜点没坏处。

二弟来啦，吃了吗？姚包氏见小叔子进门，笑着打招呼。

还没呢，嫂子，您这窝头可真香。姚润生目的很简单，就是来蹭一顿饭。

那就坐下一块吃吧，去自己个拿碗，盛一碗菜就着吃。姚包氏为人平和亲近，很包容这个小叔子，俗话说老嫂比母，她也确实很心疼这个没娘的孩，毕竟是自己男人的亲弟弟。

你管他干嘛？他一天到晚什么也不干，老上这混饭吃可不行。姚禄华是个私心较大的人，自己好吃懒做守着祖上的一点荫庇，生怕弟弟沾了光。

他一个人能吃多少，你还是大哥呢，不就添双筷子的事吗。姚包氏瞪了姚禄华一眼，打心里很看不上这个男人，自己没本事就算了，还没有一点男人的心胸。

你就惯着他，越来越不要脸，天天儿天的蹭吃蹭喝。姚禄华不愿意弟弟总在这里吃饭，就急赤白脸骂他。

姚润生盛上一碗菜汤端到炕边放在小饭桌上，又去拿了一个热气腾腾的窝头，边吃边喝地跟他大哥掰扯。

大哥，我管您叫大哥，因为您是我亲哥哥。爹妈去世了，您把临汾会馆的差事承接下来，有吃有喝的不发愁。我呢？姚润生心里明白，这是爸爸留下的产业有他一份啊，这饭吃得很硬气，也不用讲理，反正进门了赶上什么吃什么。

再怎么说你也应该找点事干去啊。姚禄华自己什么事也不干，可是看着弟弟不干事就不高兴，因为这个弟弟要是没收入就得吃自己的。

我怎么没找事干，我会安电灯，还天天在外边摆摊卖电线，这不几天没挣着钱了么。姚润生这话说得很硬气，自己不管春夏秋冬，风里来雨里去地干活挣钱，吃了多少苦受了多少累自己心里明白。

你用猪油抹在旧电线上冒充新电线，这容易着火，你亏不亏心缺不缺德啊？姚禄华知道自己理亏，又找到了一个话茬。

抹上猪油是为了好看，价钱可是旧电线的价钱，我不亏心。姚润生看着哥哥胡搅蛮缠，一点不客气硬怼回去。

没吃的，自己找饭辙去，不能天天的跟我这混秧子吧？姚禄华实在没理了，就眼睛一愣瞪，开始胡说八道不讲理了。

什么叫混秧子啊，您是爹妈的长子有继承权，我也是爹娘所生，凭什么我就一点也不能承受啊？姚润生早就想好了应对之策，张嘴就来。

房子你住着一间，怎么没承受啊？姚禄华转了转脑筋，突然想到了这件事，也算是又给自己找回来一点理由。

那每个月的例钱八块大洋，就算是不要一半，也应该有我一份吧？我住一间房也是应该的，还打算把我赶到大街上住去吗？姚润生提醒这位哥哥注意，每月八块大洋的进项才是大头。

我这一大家子人，那八块钱什么都不够，要不是你嫂子缝衣服锁扣眼的，连吃饭都费劲，怎么给你啊？姚禄华脸红了，没理搅三分，硬着心肠多吃多占老一辈的遗产，还要找出理由，装出理直气壮的样子。

所以我不较劲，自己尽量地找饭辙，没找着饭辙就得上您这蹭一顿。姚润生并不想在话语上争个输赢，他也看着哥哥这一家子人活得不容易，所以尽量不给他们添累赘，但是道理要说明白。

叫你这么一说，上我这蹭饭吃还是应当应分的啦。姚禄华继续跟着胡搅蛮缠。

话您随便说，该吃我就得吃，您也不能看着我饿死不管是不是？姚润生见哥哥这么不讲道理，只好把话再说明白一点。

你死活我不管，什么也不干，饿死活该。姚禄华一下把脸拉下来，为了不让他再来吃饭，口不择言脱口而出。

您说我什么也不干，一天到晚的您干什么了，不也是擎吃擎喝的吗？姚润生对自己这位亲哥哥可是太了解了，要不是他这个当哥哥的从小就不学无术，被他拿着当作了榜样，自己也不至于到了这个年纪什么也不会。

我这……我……这管着一大家子人呢，操心费力的容易吗？姚禄华没话找话依然不松口，吭哧瘪肚了半天也没找出能说出道理的话来。

得啦，这话您跟别人说去吧，别人不知道，您亲弟弟我还不知道吗？要不是有临汾会馆这房子和八块钱的月例钱，您呀，还不如我呢。姚润生为了以后不用再多说废话，一下就把哥哥的老底给抖出来了。

我会不如你，你个废物点心。姚禄华心里发虚嘴上却不服软，在他心里这个有病的亲弟弟就是个甩不开的累赘，一点用处也没有。

要不然咱们换换，出了临汾会馆，甭说找事做，您连要饭都不会，准得嗝儿屁了。姚润生知道他哥哥没词了，开始揭老底拿哥哥开涮。

你敢咒我，别吃了，我打死你小兔崽子。姚禄华恼羞成怒，满脸憋成紫茄子，瞪着眼睛威胁自己的弟弟。

我要是兔崽子，您可是我哥哥，也一样跑不了。您是我哥，这我知道，可是您也别充大尾巴狼，我绝对不会像您似的，大篓子倒油，满地拣芝麻。正经事一样不会，整天的满世界打游飞。姚润生比哥哥年轻多了，腿脚利索根本就不怕他。

你跟我这儿满嘴胡吣，这么跟我说话，让官府判你个忤逆不孝。姚禄华嘴上说不过姚润生，打架也未必能打得过弟弟，只好拍老腔拿身份压他一下。

得啦，有功夫咱们哥俩二两棉花——单弹（谈），我得好好跟您掰扯掰扯。姚润生看透了自己哥哥，既不生气也不跟他较真。

姚禄华抓起手边的笤帚疙瘩，向弟弟就扔了过去。

得嘞！走着，晚饭又有喽。姚润生躲过笤帚喝完了碗里的菜汤，放下碗筷又从桌子上的笸箩里抓起一个窝头往怀里一揣。

你把窝头放下，滚蛋。姚禄华对自己这个弟弟也是毫无办法，从哪方面也不占理，见他又拿了一个窝头，赶紧跳下炕抓着姚润生的胳膊。

我就不放。姚润生梗梗着脖子，两只眼瞪着姚禄华。

他爸，你就让润生拿走吧，咱们还有呐。姚包氏下炕来劝架，拉着姚禄华的胳膊让他放手，可是她劲头太小，拉谁都没用。

两个人纠巴在一起，润生还是没有他哥哥劲大，转过身来从手底下一钻，挣脱出去，一溜烟跑远了。

你吃饱了没有？没吃饱接着吃饭，吃饱了就歇一会儿，要不然上外头遛一会儿去。姚包氏看着姚润生跑远了，自己就坐到炕头喘口气，看见姚禄华还在那生气，只好劝他到外边遛弯去。

我吃完了，再喝一口汤溜溜缝。姚禄华听见老婆这么说，也只好咽下这口气，给自己找了一个台阶，转身出了屋子，到外边找那几个狐朋狗友侃大山去了。

一场风波到此结束。

那时候很多家庭里都有抽大烟的人，虽然政府明令禁止抽大烟，可实际上是禁而不止，派出所警察也管不了那么多人抽大烟，但是表面的工作还是要做一点。家里若是熬大烟，烟膏子味道会传出去老远，杨巡警闻见了就对这家人说，你们家又熬大烟膏子了吧？味儿太大了，赶紧地弄点破布点上，沤出点烟来串串味差乎一下。

姚润生对抽大烟的事情非常反感，因为这件事不仅跟他哥哥吵了一架，长到二十多岁身体壮实一些了，甚至于动手打姚禄华。有一次姚包氏跟他哭诉，说他哥哥又把家里的东西偷出去当了买大烟抽，把家里吃饭钱都花光了。气得姚润生把姚禄华从屋里拖到外面打，让他不要再抽大烟，要是不改就天天打他。可是大烟鬼是改不了的，如果打几次就能改了，禁烟戒毒早就成功了。

姚家女人锁眼出名的好，附近做西服的成衣铺都愿意用她们。锁扣眼讲究的是，锁好的扣眼不能出毛，两边要像蜈蚣脚一样整齐。要是有不小心剪出来的斜扣眼都能锁直了，而且接线的地方看不出来。礼服呢、毛哔叽、多厚的呢子都能锁得好。有一种呢子叫城墙呢，有小手指头那么厚，必须要两面都锁一遍，才能锁好。凡是毛料子要往橱窗里摆的衣服都要指定姚包氏亲手锁扣眼。

锁扣眼的时候小拇指要往上带线锁，每一次拉线都要用力拉到家，锁出来的扣眼光溜、漂亮。要是不用劲拉线，锁得扣眼就像烂眼边似的。锁扣眼的线都是质量最好的丝线，丝线那么好不能糟蹋，线短了要会接上，不能随便剪断……姚包氏教给大丫头锁扣眼的方法，大丫头一点一滴都记住了。

大丫头慢慢地练就了一手好手艺，赶上了老母亲。裁缝铺也就肯把橱窗里的样子活给她做了。之后的很多年，大丫头靠着干点锁扣眼的活，挣钱帮着过日子。

姚润生比大丫头大五岁，因为前门大栅栏离天桥很近，所以经常带着她结伴上天桥玩，看小戏儿，拉洋片，听相声。晚上就在外面的铺子里买几个包子吃，或者喝两碗豆汁吃上俩仨焦圈，虽然一年也难得有那么一两回，可这就是他们的娱乐和享受。

有一天姚润生走在会馆的院子里，看见几个人在石碑的前面指指点点地说着什么。

姚二爷，您吉祥！那几个人发现他过来了，满脸带笑得跟他打招呼。

各位吉祥！姚润生停下脚步，跟几位打招呼。

姚二爷，虽说我们都在这个会馆住过很长时间，对姚大爷的传说也都有耳闻，今天仔细地看了这个石碑，才知道当年的姚大爷真是个英雄好汉啊。那几个人刚刚仔细地看了碑文，总算知道了历史事件的原委。

那是我父亲的功劳，我们只是沾了前辈的光，可惜一点也没有他老人家的那能耐了。姚润生深感惭愧，低下头嗫嚅着。

可也是啊，你们哥俩怎么就没有一个长点出息的呢？这几个人深知他们的状况，嘴里很不客气。

要是说起来，家父也是对我们俩娇生惯养，再有就是自己不争气，长大了再想改也没那个能力和心思了。姚润生这些年很有感触，懂得了这个道理。

这可真是如同俗话说的"惯子如杀子"啊！这几个人直言不讳，一点面子也不留地述说着，唏嘘不已。

各位你们聊着，我要找点事由挣嚼谷去了。姚润生知道没脸跟人家聊什么，臊着脸皮尽快地转身走开。

二爷，回见！几个人随口说着，都摇了摇头。

这时，大丫头走了过来，要去佛堂干活。几个人又把她叫住了。

大小姐，干活去啊？几个人见到了大丫头，态度明显好多了。

是，各位大叔好！我去打扫佛堂。大丫头嘴很甜，见人都满脸带笑打招呼。

瞧瞧这孩子，真是能干。

是啊，这一大家子就这个闺女干得多。

要是没有这个闺女把里里外外的都拿起来，这一家子真不知道能怎么过日子。几个人互相点头赞赏，对于这一家人，他们能认可的只有这个孩子了。

这都是我应该干的，各位大叔要是没什么事，我干活去了。大丫头这话也听得多了。

你过来看看，这石碑上写的都是什么知道吗？一个人把她叫住了，也想问问她知道不知道石碑上的事情。

我知道，我爸妈告诉过我，这是我爷爷的功劳簿。当年他老人家把这个临汾会馆的地基保住了，牌匾也保住了，所以才有了今天的临汾会馆。大丫头打小就听见长辈们说这件事，早就耳熟能详了。

不错，你还真知道这些事，你爷爷叫什么你知道吗？

知道啊，我爷爷叫姚复臣。

大小姐真是聪明伶俐，再问你一句，你知道姚复臣是哪三个字吗？

啊哟！各位大叔，我不识字。大丫头不好意思地羞红了脸。

你过来看看吧，就是这三个字，姚、复、臣，这就是你爷爷的名字，知道了吧。这个人特意把姚复臣三个字指点着给她看，从此她才认识了这三个字。

知道了，谢谢这位大叔，我去干活啦。大丫头仔细地看了看石碑上的三个字，记住了这几个字的位置。

去吧，真是个好孩子。几个人看着大丫头走到楼上的佛堂里，很是感慨。

大丫头以后也常去看看石碑上的这三个字，这也是她一辈子最早认识的三个字。

姚包氏生第四个孩子的时候，因为常年抽大烟，体质越来越差，又因吃得不注意，得了肠胃炎拉肚子。俗话说好汉难抗三泡稀，何况她一个常年被大烟侵蚀坏了身体的女人。身体虚弱无力导致难产，肚子里的孩子生不下来，几天几夜最后只见出气不见进气，瘫在床上脸色由红变黑。

接生婆因为无法顺利接生，看着孕妇有生命危险，早已偷偷溜掉不见了踪影。姚禄华躲在屋子外边，低头在院子里乱转，根本就没有一点办法。

姚包氏用了最大的力气把大丫头叫进来，要跟她说话，大丫头进到屋里看见母亲这个样子，心惊肉跳不知如何是好。

妈……妈您怎么了？大丫头声音颤抖着，心里更是禁不住地哆嗦。

我不行了……大丫头……这个家以后就全靠你了，可我……舍不得你们啊……姚包氏出气越来越短，自知命已不长，这一句话似乎已经用了最大的力气。

妈，妈您可不能走啊，您要是走了我们怎么办啊？这个家我一个人顶不起来……听了母亲的话，大丫头吓坏了，在这个家里全由姚包氏和大丫头二人全力支撑着，如果母亲去世，大丫头根本就想不出这个家怎么能维持下去。

我知道……你身上的担子……太重了，过些日子……我就把老三带走，你好……轻省……一点。姚包氏喘几口气说几个字，似乎有很多话说，但是却没力气了。

妈，您别走啊，我不能没有您。大丫头深知这一家的艰难，自己年纪这么小也只能帮把手，没那么大力量扛起这个家。

大丫头……我对不起……你啊！姚包氏睁大眼睛看着大丫头，对大丫头说完了这句话，咽下最后的一口气。

妈！妈呀……您不能这么撒手就走了啊，我一个人撑不起这个家啊！大丫头亲眼看着母亲去世，心里如刀绞，哭得天昏地暗，泪水就像开了闸的洪水，止不住地往下流，只觉得胸口憋闷，几乎喘不上气来，眼前一时发黑昏死过去。

姚包氏难产，也想过送往医院或者请个大夫来家，可是手里没有钱也就没那个勇气，活生生憋死了一大一小两个人，就这样姚包氏年纪轻轻才三十四岁就去世了。

五十天后，四岁的三妹得了麻疹，疹子发不出来，赶上会馆发例钱的日子，大丫头把那几块钱揣进怀里，抱着她三妹赶紧去了附近的中医诊所，路上心慌脚乱地摔了两三个跟头，才灰头土脸地进了诊所。

孩子都死了，没救了，麻疹没发出来，闷疹归心了。医生摸了摸脉，又翻看了一下孩子的眼皮，无奈地放了手。

姚包氏和三女儿死后，姚禄华神经就出了毛病，自己不吃不喝的也不知道给孩子们做饭，实在顶不住了就到水缸里舀出一碗水喝下去，然后两眼发直地看着对面墙一动也不动。会馆里的左邻右舍看着他这样，有时拿过几个窝头帮着他们渡难关。不管白天黑夜突然想起来，就把两个闺女拉到院里，让她俩跪在地上，自己对天上磕头，嘴里大声叫着，老天爷，叫她妈回来吧，我实在受不了，我不会过日子啊。

邻居实在看不过去了，就请来老中医给他治病。医生说这是气迷心，用一根银针从前心扎进去后心头出来，没料到居然几针就治好了。

中医所说的"气迷心"是指由于情致不畅，导致身体气机不利，从而产生血瘀、痰饮、气滞等病理因素，这些病理因素会使病人产生昏睡或烦躁等神志障碍的症状，轻者仅有胸闷或时觉疼痛能自止，喜叹气，精神压抑等。

母亲去世后大丫头的负担就更重了，会馆的工作和全家的生活，一下全都压到了她的身上，从早到晚的一刻也不得闲。

有一天正在擦拭佛堂，坐在跪垫上休息了一会儿，睁开眼睛才发现自己居然刚才是睡着了。慢慢地爬起来跪在垫子上，给每个神像都拜了拜。

各位圣人仙人，你们行行好，让我得一回病吧，那样我就能歇几天，也许还能吃上一碗片儿汤面。大丫头流着眼泪祈求，每天的活儿累得她实在干不动了。

每个月八块大洋的生活费要养活这一大家子人，已经很困难，姚禄华抽大烟更是个无底洞。可是这点钱连吃饭带过日子，根本拿不出钱来给他抽大烟，就总是跟大丫头磨叽要钱。

姚禄华常自言自语地叹着气说，砖头瓦块都有翻身的时候，我什么时候能翻身呢？可是他又馋又懒，什么都不愿意干，什么也不会干，还想挣大钱翻身发财，这种心态的社会渣滓，哪个社会和年代都有。

那年大年初一，姚禄华把箱子底下稍微整齐一点的衣裤找出来，套在破棉袄棉裤的外边，转过身叫大丫头陪他一起拜年去，说是怎么也能要出点钱来。大丫头虽然不愿意去可是也不敢不去，就跟在他后边。首先到了八成居会头的家里，进大门就能看到大厅里，一大家子正在打麻将、喝茶聊天好不热闹，大人孩子都是新衣新裤地一派新年气象，看见他们爷俩进来就跟没看见一样，有的撇嘴有的摇头，互相传递着鄙夷的眼神。

姚禄华就像没看见这些人的表情，进门后满脸赔笑的见人就作揖拱手，到了正房看见会头之后，马上拉着大丫头跪在地上，世兄您过年好！我们爷俩给您拜年来了，祝您全家新春吉祥，来年买卖兴隆发大财！

会头从牌桌上拿起两块大洋，扔到跪在地上的姚禄华面前，姚禄华赶紧捡起来，满脸赔笑道着谢，谢谢世兄！您的买卖一定兴旺发达，生意兴隆通四海，财源茂盛达三江。然后起身点头哈腰地拉着大丫头退出门外。出门之后大丫头甩开姚禄华的手，大眼睛瞥了他一眼，看着美滋滋还在搓着手里洋钱的父亲，一跺脚大声说道，我回家了，原先我不懂事，一到过年就跟着您满世界拜年要钱，现在才知道这事有多丢人现眼，您就没看见那些人用什么眼神看您吗？

我看见了也当没看见，不管怎么说又有两块大洋到手了，谁瞪我两眼就给我两块大洋，我天天让他瞪我，瞪我多少回都行，那可就吃喝不愁喽。姚禄华的心里比谁都明白自己的这份德行，没出息已经半辈子了。

您就知道说这种没出息的话，一辈子没出息还觉得自己蛮不错的。大丫头听他说出这种不要脸没出息的话，恨不得把他打一顿，咬牙说出了一句狠话。

你爷爷有出息本事大，挣下了家业由我承受，我再有出息，哪怕是挣下泼天的财产，留给谁呀，留给你，将来你出门子嫁人了，那财产再多它也不姓姚了，那才叫瞎掰呢。脸面值多少钱啊，要脸就没钱花，那干脆就不要脸了，有钱花就行。姚禄华根本就不往心里去，拿自己的脸面不当回事。

您去要钱吧，怎么说您也是油盐不进。大丫头看他越显无赖的样子，一跺脚转身就要走。

你说你这孩子，怎么这么不识好歹呀，你跟钱有仇是吗？姚禄华看着她转身回家，急得冲她的后背喊了一嗓子。

我跟这样没脸没皮要来的钱有仇。大丫头站定之后回过头来，一字一句恨恨地说出了这句话。

人穷志短，马瘦毛长，我要是有一座金山的大买卖，就有脸有皮地活着。咱们家不是穷么，就得舍着脸求人。我溜达溜达也不用花多大气力，到处就说几句好话，最多也就磕上几个头，白花花的大洋就到手了，又不犯法，怎么这么大的孩子你就不明白呢。姚禄华始终觉得奇怪，这么简单的道理她怎么会不懂。

我爷爷留下的家产少么，还不是都被你给败光了，你就是个老败家子的穷命，还靦着脸说呢。大丫头一转身头也不回地走了。

姚禄华气得在后面指着大丫头的后背，让自己女儿一句话噎得什么也说不上来，抬得老高的手臂无力地垂下来，突然感到一种筋疲力尽的感觉，不顾街面上人来人往，他打了自己一个嘴巴，也没心思再去讨钱，远远地跟在女儿身后，慢慢地走回家去了。

尽管大丫头把里里外外的活全都接下来了，姚禄华并不感到高兴，只觉得这都是应该的，一点不顺心就要拿大丫头出气。

大丫头大冬天干完了活，进屋里来暖和，风吹的房门关上"咣！"的响了一声，姚禄华正在为自己没有大烟抽生气难受，顺手拿起扫炕用的笤帚，劈头盖脸地向她打过来。

干嘛打我，我怎么啦？大丫头用手挡开笤帚，冲着姚禄华大喊。

你这死丫头，没干多少活就往家跑，你把那些活都干完了吗？姚禄华虽然别的本事没有，找碴打人出气的本事一流，基本不用脑子想，张嘴就来。

我都干完了。院子都扫了，佛堂也扫完擦干净了。大丫头理直气壮地回答着，不知道什么时候开始，她竟敢顶撞这个没出息的爸爸了。

那你摔门干嘛？拿门出气啊，会摔门啦。这么点小孩就知道摔我啊。姚禄华马上又说出了另一个理由，而且觉得自己完全有权利教训女儿。

那门是风吹着关上的，谁摔门了。大丫头见他胡搅蛮缠浑不讲理的样子，知道没办法说服他，干脆就顶嘴到底了。

说你就嘴硬，老跟我顶嘴。小丫头片子也敢这么跟我顶嘴，这就是成心气我，我打死你得了。姚禄华这下来了气，抬手又要打她。

你又没烟抽了，拿我出气是吧。大丫头眼盯着姚禄华，揭开了他无事生非的老底。

我让你顶嘴！要不是你们几个没用的丫头片子，我至于受这份罪吗？要是有个儿子得顶多大事啊。姚禄华被女儿揭了老底，恼羞成怒的又开始打大丫头。

只要心里不痛快或者没钱买大烟了，就拿大丫头出气，无论抓着什么，不管死活地打她一顿，刚开始大丫头不敢反抗就干挨打。日子久了，后来再见到姚禄华一边乱骂着要打人了，马上就跑得离他远远的。有几次姚禄华气不过，大丫头在前面跑，姚禄华就在后面追，围着院子里的几个大水缸转，大丫头身形轻巧腿快，姚禄华怎么也追不上。

我打你两下你还敢跑，你给我站住。

你没事找事就知道打我，我干嘛站那挨打。大丫头知道他也不能把自己怎么样了，只不过想拿自己出气，但是她可不想老当出气筒。

你站住不站住？小猴丫头。姚禄华停下刚喘了一口粗气，又开始追打大丫头。

就不，我就不，你没事就拿我撒气，我干挨打不跑，那真成傻丫头了。大丫头一边跑还一边回头看，反正自己跑得快。

你个姑娘家家伶牙俐齿的，总是这么厉害，将来长大了怎么找婆家，哪个小伙子敢要你？姚禄华跑得弯腰叹气，气喘吁吁的。

这个不用您发愁，也许就有那么个贱骨头呢。大丫头偏偏就能找出一些话茬子，把他噎回去。

这爷俩的追打闹得动静挺大，惹得在会馆里住的人都出来看，一大群人看他，就像看猴子戏耍。

你说这么大人了，不怕人家笑话，真够丢人现眼的。

他这人忒不知道好歹，大丫头虽然是个女孩，但是比一个男孩子更能干。

就这么整天干活还要动不动就挨打，这叫什么老家儿啊。

什么个人呀，自己啥事都不干，全指着大丫头里里外外忙活。

就是啊，他还觍着脸打人家，骂孩子猴丫头。

这种人啊，就不撒泡尿照照自己，整个一个大活猴。

上上下下围着看的一群人，禁不住议论纷纷，谁也理解不了他这个正常的男人，把自己的生活怎么过成了混吃等死的日子。

京城老百姓家里的一年四季，每天早上家家第一件事情就是生炉子，谁家要是连着几天不生炉子，就是揭不开锅没有饭吃快活不下去了。所以每天早上家家户户升炉子北京土话叫笼火，满京城里都是一片烟雾缭绕。诗人说是炊烟袅袅，老百姓看见的却只是取暖的热火和锅里碗里的饭菜。

你别看这笼火很简单，其实还是要动点脑筋的。先在炉子的底部放了一些烂纸，再用一把破刀劈劈柴，把小劈柴放到炉子里一把烂纸的上面，大劈柴放到小劈柴上面，然后把煤球倒在炉子里大劈柴的上面。最后用火折子点燃炉子里最下面的烂纸，看见炉子里冒出一股浓烟，马上把一个小烟筒放在炉口上，使得火燃烧得更旺一点。烂纸引燃了小劈柴，小劈柴引燃了大劈柴，大劈柴再引燃了煤球，这样半个小时左右，下面的引燃纸和柴火已经烧成了灰，上面的煤球下陷，再填入一点煤球，等到所有的煤球都燃烧成通红的时候，笼火的工作才算完成了。

大丫头由于长期营养不良，显得比同龄人要瘦小，个子矮身单力薄，每天笼火的大丫头都是用尽了全身的力气，才能把一个炉子从屋里搬出来笼火，等炉火着起来没有烟了再搬进屋里。有一次生完火之后，她一屁股坐到地上，看着升起的那股浓烟发愣，过了一会儿突然想到，要是什么时候用火折子点一下，嘭的一下就能把火点着升起来，那可就好了。等到她老了用上煤气灶，终于实现了这个理想。

大街上常见到一些要饭和捡破烂的小孩，其中有个十一二岁的孤儿，大伙都叫他小破烂，谁也不知道他真名叫什么。也许他打生下来就没有姓名，年纪很小就失去了父母，自己一个人靠着捡破烂生活。在一个墙角堆着一些他捡来的破烂，有买破烂的吆喝着过来，给他几个大字铜钱，收走了他捡的破烂，今天就可以买上一个窝头，甚至加一小块咸菜。没捡到多少卖不到钱，就挨饿一天两天的。

大丫头出门捡煤核，在路上看见了小破烂，手拿着戳杆肩背着破烂筐，东瞅西看地捡了一点烂纸。

小破烂，今天捡着什么了吗？大丫头笑着问了一声。

还没哪。小破烂抬起头看见是一个眉清目秀的大姐姐，笑着回答。

那你这大半天，就什么也没吃吧？大丫头心地善良，又问了一声。

我刚才在一个饭馆后边的桶里，翻出一点人家吃剩下的杂食，今天还找着俩鱼头，那鱼头的骨头可好吃了。小破烂吧唧着嘴咽了一口吐沫。

我给你一块贴饼子吧，吃一点。大丫头从口袋里掏出一块贴饼子，掰下一大块，递给了小破烂。

谢谢姐，你们家贴饼子真香。小破烂拿过来二话没说就咬了一口，噎得他直了一下脖子才咽下去，又笑着说。

小破烂，街面上大人小孩要饭的那么多，你怎么不要饭吃，非得自己捡破烂？大丫头觉得这孩子心气跟别人不太一样。

姐，我张不开嘴跟人家要饭，老觉着自己还能干点事，就算捡破烂卖钱，也比什么都不干，走街串巷的要饭强。小破烂看着姐姐，说出了自己的想法。

捡的那些东西，要是臭了烂了的千万别吃，吃出病来可就麻烦大了。大丫头知道自己也没什么能力多帮助他，只好嘱咐一两句。

哎，我听姐的，可有时候饿得受不了，就顾不得了。小破烂说话的声音又低了下来。

要是饿得受不了，没吃的就找我来吧，多少也能给你一点。大丫头听见这话心里咯噔一声，眼里含着泪水看着小破烂。

行，有个姐疼我。我更得好好活着了。小破烂仰起头看着她笑了，脸上的泪水也没擦，在阳光下闪着微弱的光。

大丫头抽时间还要到处捡煤核，在大户人家或者买卖家掏出的煤灰里，用一个两齿小挠子一通乱挖，挖挠出没烧透的煤块，把外边的煤灰敲下来，见到里面有黑色的煤核，就捡起来放到自己的筐里。如果一天能捡到一筐煤核，这天的烧煤花销就能省下了，烧不完剩下的堆到墙角，攒起来就是一大堆，给家里省了不少的买煤钱，这样也能在生活上宽裕一点。毕竟有临汾会馆的保障，如果不是姚禄华抽大烟这个无底洞，生活还说得过去。看到那些真吃不上的孩子，大丫头就从家里拿出窝头或者贴饼子，分给一起捡煤核的小伙伴吃。

有个比她大的女孩，大家都叫她春姐，春姐长得大眼睛尖下颏，应该挺好看的，可是长期营养不良身体瘦弱，面色苍白所以有种病态。因为父母都去世了，戴着孝还来捡煤核。大丫头觉得很奇怪就问，春姐，你怎么捡煤核还戴着孝啊？

没法子啊，还没出头七呢，不捡点煤核家里烧什么？多捡一点兴许还能换口吃食，我今天还一口东西没吃呢，临出家门就喝了一碗凉水。春姐稍微直了直身子，一边眼睛四处寻找着可以再烧的煤核，一边有气无力地回答着她的话。

那我这还有半块贴饼子，你先吃了吧。大丫头最听不得这话，虽然自己每天都在过苦日子，可是看见比自己更苦的人，充满了同情。

这块贴饼子我要是吃了，你吃什么啊？春姐看着大丫头手里递过来的那半块贴饼子，咕咚地咽了口吐沫，很想接过来吃下去，可也知道这口吃食在捡煤核的这群孩子里的宝贵，穷人的家中谁都不容易。

我刚才吃半块了，本来想等待一会再吃，还是给你吃吧，我们家还有呢。大丫头微笑着把那半块贴饼子塞进春姐手中，满脸的善良和真诚。

春姐接过贴饼子，马上大口吃了起来。没想到被噎住了，使劲往下咽了半天才咽下去，两只眼睛也被噎得直流泪。

你爹妈都没了，你以后怎么办啊？大丫头向她摆摆手，意思是让她慢慢吃不要着急，又在她的后背轻轻地拍着，看她终于咽下了这口饼子，又关切地问她。

我也不知道，我姑和叔儿商量着给我找个婆家，也不知道是什么样的人家。春姐虽然已经年纪不算小了，那个年头嫁人成家也很平常，可是实际上对成家之后的男女之事都处于懵懵懂懂状态，一切事情似乎都是听别人的安排。

你才多大啊，就嫁人。大丫头在这群小孩里算是比较聪明和机灵的，可是对男婚女嫁的事也不太懂，不禁替她担心。

我今年虚岁都十六了，也不小了，等找到婆家再商量着办事，过一年半载的我就十七了，也该找个男人过自己的日子了。你多大了呢？春姐尽管不是很清楚嫁人是怎么回事，可是看着别的女孩一个个都是这么嫁出去了，自己也多少有点向往，甚至憧憬着出嫁之后，能改变过苦日子的命运。

我才十五岁，还早着哪。大丫头可是从来没考虑过嫁人成家的事情。

虚岁十五啊，你也别臭美，这日子说快也快着哪，转眼一两年就过去了，吃完了，赶紧捡煤核吧。春姐把最后一小块贴饼子塞进嘴里，用舌头舔净剩下的饼子渣，拍打了两下手掌说，你们家的贴饼子真香。

挺香的是吧，赶明儿你要是没吃的饿着了，就找我啊，我再给你拿一点，没关系的。大丫头看她吃完显得有了点精神，高兴地又嘱咐两句。

行啊，小姐妹，真有股热心肠，姐姐我谢谢你了。春姐的脸上现出了笑容，把大丫头的双手拉在自己手里，使劲摇了摇。

春姐你跟我还客气什么，哈哈！大丫头看见春姐脸上的笑容，也开心地笑了。

于是两姐妹一起捡煤核，谁找到煤核多的地方还互相叫着过来一起捡，临走大丫头把自己的煤核分给了春姐一些。

春姐过来，分给你一点，你回去跟别人换点吃的。

别介，你们家要说你怎么办啊。春姐看见这个小妹妹对自己这么好，确实不太好意思，自己怎么说也比她大几岁呢。

我只要捡回去一点就行，我们家还有煤呢，不要紧的。大丫头心里很坦然，想的只是自己的日子过得比春姐好一点，也只能帮上她这一点小忙了。拿过来春姐的煤筐，往里面倒了不少煤核。

够了够了，我该走了，明儿见。春姐心里特别感激，天挺冷煤核也不热，在这个天冷人也冷的世界上，觉出了有人关爱自己，她的心里暖烘烘的。

春姐明儿见。大丫头挎着小半筐煤核，也为自己能帮春姐一把感到高兴，看了看筐里的煤核，省着一点也够用一天的了，何况家里还有些剩下没烧的煤核呢。

到了冬天，姚禄华在会馆门外面摆起卖烟的小摊，晚上让她们姐妹卖青果和香烟。摆摊挣钱是姚禄华极力主张的，摊子虽然摆上了，他自己却一概不管，不是回家去睡觉，就是到烟馆去抽大烟，把摊子交给大丫头和二丫头看着。家里的活他几乎什么都不干，这小姐俩每天都要干上十几个小时的活，包括笼火做饭、劈柴洗衣服、收拾屋子和打扫会馆，抽空到外面拾煤核。天气太冷，年纪较小的二丫头冻哭了，大丫头就让她回家暖和着，自己在那里盯着摊子。

姚禄华觉得自己一个大老爷们，是这一带有名声的姚大爷，在会馆门口摆摊卖烟挣钱，太丢份了。

有很长一段时间，不见春姐来捡煤核了。问谁都说不知道春姐上哪去了。

过了几个月，一天晚上大丫头在摆摊卖青果香烟，突然看见春姐穿着一身新旗袍从门前路过。她刚开始没敢认，后来揉了揉眼睛确定没看错，于是大着胆轻轻地叫了一声，春姐。

哟，大丫头，你摆摊哪。那穿旗袍的果然是春姐，停下脚步然后走到小摊前面，很不自然地笑了笑。

春姐真是你啊，我差点没敢认你，你现在可真漂亮。这旗袍多好看呐，头发也梳得那么好看，哎哟，还有绣花鞋呐，你真嫁了一个有钱人家吗？大丫头欣喜地看着春姐，上上下下地打量着她这身漂亮的缎子棉旗袍。

　　是啊，那家挺有钱的，姐给你十个大子，你给自己买一点吃的吧。春姐满脸笑容的顺口搭音，从口袋里掏出了十几个大子，递给了这个跟自己要好，知道疼人的小姐妹。

　　别呀，姐，我摆摊一天能挣好几十个大子呢。大丫头双手推开了春姐递过来的钱。

　　不要紧的，现在姐有点钱了，以前老吃你给的东西，也该多少还你一点了。春姐说出这个女孩对自己的好，表示自己并没有忘记。

　　春姐，那几块贴饼子算什么，千万别。大丫头可没把这件事记得那么牢靠，在她看来只要自己能帮助人一把，就应该尽一点儿力量。

　　大丫头，你是我的好妹妹。饿了吃糠甜如蜜，饱了吃蜜也不甜，那几块贴饼子是我吃过最甜最香的吃食，你就别跟我客气啦。春姐的心意也不是嘴上说说算了。

　　谢谢春姐！大丫头看春姐真是实心实意地给她钱，也就不推辞了，人家对她的好意也不能拒绝，拒绝就冷了人家的心还把距离拉远了。

　　看看你，又谢谢我了，有工夫我再来看你啊。春姐告辞之后转身轻轻叹了一口气，低下头慢慢走远了。

　　好，春姐回见。大丫头也看出她的神态不好，却被来买香烟的客人打断，赶忙又笑着给客人把香烟递过去。

⑪
黑暗童年

临汾会馆的后门外就是廊坊三条，廊坊三条里有几家开玉器作坊的，大都是前店后厂，自己的技工雕刻琢磨，在前面的店里销售。

这天，因为大丫头蒸完了一锅棒子面窝头，发现棒子面吃完了，就出去买了几斤，回来得晚了一点，姚禄华就骂她。

买这么一点棒子面，怎么去了这么半天啊？你上哪儿浪张去了？老北京类似这样的土语胡话，是专骂那些到处找女人的男人或者找男人的女人，对不务正业不正经过日子的那些浪荡男女用的，可到了姚禄华的嘴里就没那么多区别了，不管多肮脏的骂人话，他都能拿来骂自己的女儿。只因为她们不是儿子，再怎么好也看着不顺眼。

好些人都排队买呢，哪也没去。我都这么大了，您老骂我干什么啊？大丫头当然不服气，从小嘴皮子就跟得上，自己有理干嘛老挨骂呢，一句话就把她爸爸顶了回去。

呵，说你一句，你就回三句，没有一回你不顶嘴的，我揍死你。说着姚禄华抄起扫帚疙瘩就要打她。她赶紧跑出屋子，见姚禄华追出来，接着跑出后院的大门。出了后门发现姚禄华没再追她，就在墙根蹲了下来。

姚禄华的烟瘾上来了，一见女儿跑出了院子没再追，转身到了衣柜的前边，打开衣柜翻开上面的几件破衣服，就拽出来那个官服官帽的包袱，打开包袱皮放到桌子上，亮出了里面的官服官帽和圣旨，退后两步跪下对着官服官帽和圣旨磕头，一边磕头嘴里还念叨着。

皇上呀，老佛爷呀，爹呀，妈呀，我姚禄华没能耐，不会挣钱还有了大烟这口累，实在没钱了只好先把您这宝贝遗物当出去，等我有钱了再给您赎回来啊，我对不住您们啦。姚禄华嘟嘟囔囔磕完了三个头，抓起包袱皮往腋下一夹，出家门直奔当铺。当铺的人跟他说这样的朝服早就没人穿了，皇上都死了圣旨有什么用呢，值不了几个钱，看在您老照顾我们的生意，就给您十块钱吧。姚禄华嘴里嘟囔半天也说不出什么，关键是烟瘾上来了，就这么十块钱当了出去，揣着钱直奔大烟馆，这一回又能维持一阵子了。

大丫头正蹲在那里发愣，看见爸爸夹着包袱出了门，知道自己躲过了这顿打，刚想站起身来，只见对面玉器作坊里跑出来一个女孩，捂着头一直跑到大丫头身边。那女孩叫明云，比大丫头大三四岁是个中学生，母亲去世之后她爸找了个后妈，一直对她不好。明云靠近大丫头什么也没说，在她旁边慢慢地蹲下来。大丫头看到了明云头上流着血，脸上也有一道血印子，满脸的泪水还在往下流，赶忙在旁边找了两块砖头，拉着明云一起坐在砖头上。

你后妈又打你啦？都流血了。大丫头看着泪流不止的明云，轻轻地抚摸着她的头发，心疼得直打颤。

她是用……鸡毛掸子打的，能不流血么……明云抽泣着断断续续哭诉，任泪水止不住地在脸上肆意流淌。

后妈怎么找邪茬，她干嘛打你？大丫头知道后妈都打孩子，究竟是什么原因就不清楚，也想不明白。

今天说我吃得太多了，说我不干活还吃那么多，就是饭桶。我小声地说你才是饭桶，让她听见了，就拿鸡毛掸子使劲抽我。明云气哼哼地把缘由说了出来，嘴也撅得老高。

那你吃完饭了吗？怎么吃饭还能挨打，自己的父母再怎么也会让孩子吃饱饭啊。大丫头觉得很奇怪。

我刚吃了半碗，根本就不多，我饿死了她才高兴呢。她说我早就该出门子嫁人了，其实就想把我卖给一个有钱的老头子，给她多挣一点彩礼钱，我没答应，她就老找碴打我。明云睁大眼睛不服气地说出事情的真相，生怕大丫头不相信自己的话。

后妈就这么狠吗？大丫头终于明白了，能不能让孩子吃饱饭这个最简单的事，是亲爹娘和后爸妈的根本区别。

你怎么了，不吃饭出来蹲在这儿干嘛？明云见她不再说话，不知道大丫头在想什么事。

我爸爸要打我，没打着，我跑出来了。大丫头把头一歪，调皮地眨眨眼。

我是后妈，所以老挨打，你爸爸是亲的啊，他怎么也老打你呢？明云听了这话也想不明白了，亲爹妈怎么也会打孩子。

他不痛快了就拿我撒气，他不喜欢姑娘，我妈生了我们三个女孩，所以他心里老不高兴。大丫头却没当回事，姚禄华再怎么找茬打她，饭还是让吃饱，这比明云的后妈强多了。

这叫什么，你知道吗？这就叫重男轻女，把女孩不当人啊。明云非常认真地对大丫头说。

重男轻女？嗯，是这么回事。大丫头从来没听说过这个说辞，觉得很有道理地点了点头。

我叫明云，是我要上学的时候我爸给我起的名字。你叫什么名字？明云看见大丫头听懂了她的话，就把话题转到起名字上了。

我叫大丫头，别人也管我叫大姑娘，还有叫大小姐的时候。大丫头也没想过这个问题，人家怎么叫都行啊。

这也是社会上重男轻女的重要体现，你妹妹叫二丫头，再往下叫三丫头、四丫头，对吧？明云思索了一下，把这个话题往深里说了。

是啊。大丫头点了点头。

这也太现实了，生为女孩，连个名字都不应该有吗？明云觉得真是很气愤，捡起身边的小石块往远处一扔。

明云姐，你说出了那么多新名词，也懂得那么些道理，这么知书达理，你给我起一个大名吧。大丫头想让她给自己起个名字。

好吧。嗯……你长得很秀气，也很机敏，你叫秀敏吧。明云忽然觉得自己一下长大了很多，就像大人一样思考着，怎么给这个女孩起名字。今后在这个世界上有了一个人的名字是自己起的，这可是很值得骄傲的一件事。

秀敏……我姓姚，大名就叫姚秀敏了，谢谢明云姐！大丫头认真地接受了这个名字，从今天开始她不仅仅是姚家的大丫头、大姑娘或者大小姐，而且有了自己的名字，这个出乎意料的收获让她太高兴了，满脸开心的笑容表达出内心的喜悦，赶快直起身子给明云鞠了一个躬。

不用谢，那再给你妹妹起一个，叫秀珍吧，还有一个小的，以后再说。明云把她拉到身边坐下，能给这两个女孩起名字，冲淡了她心里的悲伤。

你真好，回头我把妹妹的名字告诉她，我们俩都有名字了。姚秀敏也抑制不住心里的高兴，恨不得马上就把自己和妹妹的名字让大家都知道，更想尽快告诉二妹妹她有了名字，由衷地感谢这个叫明云的小姐姐。

我现在想的是，要是真活不下去了，我就走。两个人的高兴劲使得她们的心一下子贴得很近，似乎在这个世界上找到了一个亲人，她们一下变得无话不谈，明云也跟她道出了藏在心底的秘密。

你要去哪儿，什么时候走？姚秀敏刚有点熟悉而且非常敬佩的小姐姐说要走，她想弄清楚这是怎么回事。

我本来想过几年再走，可是看来这个家实在容不下我了，就把想法提前了，现在觉得应该下定决心了。明云慢慢地说起早就想好的计划，为此她已经反复思索了很久。

那你能去哪儿呢，你就比我大三四岁，要是一个人离开家能到哪儿去呢？姚秀敏特别担心地问。

这里太黑暗了，我知道一个有光明的地方。秀敏，要不你跟我一块走吧，咱们一起到有光明的地方去，在你这个十多岁了还没有名字的小妹妹身上，我更看出了这个社会的黑暗和腐朽，我觉得不应该再犹豫了。明云的决心更坚定了。

白天这儿也挺亮的啊，怎么说没有光明呢？姚秀敏没听懂明云说的话，她知道买药的夜里很冷很黑，想起那黑冷深沉的夜，她就不禁打了个寒战，可白天却是很亮的。

我说的光明是有理想、有前途的光明。没有理想、没有前途的日子，就永远是黑夜，你愿意跟我走吗？明云把这几年她看到的听来的新名词，拿出来开导着她。

我有点听不明白了，什么是理想、前途呢？姚秀敏的文化限制了她的理解能力，根本就听不懂明云说的是什么。

这几天我看见鲁迅先生的一篇文章《药》，这篇文章真是一副济世良药。那里面说了一个糊涂老头叫华老栓，竟然相信人血馒头能治肺病的鬼话，花钱去买一个革命者被砍头时候的鲜血，用革命烈士的鲜血来给自己的肺痨病儿子治病。你知道这是什么意思吗？明云特别想用自己学过的知识开导这个女孩，就把最新学的一篇文章简要地说出来。

不知道，我就认识姚复臣三个字，还是大人在石碑上指点着告诉我的。姚秀敏从来没读书学习过，对明云所说的话怎么可能理解呢。

咱们中国又可称为华夏，鲁迅先生用一个姓华一个姓夏的两个人，在这篇文章里做主人公，正是隐喻了整个华夏民族，现在人民的两种主要思想状态。有的浑浑噩噩地过日子，有的在抛头颅洒热血干革命。你明白吗？明云没有气馁，继续跟她认真地讲解着自己的理解。

不……明白。姚秀敏尽管非常认真地听着这个小姐姐说的话，但还是不明白她说的意思，只好老老实实的承认，她从来都没有觉得自己像今天这么笨过。

是啊，你太小了，也没上过学，跟你说什么也不懂。明云很遗憾地明白了，这个女孩虽然只比她小几岁，但是从来没读过书的女孩，真说不明白。

我爸妈都不识字，我也没上过学，不认识字也不会看书。姚秀敏嗫嚅地说，深深感到了自己的无知。

有一个地方叫延安，是个干革命的地方，那是个光明的世界，干革命就是要推翻旧社会，打造出一个人人平等的新社会，我有几个同学已经去了，我也很想去。明云只好一边对姚秀敏讲，一边给自己打气，坚定着自己的信心。

你说得真好，弄得我都想去那个延安了。姚秀敏虽然没完全听懂这句话的意思，但是看到明云脸上现出了微笑和憧憬，知道了那一定是个很好很光明的地方，很为她高兴。

其实，我起先也不是很懂，但是好些人都说延安的革命者，就是为了解放所有受苦受难的人们，彻底推翻这个黑暗的旧世界，我要丢下所有的犹豫和顾虑，再做一些必要的准备，就远走高飞了，下定决心九死不悔。明云说到这里已经不是在跟姚秀敏说什么道理，她已经坚定了自己追寻光明投奔革命的决心。

你真有学问，知道那么多道理，也知道自己要做什么，我好像每天只想着今天吃什么干什么，明天吃什么干什么，我要是也能上学认字就好了。姚秀敏佩服极了这个小姐姐，她对能上学充满了向往。

我爸妈给了我生命，我感谢他们的生身之恩，尤其是我妈给我起了个好名字——明云，每一次听到老师和同学叫我名字的时候，我都觉得是在提醒我，明云要掌握自己的命运。明云也不知道眼前这个小妹妹懂不懂自己说的话，她是在整理自己的思想。

那天姚秀敏在护城河边捡了一个破碗，把几棵小野花连土一块放在破碗里，准备拿回家养起来。正小心翼翼地捧着花走在廊坊三条回家的路上，没料到又碰见明云哭着跑出家门。

你这死丫头，你给我回来，我非打死你不可，你就不让我省点心，说几句你就顶嘴，你也太不知道好歹了。她的爸爸在后面追着骂着。

明云一边哭着回头看一边往远处跑，没注意迎面过来的姚秀敏。姚秀敏发现后面那男人还紧追不舍，一时计上心来让过了明云之后，就一直往前走。等到明云的父亲追到旁边的时候，故意往他身上一撞，随手就把那个破碗往地下一摔，趁势坐在地上，破碗、泥土和几棵小花散落一地。

然后故意大喊着，呜……呜，你把我的碗摔碎了，把我的花也摔死了，呜……你赔我……故意大声哭喊着，还捡起路边的碎砖头就往那男人身上扔过去。

这时有个路过的大高个子把男人叫住了说，嗨！你把人家小女孩都撞倒了不知道么，跑什么呢，抢孝帽子去是吗？

你这人怎么说话呢？我不是不知道嘛。玉器铺老板根本没当回事，他不知道姚秀敏是有意撞了他。

把人撞倒了说自己不知道，亏你还是个大男人，抢着孝帽子你也当不成孝子，赶紧的，给人家小孩扶起来。大高个子男人有心管闲事，仗着自己人高马大，也想拿这个玉器铺老板出出气。

你把我撞倒了，你赔我的碗还有花。玉器铺老板要扶姚秀敏起来，姚秀敏哭着喊着就是不起来。

这花也不是什么名贵花，不就是河边的野花吗，赔什么啊？再去找几棵不就行了。什么破碗还让我赔？我看你是想找打了。玉器铺老板这才觉出这个女孩是有意跟他找碴。

你敢，我那是个好碗，就是让你给撞得摔碎了，你赔我。姚秀敏一口咬定不撒嘴，非要让他赔不可。

你这明明就是捡来的破碗，我凭什么赔你啊，你这丫头就是欠打。玉器铺老板压根就没想到就这点小事，居然还弄得挺热闹。

一时间围过来好几个看热闹的，七嘴八舌地说开了，都觉得这么个大男人欺负一个小女孩，真不是东西。

小破烂正好走过来看见了，你这老不要脸的，把我姐给撞了，还敢打人，我去叫巡警三哥去。

这条街上的巡警阁子离这不远，小破烂跑过去把巡警杨老三叫了过来。

杨老三当巡警时间也有几年了，他是大栅栏一个买卖家的儿子排行杨老三，不愿上学也不肯经商，所以家里用几个钱活动了个巡警的差事。一个胡同里大家都是邻居，他自己也常说，好狗护三邻，年纪轻轻的他，也愿意把一片地方的治安搞好，不管谁家有事都会照应一下。听见人说这边出事了，就提拎着警棍走了过来。

过来一看是姚家大小姐在地上哭着，就问，姚大小姐，这是怎么回事啊？

一见到来了巡警，姚秀敏哭得更起劲了，呜……三哥，他把我撞倒了，碗也撞碎了还不讲理，呜呜……

杨老三回头上下打量着那男人，他认识这个玉器铺的老板，也最看不上这号帮着后妈欺负自己闺女的男人。用警棍把帽子往上顶了一顶，先在气势上给了他一点压力。问那男人，你，怎么回事啊？

我……我追我闺女来着，不知道怎么碰着她了，非说是我撞碎了她的碗，还让我赔她。您说这……玉器铺老板还想把自己的道理讲出来，根本就没把这个年轻的巡警放在眼里。

是不是你撞了人家小女孩啊？杨老三瞪了他一眼，一拧脖子拿出一股横劲。

好像是碰着了一下，也没多大的劲头，谁知道她就倒了……玉器铺老板没想到这个巡警还挺横，收敛了一下自己的嘴脸。

你不知道谁知道啊？杨老三探着身子，咬牙切齿地看着他，真想揍他一顿。

众人也在一旁帮腔，就是，撞了人家小孩不承认，还想打人呢。看热闹的几个人，七嘴八舌添油加醋。

这号没出息的男人，怕老婆打闺女，就欠揍他一顿。大高个子摩拳擦掌的，看着明云她爸爸。

这人我知道，没事就打他们家闺女，欺负闺女最有能耐了。一邻家妇女说道。

是啊，后娶了一个老婆，就容不下自己的闺女，什么人性啊？又有一个男人看来也是知情人，一点也不留面子地指点着。

自己个的闺女不知道疼，你配当亲爹吗。小破烂羡慕人家有爹妈的孩子，就更看不上这号男人。

　　大小姐，你说清楚一些，这到底是怎么一回事？杨老三回过头来问姚秀敏。

　　三哥，他跑着把我撞倒了，我的碗也给撞碎了，他不讲理还不赔，还说要打我。姚秀敏指着那男人说，呜……说完接着还哭。

　　他敢不赔，我天天上他们后墙撒尿，让他一夏天都闻得见尿骚味。小破烂用破袖子擦了一下鼻涕，对着玉器铺老板指指点点的。

　　行了，你先别哭，有三哥呢，他不敢不赔。杨老三觉得这事很简单，一定要给这家伙一点教训。

　　姚秀敏这才止住哭声，仰起头看着那男人。

　　你是那玉器铺的老板是吧？杨老三紧盯着玉器铺老板，言语里透出一股狠劲。

　　我是。玉器铺老板也觉得气氛不对，只好把声音降低了一些。

　　我知道你，老婆死了没多久，就娶了个小老婆，跟着小老婆给自己闺女气受。这后妈虐待孩子是在论的，你这个当爹的再不护着闺女，这闺女还有活路吗？杨老三先当着大伙的面揭了这男人的老底，把自己放在道德的制高点，然后再评论这件纠纷。

　　得，你们家的事咱们有工夫再理论，今儿个您先把姚大小姐的碗给赔一个，那几棵野花就算了，不过道歉的话你还是得说一句。您要是想找不自在呢，就跟我到巡警阁子里理论理论，您自己掂量着办吧。杨老三看了看周围的人群，发现大家都比较赞成他的话，就理直气壮地说出了自己的判定意见。

　　今儿算我倒霉，我赔她一个碗。姚大小姐你起来吧，对不起您啦。玉器铺老板一看事情到了如此地步，有点众怒难犯了，只好忍下一口气。

　　算你识相。得啦！大伙都散了吧。杨老三挥了挥手里的警棍，驱散了看热闹的人群。大家看见事情解决了，这才三三两两地散开了。

　　走吧，上我们家，我陪你一个碗，真是的，这叫什么事啊。那男人对姚秀敏说着，自己就先走了。

　　姐，没事了，我走了啊。小破烂偷着乐，指了指玉器铺老板，做了个鬼脸。

　　没事了，你走吧，别让狗咬着啊。姚秀敏嘱咐着小破烂，也是挺心疼这个穷孩子。

　　狗不敢咬我，我有这个呢，小破烂扬了下手里的戳杆，走了。

到了玉器铺门口，男人说你等一会儿啊，我给你拿碗去。过了一会儿，拿着一个碗出来递给姚秀敏，给你吧。这时，屋里传出女人的喊叫声，你个老窝囊废，管不好自己的闺女，还得陪人家碗，真是个废物点心。

我最恨你打我明云姐了，告诉你说吧，我那就是一个捡的破碗，你还就得赔一个好碗。要是你下次再打明云姐，非叫我三哥把你抓进巡警阁子里关几天，我可会找碴呢，不信你就再打一回试试。姚秀敏接过碗看着他慢慢地说，眼睛里冒出的火喷向那个男人。

你……男人想发怒还有点不知所措。

不许再打我明云姐，你答应不答应吧？你要是敢不答应，我这就把碗摔碎了，再把脑袋也弄出血来，然后去上巡警阁子告诉我三哥，说你把碗摔了又打我。姚秀敏咬牙切齿一句一句，清清楚楚地对男人说着，一边说一边还紧盯着男人的眼睛。

嘿！你这小鬼机灵，我惹不起你行了吧，得……我记住了，以后不打明云了，行吧？男人没辙了只得认输，心里烦闷又不敢发作，只得挥了挥手让姚秀敏走开。

这还差不多。姚秀敏向着男人狠狠地点点头，又看着手里的新碗，乐滋滋地回家去了。

明云一直远远地看着这一切，流下感激的眼泪。这时她已经下定了决心，一定要离开这个没有丝毫温暖，让她感到绝望的家，永远也不回来了。

过了些日子这女孩真离开了家，再也没回来。谁也不知道她去了哪里，只有姚秀敏知道，明云是去找她的理想和前途，到一个叫延安的光明世界去了。

把父亲留下来的官服官帽和圣旨送进当铺，换来的几块大洋送进大烟馆里，变成了一缕缕青烟的三个月之后，姚禄华身上又没钱了，可是烟瘾又上来了。两个女儿在街上摆摊，卖着香烟和青果。姚禄华出门到摊上看了一眼，问了问卖出钱来没有，一听说今个还没开张，满脸沮丧地回到屋里，躺在炕上哈欠连天浑身哆嗦，就算是早就知道家里已经没什么可卖可当得了，还是挣扎着起身在箱子和柜子里乱翻一气，翻了半天也没能找出一件可以送进当铺换钱的东西，一屁股坐到了地上。歇了一会儿哆哆嗦嗦爬到了炕上躺下，这回不仅是哈欠和哆嗦，鼻涕和眼泪都下来了，实在忍不住了就用脑袋咚咚地撞着墙，可头上撞墙的疼痛，完全压制不住浑身的难受劲。

张开嘴任凭哈喇子往下流，用袖口擦了一下鼻涕和眼泪，一眼盯上了墙上的镜框，忽然浑身有了力量，一翻身滚到地上趴在境框前面，一边磕头一边嘴里念念叨叨。

我的亲爹妈，慈禧老佛爷，姚禄华在这给你们磕头了，我又没钱了，没钱就不能抽烟了，可是我没烟抽就活不下去啊，我知道我对不起你们，我混蛋没出息，可是只能把这个镜框当出去，我才能活下去啊。这回我一定记住了，只要有了钱死活也要把您这个镜框赎回来。

姚禄华说完爬起身，再上到桌子上跪下又磕了一个头，两手发抖摘下镜框找出一件破衣服包裹着，送进了当铺。

当铺人内行，一看就知道这是一件好东西，互相一对眼神，一个跟他闲聊着套话，另一个进后院找到了大掌柜的。大掌柜赶忙到前边查看，见到了这个镜框也心里一惊，两人商量几句之后，不露声色地分开。大掌柜回到后边昐咐伙计到大烟馆买来一块大烟，送到了前边柜台上。又把十五六岁的儿子也叫过来，让他到柜台边上看着眼前发生的一切。那孩子看见柜台外站着一个邋遢男人，跟街上的要饭花子没什么两样，转身要走说回屋读书去，大掌柜止住了他，一定要他在这看着。

一个要饭花子，有什么可看的。儿子满脸不解地嘟囔了一句。

看着，看完再走。大掌柜声音不大，却不容辩驳。

儿子只好站在一旁，心不在焉地看着眼前的一切。

柜台上的二掌柜，正在跟姚禄华慢悠悠地讨价还价。

哎哟，您这是多少年的老镜框了，上边落了这么厚的灰，从来也没打扫过吧。二掌柜叫伙计拿到院子里打扫了一下上面的灰，再送回到柜台上。

想当多少钱啊？二掌柜从眼镜上瞥了一眼姚禄华，例行公事地问道。

这是我们家的传家宝，好几十年了，比我还大呢，至少要当一百……嗯……二百现大洋。姚禄华强撑着精神，似乎很有底气地说出了一个价格。

这个镜框是老红木的，还值俩钱，给你十块钱，写当票吧。二掌柜避重就轻故意满不在乎地说道。

你甭蒙我，镜框值钱，那里边老佛爷的字更值钱，少二百现大洋我到别处去。姚禄华把嘴一撇，在高高地柜台前挡板上拍了一下。

这个境框是老红木的，里边纸上是有几个字，甭管是谁写的，说了归齐也就是一张纸啊，一张破纸能值多少钱，我不蒙您您也别蒙我啊。二掌柜故意胡搅蛮缠，拖长时间，让姚禄华的烟瘾越来越大。

你别废话，那是破纸吗，那几个字是慈禧老佛爷写的，朝廷赏下来的，能不值钱吗？姚禄华心里明白了怎么回事，可说不出更多的道理。

这您就不懂了，皇上跟慈禧老佛爷早就驾崩了，大清朝也败亡好些年了，谁写的字也就是这么一张纸，一张破纸值什么钱，要不是有这个红木镜框，十块钱都不值。二掌柜铁嘴钢牙就是不松口。

你瞎说八道，谁上我们家都得给这几个字磕头作揖，啊嗽！……姚禄华打了个哈欠，眼泪又下来了，用袖口使劲擦了擦。

这四个字就是个虚名，一个虚名有什么用，既不能吃也不能喝，再给你加两块钱，十二块行了吧，写当票……二掌柜开始打马虎眼，跟他磨时间。

你把镜框……给我，我上……别家当铺，不在你……你这当了。姚禄华笨嘴寡舌，话越说越不利落。

您不是就想赶紧抽大烟吗，您放心，我这给您准备好了一个烟泡，写完了当票，这个就白给您。二掌柜说着把烟泡拿起来，在姚禄华眼睛前边晃了晃。

这个烟泡……你白给我……啊……姚禄华一听说有白给的烟泡，嘴里打着哈欠两只眼睛就直了，盯着大烟炮一直到二掌柜把它放到柜台上。

您也是老主顾了，咱们当铺什么时候坑过您啊，只要写了当票，不但给您钱还给您这个烟泡，您放心吧。二掌柜故意把手指重重地点在烟泡上，看着满脸鼻涕眼泪的姚禄华，脸上现出鄙夷的神色。

那就给我……一百大洋吧……姚禄华的眼睛直盯着那个烟泡，脑子里已经空了。

前门外大街玻璃镜子店里，红木镜框撑死了也就值五块钱，您这老镜框我给十二块不少了。二掌柜边说边拿起那个大烟泡，放到鼻子底下闻了闻。

那就五十……给我五十块……就当了。姚禄华眼睛里只有那个烟泡了，恨不得把鼻子也凑上去闻闻。

最多当十五块，再多我们这生意就不好做了，写不了当票。二掌柜一点一点地磨蹭，为拿下这幅字争取最大的利益。

你给我二十块吧……二十块……求求您，我实在……啊嗷……受不了了，快把那……烟泡给我啊……姚禄华两只衣袖也擦不完满脸的鼻涕眼泪，说话更不利索了。

给您，这个大烟泡是您的了。二掌柜心里踏实了，伸手把那个大烟泡递给姚禄华，可是捏在手里不撒开，姚禄华伸手在那等着。

看在您是咱们这儿的老主顾，几年来没少照顾我们生意，这回就依着您，二十块现大洋，那这可是死当，赎不回去了，也就不用写当票了。二掌柜眼睛里显出阴恻恻的光，特意强调了死当二字。

行……行啊……姚禄华两只眼睛里只有那个大烟泡，赶快抽上一口已经成了眼目前最大的事情。

您拿好了，这是二十块大洋。二掌柜把大烟泡放到姚禄华手里，再把早已准备好的二十块大洋也递给他。

姚禄华拿到大烟泡的一刹那，已经转身想出门回家了，听见还有二十块钱似乎又明白了一点，伸出两只手接过钱来，数也不数赶紧跑回了家，躺在炕上抓起烟枪，点上大烟泡深深地抽了两口，这才放开四肢一下子瘫在了炕上。

姚禄华走出当铺大门之后，大掌柜赶紧进门拿走了镜框，也把儿子拉到了后边屋子里，站在桌子前仔细地欣赏了半天镜框里的字。欣赏完之后亲手用干净湿抹布和干抹布认真擦了好几遍，喊来伙计用锤子和钉子把境框挂到当中墙上。等伙计走出门之后，大掌柜把屋门关好，郑重其事地后退两步，双手作势胡撸了两下袖口，然后跪在地上磕了三个头，起身又作揖鞠躬，然后叫儿子也来磕头作揖一番。

大掌柜坐在椅子上，拿起水烟袋点着之后抽着水烟，非常严肃认真地把这个镜框的传奇来历，一五一十讲给了儿子，儿子头一回听到这个传奇故事，心里受到强烈震动。

刚才那个看着像要饭花子的人，就是老姚大爷的后代，但是已经成了大烟鬼，哪还有一点老辈人的威风和精气神，整个就是败家子的典型。你今个亲眼看到了这一幕，能受到多少教育和明白多少事理，我就不细说了，你自己个琢磨吧。大掌柜苦口婆心教育着儿子，希望这件事能给他一些教育。

这真是太让人出乎意料了，一个传奇英雄的后代，居然能变成了这个样。儿子若有所思地低声喃喃。

这镜框里的四个字别说二十块，就是给我二百块两千块也不能卖，它是古董、历史文物价值连城，你知道吗？大掌柜指点着镜框上的字，希望儿子能明白它的价值。

啊!？它能值那么多钱吗？儿子又一次受到了震动，心里大吃一惊。

它的价值到底是多少，我也说不清楚，但是从今以后它就是咱们家的传家宝了，你给我守住家业，一辈一辈地传下去，也把这个故事一辈辈地讲给他们听，能传多少辈子，我也不知道，我是没多大能耐，也没多少学问，费了九牛二虎之力才创下了这个家底，我真怕咱们家也出个败家子啊。大掌柜说到这里异常感慨，谁知道多年以后的情形呢。

您放心，我把书念好接下家业继续传承下去，能不能发展不敢说，至少我绝不当败家子，将来我有了孩子也不让他们成败家子。儿子严肃认真地说着，像是跟老父亲立下誓言。

俗话说女大十八变，姚秀敏这年才到十四岁，但是无论模样还是身材以及人品性格在大栅栏附近都是百里挑一，可能因为打小常年劳累，风里来雨里去的风吹日晒，面相比平常女孩更显成熟，浓密乌黑的头发在脑后梳成一条大辫子，鸭蛋形脸上白皙的皮肤吹弹可破，两只大眼睛水灵灵，挺直的高鼻梁下，更有一张文人笔下的樱桃小嘴，匀称的双腿走路非常轻快，举手抬臂之间更显利索。无论家里家外都是一把好手，聪明伶俐又能干，作为一个女孩儿家那就没挑了。这里的街坊都是看着她长大的，老人们看见她就回想到了当年，回忆起她母亲嫁到老姚家的情景，年轻人听到老人家说当年的故事，每次见到姚秀敏也不由得多看她两眼。

一来二去姚家大小姐就成了这一带年轻人追求的目标，但是谁家一想到她那个抽大烟的爸爸，也就只好断了念想，找个漂亮能干的老婆是好事，但是要捎带上一个坑家败产抽大烟的爹，谁惹得起啊。

因为她长期给几家西服店锁扣眼，被一个年轻的西服小裁缝看上了，有一天特地买了两个肉馅饼，等到姚秀敏到店里交活的时候，把她拉到桌边坐下倒了一杯水，又把馅饼递到她手里死乞白赖地让她吃，吃完了还跟她聊天。大家都在一条街上住着，低头不见抬头见，虽然没怎么说过话，但是也都是熟人。一来二去两个人挺聊得来，时间不长互相就有了感情。

年轻的西服裁缝满怀希望地把这事告诉了自己的父母，家里人一听就说不成，等小伙子问清缘由，再也不敢跟她来往了。

　　大栅栏胡同东口新来了一个摆摊修理自行车的刘师傅，见姚秀敏长得模样清秀，又能干又有礼貌，身上的衣服总是那么干净利落，打心眼里喜欢她，只要一见面就热情地打招呼，姚大小姐来啦，你这是去哪啊？坐下歇一会儿吧。

　　没话找话地闲聊着，越聊越喜欢，后来真上了心，就想说给自己的儿子当媳妇，于是认真地在街坊四邻打听了一下，才知道了她父亲是抽大烟的大烟鬼，也就再也不提这个事了。

　　有一阵会馆里来了一位姓潘的太太，喜欢姚秀敏精明能干嘴也很甜，模样俊秀身材也苗条，有心让她做自己的儿媳妇，特地送给了她一件毛衣。她儿子已经十七岁了，丈夫是革命党被抓走杀害了，母子俩孤苦伶仃，就盼给儿子娶媳妇结婚，一家人相依为命过日子。没多久知道了姚禄华是大烟鬼，虽然有时依旧打招呼聊天，可儿子的婚事就不再打算了。

　　吴刘氏把姚秀敏看成是自己的闺女一样，处处照顾她，看着她慢慢长大。

　　那年过端午节，吴刘氏到北京生活了这么久，却从来没出去玩玩，就跟吴殿元说想去天桥玩玩。

　　我没工夫带你去，你自己去吧。吴殿元转身出门不见了踪影。

　　我怎么瞎了眼，找了你这么一个不着调的东西，我来北京哪儿都没去过，怎么自己去啊？吴刘氏气得在后边跺着小脚骂他。

　　姚秀敏一听就走过来，吴婶，您想去天桥玩，我带您去。

　　天桥不远吧，听说那挺好玩的，这么多年我也没去过。吴婶拉过姚秀敏的手说。

　　出大栅栏往南走，过了珠市口就到了，挺近的。姚秀敏去过几回，也想去散散心。

　　那好，你就不用带钱了，我带上点钱，咱娘俩一块去，吃、喝、玩我都包了。吴婶两口子没小孩，平时省吃俭用的很会过日子，攒下了几个私房钱。

　　这娘俩换了干净衣裳，出门往南去了天桥。

　　光看天桥这两个字，很多人都觉得一定是很高尚庄严的地方，而在京城老百姓的嘴里，天桥其实被称为"天桥儿"，儿化韵的称呼使得这个地方变得很接地气。从雅的视角来说，按照历代的惯例，天桥应该称作朱雀桥。自南朝以来京师南北中轴大街都叫朱雀大街，这条南北大街由京师的南大门，到皇城的北大门之间有座桥，称为朱雀桥。刘禹锡的《乌衣巷》中的"朱雀桥边野草花"就是指这座桥。这条笔直的大街，按那个时代的人们来看就应叫"天街"，因为它能直达天子脚下。

从俗的方面讲，它是下层社会民众消费和娱乐的地方。自从清中叶以来，由于地近南郊，进城的人们大多由此经过，也因为在天桥附近有些庙会，于是天桥的两侧市场交易逐渐繁荣起来，当时这里又有空地，自然而然地形成了一些市场。光顾这里的大多是穷人，卖的东西多是低档的，或是二手货，这里的买卖和消费都较低廉。

别看吴婶是"三寸金莲"，可从小下地干活，两只小脚一前一后倒腾得挺快，走起路来挺麻利。大栅栏离天桥本来也不远，说着聊着不一会儿就到了。一进天桥的市场，吴婶的两只眼睛就不够看的了，在乡下多大的集市也比不了这里热闹，东边是打把式卖艺的，西边是大金牙拉洋片，南边是吹糖人的，北边是耍中幡的，再往前走是赛活驴的表演，过了这儿就是摞地摔跤的……走得有点累了停下脚，在街边小摊上吃了两盘炸灌肠，又到馄饨摊上，每人一碗馄饨一个烧饼。吃完喝完往前走不远，又到了说相声穷不怕的圈子，黑压压围了不少人，看见她们娘俩也进来听相声，就有人过来悄悄地跟吴婶说，大嫂啊，我们这说相声的有荤段子脏口，女人就别进来听了。吴婶听了这话先是一愣有点不解，后来见到说话的人面露尴尬，不像是说瞎话骗人的，又想了想他说的脏口，似乎明白了一点，再一看周围的圈子里的确没有一个女人家，脸一红拉着姚秀敏走开了。

溜达着走了几步看见有个算命的摊子，有个学生模样的年轻人，走到摊前便问您给我算算，我能不能考上大学？算命先生看了看他，张嘴说了声，十大子。

小伙子掏出十个大子，递给了算命先生，算命先生收好钱之后，闭上眼睛掐指算起来，嘴里叽叽咕咕地说了半天，也没听清他说的什么，不过最后一句说得挺清楚，好好用功就能考得上。

大金牙的"拉洋片"又叫"西洋镜"，人们坐在镜箱的前面，通过一个小圆窗口看被放大的图片，他站在镜箱的旁边演唱，介绍画片的内容。乐器只有一个扁鼓、一个小锣、一副镲，这三样打击乐器被固定在一个架子上，用一根细绳操纵，艺人拉动这根细绳，三件乐器一通乱响。大金牙有四五十岁，嘴里的一颗金牙很是显眼，一旦张嘴唱起来或者笑的时候，会有金黄色在嘴里闪闪发光。

往里头瞧来往里头看，西洋景致在眼前，头一个篇，这北京城里呦，直修得，里九外七皇城四，金龙宝殿修在了中间，金钟三响王登了殿喽，仓个儿隆咚仓。满朝的文武，他们都来在那站，哎嗨……来吧您就来看嘞，再往里头瞧，再往里边看呐，看完这片又是一片，说得是有缘千里来相会，白娘子断桥遇许仙。那西湖美景让人醉啊，杭州那个小娇娘似天仙，嗨……

吴婶见几个小孩趴在那儿，聚精会神地看着拉样片，听着演唱，也想看看里边究竟有什么。姚秀敏跟吴婶说，我听说里边就是几张画，来回来去地拉着看。

就几张画啊，那咱们不看了。吴婶舍不得花钱看那几张画，所以也留下了一辈子的遗憾，竟然没看过一回拉洋片的。

忽听得前面有人吆喝着照相，吴婶赶紧过去看看是怎么回事，在乡下的时候就听说过，城里有照相馆能把人的模样印在纸片上，进城之后也看过别人的相片，有心想也给自己个照一张相，可一打听说是最小的相片至少也要五毛钱，就舍不得了。这回见有人在吆喝照相便宜，马上就过去看。

只见一面墙上钉了一块白布，白布的前面架着一台照相机，照相机是照相馆里用的那种木匣子式的。在一个大木箱子前面，站着个四十岁左右的男人，正在大声地吆喝着。过来瞧一瞧看一看，在我这照相就是便宜啊，到了大照相馆，您要是想照这么大四寸的相片，至少要让您掏一块大洋，还得等上十天半个月。在我这您花上十个大子，就能拿到一张四寸大相片，而且您看见没有，立等可取。只要在旁边歇一会儿，您就能拿到相片了。说着指了指旁边一个牌子，牌子上写着四个大字"立等可取"。

吴婶思索了一会儿，一下狠心交给那人十个大子，朗声说道，我们娘俩照一张。

得嘞，您这儿坐好喽。那人把她们娘俩安排到白布前边的凳子上，吴婶坐下姚秀敏站在吴婶旁边。

只见那人走到照相木匣子旁边，鼓捣了一会儿，让她们娘俩看向前面，喊了一声，看我这儿，别动啊。然后捏了一下一个小皮球。娘俩紧张的脸上直抽筋，直到听见那人喊了一声，好了，这才放松了下来，擦了擦脸上冒出的汗，长长地喘了一口气。

　　只见那人从照相机上取下一个扁扁的木头盒子，又把小木盒子放到旁边的箱子里，用一个大黑布口袋罩在脑袋上，两只手在箱子里鼓捣了一会儿，那人从中拿出一张湿漉漉的纸片，吴婶以为相片已经出来了，就赶忙上去看。

　　不对啊，头发是白的脸是黑的，哪有这样的人呢？吴婶吃了一惊，再怎么自己也不长这个模样啊。

　　您不懂吧，这是底版，要看相片还得等一会儿，别着急啊。那人不慌不忙地把湿漉漉的纸片，擦干上面的水拿到太阳底下晒干，没一会儿那纸片就干了。再拿到那个箱子里鼓捣了一会儿，这回拿出来的一张湿漉漉的纸片上，就有了她们娘俩的模样。

　　这才是相片呐，您拿好了，等相片干了就齐活了。那人把相片上的水又用一块布擦干净，再把相片递到吴婶手里。

　　吴婶有生以来第一次看见自己的样子印到相纸上，坐在那左看右看的，觉得真是挺好的。姚秀敏也是长这么大第一次照相，在旁边看着自己的样子，也觉得很新鲜，同时也记住了这是自己十四岁照的相片。

　　吴婶拿着相片站起来刚想走，忽然想起一件事，拿着相片指给那人看。不对啊，我们两个人照相，你怎么就给我一张相片啊？

　　不管几个人照，十个大子就给一张相片，您要是还想要一张，就得再拿十个大子。那人一边收拾一边解释，正想招揽下一个顾客，没料到还有这么一问。

　　那你原先也没说啊，我们是俩人照的，你就得给两张相片，要知道就给一张相片，我们还不照了呢。吴婶觉得自己占理，于是据理力争。

　　吴婶，一张也行了，您留着我就不要了。姚秀敏看着围过来不少人，有点不好意思就劝了劝。

　　那不行，头一回照相怎么也得一人留一张啊。吴婶认死理非要再拿回一张相片。

　　那人跟她争了一会儿，吴婶一口咬定两人照相就得给两张，那人觉得实在是没辙了，又怕耽误了下一位顾客，只好又给他们洗印了一张相片，吴婶把一张相片交给姚秀敏拿好，此事才算完结。

　　回去的路虽然不远，但是吴婶这趟天桥逛得时间有点长，两只小脚疼得走不动道，只好花了几个大子雇了一辆洋车，坐洋车上回到临汾会馆。这娘俩既是第一次照相，也都是第一次坐洋车，好在一共也没花多少钱，还玩得挺开心。

回到会馆，吴婶迫不及待地烧了一大盆热水，洗脸洗澡换上宽松衣裤之后，非常认真地洗了那两只小脚。两条裹脚布放在一边的凳子上，小脚在盆里泡了很长时间，用手掰开变形的四个脚趾，搓掉老泥之后再用修脚刀，一点一点地削下脚上的老茧，这一通折腾弄了一个多时辰才算完。

一边弄着小脚一边嘴里不停地念叨，哎哟……可疼死我了，这是哪个缺了八辈子德的玩意儿出的馊主意，让女人裹小脚啊，还起名叫三寸金莲，哎哟……还金莲呢，说得多好听啊，干点活脚就疼，走点道儿脚就疼，这个死嘎嗻的绝对没有一点好心眼，让女人的这一辈子遭多大罪啊，缺德挨千刀的，四十里地没人家——你个狼掏的，等你托生了也变个女人裹小脚，裹了小脚你也生不出孩子，你个绝后老娘们，让你也尝尝这么受罪的滋味……哎哟……生了孩子也没屁眼，文辞那叫谷道阙如，你们家孩子都谷道阙如，谁让你出这么个缺德带冒烟的馊主意……哎哟……你说这是哪个杂种养出来的害人种，才能想出这么个没有人味的主意啊……吴婶把京城老太太骂街的本事，淋漓尽致地发挥了出来。

姚秀敏回家之后也洗了洗换上宽松衣服，就欣赏自己的那张相片，欣赏了好一会儿才把相片收到自己的小衣橱里，意犹未尽地跑到吴婶那里，听见屋里吴婶正念叨着什么，推门进去觉得不是味，一看是两条裹脚布在旁边的凳子上，捏着鼻子用两根手指提起来扔到门外。吴婶一看把裹脚布给扔了，刚想跟她嚷嚷。

您放心啊，我一会儿给您洗干净再凉到外边，这回我可知道什么是老太太的裹脚布——又臭又长了。也不知道是谁，自小就要给我裹小脚，还告诉说不裹小脚就嫁不出去。姚秀敏一张嘴就把吴婶想说的话堵了回去。

吴婶翻了翻白眼，你这孩子，小嘴怎么就那么厉害，我们小时候人们都这么说，我才裹成小脚的，不裹成小脚真没有男人要啊。这帮缺德带冒烟的东西，真是害苦了女人啊，哎哟……

姚秀敏出门找了个洗脚盆，打水再扔进去两块火碱，用碱水洗了两三遍才洗干净，晾到院子里，闻了闻真没什么味了，才算结束了这场与臭味的战斗。

从此，在姚秀敏的嘴里，老太太的裹脚布这句歇后语，就变成了"吴婶的裹脚布——又臭又长"。

姚秀敏做完了晚饭，摆好了小桌子上的碗筷，先给三个人每人盛了一碗菜汤，叫回在院子玩的姚秀珍，姚禄华也晃晃荡荡从外边回家吃饭，姚秀敏把一个窝头掰了一半给妹妹，自己吃另一半，又递给姚禄华一个窝头。看着他们吃得挺香，姚秀敏拿出那张相片，喜滋滋地给他们看。

今儿个我跟吴婶去天桥玩，照了一张相片，您看看。

你跟吴婶俩人照的啊，真好，真是太像了。姚秀珍看了看惊喜不已，她觉得相片跟人一模一样就挺好的。

照那东西呢，花好些钱不说，都是外国人勾魂摄魄吸人血的。姚禄华瞥了一眼相片，嘟嘟囔囔一边吃一边说。

照相的是中国人，不是外国人。姚秀敏把相片收回来，又放到衣橱里收好。

那也是外国人雇的中国人，吸人血勾人魂的没安好心。姚禄华不知从哪听来的，但是从听说之后就完全相信了这个说法。

那我也没丢魂没流血啊。姚秀敏不相信这个说法。

不用你的魂和你的血，你的模样怎么会跑到纸上边去啦，你知道什么啊。姚禄华觉得在这个问题上自己是正确的，不容辩解。

啊，还吸人血啊。姚秀珍一听这话，吓得张开大嘴，嘴里的窝头渣子都掉出来了。

我是不知道，可是不疼不痒的就有了相片，我觉着挺好的，就算是我的魂我的血，我也乐意。姚秀敏说不明白什么道理，可依然喜欢自己的相片。

吴婶的男人吴殿元在姚禄华的影响之下，也抽上大烟成了大烟鬼，有一天找姚禄华一起抽烟，姚禄华自己抽大烟舍不得给他一口，他没辙转身出门之后就再也没回来。见他几天都没回家，吴婶等人到处找了几天也没找到，就这么失踪了。有人说可能是被抓兵的抓走了，有的说也许出家当和尚去了，还有的说没准抽大烟抽得多丧了命……不管别人怎么说，对这事吴婶可想得开，她跟大伙说，就他那大烟鬼，我跟他这么些年也没过一天好日子，找不着我一个人过，活得更踏实。

有一天姚禄华的烟瘾又上来了，找了半天身上也没找出一个大子，伸着懒腰打着哈欠，跟姚秀敏要钱。你给我几个大子，快点儿。

姚秀敏说，您甭抽大烟了行不行，我养活你，一辈子不嫁人也养活你，再给你找个老伴过日子吧。

姚禄华说，你干什么挣钱我不管，我要吃饭要抽烟，就算你当窑姐去，我也不管，只要给我钱就行。

姚秀敏说，没钱，你说的那话就是"屎壳郎打喷嚏，满嘴喷粪"。

哎哟，长能耐了啊，学会骂你爸爸了，你个小婊子。姚禄华说着拿起掸衣服的掸子，不管三七二十一，从头到脚地打起来。

我叫你骂我，我叫你不给我钱……

姚秀敏挣扎着站起来，一边护着自己的头，一边哭喊着从后门跑了出去。见到姚禄华追出来要钱，站着跟他喊起来，我就挣了这点钱，刚够全家人吃饭，你又抽大烟，咱们明儿个吃什么啊？

你当我不知道啊？你今天卖了五盒烟，除了买粮食还有好些钱呢。姚禄华一边喊着一边追。

多那几个大子，明天还得吃饭呢，还得买烟回来卖呢，谁知道明天能不能卖得出钱来啊。

那我不管，今天有钱你就得给我，快给我二十个大子。

抽大烟有什么好啊，您就不能戒了吗？饭都吃不饱，怎么能把钱给您抽大烟去啊。

嘿，你还越说越有理了，你给不给我钱，你给不给我钱？姚禄华举着鸡毛掸子一下一下地打着姚秀敏。

直到姚秀敏实在扛不住了，无可奈何地给了他钱，赶紧捧着钱转身进了大烟馆，把钱扔到柜上抓住伙计递过来的一个烟包，往大炕上一躺抽起来。

姚秀敏看着姚禄华的背影，气得直跺脚，回到家里却发现春姐坐在家里等她。

大丫头你回来了？春姐看见姚秀敏进了屋，表情很不自然，马上站起来。

春姐，您怎么来啦？姚秀敏感觉很奇怪，春姐从来没到她这个家里来过，让她坐下说话。

是啊，看你的脸色多不好啊，我给你点钱，抽空自己买点好吃的补一补身子。春姐从衣襟里掏出了几块钱，递到了姚秀敏手里。

谢谢春姐，这年头谁活得都不易，我没法跟你比，找着一个有钱的男人，有个自己的家能过好日子。姚秀敏看着手里的几块钱心里很感动，能这样关心自己的人可是太少了。

　　大丫头，你不是外人，咱姐俩说话我不瞒你。我那狠心的姑姑和叔合计着，一块儿把我卖到了庆元春当窑姐……他们把我卖身的钱分了……一个大子也没给我……我只能在那接客养活自己，没处去也无家可归……春姐想起自己的遭遇，流下了眼泪，抽抽搭搭地跟她诉苦。

　　是吗？还有这样当姑姑和叔儿的哪？你姑父有个卖肉的摊子，还把你卖了？姚秀敏听了感到心惊肉跳，她原先只知道自己的命苦，听了春姐的话才知道，比她还苦的人很多。

　　别提了，这些人就认识钱，再说了，有你爸爸这样当爹的吗？这都叫什么事啊？二人说着忍不住面对面地哭了起来。

　　大丫头，我跟你说个事，你不愿意可别恼啊。二人互相止住了哭之后，春姐慢慢地抬起头，盯着姚秀敏的两眼，用自己的花手帕擦了擦眼睛。想说又有点说不出口，把手帕递给了姚秀敏。

　　什么事？春姐你说吧。姚秀敏接过手帕，一边擦眼睛一边说。

　　是我们庆元春的班主，叫我来劝你进班子接客挣钱……，我也不知道该怎么说，你跟我是不一样的人，不知道你愿意不愿意……春兰看见姚秀敏擦完了眼泪，认真地看着自己，把脸扭开了一点看着屋角，她觉得根本就不敢再面对姚秀敏那双清澈明亮的眼睛，那两只大眼睛里充满了对自己的信任，干干净净的敞开着心灵，说完了就觉出自己的肮脏。

　　春姐你别说了，我知道那是什么地方，我是宁死也不会去的。姚秀敏这才知道了春姐来这里的目的，心里的火腾地一下上来了，一下就把脸拉下来，站起身斩钉截铁地回答着她。

　　得！那就算我没说，你就当我放了一个屁，别生我的气啊。春姐看着姚秀敏两眼冒出的怒火，知道这个大丫头生气了，赶快知趣地告辞走人。

　　我不生你的气，春姐没别的事你就回去吧，我不送。姚秀敏嘴里说着不生气，实际上心里已经气炸了肺，使劲压着自己的怒火，她不想对这个命苦的女孩发火，可是一时又不知道这火往哪里出。

　　你看是不是，我说了你别生气，你还是生气了，我走了。春姐看着姚秀敏板着脸，站起来转身就要离开。

　　不送。哎，等会儿，把你的钱拿回去吧，太脏。姚秀敏把那几块大洋送到春姐手里，顺便往外推了她一下，厌恶之情溢于言表。

　　行，行，知道你大丫头厉害，我拿走啊。春姐赶紧把大洋钱攥在手里，小跑着出了这个家，她怕出来再晚一点，这个大栅栏有名的厉害丫头，会不会抡圆了打她几个大嘴巴。

其实春姐还有一段无法启齿的经历，自从她十二岁父母去世之后，就跟着叔叔和姑姑生活。在叔叔家因为多了这一张嘴吃饭，经常被婶婶嫌弃非打即骂，于是就投靠姑姑家的时间比较长。姑姑家虽然也不富裕，但是靠着她捡煤核、做饭、打水、收拾屋子等等每天忙个不停，基本给姑姑腾出了手，使姑姑有时间找一点活挣钱过日子，按照姑姑的说法，春姐也不是在家里白吃饭的。

那年春姐十四岁的时候，姑父趁着姑姑出门干活的机会，强占了她的身子。为了在这个家里生活下去，她什么也不敢说，只能在深更半夜里偷偷哭泣。一直到她十六岁的时候，终于被姑姑发现了，姑姑找到绳子把她捆起来，根本不给她一点分辨机会，一口咬定是她勾引姑父，想把她这个当姑姑的赶出家门，霸占她家的财产和她的男人。先用扫把打她，直到把扫把打散了捆，再拿出棍棒打得她遍体鳞伤。其实她家根本没有什么能值得霸占的财产，她是真怕男人因为喜欢这个年轻漂亮的侄女，把自己赶出家门。

姑父的本意是，偷情既然已经被发现了，干脆就摆明到桌面上来，一家几口就这么过下去也挺好，甚至说出要娶春姐当二房的意思。其实心里却恨不得离婚再把春姐娶进来，对于性格强势多年来一直压他一头的这个老婆，他早就受够了。只是姑姑死活不愿意，说是让自己的侄女当二房，跟自己平起平坐在家里生活，这样她就没脸再活下去了。

姑姑想尽一切办法安抚住了自己的男人，姑父最终又一次妥协，答应不再干涉有关春姐的一切事情。她把春姐往死里揍了一顿之后，然后跟春姐的叔叔商量，把春姐卖到了庆元春，卖人的钱两家平分。叔叔因一直就没怎么管春姐的生活，居然也能分到一半钱，喜出望外的没有一点意见。

被捆住身体堵着嘴巴，浑身伤痕没吃没喝了三天的春姐，送到庆元春的时候已经奄奄一息，被老鸨子养了将近半个月，才基本恢复了。她认为自己的身子已经不干净了，而且她不知道怎么才能生活下去，可是还想活下去，于是就认命了。老鸨子教给她什么，她就学什么，跟她说什么话都点头应允。没几天就能接客给老鸨子挣钱了，所以班主老鸨子也很高兴，这笔买卖可是赚大了。

这年的八月节，又是节年的祭奠佛道的日子，姚秀敏看着几个供桌上的供品，心里想的是等着供品撤下来，就能改善一阵子伙食。姚秀敏下午到市场上去买菜，买了几个西红柿和几根黄瓜以后，然后到肉摊上挑些小碎块的肉头，比整块的大片肉便宜。

走到卖肉的摊子上，看见肉案上的几块肉不新鲜了，就问那老板。

掌柜的，还有没有新鲜点的肉啊？

就这些，没新鲜的了。那男人似乎很不高兴地说着，眼睛却目不转睛地盯着她的胸脯。原来刚刚让一个当兵的抓走一大块肉，不但不给钱还骂骂咧咧的，心里憋了一肚子的气还没平静下来。

真的卖完了？……姚秀敏一面说着，一面用手把那几块肉来回翻看着，想挑出一块比较满意的，买一些回去。抬头看见男人紧盯着她的胸部，虽然早已习惯了这种眼光，心里还有些反感。

你到底买不买？不买就别瞎翻了。那男人看着这个挑挑拣拣的女孩，正好找到了一个撒气筒。

什么叫瞎翻哪，我想找一块新鲜点的不行啊？姚秀敏有点莫名其妙，我来这买肉怎么还不许挑呢。

要想吃新鲜肉就早点来，都快到晚上了，哪还有什么新鲜的，你不是瞎翻是什么？那男人特意挺直了身子，腆着大肚子，一幅脑满肠肥财大气粗的样子。

我怎么瞎翻了？我是花钱买肉，又不是白拿走，你怎么这么说话呀？姚秀敏还想把道理说清楚，一生气不由得争辩起来。

应该怎么说话呀？你想吃肉当然得花钱了，要想不花钱白吃肉啊，那得是我媳妇才成呢，你是要当我媳妇么。那男人看见女孩生气了，自己的气也撒出去不少，就调戏起这个女孩。

你废什么话你，想媳妇想疯了吧？姚秀敏一听这话有点气急了，拿起一块肉就往那男人脸上扔过去。

我媳妇在家等着我哪，天天都不用花钱就能吃得上肉。男人伸手轻松把那块肉接到手里，往上颠了一下又放回肉案子上。

你不就是个臭卖肉的嘛，有什么了不起的，见到老实人就想欺负是吧……

想吃肉还想不花钱，哪有那么好的事……

你瞎说，我从来就没想不花钱吃肉……

周围的人看他俩越吵越厉害，赶忙互相劝架把他俩拉开了，秀敏为这事一直回到家里还没消气。

她怎么也咽不下这口气，她知道这个卖肉的是春姐的姑父，就是他糟蹋了春姐，又跟春姐的姑姑把春姐卖到了妓院，想了一想之后，从衣箱里翻出一件半新花衬衫穿在身上，又把头发梳理了几下走出了大门。走到市场外面远远地看着那个卖肉的男子正在收拾摊子，摊子收拾完了，就把剩下的肉装到一辆三轮车上，登着三轮回家了。

姚秀敏在后面紧紧地跟上他，不时地小跑着。好在他家并不太远，秀敏认准了他的家门，看清了他的女人正在家里做饭，就整了整衣服，深呼吸了几下，使自己镇定下来，不慌不忙地走进了那家的大门。做饭的那女人胖胖的，脸色红润，个子虽然不高身体却很健壮。看见秀敏进门，不解地站直了身子。

姑娘，你找谁呀？女人开口问她。

您就是大嫂吧？我想跟您说几句话。秀敏清清爽爽地对那女人说。

你想干什么？你上我家来干什么？那男人一见是姚秀敏进来，已经领教过这个女孩的伶牙俐齿，不禁有些慌了。

我想跟您说几句话，看来大哥不愿意让我说。姚秀敏一字一句慢慢地说，眼睛却只看着女人，做好了大闹一场的准备。

你这个臭女人，上我家来打架吗？我……男人话没说完，就被女人推出屋子，回过身来把秀敏拉到椅子上坐好，给她倒了一杯水。

你别害怕，也别理他，有什么话跟我说吧，不要紧。女人看出这里有些事情，既然人家找上门来了，自己就得把事情弄清楚。

姚秀敏坐下之后喝了一口水，不紧不慢地说，大姐呀！我是个穷人家的女孩，本来就不配吃什么肉，可是今天嘴馋了，就想买点肉吃，没想到大哥看上我了，非要让我给她当媳妇，我回家想了半天，后来想明白了，这年头有钱就是爹，有奶就是娘，只是我找不上有钱的老板，能跟上大哥这样的小老板，也就命运不错了。我看大哥的身体结实，也长得一表人才，要能过上天天有肉吃的日子也不错。姚秀敏把事先早已想好的台词，有板有眼地说了出来，虽说不慌不忙声音也不大，却透出那么一种不达目的决不罢休的狠劲。

你瞎说八道什么呀，谁让你当我媳妇了，男人有些气急败坏。那男人就在门外听着呢，听到这里就想进屋里来吵，刚想迈步却被女人瞪着眼睛用手指着，看着女人一张绷得紧紧的脸，只好收回了脚步。

别理他，有什么话你慢慢说。女人转过头来拉着姚秀敏的手，让她把话说完。

大哥您也别不好意思，这话既然说出口了，就应该说话算话。姚秀敏先对着门外的男人说了几句，然后跟女人笑容满面的，就像真的想嫁给那男人当媳妇似的，还表现出了一点羞涩，说完了自己想说的话。

大姐！您看您什么时候搬出去我好住进来呀？要不然这么着，虽然我还是个黄花大姑娘，也是头一回出门子嫁人，只要是您能容得下我，我当个二房或者没什么名分都行，谁让我这人命贱呢。这回还是真看上大哥了，您这床上也能挤得下咱们三个人，跟您一块伺候大哥我心甘情愿，实在挤不下我搭个铺另睡也行。

谁让你当我媳妇了？你赶快给我滚蛋。男人一步迈进屋，指着姚秀敏大声喊叫起来，却被站起来的女人挡住。

你给我闭嘴，我这会儿就想听她说什么。女人的脸色已然是铁青，她已经听明白了这件事的前因后果。

大姐，您看，大哥还不好意思了，话说到这份上，我也就没法要脸了，大哥既然把让我当他媳妇的话说出口了，我也愿意了，那从明天开始，我这当媳妇的要是想吃肉就不花钱了。要不然这样，你们两口子先商量一下，看看我什么时候进门合适。今儿个晚上我就先走了，定下日子之后，您让大哥通知我一声就行，我自己搬进来，咱们三口——好好地过日子。姚秀敏说完了最后几句话站起身，把茶杯往桌上一墩，溅得满桌都是水，她狠狠地瞪了一眼站在门外那满脸通红的男人，用双手的手背把小褂往下扑拉了一下，理直气壮地走出门去。

你……那女人的脸已经被气成了猪肝色，手指着男人说不出一句话。

怎么回事这是？你给我说清楚点……姚秀敏刚走出三五步，就听见后面的屋里哗啦一声，不知道是什么被摔碎了，接着那女人变了调的喊叫声传了过来。

你这不要脸的东西，又想娶小老婆了是不是？也不撒泡尿照照你那德性，你也配，呸！臭流氓……姚秀敏听见这喊骂声，接着听见啪的一声响，不知道是谁打了谁。

让你嘴欠，敢欺负你姑奶奶，这一回让你记一辈子。姚秀敏知道来这一趟目的已经达到，脸上露出一丝得意的笑，轻快地走回家去。

蔡朝武有了同乐电影院的工作之后，弟弟蔡朝海非常羡慕，老想让哥哥也为自己找一个差事能挣钱养家，也就不是在家吃闲饭的人了。蔡朝海长大了不少，不愿意再跟着石头舅舅卖小零食，也不愿意再捡破烂，他觉着太丢人了。再怎么说自己也是有文化会写字的年轻人，不能一点用处也没有的待在家里或者干那些流浪汉才干的活。

蔡朝武没给他找到工作，却发现了一个可做的事情，那就是代写书信。他在几个邮局的前面都发现有人代写书信，离果子巷较近的这个邮局门口却没有，于是就跟弟弟商量，既然一直练习的是蝇头小楷，正好摆一个摊。

蔡朝海原先还觉得代写书信都是那些老学究，上年纪的人才干的活，自己这么年轻，应该可以找一个好一点的事由。

蔡朝武劝他从这里起步，先干一点简单的事情，慢慢地再找合适的工作，反正现在也没活干，就骑着驴找马。

于是蔡朝海就先用家里的小饭桌和一个小马扎，买了一些信封裁好几张宣纸准备停当，蔡朝武帮他找了一块白布，上面写了"代写书信"四个大字，可以铺在饭桌上当幌子招牌。学着别的老人家的样子，用几个铜钱拴上线，把几根线压在信纸上，代替在纸上的格子。第二天把小饭桌摆在邮局门边的空地上，没料到马上就有人过来，拿着一封来信请他代写一封回信。

至此蔡朝海开始了代写书信的生意。他年轻长相帅气，态度和蔼可亲，又写得一手好字，附近不识字的人挺多，所以生意还算不错。

①②
婚事多磨

　　蔡朝武为了把海报写得好看，每天都要用一把自制的乱麻毛笔，在地面的方砖上练习写大字，凡是新到的电影要写海报水牌子，他都要用自制的毛笔写上好几遍，练习得说的过去了，才拿出好毛笔往水牌子上写。经理发现水牌子上的字很好看，看电影的人好像都多了一些，想到这是广告的效果，就把水牌子换成了一块较大的黑板，到后来蔡朝武写电影大海报竟然成了大栅栏里的一景，每当把海报的大黑板放在地下，都会围着一群人看他写字。只见他一手叉腰，一手攥着大抓笔，从桶里蘸上石灰粉水，笔走游龙上下翻飞，不一会儿就写完了大字。然后走到远处自己审视一番，见到不太满意的地方擦掉重新再写。

　　看着比较满意了，就站在那里喝上一口茶水，再换成比较小的毛笔，把放映时间和票价等其他小字写完。这期间总有人赞不绝口，甚至还有大声叫好的。

　　蔡朝武写完水牌子挂到墙上，围着的人群也散开了。

　　武哥。忽听见有人叫他，不用看也知道是小妞。

　　小妞，你来啦，今天的电影是新片子《万紫千红》，进去看看。朝武看见小妞有点兴奋，让她去看电影。

　　武哥，我有了大名了，叫庆玉。小妞长了这么大才有了个大名，这件事可要先告诉他，还有一件更重要的事，想开口又有一点张不开嘴。

　　这名字挺好听的，庆玉。朝武听说小妞有了大名也挺高兴，笨嘴拙舌也说不出什么其他的话来。

　　我找了一条大狗，用剪子铰下来不少狗毛，都是捡着长的狗毛铰下来的，你看能不能做成一根大毛笔。小妞忽然想起了这件事，先把这事说完了，再说那件重要的事。

行啊，一定做出一杆好抓笔，那用着才过瘾呢。接过那用纸包着的一大包狗毛，朝武心里更高兴了，用狗毛一定比乱麻做的毛笔好用，买不起毛笔自己会做也挺好的。

武哥，你怎么还不叫人上我们家提亲啊。看着朝武没心没肺的样子，小妞终于忍不住问他。

怎么啦，我得多攒一点钱，钱多了再去提亲啊。朝武不知道小妞为什么说出这句话。

没等你把钱攒多了，我也就嫁人了。小妞忧心忡忡地看着朝武。

你要嫁人了？不行，你是我媳妇啊，咱俩说好了的。听见小妞说出这句话，朝武急眼了。

有一天津人，是个什么公司的大老板，他老婆死了要找一个黄花大姑娘续弦。不知道哪天看见我了，就让人来家里提亲了。说是让我下个月就过门，你赶紧的吧，再晚了就看不见我了。小妞几句话把事情说出来，心里很难受。

还有这事哪，那行，我明天就叫人去提亲。朝武决定了马上就去提亲。

这是两块大洋，我的私房钱。把你的钱加一块，给我哥嫂多买点见面礼啊。小妞心里就想跟朝武一起过日子，没想到出了这么档子事，为了帮他一把，只好把自己攒了多年的私房钱拿了出来。

好嘞，我听你的。接过钱，两人的手拉在一起，谁也不愿意放开。

那我走啦，小妞看着朝武的眼睛，舍不得走开，她有时候觉得自己很没出息。她知道自己只要一看见她的武哥就打心里高兴，不想再离开，就有走不动了的感觉。

你不看电影了吗？朝武也不知道再说什么好，想了半天冒出这么一句。

不看了，心里堵得慌，看不进去。说完了这几句话，庆玉觉得这儿来回人太多，没法再说什么，使劲看了朝武一眼，恋恋不舍地走了。

你别着急，我马上就去提亲。看着小妞的背影，赶紧追着喊了几声，看着小妞难过的样子，心里很不是滋味。

庆玉走后，蔡朝武心里一阵慌乱没了主意，回到后院再拿起毛笔练字，写不下去了，把毛笔扔在一边想了想，赶紧跑到经理办公室，找陆经理给拿个主意。

陆经理听了说，怎么不让你舅舅找个人上门提亲呢？

我舅舅哪有这能耐，他肯定也不知道请谁去好了。朝武知道自己舅舅的嘴，不太会说这种话，没办法才来请经理出主意。

那怎么办，你怎么想的呢？陆经理很郑重地问。

我想请您帮这个忙，您这么大面子，应该没问题。朝武诚恳地请经理出面，帮着自己把这件人生大事解决了。

我又不是你的长辈，也没干过这事，不知道怎么说。经理没觉得这事有什么难的，只不过自己的身份不对，不沾亲不带故凭什么身份说话呢。

经理，陆叔，您就是我的长辈，我求您了。朝武觉得经理就是自己的长辈，这件事必须要请经理帮忙。

好吧，带上点像样的礼物，给他们家一个面子。我这可是全冲你啦，要是说不成，你可别怨我。陆经理一直很喜欢朝武这个小伙子，既然他这么看重自己，就欣然同意了。

谢谢陆叔，这两天是阴天，阴天下雨的他就腿疼不能出车，咱下午放电影，上午过去就行，只要您去了，一准行。朝武一下松了口大气，问题解决了，拍了一下巴掌乐得一蹦老高。

明天带我去他们家，你去买点像样的礼品吧，有钱么？想起说亲需要带一点礼物，经理怕他没钱，就从兜里掏出几块钱递给他。

我有钱，那我去啦。朝武赶紧推开经理拿钱的手，笑嘻嘻地出去了。蔡朝武找出自己攒下的几块钱，到大栅栏胡同绸布店买了两块布，又买了一些其他礼品。

第二天一早，蔡朝武带着陆经理坐着洋车去了庆玉家，敲开门进去之后，一阵寒暄。

大哥，大嫂，这是我们同乐电影院的陆经理，来看看您二位。朝武热情地向小姐的兄嫂介绍，又把小姐的兄嫂介绍给经理。陆经理，这就是庆玉的哥哥和嫂子，在我们这块可是本分勤俭的人。

哦，大兄弟、弟妹，你们好啊。看着家里的摆设与这两口穿的新衣服很不协调，陆经理堆起笑脸，热情地跟两口子打招呼问候着。

陆经理，贵客登门啊，快请坐。庆玉的哥哥热情招待着，回头对庆玉说，小姐，给客人沏茶。

多谢，多谢。这是一点小礼品，不成敬意还请笑纳。陆经理坐下之前，先把两个点心匣子和布匹送到庆玉哥哥的面前，然后才坐到椅子上。

哎哟，还让陆经理破费啦。您这大老远地来我们家，有什么事么？庆玉的哥哥心里已经明白了八九不离十，赶紧想好对策。

有件喜事，我呢，是给我大侄子蔡朝武提亲来的，庆玉跟他从小就在一块长大，互相知根知底的，应该是水到渠成的美事。陆经理觉得这件事不是什么大事，朝武又是这么好的小伙子。

哦，陆经理给朝武提亲啊。我们庆玉已经有人提亲，而且也定亲了，您来得有点晚了。小妞的哥哥没有多余的话，一口就回绝了。

晚是晚了一点，不是没结婚么？您听我说，朝武可是个好孩子，识文断字老实肯干，要个头有个头，要长相有长相，在我们电影院已经是堂头了。陆经理仿佛受了当头一棒，没料到人家说话一点都不给面子，张口就给自己堵回去了，赶紧找话往回找补。

陆经理，承蒙您的美意，我们庆玉已经跟人定亲了，就不用您费心了。小妞的哥哥见陆经理还不死心，只好再把话砸死了。

陆经理没料到事情这么难办，一下慌了神，也不知道说什么好了。大哥，大嫂，您听我说，朝武可是难得一个好孩子，将来一定有出息……

小妞的哥哥抬手止住了陆经理，不让他再往下说，朝武是个好孩子，这我们知道，我们也是看着他长大的。但是将来是不是有出息，可没看来。再说人往高处走，有高枝谁还能不攀，老趴在地下啊。庆玉的爷们，是天津一家公司的老板，庆玉去了就是阔太太，夫人。进门是洋房，出门坐汽车，谁不愿意自己的妹子过好日子啊。小妞的哥哥说完了话，又摆了摆手意思是不用再说了。

您听我再说一句……陆经理还想再努努力，可是已经没词了。

陆经理，就到这吧。您不是一个月就那么一点工资么？就这点礼您拿得出手，我都不好意思收。不是我驳您的面子，说句不好听的话，我们也是穷怕了，就算您说我们嫌贫爱富，我们也认了。您请回吧，媳妇——送客。小妞的哥哥没再客气，一句话结束了这次谈话。

陆经理跟蔡朝武简直就是被轰出来的，气的陆经理浑身哆嗦，什么话也说不出来。蔡朝武垂头丧气地跟着陆经理回到电影院，一声不吭干起活。晚上陆经理把他叫进经理室，茶几上摆着一包酱牛肉、一包花生米和一瓶二锅头，还有两个小酒盅。

来，朝武，咱爷俩喝两盅。陆经理自己心里不痛快，更知道朝武的难过程度，很想跟他再聊聊，就把他叫到对面坐下。

陆叔，我不会喝酒。朝武心里堵得慌，从来也不喝酒更不会借酒浇愁的他，根本就不知道怎么能让自己心里的苦闷发泄出去。

我知道，你是烟酒不沾的好孩子，今天叔请你喝酒，你长大了，一个老爷们怎么也得喝点酒啊。说着启开酒瓶盖，倒满了两个小酒盅，指了指牛肉和花生。陆经理慢慢地跟朝武说起来，看着倒霉孩子一脸的苦相，他还真是有点心疼。

来吧，一边吃一边喝着，说完自己先仰脖喝了一盅。蔡朝武看了看酒，什么话也没说，拿起酒盅也喝了一盅，感觉太辣嗓子不好喝，龇牙咧嘴地咽下肚里。

哎，这就对了，吃吧。陆经理很感慨地说，朝武你知道么，有句俗话叫作"人穷志短，马瘦毛长"。既然咱们没人家有钱，那就不跟人家争了。你年纪虽然不大，经历的事情可不算少了，应该知道有这么一句话叫作"人生不如意事常八九"。什么意思呢？就是人活一辈子，能让自己满意的事情，十件事里头遇不一两件，这是很正常的情况。你的这辈子还很长，这点事也不算什么，想得开就过去了，想不开我就告诉你一个字——忍。陆经理在社会上闯荡了多年，为人处世的经验还是很丰富的。

嗯。朝武知道陆经理的好意，不管听得进去还是听不进去都听着。

常说这个人有能耐，那个人有能耐，什么叫有能耐，你知道吗？那就是能忍能耐，才叫有能耐。陆经理一边喝酒吃菜，一边跟朝武说着，不管他知道不知道这个道理，作为长辈他依然要给他上几课，这是自己的责任，既然很喜欢这个孩子，现在有事了就得开导他。

听着陆经理的话，朝武知道了"能耐"二字，是这样解释的。

你要是不能忍气吞声、逆来顺受，也耐不住苦累，受不了委屈，这日子就没法过，谁也活不下去。陆经理想着自己也很困苦的这半辈子，其实就是靠了这个字的结果。

您说，我听着呢。朝武专心地听着老一辈的教导，真感到受益匪浅。

你看见我这儿当经理，似乎是八面威风，挣大钱过好日子，可是谁知道我是受了多大委屈，忍着别人难以忍受的罪，苦苦的熬了半辈子，才有了今天的日子。陆经理满腹牢骚的教育着蔡朝武，也感慨着自己不如意的人生。

是么？没想到您也受过很多苦呢，看着您平时老是乐呵呵的，没想到也有受苦受罪的经历。这种话蔡朝武闻所未闻，心中吃了一惊，

我告诉你，人人有一肚子苦水，家家有一本难念的经，只不过有人忍

过去了，接着苦熬扒夜地过日子，要是忍不过去就只能撒手人寰，这样的事我见得多了，永远也说不完。所以才有那么一句话"只看得见贼吃肉，看不见贼挨打"，人们看见的都是表面的鲜亮，看不见的是流着血的伤口啊。陆经理看着朝武，还想再往深里说。

您说的是，我舅舅两口子就因为生的孩子都没保住，日子过得可惨了。后来我们哥俩跟着舅舅过，才看见舅舅有了笑模样。想起舅舅两口子的日子，朝武也很有感悟。

爷俩喝着酒聊着天，一直到深夜。

甭着急，将来陆叔给你惦记着，帮你说一房好媳妇。时间不早了，陆经理临走之前，跟朝武说了一句宽心话，他是真想帮帮这个好孩子。

我谢谢您了。朝武知道陆经理对自己很好，深表万分的感激。

有天晚上蔡朝武铺好被子正准备睡觉，却听见有轻轻敲电影院的后门的声音。他到后门问了一声，听出是庆玉的声音赶紧把门打开，刚把门打开庆玉一步迈了进来，扑进他怀里抱着就哭。

庆玉，是你啊，你先别哭了，有什么话咱们到屋里说去。赶紧把庆玉拉进自己住的小屋里，给她倒了一杯水，也把毛巾塞到她手里。

过几天我就要被那个老头娶走了。庆玉哭着说，我不喜欢他，我就想给你当媳妇，朝武，我不愿意去天津啊。庆玉把水杯放在桌子上，擦了擦满脸的泪水又重新抱住朝武，朝武也紧紧地把她抱在怀里。

那你哥嫂不让你嫁给我，嫌我穷，我也没辙啊。怀里抱着庆玉，蔡朝武觉出自己的心跳得厉害，他真想老是这么抱着她，可心里觉得没有希望了。

你带我跑吧，不管跑到哪，我都跟着你，吃糠咽菜喝凉水过日子我认了。庆玉一把推开他，两眼紧盯着他的眼睛，横下心说出自己的想法，满怀希望地看着她心爱的武哥。

我哪都没去过，到了外地谁也不认识，往哪跑啊？蔡朝武没有一点思想准备，只能说实话。

哪都行，你敢带着我，我就跟着你。庆玉鼓励地望着他。

我不敢，你哥哥上我们家，跟我舅舅要人，怎么办啊？蔡朝武愁眉苦脸地低下了头，他真没那么大胆子。

你怎么什么都怕啊？庆玉甩开他的两手，生气了。

我真不敢。我舅舅是老实人，我弟弟还小，他们现在都指着我呢。

你不敢带我走，那你到底喜欢我吗？庆玉瞪着两只大眼睛，再一次直盯着他，那眼神似乎一直盯到他心里去。

我喜欢你啊，真心喜欢你。朝武说的也是心里话，所以毫不犹豫。

那你要了我吧，就今天晚上。庆玉豁出去了，心里一股热潮涌动，眼睛里含着泪，愿意把自己给了他。

什么是要了你啊？朝武有点糊涂，听不明白她说的是什么。

咱俩睡觉，当一回两口子，让那老东西当王八。庆玉干脆把话说得更明白，而且自己动手脱下自己的衣服裤子，钻进蔡朝武的被窝里，笑着拉他。你倒是快一点啊。

看着他还是愣愣地坐在那里，就坐起来给朝武脱衣服解裤带，两人冲动的互相抚摸亲吻。尽管从小就相识相知，而且青梅竹马两小无猜，一起吃饭也一起睡觉的，但是像这样赤身裸体的互相亲吻抚摸还是从来没有过。

蔡朝武怀里抱着光着身子的庆玉，感受着火烫的体温和绵软的身躯，摸到了她的后背、细腰。他感到一阵迷醉，脑子里一阵阵晕乎乎的，心跳得快从嗓子眼蹦出来了，紧张得出了满身大汗。

不行！蔡朝武突然坐起身，抄过毛巾使劲擦着满头、满脸、满身的汗水。你是黄花大姑娘，我不能破了你的身子，那就毁了你，我可不敢。

突然清醒过来的蔡朝武，赶快穿上了自己的衣服裤子，下了地。又坐在床边上，把庆玉抱起来，笨手笨脚的要帮着她穿衣服。

你怎么胆这么小啊，你是个老爷们么，我一个黄花大姑娘送上门来，你都不敢要啊。气得庆玉一把推开蔡朝武，不顾自己还一丝不挂，指着他的鼻子数落他。

庆玉，你赶紧回去吧，要是让人家知道了多不好啊。朝武小声地说。

算我看错了人了，姓蔡的，你就不是个爷们。我告诉你吧，就算别人知道了我也不怕。要是因为这事那个天津人不要我了更好，生米做成熟饭我正好嫁给你武哥，没想到你是这么胆小怕事，气死我了。庆玉可顾不得那些，一句句说得理直气壮。

你小点声啊，可别这么说，我真是为你好。蔡朝武好言好语地劝着她，央求着她。

行，你为我好，我走了。蔡朝武，姓蔡的，我恨你……庆玉彻底失望了，直瞪瞪地望了他一会儿。她眼盯着蔡朝武，自己慢慢地穿好衣服，多希望武哥大着胆子和自己相爱一次，就算离开他心里也有了一点安慰。可是直到自己穿上衣服，她的武哥也没有说出一句话。

蔡朝武看着心爱的庆玉，心里明白她是要离开自己了，就像被人摘去了心肝五脏，又像有一股烈火正在肚子里焚烧，五内俱焚痛彻心扉。他的眼泪不由自主地流了下来，用手抹了几把也没抹干净，就任凭那泪水喷涌而出。他用手摸着庆玉娇美红艳的脸蛋，把脸凑过去，两张年轻稚嫩的脸贴在一起，他禁不住抽噎着哭了起来。

我舍不得让你走啊。朝武拉过庆玉的肩膀，两人一下抱在一起，大哭起来。女孩一边哭一边给朝武擦干净眼泪，什么话也说不出来了，慢慢推开了朝武，转过身长叹了一口气，一跺脚头也不回地走了。

眼看着庆玉消失在门外，蔡朝武强忍着却忍不住，张着大嘴不出声地痛哭起来，从小就胆小怕事，又经历了家庭巨变，他不能更不敢惹事。在他的日子里，出格的事绝对不敢做，生活在最底层的平民百姓，稍不注意就会惹祸上身，今天活着不知道明天能不能看见天亮。他们的生命就像蚂蚁一般渺小，所以史书上把他们称作蚁民。

庆玉到日子办了喜事，被接到了天津。

这个天津老板自打见了庆玉的那一天，就被她的青春亮丽、活泼可爱迷住了。那是他进京联系业务，坐在汽车上路过果子巷的时候，突然抛锚了，正在烦心的时候看见庆玉从胡同里跑出来，不小心差一点撞在车上，看见他坐在汽车里，就冲他吐了吐舌头，然后咯咯地笑着跑开了。

这个女孩的笑脸和笑声，一下子撞进了他的心里，坐在汽车里好半天才把自己的情绪镇定下来。自己的魂被勾走了一样，两只眼睛盯着女孩消失的方向喘着粗气。他知道自己没救了，就连第一次相亲一直到把前妻娶进家里，都没有过这种似乎被电击到了的感觉。自己明明是已经结过婚的男人，走南闯北的也见过世面，见过的女人数不清有多少，可从来没有过怦然心动的感觉。

他下车找来修车的工人修好了汽车，向坐在路边的人打听了这个女孩的情况，回到天津之后赶紧托朋友来说亲。第一次就买了天津最时髦的花布和几身料子衣服，外加一百块大洋做见面礼。这一下让庆玉的兄嫂目瞪口呆，活了小三十年也没见过这么好的东西和这么多钱，这回总算是剥了这身穷皮，要过好日子了。能让小妹永远过上好日子的愿望，使庆玉的哥嫂毫不犹豫地接受了这个比他们年纪还大、已经秃顶了的四十多岁的妹夫。

事情顺利得超过了他的想象，可是天津老板万万想不到女孩早就有了心上人。他以为是女孩不愿意离开兄嫂，不习惯天津的生活，所以整天不开心。

到天津的那天，庆玉心里还怀着对蔡朝武怨恨，脸上也见不到一点笑容。

当晚他要和庆玉一起睡觉，迫不及待地向往着跟她圆房时的快乐。可是没料到庆玉死活也不肯跟他在一个床上睡觉。他以为庆玉是不好意思，就使劲把她抱上床，给她脱衣服解裤带。庆玉挣扎着不让脱掉衣服，可是毕竟男人的力气太大，三下两下就脱掉了女孩的上衣，上衣脱掉之后又去解裤带，却发现解开一条裤带里面还有一条裤子，也系着一条裤带，等解开第二条裤带发现里面还有一条裤子，依然紧紧地系着一条裤带。

这时他已经累得气喘吁吁，浑身无力了。就问她，你到底穿了几条裤子，怎么没完没了的。

我一共十条裤子，全都穿在身上了，就是不想跟你睡觉。庆玉的脸上没有一点喜庆，满脸冰霜。

哦，看来呢，你不是不好意思，是真不喜欢我。可是你不知道，我有多喜欢你，既然这样，再这么勉强你也没意思，我就再等等，等到你愿意的时候吧。

他因为心里对她疼爱，也没再勉强，也由于年龄上的差距，使他像疼爱自己的女儿一般的疼爱庆玉，甚至有过之而无不及。只要一有时间就带着她听戏、逛商场，或者到海河边去玩。

第一次圆房是在娶回庆玉半年以后，庆玉知道这件事无法避免，又见他对自己千般忍耐万般好，对自己从来不说一个不字，他是真心地喜欢自己，慢慢地也有点看得顺眼了，才在他反复的央求之下，答应了和他圆房。

庆玉对于在天津的生活，开始还有一些新鲜感，过了几个月之后，她觉得无论是听戏还是买新衣服，都不能让她感到快乐和幸福。脑子里老是闪出她和朝武在一起甜蜜的情景。她怎么也想不明白，为什么自己鼓起最大的勇气，要把自己最宝贵的女儿之身交给朝武的时候，他却不愿意或者不敢接受呢？

想起这事来庆玉就发愣，有时候目不转睛地看着一个地方好半天，什么话也不说，泪流满面。

最后她认为自己终于想明白了，她的武哥是一个非常善良、老实的好人，所以你就是让他做坏事，教给他做坏事、他也做不成。

得到了这个结论之后，她再看自己这个丈夫，就怎么都觉得不顺眼。无论他说什么话，她都听着不不舒服，无论他干什么事，她都没兴趣，而且越来越讨厌，看见他就心烦。弄的那老板百思不得其解，不知道该怎么对待她。

姚秀敏每次出了家门只要往西走几步，就能看见不远的同乐电影院，路过同乐电影院常看见一个英俊小伙子站在门口收票，还能看见他拿毛笔写水牌，更听见周围的人们叫好声，听人说这个小伙子今年刚进电影院干活。

有几次，姚秀敏挨了姚禄华的打，就到同乐电影院，找邻居大姨去哭诉，有一次被蔡朝武听见了，得知详情之后，非常同情这个眉清目秀的女孩。知道她还没吃饭，就去买了两个菜和几个馒头，让大姨和姚秀敏吃。姚秀敏虽然很饿，但还不好意思，大姨劝她不用在意，对他说这个小伙子叫蔡朝武，是电影院的堂头，人挺不错而且心灵手巧，最难得的是识文断字知书达理。说完了就把姚秀敏拉过来，一起吃了一顿晚饭。

这顿晚饭让姚秀敏的印象很深，她已经很久没吃过这么香甜的饭菜了，一年到头的窝头、贴饼子、牛肉汤和咸菜疙瘩，只有过年的时候香堂里的贡品，才有些好吃的东西，但也是放了好几天的面点和甜食，哪有这么新鲜好吃啊。

大姨家住门框胡同里边一座二层小楼上，家里男人跟同乐电影院东家是亲戚关系，所以在电影院里找了个卖票的差事。多年都住在一个胡同，大家都很熟悉了，姚秀敏管女人叫大姨，互相来往比较亲近熟悉。

过几天姚秀敏又到大姨这儿聊天，聊了天之后说要回家了，大姨卖完了票说我下班了，时候还早上我们家玩一会儿，姚秀敏高兴地答应了。蔡朝武看她俩一块出了电影院，又听见她要去大姨家玩，于是上心了就问她几点回来，问清楚之后提前到那门口去等她，等到她出来就说送要她回家。

一路上姚秀敏一蹿一蹦地往前走，一边不断地和蔡朝武聊天说话。

哎，你干嘛要送我啊，我又不是不认识家。姚秀敏觉得挺奇怪的，长这么大还没有人这么护着她，心里特别高兴。

你回来的时候天太晚了，一是怕有坏人欺负你，二是想陪你说说话。蔡朝武是个老实人，连想都没想就把心里话说出来了。

你长得可真高，有多大了？姚秀敏说完扭头看了蔡朝武一眼，跟着个高个小伙在一起，挺有安全感。

我今年二十五了。蔡朝武的性情不太会聊天，只老老实实地回答她。

你怎么都二十五了，你送我回家不怕你媳妇说你吗？

我跟舅舅和弟弟一块，还没结婚娶媳妇呢。

还没结婚娶媳妇啊，人家不到二十就娶媳妇了，你干嘛不娶媳妇呢？姚秀敏知道他已经二十五岁了却没成家，挺奇怪的。

你不知道，一般女人我不待见。蔡朝武不想说自己家里穷找不到媳妇，就连从小的相好姑娘都留不住，找了一个借口为自己遮一下脸面。

这么说你眼光还挺高的，那你想找什么样的人啊？姚秀敏撇了一下嘴，可是她更没想到这个高大的小伙子子已经喜欢上她了。

待寄南来雁，秋声使尔闻……蔡朝武毕竟学过古诗词，随手拈来显摆一下自己那点学问。

你说的是什么，我听不懂。姚秀敏从来没听说过这样的词语，顿时给蒙住了。

这是一句古人写的诗，要是用现在的话来说……就是我在等南来的雁，那个……纤我的眼……蔡朝武对这一句词也弄不太清楚，怕丢人现眼顺口胡诌了起来。

什么是南来的雁，干嘛要纤你的眼？听见他说出这么有学问的词句，姚秀敏佩服极了，赶紧问问也要长点知识。

南来的雁……嗯……南来的雁指的是有缘分的人，纤我的眼就是让我看上眼了。这世上的很多事情挺奇怪的，就拿两口子的事来说吧，大家伙都看着很般配的两个人，如果没缘分的话，就成不了一家人，本来看着不可能的两个人，只要缘分到了兴许就成了，缘分这事，挺难说清楚的。

你还真挺有学问的啊……南来的燕，纤你的眼……蔡朝武云山雾罩的一通瞎白话，真把姚秀敏给镇住了，越是没听懂就越觉得深奥。

回家的路没多远，到了家门口俩人就在门外接着聊天。

我们家原先也挺好的，我爷爷还得到过朝廷封赏呢，慈禧老佛爷的字也在家里供着，掸瓶帽镜什么都有。姚秀敏想起家里原先的情景，就高兴起来。

我知道，好些事情早就有人告诉我了，你爷爷是真够英雄的。蔡朝武早就听说过他们家的历史，传说中的姚大爷可是一个大英雄。

后来，我爷爷去世了，那么些东西都让我爸爸给偷出去卖了，我特别喜欢朱砂画得四扇屏，梅兰竹菊可好看了，也让他卖了，连那个大镜框也都送进当铺，换钱买大烟抽了……姚秀敏一想起她那个家，还有抽大烟的爹，愁的没办法。

人要是抽上大烟，就全毁了，不管他怎么样，咱们还得好好活着，再苦再累也要努力把日子过好。蔡朝武安慰着她，也鼓励着自己。

是啊，我会做小买卖，还会锁扣眼，都能挣点钱，在家里炒菜做饭什么都会。姚秀敏生怕这个大个子青年瞧不起自己，恨不得把自己的本事全说出来。

你这么小年纪，就这么能干啊？蔡朝武早就知道这家里的事情，全靠这个女孩支撑着。

那可不是嘛，原先我妈身上有病，买药的事情也全都靠我呢……你别瞧我个子小年纪也不大，我可厉害着呢，大栅栏这一片谁都知道……你那么高个子年纪也比我大得多，可不许欺负我啊，你要是敢欺负我，绝对没有你好果子吃……

我现在只有一个弟弟，还有一个妹妹和小弟弟都让我妈给人了，你就跟我小妹妹似的，我哪能欺负你呢，我是个老实人谁也不欺负。

连接带送的日子一多，聊的话题也丰富起来，两个有心人越来越熟了。

虽然是边聊天边走路，大多数都是姚秀敏自己一个人说话，蔡朝武一路走着听着。

每次送姚秀敏回家之后，蔡朝武的心情都特别愉快，无论夜色有多深，大栅栏这个著名的商业和娱乐街总是灯火通明，看着满大街的灯火自己的心里也是亮堂的，就像有那么一盏灯照亮了他的心。一路上宛转悠扬地轻声唱起自己喜欢的京剧。有一天送完人之后天已经很晚了，路上的行人已经不多，居然觉得京剧也不过瘾了，突然想起一个儿歌，大声地喊了一嗓子"豆豆起豆起豆呛，土豆蘸白糖，好吃又好尝!"弄得马路上的几个行人，奇怪地看着这个小伙子。

蔡朝武值夜班的时候，也把姚秀敏带到同乐电影院楼上值班室，俩人在那儿喝水聊天，晚了就送她回家，从来不留姚秀敏在那里住宿，从这些事上，姚秀敏更觉得他这个人很正派。

蔡朝武从来没进去过临汾会馆，有几天没见到姚秀敏出门过来，就大着胆子到临汾会馆看望姚秀敏。进院子之后打听了一下，知道姚大小姐就住在西北角，就走过去敲了敲门。

姚大小姐在家吗？蔡朝武把身上的长衫用手抚平整，感觉自己心跳得很厉害，不知道这家人是什么样，他只想看看姚秀敏。

哎哟，这不是蔡大哥吗，您请进。姚润生住在最外间，把门打开看见了蔡朝武，他常在街上走动，早就认识这个小伙子。蔡朝武的年纪明显比他大几岁，个头也比他高出不少，所以就叫他蔡大哥。

谁来啦？姚禄华有气无力地问了一声，这家基本没什么人来。

姚大爷您好，我叫蔡朝武，在同乐电影院干活，我认识您家的大小姐，好几天没见着她，今天没什么事就过来看看。蔡朝武走进门来到二屋门前回道。

哦！认识我闺女来家里看看她，蔡先生请进来坐吧。姚禄华想起自己的大女儿差不多也快到了出嫁的年纪，上下打量着这个小伙子，看着长相英俊身材高大的蔡朝武，也觉得两个人挺般配，点了点头。

你怎么来了？姚秀敏没料到蔡朝武到家里来看她，坐在炕上正在缝补衣服的手停了下来，抬头看了他一眼，止不住心里一阵狂跳，脸也涨得通红张了张嘴，本来伶牙俐齿的竟然没了说辞。

姚禄华见到这情景，就退到里屋自己喝水抽烟，让他们俩在外屋聊天。

嗯……那什么……好几天没见你过来，不知道是怎么回事，就找到这儿来看看你。蔡朝武吭哧了半天就说出了这么一句话。

我挺好的，这几天家里活多了一点，就没出去。姚秀敏心里突然冒出了这么一个想法，这是自己的亲人来了，于是脸上又是一阵发热。

没事就好，没事就好。蔡朝武靠门站着说了一句，看着满脸通红的姚秀敏，也不知道再说什么。姚秀敏继续缝着衣服不敢抬头。

我没什么事，到家来看看你就行了，那我走了……蔡朝武说完转身出了屋门，这才慢慢止住了心里的慌乱，根本没听见屋里人再说什么，出了院子回到电影院。

姚禄华也不知道怎么招待人，姚润生更是不明白发生了什么事，跟在后面说了一声，蔡大哥您走啊。回头看了看姚秀敏说，人家来看你，你怎么不理人家，人家走了你也不送送，连一句话也不说，平时那张嘴挺利索的，今个怎么成了闷葫芦。

去！没你什么事，该干嘛干嘛去，少管我！姚秀敏镇定下来瞪了他一眼，对于这个只比她大几岁的小叔，她从来也没当他是个长辈。

我管不着，不理你们了。姚润生知道自己说不过她也吵不赢她，出门玩去了。

这天姚禄华又为了要大烟钱，追着打骂姚秀敏没完，嘴里又说起哪怕她去当窑姐，也得给他钱花，直到拿到手里的二十个大铜子，还不停地边走出门边骂。会馆里的一众人等都用厌恶的眼光，看着他就为了要抽那一口大烟，是怎么打骂自己的女儿。

姚禄华宁可女儿当窑姐也要抽大烟的事情，早就传到几个会头的耳朵里。

事过多年，姚复臣保护会馆的事情早已成了传说，后面这一代东家和掌柜看着姚禄华的样子，心生厌倦已久，有心赶走这一家人，又碍着老东家在世留下的遗言，要永远保留这家人的工作和住房。而且这事都刻在石碑上，成了不可改变的事。

这天几个会头在一块开会，其中一位说到了姚大爷这一家子。

咱们这位姚大爷，可真是越来越不像话了。这不，为了抽大烟宁可把闺女往窑子那火坑里推，这人活到这份上也没谁了。

可不是么，多少年了，他自己什么都不干，就吃会馆了。

这家人口越来越多，那三间房都给他们占了，也就仗着他家女人和几个孩子干点事，要不然这日子早就没法过了。

好好的一个会馆，让这么一个癫皮狗似的男人，抽着大烟跟你这耗着，就像一帖狗皮膏药，贴上就揭不下来了。

就是啊，也不知道当年老会头他们怎么想的，还世袭传代的。

这真应了那句话你要想害谁，就把他养起来。这世袭传代的好日子把他给害了。可是没办法啊，都刻到石碑上了，千年万年都没法改了。

没法子啊，看见他就恶心。

唉，什么人都活着，没法子啊。

嗯！也不见得，只要你们不反对，不用改石碑上刻的文字，也不用咱们赶他走，我有办法让他自己走，还不让人家说咱们过河拆桥、改了祖上遗言之类的话。他自己死活要走，谁也说不出什么来。其中一个会头听了大家的议论，想出了一个主意。

真有这样的法子，我不反对。

只要能揭了这块狗皮膏药，我也同意。

我也不反对。

我同意，但是不要落下什么话把。

行，只要你们都同意的话，这事就交给我了。这个会头见大家都同意，就转过头来问会首。

真有法子么？那您就试试。新会首也早就烦透了这位姚大爷，见有人拿出主意把他赶走，也表示同意了。

山人此时有一计，您就擎好吧，哈哈。这会头见会首也同意了，摸了摸胡子神秘的一笑。

这个会头瞅空找到了账房郑先生，跟他仔细交代了一番，账房郑先生好久没得到会头这样重要人物的关照，点头哈腰满应满许地把事情应承下来，拍着胸脯打了包票，保管能把事情办圆满，还一定不会把会头会首等人牵扯进来。

账房郑先生，当年也是山西临汾人到京城，带了一大票银子准备闯出一番事业，可惜志大才疏没那个本事，而且年轻不懂得守本分，与一帮浮浪子弟结交，以为能拉上关系扩大人脉，哪知道这些人其实盯上了他包里的银子，整天跟他一起混吃混喝，打牌、听戏、逛窑子，说是帮他走进上流社会。结果认识了杂七杂八的人，整天就帮助他花钱请客送礼，一两年什么事也没干成，银子却花去了十之八九。

过惯了大手大脚吃喝嫖赌的日子，一时半会也收不住自己的馋懒，眼看着手里的银钱越来越少，虽说是不再跟那些浮浪子弟鬼混，可是自己的日子将来怎么过，脑浆子都快想成糨糊了。

就在周围的狐朋狗友离他远去，逐渐穷困潦倒的时候，上街无目的地瞎溜达，一时兴起投赌看看是否能时来运转，一狠心买了十块钱的彩票，没料到一下中大奖发财了，发财之后居然财迷心窍，继续吃喝嫖赌抽。此事传到老家之后，他父亲带着另外的一个儿子来到北京，不露面观察到了他的现状，于是找到当地官员亲戚商量了对策，得到官员亲戚的支持，到他的住处取出了所有的钱之后，另找了一个地方住下。

妓院里销魂之后的郑先生回到住所，发现所有的财产都不见了，心急火燎赶快报官，官家心中早就有数，满口答应他一定抓到窃贼，却一连几天也不见动静。眼看着身无分文生活不下去了，只好去求他常去的馆子，却遭到非打即骂的白眼，顶多扔出一个半个的窝头把他打发走。去求那些他花了不少钱财的妓院，却被看家护院的大茶壶几次打出去。烟瘾上来了跪求烟馆给他抽一口大烟，却被几个人抬出去扔到大街上。几天的时间就成了没吃没喝的乞丐，后来连租住的地方也被收回，眼看着没吃没喝，走投无路到了快要投河自尽的地步，家人及时出现叫他重新树立信心帮他戒毒，教育劝说他改邪归正。

这段经历给了他很大的教育，也让他明白了动心思想计谋的重要性，从此变得心机重重，善于察言观色猜测人心。依仗自己私塾底子，又找师傅学会了算账记账，在会馆里谋到了账房的职位。任职多年虽无大成就，结婚生子也算是平稳安分地过日子，但是总想遇见点事，为会首等人立下一点功劳，即便是职位没有提升变化，月例钱涨几块也是好的。

既然会头找到了自己，他决心把这事仔细筹划一番，不仅让这位姚大爷自己走出会馆，还要让他无法找后账，更不能给会头会首等人找麻烦。

到了领月例钱的日子，姚禄华趿拉着鞋、一只手伸进上衣里抓着虱子，一只手剔着牙缝，走进了账房。郑先生，给您请安了，我领这个月的例钱，给您添麻烦。

姚大爷来啦！账房郑先生排出八块大洋，放在桌子前边。大洋八块，您数数对不对，对了您就在账本上按手印吧。郑先生头戴瓜皮小帽，两只老鼠眼眨巴了几下，从眼镜片上看过来，两撇小胡子翘了翘。

没错，我给您按手印。姚禄华伸出剔牙的手，一根手指蘸了红印泥，再往账簿上按了一下。账房郑先生皱着眉头用一块手绢捂着鼻子和嘴，还是挡不住姚禄华身上散发出来那股难闻的味道。

姚大爷您可真行啊，什么活也不用干，白吃、白喝、白住的，听说您就出生在这个会馆里边，到现如今有半辈子了吧。郑先生接受了那位会头的指使，耍起尖酸刻薄一张嘴，早就准备好了说辞。

啊，我是出生在这个院子，这事跟您没关系吧。姚禄华不爱听了。

是，跟我没关系，可是您觉得您这是人过的日子么？一年又一年的，几十年的任事都不干，吃了就睡，睡醒就吃，这不是就跟活猪一样了么。郑先生心里有数，把早就准备好的话不紧不慢地说出来。

您这可说得不像话，我就这么过日子，这嚼谷是老一辈留下的，石碑上都刻着呢，不信你自己看看去，不是我自己个要这么着，你不能骂人啊。姚禄华气得脸发白，指着郑先生的手开始发抖。

这事我知道，咱们会馆的人都知道，整个大栅栏胡同里的人，甚至南城这片的人都知道。郑先生跷起二郎腿，头也不抬地接着说，您家姚老先生是会馆的大功臣，是位英雄人物，我们都佩服得五体投地，可是他怎么生下了您这么块废物点心呢？

郑先生你怎么又骂人啊？我怎么就是废物点心啦，姚禄华又抬起手，可那只手抖得更厉害了。

你不是废物是什么啊，那我问你，你会干什么？郑先生语言中显出轻蔑。

我……我……姚禄华本来就口呐，一着急就更说不出话来了。

我什么我啊，在水会干活您怕累，到了铁路上您嫌苦，做小买卖您觉丢人。还别说，就一样您最爱干，每个月都得逛几次天桥，可那是玩。除了吃喝玩乐，您会干什么，这哪是人过的日子，顶多是一口活了几十年的猪。郑先生没等姚禄华往下说，就把他顶了回去。

你……你……

我怎么啦？我天天记账算账，干我该干的活，拿我该拿的钱，凭本事卖力气吃饭，钱拿的硬气饭吃着香。你呢，除了吃还会什么，天天儿天的什么也不干，不是活猪是什么啊？要不是你们老一辈立下的功劳，就凭你这揍性，早就饿死了，你能养得这么肥头大耳的活猪样。郑先生根本就不想让姚禄华再说话。

我……我……

您今儿个洗脸了么，估计半年都没洗澡了吧？您还没进门，身上那股臊臭味就钻进屋里来了，您一点也闻不出来么？也难怪，住在那个猪圈里，再臊再臭也闻不出来啦，你比那大街上臭要饭的还臭，刚入秋您就穿上破棉袄啦，夹袄哪去了，送到当铺里换大烟了吧？哎我说，你怎么不要脸啊？

你还敢骂人？……

我这是骂你吗？我是实话实说，这些年的您又长了本事了，学会了抽大烟，世界上但凡有点志气的人也不抽那玩意，您什么都不能干倒也罢了，吃完了就睡像个臭猪也没人敢说什么，谁让您有个能人爸爸，给您挣下这铁杆高粱呢，可是您抽上大烟可就不是人了。

你才不是人呢，坏人坯子才骂人呢。

就算您说得对，我是个坏人坏子，坏人也还是人啊，你这样抽上大烟的叫什么，叫大烟鬼知道吗？咱们这是临汾会馆，早年这是进京赶考的举子才能住的地方，现在是山西进京买卖商家，祭祀神灵聚会联谊的干净地方。这么正经干净的地方，都让您住成大烟馆了，是不是一颗耗子屎弄坏一锅汤啊？

你才是耗子呢……

我是耗子，可是我管理着会馆的钱财账目，每个月您都得在我这耗子手里拿钱呢。让我怎么说您啊，一个人活到这不要脸的地步，您可真是出类拔萃了，我的岁数不大也活了几十年，真没见过您这么不要脸的大烟鬼呢。您自己个不觉得丢人现眼吗？大烟鬼！活猪！

我……我……

您还有脸在这住着哪，好好的三间房都糟蹋成猪圈了，离开那猪圈您活得了吗？郑先生故意低下声来问，您知道别人背地里怎么称呼您么，不知道吧，那我告诉您，人家管您叫狗皮膏药、癞皮狗，就贴在会馆身上，打死也不走。

你……你……

行啦，别说话啦，这要是换个人哪，还能挨我这个骂，还觍着脸活到今天，早就投井、跳河的自杀了。哎！我帮你找根绳儿，你自己吊死得了。你个活猪，吃粮不管穿下三烂的货，离开会馆你能活得下去？

姓郑的，你少骂人，离开会馆我也能过日子。人穷志不穷，我将来一定会有好日子过。姚禄华脱口而出，钻进了圈套。

你就吹吧，离开会馆出不了三天，你就得跪着求会馆，还得回你那猪窝。要不然你就非死了不可，你个不要脸、没起色的活牲口。郑先生一步一步把姚禄华带到沟里，引到挖好的坑中。

好，好，这死会馆我早就住够了，冲你这句话，我就是死在外面，也不回这会馆了。姚禄华的脑子早就没了思考能力。

你还能说出这么有志气的话来，真是瘦驴拉硬屎——瞎逞能，真没想到。可惜，你是大烟鬼，大烟鬼啊！郑先生继续不慌不忙，乜斜着眼睛看着姚禄华。

我抽大烟碍着你啦？大烟鬼就大烟鬼了，你管得着么？

一张纸画个鼻子，你好大的一张脸啊，大烟鬼就是鬼啊！鬼话能信么？还别说你就是一头猪了，畜生说话能信么？你个活猪。

你个王八蛋！兔崽子！姓郑的你就损吧，你得不了好死。我回去就带一家子离开这儿，我要是再回来，我是你孙子，我就是活猪，我……

你要是个汉子，是个老爷们，就说话算话。你上外边看看去。郑先生抬手指着外面，外面已经围满了看热闹的人。这么些人都听见你说的话了，说出的话别咽回去，拉出的屎别坐回去，你要是还想回来，没关系。上茅房把你拉的屎吃下去，你就可以回来当你的活猪。

行，行，我这就走。你个姓郑的王八蛋，做事缺德、说话太损了，你得不了好死。

这可是您自己要强，老爷们说话算话，您既然敢说就应该敢在这张纸上按个手印，写下您的大号，别将来后悔了再回来找后账。说着拿出一张早已写好的字据，连打开的印油盒一起推到桌边。

姚禄华早已气得昏头昏脑，伸出手指就在上面按下了自己的手印，还接过笔来想签名，比画了半天也不知道怎么写自己的姓名，干脆在上面画了一个圈，把笔往桌子上一扔，转身走开了。

郑先生见到一切都如自己所设计好的那样，嘴里哼了一声，脸上露出阴损的奸笑，点着水烟袋咕噜咕噜地抽起来。

姚禄华气得颤抖着身子，慢慢走回家。坐在屋里镇定了下来，看看家徒四壁几乎一无所有了。稍微收拾了一下，跟两个女儿说，咱们走吧！不在这儿住着了。

那咱们上哪去啊？姚秀敏不知道出了什么事。在这住得好好的，干嘛走啊？先找一个旅馆住几天吧，以后再找房。

我在这儿还有活要干呢，不能离开这儿啊。这是怎么啦？

反正咱们以后不能再住在这儿了。你自己找一个地方住吧。我带二丫头走了。

姚禄华把被褥铺盖卷起来，再把锅碗瓢盆和一袋剩下的玉米面也归拢到一块，放到铁锅里用锅盖盖在上面，用一根绳子和被褥捆到一起，还有几件破衣服打了个小包袱，跟行李塞到一块，一手提起所有的家当背在肩上，拉着小女儿，从后门走出了这个住了半辈子的会馆，这个他出生的地方。从此就算是要饭，也没从这门前走过。

郑大叔，我爸爸怎么不让我们住在这里啦，那我上哪住啊？姚秀敏赶快跑到账房，惊慌失措想问清楚发生了什么事。

　　这事我也不知道，你爸爸死活不愿意在会馆住了，说把房子还给会馆了。你也自己找地方住去吧。过两天我们要收拾收拾那几间房，有别人租下了。

　　那我找着地方就搬走行吗？姚秀敏见郑先生把话说死了，一时想不出办法，只好再问一句。

　　没关系，大姑娘，你再住上三五天十来天的都没关系。郑先生见到目的达到了，也就网开一面地答应了。

　　姚禄华下决心要找点事情做，养活着孩子好好过日子。一气之下带着孩子出了会馆，漫无目标地走到大街上。走到了中午带着小女儿在路边小摊上吃了一点东西，坐在那里歇歇脚。突然觉得自己都不会想事了，几十年来每个月都有几块钱的进项，这铁杆高粱吃的他从来没动过脑筋想干点什么，除了吃喝玩乐，他什么也不会干。尤其是抽上大烟之后，满脑子想的就是这一口，只要能抽上一口大烟，今天就算天塌下来他也管不着。好在还有大丫头为他支撑着这个家，不仅为他笼火做饭洗衣服的，还能在外边做点小买卖挣钱养家，根本就不让他操心。现在出了临汾会馆，他想了半天晚上住哪儿的问题，原先想找个旅馆住几天再说，可是突然意识到，这是自己身上最后的一点钱了，真去旅馆住的话，用不了几天就得花得精光，何况还得吃喝呢。

　　从来不动脑筋的姚禄华，已经不知道怎么想事。正当一脑子糨糊不知怎么办的时候，看见饭摊前来了一个和尚化缘，饭摊的老板拿了几个大铜子，交给了那和尚，和尚双手合十道了一声阿弥陀佛，转身走了。姚禄华呆呆地望着这一切，突然脑子里灵光一现，拉着女儿走向南城观音寺，他想起了那座大庙里有破败的空房，很多乞丐要饭的就住在那里，他要去找一块栖息之地，一路上他慢慢意识到，自己身上这几块钱花完之后的结果，就是与那些要饭花子为伍了。

　　没想到啊，我姚大爷有一天会破落到要饭花子的地步。这自言自语的一句话，他还觉得自己想出的这句话文绉绉的，用脑子想一想，觉得很愉快。

　　爷俩走了一下午，日头偏西才到了破庙里，姚禄华拉着女儿走进观音寺大庙，那庙由于多年没有香火早已破败不堪，观音的塑像还在金身残缺。院墙多处坍塌，除了大殿依然伫立，还有很多大大小小的房间，虽然门窗已破却没有倒塌。很多大门和窗子上的木料，早已被住在这里的乞丐们烧火做饭取暖用了。

大庙里住着一群乞丐，还有个老人是这个丐帮的帮主。

你们上这庙里干什么来了？几个小乞丐见到庙里进来两个人，围上来看了看，其中一个发问。

我现在无家可归，想到这庙里找个地方住，行吗？姚禄华实话实说，原来就直不起来的腰，现在更弯了。

房子是有，空着不少呢，不过你要住也得跟我们康帮主说一声。

行啊，贵帮主在哪间屋里呢？

你们跟我来吧。小乞丐在前面带路，姚禄华跟在后面，七拐八拐地到了一间屋子跟前。

康叔，有人找您。小乞丐站在门外喊了一声。

谁呀？请进来吧。屋里传出中气十足的话音，叫他们俩进去。

你们俩进去吧。小乞丐把门拉开，伸手向里面摆了一下，等他俩进去之后把门关好，走开了。

姚禄华拉着怯生生的姚秀珍，走进了屋子里。

你是谁呀？坐在炕上的一个五十多岁汉子，声音略有点沙哑但是很洪亮。

康帮主吉祥！姚禄华特意拉了几下衣服，又拍了拍身上的灰尘，按照旗人的礼节，进门给康帮主打千儿礼。

是我，新来的求住。姚禄华知道自己是来求人的，收起了平时吃粮不管穿的浪当劲，一本正经地回答着。

只见这位康帮主正坐在桌子旁边喝着酒，桌上摆着几盘小菜，旁边还有女人陪他喝酒。康帮主身材魁梧膀大腰圆，身上一套短打扮像是个出力气干活的人，虽然胡子拉碴，但是两只眼睛却很有神，不胖不瘦的很有点英武之气。

嗯，还挺有里有面的，你是什么人？有什么事说吧。康帮主抬头看着他上下打量着，心存疑惑，这个人看上去身体强壮不像有病，身上的穿着虽不新却也不破不烂，一张嘴就是旗人的谱，面无菜色也不是缺衣少食的人，实在看不出这位爷是何等人物。

启禀康帮主，我原是临汾会馆里的人，叫姚禄华。姚禄华按规矩先报上自己的名号，交代了自己是什么人。

临汾会馆……姚禄华……哎哟！您就是那远近闻名的姚大爷的后人

么？康帮主听了稍一思忖，忽然一拍大腿放下了酒盅，向前探着身子仔细地盯着来人看了起来。

不敢当，我爸爸是慈禧老佛爷御赐顶戴花翎的姚复臣，不过现如今临汾会馆把我挤兑出来了，我也不想再回那儿了，无房无地无银两，只好投奔您这儿，不知能否收留。姚禄华把自己学过的那点私塾和看戏时听到过的戏词，都掏出来组织成了这一套话，能说得如此清楚有条理，也算是不易了。

啊呀！快请坐啊。姚复臣姚大爷当年那可是响当当的人物啊，这四九城无人不知无人不晓，尤其是在南城这一片。康帮主站起身指示着女人离开了桌子，拉着姚复臣走到桌旁请他坐下，让那女人再拿来个酒盅给他倒上一杯酒。

来！姚大爷，刚才怠慢了，先敬您一杯酒，算是谢罪了！康帮主落座之后举起酒盅，大气地请酒让菜。

落珮的凤凰不如鸡，过去的事情您就别提了。姚禄华满脸愧色，不知如何应答。

我老家山西流落到此地，沦为丐帮也很惭愧。康帮主也为自己沦为乞丐帮帮主心中惭愧。

康帮主，我敬您。说起来我的老家也是山西，山西临汾人。姚禄华也举起酒杯，万万没想到就算是到了如今这步田地，自己还能多少沾上爸爸的光。

没想到咱们还是老乡，也难怪啊，据说京城里各大买卖家都不要本地人，只要老乡。您父辈能在临汾会馆，老家应该是山西临汾，就没错了。我听老人说你们家在会馆里管吃管住，什么都不用干也有大洋钱月月供养啊，这么好的差事您干嘛就给扔了呢？康帮主与他一块喝了几杯酒之后，把心里的疑惑说了出来，这可是在心里转了几个圈都没想明白的事情。

我们家在会馆里也不是什么都不干，只不过要干的事情的确不算多。今天会馆的那个脏心烂肺的账房，没事找事他骂了我半个多钟头，我一气之下拉着孩子就出来了，我不要他那铁杆高粱，就算饿死也不回去了。姚禄华不会撒谎说瞎话，而且这事他想瞒也瞒不住，到了大栅栏一打听谁都知道，再不要脸也得实话实说才成。

哎哟，姚大爷，您上当了。他就是再用话使劲骂您，您也不能撒手那个铁杆高粱啊。康帮主一听这话心里全明白了，在社会上闯荡这么多年，什么嘎杂子琉璃球人物他没见过，这绝对是有人故意用激将法，把这位姚大爷逼得自己离开会馆。

人有脸树有皮，说什么我也不回去了，那个蔫损坏种他不得好死。姚禄华想起自己被骂得狗血喷头的场景，心里还气得不行。

他骂您一通，让您脸上挂不住了，自己个赌气什么都不要了。他正好收回去那几间房，从此也不再给您月例钱，这是诚心冒坏水甩包袱呢，您应该找管事的说理去呀。康帮主痛心疾首地告诉他，这是上当了。

我大话已经说出去了，满院子的人都听见了，再怎么说我也是个老爷们，说出的话如同泼出去的水不能收回去，求康帮主多照顾吧。姚禄华怎么也转不出心里的这个窝囊劲，决心一条道走到底了。

姚大爷，我说一句不中听的话，您可别恼。康帮主与他慢慢喝着酒聊天，康帮主思索着也捋出了一些头绪。

没关系，您说吧。我都到了这份上，听几句难听的话有什么啊。姚禄华想到以后很可能要在这儿安身立命一阵子，人在矮檐下怎敢不低头，再难听的话也得先听着。

还行，您知道您为什么有了今天吗？康帮主发现这个人虽然落魄，但是还有点自知之明。

您说吧，我想听听您说的。姚禄华心想不就是再听一点尖酸刻薄的挖苦话么，不听还能怎么着。

您姚大爷到如今肩不能挑手不能提，跟我们要饭花子为伍了，都是您自己不要强啊，古人说，少壮不努力，老大徒伤悲，但凡年轻的时候学一点手艺，也不至于走到这地步，其实是您自己把自己个害了。康帮主从这位姚大爷的身上，再一次看见了古训里的真理，感慨万千。

康帮主说的有道理，可是道理归道理，谁能把明白的道理都做好了呢，您这么有本事的，不是也混到了这份上了。姚禄华也明白这个道理，心理有点不服气。

我是因为杀了仇人跑官司，逃出来的。年轻时有一身木工手艺，凭本事花力气走到哪儿都有饭吃，但是有人趁我不在家，仗着有钱有势，抢走了我老婆还杀了我父亲。杀父之仇夺妻之恨不共戴天，我如果忍气吞声留着他，早晚自己把自己气死。杀了那个恶人之后，我远远地逃走了，依然干我的木匠活挣钱养活自己。可是我再也没成家，生怕万一官府把我抓着了，就害苦了跟我的女人。既然没有儿女没有家，就四海为家。如今老了干不动什么了，就指着眼目前这几个小崽子养活我了，也是没想到的事。康帮主瞥了他一眼，知道此人已经无药可救，为了镇住他心服口服，就把自己的身世夸大其词地说了一遍。

原来，康帮主乃一世豪杰，佩服，佩服！姚禄华没料到康帮主还有这么一段英雄豪杰的往事，打心眼里佩服。

要是从你们家老爷子那里说起的话，也算是忠义两全的英雄好汉，谁提起来都得挑大拇哥。可是到了您这怎么就成了大烟鬼，又倾家荡产了呢？万贯家财还有铁杆高粱的主，身不动膀不摇就能吃喝不愁，居然混到我们要饭花子的队伍里来了。康帮主对姚家的事情知道的并不是很全面，见到姚禄华面带惭愧，就把他的老底揭开，让他知道自己在这里的地位。

唉，一言难尽，我的确是没什么出息的俗人，虽然我见的人也不算少，像您这样的大侠、英雄好汉，真没见过几个。姚禄华本身就不是个要脸面有志气的主，被康帮主几句话压下来，赶紧说好话奉承着康帮主。

你还别说，在咱们这个破庙里，就有几个因为抽了大烟倾家荡产，落到了这个地步。甭管因为什么，您姚大爷既然到了这儿，咱们就是有缘啊。看在您老爷子的份上，有什么事您说话就行，只要您言语一声，我绝不含糊。康帮主见到姚禄华已经服软了，也就不再咬着不撒嘴，说了几句冠冕堂皇的话。

我离开会馆能遇见您这样仗义的朋友，就是我命不该绝。我借贵方一块宝地再混些日子，麻烦大侠帮我找间能落脚的房子吧。姚禄华赶紧再找几句奉承话，哄得康帮主露出喜色，接着把自己的要求提出来。

您敬我一尺我敬您一丈，既然姚大爷看得起我，这个忙我帮了。三狗子，你们几个挤一挤，腾出一间好点的房子让给姚大爷住，麻利儿的。姚禄华最后的几句话让康帮主很受用，喊过来一个小跟班似的半大小子，说完冲三狗子一挥手，三狗子答应一声转身出去了。

我初来乍到，多有打搅，这一块钱不成敬意，还请康帮主笑纳。姚禄华马上掏出一块大洋，双手捧到康帮主眼前。

姚大爷，这可能是您身上最后的一点家当了吧？我虽是个要饭的，可真不差这一块钱，您还带着个孩子，今后的日子长着呢，自己个留下省着点花吧。康帮主轻蔑地微笑了一下，又把他的老底揭了一回。

多谢康帮主大恩，今后若有翻身之日，容当后报。姚禄华只当没听见话里的刺，再次用戏词表示感谢。

看你是刚开始走上这条道的，也告诉你一个地方吧，顺直门有一家外国人开的舍粥铺，天天儿老早巴早的就有人排队等舍粥。起个大早到那就能打来一碗粥喝，去晚了就没有了。因为舍粥的掌勺老爷们，打粥的不一视同仁，他们看人下菜碟，看见女人就给得多一点，所以有人编了歌谣笑话他们。火车一拉鼻儿，粥厂就开门。小孩给一点，老太太给粥皮儿，擦胭脂抹粉的给一盆儿，哈哈……康帮主喝着小酒，绘声绘色地讲起顺直门的舍粥铺。

多谢康帮主，我知道了。姚禄华再次表示感谢，他没想到这个帮主对他还这么关心。其实康帮主也是闲得没事，破庙里突然来了一个人，就想多说几句跟他聊天解闷。

乞丐小跟班，进来说腾出了一间门窗都在的屋子，康帮主让他自己去收拾一下，姚禄华道谢之后，跟着那个小跟班去了那间屋，进去之后连声道谢，给了小跟班十几个大子，算是谢谢他们几个小哥们，小跟班欢天喜地的道谢走人，临走之前还客气地说了一声，以后如果姚大爷有什么事就吩咐。

小跟班出去之后，姚禄华看了一眼空荡荡的屋子和光板土炕，走出去到处蹚磨，还真让他找出了两块破炕席和几张稍微大一点的烂纸。回到屋里用破炕席和烂纸对付着铺到土炕上，解开绳子再把被褥也铺到炕上，把铁锅放到了柴灶上。他脱下鞋一转身躺倒在土炕上，他不知道今后的日子怎么过。

指使着女儿在屋里的破缸中舀出来一点水，又让她到外边找了一些树枝柴火，用火镰点着了几块小柴火，铁锅里烧了点开水，这才起身就着热水吃了几口剩窝头，姚秀珍吃完累得倒在炕上就睡觉了。晚上的蚊子把姚禄华咬醒了，起身拍打了一阵子，又浑身上下挠了半天，实在没办法只好到外边找了几棵蒿子秆，团起来扔到灶坑里，灶坑里的余炭把蒿子秆烤出了一团团的烟雾，烟雾把蚊子熏得少多了，他困极了才睡着。

从某种程度看来，姚禄华还算是有点骨气，要些脸面的人物。如果他真是一个没脸没皮、没羞没臊、没气没囊、没心没肺的一个人，别说郑先生，就算再来几个郑先生、歪先生，对他也没辙。就像俗话说的——没脸没皮，天下无敌。

爸爸，我饿了，咱们吃什么啊？第二天早上姚秀珍饿得不行了，对姚禄华怯怯地说。

哎，走。姚禄华没有当乞丐的经历，既然到这份上了，硬着头皮带着女儿走出破庙的大门，虽然头天已经知道了顺直门那儿有舍粥铺，但是他从来没有早起过，睡懒觉到日上三竿，已经成了他的生活习惯，所以早起到舍粥铺排队打粥，根本不在他的想法之内。

走到街上开始要饭了，姚禄华却喊不出来。不知怎么回事慢慢地又走到了离大栅栏不远的地方，坐在一个台阶上对小女儿说，你去把你姐姐叫出来，让她带一点钱啊。

姚秀珍点了点头走向临汾会馆，进去之后找到了姐姐姚秀敏，跑过去抱着姐姐就哭了。姚秀敏看见妹妹哭成了一个泪人，也难过得抱着妹妹哭了。

二妹，你们昨天晚上住哪里了？爸爸呢？

我也不知道住的是哪儿，好像是个庙里，爸爸让你带点钱去找他，就在胡同口呢，你快点去吧。

好，你等着。姚秀敏找出来仅有的十几个大铜子，拿起一个装着两个贴饼子的布包，拉着妹妹走出了会馆。在隔一条胡同口见到了蜷缩在那里的爸爸，不由得摇了摇头走了过去。

爸！姚秀敏轻轻地叫了一声，看见他不知从哪儿捡了一顶破毡帽，上面的土都没掸干净，遮挡着大半个脸，没想到他还要点脸面。

嗯，大丫头，你给我点钱吧。姚禄华没敢抬头，轻声地对女儿说话，他是真怕在这碰见熟人，人生第一次这么不敢抬头。

给您，我就这么多了。您手里还有刚领来的八块钱吧，千万留点后手，万一没钱的时候急用，再花这些钱。姚秀敏千叮咛万嘱咐的，想让他爸爸知道怎么过日子，就那点钱得省着花。

是啊！谁知道今后会遇见什么事呢，有了难处不能一点钱也没有啊。姚禄华慢慢地伸出手，接过女儿递过来的钱，揣进怀里。

您要是还抽大烟，这点钱用不了多久也就烧没了，戒了吧。姚秀敏看见自己的亲爸爸到了这个地步也很心疼。

戒不了啦，我尽量少抽一点，也给你减轻一点累赘。姚禄华说着站起身，但是没敢抬头，夺拉下来的帽檐遮盖着大半个脸。

您现在住哪儿呢？要是有什么事，我上哪找你们去？姚秀敏赶紧把自己一直担心的事说了出来，她实在不知道哪里还能有收留他这个爸爸的地方。

南城外的观音寺破庙里，人家给我腾了一间小房子，现在秋天还过得去，过些日子你得帮我把窗户找点纸糊上，冬天就能住人了。姚禄华从来都是混日子，过一天算一天的主，眼目前竟然都想到了冬天怎么过，这可是连他自己都没想到的事。

嗯，我记住了，还有好些活呢，我回去了，您把铁锅都拿走了，我也没法做饭，这是买的两个贴饼子，先给你们吃，有事您再来吧。姚秀敏把两个贴饼子交到妹妹手里，低下头看了看妹妹也实在没办法。再过些日子还不知道自己住到哪儿去呢。转身走回会馆，低着头觉得很丢人，不禁泪流满面。

姚禄华看了看手里的钱，带着小女儿走到大烟馆买了一个烟膏，小心翼翼地放进怀里，回到了庙里的那间房，迫不及待地抽起了大烟。小女儿还在慢慢地啃着贴饼子，就着一碗凉水吃光了之后爬上土炕，捡了一块小石头在炕上玩，玩了一会儿就躺倒睡着了。

姚秀敏想了半天也不知道自己能住到哪儿去，只好找到大姨，把家里发生的事情大致说了说，大姨先是吃了一惊，问清原委之后想了想，让她搬到自己楼上的小阁楼住着，有了这个能安身的小阁楼，再靠给被服厂锁扣眼，还能挣点钱养活自己个。

姚秀敏跟大姨说，家里还有不少刚拿回来的活，在炕上堆成了小山，把这几批衣裳的扣眼锁完了，才能搬到大姨的阁楼上去，要不然小阁楼上也放不下那么些衣裳。

姚润生除了睡觉基本不在会馆里，有事了就跟几个小伙伴一块干活，偶尔回哥哥家吃一顿蹭饭。这天回到临汾会馆，听说哥哥已经自动放弃了在这儿工作和居住的权利。站在院子里发愣，最后低头默默地走出了院子。

修好的老爷、太太，给口吃的吧。进城之后，姚禄华看见那比较整齐的家门，就在外面喊几声。门开了，出来一个男人冲他们喊，滚，滚得远远的。大清早就有要饭的叫门，真他妈晦气。姚禄华赶紧带着女儿走开了。

修好的老爷、太太，给口吃的吧。又到了一家，姚禄华壮着胆子喊了几声。里面出来了一个中年妇女，手里拿着半块贴饼子，给你，赶紧走吧。哎，你这么身强力壮的，怎么也要饭呢，干点什么不行啊？

太太。谢谢您的大恩大德。姚禄华边作揖边为自己找辙，我没能耐，什么活也不会干。看着身子骨不错其实我有病，干不了活啊。

你有病啊，那赶紧走吧。听他说有病，赶紧捂上自己的嘴，脸上现出厌恶的表情，另一只手往远了轰他们。

女儿拿着半块贴饼子，忍不住吃了好几口。看见还剩一小块了，姚禄华一把抢了过来，你就知道自己吃啊，给我留一口。

我还饿着呢？女儿根本就没吃饱，眼泪汪汪地看着他说。

待会要着了再给你吃。姚禄华一边往嘴里塞着那小块贴饼子，一边嘟嘟囔囔。

嗯。女儿看着那块贴饼子进了爸爸嘴里，也只好忍着。

修好的老爷、太太，给口吃的吧。走到一家门前，姚禄华又喊了几声。

滚蛋，我们家还吃不上呢，哪还有给你们吃的。滚蛋！姚禄华听见里面有人喊，赶紧拉着女儿走开了。

修好的老爷、太太，给口吃的吧！又见到了一家房门比较整齐，姚禄华开始喊着，喊了几声之后，看见门开了。一个男人倚着门框站在那里，嘴里叼着一根烟卷。要饭哪？这么着吧，把你这闺女留下给我当小使唤丫头吧，我给你五块大洋，够你吃一个月的了。

老爷您修好，我虽是穷要饭的，但是不卖闺女。姚禄华这口气显得硬了。

吆嗬！一个臭要饭的，口气还这么硬啊？给你十块大洋，行不行。

闺女，咱们走。姚禄华赶快拉着女儿走开了。只听得后面传来那人哈哈大笑的声音。

走，今儿个看来不好要啦。姚禄华想了一想，咱们上你二姑妈那儿要点去吧。拉着女儿，走向姚舜华的家。

姚舜华到了二十多岁，才找了个姓安的裁缝出嫁了，住在东四牌楼附近的钱粮胡同，也有了个闺女。因为手艺好揽下了几家大买卖家的服装制作，还雇了两个伙计，日子过得比一般人家强一些。

姚舜华两口子都在忙着做服装，听见弟弟带着小女儿到家里来了，姚舜华把姚禄华爷俩迎进屋来，闻着姚禄华身上那股酸臭味，后退一步捂着鼻子挥了挥手，一问才知道一家人都被赶出了会馆，他们爷俩住到城南观音寺，现在没饭辙了满大街要饭呢。听到这儿大吃一惊，想问个仔细，却见姚禄华支支吾吾地说不出一句整话，似乎有难言之隐。姚舜华听了半天，气得也不知说什么才好，也怕这个抽大烟的弟弟沾包癞，就拿出了几块大洋交给他，带他们到厨房里从大锅里盛出一碗菜，给了他们一人一个贴饼子又用一块布包上几个贴饼子交到他手里，让他们吃点东西就走，想着尽快把他们打发出了门，转过身去才算是喘出了一口气。

爷俩就着菜吃了贴饼子，姚禄华趁没人把锅里剩下的几个贴饼子都揣到大衣襟里，弯下腰带着姚秀珍赶紧出了院子门。他手里有了钱，心里又有了底气，脑子里的第一件事就是盘算着上哪抽一口。左看右看的寻摸着大烟馆，找到大烟管之后一头钻了进去，把数出来的铜子往柜台上一拍，抓起柜台伙计甩过来的烟膏，找到烟榻上的一个空地，把自己往烟榻上一扔，熟练地拿起烟枪点上火，迫不及待地抽了一大口，闭上眼睛闷了一会儿，半天才睁开眼睛喘了一口气。姚秀珍跟在后面也进了大烟馆，也知道这时候她爸爸根本就顾不上她了，只好一声不吭地在门口玩。

等到吃中午饭的时候，姚舜华听伙计说所有的贴饼子全都没了，心里明白了怎么回事，只好吩咐下去到街上买几个贴饼子，对付过去了这一顿饭，心里烦闷得不知如何是好。

过了没几天，姚禄华懒得满大街要饭，也觉着没法张口喊那几句话，厚着脸皮又来到了姚舜华这个姐姐家。

大奶奶，您那位兄弟来啦，怎么办呢？一个小徒弟小心翼翼地问。

唉！怎么摊上这么一个兄弟啊？给他带到厨房去吧，看看有什么，让他吃饱了，再给他带上一点，然后让他走，真给我丢人现眼啊。

那您不去看看他们啦？小徒弟怕失礼，那毕竟是大奶奶的亲兄弟啊。

不看还好一点，看见他们更堵心。姚舜华用眼睛瞥了那门房一眼，心说，这人怎么这么不懂事啊。小徒弟看见大奶奶的眼色，赶紧走了出去，带着那父女俩去厨房吃饭。

大奶奶说了，让你们吃完饭，再拿几个窝头走。这几天活忙，她就不来见你们啦，你们自己走吧。

是，是。姚禄华心里明白，这是二姐烦他们了。不麻烦你们大奶奶了，我们这就走。看见小徒弟说完走了出去，拿起旁边的一个篮子，回手把一个大铜水舀子塞进篮子底下，抓了几个窝头放在上边，然后拉着女儿离开了这里。

到了做饭的时候，伙房大师傅让人来报告姚舜华。

大奶奶，大师傅说，那个大铜水舀子找不着了，问您怎么办。

给，拿着钱去买一个铁皮的水舀子，赶紧做饭。姚舜华递给伙计几个大铜子，心里明白准是姚禄华给偷走了。除了吃饭姚禄华还得抽大烟呢，谁让自己忘了给他一点钱了，气的她恨不得打自己几个嘴巴。

姚禄华出门没走多远，就把大铜水舀子送进了当铺，一边低头数着手里的几个大铜子，一边又找着最近的大烟馆，这是他生活中最重要的内容。

这一年的冬天来得特别早，姚秀敏抽空把姚禄华和妹妹住的那间屋子糊上了窗户纸，没几天就下了头场雪，冬天猝不及防的就到了。

姚禄华常来姚舜华的家里要饭吃，姚舜华嫌他丢人现眼，一手叉腰一手指着他开骂。

我告诉你啊，你虽然是我兄弟，我也没有养活你的义务。爸爸留给你永辈子吃不完的铁饭碗，你干吗不要了啊？你把那铁饭碗扔了，就老上我这吃来是吧，拿我这当成铁饭碗了是吧，吃了喝了还让你点带走，你还没够，你还逮着就拿，一眼看不见你就偷，就算你是当兄弟的，也不行。我愿意，那还有你姐夫呢，他不愿意我也没办法。你就这么没出息，给我们丢人现眼，谁愿意有这样的亲戚啊。要是亲戚都像你这样，我们的日子怎么过啊？你赶紧走吧，死活都别来了，你还有个大闺女呐，去找你闺女去，老死缠着我干什么啊。

干脆就叫人把他抬出去，扔在外面的雪地上，把大门关上，一点吃的东西也不给他。

大门吱扭地响了一声，有人打开了一条门缝，从里面扔出来了两个贴饼子，姚秀珍赶忙跑过去捡起来，拍打了几下上面的灰土和雪花，迫不及待地咬了一口，把另外一个递给了姚禄华。姚禄华接过贴饼子也在上面咬了一口，从地上爬起身拉着女儿，慢慢走回观音寺。

姚禄华带着二女儿，要着饭了就吃一口，要不着就去找姐姐家蹭一顿，捎带着偷一点什么，懒得要饭就到路边饭摊吃一顿，无论什么时候也戒不下那口烟，所以没多久那几块钱就花得精光。

⓵③
死里逃生

姚禄华姚大爷被临汾会馆赶出去的事，很快就传遍了大栅栏以及周围的大街小巷，各种版本在人们口中变着花样，成了茶余饭后的一件趣事。

大姨到了电影院见到蔡朝武就把他叫过来，告诉了他临汾会馆发生的事，姚家被赶出了临汾会馆，姚大小姐一直在做锁扣眼的针线活，知道今后的收入只能靠自己了，就接受了几个裁缝铺缝扣眼的活，一件衣服也就五个扣眼，活不算多可衣服却太占地方，堆满了一间屋的大炕。姚大小姐勉强留住了一个多礼拜，忙完了这些针线活只能离开临汾会馆，过几天就要住到了她家阁楼上。蔡朝武听了大吃一惊，没料到就这么几天不见，竟然发生了这种事情，他觉得自己应该好好想一想。把准备工作干完了，坐下喝了几口水想着姚秀敏。想了几天之后，终于下定决心走进了经理室，鼓足勇气求助陆经理。

陆叔……我的事还得您给做主，您看行吗？蔡朝武说完两眼紧盯着陆经理，生怕这个他唯一指得上的长辈，不愿意再帮他。

朝武，有什么话你就直说，甭管大事小事，能帮我一定会帮。陆经理为人也很爽快，这几年蔡朝武在这里的工作表现和为人处世，都让他很满意。

这些日子我看准了一个姑娘，想请您给提亲。蔡朝武听陆经理这么一说，赶紧把想好的话说出来。

那好啊，跟叔说说，看上谁家姑娘了，长得怎么样？也赖我这些日子瞎忙，一直也没想起给你找媳妇的事。陆经理早已把他看成了自己的孩子一般，听见这话很高兴。

离得不远，也常来咱们这看电影的那个姚大小姐。蔡朝武赶紧上前一步，满怀希望的看着陆经理。

这姑娘我知道，他们家可是咱们大栅栏几辈子的老住户，早年间他们爷爷辈名气不小，不过这些年家道败落，两个儿子没有一个争气的，大的抽大烟，小的游手好闲混饭吃。虽说这闺女不错，人长得挺好也勤快，会过日子还挺外场。可是他这个家你沾不得啊。就她那个抽大烟的爸爸，绝不是省油的灯，也不是好剃的头，将来就能给你拖累死。这一家人的名气太大了，满街的买卖家、平民在这个街面上，谁不知道在大栅栏有个姚大爷家，想当年是荣耀无比，现如今是臭了大街啊。陆经理一听是姚大小姐，心里就凉了半截。

这我都知道，我也去过他们家。蔡朝武见到陆经理气息沉重，脸上也失去了笑容，知道此事有了麻烦。

所以我劝你找一个好人家的女孩，别找这样大烟鬼家的。陆经理语重心长地劝说着，生怕蔡朝武不把这事往心里去。

他爸爸抽大烟，她不抽啊，我就想把她从那个家里救出来。蔡朝武打心里喜欢那个年轻活泼身材娇小又俊俏的女孩，语气坚定地说出了自己的想法。

我跟你说了这么多，就是提醒你一下，也是为你好。见到蔡朝武听不进去自己说的话，抬起手指着他的脑门，强调着自己所言的重要性。

我知道您是为我好，可我就是看上她了，何况现在他们家让会馆赶出来了，她都没地方住了，您就帮帮忙吧。蔡朝武赶紧语气放软，低声下气地央求着。

既然你一条道走到黑，我也就不说什么了。她那个爸爸……唉！别提了……要是换一个好人家，我什么都不说，立马就帮你说和去，可那个家简直就是个无底洞啊。陆经理尽了自己最大的努力，想让他放弃这个女孩，免得成家后再惹出无尽的麻烦。

没您说得那么厉害吧，您试试去。蔡朝武见到陆经理口气有了缓和，赶紧再次央告着。

行！明儿我就去，点心匣子钱我出了。我好话说尽，你不听劝，将来有什么雷就自己个顶着。陆经理不禁摇了摇头，然后指着他的脑门点了几下。

我顶着，我顶着。这是一块钱，您看着买一点，是那么个意思就行了。既然陆经理答应了给自己去提亲，他赶紧掏出一块大洋钱，双手递到陆经理手里。

　　陆经理最后指点了他几下，接过钱放到桌子上，虽然不再说什么，可是看出脑子里在琢磨着这件事，最后对蔡朝武点了点头。

　　你还别说，姚家大姑娘在咱们这方圆十里八里的地面上，真是数一数二的好姑娘，就连她母亲也是个百里挑一的美人。想当年他母亲刚嫁到老姚家，惊动了整个大栅栏几条街。只要她母亲走到街上，周围的老少爷们谁不盯着多看几眼啊。回忆起当年的情景，陆经理的脸上出现了一点笑容。

　　陆叔，您可真逗，这多少年前的事了，您还记着哪。蔡朝武顺口搭音地跟陆经理聊起来，手底下也不闲着，赶紧给陆经理杯子里续上一些开水。

　　可不是么，那时候我跟街上的年轻人一样，也是没事就到临汾会馆门口溜达几个来回，老想看看新媳妇，就跟着了魔似的。说起自己当年想偷看人家媳妇的事，多少还有点不好意思，脸上泛出一片红晕。

　　哈哈！陆叔您真没羞。见陆经理脸上有点红，蔡朝武被逗得笑出声，忍不住全身乱颤。

　　小子，这你就不懂了。陆经理脸上的红晕还没下去，喝了一口茶之后，不由得教训起这个孩子。

　　我有什么不懂啊，您老惦记着人家的新媳妇，就是没羞没臊。蔡朝武心里觉得太可笑了。

　　说你不懂还不服气，我告诉你说啊，老祖宗留下的话有讲究，这叫作"百善孝为先，当以心论，若以迹论，则人间无孝子；万恶淫为首，当以迹论，若以心论，则天下无好人。"陆经理咬文嚼字地说出了这么一句话，一边说还冲着蔡朝武直点头。

　　这话怎么讲呢？这可是蔡朝武从来没听过的，赶紧正色认真听陆经理的教导。

　　先说"百善孝为先，当以心论"，孝顺父母，只要心里总惦记着父母，尽自己的努力去孝顺就成了。要是用行迹相比，你给父母一块钱，别人给父母十块百块，是不是就说明你不孝顺了呢？就算是一块钱，那也是你用血汗挣来的，尽了自己的一份力去孝敬父母。别人哪怕是给父母买房子置地，那是他们有本事，也不能说你就不孝顺了。陆经理从头到尾把这个道理讲给他听，慢条斯理娓娓道来，一是要讲清道理教育后人，二是把很多人心中的那些歪理正过来，其三多少也有点显摆的意思了。

　　您说的对，是这么回事。蔡朝武不仅听明白了这段话，暗暗告诉自己以后多向这位阅历丰富、学问深厚的长辈请教。

再说"万恶淫为首，当以迹论。"男人看见漂亮女人都愿意多看两眼，同样，女人也喜欢看帅气的美男子。看见了就不免有想法，无论怎么想只要没付诸行动，也就是没有行迹，那就没什么关系。谁非要说心里有想法就错了，可就天下没好人了。陆经理见到蔡朝武如此认真地听自己的话，抬高了一点嗓门，继续说着自己对这条古训的看法。

您真有学问，说得真对！蔡朝武满脸严肃地频频点头。

这是咱们老祖宗说的，不是我说的。陆经理觉得孺子可教，很满意地把话收回来，着实的显摆了一把，使得自己的形象高大了不少。

我明白了，那我明天晚上来找您。蔡朝武的脸上表现出无比敬仰的神情，收住话头准备告辞。

就这么着了。陆经理向他点了点头，指了指自己的茶杯。

谢谢陆叔！蔡朝武心领神会的马上再次把茶杯里续上开水。

哎，知道那位姚大爷现在住哪儿吗？陆经理想起这件事，追问了一句。

打听着了，在城南的观音寺大庙里，真给您添麻烦了。蔡朝武觉得给经理添了不少麻烦，怪不好意思的。

甭跟我客气，该干嘛干嘛去吧。拿起茶杯喝了一口之后，假装皱起眉头显出不耐烦的意思，向着蔡朝武摆了摆手轰他出去。

得，我走啦！蔡朝武冲着陆经理连连作揖，转身出门蹦起老高揪下了一片树叶，又往天上一甩，他好久没这么开心了。

陆经理再一次为蔡朝武上门提亲，到了南城的观音寺破庙里，提着一个点心盒走了进去，找到姚禄华的住处。

陆经理敲了敲门问了一声，姚禄华先生住这吗？

您请进。姚禄华这屋里从来没人造访，所以先是愣了一下，然后把又脏又破的衣服抻了抻，趿拉着鞋打开门，把陆经理迎了进来。

姚大爷，您好！我是大栅栏同乐电影院的经理。陆经理还用老称呼，这样也许就能拉近一些互相之间的关系。

经理，您坐，找我有什么事吗？姚禄华用衣服袖子擦了擦一把破椅子，示意请陆经理坐下。陆经理把点心包放在桌子上，然后拿出在来的路上买的一份报纸垫在椅子上坐了下来。

姚禄华住的这间屋子，除了炕上的一堆破被褥，没有什么更值钱的东西了。屋里又脏又乱，二丫头因为天冷没出去裹在被窝里，看着进来的人也不明所以，这二人很长时间不洗澡，也没有换洗的衣服，这屋里一股难闻的气味，呛得人无法呼吸。陆经理掏出手绢捂在鼻子上皱着眉头，缓了口气赶紧说话。

我们电影院的小伙子蔡朝武没有父母和什么亲人，抬举我做他的长辈。您的大小姐和他相好的事，想必您也知道了，我就是来替他正式向您提亲的。要是没什么问题，就尽快定下这两个孩子的亲事，让他们成家过日子，也了了咱们老辈人的一桩心事。您说是吧。陆经理直截了当的说明了来意，就想尽快地走出这个臭气熏人的屋子。

朝武我知道，见了几次面这小伙子不错，就是穷一点，他娶得起媳妇吗？姚禄华一听是提亲的上门了，立刻拿出当家人的派头，可惜破衣服和破屋子没有给他长一点脸。

朝武在我那干得不错，现在已经是堂头了。只要这个电影院还在，只要我还是经理，这孩子的事我就能管一半，他结婚的费用我也会帮助他一些。再说将来的日子还是要靠他们自己过，只要人好，那日子就差不了。陆经理把自己在路上想好的说辞，赔着笑脸讲明白，希望能说动这个女孩的父亲。

他人好不好的跟我也没多大关系，只要闺女愿意跟他过日子就行。姚禄华对于这样的事，早就不往心里去了，闺女跟谁他不再考虑，他只想着怎么给自己弄点钱呢。

这么说您是答应了，那我就张罗着帮他办婚事了。陆经理有点不太相信自己的耳朵，事情能这么痛快就成了么。

这就办婚事可不行，他将来把日子过得怎么样，那是他自己的事情，我也管不了。可是陆先生您也看见了，我的日子过得不宽裕，把闺女拉扯长大了就拍屁股嫁人可不行。姚禄华慢条斯理地把自己的想法交代出来，但是还留了一点面子，没直接就要钱。

您是说要彩礼对吧？您说个数，只要是能拿得出来，就没问题。陆经理早已料到有这么个内容，也就不多不善地把话挑明了。

那我就说个干脆的，至少一百……嗯……一百五十……不行，怎么也得拿二百大洋来，只要把二百大洋拍给我，他们爱什么时候结婚就什么时候结婚，我就不管了。拿不出二百大洋，就让他找别人家便宜姑娘去。姚禄华也不想在这个问题上扯皮，说出了他能想到的最大数目，自己也吃了一惊。

这年头二百块大洋可不是个小数目，他一小堂头哪拿得起啊，甭说二百，二十他也拿不出来，您就不替孩子想一想吗？如果跟人借出这么多钱来，将来的日子他们怎么过啊？陆经理也吃了一惊，没料到他竟然狮子大开口要这么多钱，皱着眉头想劝劝他，给儿女日后的生活留条路。

那我不管，有钱就娶媳妇，没钱就想辙去，甭跟我这打马虎眼。拿出二百块钱来，我就把闺女给他，没有钱就滚蛋。姚禄华想既然已经把话说出去了，绝对不能服软，谁让他是我的闺女呢。

我们也理解您现在的处境，但请您就少要几个彩礼，为他们将来的日子着想吧。陆经理已经找不出什么理由了。我为他们着想，谁为我着想啊，一个大子也不能少。陆先生您请回吧，我这不管饭了啊。姚禄华也觉得没脸再说什么，只好把死猪不怕开水烫的无赖样子拿出来了。

得，我这就走，回见。陆经理气得一句话也说不出来，对于这种无赖大烟鬼他也不知道怎么对付，只好起身回去。

您慢走，不送。姚禄华瞥了陆经理一眼，心里说，我就这样了，混一天算一天。

陆经理出了门，赶紧拿开鼻子上的手绢，深呼吸了几口新鲜空气，回头看了一眼那个屋子，不禁长叹一声摇了摇头。

回到同乐电影院看见朝武早已等在门口，离着老远就挥挥手让他进了经理室。

陆叔，您喝口水。……事情说得怎么样啊？

怎么样？我早就跟你说过，不能要大烟鬼的闺女，你不听啊。好家伙，还没进屋就能闻见那屋里的味，馊风臭出八十里，进到屋里那个味儿，差点呛了我一个跟头，喘了口气差点没把我呛死，是个人都过不了那样的日子。陆经理摇着头一百个不理解，绝对没想到这是英勇神武姚大爷的后代。

他爸爸不愿意啊？蔡朝武没听明白陆经理的话，他只想着到底说通了没有，那位姚大爷愿不愿意把闺女嫁给他。

说把闺女给你没问题，可开了个价钱，只要你拿出二百块大洋，他就让你把闺女娶回家。陆经理坐到椅子上，喝了一口蔡朝武给他倒的茶，说出此行的结果。

要二百大洋？我上哪找这么些钱去啊？蔡朝武一听二百大洋，立刻傻眼了。

陆经理接着说，他真正是穷疯了，他没钱给闺女准备嫁妆也就算了，要彩礼也可以理解，一张嘴就要这么多，简直就是卖闺女呢，要我说你还是找个好人家女孩吧，这家人惹不起、沾不得。陆经理一边发牢骚一边劝解着。

这可怎么办呢？唉……蔡朝武自言自语的犯愁了。

朝武，我为你提了两次亲，都因为你是穷小子，所以人家不答应，我想起来一首诗，早年觉得有意思抄录下来的，拿给你看看。陆经理从抽屉里取出一个本子，找出当年抄录的这首诗让朝武看。

蔡朝武拿过来一看，自己从来没见过这样的诗。第一行是一个字，以下每一行都比上一行多一个字，一直到十个字之后，又每一行少一个字。

钱

圆圆

在世间

力大通天

事事它当先

谁见谁红眼圈

一锱一铢打算盘

道德名誉丢在一边

如狼似虎的争夺利权

得一步进一步总没个完

叫我看这都是糊涂蛋

人之一生居住吃穿

自有大道在眼前

用不着强钻研

惹下些祸端

争下万千

一盖棺

散烟

完

陆叔，这叫什么诗啊？蔡朝武满脸不解地问。

这叫宝塔诗，宝塔诗也有好几种，但是这首宝塔诗有意思，下边的字数是越来越少，最后的结果居然像水里的倒影。当时只觉得这首诗好玩有意思，后来再看这诗的内容，还真是那么回事，他把钱的事情写透了。

蔡朝武用纸把这首诗抄了下来，反复看着体会着。

二百大洋，天哪，上哪能找到这些钱去呢？把抄好了诗的那张纸保存好之后，蔡朝武又想起了那两百块大洋的彩礼，一阵阵脑子发蒙，回到自己屋里，把自己扔到床上，感觉浑身一点儿力气也没有。

姚秀敏从大姨嘴里知道了这个事，想了好久也不知道怎么办，于是去找吴刘氏，让吴婶去劝说一下这个不争气的爹。吴刘氏听说这事气得脸上发白，浑身颤抖着拍了一下大腿，抬脚出屋扭着小脚，来到南城的破庙里，找到了姚禄华。

姚禄华你可真有本事，你这回可出息大了，整个大栅栏没人能比你更丢人现眼。蔡朝武是多好的孩子，咱们闺女跟了这么一个正经男人过日子，这是打着灯笼也难找的事情啊。你一张嘴跟人家要二百块大洋，你是人吗？你这不是聘闺女，是要把闺女卖了，你真不要脸啊，这样的话你都说得出口。像你们这样的男人，我可是看透了，跟我那个大烟鬼男人绝对是一个模子刻出来的，要多没出息有多没出息。吴婶见了姚禄华气就不打一处来，指着他的鼻子就一通臭骂。

我凭什么说不出口啊，我把闺女养大容易吗？姚禄华等她把话说完了骂够了，摆出一副无赖至极的劲头。

闺女是你养大的，可也为你干了这么些年的活了，伺候了你这么多年，临了你要把她卖二百大洋，有你这样的老家儿吗？呸！我都替你丢脸。吴婶指着姚禄华骂不停口，最后向着地下狠狠地吐了一口。

不管怎么说，我是他爸爸，我现在没钱，他要我闺女就得给钱，你有千条妙计我有一定之规，要钱。姚禄华不慌不忙地摇头晃脑。

你要是就这么一条道走到黑，我就去衙门里告你去，告你图彩礼卖闺女。吴婶实在没辙了只好说要告状，看看他害不害怕。

你爱上哪告上哪告去，闺女是我的，又不是你的。我也跟你说句实话，韩家胡同"庆元春"那是一等院子吧，听人说是李尚书亲笔写得匾额，李尚书是朝廷一品大员，绝对不是普通窑子，老鸨托人带过话来了，只要大丫头能到她那去，马上拍给我二百大洋钱。我知道那不是正经女孩子该去的地方，可是我现在什么都没有，没吃没穿也没地方住，还得养活着二丫头，这会只有大丫头能挣点钱了，我不指着她指着谁？姚禄华把自己琢磨出来的理由，一股脑说了出来。

那你也不能卖闺女啊，那是你的亲闺女。你有本事拍出二百大洋，我闺女就是你的了，你把她给谁我都不管，我现在就要钱，圆乎脸一抹长乎脸，今儿个就是今儿个，我豁出去了。姚禄华心想既然已经闹到这份上了一定不能松口。

跟我要狗怂脾气是吧，缺德带冒烟的东西，越看你那个赖叽叽的样儿就越生气，你可真够臭不要脸的。吴婶指着鼻子使劲骂他。

我让自己个儿的闺女养活我，怎么就不要脸了。不管男孩还是女孩，长大了都得养老人对吧，她要嫁人别的我不说，我这穷得什么都没有，也不是说瞎话蒙人，我也没非要住他们家让他养活我，跟他要点钱怎么了，我就要钱，怎么着吧。姚禄华一看吴婶也没词了心中暗喜，他感觉又挺过去一关。

算了，吴婶，谁也说不了他，一辈子没出息也就这样了。姚秀敏小声地劝着吴婶，生怕这个好心的老太太被自己这个没出息的爸爸气坏了。

嘿！这样的老家儿真少有啊。吴婶气哼哼地走出了屋子，姚秀敏站在一旁眼泪。

我告诉你说吧，还是那句话，不拿出二百大洋那个穷小子别想要你，我认准了就要钱，没钱死活我也不答应，你就是当了窑姐我还能拿着钱呢。姚禄华看见姚秀敏躲在一边掉眼泪，一点儿也没心疼。

我没钱，他也没钱，我非要嫁给他不可。姚秀敏见到这当爹的怎么也说不通，把自己想好的话喊了出来。

我叫你跟我顶嘴，刚长大就想气死我啊！姚禄华瞪着眼睛一步走到姚秀敏跟前，抡圆了一个耳光打在她脸上，姚秀敏眼前一黑晕了过去。姚禄华一看把人打晕了，悻悻地走到屋里睡觉去了。

吴婶听见屋里打人的声音，进来一看姚秀敏被打倒在地上，赶紧把她扶起来抚摸前胸拍打后背，嘴里不停地叫着她的名字。

不知过了多久，姚秀敏慢慢醒过来，发现自己躺在地下，半边脸还疼得发麻，用手一摸有血。自己挣扎着爬起来，拍了拍身上的土，脑子里一阵阵嗡嗡作响，似乎里面空洞洞的。她哪里知道被这一巴掌把耳膜打穿了，这之后听力受到了影响。

吴婶劝她别着急，大家伙儿一块想办法，互相搀扶着回到了大栅栏。

等娘俩回到了自己的住处，姚秀敏拿起一面破镜子照了照，发现半边脸肿起老高，耳朵也出血了。

仔仔细细想了半天，这个家已经没有了，好不容易找了个可心的男人，婚事却没有希望，二百大洋可不是小数目，他一个电影院的小堂头，刨去自己的吃喝还有老人和弟弟要养活，再有十年也攒不出来呀。越想越无路可走，眼泪止不住扑扑地落下来。

蔡朝武愁的眉头紧皱毫无头绪，趁着上午时间还早，不放电影的空档，回到石头舅舅家，把事情从头至尾地说了一遍，让老人给拿个主意。

石头舅舅听了却很高兴，这是好事啊，不就是没钱嘛，找亲朋好友的凑凑没准就凑齐了呢，用不着整天的一脑门子官司。转身从床头摆着的一个黑漆木柜子里，拿出了一个小包袱，从里面掏出了二十块钱，交给蔡朝武。

孩子，舅舅这些年做小买卖，省吃俭用地给自己攒了一个棺材本儿，本来是想哪天要是死了也不给你们哥俩添麻烦，但是你现在急需，结婚是一辈子的大事，我给你出不了什么主意，也做不了什么主，我攒这俩钱实在不易，你先拿去，再想想别的办法吧。唉！真是像那句话说的，攒着省着窟窿等着。舅舅虽然把这二十块钱拿出来了，拿在手里反复点了又点，最后又掂了几下它们的分量，才交到蔡朝武手里。

那行，等我结婚有了家，头一件事就是攒钱给您置办口好棺材，让您放心。蔡朝武哽咽着对舅舅许了愿。

你说的那个姚家大丫头我也知道，孩子不错，甭管他们家里怎么样，她自己走的是正道就行，能跟你好好过日子，比什么都强，老人家挥了挥手说，

蔡朝海也长成了大小伙子，虽然没有哥哥那么大个子，可是眉宇间显露出一番蔡家人的风韵，站在一边也说不上话，自己还没挣钱，也帮不上哥哥。

我知道了舅舅，那我把钱拿走了啊。蔡朝武拿在手里这沉甸甸的大洋钱，深知这是老人风里雨里奔波出来的，是从嘴里一点一点抠出来的，眼泪在眼眶里直打转，用袖口擦掉眼泪之后哽咽着说。

走吧，走吧，事情要是定下了早点儿告诉我啊。舅舅心里难过，怕流露出自己的不舍，赶紧把他轰出了屋子。

行。蔡朝武把钱揣进怀里，转身出了屋子。

唉！先顾活人吧，兴许多做好事我命长了，且死不了呢。看着外甥把钱拿走了，自我解嘲道。

姚秀敏想起打小就跟着爹妈过苦日子，好不容易熬到了十几岁，找到了一个喜欢自己的心上人，自己的亲爹非要二百块大洋，才答应她出嫁，这年头一般人家里谁能拿出那么多钱啊。哪个当爹的宁可女儿当窑姐，也非得要钱抽大烟，谁家当爹的能一巴掌把自己闺女的耳朵打聋，自己结婚成家的一辈子大事，也比不上他那一口大烟。吴婶说得对，这不就是把自己给卖了吗，当爹的就能把闺女卖了吗？赶上这样的亲爹真是倒霉到家了，这日子没活头了。

姚秀敏伤心透了，眼睛里流着泪水却哭不出声音。她感觉自己的周围就像有厚厚的一片黑雾，怎么也找不到能走出去的路，更觉得身上就像是压了一座大山，无论自己怎么吃苦耐劳拼命地干，也翻不了身。她早就知道吃了大烟丸子，就能把人药死。她思来想去看不到眼前有什么光亮，想不出她继续活下去理由，既然没有了活下去的念头，咬着牙对自己下了狠心，我想好好活着，可真没法活了，那就不活了。慢慢走出门去，走到胡同西口外的烟馆里花一块钱买了五个大烟泡，一边走一边把大烟放进嘴里，一个一个地慢慢吃了下去，还没到大姨家就晕倒在路上。

大姨去上班走到同乐电影院门口，看见不远处有一群人，分开人群一看发现是姚秀敏躺在地上，气息微弱嘴唇发紫命悬一线，靠近一闻她嘴里的味道，说声坏了，这孩子吞了大烟了。赶紧跑到临汾会馆找几个人抬着送往同仁医院，顺便叫人把事情告诉了庙里的姚禄华。

姚禄华说，我就是跟她要几块钱，也犯不上拼命吧，反正我没钱，你去告诉我弟弟，让他上二姐那去借几块钱，送到医院去。姚润生知道了这件事没脾气没办法，只好尽快跑到姐姐家，告诉了姐姐拿上钱去救姚秀敏。姚舜华听说出了这么大的事，拿上钱赶到同仁医院。

蔡朝武回到同乐影院，有人告诉了他，他问清了医院赶了过去。在医院门外急得来回走，可是不敢进去看她，怕什么呢也说不清楚。要是有人问他，你是谁呀？是病人的什么人啊？他不知道应该怎么回答。

后来看见大姨出来了，赶紧上前问了问，才知道还在抢救，是死是活还不知道，自己就算进医院了也看不见，在门口往里张望了一阵也看不见什么，只好溜达着回到电影院，脑子里乱哄哄的不知如何是好。

从那天中午送进同仁医院，到第二天凌晨姚秀敏才脱离危险。姚舜华交上了五块大洋的费用，救下了姚秀敏的一条命。

大夫对几个等在这里的人说，这个吃了大烟的女孩身体受的损伤太大了，对生殖系统也影响非常大，这次虽然是救了她的命，但是将来很可能没有生育能力，不能生小孩了。

刚刚被抢救回一条命的姚秀敏，虽然恢复了神智，但是全身疼痛无力，连翻身的劲都没有，勉强睁开眼睛看着白色的天花板和天花板上的电灯，听着大夫所说的话。虽然不知道生殖系统是什么，但听说不能生小孩也就明白得差不多了。

姚润生听大夫说了后果这么严重，气得转身就走，出了医院一直跑到姚禄华住的破庙，一脚踹开了屋门，指着姚禄华就是一通大骂。

姚禄华，你这个没有人味的东西，你还是人吗？

哟呵，进门就开骂，连哥都不叫了，有你这样当兄弟的吗？姚禄华也知道自己做了亏心的事，死皮赖脸撑着面子。

有你这样当哥哥的吗？有你这样当爹的吗？逼着自己的亲闺女当窑姐，不让他找个好人成家，你简直连牲口都不如。姚润生气得浑身直颤。

哎哟！这屋里什么味啊。姚润生上前拽着姚禄华一转身出了屋子。你给我出来吧，不打你满地找牙我就再也不姓姚。

你干嘛？你放开我。要是搁从前你敢跟我犯横，还敢打我，我打不死你。黑眼圈的姚禄华佝偻着身子，被姚润生拉到屋子外边，嗓子沙哑使劲地喊着什么。

是啊。从前我哪打得过你呀，可现在你是个大烟鬼了，好好的人你非要活成一个鬼，现在还要把亲闺女卖到妓院去，我揍死你得了。姚润生一边骂一边不停地动手打。

看着我身子不如从前了，就敢跟我动手，你这是老太太吃柿子——捡软的捏啊。欺负你亲哥哥算什么能耐呀。姚禄华知道自己不是他的对手，认怂了。

我才没工夫欺负你呢，是你逼得闺女吃了大烟要寻死，我能忍吗？姚润生一手拽着姚禄华，另一只手不停地打在哥哥的身上。

你要是真心疼她，就帮着她凑钱去，我都满大街要饭了，这么些日子了谁管我啊，要点儿钱怎么啦？姚禄华用尽全身力气挣脱了弟弟拽着他的手，用力过猛摔倒在地上，一转身连滚带爬地跑远了一点儿，站也站不直气喘吁吁地对弟弟喊着，生怕他再追打过来。

你……你……姚润生指着姚禄华，一口气没喘匀倒在地上犯了病。

等姚润生缓过来，看着满身的泥土，知道自己的癫痫病又犯了，浑身上下一点儿劲也没有，就算是不犯病，也没办法对付这个大烟鬼，勉强支起身体一步三晃地走了。

吸食毒品，可造成性功能减退，甚至完全丧失性功能。男性会出现性低能或性无能；女性会出现月经失调，造成不孕、闭经，孕妇会出现早产、流产、死胎。如果血液中毒品通过胎盘进入胎儿体内，导致胎儿海洛因依赖。一次使用大剂量的毒品，完全可以致人死亡，至少全身器官受到极大损害。

姚秀敏在医院里抢救，被服厂和临汾会馆的人们得知了消息，都为姚秀敏惋惜。在他们的经历当中，无论是妓院里的窑姐，还是有钱人家的小老婆，只要寻死吃了大烟泡，还没见过救活的呢。工厂的那些工人们都喜欢这个俊秀懂事的女孩，几个平时要好的哭成了泪人，可怜这个没人疼的女孩，把买棺材的几吊钱都攒好了，怕姚禄华没钱不给她买棺材。

逐渐恢复神智之后，姚秀敏躺在病床上知道自己已经死了一回，慢慢地睁开眼睛，心里暗暗地告诫自己，再也不干这种傻事了。从小长到这么大，没过几天好日子，吃了那几个大烟炮，身上太难受了，既像遭受了千刀万剐，又像在油锅里炸了一遍似的。将来不管是谁，哪怕再逼得自己走投无路，也绝不再做这么傻的事。

再想起大夫跟别人说的话，她不能生小孩了，哪个男人娶媳妇不想要孩子呢。这一下，别说那么好的男人蔡朝武，换成谁也不愿意再娶她了。试着想了一想周围的几个年龄相当的男人，觉得没有可能，她觉得跟他们过日子，还不如自己一个人过呢。一个人找个地方自己过吧，她自言自语地说。

蔡朝武第二天早上又来到同仁医院门口，找一个水果摊上的女孩商量了一番，让她进医院里去看望姚秀敏，女孩走进去找到护士，问清了一个吃大烟的女孩住在哪间病房，在病房小窗口外看见了面无血色的姚秀敏躺在病床上，也能小声地跟人说话了，又见大夫进来查房，还说没什么大事了，今晚上就可以出院，让回家好好休养。女孩出来把情况跟蔡朝武详详细细地说了一遍，蔡朝武一颗心这才踏实了，买了几个水果让女孩帮着送进去，又告诉女孩进去跟姚秀敏说，出院之后要是能顶得住，就晚上去劝业场后门见面。

你是姚姐姐吧，那个蔡大哥给你买的果子，让我送进来告诉你，出院之后要是身体还顶得住，就去劝业场后门跟他见一面。女孩再次进去，把水果和那句话带给了姚秀敏。

他一直在外边等着吗？姚秀敏心里一下热乎乎的，马上就觉得自己精神好多了，急切地问那女孩。

嗯，女孩使劲地点了点头。蔡大哥昨天就来看你来了，等了半天也没看着，他今儿个在外边都等了两个时辰了，急得满头大汗的，就是不敢进来。女孩说。

姚秀敏知道自己进医院多长时间，也知道了世界上还有这么些惦记她救助她的好人，忍不住流泪了。哽咽着告诉女孩，晚上十点以后，电影放完了的时候她一定去。答应了晚上见面的事，姚秀敏心里安稳多了。

女孩出来把话带给了蔡朝武，蔡朝武才回到电影院继续干活。陆经理知道了这件事，看他失魂落魄的样子，就让他去屋里休息。蔡朝武坐卧不宁地等着天黑，觉得自己浑身发热，脸上也烧得通红，干什么都静不下心来，出来进去的，想躺在床上休息一会儿，可刚躺下又马上爬了起来，看看西边的太阳，他觉得今天的时间过得特别慢。明明知道姚秀敏要等到晚上十点之后才会来，可是他出来进去的，就是安不下心来，几次想马上就去劝业场，走到半路又回来了。

时间还早啊。别着急。他自己劝着自己。既然什么也没心思干，就干脆睡一会儿觉吧。养足了精神，晚上好多聊一会儿。

好不容易等到了晚上，蔡朝武提前到了劝业场约定的地方去等姚秀敏，这是前门外大街劝业场的后门，与前门大街和大栅栏的灯火辉煌是两个世界，只有几盏幽幽发亮的路灯勉强互相照应着，使得胡同里不是漆黑一团。他来得早，在台阶上坐了一会儿又站起来，在墙边不停地来回遛着，不时地抬头望着她来的方向，他比以前任何时候都深深感到，等人的时间最难熬。

终于远远地看见她过来了，赶忙走上前去迎接。走到跟前忍不住想拉她的手，手伸了伸又缩了回来，再次鼓足勇气才伸出去握住了姚秀敏的手，想说点什么又张不开嘴。看着姚秀敏瘦弱苍白的脸，想到她刚从阎王那里逃出来，没忍住眼泪就流了下来。

你，好点了吧？也不知道应该管她叫什么，心里很疼。

好了。姚秀敏心里怦怦跳，虽然心里有很多话，却不知从何说起。

你干吗要走这条道呢？蔡朝武真恨自己嘴太笨。

唉！这日子过得没意思，活不下去了。长叹了一口气之后，把绝望时的那句话又想起来了。

你跟我过吧，咱俩一块过日子，我疼你啊。蔡朝武吐出了自己的心里话。

要真能这样就好了，你说的是真心话吗？姚秀敏也喜欢这个大哥哥，现在却担心他不会要自己了，但是即便他不要自己了，就这么好好地看着他，跟他说说话也就知足了，免得将来后悔来不及啊。

真的，我说的都是真心话，你愿意吗？蔡朝武人诚实嘴巴笨，只会说大实话。

我回家梳头的时候，看见镜子里的脸，一点儿都不好看了，你还愿意要我吗？姚秀敏也把心里的话说了出来。

我愿意啊，你为了这事连命都不要了，说什么我也不能辜负了你，我不干亏心事，你就放一百个心吧。蔡朝武看见她来了之后，比三伏天吃了冰镇西瓜还爽快，在这个夜静人稀的胡同里，他终于有了勇气，拉着姚秀敏的双手轻轻攥住，似乎怕一松手她再出点事。

嗯，还有件事我也得告诉你，这回人虽然活过来了，但是听大夫说我……不能生小孩了……看你也是个老实巴交的人，我不能跟你说瞎话。姚秀敏虽然很担心说出这件事的后果，狠了狠心还是把实话说出来，也觉着轻松了不少。

不要紧的，只要今后能跟你一块过日子，就比什么都强，有没有小孩都不怕啊，你就放心吧。蔡朝武恨不能把自己的心都掏出来。

这事你可得想好了，千万别今天脑袋一热答应了，成家之后没有孩子你再把我休了，到了那份上，我可就只有死路一条。姚秀敏的头脑可清楚得很，他知道蔡朝武喜欢她，虽然现在很容易地就答应了下来，他可一定要把话砸瓷实了。

那你答应啦。蔡朝武听见姚秀敏的回答，开心得直点头。

可是还得我爸爸答应啊。姚秀敏的脸上出现了笑模样，不好意思地低下头，脚底下在路面上使劲地捻着，又想起了那个没法解决的问题。

我再找人提亲去，看看他怎么才能答应？蔡朝武现在也没别的办法，只好再老话重提。

哼，他就认钱，没钱还是不行。姚秀敏哼了一声鄙夷地说。

我凑了一点钱，只要努力想办法，还能凑一点，我铁了心好好和你一起过日子。他安慰着这个可怜的女孩，也是给自己打足了气。

那行，你找人去提亲吧。姚秀敏看见他这么坚定地回答自己，一颗烦乱的心逐渐安定了下来，对生活又重新燃起了希望。

就这两天，我一准去。蔡朝武看见女孩的脸上依然惨白，攥着女孩的双手，似乎要把自己的力量传给女孩。姚秀敏感受着这个大哥手上传递过来的能量，也被他攥得双手生疼，挣扎了一下。朝武赶紧松了一点儿手劲，可是第一次拉着这个女孩小手的感觉，让他舍不得撒开。

我该走了，我一准等你，你快一点啊。姚秀敏没使劲挣开双手，在这双热乎乎的大手中，她享受着从来没有过的被人疼爱的感觉，心里充满了欣喜和快乐，觉得脑子里有点晕乎乎的。

你回去好好歇着，养好身子要紧，我一定尽快地办这事，你放心吧。蔡朝武再次点头。

默默无语的互相看了很久，蔡朝武把她送回了大姨家的阁楼，两人才依依不舍地分手。

回到阁楼躺到床上，姚秀敏心里一阵热乎，她又有了活的希望，憧憬着将来自己有了家的幸福生活，翻了几次身香香地睡了一觉。却没料到第二天一早春姐来了。

我听说你的事了，赶紧来看看。你怎么样没事了吧？春姐往前挪了挪身子，靠近了姚秀敏拉着她的手仔细地看了看。

捡回了一条小命，现在觉得身子骨有点虚，没劲也没精神。姚秀敏知道自己的脸色很难看，不好意思地低下头用手拢了拢头发。

这是二十块大洋，我们班主非要让我给你送过来的，请你去庆元春搭班接客，我不送过来也不行，你自己看着办吧。春姐把钱塞到她手里，说完站起来就往外走，她鼓足勇气才说完这些话。

姚秀敏看着二十块大洋想了一想，回手把钱揣在怀里，慢慢走出了大门。

小破烂。你赶紧去巡警阁子告诉三哥，就说庆元春非让我去卖身接客，我去庆元春放火去了，他们不让我好好活着，烧死他们得了。姚秀敏出门正好碰见小破烂，就咬着牙对他说了一句。

小破烂一路猛跑，到了巡警阁子一头闯进去，呼哧带喘地告诉杨老三，三哥，姚家大小姐……去……庆元春……放火去了，你快去看看吧。因为跑得太猛有点上不来气，弯腰蹲在了地下。

啊?! 她干嘛要上庆元春放火啊? 你喝口水，慢慢说。杨老三心里纳闷，转身把大茶缸子送到小破烂嘴边，让他先喝一口水再说话。

我也不知道啊，就听她说是庆元春要让她卖身接客什么的……你快去看看吧。小破烂喝了一口水，大声地催促着。

哎哟! 我这姑奶奶，这回要出大事了，快走。杨老三拿着警棍招呼着另外一个巡警，二人一起出了巡警阁子，快步跑向庆元春。

庆元春的班主老鸨子，打扮得花枝招展，坐在堂屋的正座上，一边喝茶一边训斥着几个女孩子。左右站着几个女孩，依里歪斜靠着墙倚着桌子扶着椅子背，面无表情地看着老鸨子。有的还恶狠狠地瞪了老鸨子几眼，互相嘟囔几句。

我把钱给她，她也全都收下啦，就把我打发回来了。春姐进门之后，看了看老鸨子懒洋洋地说了一句。

行，她只要收下就行，只要收下钱，早晚得上我这，给我挣钱来。她可是当年英雄姚大爷的后代，这身份就值钱啊。老鸨子心里有底，她不急这一两天。

你们几个也来了不少日子了，怎么就学不会伺候老爷们。人家进来就是图个乐儿，你们得给人家好脸子，别老是板着个脸嘟着嘴，谁欠你们二百吊钱啊? 老鸨子又开始调理几个女孩子。

这时掀开门帘进来一个女孩，身穿一件漂亮的新旗袍，扫了一眼屋里的女孩谁也不理，只向老鸨子点了下头，举起手里的洋烟卷，仰起头轻轻晃了晃脑袋，眯缝起眼睛抽着烟。

哎哟。小巧丫头。这是谁给你置办的旗袍啊? 这么漂亮。老鸨子知道教训这些女孩的榜样到了，故意引着她说话。

这个啊! 小巧扭了扭腰身，一手叉腰一手举着一块花手绢，睁开眼睛忍不住咯咯的一阵笑。是郎大爷给置办的，花了十块大洋呢。您看这料子、剪裁，再看这做工。嘴里说着话，手舞足蹈地显摆着，转着身子展示给大家看。转完又忍不住咯咯地笑了起来。几个女孩有看着她傻笑的，也有撇了撇嘴的。

你们别撇嘴，既然进了这院子，就得学着怎么伺候好老少爷们。别的先不说，小巧丫头这几声笑，你们谁会？男人管这叫浪笑，他们听见这样一笑就浑身酥痒，就走不动道，就会情不自禁地想要上你的床，只要把他们伺候舒服了，你们想吃香的喝辣的，要什么有什么……

姚秀敏走到庆元春，推开门就往里走，进门之后东瞧西看的。

哦！这就是庆元春啊，窑子里就这样啊。我还头一回到窑子里头来呢。姚秀敏大着嗓门说着，觉得身体还是有点疲倦，从旁边拉过一把椅子在院子当中坐下了。春姐歪头从窗户里看见她来了，走近老鸨子告诉了她，老鸨子一听两眼放光赶紧出来了。

哟！这不是姚大小姐吗？怎么着，您想好了？老鸨子扭动着腰身，堆起笑容伸出手帕挥动着。

你就是班主子啊。姚秀敏上下打量着老鸨子，皱起眉头满脸的厌恶。

是我您呐。老鸨子觉出味道不对，表情一下僵住了。

我想好了，这不是就来了吗。姚秀敏把兜里的二十块大洋拍了拍，发出了叮叮当当的声响。

那敢情好，赶明儿咱们就是一个碗里刨食的人了。老鸨子听了信以为真，脸上又堆起笑容。

你一个臭娘们少跟我这咱们咱们的，你不就是有俩臭钱吗？你有钱啊，买前门楼子去！你有多少钱也买不了姑奶奶我的身子。说着站起身从怀里掏出钱，这就是你让春姐给我的大洋钱，看清楚了二十块一块不少，我还给你，我全还给你。一甩手扔向对面房子的玻璃窗子，随着稀里哗啦一阵响，窗户玻璃碎了好几块。我给你，又用钱砸向班主的身子。砸的老鸨子又想接钱又想挡住，一阵手忙脚乱。

你不愿意就算了，干嘛砸我的园子啊？你以为我这园子就好欺负是吧。臭丫头我饶不了你。你等着，来人啊！快来人哪！老鸨子声嘶力竭地大声喊叫。

我等着，你不好欺负，我好欺负是吗？姑奶奶死都不怕我怕你个小小的窑子窝？要是把我惹翻了，我就一把火烧了你这庆元春，把你们一个个的都烧死才好呢，姑奶奶我陪葬。姚秀敏双手叉腰，眼里似乎喷出火来。

来人啊！给我打死这个臭丫头。老鸨子看着跑过来的几个男人，跳起脚来指着姚秀敏。

还打死我，你敢！姚秀敏站在院子里把脚一跺，两眼直盯着老鸨子。

你看我敢不敢，我就不信你不怕死，你们给我打死她。老鸨子嘴里四处喷着吐沫星子指挥着几个男人，那几个男人没弄清缘由，踌躇着不敢向前。

别的我不知道，但是我知道戏词里的一句话，民不畏死，奈何以死惧之，惹急了我把你的破房子点一把火烧了，你信不信。姚秀敏咬牙切齿恨透了这帮人。

小死丫头片子，竟敢上我这砸园子，打死她！出了事我担着。看见几个看家护院的男人跑过来，老鸨子瞪着眼睛恶狠狠地指着姚秀敏。

你敢！还敢把人打死，你能耐大了。这时杨老三和另一个巡警赶到了，两人用警棍指向班主。

她把我窗户的玻璃都砸碎了，我凭什么不能打她。老鸨子咬牙切齿，看着杨老三说狠话。

砸你窗户玻璃怎么啦，你逼良为娼，我现在就把你抓进阁子里，先关三天。然后让衙门判你个斩立决，你信不信？杨老三也恨透了这些丧了良心的老鸨子，干脆今天就拿她出出气。

也不撒泡尿照照你那德行，就凭你一个臭脚巡，能把我怎么着？你不知道我的后戳杆是谁吧，说出来吓死你。老鸨子仗着自己有靠山，往前走两步一手叉腰一手指向杨老三威胁他。

我知道你的后戳杆是谁，可是你不知道我是怎么当的巡警。你不是厉害吗，我告诉你说吧，县官不如现管，今儿个我先把你关起进铁笼子打个半死，到半夜用绳子勒死，再找人给你扔进乱葬岗子，把你喂了野狗，看你那后戳杆管用不管。杨老三也是个硬汉子，何况他现在穿着一身警服，岂能让一个老鸨子压住。

嘿！你，你……老鸨子被噎得半天说不出话来，指着杨老三干瞪眼。

你什么啊你，告诉你，杨老三我天不怕地不怕，惹急我照样敢点着了你的庆元春，还敢勒死你这个臭班主，不信你就试试。回过头来跟姚秀敏说，姚大小姐咱们走，我看她能不能尿出丈二的尿，甭怕她。

啊呸！哼，你有多了不起啊，我也不怕你。小破烂跟在后头，向着庆元春老鸨子狠狠地吐了一口唾沫。

我才不怕她呢，怕她我就不来了。姚秀敏说着跟杨老三出了庆元春，长长出了一口气，觉得好久没这么扬眉吐气了。

三哥，给您添麻烦了。姚秀敏长长喘了几口气，轻声说道。

你快回家好好歇歇，身子骨还没缓过来呢，有什么事我顶着。杨老三可知道这个女孩的厉害，也很同情她的遭遇。

谢谢三哥，我回去了。姚秀敏向着三哥点了点头，转身回家了。

回头见。三哥擦了一把头上的汗，盯着姚秀敏的背影，若有所思地点了点头，也回了巡警阁子。

吴刘氏从箱子底下拿出来自己攒的钱，又提前支取了半年的工资。凑了一百块大洋，扛着一个大包袱，扭着小脚送到姚秀敏的住处，把钱往她怀里一放，你把这钱给蔡朝武，再凑一凑也就差不多了。

然后找出了几绺棉线给她绞脸，一边绞脸一边对姚秀敏说，结婚这事尽可量的少花蔡朝武的钱，花钱多了，过日子免不了要拌嘴打架的，要是打架拌嘴了，就会对你说你是我拿钱买来的。吴婶慢条斯理地说着，很想让这个好女孩结婚之后不受男人的欺负。

嗯！您对我就跟亲妈似的。姚秀敏心里特别感谢吴婶。

吴婶打开带来的包袱，对姚秀敏说，我给你带来一床被卧，你要有自己的被卧，将来他要是对你不好，你没有被卧，他就会欺负你说这被卧是我的，你没拿被卧来啊，不让你盖被卧，夏天暖和还好说，要是冬天会冻坏了你。吴婶想起自己的那个丈夫吴殿元，就曾经这样为难欺负过她，给她留下了深刻的印象，虽然多少年过去了依然耿耿于怀。

吴婶，谢谢您！姚秀敏低声细语地说，心理感受着长辈的关爱。

朝武是个好孩子，婚事尽量不铺排场，至于在哪儿办喜宴，多少人来吃、吃什么，买什么新衣服被褥家具伍的，你什么都甭管，咬死了一定要八抬大轿把你抬进新房。哪怕是新衣裳都可以省，这八抬大轿一定不能省。吴婶苦口婆心地教导着，以过来人的身份言传身教。

那为什么呢？八抬大轿多贵啊。姚秀敏还是想省下点儿钱，为了以后过日子。

你要是怕花钱走着过去，或者坐洋车三轮车过去，真到俩人犯别扭了他会说你是自己愿意过来的。要是坐八抬大轿那就是他把你用轿子抬进来的，在家里的地位就永远不一样。吴婶面色非常郑重，用自己的经历教育着她。

您说的对，我听您的。姚秀敏心里有了主心骨，打心眼里觉得这个嘱咐挺好。

吴婶走后，姚秀敏找到蔡朝武，把一百块钱交给他，看他也凑了几十块钱，他俩一起去交给姚禄华，希望拿来户口本和图章去登记结婚。

没料到姚禄华收了一百多块钱，还说差着不少呢，什么时候凑齐了才能把户口本和图章交给他。姚秀敏偷偷地叫出姚秀珍，让她把户口本和图章偷出来。

我不，爸爸都没钱花了，你不给他钱我们也吃不上饭啊。姚秀珍跟着爸爸一直在破庙里过日子，满大街要饭，可是她不知道姐姐的日子过得也很艰难，只觉着姐姐应该管他们俩。

不是还有我吗，我管你吃饭不就得了吗。姚秀敏体谅着妹妹年纪小，想着今后有了家也许就好过了，一定把妹妹的生活也照顾好。

那也不行，你不管爸爸就是不孝顺。姚秀珍觉得自己跟着爸爸要饭，管了她也得管爸爸才行呢。

只要你把户口本和图章拿出来，我结婚成家了以后，养活你们俩还不行吗？姚秀敏劝解着妹妹，答应只要能结婚一定管他们俩的生活。

我不敢，户口本让爸爸藏起来了，你跟爸爸说去吧。姚秀珍的脾气很执拗，转身进里屋子，不想管姐姐结婚的事。

两个人好说歹说还是没拿到户口本和图章，没办法只好回去再跟石头舅舅商量，石头舅舅听了已经凑了这么多钱，姚禄华还是没答应，琢磨了一会儿。

你把姚禄华三个字给我写下来，图章的事情我找人刻去，户口本就说丢了，请同乐的经理给你作证看看行不行。舅舅把想好的主意说了出来，很为自己的办法得意了一下。

这个主意还真行，我去找我们经理商量去。蔡朝武突然发现舅舅的脑子挺好使，自己怎么就没想起这个主意呢。

舅舅拿着蔡朝武写的姚禄华三个字，转身出门找到一家刻字小铺，花了几个大铜子，不一会儿就刻了一个姚禄华的图章，回来之后交给了蔡朝武，俩人拿着图章回到同乐电影院。陆经理听了这事，非常痛快地答应了，带着他们俩一起去结婚登记处给做了证明，塞给登记处两块大洋喜钱，就把家长的章盖上了，总算是领取到了结婚证。

蔡朝武和姚秀敏办完了结婚证，也到二姑家知会了一声，准备下个月就结婚，到时候想从姑家出门子，请姑姑代表娘家负责送亲。姚舜华惦记着弟弟成了乞丐，满大街要饭的事情，想着他抽大烟也没处安置，谁家也不愿意养活一个大烟鬼啊，为这事愁的没办法。

虽说自己的这个弟弟，是无可救药的大烟鬼，但是也看他可怜，在给蔡朝武提出的几个条件之中，除了不能欺负姚秀敏，互相帮衬地过日子，有什么经济问题要两口子商量了再办，最后一条就是要养活姚禄华。

蔡朝武觉得这些条件都可以做到，就是养活姚禄华这一件事不好办。自己在同乐电影院的那点收入，过日子都不能算宽裕，结婚之后还要另租房住，房租水电等过日子都要开销。商量到后来姚舜华提出一个办法，把临汾会馆的差事再要回来，这一下就能解决很多问题。

临汾会馆的差事如果能找回来，每个月有八块大洋的例钱，还能住到里边那几间屋子，房租水电就全都省下了，临汾会馆的事情本来也不多，捎带手的就能干了，加上同乐电影院的差事，收入就能增加不少，一切问题就都能迎刃而解了。姚秀敏也认为他们应该回到会馆，老辈子打下的江山，后辈人就有承受的福分，这是她心里一直有所依仗的理由。

为了这件事，姚舜华带着他俩一起到了八成居，找到了会头经理，坐定之后说出了这个请求。

掌柜的，我是姚禄华的二姐姚舜华，今天来是找您说个事，您是会馆的六个会头之首，所以有什么话就得跟您说了。姚舜华满怀希望地看着会头，说出了自己的想法。

哦，姚大小姐，这位是您的亲姑姑，我们见面虽少可也知道有您，有什么事不用着急慢慢说！会首掌柜一见这几个人的面，已经猜到了是什么事情。

是这么回事，我们应该在会馆里还有工作和住房，那是我爸爸有功劳挣下的。虽然我弟弟不要了，可是俗话说"儿承家业，女有份"，他的女儿就应该继承老辈子留下来的产业。何况这也是早年间定下的规矩，石碑上都刻着呢，谁也改不了的啊。姚舜华把早已想好的理由说了出来，希望这事能痛快解决，也就了了她一桩心事。

您说的不错，是这么个理。会首掌柜点了点头，让小伙计给他们每人送上一杯茶水，用手示意一边喝茶一边聊。

我已经有了家不用承受这份产业，可是我侄女现在也要结婚了，这是她男人叫蔡朝武，他们结婚之后，您可以叫她男人接替我们家的差事。要是不放心，可以先考察他三个月，干的您满意了，再接着往下干。干得不好让您不满意了，我们就离开会馆，再也不来打搅您。姚舜华也没把话说死，但是凭她对蔡朝武体察，应该是一个能踏实做事的好孩子，接下这个差事没问题。

哦，就这件事是吧？掌柜的再次伸手让他们喝茶，自己也喝了一口，和颜悦色地问了一声。

就这件事，您看行吗？姚舜华觉着似乎不难，满脸赔笑的低声应答。

姚家她姑，您大概不知道这里边的缘由，这件事不是不让你们家干，我们谁也没轰你们出去，是姚禄华姚先生自己不愿意干了，也就是他自愿放弃了这个工作和居住的权利，没人逼他。所以这个事您不用跟我较真，还是先跟姚禄华先生说去。掌柜的把心里想好的理由慢慢地说了出来，他不想让那个大烟鬼再进这个院子里。

要是我爸爸还愿意回来呢？姚秀敏听到这里问了一句。

如果令尊愿意再回来，那咱们还可以商量，他要不愿意就没商量了！掌柜的先把这个锅甩给了姚禄华，等到万一他答应回来，再找其他借口抵挡一阵，反正不能轻易就答应了这个事。

回想起老人曾经说过，他们上辈老人是会馆的大护法、保护神，要善待他还要善待他的家人后代，不禁笑了笑。就这么个窝囊废败家子，还大护法保护神呢，扯得上吗。

眼看着这件事没法再谈下去，三个人只好告辞。回家决定找姚禄华商量这件事，要不然真负担不起他的生活。如果只是吃住倒也还罢了，他还要抽大烟呢，那可是个无底洞，多少钱也不够他造的。

姚秀敏到庙里找到姚禄华，姚禄华看着被救活的女儿，心里也不是滋味，根本不敢再跟女儿两眼直视。

跟您商量个事，您还是回会馆里去吧，只要回到会馆，我们结婚之后，一定负责您的吃喝穿戴，养活您下半辈子。姚秀敏应付他，目的是让他答应回会馆。

不成！我这辈子也不回那个破会馆了！你们也不用想着再找后账，我说不成就不成！姚禄华穿着从估衣店买来的旧衣服，给自己倒了一碗茶叶末沏的茶，眼睛朝天脖子一梗梗，气哼哼的。

为什么好好的差事，您就不愿意干了呢？再怎么不好也是一个管吃管住的差事，这么一个铁杆高粱您上哪儿找啊？姚秀敏想不明白。

这你甭管！甭说还是个差事，就是会馆里天上掉馅饼，天天都掉馅饼，我也不回去，以后也不用问我，你就是说出大天来我也不干了！姚禄华想起那天挨的一通骂，自己确实没脸再面对。

您要是不回去，我们可不管您了。姚秀敏拿出以后的生活提醒他。

我现在有钱了，过两天就离开这个破庙，自己个租房子住，怕什么？姚禄华拍了拍腰里的洋钱，一身衣服虽然是旧的，但是并没有什么破烂处，穿在身上显得比原先利索多了。

一百多块钱也是有数的，何况坐吃山空您懂不懂啊？姚秀敏还想找点说辞，让他回心转意。

老天爷饿不死瞎家雀，活一天算一天，你死了这个心吧，我是绝对不回那个破院子了，你走吧，什么也别说了，说多少也白搭。姚禄华对着姚秀敏挥了挥手。

姚禄华不想跟孩子说那天挨骂的事情，他觉得太丢人了，一想起那个事他就满肚子气，所以他再也不愿意回会馆了。再不济自己也是个老爷们，饿死冻死也不再受那个气。

姚秀敏平时伶牙俐齿的，现在却什么话也说不出来，一跺脚转身走了。

姚禄华多年抽大烟把身体彻底毁了，不但瘦了很多，腰都直不起来了，脸上和身上的皮肤毫无血色，满脸的黑灰色，浓重的黑眼圈，两眼一睁满是血丝，平时也懒得洗脸，眼屎经常糊住眼睛睁不开，就到水缸里用手沾点水，揉几下才能睁开。说话声音嘶哑像用玻璃片刮锅底，早已变成一个典型的大烟鬼。

眼前手里一下子有了这么多银圆，姚禄华一下子阔了，万事不求人，更不用别人养活他。有了一百多块大洋的底气，腰粗气壮又开始了风光的日子，剃头刮脸、洗澡换衣服的像变了一个人。

大清朝早就完蛋了，您还留着辫子干什么呢？剃头师傅不太理解，劝了他一句。

那可不行，我这个辫子还得留着，挺好的辫子给铰掉了，满大街一个个跟秃尾巴鹌鹑似的，忒难看了。姚禄华坚持着自己的看法，并不为满大街都是没辫子的人而动心。

剃头师傅撇嘴摇头，很少见这么不合时宜而且固执的人。

姚秀敏和蔡朝武的婚事怎么办，两人先商量了几回，姚秀敏的要求只有一个，就是要八抬大轿，抬她进门才成。至于吃什么宴席，买什么首饰，做什么衣服，结婚之后住到哪里，一切都由蔡朝武做主，要商量也是跟姚禄华这个家长商量。

到了姚禄华住的破庙里，跟他商量婚事怎么办，还没开口姚禄华就先发问，你们俩先别说话，我才想起来，你们没有我的手戳，怎么办的结婚登记？

现在是民国了，民国政府新的法律是所有的国民男女平等，个性解放和婚姻自主，不用您的手戳也能登记结婚，只要我们两个人愿意就行，这是民国的新章程，您连这都不知道啊？蔡朝武一急，把路边的标语，以及听到人家的议论，都加到一起胡诌了一通。

是吗，那也行，赶明儿别再要死要活的跟我拼命就行。姚禄华听了之后，满脸不解地看了他俩一阵，只好摇了摇手不再提这件事。

姚禄华几十年也没做过主，这回女儿出嫁他要摆谱了。对于在哪办酒席，哪家裁缝铺置办新衣，选哪家的布料，去哪家首饰楼里打什么样的首饰，挑选好日子，请谁家主持婚礼等等事，必须按照他说的办。

他挑得所有商家地点都在大栅栏胡同里，明眼人一看就明白，这是要趁这个婚事给自己在大栅栏街面上找回一点儿面子。其实一个大烟鬼的面子，找回来一点儿又有什么用呢，在大栅栏整个街区的老百姓心里，姚禄华就是一个败家子大烟鬼的代名词了，人们张嘴聊天说起大烟鬼，他绝对是故事里的典型人物。

别的事都依了他，但是在几件首饰上，耳环、手镯和项链一口咬定必须是足赤黄金的，反复跟他商量探讨之后，才松了口说要包金的就行了，再跟他说咱们一般小老百姓那么贵的黄金首饰带不出去，现在挣钱太难了能活着已经不易，不能那么讲究……

姚禄华瞪起眼睛大声训斥起来。

怎么喳儿啊，你们来跟我商量又不听我的话，那就别跟我商量啊，喜事也别办了，就是办了我也不去，看你们丢人现眼的穷酸样吧。姚大爷我当年结婚的时候，整个大栅栏都得竖大拇哥，酒席摆了一大院子，随来随吃的流水席整整大办三天。甭说你们这些个穷下三烂，就算是大栅栏的各个买卖家，都没见过那阵仗。姚禄华张开大嘴吐沫星子乱飞。可是他就不想一想，让女儿结一次婚就这么花钱跟流水似的，以后还能过日子吗。

说话间过来一个人，胡子拉碴的脸上挂着笑容，走到门口向屋里喊了一声，姚大爷，我进来啦。

康帮主，您请进。姚禄华赶紧应了一声。

姚大爷，这些日子您这屋里挺热闹啊，有什么大喜事了吗？康帮主进来扫了一眼屋里的几个人，先跟姚禄华打了招呼。

还是康帮主的眼力好，我要聘闺女，闺女出嫁跟我商量怎么办事呢。姚禄华一下子就来了精神，希望康帮主也替他教训这两个孩子。

那可真是大喜了，您怎么还满脸的不高兴呢？康帮主心想姚大爷都这份上了，居然还能聘闺女办喜事。

不是，您看我这穷女婿，没钱还想跟我闺女结婚，办个婚事还抠抠索索的，一点排场都没有，那就别办了。姚禄华又拿出家长的派头，忘记了已经混到跟乞丐为伍了。

您是姚大爷的女婿，先生贵姓？康帮主看着旁边一身干净整齐的小伙子，眼前一亮，觉得这小伙子跟这个眉清目秀的女孩真是天生的一对。

免贵姓蔡，您是康帮主对吧，听我岳父说过您，在这住的日子给您添麻烦了。蔡朝武很客气地说了一句感谢的话。

这没什么，有路大家走，有饭大家吃，有房子大家住，甭管什么事大家想办法，就能扛过去。康帮主走南闯北的见过世面，很多事在他看来都不叫事。

康帮主您英明，现在日子本来就难过，我岳父非要大操大办要排场，您说这叫什么事？蔡朝武满脸无奈地摊开双手，真希望有人能帮他说句话。

我说姚大爷，这可就是您的不是了，时下这年景谁也没那么多钱拿出来造，能好好活着就不容易，都到了这个地步，婚事怎么能大操大办呢，您就别添乱了。

您听听，人家康帮主说得多明白。蔡朝武发现遇到了一个明白人，心里一下轻松了不少。

凡事哑么悄声麻利儿地办了，尽量节俭往长远了想，您又不是糊涂车子，听我的没错。康帮主跟一脑子糨糊的姚大爷，慢慢讲明白这个道理。

我也是这意思，再说往后还得过日子呢。蔡朝武特别赞成康帮主的说法。

那婚事就凑合着办，一辈子就这么一件大事啊。姚禄华不依不饶的，他还想趁这喜事露露脸呢。

不但喜事要尽量不惹人注意的办，姚大爷我还得提醒您一声，您这怀里揣着这么些大洋钱，可不是个好事，要是有人给您一闷棍，您可就一个大子都花不上了。康帮主知道了姚大爷收了一堆大洋钱，低下声来嘱咐他，别拿这钱不当回事。

您说的也是啊，那怎么办呢？姚禄华就这句话听明白了，要是让人惦记上，可就真麻烦大了。

您找一给钱庄给存上，除了您拿着戳子，谁也取不出来。您用多少取多少，这多保险啊。康帮主慢慢地把话说清楚，真诚正直全写在脸上了。

您说得太对了，朝武，你今天就带着我把这事办了。姚禄华也觉得这个主意好，赶忙嘱咐了一声。

存到钱庄里挺好的，到时候还能有点利息呢，我跟您跑一趟没问题。蔡朝武也觉得应该这么办，心里很佩服这个姓康的帮主，这才是真汉子。

蔡先生您这有什么事，需要我帮忙的话就请言语一声，也算您看得起我。康帮主非常大气地对蔡朝武说道。

我也不知道该怎么说了，媳妇非要八抬大轿才肯进门，老丈人要大摆筵席，置办金镏子金项链和金手镯。要是照这样花费，再租房子买家具，我实在承受不住了。蔡朝武似乎一下就找到了可以信赖的人，把心里话都倒了出来。

我给您出一个主意，首饰买涮金的，价钱跟铜的差不多，没人看得出来。办酒席也不难，找个偏僻点的饭庄，买点烧酒加几个素菜，至于荤腥也不能没有，由我负责了。虽说是喜宴，但是咱们应时应景的简单操办，管吃管喝不管饱，桌子上有多少东西，吃完喝完就拉倒。至于八抬大轿，您只要把轿子和轿袍租来，把吹打的家伙什租来，我这儿抬轿子、吹响器的和敲锣打鼓的都有人，十几个人都由我这找了，您看怎么样？康帮主稍一思索，想出办法，所有的问题迎刃而解。

哎哟！康帮主，您真是帮了我大忙，这样得省多少钱啊。蔡朝武一听，感动得眼泪都快流下来了。

现在轿子铺大都没什么生意，您花个仨瓜俩枣的，就把这些轿子唔的都租来，人工费省下啦，我们这几个小哥们也就跟您那蹭一顿饭，全解决了吧。康帮主也很久没这么高兴了，能为这个穷小子帮个大忙，心里挺痛快。

按照康帮主指点，花费上精打细算，决定把首饰定成了涮金的，婚礼的地点也挪到了南城虎坊桥附近比较偏僻的碧艳春饭庄办喜宴。尽管处处精打细算，因为给了姚禄华一百多块钱，依然借了不少印子钱。

姚禄华也从郊外的破庙里搬出来，租了一间较大的屋子，每次吃饭都下馆子，不但抽大烟戒不了，时不时地还要听戏、逛天桥、下窑子。

姚润生在前门外护城河边找了一间没人住的小破房，听说姚秀敏要成家了，也过来帮忙。蔡朝武给了姚润生几块大洋，再三再四地嘱咐他，在婚事的操办上不用他帮忙，大伙要忙婚事没人照顾他的情况下，千万注意安全。

小时候家境好比较富裕，经常去找大夫治疗，也只能减少点发作次数，可一直也没治好。大夫说这种病基本无法根治，只能吃药尽量减少犯病的次数，到后来家道败落，能吃上饭就不错了哪还有钱买药，所以发病的次数多了起来，程度也比原先重了一些。

姚润生琢磨了好长时间，突然想明白了一件事，这个往日自己管他叫蔡大哥的人，现在要跟姚秀敏结婚了，姚秀敏论辈分是自己的侄女，蔡大哥就成了侄女婿，所以不仅不能再叫他蔡大哥，他应该必须管自己叫二叔才对。

哎！等会我，从前看着你比我大两岁，所以管你叫蔡大哥。现在你要跟我侄女结婚，你们是一辈儿人对吧，我是她的二叔也就是你的二叔，所以你以后就得管我叫二叔了。姚润生把钱揣到怀里，一本正经地挺直了身子，拿出长辈的样子。

这不还没结婚哪，结婚之后再说吧！蔡朝武看着这个个头不高，一天到晚混饭过日子的二叔，忍不住笑了笑。

那不行，眼看你们就要结婚了，你必须改口管我叫二叔。姚润生把头摇了摇，他认为这个事必须说清楚，侄女婿怎么能是自己的大哥呢。

您歇着吧，管你叫叔啊，输了我哪儿赢去啊？蔡朝武一边开玩笑一边说，对这个二十几岁还没自己肩膀高的男孩，还真开不了这口。

姚润生看着越走越远的蔡朝武，摸着怀里的几块大洋钱，感到了久违的愉悦，也到估衣店买了一身稍微整齐一点的衣服，想着省吃俭用过自己的小日子，又能应付一段时间了。

过了几天，姚润生又看见了蔡朝武，马上指着他说，你得管我叫二叔。

旁边门框胡同的卤煮可好吃了，肥而不腻又解馋又管饱，几个大子一大碗，炸灌肠跟褡裢火烧也不错，你去尝尝吧。蔡朝武绘声绘色地给他说了几句，笑了笑从兜里掏出几个大子，塞到他手里就走了。

　　姚润生听见有好吃的，就把叫二叔的事扔到了脖子后头，到了门框胡同买了几个大子的卤煮尝了尝，味道果然不错。

　　过了两天，姚润生又想起门框胡同的卤煮，还想喝两口酒，带上一个小酒瓶，先到酒馆打了二两酒，才到店里有滋有味地吃喝起来，很久没这么放纵自己，本来酒量不大，这二两酒一下肚，就算是痛饮了一回。吃喝完了之后觉得头晕，有点控制不住地东摇西晃，路上又犯了癫痫病，控制不住摔倒了，一头扎在护城河边的一个水坑里，水坑还真不大，可就这么呛死了。

　　姚润生去世的事情没多大影响，草草地处理了他的丧事，大家都全力筹备着蔡朝武和姚秀敏的婚事。姚秀敏做了一身最便宜的红布衣裤，只是在前大襟上有几朵绣花，蔡朝武则是一身长袍马褂，为的是结婚之后如果有事，还可以穿出去撑场面，用的也是最便宜的料子。

　　在举办婚礼之前，姚秀敏要把姚禄华的辫子剪掉，省的在婚礼上丢人现眼，可是姚禄华死活不肯。最后跟他讲明白，要是不剪掉辫子，就不让他参加婚礼，更不能以高堂的身份接受叩拜，喝酒吃肉什么都没有他的份。一听只是不让他去吃喝把他难住了。胡搅蛮缠地争执了半天，老大不愿意的铰掉了辫子，说是当爹的凭什么不参加婚礼，拜高堂我是一定要坐当间的。

　　结婚之后就要住自己的家里，蔡朝武在南城虎坊桥附近的帐垂营16号，租了一个只有一间房子的小院。杖锤营胡同在南城是个很普通的胡同，由于那时候识字的人很少，老百姓就把"杖锤营"通俗的叫成了"棒锤营"。石头舅舅住的果子巷，在虎坊桥的西边不远，溜达着十几分钟的工夫也就到了，两家离得近一点互相走动也方便，有什么事互相好照应。

　　房租不太贵，屋子里没有一件家具。有个朋友家送了一个小条桌，小条桌当中有个大洞，是人家用来放洗脸盆的，朋友家用一个旧凳子代替小条桌放脸盆，就把这个破条桌送给他们了。搬回家之后找一块木板，照着圆洞的大小锯下来一个圆片，从下面钉两根木条挡着圆木片掉不下来，在桌面上铺一块布，这就是一件最重要的家具。后来又借了一个榆木擦漆的连三桌，两把旧椅子，就是家里的全部家具。

　　租住的房子里面墙上黑乎乎什么都没有，他们买来石灰大白用水调和，仔细地刷了两遍三遍，才把墙刷成了白色，屋子里一下亮堂多了。窗户纸也换了新的，中间还加了一块玻璃。到市上买了两张年画，用糨糊贴到墙上，再把喜字也贴上。这几个喜字贴上之后好长时间也舍不得揭下来。

旧房子到处漏风，他们自己和泥到处堵漏洞。

蔡朝武对姚秀敏说，针尖大的窟窿，碗口大的风，要是不堵严实，冬天西北风一灌进来，冷得受不了啊。

俗话说"官不修衙客不修店"，可是把这屋子收拾漂亮一点儿，自己住着也舒服，无论什么时候进到房子里，都是干净利索整整齐齐的。房东看了也高兴，你们小两口真会过日子，一看就是恩爱夫妻，租房子就得租给像你们这样的。你们收拾房子花了多少钱我也不知道，这头两个月房钱钱就不要了。

在虎坊桥的碧艳春饭庄办了十桌，来了几十号人。

蔡朝武看了直眼晕，我哪有这么多亲朋好友啊？这都是陆叔主持操办，把同乐电影院的亲朋好友都请到了，他的脸皮薄没吭声。跟他说的是请的人越多收的份子钱越多，他也点头同意了。其实那会人们都苦哈哈的，有这么个机会吃上一顿，这辈子就算没白活。

康帮主把钓鱼和捞蛤蜊的任务分配了下去，临走还一个劲嘱咐大家伙都麻利儿的，十几个丐帮兄弟到南边三里河去钓鱼摸蛤蜊，两三天的工夫大家伙齐心协力，大大小小的钓了几十条鱼，还摸了一大盆的蛤蜊，每天都把收获送到碧艳春饭庄，总算是凑合着每桌上都有了几条小鱼和荤腥。剩下的就都是白菜、豆腐和萝卜，一个桌子上三大盆，每大盆都满满的，可惜没有一丁点儿肉。除此之外就是每个桌子上都有一斤劣质烧酒，每人一个窝头。

碧艳春饭庄有日子没这么热闹了。饭庄进门就摆着一张桌子，凡是进来参加婚礼的人都要从桌子前走过，每个人出的份子钱都要记录在案。拿出来多少份子钱，记录的同时还要高声喊出来。

张三随份子钱二十大子！

李四随份子十个大子！

碧艳春经理送二位新人，礼品一套

……

一共用了十五个丐帮的人，八个人穿上轿袍抬着新娘子，七个人连敲打带吹唢呐，一路也挺热闹的，把新娘子迎到了饭庄里。

随着司仪高声唱出的礼节，二人拜完了天地拜高堂，姚禄华坐在家长的位子上，第一次接受女儿女婿的叩拜，感觉这辈子到了今天才有了最高的脸面。石头舅舅作为男方的家长，同时接受了两个小夫妻的跪拜，最后夫妻对拜礼成，招待大家喝喜酒吃喜宴。

陆经理的几个朋友里里外外帮着忙乎，安排着客人入席，就连饭庄的经理都给他们俩送了一份贺礼，红漆木盒中一套女人用的梳洗化妆用具，另有一条无色透明的水晶项链。梳洗化妆用具中一把长柄贵妃镜制作工艺十分精良，厚厚的玻璃镜面呈芭蕉扇状，被一圈闪闪发光的小铜珠子包围，小珠子的外面还有一圈银色绞丝花边，编织成精制的各种图案。在三寸多长的圆柄上，粗细有致的变化，更加突出了这柄贵妃镜的艺术价值。

石头舅舅也穿了一身较整齐的衣服，带着小朝海跟姚禄华安排在一桌子，俩人只是因为这个婚事见过一面，寒暄几句也没什么话说。姚禄华只是一个劲地喝酒吃菜，最多跟舅舅劝酒碰一下杯，不管不顾的埋头吃喝。小朝海也有日子没见过这么好吃的饭菜了，除了看着哥哥嫂子傻笑几声，也是不停地往嘴里填东西吃。姚秀珍跟着姚禄华坐到桌子旁边，看见那满桌子饭菜什么都顾不上，只知道低下头多吃一点儿。这个桌子上的饭菜比其他桌子多不少，要不然真不够这一桌人造的。

石头舅舅看着这么排场的结婚场面，吃着很久没有见到的荤腥，慢慢喝着酒。想起了自己一家这十几年的遭遇，忍不住泪流满面百感交集。

仔细看看自己养的两个外甥，小的也长大了，个头快赶上他哥哥了，眉目间那种清秀和聪慧哥俩没两样。想一想自己的亲姐姐，自从家破人亡，再也没有一点儿音信，她这个当母亲的要是知道大儿子结婚成家了，得多高兴啊。再想想自己辛苦拉扯两个外甥，省吃俭用的艰难度日，真是太难了。现在好了，两个孩子都长大了，大外甥人高马大一表人才，找了个媳妇也是百里挑一的好女孩，真好啊！

可惜自己这辈子孩子生了好几个，可最后一个都没落下，那最大的要是没死，也该结婚了。越想越难受忍不住抽搐起来，越哭声音越大最后几乎变成了号啕大哭。参加婚礼的陆经理等人一见这情况，都围着这个蔡家的唯一长辈，不停地劝说着。石头舅舅慢慢止住了哭声，抬起头接过擦脸的手巾，慢慢地说，朝武虽说是我的大外甥，其实跟亲儿子一样，他结婚成家了，我这是高兴的啊！

这可是郎才女貌的好姻缘啊！司仪不失时机地大喊一声。

噢，噢！好姻缘！来吃喜宴的人也跟着大声捧场。

蔡兄弟这新郎官真够英俊啊！

噢，噢！新郎官够英俊！

蔡兄弟这新郎官真够帅气啊！

噢，噢！新郎官真够帅气！

新娘子漂亮不漂亮啊？司仪大声对着人们发问。

漂亮，漂亮！太漂亮啦！男男女女使劲地喊着，逗得大家满堂喝彩。

有这么漂亮的新娘子是谁的福气？

是新郎官蔡朝武的福气！七嘴八舌的喊叫声，把现场烘托得很热闹。

蔡朝武把金枝玉叶娶回家哦！司仪每喊一声，就有几个人随着大声噢噢地喊几嗓子。

没法说话是因为嘴里都没闲着，几年没有吃过这么好的饭菜，还别说能喝到酒了，闷头吃吧！

按说二人经历了千辛万苦，死去活来的终于修成正果结婚了，应该特别开心满足。可是因为要请客吃饭租房子，借了不少印子钱，给他们俩的心理造成了沉重的负担，一想起这个事就愁得慌。姚秀敏忍不住问了蔡朝武好多次，掏了这么大窟窿什么时候能填上。蔡朝武虽然心里也沉甸甸的，可还是安慰她不用怕，说这回借的印子钱是托了好朋友，利息比别人都低，自己有能力也有办法，用不了多久，所有的账都能还清，一切有他这个男人撑着，天塌不下来，再三宽慰让她放心。婚礼尽管热闹，他俩也跟大家伙一样高兴，那笑容却像挤出来的，个中缘由只有自己能体会。

很多人回敬二位新人喝酒，蔡朝武心里有数每次都呡一小口。新娘子姚秀敏也每次只是端着酒杯沾一下嘴唇，听人喊她是金枝玉叶，心里琢磨金枝玉叶应该是皇上的女儿，或者达官贵人公主的身份才有的称呼，我也能有这样的称呼？心里别提多开心了，就这句"姚秀敏是金枝玉叶"的话，她记了一辈子。

姚秀敏不会喝酒，从来都没沾过一滴酒，有人过来给她敬酒，她就笑着推脱开，最后把那杯酒敬给了石头舅舅。虽然一杯酒也没敢喝，可是闻着酒味竟然觉得特别香甜，敬完酒之后意犹未尽，特意到厨房里屋放酒的坛子边上，打开了酒坛的盖子，在酒坛子上闻了一下，更觉得香气扑鼻很是受用。没料到多闻了几下，竟然不胜酒力醉倒在地上。

大家找不到新娘子都问蔡朝武，新郎官的新娘子上哪儿去了。有人发现了姚秀敏倒在厨房里的地上，赶紧进来报告。蔡朝武和几个客人大吃一惊，赶快跑到厨房里屋，蔡朝武小心地把她抱起来问她怎么了，她醉眼惺忪地说，我闻着酒味挺香的就睡着了。

哈哈……哈哈！闻了闻酒味也能醉啊，没听说过。这种闻所未闻的趣事，笑倒了一屋子的客人！

婚宴很快就结束了，原因就是吃喝的东西太少。

陆经理临走的时候，拍了拍蔡朝武的肩膀跟他说，忙了这些日子也挺累的吧，给你几天假，在家歇几天，享受几天新婚宴尔的好日子，歇够了再上班。

谢谢陆叔！这些日子也给您累得够呛，您放心，我过两天就上班。蔡朝武赶紧表示感谢。

不用着急啊，反正也没几部片子放，我们几个人足够了，你歇够了再说吧。陆经理非常体贴理解地向他点了点头，脸上一副过来人的笑容。

为了结婚的排场，坐轿子的执事，加上十桌请客吃饭的钱，二人结婚之后整整忙了一年，才还完账。那些来婚礼上吃饭的所谓亲朋好友，每人随的礼金也就是十几二十个大子，哪补得上亏空啊。

那年，蔡朝武虚岁二十七，姚秀敏周岁十六。

①④
结婚之后

　　虎坊桥在珠市口和菜市口之间，是宣武区主要的一个十字路口。明代时南北有一条大明沟（今南新华街），沟上东西走向跨有一座木桥，桥南有水洼，在桥的西北磨脐胡同是虎房，有笼养着几只老虎，设牢笼铁门，防止老虎逃跑，故此桥叫虎坊桥。清代将木桥改建成石桥，《箕城杂缀》记载："虎坊桥在琉璃厂东南，其西有铁门，前朝虎圈也。"

　　虎坊桥属于京城的南城地界，京城历来有"东富西贵南贱北贫"的说法，这种说法打明清时期渐渐形成，简单明了地概括了老北京人群分布的特征。

　　东富，这个富字儿在字典里有一种解释是"资源、财产"。"西贵"，富和贵二者区别还是挺大的，字典中对"贵"有这么一种解释"指地位优越"，有钱的可以称为富，有身份的才能称之为贵，也就是说"富"不见得就"贵"。"南贱"，贱，说的是"地位低下"，"北贫"，贫就是"穷"。所以贫贱也不能混为一谈，"贫"不见得就贱，很多清末的贵族家里都穷得揭不开锅了，但是派头儿一点不减。有句京城话说得好——驴死架不倒！

　　说东城富裕，起码有两点是最直接的证据：第一，京城的漕运都集中在东面，元代漕运的船只一直可以通到积水潭。所以东城的粮仓非常多，比如海运仓、新太仓、禄米仓，南新仓等等。第二，谁都知道这句话"头顶马聚源，脚踩内联升，身穿瑞蚨祥，腰缠四大恒"。所谓"四大恒"就是四家带"恒"字的钱庄，这四家分别是恒兴号、恒和号、恒利号和恒源号。可以说东四是清朝名副其实的"老京城金融街"，四大恒的银号全在它这儿扎堆儿。

西贵，贵是身份地位的象征，当官的肯定比老百姓有地位，比当官的还有地位的是和皇上沾亲带故的人。这就是贝勒、王爷。一说到王府、贝勒府扎堆的地方首推什刹海，早年间什刹海周边不光是寺庙多，王府也多，起码不下十座，王府扎堆西边有一种说法，第一，西边离皇宫近，进宫商议国事方便。第二，京城地图如果您从中轴线一对折，水面都在西边，前海、后海、积水潭、北海、中南海，有水景色就好，临湖而居，青柳垂岸，好地方肯定皇上家的亲戚住了。

南贱，顾名思义说的是老京城南城的居民身份地位比较低贱。南城大部分居民都是卖力气吃饭，吃了上顿没下顿的穷苦人，还有就是"三子"多，哪三子呢？戏子、窑子、举子。等到没有了科举制度，举子也就不存在了，基本就是穷苦人的聚集地。

北贫，北城是正黄旗和镶黄旗的地盘，清末铁杆庄稼一倒，遗老遗少们断了钱粮，靠变卖家当过日子就越来越贫穷，正应了那句话"脸比命值钱"。穷身份在旗，即便穷也不低贱，哪怕家里的被窝都当了，这些旗门儿大爷出门也得穿得倍儿体面，这就是北贫的由来。

蔡朝武和姚秀敏结婚之后三天没圆房，不知道该怎么办，俩人到了晚上就聊天。蔡朝武给姚秀敏讲了不少他小时候家里的日子，回想起父母都在的时候，免不了一阵唏嘘。姚秀敏给她讲了一些自己家里的事情，包括爷爷是怎么保护下了临汾会馆的地界，又怎么收到了朝廷的封赏。通过几天的聊天互相的了解越来越多。

我想起一件事，你看看我还有相片呢。姚秀敏想起自己和吴婶一起照的相片，又兴奋起来，很快取出那张相片，拿给蔡朝武看。

是挺好的，前两年照的吧，有点不清楚啊。蔡朝武看出了毛病，他虽然自己没照过相，但是看见过别人的照片。

怎么不清楚啊，你看这鼻子、眼睛、嘴，多像我啊，多清楚啊。姚秀敏不乐意了，指着相片一个劲地问他。

好好，清楚，太清楚了，一看就知道是你。蔡朝武一看小媳妇不高兴了，赶紧哄着。

就是挺清楚的嘛，你非得说不清楚。姚秀敏还不依不饶的。

是挺清楚的，刚才我没注意看，都赖我啊，你看，你还有张相片呢，我这么老大不小了一张相片都没有呢。蔡朝武没有别的主意，只好接着说好话，接着哄媳妇。

哼，这还差不多。姚秀敏总算出了一口气，喜笑颜开地饶了他。

过了三天，蔡朝武就到电影院上班了，给大伙分了几块喜糖和几把瓜子，就开始干活，正在打扫电影厅的时候，经理陆庭浦夹着个皮包进来了，一看见他，老远就跟他打招呼。

朝武，新婚大喜的没几天就来上班，不知道的以为我这当叔的也太不通人情了，我再放你几天假，你们小两口多亲热几天再来。

陆叔，我谢谢您了，千万别提放假的事，我这有个事由就得好好干，比那些个满世界打游飞找嚼谷的强多了。蔡朝武心里知道这是客情，也得把这个客情接过来表示感谢。

这几天没睡好觉吧，有女人的日子就是不一样啊，圆房感觉怎么样？陆经理凑近蔡朝武低声询问着，憋着一脸的坏笑。

蔡朝武心里正为这事发愁呢，既不好意思跟谁说，更不知道怎么开口问这件事，一听陆经理提起这事，灵机一动马上把他拉到旁边坐下，悄么哑声地问起来。

陆叔，这件事还真的请教您，我们两口子都不懂这事怎么办，我是没爹没妈，秀敏只有一个废物爹，婚是结了好几天，我们俩到晚上就知道聊天，不知道怎么办圆房那事，您能跟我说说吗？

还真是的啊，你看……那什么，我告诉你啊……咳……这事还真是不好开口说，这么着吧，你在这等着我，我这就回家跑一趟，给你拿点东西来，你一看那东西就知道了。陆经理一看蔡朝武如此郑重的向他请教，也立刻严肃起来，说完站起身拍了一下蔡朝武的肩膀，示意他等一会儿，自己马上回来。

没多久，陆经理回来之后左右看了看，见没人注意他，就从怀里掏出一个小折子，偷偷地塞到蔡朝武手里。

你在这别看，先把它藏好了，也别让外人知道了，这个折子叫春宫图，是从朋友那儿借来的，你看完了还得再给我，回家再看吧。陆经理神神秘秘的说完之后，冲着蔡朝武挤了挤眼睛咧嘴一笑，进了后院办公室。

蔡朝武愣了一会儿，忍不住好奇心把春宫图慢慢打开，只看了一眼马上满脸通红地合上了折子，心里一阵怦怦狂跳，立刻塞进怀里按了两下，这才踏实了。

蔡朝武把春宫图带回家，跟姚秀敏两个人一起看，这回是两个人脸红心跳，从此之后，两个人才知道夫妻生活是怎么回事。

婚礼办得的确很风光，可是把所有的钱都花光了，还拉下一屁股两肋条的账，所以尽量省吃俭用，从嘴里抠出钱来还账。

从帐垂营胡同到同乐电影院上班，这段路程大约有三里地，每天都要走着去走着回家，蔡朝武真想有一辆自行车。那年头自行车都是进口货，随便什么牌子的都需要几十块大洋，尤其是英国的风头车，新的要二百多块大洋，相当于买两辆洋车的钱。

有一天蔡朝武到了同乐电影院，正在干活看见堂伯推着车进来了，马上笑着打招呼，堂伯您早，上班来啦。

早，我说朝武，胡同口修车的老刘，让我给您带句话，说让您抽空去他那儿一趟。堂伯打心眼里喜欢这个勤快懂事又有礼貌的小伙子，受人之托忠人之事，先把这件事情交代完，心里就踏实了。

得嘞，我知道了，谢谢您！蔡朝武笑着点头，他也觉得这个有点性格的老头，人性挺不错。

自从蔡朝武结婚以后，上班就是从大栅栏胡同的西口进来，有一段时间没到东口那边去了，所以也就见不到老刘和他那个修车摊。听说老刘让他过去，就抽空去了，多日不见更显亲切。

互相寒暄几句，说到蔡朝武结婚的事，告诉他那天他也到了婚礼上，只不过人太多没顾得上说话。说这是几年以来他参加的最隆重热闹的一次婚礼，你们二位婚礼的排场，在这一片绝对有了大面子。

等我回家之后，想到了将来您再上班的时候，这段路程可是不远不近的，就惦记着帮您弄一辆自行车。估计这回结婚的花费一定不小，打听了一下才知道，您拉了不少亏空，那这自行车的花销就应该越少越好。老刘慢条斯理地把自己的想法说了出来，从话语里就能听出他对蔡朝武的关爱。

啊哟！刘叔，那可真是让您费心了，不过我现在哪有能力买车啊。蔡朝武绝对想不到刘叔还想着给自己弄一辆自行车，感激之情溢于言表。

要是别人兴许帮不上这个忙，您怎么就不想想我是干什么的呢，您到后边看看。刘师傅说着站起身，走到车摊后面矮小的棚子里，这是为了平日遮风挡雨和存放工具、材料的棚子，虽说没什么值钱的东西，可是平日收摊之后也要上锁，老刘说这是锁君子不锁小人。

您看看这是什么？刘师傅打开门，指着里面的一辆自行车，让他看看。跟在老刘身后的蔡朝武，看见里边有一辆英国产的凤头车，像是被汽车碾压过，车架子和两个车轮都变了形，上面还有一些锈红色的痕迹。

这是……怎么档子事啊？蔡朝武看见这辆歪七扭八的车问道。

这是我昨晚收的辆残车，车主被汽车轧死了，家里觉得晦气，就卖给我了。刘师傅把话说清楚了，想看看他是什么意思。

就算是压坏了，这也是凤头车啊，零件也值不少钱呢。蔡朝武知道自己的经济情况，压根买不起自行车，就算是一辆破车也买不起。

这是死人骑过的车，很多人都觉得晦气，就像死过人的房子叫凶宅一样，不少人都忌讳这样的东西。不知道蔡先生您忌讳不忌讳？

我也不知道，可是听着挺瘆人的。蔡朝武随口说到。

这您就真是不懂了，世上几千几万年以来，哪间屋子里没死过人，就算是紫禁城也死过好几位皇上了吧，要是忌讳怎么不搬家呢。人都是自个吓唬自己个，什么凶宅呀忌讳啊，都是瞎掰。刘师傅年纪毕竟大不少，经历过不少事，所以对于这类事情有自己的见解。

您说的也有点道理。蔡朝武听了还不能完全接受。

什么叫有点道理啊，我说的就是一个实理，再说您也没做过什么伤天害理的亏心事吧？刘师傅为把道理说得更明白，就再往深里讲。

我还真没干过什么害人亏心的事。蔡朝武心里坦然，所以说得理直气壮。

这不结了，不做亏心事，不怕鬼叫门，行得正坐得端，身正不怕影子斜。所有的忌讳和害怕，都是心里有鬼。刘师傅把自己想出来的道理，都讲出来了。

呵，刘叔您懂的还真多。蔡朝武感叹，看着不起眼一个修自行车的，居然能把人世间的道理看得如此透彻。

嗨嗨，肚子里就这么一点儿货，今个就全掏给你了。刘师傅听见蔡朝武这么说，不好意思地笑了笑。

刘叔，这车都被轧成麻花了，还能修好吗？蔡朝武也深知每天骑车过来能省劲省时间，羡慕人家有车骑，可是这辆车能不能修好，他心里没谱。

你把那个"吗"字去了，能修好。我仔细看了看没有硬伤，车架子拉直，瓦圈拿龙，大毛病弄好了，其他都是小毛病，你得空就来帮帮我，咱爷俩一定能修好它。刘师傅一句话说明白了，给蔡朝武吃了一颗定心丸。

行！刘叔您买这辆车花了多少钱呢？蔡朝武想起钱的事，心里不踏实。

我花了五块钱。那人死活要十块大洋，我说这上面带着死人的血呢，您就是把血擦干净，也看得出来这上面有一条人命，何况坏成这样了，能给您五块钱就不算少了，要不然你再推到别人那看看。刘师傅也明白蔡朝武的家境，把事情的前后说了一遍。

他要是推走可就没戏了。蔡朝武听了这个故事，也觉得有意思。

我一看他那烦躁样，就知道他恨不得赶紧扔了这个晦气恶心的破车了，死活不松嘴。结果就用了五块大洋，拿下！刘师傅得意扬扬地看着蔡朝武，就想让这个小伙子服气。

凤头新车大概二百多快，旧车也得一百多块呢，五块钱拿下来就跟白给的似的，真不愧是见过世面的刘叔，这事办得漂亮。不过刘叔，您这五块大洋，我得慢慢还给您，手头真没钱。可是要有了这辆车，我就能再找点差事挣钱还账，快点过上舒心的日子。蔡朝武心服口服这位刘大叔，但是也得把自己的情况说清楚，不能打马虎眼。

没事，我又不缺这俩钱，什么时候有了再给我。刘师傅听见这么夸他，心里高兴的就像吃了蜜蜂屎，甭提多美了。

那可太让您费心了。蔡朝武高兴坏了，赶忙双手作揖表示感谢。

我在你那婚礼上吃了一顿，就给了二十个大子的份子钱。我还看见有的人只给了十个八个的大子，就知道你肯定拉了饥荒，这就算是刘叔我帮你一把，谁让咱爷俩有缘呢。刘师傅想起那个排场的婚礼，一直都为他担心。

多谢刘叔了！蔡朝武没料到刘师傅为他的事这么上心，连连作揖鞠躬，由衷地表示感谢。

跟您说句实在的，我真佩服您这胆量，原先也有心想让姚大小姐当我儿媳妇，可是一听她爸爸是个大烟鬼，就害怕了，没敢再往下说。刘师傅低声把心里话说给蔡朝武听。

哎哟，还有这么档子事哪，我可一点儿不知道。蔡朝武吃了一惊，老实巴交地说。

您以为怎么着，就是您看上这位姚大小姐啦，告诉您吧，看上这位姚大小姐的人海了去了，可是谁有这么大胆子啊，您真是好样的。刘师傅一伸大拇哥，表示真服气。

从此，只要能腾出时间来，蔡朝武就到修车摊上来修理这辆破车，前后用了一个多月，在刘师傅的帮助下，终于修好了这辆凤头自行车。蔡朝武在修自行车的技术上也算出徒了，他跟刘师傅说，日后要是实在没饭辙了，就在虎坊桥也摆一个修车摊，不怕没饭吃。

刘叔笑着说，你是文化人，哪能干这种下死力没出息的活呢。

话可不是这么说啊，谁知道这辈子能遇见什么事，三十年河东三十年河西，世事无常。蔡朝武又想起多年前一家人从天堂般的日子，一下跌到了地狱里，那情景给他心理造成了巨大的阴影。

蔡朝武个头高长着两条大长腿，往自行车上一骑两只脚就能踩着地，没有一会儿工夫就把骑自行车的技术学会了，骑了几圈之后也就没什么问题，从此有了自己的自行车，就像有钱人买了一辆小轿车一般，心里美啊！

蔡朝武和姚秀敏结婚之后，两人建立了自己的新家，再苦的日子也有了盼头。蔡朝武记得一句俗语"夫妻一条心，黄土变成金。"讲给姚秀敏听，姚秀敏也听老人说过类似的话，所以二人商量好，一起想办法挣钱养家，男人负责多挣钱，女人也尽力挣钱贴补家用，家里的收入由女人掌管，安排好吃穿用度，有什么事商量着办。结婚时的这一决定，贯穿了他们一生。

有人告诉姚秀敏离家较远的一家服装厂招工人，需要会锁扣眼的，姚秀敏去见工之后，招工的认可了她的技术，她就去工厂上班了。蔡朝武每天早上都送她到工厂，姚秀敏锁扣眼的手艺好，干活利索出活多，工钱是计件算的，所以每个月都能为家里补贴不少。

两个人一起出门做工，一个去电影院一个到被服厂，结婚不久还有些抹不开面子，虽说是一起出门，蔡朝武不好意思骑车带着她，借口说骑车一会儿就到了，还不如推着车一块走，还能多聊会天。

蔡朝武上班干活更加勤快，跟谁说话都面带笑容。每到最后一场电影快放完的时候，就盼着下班赶紧回家，听着从她那张小嘴里，发出清脆悦耳的声音，不管说什么都是一种享受。蔡朝武从小就在父亲的影响之下喜欢唱京剧，回家的一路哼唱着京剧，人还没进家姚秀敏就能听见他唱戏的声音。

姚秀敏发现墙角有一个纸盒子，是帽店里给客人装帽子用的，打开看见里面都是破袜子。因为蔡朝武是汗脚，袜子即便洗了也臭气熏天，于是拿出来再重新洗干净，找来碎布头一双双地补了半个月才补完。

深秋，京城马路两旁的树叶子，渐渐的发黄枯萎，一阵风就吹落一地。正在电影院里干活的蔡朝武，忽然听到大姨说陆经理叫他，于是赶紧到了经理办公室，看见有个穿着像个老板样子的中年人，正在跟陆经理聊天。陆经理见他来了，站起来笑着对他说，这是前门大街新星照相馆的魏老板，想找人照几张橱窗里展览的照片，我觉得你们两口子都挺上相就推荐一下，魏老板想见见你。

魏老板也随着站起来，见到蔡朝武眼前一亮，蔡先生果然名不虚传，身材长相堪称完美，真是一表人才啊。

魏老板您过奖了，我就是一个普通老百姓，哪里是什么人才呢。蔡朝武听清楚了陆经理的话，也明白了魏老板是客气，自己也顺话搭音。

蔡先生不用客气，想请您拍几张橱窗里用的照片，自然不能与一般来照相的客人同等待遇，不但免费照相还要送您一张八寸大照片，您看行吗？魏老板心里明白请不起大明星和名媛名伶，只能找一般老百姓，送一张照片就打发了。

承蒙您看得起我，免费照相还送大照片，先谢谢您了。您说什么时候去好呢？蔡朝武并没把这件事看得多么重要，顺口答应了。

我得谢谢您愿意帮我这个忙，那就跟陆经理这儿告假，明天上午十点左右怎么样？魏老板转过脸看着陆经理，也想尽快把这事办完。

这年头活也不忙，明天你上午去照相，下午吃完饭休息一会儿再回来，别耽误晚上的那场电影就行。陆经理也乐得不出什么力，还能帮上朋友一个忙。

那就说定了，明天上午十点左右我去您店里，我先干活去了。蔡朝武说完转身要走，魏经理赶忙叫住了他。

不光是您来，还得带上您的新媳妇，姚家大小姐我也知道，你们俩真是郎才女貌，照张相片留纪念多好啊。

也行，明天我带着她一块去，要是再加一个老太太行吗？蔡朝武想着不光自己两口子，也想跟吴婶一起照张全家福呢。

没问题，只要您觉着能上相的人，再来两个都成。魏经理心里高兴，拍完了要选理想的摆到橱窗里，顶多也就多拍几张的事，选择的面还大了呢。

蔡朝武回到家里，把这事跟姚秀敏和吴婶说了，听说能拍大相片还不花钱，这两个女人都挺高兴，尤其听到将来还要摆到橱窗里，更是兴奋得不得了。姚秀敏想着将来照相馆的大玻璃后面，也能看到自己的照片，心里美滋滋的。于是找出最合身的衣服，商量着头上戴哪朵花还有穿什么鞋，一直折腾到挺晚的才算消停。

第二天三个人穿戴整齐，按时来到了新星照相馆，魏老板一看这三个人乐得嘴都闭不上了，这么干净利索的三口人家，个个模样都拿得出去，这拍照绝对漂亮啊。一看他们都穿的短打扮，赶紧叫小伙计拿出几件衣服，挑出一件棉旗袍叫姚秀敏换上，再配上一条丝绸围巾，头上加了几朵花。

魏老板在为客人准备好的衣橱里，给蔡朝武挑了一件呢子大衣，又找了一顶长毛绒帽子，加了一条大花格围巾，仔细端详了一下，拿出一个眼镜架，架到鼻子上一看，太帅气了。老太太也配上一件长袍，三个人摆好位置，换了几个姿势，各拍了几张。然后又给每个人单独拍了几张，整整忙乎了俩钟头。

刚忙乎完了，见进来了一个学生打扮的女孩。魏老板认识这个女孩，她哥哥的照片也在橱窗里摆着呢，一见她进来马上笑嘻嘻地走上前问，严小姐您来啦，有什么事吗？

天都这么冷了，你怎么老让我哥哥在外边冻着呀？女学生指了指门外，满脸的不高兴。

噢！我明白了，天是有点冷，我马上就把您哥哥的照片拿进来，您看着啊。魏老板一下就听明白了女学生的意思，这是把照片当成人了。于是吩咐小伙计，打开橱窗取出一个年轻男子的照片，当着女学生的面，用布包好放到了柜子里，女学生满意地点了点头，走出了照相馆。魏老板不禁苦笑了一声。

这时姚秀敏想起了一件事，禁不住发问，魏老板我问您一件事行吗？

您说，您说，只要我知道的，没问题。魏老板不知什么事，赔着笑脸满口答应着。

我听说照相能勾魂摄魄，还能吸人血，是真的吗？姚秀敏一直想把这件事弄明白，可又不知道问谁，猜想这照相馆里的老板应该知道吧。

是啊，这到底是怎么回事呢？吴婶也想知道。

我也听过一耳朵，老百姓之间确实有这个说法，其实这是没有的事，我怎么跟您解释呢？魏老板想了想，走到柜台边上拿起自己的老花镜，又拿起一张白纸。把老花镜对着玻璃门外，然后在白纸上找到焦点，你们看看，这个老花镜就像照相机的镜头，在纸上能看到外边的人和车的景象吧？

几个人凑过来果然看见了外边的景象，真的哎！还能动呢，可怎么都是反着的呢？几个人都凑过来，惊奇地看着在纸上的影像，姚秀敏又看出了问题。

这时正好外边有一个人站着，似乎在等，可是他的样子在纸上就反着，头朝下脚朝上。

你们先看看这个人，他的影子已经在这张纸上了，可是他的魂魄进来了么，他的血吸进来了么？没有吧？要是能把人的魂魄和血都吸进来，这么一会工夫得吸进来多少啊，连人带车还有对面的那么些房子，我这里能装得下么？这里头能看见的就是个影子，影子一过就什么都没有了。魏老板先把这件事讲明白，然后把老花镜和白纸都放回原处。

照相机就是用科学的方法，把人的影子画到纸上，既不勾魂摄魄也跟吸血没关系，只不过画完之后，咱们看相片的时候，把原先头朝下的相片正过来，头朝上看就行了，这回明白了吧。魏老板觉得自己居然能把这么深的科学道理讲明白，太有成就感了。

这会儿可算弄明白了。几个人不住地点头，弄明白这个大疑问，心里一下豁亮多了。

说简单点，您回家拿一个鞋盒，在盒底上扎一个窟窿眼，在上盖挖一个大窟窿，蒙上一张薄纸，照样能看见对面的人影，在科学上这叫小孔成像，您要是能拿笔描着画下来，就是一张照片，不信您回去试试。魏老板又专门对蔡朝武讲解一番，一边说还一边比画着。

是吗？那我回去试试看，有点儿意思啊。蔡朝武听了魏老板讲的内容，觉得很有意思。

其实我们每个人的眼睛，就跟一个小照相机似的，前边有个小放大镜，后边就能见到别人的模样了，咱们自己的心里就把那个模样正过来看，只不过大家伙都不知道。魏老板做了这么一大篇科普讲座，也觉有点口干舌燥的，回身拿起茶碗喝水。

你这么年轻，应该学点科学知识。魏老板专门对蔡朝武说了一句。

蔡朝武虽然话不多，可是觉着这件事很有意思，照相的道理原先真不知道，这可是一件非常大的收获。等回到家里之后，真拿着吴婶的老花镜，来回来去地比量了好长时间。弄得吴婶只要找不到老花镜，就过来问他，是不是又被他拿走看西洋景呢。

后来蔡朝武还真照着魏老板的说法，做了一个小孔成像的纸盒，有时候对着没人的地方看看，有时候把姚秀敏或者吴婶叫过来，站到对面看看，可惜一张相片也没画出来过。

过了几天照相馆的伙计把一张棕色的八寸大照片，送到了同乐电影院里，交到蔡朝武手上，大家伙都围过来看，一时间啧啧之声不绝于耳。

真漂亮啊，还是带色的呢！

可不是，这么大一张照片，得花一块大洋才能拍吧？

一块大洋？做梦去吧，比这小得多还得一块大洋呢。

这一家子的全家福，照得多漂亮，人长得好就是吃香啊。

全家福不是都得到吗，这人也不够全啊。

你懂什么，照相的全家福就是得缺一两个，全到了不吉利。

啊？还有这么一说哪。

围着一伙人传看着照片，你一言我一语地议论纷纷，蔡朝武笑而不语，心里美得不知道说什么好了。

蔡先生，我们老板说这次您帮忙照的橱窗相片，只能送您这么一张大八寸的，您要是想全套照片都要一张的话，少说也得花三块大洋，有工夫您跟我们老板说吧，我先回去啦。小伙计把蔡朝武拉到一边，小声地说了一句。

您请，有工夫我过去拜谢。蔡朝武忙不迭地拱手相送。后来也觉得花不起那三块大洋，再也没提其他的照片。

蔡朝武把相片拿回家之后，姚秀敏和吴婶都特别高兴，看了又看，姚秀敏心里暗暗惊奇，这张相片可真清楚，比她上次照得清楚多了，那眉眼、花围巾和头上的花，全都真的出现在相片上，第一次看见这么漂亮的相片，甭提有多开心了。何况旁边还有那么帅气的爷们，还有富态的吴婶，她第一次有了心满意足的感觉，心里那叫一个舒坦。

这一家人的大小照片放到橱窗里一摆放，又在大栅栏附近轰动了一阵，认识不认识的都过去看几眼，照相馆的生意一下子火了起来。蔡朝武带着姚秀敏和吴婶也过去看了一次，想要照片又舍不得花钱，只好作罢。蔡朝武自己单独过去看了几回，他觉得这个技术太棒了，只可惜自己不懂，也就没法学会照相技术。

相片在照相馆的橱窗里摆了半年多才撤下来换成了新的一套，其中依然有这一家人的照片，几年之后才慢慢地都换成了新照片。即便是有想法，蔡朝武也不敢问魏老板，旧照片能不能给他们。

冬天到了，为了解决过冬吃菜的问题，小两口腌了一小缸咸菜，有芥菜疙瘩、萝卜和雪里红。姚秀敏说要把雪里红先用大粗盐揉一次，这样腌出来的咸菜特别好吃，蔡朝武按照这个方法把菜腌上，等到腌透了拿出来一炒，果然比不揉的好吃多了。

同乐电影院的工作是在下午才开始，蔡朝武有了自行车之后又接了一份送报纸的活儿，每天早起要送三百份报纸。有一个茶叶店想在高档茶叶桶里加上一点说明文字，找到了蔡朝武，于是就多了一个活儿。每天送完报纸之后，就为茶叶铺写一个小时的字，写好了介绍茶叶的小纸片送到茶叶铺。这样每天从早到晚，蔡朝武一个人干着三份工作。

蔡朝武一直写的都是大字，现在接的这份工作，要写蝇头小楷。为了把差事接下来挣点钱，先把蔡朝海叫来写，自己下苦功夫练习了一个礼拜，很快就写得很利落精美，看着自己写好的那些字迹，心里十分感慨，一旦事情把人逼到了份上，潜力一下就被激发出来了。

看见蔡朝武又揽了一件差事，每天都要写那么多小字，累得腰酸胳膊疼。姚秀敏心疼自己的男人，在身后帮着给他捏肩捶背。蔡朝武手里舍不得放下笔，但是伸开两条胳膊活动了一下腰背，嘴里赶紧说好话。

还是我老婆会疼人啊，就这么捏锤两下，全身都舒服了。

我看你干两件活儿就挺累的了，怎么又揽下一件差事，把自己累坏了怎么办？

吃完中午饭才上同乐呢，这点儿小活在家里捎带手就干了，不累。

你这么累着自己，就跟人家说的一样，狗揽八泡屎，泡泡舔不净，把差事干砸了就麻烦了。

哪能啊，我年轻力壮的，多受点儿累不要紧。

可是你也别这么拼命，咱们紧着点儿过日子，早晚能还上这饥荒。

　　欠着人家那么多钱，心里不舒服啊，什么时候都还上了，过踏实日子才舒心呢。

　　我好好跟你过日子，别着急啊！

　　送报纸骑车把屁股都磨破了，自己也看不见后边的伤口，到了晚上只好让姚秀敏给上点药。

　　知道这两口子的为人，也知道他们的困境，很多朋友有了机会就帮助他们一下。就连大户人家死人了，需要送殡的人也叫上他，不但管吃喝给一份工钱，还能落下一件白布孝袍子。攒下了几件孝袍之后，到了冬天就把孝袍子染成黑色，再续棉花做成棉袄，省下一笔买棉布的钱。

　　一年到头吃白菜汤、窝头，省钱啊。实在吃烦了，就改吃贴饼子，或者煮籸籸儿或者菜团子。

　　贴饼子做起来比窝头要麻烦一点儿，烧火要注意火候，既不能烧煳了，也不能欠火。贴饼子要在水开了之后，贴早了，饼子就会出溜到锅底的水里。刚熟的贴饼子贴在锅上的那层硬外壳也叫喀巴，吃起来特别香。

　　煮籸籸儿是用开水烫面，把和成的玉米面拍打成一个个小饼，切成一厘米见方的小方块，类似赌博用的骰子大小，用笸箩摇得紧实一点，形状是方形圆角，然后下水煮熟，煮熟之后捞出来，用炸好的黄酱炸拌着吃。

　　最欢迎的是吃菜团子，菜团子因为里面的菜多，还有些黄酱，有可能也会加点儿大油渣、小虾皮等油腥，那是从开始做就盼着出锅的好东西。包大菜团子是个技术活，用没有多少黏性的玉米面，包进去一块很大的菜馅，是不容易的。一定要把玉米饼子双手捧着，把一大团菜馅放在中间之后，在用两个大拇指往当中压菜馅的同时，用另外八个手指轻轻地往上合拢玉米饼子，不能使菜馅有一点露出来。要包出薄皮大馅的菜团子，需要练习一段时间。

　　结婚之后没几个月就要过年了，蔡朝武这些日子上下班，想起小时候自己家里过年的情景，心里一阵热乎。

　　秀敏，没几天就要过年了，你说这个年怎么过啊？蔡朝武晚上写完了茶叶铺要的小楷说明，收拾着笔墨纸砚跟媳妇商量。

　　不是有那么句话吗，傻子过年——看隔壁，人家怎么过，咱们也怎么过。姚秀敏无限佩服地看着丈夫写完了小楷字，赶紧倒了一杯水，送到丈夫手上。

我看了不少日子了，别说周围的邻居，就连大栅栏那些个买卖家也没有什么过年的劲头。蔡朝武接过水慢慢地喝了一口，想起那些买卖家的情景摇了摇头。

可不是嘛，这个世道能活着就不易了，过不过年的也得活着。姚秀敏有了自己的小家，一门心思地跟着过日子，甭管多苦多累都心甘情愿。

咱们这可是结婚头一年，过年怎么也得吃一顿饺子吧，你说呢？蔡朝武觉得自己怎么也应该让媳妇开心一点，说出了自己的想法。

吃不吃饺子都行，我听你的。姚秀敏在这个问题上不再过多考虑。

那咱们就跟那几个债主说一声，过年这个月先少还点账。蔡朝武有心把结婚之后的第一个新年过得好一点。

今年结婚那顿饭已经把过年的钱都花了，我看咱们就不过年了，早一点把欠下的账还上，心里就踏实了。姚秀敏的心里一直被那些账压得喘不过来气，一心想把账还完了。

我也是这么想的，到过年也换换样吧，哪怕就买一棵白菜吃一顿饺子也好啊。蔡朝武想起这好几个月都是窝头咸菜，一定要在过年这天给小媳妇换换口味。

行啊，你看着办吧。姚秀敏看着兴致勃勃的丈夫，也不想让他扫兴。

蔡朝武花了几个大子买了张红纸，找了一根破竹帘子上的竹坯，用小竹坯栓了一个架子，周围糊上了红纸就成了一个小红灯笼，里面放上根小蜡烛，点起来屋里添了几分喜庆。

还会做小灯笼哪，你可真能干。姚秀敏眼看着他的手里放下这样拿起那样，剪剪缠缠摆弄了一阵子，一个长方形的小灯笼就做出来了，又是一阵惊喜，自己男人的手真巧啊。帮着他收拾完剩下的碎纸竹坯，又拴上了四根线绳，把小灯笼挂到了屋子正中间，你看看我、我看看你，两个人的心里都乐开了花。

这样的小玩意不难做，稍微一琢磨就会了。我再给你做一朵花戴。蔡朝武看着她娇小玲珑的样子特别喜欢，找出红头绳做了一朵头花，用卡子别到头上。

到了年三十那天晚上，只有稀稀拉拉一些鞭炮声，显示出了一点儿过年的气氛，蔡朝武自行车把上带着一个包袱皮，把过年的东西都包在里面回到家中，俩人坐在一起和面剁馅包饺子。

你还真买了洋白面啊，过年咱们也吃上饺子了，真好。姚秀敏惊喜地看着包袱皮里的那些年货，没想到买了这么多。

没舍得多花钱，买了一棵白菜，两个萝卜、一斤洋白面还有点虾米皮，凑合着过年啦。蔡朝武还是有点愧疚。

你别这么说啊，我看这就挺好的，甭管吃什么，只要能跟你一起过日子，我喝凉水都高兴。姚秀敏说出了心里话，跟自己的男人一起过日子的感觉，让她觉得每一天都有了盼头。

今年包了一顿素馅饺子，简简单单地过了一个年，等到明年年底一定让你吃上猪肉馅饺子。蔡朝武对着小媳妇发誓，也是心里发狠对着自己说的。

哎，你怎么把黄酱也拌到馅里边了？姚秀敏正在和面，见他把黄酱也倒在了白菜馅里，不解地问了一句。

咱们不是没买肉吗，就这点虾皮也不够味，我就想拌里一些黄酱，估计就好吃多了，再说里边的颜色也好看一点儿，省的没有一点颜色白不呲咧的。难怪古人说"人穷志短，马瘦毛长"。蔡朝武的脸上略有点红，悻悻地说出了自己的想法。

你可真能想主意，这样一来就跟里边有了点肉似的，真好。姚秀敏也看出了他不好意思，赶紧给他找了个台阶。

咱们多包一点，明早上给舅舅跟我弟弟他们送几个去。蔡朝武想起了舅舅和弟弟，加快了拌馅的手劲。

对啊，咱们给他们拜年去。姚秀敏夫唱妇随地紧跟上，完全是一个听话的小媳妇。

就这么一顿虾皮黄酱素馅饺子，无论蔡朝武还是姚秀敏，都吃得无比知足开心，他们有了自己的家，两个人恩恩爱爱，你想着我、我疼爱你，从不吵架拌嘴。那日子让他们觉得哪怕是喝了一碗凉开水，也跟喝了蜜一样甜，这份真挚的爱，让他们深感浪漫和快乐，幸福和满足。他们物质匮乏但精神富有，如鱼似水的婚恋之情令人称羡，"夫妻恩爱苦也甜"的箴言被他们诠释得淋漓尽致。

拿着头两天用红纸糊的小红灯笼，别上红头绳做的头花，小两口打着灯笼嘻嘻哈哈在街上转一圈，因为老爸给自己买灯笼玩的印象太深了，蔡朝武把这个情景重新演绎，也算是对老爸的一个祭奠。转了一圈回到家里，在门口的门框上钉了一个钉子，把那个灯笼挂到门前，就成了帐垂营胡同的一道风景。回到屋里高兴地对姚秀敏说，等有了孩子，也给他们买灯笼拿着玩。

谁结婚不想要小孩呢，可是医生说我不能生小孩啊，一想起来就愁得慌，你不会不要我了吧？姚秀敏心里一直对这件事耿耿于怀。

嗨，我就那么一说，有没有小孩我也一样跟你过日子，你就放心吧。蔡朝武知道自己说漏嘴了，赶紧往回找补，生怕他的小媳妇不高兴了。

我能在外边找点活挣钱，也能在家做饭洗衣裳的伺候你，我现在心里只有你，你可不能对我有二心啊。姚秀敏眼巴巴地看着自己的男人。

我费了多大劲才把你婆回家，你又不是不知道，要是不待见你，我能花这么大气力吗，这辈子就咱俩好好过，别瞎想了。蔡朝武轻声细语地安慰着自己的女人，坐到她身旁，伸出长长的胳膊把她揽在怀里。

蔡朝武把吃剩下的萝卜头和白菜心连着根切下来，找了一个小碗放一点水在里面，再把萝卜头和白菜心放到里面，过几天萝卜长出了嫩绿的萝卜缨，白菜也长出了娇小的白菜叶，给家里增加了一丝绿意。看着嫩绿的叶子慢慢地长大，让姚秀敏感到惊奇，他没见过这样的养花方法，太出乎她意料了。

蔡朝武告诉她，是母亲这样做过，他也觉得很好看，就想起来也照着试一下，居然还真的能长出叶子来。

过了几天萝卜头和白菜心叶子越长越大，由嫩黄色变成翠绿色，又过了几天居然都开了花。萝卜花浅黄黄的花蕊在略有粉色的花瓣中间，娇嫩的围聚着，四个小花瓣使劲伸展开，似乎抓紧时间展示着生命的奇迹。白菜把它金黄色的花瓣摊得十分舒展，花蕊里精巧的结构，也倾诉着让人惊叹的美妙。如两个小仙女一般，在水碗中亭亭玉立。

每一个小小的变化，都使得他们两个人欣喜万分，这给两个人添了不少生活的乐趣。

姚秀敏想让太阳光照到它们，就把两个水碗挪到了窗台上，没料到突然变天下了一场大雪，靠窗户很近的两棵花都冻死了。姚秀敏难受了一会儿，说等日子暖和一点以后再养两棵，才又开心起来。

姚秀敏一直记得他们结婚之后那些日子，蔡朝武把她当小孩那样哄，晚上常常给她讲故事，还记得有一个故事因为太可笑，所以印象特别深。

有个叫花子买彩票，兑奖的时候发现自己中了大奖了，过几天就可以拿到钱了，随手把彩票放进要饭用的篮子里。一路走一路高兴，扭着秧歌大摇大摆的，想着用那么多钱要买什么、吃什么、住到哪里、找什么样的女人。正在手舞足蹈不亦乐乎，却发现自己还提拎着要饭的篮子，正好走到一座桥上，心里想着我已经是大财主了，还要这破要饭篮子干什么啊？随手将篮子扔进了河里。

过了一会儿肚子饿了，想起要饭的篮子里还有半块窝头，可是篮子已经被扔进了河里。突然想起那彩票也随着篮子扔掉了。好运气就这样没了。

每晚听朝武讲着这些精彩的故事，加上两人勤俭持家，互相疼爱，结婚之后的日子一直都很甜蜜。有一天，蔡朝武忽然想起了老父亲留给自己的那本古书，也记得父亲跟自己说过，那本书要等到长大了，娶妻生子之后才有用。

赶紧翻找出来，只有几年私塾底子的文化，对这本古文的小册子看起来真是挺困难，仔细阅读了几遍，把其中不认识的字，记下来找账房先生和陆经理等人请教一番，自然不能露出自己这本古书的事情，只是请人帮着自己多识字。就这样经历了半年之后，慢慢地读懂了一些书里的内容，正如俗话说的"书读百遍其义自见"。

总算是弄明白了这本《房中养生秘籍》的内容，实际上古人所说的房中术，说的是通过夫妻之间的性生活，达到养生、健体、祛病、增寿的目的，只有读懂了这本古文书籍，才能领会其中的含义，按照书中所示，指导自己的性生活方式，达到真正掌握，才会对身体有益。

既有了书里的知识，又有了结婚之后夫妻生活的经验，两相结合时间一长，自己也觉着身体的各方面都有了变化。

虽然从小养尊处优的生活，但是经历了那一场大灾祸之后，营养一直就没跟上，再加上本身体格并不很健壮，所以结婚之后每次行房事的第二天，都觉得有些疲乏困倦，自从修习了这本书里的知识，感觉精神和体质慢慢地提高了。

反复学习实践之后的收获，给了蔡朝武太多的好处，他深深体会到，这可是古代先贤老祖宗们留下的文化瑰宝，的确是养生健身祛病的好东西，难怪老父亲临去世之前要留给自己，绝对是健康长寿的妙方。

姚秀敏结婚时的年纪虚岁十七，周岁才十六岁，还属于小女子的范畴，所以在生活上的很多事情，都是依着男人的主意。蔡朝武把看书得来的知识和领悟，慢慢地说给她听，也把老父亲临终前交代的话，一五一十地告诉了她。姚秀敏听到能养生、祛病、益寿延年，能比一般普通人增寿十年，欣喜万分地相信了蔡家秘传。

往后的日子里二人在夫妻生活中，姚秀敏由略有羞涩到自然欣慰地接受，互相交流着各种感觉，探讨着不同的实践方法，经过一段时间摸索出的夫妻双修，逐渐达到了自然和谐配合默契，不仅进一步加深了两个人的感情，也慢慢得到了出乎意料的收获。就像书里描绘的那样，男人能采阴补阳，女人能采阳补阴，滋润调理着全身的血脉。更大的奇迹是在结婚三年之后，姚秀敏居然怀孕生了一个男孩。

遗憾的是这孩子天生脑子发育迟缓身体衰弱，生下来没有哭声，被拍打了几下之后，他虽然能张开嘴但是发不出声音来，就连撒尿的力气都没有，只能滴滴答答地流下来。随着时间流逝，身体虽然养大了一点，依然瘦得皮包骨。

这个家庭第一个男孩的出生，给这个小家庭带来了莫大的希望，所以起名叫蔡宝强。蔡宝强毕竟是家里的长子，从小姨连带爹妈这三个人，每天小心翼翼地养护着他。虽然找不到多少营养品，也尽量地把所有好吃的东西都拿来喂了这个孩子。尽管如此，还是经常得病，稍微受冷受热就病了，遇到一阵风吹身上，立刻发烧呕吐。千辛万苦小心谨慎地把他养到了三岁上，才勉强能坐在床上自己玩了。由于身体十分虚弱，时常自己一个人玩着玩着，突然就倒在床上休克了，后来得了一场重感冒，发烧没几天就去世了。临死还嘴里念叨着，爸爸，我要爸爸。

如此精心照料的孩子，还是得病去世了。

蔡朝武到棺材铺买了一口薄皮棺材，装上孩子运到郊外找了一个乱葬岗子，挖坑埋了下去。姚秀敏受到很大打击，一下病倒躺在炕上。全家人都很悲痛而且觉得无奈与无助。再想到舅舅的那几个孩子，一个都没保住，蔡朝武就心里乱成一团，难道我也是没有当爹的命吗？

看到病在床上的姚秀敏，蔡朝武说了不少宽慰的话，还请来医生抓药吃，又在伙食上尽量改善，她才慢慢恢复了身体，继续到被服厂上班了。

在他们结婚三年之后，接连生了三个孩子，只有中间的一个男孩在家里几个大人精心呵护下，侥幸活下来了，而在这个孩子之前的男孩和后边一个女孩，都因身体虚弱多病而夭折。再后来所生的三个孩子，身体与其他正常人几乎无异，都活下来了。

姚秀敏的身体受到毒品的严重损伤，在结婚后，身体渐渐恢复正常，还陆续生了六个孩子，尽管只保住了其中的四个，也算是奇迹了。也就是说古代房中养生术，有效的医治好了姚秀敏的不孕症。在身体极度受损的情况之下，受苦受累吃穿用度都很缺乏的年月，竟然活到九十三岁。用她老人家的话来说，她一个人活得比她的爹妈两个加起来的寿命都长。

蔡朝武同样也活到了八十多岁。

他们两口一辈子都是积极地面对各种艰难困苦，这也影响了他们的后代，遗传给了他们开朗、豁达、乐观向上的基因。

⑮
庆玉去世

　　过了没多久，姚禄华又把那间租的房子退了，姚秀敏在白面儿房子里找到了他，发现还有一个邋遢女人，蓬头垢面，衣裳也很久没洗了，脸色黧黑手上也黑黢黢的，瘦得皮包骨没有一丝血色，除了眼珠子还在转动之外，简直就是个死人了。那女人长得眼睛不小却睁不开，打哈欠露出满嘴的大黄牙，陪着他躺在烟榻上，从房梁上挂一张布帘子给他俩隔出了一个小空间，姚禄华正在吞云吐雾。

　　您这是怎么回事啊？住得好好的房子怎么又不住了。姚秀敏疑惑地问他。

　　姚禄华躺在烟榻上，揉开被眼屎糊住的眼睛，懒得坐起来。用手指了指姚秀敏对那女人说，这是我大闺女，已经嫁人了，女婿是同乐电影院的堂头。说完欠了欠身子，半坐半躺地对姚秀敏说，租那个房子还得花钱，每天出来进去的也就那么回事，睡了一觉还得上这儿来，反正在这抽一口就能住一天睡一宿，我干嘛还租房呢，省了租房的钱我还能多抽几天呢。姚禄华面色土灰地嘟囔着。

　　姚大爷没有家了，正好我也没有家，就跟着姚大爷一块过了。邋遢女人睁开眼端详着姚秀敏，待认清楚之后，眼睛里居然出现了一丝闪亮，马上又转过身来不敢跟姚秀敏对视，随手把头发用手指梳理了两下，低下头面无表情地说了一句，然后从姚禄华手里抓过烟枪抽足了一口闭上眼睛，慢慢地享受着那口烟。

　　你要是有吃的喝的，就给我送过来一口，我们俩也吃不了多少，有她照顾我一点，要不然闷得慌，也省得你们老惦记着不是。姚禄华厚着脸皮眼神躲着姚秀敏。

既然有人愿意跟您一起过，就一块搭帮过日子吧。姚秀敏的确没那么多时间照顾他的生活，这么一来解决了自己一块心病，还真是省心省事了。扔给姚禄华一块钱之后，又给了那女人十个大子，买一块胰子去，抽空把你们俩的衣裳洗一洗，找个地方洗一洗身上，都馊臭多少日子了，既然一块过就好好过。姚秀敏虽然一百个看不上这女人，但事已至此，也就顺水推舟了。

是是，您说的对，我一会儿就买去胰子，买回来就洗洗衣裳也洗洗澡。不是我不爱干净，是姚大爷怕花钱，一个大子都不给我，我也没法买胰子洗衣裳，洗洗涮涮的我都会，端茶倒水地照顾着他一点，您就放心吧。邋遢女人似乎想开了，虽然还是不敢直视姚秀敏，但还是坐起身再伸手接过钱，脸上闪过一丝苦笑。

我妹妹呢？她上哪去了？姚秀敏没见着妹妹，疑惑地问了一句。

没让她老在这屋里待着，吃了点东西就上外边玩去了，她也走不远放心吧。姚禄华嘴里抽着大烟，呜噜呜噜的边抽边说。

等秀珍回来，您就让她找我去吧，我带着她一块过。姚秀敏实在看不下去这样的人和事，转身出了大烟馆。

那邋遢女人攥着手里的铜钱看了看，抬起头眼盯着姚秀敏出了烟馆，眼里流下了泪水，嘴里不停地念念叨叨，这是大丫头啊，大丫头，我是你春姐，我是你春姐啊，你不认识我了，也是啊，我都成了大烟鬼了，谁还认识我这个鬼呢，你嫁人有了自己的家，慢慢儿再有了孩子，一家人和和美美地过日子，多好啊。我这辈子只能是使唤丫头、窑姐、大烟鬼……我虽不甘心也抗不过命啊，这就是个吃人不吐骨头的世道啊！

姚秀珍转眼也有十三岁了，很羡慕姐姐有了自己的家，可她还得跟着爸爸寄居在白面儿房里，姚秀敏觉得妹妹的年纪也越来越大了，老跟着父亲住到白面儿房里，不太合适，就把妹妹收留在家里，住一个屋睡一铺炕。

姚秀珍住进了姐姐家，帮着做饭、干一些洗衣服、刷碗、扫地等家务活。

姐姐和姐夫有了小孩，她成了小姨，知道孩子是自己的小外甥，心里也很高兴，于是找了几块布，自己慢慢琢磨着，给外甥做了小衣裳和小鞋。因为小外甥身子骨不结实，其他人都有工作事情多，照顾小外甥的吃喝拉撒哄孩子玩等事，基本就落到了她的身上。

蔡朝武比同龄人的身材挺拔，不仅个头高而且长相英俊，眼睛大、高鼻梁、深眼窝，有几分欧美人的相貌，就有人给他起了个外号"大老美"。又从小酷爱书法和古文诗词，平常喜欢读书看报，正所谓"腹有诗书气自华"整个人的气质与常人就不同，对于穿着也很注意，再旧的衣服也要清洗干净熨平整，所以在人群中显得很抢眼。

对于蔡朝武来说，别人给他起个什么外号，怎么称呼他都是无所谓的小事，听见人家这样叫他只是憨厚地微笑一下，他的心目中认为把自己的小日子过好，是最重要的事情。

那年头在南城生活的大多数是穷，吃不饱喝不起，能活下去已经不容易，哪儿还有什么理想之说，喜欢赌博和嫖娼的大有人在。

蔡朝武与帐锤营胡同相邻不远的几个年轻人年龄相仿，加上蔡朝武识文断字，为人比较老实，就和他们成了拜把子兄弟。

拜把子的弟兄一共有五个，王德山是大哥，施汉是二哥，二麻子是三哥，大龙是四哥，蔡朝武最小是五弟。其中大哥王德山比施汉大了两岁，其余哥几个相差都在一岁之内，施汉比二麻子大了半岁，二麻子比大龙大了两个月，大龙据说只比蔡朝武仅仅只大十天，凡弟兄们之间有什么事了，哥几个都会尽量帮忙。

大哥王德山人长得方面大耳，眼睛大而且很有神，面部轮廓清晰，很有男子汉的气质，身体强壮个子也比较高，话虽不多但是办起事来有板有眼，为人亲切和善，社会经验丰富，无论大小事都肯热情帮忙。

他工作在殡仪馆，负责故人的丧葬事宜。因常年和殡葬家里人打交道，所以对有关殡葬礼仪等事务非常熟悉，有了这方面的生意，弟兄们都介绍到大哥那里。

二哥施汉身量较高，用他自己的话说天生就是拉洋车的料。自幼父母双亡，只有一个亲兄弟来往并不多，倒是和左邻右舍的关系不错。不管谁家有了大事小情的，他都尽量帮忙，所以在胡同里口碑不错。他认为远亲不如近邻，这句话绝对是正确的。好狗还护三邻呢！所以搞好邻里关系，是他为人的一项准则。

是施汉把蔡朝武拉入把弟兄中的，他本能的觉出蔡朝武一家是好人。男主人一表人才老实本分，女人干净利落勤俭务实。于是只要在街上一见面，就主动打招呼点头问候。本来就是住得不远的邻居，再加上有心结识，不久就成了无话不谈的朋友。

在附近这几条胡同里，能识字看报和写得一手好字的人物也只有蔡朝武了。认识蔡朝武并且能称兄道弟，使得施汉在这一带很有面子。在施汉大力主张和主动联络说合之下，蔡朝武终于和他们拜了把子，成为把兄弟中的老五。

告诉你们，蔡朝武是我的拜把兄弟，谁要是欺负我的五弟，那就是跟我施汉过不去。施汉不止一次当着胡同里的众人宣布，表情非常的骄傲。施汉属于附近胡同里的一霸，所以在这一片就没人敢欺负蔡朝武了。

施汉没有长期工作，有时候拉洋车，有时候给人帮工。有钱的时候敢花，没钱的时候也能忍。经常到蔡家借一点油盐酱醋和一些玉米面之类的勉强吃一顿。实在接不上顿了，就把棉衣，大褂，毛衣之类的借走送进当铺，换成粮食吃了。再接不上顿的时候，就把当票也卖了，反正借走的东西，从来就没还过。

姚秀敏有时回忆起这些事也觉得纳闷，他借了那么些年东西，从来就没见他还过，怎么他再来借东西的时候，明知道他不会还了，还会借给他呢？自己怎么会糊涂到了那个份上呢？

别看他没钱的时候会赔着笑脸来借钱借物的，等到他有了一点钱，就敢高高地托着半个大西瓜，在你门前走过，大声地喊着让你们到他那里吃西瓜去。实际上是告诉你他有钱了，都吃得上西瓜了！

施汉好赌成性，只要有钱，就马上扔进赌局里，逢赌必输。

老三外号人称二麻子，真姓名不详，常年以拉洋车为主，风里来雨里去，用两条腿为自己挣口吃食，遇到刮风下雨收入少，吃了上顿没下顿，这种卖力气的活，挣得不多也攒不下几个钱。若是谁家需要找帮工，什么盖房挖坑、和泥搬砖，只要价钱合适，他什么活都干并不挑三拣四。

老四小名叫大龙，有制作糖葫芦的手艺，买上几斤山里红，熬上半锅冰糖，把山里红洗干净串在竹签子上，在锅里滚着蘸一下，再放到抹着油的铁板上，等到温度降下来冰糖变得硬了，糖葫芦就算做成了。十几串糖葫芦，插在一个草把子上，往肩上一扛。出门上大街小巷吆喝着，如果是刚出锅不久的，就吆喝着，葫芦……刚蘸得啊！等过了一阵子，卖掉几根之后，就要换成另一种吆喝，葫芦……冰糖的！

老四卖糖葫芦也会动脑子，至少有几根是把山里红的核剔除之后，再蘸上冰糖的，还有几根是剔掉核之后，再加上山药蛋穿在其中，就成了比较高级的糖葫芦，可以多卖一两个大子。

在蔡朝武结婚到帐垂营胡同居住之前，王德山等四个年轻人已经是拜把兄弟了，等到蔡朝武两口子乔迁到这里之后，在施汉极力主张和劝说之下，蔡朝武终于同意与他们四个成为拜把子兄弟。之所以施汉坚持这样做，是因为他们四个人文化程度极低，除了王德山有过很短一段私塾的学习经历，其他三个弟兄基本不识字，施汉认定有一个能识文断字的人加入，弟兄们办起事来才能更有力。

其他三个人自己虽然不识字，却看不起识字的人，认为识字多的人心眼多不好相处，架子大看不起人等等，不愿意接受蔡朝武这个新人入伙。

施汉却认为梁山好汉也是有文有武，哥几个必须文武双全才会更好，至于怎么个更好法，他也说不清楚。

蔡朝武却认为自己的文化高不成低不就，根本就无法与那些挥笔写文章的文化人相提并论，最多能看懂人家的文章而已。而且还有另一个原因，就是这些人沾染上的一身痞气，他很不喜欢，此事虽然没说出口，却是不愿与他们为伍的原因之一。

最后好说歹说总算是促成了蔡朝武加入他们，成了不能同年同日生，但愿同年同日死的拜把兄弟。

这其中还有一个小插曲，大龙的出生日期是一九一六年属龙的，所以他的小名叫大龙。而蔡朝武的出生年月是农历一九一五年腊月，属相是属兔。按照这个算法，大龙应该排在第五，依然是小弟。蔡朝武应该排序为老四，成了大龙的四哥。

大龙为此好大不满意，为了争这口气，先是认定蔡朝武是后来的，按顺序就该排在最后。后来又强调自己的出生日期是一月份，父母不懂得要在立春之后才能定属相，所以把属相定成了大龙，按农历算他也是属兔的。

而蔡朝武是 1915 年腊月生日，按照阳历也是 1916 年生人，照这样算的话，蔡朝武比大龙小大约十天，所以蔡朝武应该排行老五，是他们四个人的五弟。

由于大龙的坚持，蔡朝武笑着同意了这个说法，自己愿意排序在最后，做大家的五弟，请各位哥哥多照应。

姚禄华可没忘记他的大女儿和女婿，只要没钱了就到他们的新家来，每次来除了吃饭要钱之外，还经常偷他们的东西换白面儿抽！

姚禄华躲在远处紧盯着他家的大门，看着姚秀敏出院门上厕所了，就马上溜进去偷东西，毛衣，棉夹袄什么都偷。连餐桌上的铜件都抠下来，卖成钱买大烟抽。

蔡朝武有一次回家看见家里又被偷了，心里憋屈难受得说不出话，可一点儿办法也没有，谁让自己沾上这么一个抽白面儿的老丈人呢。

蔡朝武送姚秀敏去干锁扣眼的活，走到半路说不对马上就赶回家。因为出家门的时候，有个人影躲闪着不见了，忽然猜到是姚禄华来了。骑车到了家之后，看见姚禄华已经把房门撬开了，正在偷东西，没办法只好给他俩钱，把他打发出去。

姚禄华把弄到手的东西送进当铺换成钱，然后再把当票卖掉，这样一来他当掉的那件东西也就永远回不来了。不管多贵重的东西，只要送进当铺，就不值钱了。卖掉当票更是得不到几个小钱，大街上的很多地方都贴着条子"收买当票"，生意做到这份上，也够精明的了。

京城人要是劝人别着急的时候，常用的一句话是："你着什么急啊，抢当铺去啊？"这是因为旧京城有一个不成文的约定，如果当铺着火了，谁都可以抢里面的东西，谁抢出来，就归谁了。

冬天姚禄华更没地方去了，可是那些洋钱早已经用光了，蔡朝武跟姚秀敏商量后决定，每天给他送两角大烟钱，他就糗在白面儿房里，还得每天送两顿饭，供他吃喝。

有人在白面儿房里认出他来，他还嘴硬的跟人家瞎说八道。

哟，这不是姚大爷么？您老好啊！

好，我怎么不好了。我照样有白面儿抽、有饭吃，照样活到现在了。

那是，您这福气谁比得了啊。

那个姓郑的王八蛋，以为我离开临汾会馆就得死了，我偏不死。

谁敢跟您致气啊，他们根本不能跟您比啊。

我闺女、女婿养活我，我女婿是同乐电影院的堂头儿，也得养活我。

真有您的，您老好好活着啊。

那是啊，有饭吃，有白面儿抽，我干吗死啊，我是得好好活着，就是像头猪一样，也得活着，我要气死他们！

您可真逗，您活着气死谁啊？

气死姓郑的那个王八蛋，我气死他！

庆玉结婚一年后孩子出生了，是个胖小子，庆玉看见孩子长得像她丈夫，心里就别扭。可是毕竟也是自己身上掉下来的肉，还是疼爱。丈夫看着小儿子满心高兴，就干脆起名叫庆，说是妈妈的功劳大，所以要带上妈妈的一个字。

等到了过年的时候，她借口要带着孩子回娘家，让哥嫂也看看小外甥。丈夫想安排她过了正月十五再回去，庆玉死活也不听丈夫的安排，非要自己一个人带着孩子，过了破五就回了京城。

回到京城跟哥嫂一打听，蔡朝武也已经结婚了，新媳妇是大栅栏姚大爷的闺女，喜事办得挺排场，在虎坊桥那边租的房子，而且老婆也很漂亮、能干。庆玉一直还惦记着蔡朝武，怕他找不到老婆，生活没人照顾，听说他已经结婚就放心了。不过还存着一个小心思，特别想看一看武哥的老婆长什么样，到底是谁。

庆玉知道同乐电影院下午才放电影，就抱着小庆到同乐电影院附近，临街的一个小吃店里买了吃食，慢慢地吃着，吃完就坐在那里等着，两只眼睛紧盯着电影院门口，生怕错过了没见着。

武哥！终于看见了蔡朝武走进来的身影，庆玉心里一阵酸痛，抱着孩子起身迎了上去，满脸带笑的清清脆脆叫了一声。

是你啊，你什么时候回来的？蔡朝武没想到在这里能见到庆玉，心也怦怦跳脸上出现了红晕，尴尬的不知道说什么才好。

我回来过年，特意来看看你，这是我的孩子——小庆。庆玉面带微笑，大大方方地对蔡朝武说着话。

小庆，挺好的孩子，你过得还好么？蔡朝武镇静了一些，赶紧找话解除尴尬局面，摸了一下孩子的头和脸。

你甭问我好不好，我问你结婚了怎么不告诉我？庆玉带着埋怨的口气紧盯着蔡朝武，脸上显出严肃的神色。

我上哪儿告诉你去啊？也不知道你在哪儿。蔡朝武是实在人，实话实说面色平静了很多。

你让我哥带句话也行啊，武哥我问你，你媳妇好么，你也不让我上你们家坐一会儿么？庆玉见到了蔡朝武，也想看看这个心上人娶的女人什么样，头一歪笑眯眯地问他。

你千万别介，我媳妇眼睛可厉害了，她一眼就能看出咱俩的关系。蔡朝武实在想不出这两个女人到了一块的时候能发生什么事，他绝对不愿意让这样的事情出现。

你有老婆，我有爷们，都是有家的人怕什么啊？庆玉心里的想法越来越强烈，说话的口气带着埋怨，她觉得这是很自然的事，应该没问题。

不行，我可不敢。蔡朝武的脸上显出了尴尬的神色。

你还是那么胆小，可是我知道。庆玉叹了一口气。

你知道什么啊？蔡朝武很奇怪，不知道她的话什么意思。

我知道你啊，为人善良、是个老实人，好人啊。庆玉像吐出了胸中的一股沉重的污浊之气，能面对着心上人，说出心里话的感觉真好。

哦。蔡朝武闷声回了一句。

得，我回来就是想你了，这回也看见你了，知道你的日子过得不错，两口子恩爱，我也就踏实了。庆玉继续说着心里话，越说越畅快。

哦。蔡朝武在这情景之下，也不知道该说什么好。

武哥，我问你，你想我吗？庆玉又歪着头脸上露出了期盼的神色，微笑地看着蔡朝武。

有时候也想过，可是我太穷了，没福气跟你在一起啊。蔡朝武想他俩人分别之后以及结婚遇到的那些难心事，认真地点了点头。

我也是个无福之人，不说了，我走了。庆玉长叹了一声，觉得心里有块沉甸甸的东西。

你这就走啊？蔡朝武不知道还能说出什么，但是看见庆玉和她的孩子都挺好的，一直惦念着庆玉的心也宽慰了很多。

庆玉走了，蔡朝武脑子里一团乱麻。

唉！第二天中午吃饭的时候，又想起这件事，长长叹了一口气。

你怎么了？累得吃不下饭么？姚秀敏听见他突然叹了口气，又想起从昨晚进门脸色就不太好，语气中充满了关心。

不是。蔡朝武赶紧从思绪中跳出来，脸上现出了一点儿不太正常的笑容。

那怎么了？唉声叹气的。姚秀敏可不愿让这个最疼爱她的人有一点不高兴，不依不饶的非要打听清楚。

回家的路上看见小庆他妈了，她原来是果子巷邻居，后来嫁到天津去了。这回是带着孩子回娘家，路上碰见了。蔡朝武一五一十地说出原委，并没想瞒着什么。

家住果子巷舅舅那儿吧，上哪去能路过大栅栏啊，她一定是特意来看你的，你们俩原来好过，是吧？姚秀敏的脑子多快啊，眼珠一转悠就猜出来了。

就是从小一块长大的邻居……蔡朝武不想两人之间生出什么误会，慢慢地解释起来。

郎有情妹有意，那怎么不结婚呢？话还没说完就被姚秀敏接过去了。

她们家嫌我穷，把她嫁给天津的一个大买卖家老板。蔡朝武想起这件事的前因后果，就是这么简单。

你喜欢她吧，俗话说儿子是自己的好，媳妇是人家的好，这我知道。要不然……我给你们腾地方，你把她接来过日子吧？我成全你们，让你们破镜重圆。姚秀敏看见他还沉浸在和那个女人的感情纠葛中，有点不满意了，白了他一眼，夹枪带棒地点了一句。

别瞎说了，咱俩结婚了，就咱俩过日子。蔡朝武听了这话也觉得自己有点过分了，赶紧把话拉回来。

那你不许老想她。听见男人说出了自己想听的话，脸上的颜色好看了很多，但是还要叮嘱他一句。

嗯。蔡朝武这时可不敢再多说话了，郑重地点了点头表态。

快吃饭吧。姚秀敏把窝头递到他手里，又把咸菜盆往他跟前推了推，满意的微笑着。

过了几天，蔡朝武和姚秀敏一起出门，走到胡同口听见有人叫。

武哥，两口子出门呀？

嗯，我送她去工厂干活。秀敏，这是小庆妈。蔡朝武没料到大清早刚出门居然看见了庆玉，旁边还跟着自己的老婆，两个女人把蔡朝武夹在了中间，他的心里一下就紧张了起来，稍微镇定之后先向姚秀敏介绍了庆玉。

姚秀敏听见有人叫住蔡朝武也很奇怪，看见这个年轻漂亮的女子和她抱着的孩子，笑眯眯地站在旁边听他俩聊天。

庆玉稍稍等了一下，见蔡朝武还不把嫂子介绍给自己，干脆就把话挑明了说。

您是嫂子吧，我明天就要回天津了，今天来看看您，来的匆忙没带什么礼物，就这么一小块布给嫂子做件衣裳吧。庆玉没等姚秀敏张嘴，就热情的边说边把一块布交到姚秀敏手里，眼睛却紧盯着她的脸一直笑眯眯地看着。

看看，这是怎么话说的，头一次见面我这当嫂子的也没什么送给你，那我就先谢谢妹子啦。姚秀敏心里知道这女孩是谁，大大方方地接过布料，笑脸相迎地望着她。

蔡朝武喜欢青梅竹马两小无猜的庆玉，但是在结婚之后，他更喜欢自己选中的年轻漂亮又能干，特别体贴人相亲相爱的姚秀敏。看着两人说话时亲切的样子把紧张的心放下了。但是不由得向着姚秀敏身边靠了靠。

嫂子，我就是想看看您，今儿个总算是看见了，看见嫂子人不错心里就踏实了。武哥，嫂子，你们忙吧，我走了。庆玉的心愿已经了结，没什么惦记的了，转身就走。

你这就走了么，不到家坐会啦？姚秀敏可不是不懂得礼节的人，就算是不情愿也要邀请一下，何况人家张口闭口地叫着嫂子。

不去了，谢谢嫂子，走啦，好好过日子吧，武哥。庆玉回过头来似乎是想看最后一眼，她脸上勉强露出了一点儿笑容，马上转过身去扬起头走了。

看见庆玉慢慢地走远了，姚秀敏把那小块布放进提着的布袋里，回头见蔡朝武还盯着远处小庆妈的身影，拉了他的衣服一把。

走远了，别看啦，赶紧送我干活去吧。

行，咱们走。蔡朝武转过身，推着自行车向前走去。

武哥，他这么叫你挺好听的，赶明儿我也这么叫你吧，武哥。姚秀敏跟着走了一段之后，见他不说话似乎还没从刚才的事件中回过神来，就赶紧想起什么聊什么，想把他的思绪拉回到现实中。

反正咱们俩是两口子，你怎么叫都行！蔡朝武听见了这句话，知道自己有点失态了。

她那么高挑个，长得又漂亮，我看见都喜欢她了，甭说你们老爷们了。姚秀敏体谅自己的爷们，打小的相好不能生活在一起，何况是这么好的一个女人，一定很难忘记。

是啊，她不但长得好，手也挺巧的，会打毛衣会绣花……蔡朝武顺口搭音的，跟着她的话往下说了一句，发现自己又在夸庆玉，觉得失言了赶紧停住话茬。

打毛衣，那有什么啊，绣花我也会。姚秀敏没往心里去，但是这句话却提醒了她，自己以后要学的东西可是不少，既然有了家就得把日子过好了。

你也会打毛衣啊，行，有工夫给我打一件吧。蔡朝武听见这话知道姚秀敏一点儿也没生他的气，女人一颗善良的心让他觉得暖暖的更踏实了。

等你把毛线买来，我就给你打。姚秀敏根本不会打毛衣和绣花，但是这时候下决心一定要学会。她知道小姐妹里面有一个会打的，算计着什么时候学学，自己一定能学会，等朝武买来毛线，给他打一件又好看又厚实的毛衣。

后来姚秀敏就找人教她打毛衣和绣花，虽然这两样手艺都学会了，却一直买不起毛线、丝线。过了好几年，既没打成毛衣，也没绣成花。

回到天津后，庆玉脸上再也没有一丝笑容，无论丈夫怎么哄她也无济于事。借口自己不舒服，就和丈夫分房分床睡觉。丈夫想和她亲热，到她的房间来找她，她就躲开。丈夫到楼上找她，她就跑到楼下，丈夫跑到楼下她又回到楼上。从此不论丈夫怎么求她，再也不和丈夫同床了。

往后的日子她总觉得胸口发闷，饭量也越来越小，后来干脆就不吃饭了，卧床不起瘦的没了人样。勉强吃下一点儿东西，恨不得马上就吐出来。再好吃的饭菜，在她看来都觉得恶心。请了多少医生也查不出她得了什么病，吃了再多的药也不见效果。只是看着孩子的时候，眼泪就止不住地往下流。在庆玉的心里，除了对这个孩子还有一份念想，对这个世界已经毫无眷恋，两只眼睛中尽是绝望，空洞的眼神里只有一抹死气。

急的丈夫整天什么也干不了，愁容满面围着她的床直转圈。

没多久，庆玉扔下还在吃奶的孩子去世了——窝囊死了。

临死时对丈夫说，我也想喜欢你跟你好来着，可是到头来发现自己怎么也忘不掉心里的那个人，没法把他换成你。我知道自己对不起你和孩子，可是我更对不起我自己，我要走了，你别恨我，说完就闭上了眼睛。

丈夫抱着孩子，在她身边号啕大哭，可就是想不通这是为什么。只能怨自己命不好，是自己命硬尅死了两房妻子。

蔡朝武抽空去看望石头舅舅，才知道了庆玉的死讯，心里就像被用刀绞一般，疼痛难忍。好几天魂不守舍，目光迷离不知道往哪儿看，说不出放不下的苦不堪言。庆玉对他来说，真可称得是青梅竹马，那种喜爱情真意切，却不能生活在一起。怎么也想不明白到底是谁害死了庆玉，也不知道没有接受庆玉到底对不对，猛然记起一句诗：世上安得双全法，不负如来不负卿。他此时才明白，世上的很多事，真的无法两全。

姚秀敏发现蔡朝武神情不对，也没敢发问，默默地把家里的事做好，等到过了几天，蔡朝武的精神稍微好了一些之后，才慢声细语地问他发生了什么事。蔡朝武流着泪把庆玉的死讯告诉了她，两个人唏嘘了一番眼泪汪汪的。姚秀敏找了一些纸，剪成纸钱，拉着蔡朝武走到一个十字路口，烧化了纸钱，算是对庆玉做了一番祭奠。

要下大雪了，天上阴云密布，黑沉沉的天压在每个人的头顶，阵阵冷风吹过，像小刀划在脸上脖子上一阵刺痛，大街上走着的人们，把手都揣进袖口里，使劲把脖子缩进衣领。

蔡朝武骑车在街上走着，听见有人喊了他一声，顺着声音看过去，没料到看见了庆玉的哥哥，愣了一下竟然差点没认出来。赶快下了车走到他跟前，只见他满头白发的低头哈腰，不仅说话有气无力，佝偻着身子面色苍白，两眼无神地看着他。他依然在拉洋车挣嚼谷，却早已没有了几年前的精气神。

哎哟！这不是大哥吗，您这是怎么啦？蔡朝武吃惊地望着他，没料到这人一下子老了这么多。

朝武兄弟，庆玉的事你知道了吧，她走啦。庆玉的哥哥轻轻地说着，似乎说几句话都要省着点力气。

我知道了，真可惜啊，年纪轻轻的，怎么会得了这么重的病呢？蔡朝武想起庆玉对他的一片真情，心里一阵酸楚。

她喜欢你，却让我逼着嫁给了别人，原以为是让她过上了好日子，谁承想她的心事太重了。情感太重了也伤人啊，她是心里不痛快，窝囊死了。庆玉的哥哥心里憋闷，妹妹去世给他的打击太大了，心里有话却不知能跟谁说，今天看见了他，实在忍不住了。

事情已然发生了，咱们还得活着不是，您也别太伤心了。蔡朝武看出这事把庆玉的哥哥折磨的不堪重负，只好找几句话让他看开一些。

要是因为别的事情，是死是活我也没话说，可我这亲妹子让我给害死了，我害了她啊！虽说当年想着是为她好，却害死了从小在我眼前长大的亲妹子，我的心里就像压了一块大石头，吃什么都没有一点味儿，睡觉也总看见她在眼前晃悠。庆玉的哥哥也是个重感情的人，自责和后悔让他不能原谅自己。

您别这么说，什么事情都有缘分，谁也没想到最后出这么档子事。蔡朝武尽量找出一点儿理由，劝解着庆玉的哥哥，那年他恨死了这个男人，拆散了他和庆玉情，让他经历了掏心挖肺的痛苦。如今看着这个男人，知道他也受到了良心的谴责，不想再说什么了。

都怨我啊，是我坑了她、害了她。她要是能跟您成家立业，现在一准好好地活着呢，她太憋屈了，活生生把自己窝囊死了，我后悔啊，我后悔死了啊！庆玉的哥哥似乎根本就没听见他说什么，总算是找到了一个倾诉对象，心里的那股浊气总算是倒出来了。

您也得想开一点儿，别说了，我走了啊。蔡朝武的心又像在油锅里煎熬着一般，他怕自己忍不住大哭起来，强忍住泪水走开了。

那时候大家都是昏天地黑的过日子，过一天算一天。

生活在北平的所有老百姓，在衣不蔽体食不果腹的恶劣生活环境下，民不聊生苟延残喘，穷人的日子太难过了。疾病长期与北平人相伴。据不完全统计，那时的北平街头每天因为冻饿和疾病而死的倒卧，即老北京话中对于街上饿殍的称呼，就达 300 余人。

这几天的天气冷的邪乎，还下了一场大雪。蔡朝武送姚秀敏去干活，出门不远就看见雪地上躺着几个倒卧，吓得姚秀敏不敢往前走，两条腿迈不动道。蔡朝武只好先把自行车扛过去，再回来搀着她迈过那几具死尸往前走。等出了胡同走了一段路，街上又看见了几具倒卧，姚秀敏干脆就吓得迈不动步了，说什么也不敢往前走，蔡朝武只好把她放到自行车后座上，推着她绕着那些死尸往前走，走出老远才缓过劲来，浑身还止不住的哆嗦。

蔡朝武一路推着她，一路跟她瞎聊天打岔。

那年的冬天特别冷，小破烂夜晚无处藏身，到处走动着想找一点可以吃的东西，破得到处飞花的棉衣棉裤，用一条麻绳捆在身上。他不得不缩着脖子，抱着两条胳膊，慢慢地在冬夜里走着。吸了几下鼻涕，又用衣袖抹了一把，趿拉着一双破棉鞋，捡起一个东西看了看又放在鼻子底下闻了闻，确定不能吃了，才扔到一边。

街上的饭店里灯火辉煌，里面有不少人纵情的吃喝，酒杯的撞击声和各种笑声此起彼伏，声浪从饭桌边冲击到饭店外，被路过的人们听到，在饭店外面路过的人，并没有流着口水目不转睛盯着看的，大都只转过头向里面看一眼，说是司空见惯或者熟视无睹都可以，里面撑死的和外面饿死的互不相关。

小破烂也不向里面张望，走到旁边胡同的垃圾箱旁边，探头到里面翻了一阵，找到了一点儿可以吃的东西塞进嘴里，把手在破棉袄上擦了擦。当他走到卖烤白薯的炉子边，闻了闻还有点烤白薯的味道，四处找了找，居然找到了几块烤白薯皮。坐在炉子边慢慢地吃起来，大汽油桶制作成的烤白薯炉子，中间有一个圆形的空间，他觉得炉子里还有热乎气，吃完了缩着身子爬进烤白薯炉子，瘦小枯干的身体居然完全装得下，小破烂团着身子享受着炉子里的温度，不知不觉中睡着了。

他做了一个梦，梦中见到了自己的妈妈，好长时间没见到妈妈了，他觉得这回见到的妈妈好像更漂亮了，欣喜地叫了一声妈，不由地问了一句，妈您上哪去了，您不要我了吗？他不转眼地看着妈妈，觉得妈妈向他笑着的样子特别好看，妈妈把一件特别大的棉衣给他披在身上，他立刻感到暖和多了，就说，妈，这个棉袄真暖和。妈妈又递给他一块窝头，接过窝头来什么也不说，张开大嘴就吃，可是吃了半天也没觉得吃饱。小破烂抬起头使劲看着妈妈，生怕妈妈再离开他，拉着妈妈的手说，妈，我可想您了。妈妈把他拉到怀里抱住了，娘俩就这么相依相偎地抱着，后来妈妈慢慢站起来拉他的手，他跟着妈妈走了，心里特别高兴。

第二天天亮了，卖烤白薯的老头拉着一小车的白薯，慢慢来到炉子边，要生火点炉子开始烤白薯了，往炉子里一看就吓得坐倒在炉子边上。

啊！我的老天爷，这是怎么话说的啊。惊动了一些人，大家围了过来，看见这情景都忍不住流下了眼泪。

小破烂已经冻死在烤白薯的炉子里。

几个人从炉子里拉出了小破烂的尸首，大家看到小破烂的脸上，居然有微微的笑容，不觉诧异万分。又有人找来几块破席头把尸首卷上，用草绳捆一道，扔到排子车上拉走了。围观的人唏嘘着，面无表情地散了。

不知哪个买卖家的收音机里，传出一阵凄凉的京韵大鼓声：八月里秋风一刮阵阵凉，一场白露一场严霜，小严霜单打独根草，呱嗒扁甩子就在荞麦梗儿上……

姚秀敏受了一点儿风寒头疼咳嗽，吴婶用小碗里放一点儿凉水，右手的食指和中指弯成两个钩状，在凉水碗里沾了一下就在姚秀敏的脖子上夹起一块皮肤揪一下，很用力的一揪又一揪一直到这块皮肤淤血呈紫红色，再选旁边的皮肤接着揪。这样在脖子上揪出五六块紫红色的印子，据说能治疗嗓子疼和咽部的一些病状。

然后用双手的拇指和食指，在头部也挤出这类似的紫红色菱形小块，专门用来治疗头疼脑热的疾病。捏挤完了之后告诉她，这样做是给你败火了，多喝开水多休息，过几天就会好了。

到了夏天，如果吴婶感觉到有些上火，会买一些蛤蟆骨朵也就是青蛙幼虫，又叫蝌蚪，稍微洗一下，就把这些活蹦乱跳的小东西喝下去。在走街串巷挑着两个浅浅的木盆那些卖小金鱼的，都会捎带着卖一些蛤蟆骨朵和田螺丝之类的小水产。

穷人有不少类似这样的小办法，给自己解决小病小灾，要是得了大病，就只能听天由命了。

有一天蔡朝武也病了，浑身发烧泻肚不止，用大蒜、马齿苋、生姜等偏方，试了几天不见好，正想去药店买药。石头舅舅想外甥到家里来了，舅舅一听说得了拉肚子的病，就说这好办，买什么药啊，把我这个小宝葫芦砸碎了熬成药，喝下去就好了。

姚秀敏接过小葫芦半信半疑，马上就用药锅熬了起来，熬成三小碗药汤，分三天喝了下去。这个小葫芦熬成的药汤，喝下去还真管用，三天之后真治好了他的病，这可是除了石头舅舅谁也没想到的事。

施汉虽然个子比较高，由于从小受苦，吃饭也是饥一顿饱一顿的，多少年下来身体也不壮实。但是正如俗话说的身大力不亏，尽管不太壮实，有了那么大个头往起一站，一般人还真不敢跟他叫板。虽说拉洋车多年练就了一股不急不慌的脾气，倘若遇上有人跟他发脾气甚至欺负他，他可不是低头弯腰地忍着。挺起胸站直了高大的身子，瞪大了小三角眼，拉出一股拼命的架势，往往就把对方吓得不敢再找碴了！

拉上洋车就仗着腿长，跑起来也不慢。

提起长相就有点儿不敢恭维了，瘦长的脸上长满了雀斑，北京人俗称瘊子。好在常年风里雨里的拉洋车，脸皮也黑，那瘊子虽多也不太显眼。可是和满脸深深浅浅的皱纹以及脑门左边的一个大瘊子，还有小小的三角眼加在一起，就显得有些对不起大伙儿了。

就因为长相特殊，很多有头有脸的男客人和很多女客人，都不愿意坐他的洋车。每当这时候他都会说，嗨！我怕什么，一个人吃饱了全家不饿，拉一个活我一天的嚼谷就有了，再说了，老天爷饿不死瞎家雀，不着急。

因为里长徐文良在这一方欺男霸女，他没少为邻居们拔闯。带着几个把兄弟和好朋友，找到里长家里踹开门先一通臭骂。徐文良头一回见到施汉找上门来，仗着自己有人在官面，心里不服大着胆子回了几句嘴，被施汉他们揪出屋子打得满地找牙，挨了一顿打之后徐文良才知道，施汉可不是好剃的头。正如俗话说的，县官不如现管，就算找人把施汉等人抓起来，也只能算是寻衅闹事打架斗殴，无论如何算不上死罪，一旦把他们放出来，自己还是吃不了兜着走。等到再见施汉等人打上门来时，干脆躲在屋里大气也不敢出。即使在胡同里或者街道上见到施汉，也赶忙点头哈腰地赔着笑脸打招呼。

施汉快四十岁了才娶上媳妇，据媒人说是北京远郊门头沟的乡下人，丈夫得了急症医治无效，抛下了这母女二人。他听了说，我虽然是住在北京城里，可也就是一个拉洋车的臭苦力，人家不嫌弃我就不错了。我没得说，您放心！保证对她们娘俩好就是了！

那女人带着孩子进城跟施汉见了一面，虽说两人没说几句话，但是都认定对方是老实人。

施汉见那女人虽然一身乡下妇女打扮，但模样周正耐看，身上还透着那么一股干净利落样，简直不敢相信自己还有这样的福气。满脸带笑的赶紧自我介绍了一番，特意说了自己的一些臭毛病。什么长相不好看、爱抽烟喝酒，有时候还爱打牌小赌，平时不爱干净很少洗澡之类，但是马上保证自己一定改正，只要女人一过门，就痛改前非跟她好好过日子。于是这门婚事就算定下了，几个兄弟张罗着在家吃喝了一顿，女人带着孩子搬到一起，就算结婚成了家。

施汉虽然找的是个小寡妇还带了个女孩，可总算是有了自己的家。他说，前三十多年干完活回的是"窝"，有了媳妇和孩子，才算是有了一个"家"。年纪大了，知道成一个家不容易，他特别知足。疼老婆爱孩子，拉洋车每挣一个大子都舍不得乱花，都分文不差地交到老婆手里。他管这叫作交到柜上，老婆才是我们家掌柜的。

有时候几个洋车夫凑到一起等着拉活，有人说他怕老婆怕的过分了，他却一本正经地说，这不是怕老婆，这是疼老婆。男人找老婆就是得疼她爱她！在同伙们地哈哈大笑的时候，他却坐在车上悠然自得的跷着二郎腿，美滋滋得闭上眼睛打起盹。

无论世道如何变化，对于施汉个人来说他只知道把自己的日子过下去，尽量多挣点钱让女人和孩子吃得好一点，是他最大的心愿。尤其是结婚之后女人给他生了一个小儿子，高兴得他满脸的皱纹都绽开了花。给儿子起名叫施起，小名叫起子。他觉得这孩子应该比自己有本事有出息，长大肯定比自己更有起色，所以应该叫起子。

对他来说最幸福的事情，就是一家四口在屋子里说笑，女儿和儿子在他身上爬来爬去，不住口地叫着，爸爸，爸爸！还有不时地被儿子在身上脸上尿上一泡。抱着怀里的一儿一女，看着女人带着笑容进进出出的做饭炒菜，吃完几个窝头喝了一肚子菜汤，他觉得那些有钱人也不过如此而已。

吃饱了喝胀了，咱也和那个有钱人一样了。这句话几乎成了他心满意足最得意的表达，实际上他能吃饱饭的日子真不多。

一家人虽然穷，日子却过得和和美美。

吴刘氏给有钱人家当老妈子，吃住都在主人家。如今世道艰难没人雇佣也就没活干了，吴殿元说是到外地给人帮工却一去无音讯，活不见人死不见尸，都不知道应该上哪里去打听，往后的日子也不知道怎么过，愁眉苦脸地到了蔡朝武家，跟他们两口子商量。

蔡朝武想了想，吴婶一个人自己租间房生活，现在没了收入，不如一起搭帮过日子。跟姚秀敏两个人一合计，姚秀敏也觉着这样挺好的，要不然吴婶也真没地方去。

吴婶，您没家了，您看这样行不行，您是看着秀敏长大的，拿她当自己闺女那么疼她，我也没有父母，我们俩就拿您当妈，咱们一块过吧。这回我们结婚您也帮了大忙，把那么些年挣的钱，都给我们结婚用了，既然没了活干也没地方去，咱们就一起过日子。有我们吃的就不会少了您一口，粗茶淡饭大伙一起活着，吃好吃孬的都别嫌弃，就别走了，您看行不行？蔡朝武实心实意地对吴婶说。

吴婶也确实不知如何是好，在北京生活了这么些年，不给人家当老妈子就没地方去了，看着他俩都实心实意的，就搬过来和他们一起住了。有活了就出去干点活，没活了就这么一起搭帮过日子，再加上妹妹秀珍，这样就把三个家组成了一个家。

要是按照年龄算起来，吴婶的年纪跟姚禄华差不多，也就比蔡朝武大六七岁，可是因为面相较老，又是常年在脑后梳一个发髻的老太太发型，再加上辈分在那儿，这么多年都叫吴婶也习惯了。

过春节，俩人到天桥逛大市场，看见有卖红绒花的，蔡朝武赶紧上前问价钱。

小绒花两个大子一朵，大绒花四个大子一朵，您看这大红的绒花多漂亮。老板笑眯眯地回答。

一样两朵您给我拿四朵吧。蔡朝武很兴奋，心里恨不得把这一摊上的绒花都买回家。

干嘛买那么多啊，买一朵就行。姚秀敏赶紧拦住不让买那么多。

买一朵太少了，怎么也得一样买两朵啊。蔡朝武真想把媳妇打扮得漂亮一点。

还是太多了，买两朵就够了，咱们还得还账过日子哪。姚秀敏心里虽然高兴，但是筹划得更精细，柔声跟他说出自己的理由。

行，那就买两朵。两个人挑出了自己喜欢的花样，蔡朝武把一样一朵两朵花都给她戴在头上。

您把这个给我包上吧。姚秀敏对着镜子照了半天，脸上涨得红扑扑的。取下那朵小花留下了大花，一边照镜子一边对卖花的老板说着，同时把小绒花递给了老板。

看得出来你们是结婚不久的小两口，我就送一朵绒花给你们道喜了。那卖绒花的老板见到这对金童玉女，感觉满心欢喜，顺手又拿出一朵小花包在一起。

啊哟，同喜同喜，那可真是谢谢您了！蔡朝武的脸也红了起来，马上作揖打拱地表示感谢。

买了红绒花之后，还买了一条丝围巾，姚秀敏认为花钱太多了不愿意买，蔡朝武却坚持要买，俩人争执起来，惹得几个闲人围过来看。姚秀敏拗不过他只好答应了，挑好了自己喜欢的花色，乐滋滋地围到了脖子上。

我媳妇真漂亮！蔡朝武把嘴凑到姚秀敏的耳朵边悄声说完，昂头挺胸地往前走。

你等等我啊。姚秀敏赶紧追上去，脸红到了脖子上。

给你买个新围脖吧，再买一个大绒帽子，冬天就暖和多了。姚秀敏看见卖围巾的，左挑右挑给蔡朝武挑了一个花格围脖，又挑了一顶黑色羊剪绒的帽子，她一直记得照相馆里挑的那顶帽子，戴在自己爷们头上那个帅气劲，虽然都是价格最便宜的，围脖和帽子上的羊毛都很粗，拿在手里会有扎手的感觉，可是戴在头上显得很绅士。

唉，还是我没本事，给媳妇花点钱就这么揪心扒骨的。蔡朝武看着这些便宜东西，恨自己无能。

你别这么说啊，吃饭穿衣量家当，咱们慢慢地挣的钱多了，就不这么手紧了。姚秀敏抬头眼盯着自己的先生，充满向往地说着，她对以后的生活充满了信心。

电影院的生意依然不好，只有几部片子在各大电影院轮流放映，《十字街头》《一江春水向东流》《渔家女》等有数的几部电影，已经在所有的电影院放了无数遍，无人来看，工资也就很少，可是物价却长得很快，日子越来越难过。

很少买零食的蔡朝武，在街边小摊买了一包炸蚕豆，在北京人的嘴里也叫炸开花豆，拿回家递给了姚秀敏。给你买的，你尝尝香不香。

你也吃啊，咱俩一块儿吃，买开花豆的人多吗？姚秀敏吃了几个之后若有所思地问。

挺多的，都说他们家炸得特别香，我才买的。蔡朝武嘴里嚼着开花豆，发出清脆悦耳的响声。

那咱们能不能也炸开花豆卖呢？做生意也能挣点钱啊。姚秀敏坐到他跟前，把开花豆放在炕沿上，用手指着这包开花豆问他。

这个好像不太难，买来铁蚕豆炸一下就行了，我这就去买一点炸着试试。蔡朝武听了之后想了想，说干就干马上出门，到商店买来蚕豆，把油烧热了放进蚕豆一炸，俩人大眼瞪小眼地看着，没料到蚕豆炸了半天也不见开花。

这么炸不对，应该把蚕豆泡发了再炸，这种干的铁蚕豆炸完了也是硬的，根本就不酥脆。蔡朝武想了想，自言自语道。

把剩下的铁蚕豆用水泡上，心里着急一天恨不得看八回，没料到一直泡到了三天头上才泡发开了，也学着人家的样子在每个蚕豆上用刀切开一个十字小口，把油烧热又试着炸了几个，那蚕豆放进油锅里噼啪一阵乱爆油花，崩到手上还挺烫的，幸好没多放也没崩到脸上，弄得他俩一阵慌乱。

他俩把油锅从火炉上拿下来，坐到一旁发愣。没想到看似很简单的炸开花豆，并不简单。

蚕豆是刚泡完的，那上边还有好些水呢，放到油锅里还能不炸了，晾一会儿吧，等干了再说。蔡朝武想到了这个问题，于是把那些泡发了的蚕豆放到了盖帘上，隔一会儿就翻动一遍，凉了一个时辰，看着基本没有水了，又开始架锅炸豆，看着炸得差不多了，捞出来尝了尝，这回没爆油花还炸得挺酥了。

哎，这回不错了，又酥又脆的挺好吃。姚秀敏没等炸蚕豆凉下来，顾不上烫嘴尝了尝。

不对啊，刚开始觉得还不错，可是细品味还是不如人家炸的好吃，差着不少呢。蔡朝武也细细品尝着自己的成果，刚吃一两个觉得还不错，再吃第三个咂么着滋味，觉出了毛病。

还真是的啊，怎么就没人家炸的那么香呢？蔡朝武听了她的话，自己品了品，确实觉得味不对。

这里边有学问啊，我爸爸留下过一个炸酱面的秘方，用这个秘方让一个小炸酱面馆红火了好几年，咱们家没本金投入，所以开不了炸酱面馆。想起了当年父亲带自己去吃炸酱面的情景，蔡朝武肯定这里面有没弄明白的诀窍。

是吗？炸酱谁家不会炸呀，这还有秘方？姚秀敏第一次听说这件事，在她的印象里炸酱面是很普通的食品，没料到还会有秘方这种事。

有啊，从各种佐料的配置，到投料的先后顺序，还有一种专门提香气的佐料，是别人不知道的，放进去那个味儿就是不一样，我们家炸酱面特别好吃全仗着这个秘方呢。蔡朝武回忆起当年父亲给自己讲解秘方的事情，深有感触。

开一个炸酱面馆得多少钱呢？姚秀敏听到自己男人真有炸酱面秘方，异想天开的动脑筋了。

你想啊，租门脸房、买锅碗瓢盆的厨房用具，吃面的桌椅板凳，油盐酱醋就不必说了，至少需要买些白面吧，现在白面的价钱都飞到天上了，老百姓谁吃得起啊，咱们开不了炸酱面馆。蔡朝武为了让她清醒一点，细细地说出道理。

也是啊，现在的日子真是太难了。姚秀敏从幻想里回到了现实，有点儿沮丧。

还有，这么些活不能咱们俩干吧，还得雇两三个伙计。蔡朝武怕她还胡思乱想不着边际，就多说了几句话，让她死了这条心。

对啊，这么说没个几百块大洋，真干不成。姚秀敏这么一算计，意识自己的想法太天真了。

估计炸开花豆也有个秘方，咱们自己试着炸且找不着道呢。蔡朝武越发肯定了自己的猜测，要想办法解决这个问题。

你去问那个卖开花豆的，他能告诉你吗？姚秀敏觉得这个办法最简便易行，可是也担心人家嘴紧不说出来。

这可是人家挣钱吃饭，养家糊口的本事，哪能随便告诉别人呢。当年我爸爸给了人家一个秘方，每年都有利润分红呢。蔡朝武拿出当年的事例，说明这件事不好办。

你试试呗，先买一点儿使劲夸好吃，然后再买一包拿回家，给那人留下个好印象。你会写字啊，给那人写三个毛笔字"香酥脆"送给他，慢慢地套出他炸蚕豆的秘方。姚秀敏一边吃着一边琢磨着，大眼睛一眨给他出了一个主意。

你说得有道理，甭管成不成地去试试，我先写好了字，明天就想法子跟他学秘方去。蔡朝武找出纸笔墨砚，铺开写了"香酥脆"三个大字，后面落款再盖上自己的图章。

我先生的字真好看！姚秀敏就爱看他写字，虽然都不认得，可就是怎么看怎么觉得好，心里美滋滋的。

那是你没见过好看的字，真正书法家的字那才叫好看呢。蔡朝武可知道写字好的人太多了。

什么是书法家？写字又叫书法，还有书法家这么一说？姚秀敏第一回听说，好奇心又上来了。

就是毛笔字写得特别好的，这些人既有天分又有几十年的功底，写出来的字才好看呢。蔡朝武想了想，尽量把自己对书法家的认识，说得明白一点儿。

你认识书法家么？你要是认识书法家，那将来没准也就能成书法家了。姚秀敏觉得自己的男人，应该也成为书法家。

认识啊，比如苏东坡，黄庭坚，米芾和蔡襄，都是大书法家。蔡朝武觉得姚秀敏这个想法太天真了，就故意逗她。

是吗，书法家里还有你们姓蔡的哪，你去找他学学呗。姚秀敏一听到自己的先生真认识书法家，而且里边还有一个姓蔡的，高兴极了。

哈哈，这些都是宋朝的大书法家，我认识人家，人家不认识我啊。蔡朝武笑出声来。

一边儿去，说着说着就没正形了。姚秀敏这才知道上当了，不由得大眼睛一瞪，装作生气的样子骂了他一句。

第二天，蔡朝武按照想好的办法，先到那个小摊上买了一包炸开花豆，一边吃一边大声说，您这开花豆炸得太好吃了，又酥又脆越吃越香，我在您这买了好几回了，真是越吃越爱吃。

摆摊的是个中年汉子，头戴一顶黑色小毡帽，中等身材一身黑衣裤，眼睛不大却很有神，脸上刮得很干净不留一根胡须，身材虽然不健硕，干起活来却很干净利索。不管顾客买多买少，哪怕只是过来看看的，他都会客客气气的先打招呼，未曾开言面带笑容，如同见到亲朋好友一般。

路人听到有人这么夸赞，也过来看看或者掏钱买一包尝尝，一时竟然围上来十几个人，都等着买他的开花豆。

那您就多吃点。摆摊的汉子听到蔡朝武如此大声地赞扬，立刻接上话茬。幸亏他事先就称好包成了十几包，接过钱来送出开花豆，几分钟卖出去十几包。

行，再给我来一包吧，我老婆也挺爱吃的。

给您拿好。那汉子把一包炸开花豆递给了蔡朝武，接过买豆的几个大子。完全没料到一会儿就卖出去这么多，那汉子心里明白，是眼前这个年轻人给他做了宣传，他喊的那几声，可顶得上自己吆喝半天的。

我前两天就买了一包您这儿的开花豆，没想到这么好吃，拿回家给老婆尝了尝，她也特别爱吃，所以今天又来买这两包。蔡朝武一边吃着开花豆，故意放大嗓门又说了几句。

这就是，人叫人千声不语，货叫人点首自来，您这么照顾我的生意，多谢了您呐！那汉子心里高兴也把声音提高了不少，表示感谢了。

咱们老祖宗的话，说的就是有道理，我平时就喜欢鼓捣各种吃食，也喜欢写两笔字，一高兴就给您写了这三个字。蔡朝武说着从兜里掏出了写好的字，顺手打开展示给他看，"香酥脆"三个正楷大字写得规规矩矩，旁边小字落款"朝武书"。

嘿，这字写得真漂亮，规矩大方，太好看了。旁边买开花豆的顾客看见了，啧啧称赞。

您这是专门……给我写的字吗？那汉子一时没明白过来，不解地问。

是啊，这三个字写得虽然不好，也就表示一点儿心意，不知道您喜不喜欢？蔡朝武有意要交朋友，和颜悦色地把字递过去。

喜欢，太喜欢了。我虽然会点儿小手艺，可是不认得字，您给我讲讲这三个字念什么呀？那汉子刚想伸手接过来，又赶紧用布先把手擦了擦，反复擦干净手上的油花，这才郑重其事地接过了那三个字。

这三个字是香、酥、脆，边上小字是我的名字，朝武和一个书字，意思是这几个字是我写的。蔡朝武一本正经地讲解着。

先生的名讳是朝武，那您贵姓啊？那汉子也爱说爱笑的，几包开花豆卖出去之后，就跟蔡朝武聊起天来。

免贵姓蔡，这几个字您喜欢就好。蔡朝武见到这个爱聊天，心里很高兴。

蔡先生也是热心肠，为人豪爽好交朋友，多谢了您呐！我姓梁叫梁世勤。梁世勤也痛痛快快地报上了自己的姓名。

梁先生这个名字好，一生一世勤劳肯干，真实在。蔡朝武把这个名字解释了一下，夸赞一番。

您这名字也好啊，朝武就是当朝武将的意思吧？梁世勤思索了一下，觉得蔡朝武这个名字也起的好，威武大气。

这可让您见笑了，我一点儿武术也不懂，根本就当不成文官武将。蔡朝武听见梁世勤对自己名字的理解，心里苦笑。

要是起什么名就能当什么人，大家伙都给自己起名叫皇上，那皇宫都装不下了吧。二人哈哈大笑。

可不是吗，老人都盼着自己的儿孙有出息，出将入相的当大官，其实也就图个精神寄托，都当大官去了，没人种地看他们吃什么。蔡朝武估计当年父亲给自己起这个名字的时候，也是有想法和寄托的，再想起自己这几十年，很是感慨。

蔡先生说的对，咱们老百姓只要能把日子过得好一点儿，也就心满意足了。梁世勤和普通老百姓一样，想的不过是每天的生活。

　　我问您一个事，那天吃完了您炸的开花豆，我嘴馋还想吃就自己炸了几个，可是怎么也炸不好。蔡朝武见到俩人聊得很投脾气，不失时机地把自己的疑问说了出来。

　　您从来没炸过，就想一下子炸好开花豆，那哪行啊。这开花豆要想炸好第一是先泡发，泡儿天之后发开了再炸，就容易炸的又酥又脆了。梁世勤也是个实诚的汉子，见他发问就说出了炸开花豆的关键所在。

　　您说得对，我试着把铁蚕豆泡了两天，炸出来好多了，可还是没您这卖的香。蔡朝武没想到这人如此实诚，马上就把疑难之处提出来。

　　其实也简单，其一，泡豆子的时候得多泡两天，泡到快出牙的时候正合适。其二，必须这样……炸出来的开花豆才能这么又香又酥又脆。梁世勤如此这般说明了炸开花豆的办法，更把香酥脆的关键之处讲得明明白白。

　　哎哟，这里头有这么些道道呐。蔡朝武听得清楚，瞪大两眼吃了一惊，就这么个小小的开花豆，居然包含着如此复杂的工序，真感觉自己长了见识。

　　可不是吗，很多事外行看起来简单，实际上任何人自己吃饭的本事，一般人还真不知道。梁世勤对一些行业了解得比较清楚，因此就有自己的看法。

　　那您这一下子都告诉我了，不怕我戗您的买卖？蔡朝武一直认为行业的秘方是很珍贵的，一般人绝对不肯外传，怎么如此轻易地就都告诉他了呢。

　　我这么一说，您这么一听，就吃几个炸开花豆，不值当的费这么大劲。要是您也想做这个买卖，也没关系啊，京城可大了去了，到哪儿都有我能摆摊的地方。再说了，您以为我就会这么一点儿手艺啊，告诉您吧，除了这炸开花豆，我还会做五香蚕豆、回锅蚕豆、蚕豆糕、雪菜豆瓣酥、素炒宝石蚕豆。有了这几样手艺，什么时候我都能吃上饭，甭管到哪儿也饿不死我。梁世勤没当回事，因为他在食品的制作上，还另有十八般武艺呢，根本就不在乎这点小事。

　　了不起，梁先生真是个能人，佩服，佩服。蔡朝武听完梁世勤一番话，心里敬佩万分，不光是敬佩他这一身本事，也很敬佩他的正直和实诚。

　　能人不敢说，不过会点儿小手艺而已。梁世勤自豪地说着，他也曾把自己的本事教会过一些人，可奇怪的是，没见着几个能把生意做起来的。

　　非常顺利地跟梁先生学会了炸开花豆，是蔡朝武没有想到的事，更没想到看着不起眼的铁蚕豆，还有那么多的做法吃法，又长了见识。回家之后又试着炸了几次，终于掌握了炸开花豆的方法。两口子只要是有时间，就炸开花豆两口子出去摆摊挣钱，并不去远处，就在家门口。

　　梁先生把蔡朝武送的那个小条幅，装裱在一个红色的镜框里，每天都挂在出摊的车上，条幅虽然不大，可是也算是有了个招牌，起到了宣传广告的意思。突然出现的这个广告牌，让梁先生的小摊出尽了风头，认识字的给不认识字的讲这三个字的字音，不认字的知道了也想尝一尝怎么个香酥脆。

　　那一阵子梁先生的小摊前时常排起不长不短的队，每天都能卖出比原先多好几倍的炸开花豆，儿子闺女都跟着忙乎生意特别红火，乐得他见人就夸蔡先生这几个字写得好，可值钱了。

　　蔡朝武在自家门前摆摊，对梁先生的生意影响不大，二人还互相关照着生意，谁要是缺了包装纸或者刮风下雨之类的，都会马上关照对方。有时候也会把茶水沏好，给对方送过去一碗一杯的。

　　靠着多动手不怕吃苦受累，不管卖劈柴还是卖炸开花蚕豆，老百姓都在想办法挣钱过日子。

❶❻
朝海结婚

蔡朝海写了两年的书信，蝇头小楷写得更加流利漂亮。他在报纸上看到了一则招工启事，英美烟草公司是一个洋行，公司的老板名叫龚和轩。那时期所有的涉外贸易公司都称为洋行，洋行要招一名抄写文字的文员。他和哥哥蔡朝武都认识不少字，也会写一手好毛笔字，若是提笔写文章的话，这点墨水还真不够用。要是现成的文章只需抄写的话，就没什么问题了。于是第二天一清早他就到那个洋行报了名，公司接待的人告诉他，现场需要抄写一小段文字，考验他写字的能力。

身穿熨烫得一丝皱纹都没有的干净长衫，又是刚刚理了发刮了脸一幅清爽干练，精气神十足的蔡朝海，拿到文章之后，从笔筒里选出一支狼毫小楷，拉开椅子撩了一下长衫后摆，稳稳当当坐到写字台前，平心静气端端正正地写了起来，不一会儿一篇文章抄写完毕，满篇漂亮的蝇头小楷呈现在众人面前。有人把蔡朝海带到了经理办公室，洋行的经理看了看他誊写的文章之后，啧啧连声赞叹不已，又简单问了一些他的家庭情况，知道他还没有结婚成家，也就没有什么累赘。问起他的文化功底，回答说只学过几年私塾，除了几篇古文之外对唐诗比较熟悉，又背了几首唐诗给经理听。

经理让人把蔡朝海带到办公室，指定了他的办公桌，办公室还有几个工作人员，来人把他介绍给同事之后，大家都微笑着鼓掌表示欢迎。蔡朝海微笑着给各位同事抱拳回礼，说了一句，本人才疏学浅，今后有什么差池，还请各位多包涵。

几位同事也应付道，蔡先生真年轻啊，将来前途无量，若是将来飞黄腾达了，可千万别忘记今天在一起工作的穷弟兄们。

瞧您说的，这是我长这么大第一次找到了事由，凭着会写几个小字挣口嚼谷，哪会有什么飞黄腾达的日子，您别拿我开心了。

一位同事送来了几篇文字，又把书写用的纸笔墨砚等等一套用具，交代给他之后就离开了。

到了中午，大家都出去吃饭，蔡朝海也到公司外面街边小吃摊，胡乱吃了几口回到公司，坐到自己的办公桌前，喝了几口水之后，整理了一下手中的几份文案，按照文字的排号次序，先挑选出了最短的一篇文字，开始抄写。一篇抄写完之后再抄写另一篇，头不抬笔不停整整抄写了一下午，期间还是一个同事看他写得太投入了，帮他打来了一碗水，他才想起该喝点水了。抬头道谢之后慢慢喝完，接着抄写剩下的文章。有的老同事请他抽烟，他客气地拒绝了。

经理今天招聘到了一个可心的小伙子心里高兴，顺手把蔡朝海写的那篇小楷字折叠起来，放进自己的西服口袋里，准备拿回家给老婆孩子都看看。下班后回到家里，吃完了饭跟老婆聊天。

你看，这是今天来洋行考试的一个小伙子写的字，真是没想到一手蝇头小楷写得这么漂亮。龚经理拿出蔡朝海写的那片小楷，双手打开给老婆看。

是吗？我看看。夫人见丈夫如此夸赞，也很感兴趣，就把字纸拿过来看。

这小伙子刚到二十岁，爹妈都去世了，跟着舅舅和哥哥一起生活，现在哥哥结婚成家了，家里只有他和舅舅二人。

这字写得真漂亮，小伙子人长得咋样？

人也长得一表人才，就是脸上有块胎记。

有胎记啊，那可太难看了。

那块胎记倒是不大，而且长在侧面上不太显眼。

看样子是考试通过了吧？

通过了，已经在洋行上班了。现在找这么年轻还能写一笔漂亮小楷的人太难了，这几天来了好几个人应试，他的字明显最拔尖，人也最年轻。龚经理赞叹道。

那就好。看着男人这么高兴，女人心里也很欢喜。

蔡朝海上班一个月后拿到了十块大洋的薪水。当天蔡朝海就给大家买回来两包点心，孝敬了哥嫂和舅舅，知道哥哥和舅舅都爱喝点酒，给他们每人带回来一瓶二锅头，大家都为这事非常高兴。

　　买来一点五香花生仁，又在家里炒了一个醋烹豆芽菜，哥俩把两个小酒盅倒满，高兴地喝酒聊天。

　　大哥，我虽然找到事由了，可毕竟是个没什么出息的抄写工作，能混口饭吃而已。您这同乐电影院的堂头多有名气啊，不管走到哪儿说出来都是响当当的。

　　朝海，你千万别这么想。头一个，有了工作不但能养活自己，还能给哥嫂和舅舅买点东西，这就说明你已经能在世上立足了。其二，你哥我这干了多少年，吃了多少苦受了多少罪，才混上了这个堂头啊，在这么个小电影院，这也就算是干到头了吧，能不能涨上几块钱的工钱都两说着，至于当电影院的经理，想都不敢想。可你就不一样啦，在这么个大洋行里，好好学点本事，将来一定有用。

　　可是您说，我头一回到洋行干活，除了会写字其余什么都不懂啊。

　　不懂没关系，咱们慢慢学。

　　学什么，怎么学呢？我也想了，您是私塾学出来，我的这两下子还是跟您学的，除了认识几个字还能写字之外，都没学过写文章。人家的文章写好了，我才能用笔抄写出来，要让我写文章可就运不开笔了。

　　唉！小时候学了几年，还没等到学写文章呢，家就败了。后来又整天忙着把肚子填饱，就把学点本事这事给耽误了。

　　咱们能活到现在已经不容易了，哪有钱学本事啊？您倒是想学放电影呢，人家不教给您，还不是因为您没钱吗。

　　也是啊，要是有点钱拿出来学点本事，日子兴许能过得好一点儿。

　　二人说到这里开始闷头喝酒，陷入了沉思。过了一会儿蔡朝武喝了一口酒之后，把酒杯往桌子上一放，两眼放光面带微笑地说出了一番话。

　　朝海，我给你出个主意，你看怎么样啊。

　　您说。蔡朝海对于大哥很崇敬，很想听听哥哥的见解。

　　从这个月开始，你的薪水咱们计划一下，留下几块钱俭省着过日子，尽量少给我和家里买东西，除了必要的吃喝穿戴之外，你把剩下的那点钱，都用到洋行里头。

　　洋行里什么都有，再说了那是人家的洋行，我把钱用到那里头干什么呢？

　　你们洋行里平时打扫卫生沏茶倒水的活，都是谁干？

　　是办公室的几个人轮流，大家轮换着每个人负责一天。

因为你的工钱不多，咱们钱少就少花，买一点儿茶叶放到你的桌子上，谁想沏茶喝都行。你没娶媳妇没有家，每天就早点去，先把办公室打扫干净，桌子椅子也擦干净，给大家伙把开水烧好，等到大伙都上班了，给他们每个人都沏上一碗茶。你年轻别怕累，正是出力长力的时候，至少闹个好人缘，这个不难吧。

这倒是不难，可是给人家喝点茶水，我觉着没什么用。

你每天都去擦桌子扫地，给大家沏茶喝，就把你勤奋善良的一面，让大家都看到了，再没良心的人也不会看你不顺眼了吧。

人家看我顺眼了，也没什么用啊？

从明天开始，你就把所有的同事，甭管年纪大小都当成老师，一个是把他们当成老师那么恭敬的对待，更要紧的是从他们身上学本事。有什么不懂的就开口问他们，喝了你的茶坐着你擦干净的桌椅，在你收拾干净的办公室里干活，你要是问点不懂的问题，总会有人回答你了吧。

哥您说的有道理，这是个好主意。

你打心眼里把他们都当成老师，对大家所有的尊重恭敬都是真诚的，这谁都能看得出来，不一定所有的人都愿意教你，但总会有人真诚待你，每天能跟那儿学到一点儿东西，年长日久下来，就能学到不少本事呢。

没错，就拿这个洋行当学校了，把那点零花钱当成学费。

说得对！把挣的钱拿回家，叫过日子。用挣的钱交朋友，可以长本事、创事业。你好好想一想，是不是这么个理。

不用多想了，您这个主意太好了，就按您说的办。

从此朝海每天高高兴兴的上班，省下的几块钱买了一斤好茶叶，每天都提前到洋行里把办公室收拾得干干净净，到了上班时间，又给大伙桌子上各沏好一碗茶。几个月下来办公室的人提起新来的小蔡先生，都赞不绝口。

有一天朝海回到哥家特别兴奋，进门就笑着喊了一声。

大哥，嫂子，我回来了。

二弟回家啦，快坐下，我给你倒碗水去。

嫂子您不用忙，我自己倒水喝就行。

你今天怎么想起上我这来了？蔡朝武觉得弟弟有了个好工作，应该没时间经常到家里来了。

今儿个有件新鲜事。蔡朝海话说到这儿停了一下，从衣兜里掏出了两样东西放到了桌子上，一盒老刀牌洋烟还有一小盒洋火。

咱哥俩都没有抽烟的习惯，你买这个干什么，净瞎花钱。哥俩打小到大从不抽烟，看见朝海拿出来的这一盒洋烟奇怪地问他。

大哥，这可不是我买的，是公司发的每人一份。我们公司要做这个生意了，还让大家伙想办法出主意怎么打广告呢。

你想出了什么主意没有啊？

我没想出来。

长了个脑袋是干嘛用的，就是想事用，甭管什么事，遇上了就应该想一想，脑子越用越活分。

我刚进公司工作没几天，人微言轻的想出什么主意也没用。

所有的人都是从下慢慢往高处爬，这就叫人往高处走，不管遇见什么事都要动脑筋努力进取，这样才有可能混个出人头地。

您有什么想法，咱们一块琢磨琢磨。

这么大的洋行，想把广告打出去方法很多，花销一定也很大。现在大商行买卖家都有话匣子，用无线电做广告这是一。满大街贴出大小画报，墙上挂广告牌这是二。

这两样谁都知道，所有的买卖加大洋行都这么做呢，我们洋行希望大家想出新招，尽快打开市场。

要想见效快，那花费可就大了，我琢磨着用鼓号队，早几年也有商号这么干过，先用免费送的办法让大家尝到甜头，然后等老百姓都习惯而且喜欢上，他自己个就去买了。

哎，这主意我觉得不错，可是怎么送呢？

咱们放大胆子想想，洋行里有汽车吧，开着汽车打洋鼓吹洋号，往沿路的各家送洋烟和洋火。看见谁就给谁一盒，看不见人的地方就隔着墙扔进去，只要洋行舍得花钱，这么办见效最快。

有点儿意思，这么一来，扔钱可就扔扯了，他敢这么扔钱吗？

什么广告都得花钱，电影院放电影还得贴广告写水牌子呢。

大哥还是您敢想，等明天上班我就把这个主意说出来。

如果你觉着这个主意好，那就写出来。

您说的对，管他成不成的，我这就回去写。

回去写干嘛呀，就在这写，写完了咱哥俩再琢磨琢磨。

蔡朝武找出纸笔墨砚，蔡朝海一边想一边写，不一会儿写完了一份建议书。哥俩商量着涂涂改改，修改了几个地方，修改完看了几遍觉得可以了，重新誊写了一遍，装到了一个信封里。这篇文章是兄弟俩合作的第一篇应用文，文章虽然不长也很简单，如果不是蔡朝海在洋行里跟大家学习了一段时间，他们写不出这篇文章。文章写好了，正好锅里的窝头也蒸熟了，每人就着一碗菜汤吃完了晚饭，蔡朝海身上揣着那个信封，带上窝头咸菜和点心二锅头回到舅舅家，让舅舅满脸都乐开了花。

蔡朝海第二天到了洋行，把办公室里外打扫干净之后，看了看钟表各位同事也都该快到了，又给各位的桌子上沏了一碗茶，也把自己的桌子擦了一遍，拿出纸笔等着今天的抄写工作。

看见龚经理到了公司，就把新沏好的一碗茶送进了办公室。

龚经理您早，这是您的茶。

麻烦你了，蔡先生，放桌上吧。

龚经理，这是我昨晚上想到的一个建议，您看看有用没有。

什么建议？

您不是说让大家想办法做广告，尽快把产品推销出去吗，这就是我琢磨的一个小主意。

啊，你倒是真有心了，放这吧我看看。

行。蔡朝海把信封放到了龚经理的桌子上，慢慢退出去。龚经理拉开抽屉拿出金丝眼镜，从信封中抽出了那张建议书，认真仔细地看了起来。

看到最后眼前一亮，嘴里禁不住啧啧赞叹。真没想到，这孩子挺会动脑子，将来有前途啊。取出另一张纸，草拟了一份英文电报，交给了一个工作人员，让他马上去电报局把这个电报发出去。

三天之后，经理把蔡朝海叫到了办公室，让他坐到沙发上，走过来把一份电报递到他手里，蔡先生，你看看吧。

经理，这是什么意思啊？

这是美国总公司发过来的回电，意思是你的建议被批准了，广告的费用也批下来了。我就把这个任务交给你，你来拟定一个详细的办法，这回可就看你的了。

哎哟，经理这可不成，我哪能办成这么大的事啊，您还是另请高明吧。

龚经理思索了一下，也是啊，你这么年轻也没历练过，咱们去办公室吧。

到了大办公室，各位员工看见龚经理带着入职不久的蔡朝海一起进来了，都满脸惊诧之色。

大伙先把手里的活放一放啊，我说一件事。前些日子我跟大伙说想办法，怎么给咱们的洋货做广告，有几位同事提出了一些建议，其中蔡先生提出的建议不错，今天接到电报，咱们美国总公司批准了。龚经理拍了拍身边蔡朝海的肩膀，然后带头鼓掌，大伙也禁不住惊喜兴奋地跟着鼓掌，蔡朝海看着面前的同时满脸通红，低下头不知所措。

这个任务交给洋行里的各位同仁一起执行，往后的这一个月里，除了日常工作留两个人坚守洋行，其余人全力以赴地做这个广告宣传，而且，这个月每人多发半个月的薪水，每人每天发一条洋烟。由蔡先生主持大家伙出力，尽全力做好这个宣传广告，大伙有什么意见吗？

啊！还多发半个月薪水，没有意见。

我初入公司担任翻译的时候，月薪仅有五十元，十余年来，现在月薪已经超过千元，总公司给我的待遇和薪酬，统统与高级西洋人一样。兄弟们只要认真负责的为公司效劳，我的今日也就是你们的明天。公司极其需要人才，我们华籍人员只要忠实勤劳，公司无不一视同仁，我就是一个很现实的例子，望各位好自为之，前途是不可限量的。龚经理踌躇满志的频频向各位点头。

那你们一起琢磨一下，制定出一个执行方案吧。龚经理说完跟大家摆了摆手，回自己办公室了。

办公室一共八位工作人员，原先一直自称为八大金刚，这回八大金刚一下把蔡朝海围起来，问他是怎么回事。

蔡朝海拜求大家都回到自己的座位上坐好，喝了一口水之后慢慢地把自己的建议说出来。我觉得这个建议太简单而且有点儿不靠谱，没想到经理报到总公司之后，还真就批下来了。建议虽然是我提的，可究竟怎么做我心里可没谱，还是各位选出个人来主持吧。

您这个建议虽然简单，但是挺靠谱的啊，既然经理把主持的责任交给了你，我支持你。

反正打广告是要花钱的，既然美国大老板批准了，怎么造成的影响大就怎么干呗。

对啊，把洋烟和洋火直接交到人手里，看得见摸得着。

没错。

每个人每天还奖励一条烟，自己留着抽省钱，卖出去又是一个进项。

蔡先生你真行，这一下顶半个经理了。

张叔您可千万别这么说，我这纯粹是瞎猫碰上了死耗子——巧了。

要是印上大美妞的宣传单，再包着洋烟和洋火，那帮爷们儿更上心。

我负责找人画美人儿广告，保证时髦摩登，让那帮傻小子流哈喇子。

那我负责找印刷厂，保质保量。

经理把这个差事交给你主持，就是给你锻炼机会，你就别推让了，咱们大家伙同心同德，这事一定能办得漂亮。

找几个人吹洋号打洋鼓，在汽车上慢慢地往前开，确实有意思。我负责找洋鼓洋号的洋乐队，最好有人穿着洋装一边吆喝一边发洋烟，还得事先编好了说词。

说词我来编写，穿着洋装吆喝可不能一个人，怎么说也得三四个人轮流着来，要不然嗓子受不了。

这个主意好，蔡先生你是怎么想出来的呢，这么一来肯定轰动全京城啊。

就冲你每天给我沏茶的份上，我也一定支持你。

……

几个人凑到一起，七嘴八舌制定好了宣传计划，交到龚经理手里。

又经过一周左右的准备，画好了大广告牌，也印好了小广告宣传单，画面上一个时髦美女穿着露出大腿的旗袍，一手拿着一盒洋烟，另一只手的手指上夹着一根香烟，面对着大家微笑。

蔡朝武骑车上班的路上老远就听见有鼓号的声音，走近了见大街上一群人簇拥着一辆汽车跟着走，路上人太多，他只好下来推着自行车。汽车车厢前面立着巨大的香烟广告，汽车上装了几箱洋烟和洋火都打开了包装，车上站了几个人手里拿着广告单和洋烟洋火在不停地分发着。

其中一个穿着燕尾服戴着高礼帽的男人，一边扔着香烟，一边拿着个喊话筒。

您先看看这洋火，拿出来一划就着了。这是最新的科学技术，让您的生活更加方便、容易、简单。从此，您就可以不再用又沉又笨的火石跟火镰了，也不用费劲巴拉的火折子，让这最新的科学成果，洋人发明的起灯儿，给您带来前所未有的新体验。这叫洋火，也叫洋起灯。美国的原子弹您知道吧，炸死了小日本成千上万，这洋火里也有原子，用了原子科学地洋火，您就能跟上科学的脚步，用了洋火您就是新时代的科学家……

您再看啊，这是美国进口的老刀牌洋烟，抽一口舒服，抽两口享福，饭后一根烟，您赛过活神仙。洋烟抽着方便，不用烟斗不用纸卷，不呛嗓子不费钱。抽了洋烟您就跟洋人一样文明，就跟洋人一样平等，就跟洋人一样自由，就跟洋人一样有派头。抽洋烟能让您有学问，抽洋烟您就能发洋财，抽洋烟能治百病，抽了洋烟延年益寿，抽了洋烟让您长命百岁!!!

抽洋烟喽! 抽洋烟喽!

底下有人喊，嗨! 给我一包洋烟，再来一盒洋起灯。

好嘞，您接着!

车上穿洋装的故意把烟扔得远一点，让几个人来抢，那人没抢着，就再跟他要，把场面搞得很热闹。

汽车后面走的是几个吹洋号的，高矮胖瘦都有，一看就是临时凑合上来的，头上戴着桶形帽子，帽子上还有高高的红缨，身上穿着镶着彩色布条的衣裤，肩上有带黄色流苏的肩章，类似军装又不是军装不伦不类不很合体的穿在身上。见到这么多人在观看，又有了出头露脸的机会，于是就起劲的吹奏着，周围的人们说着笑着喊着叫着十分热闹。一群小孩跟着敲打和吹号的节奏喊：哒哒啦啦哒哒啦，哒啦哒啦哒，哒哒来滴啦哒啦哒啦，滴啦滴啦嘀哒! 音调是；3232165，21232，112321615，323532。反反复复就这么一个曲子，图的就是热闹劲。

后面是一个洋鼓队，敲大鼓的在前面，敲小鼓的在后面。嘟亮亮亮，嘟亮亮亮，嘟亮嘟亮嘟亮亮亮，迈着相对整齐的步伐，两支队伍慢慢吹打着往前走。

很多小胡同里也派了人，一边喊着抽洋烟喽! 一边给看见的人发洋烟和洋火。看不见人的时候就隔着墙往院子里扔，一般小门小户的就扔一盒两盒的，要是看见高门大院的就一整条洋烟扔了进去，再扔一大包洋火。

蔡朝武推着自行车正看热闹，只见汽车停下了，车门一开朝海手里夹着一根烟卷，从里面下来了。

哥，您上班去啊? 蔡朝海看见哥哥过来，立刻从驾驶室里出来，脸上虽有倦意，但是依然很兴奋。

我上班去，电影院隔三岔五地还要放电影，生意不好也不能停啊，大家伙都得吃饭。蔡朝武回答着弟弟的问话，眼睛扫看着周围的宣传队伍。

大哥，您看，咱们那个主意已经开始执行了。我这些日子忙着办这事，就没工夫去看您。蔡朝海兴奋地解释着这里的情况。

是吗，这么些个人一块干事真挺热闹。你怎么也抽上洋烟了？蔡朝武看见弟弟抽烟，立时收起了笑容。

有点儿累了我抽着玩呢。蔡朝海不好意思地低下头，他因为好奇刚刚点上烟，却被哥哥发现了。

那不行，咱们不学这个。蔡朝武严肃认真地说着。

行，我听大哥的，说不抽就不抽。蔡朝海一听满脸通红，也觉得自己有点忘乎所以，赶忙把烟掐灭扔掉了。

能闹这么大动静，你还是挺有本事的。蔡朝武见弟弟很听话，就不再提这件事。

我有什么本事啊，还是大哥的主意好，要不然我也办不出这么大的事情。蔡朝海立刻把功劳往大哥身上推。

这么些人办事，你怎么坐在车里待着呢？蔡朝武又发现了一个问题。

大哥，这个主意是咱们想出来的，龚经理也把这事的主持大权交给我了，忙了这么些日子才出来，累坏我了。蔡朝海赶忙解释，把自己没偷懒的事情说清楚。

这动静闹得挺大的，没想到你把事能办得这么好。蔡朝武看见自己的主意有了这么大反响，也跟着很有成就感。

这才应了那句俗话"一个吹笛的，八个捏眼的"，要是都让我一个人干，累死也干不成。给您一条烟，您带给同乐电影院的同事们抽。蔡朝海马上从汽车驾驶室里拿出一条香烟，又拿出一包洋火。

这烟随便拿行么，不违反规矩？蔡朝武对这类事情很小心，从不贪小便宜。

公司给每个人每天都发一条烟，随便给谁都行。蔡朝海立刻把事情说清楚，这也是推销做广告的一部分。

那好，我是不抽这玩意。

我知道您不抽，给您的同事吧，再拿几包洋火。

好，你忙着吧，我上班去。

蔡朝武把一条洋烟和洋火放进随身手提包里，骑车上班去了。

这个宣传广告的作用非常大，很多人就这么抽着洋烟，慢慢地习惯了，扔掉了旱烟袋。洋火也跟着闯进了成千上万的百姓家，使着确实比原先的火石跟火镰方便多了，也比用松树枝条的起灯好用，比起火折子便于携带。

英美烟草公司的龚老板靠着老丈人的关系，做了北平市的分公司经理，膝下有两个女儿和一个儿子，儿子已经送到美国读书，毕业之后又在一个美国公司工作，时常给家里汇来美元，很让龚老板引以为傲。大女儿龚灵芝嫁给了协和医院的一个外科医生，这两年大女婿升任外科主治医生，也成为龚老板引以为傲的本钱。龚灵芝天生丽质，精致的小圆脸上两只大眼睛顾盼有神，白皮肤光滑细腻，一头乌发无论盘在头上还是披散两肩都极尽柔美，身材苗条肩膀比一般女孩略宽，胸前不大不小的两团，配合不高不矮极佳的体型，被人称为衣裳架子。眼中无时不显现出自信的目光，加上自身略有文化底蕴，很有气质。

同在医院工作，龚大小姐遇见并且爱上了外科医生展瑞。婚后丈夫，不仅被提拔到了外科主治大夫的位置，更是把女人宠爱到了极致。不仅家务活全都由保姆代劳，两个孩子也另请了保姆照看。尽管结婚十多年，岁月并没有在龚大小姐的身上留下一丝痕迹。

龚和轩的老婆在生完第一个女儿之后，得了一场大病，连医治带保养十几年之后才有了小女儿，所以大女儿和小女儿之间整整相差了十二岁的年纪。也正因为年纪上的差距，大姐对自己这个小妹妹十分疼爱，背着抱着哄着长大，感情一直非常深厚。

小女儿龚冬梅生长在富裕家庭，自然是从小娇生惯养，一切吃穿用度都是高档品，而且基本上是外国舶来品。圆圆的脸型大大的眼睛也和大姐一样，完美继承了父母的优良基因，从小爱读书并且经常跟随父母出席各种大型聚会，见多识广经历丰富，性格活泼开朗爱说爱笑。

龚灵芝十七岁出嫁那年，龚冬梅只有五岁多。在结婚之前见过几次到家里做客的未来姐夫，可能出于对大哥哥的思念，也可能懵懂中对于姐姐的出嫁有点不知所措，对于这个高大英俊的未来姐夫，生出了一种依赖和眷恋。

婚礼那天，全家人都穿了新礼服，给小冬梅也买了一身新衣服。可是她对自己的服装不满意，撅着小嘴不高兴也没人理，最后干脆大哭大闹一场，谁都没办法把她哄好。

正当全家都皱着眉头没法办的时候，展瑞拉着大姐走到小冬梅面前，对他微笑着说，冬梅，大哥带着你去商场，挑一件最漂亮的衣服好不好？

好！龚冬梅眨巴了几下大眼睛，连眼泪也没擦干净，就忙不迭地点了点头。也因为有了这句话，龚冬梅从此不再称呼姐夫而改口叫大哥。

千挑万选之后，小冬梅终于选中了自己最满意的一身白底红花的连衣裙，还买了一双红色的小皮鞋。穿着这身新衣服和新鞋子，从镜子里看到了漂亮开心的自己。她像小公主一样，参加了姐姐和姐夫的婚礼，给身披华丽婚服的姐姐拉沙。买新裙子和红皮鞋的事情，在小冬梅的心里打下了深深的烙印。

姐姐和姐夫结婚之后，小冬梅也常常跟着爸爸妈妈去姐姐家做客，姐姐和姐夫也会经常到家里来看望父母，每次也都给小冬梅带来各式各样的小礼物。姐夫会把小冬梅背在背上，或者抱在怀里逗她玩。有时候小冬梅也会在姐姐家住几天，等姐夫下班回来就缠着他讲故事。因为常到大姐家里住，所以大姐和姐夫专门为她准备了卧房。

天长日久看惯了姐姐和姐夫之间的亲热，也对姐夫产生了一种无法述说特殊的感情。到了小冬梅十三四岁的时候，已经发育成了大姑娘，逐渐懂得了男女之情。

龚冬梅豆蔻年华，发育正常，绝对青春靓丽、活泼可爱，与姐姐一样的圆脸大眼，只是身材比大姐姐丰腴一些。那年月胸罩虽然已经传入中国，但是并没有在民间流传开。只有类似龚家这样与西方文化接触较多的家庭，女孩才有戴胸罩的习惯。一般在家里不外出的时候，她觉得很束缚并不穿戴那东西。尤其是夏天，在家里的时候穿得很单薄，常常穿着小衬衣和一条薄短裤，所以哪怕只是走动，胸部就像是两只小兔子，随着她的一举一动，也在活蹦乱跳地抖动着。

她无拘无束甚至是毫不忌讳地跟姐夫聊天说笑，有时也免不了一些肢体、身躯上的碰触。因从小一起长大，她早已把姐夫当成了自己的亲人，心里的毫不设防，还会有一些撒娇耍赖之类的举动。这一切对于女孩子来说，都是毫不做作、自然而然的。可是对于她的姐夫来说，就是一种巨大的、难以抵挡的诱惑和挑逗。

龚冬梅是无辜的，但是她娇美身躯的存在和言语行动，都对姐夫造成了诱惑。而这种诱惑的力量，作为一个女人，也许体会不出来。但是对于展瑞这种正值壮年的男人来说，这诱惑的力量真是太大了，是一般女人无法想象的大。在这样长期的诱惑中量变导致了质变，姐夫展瑞终于有一天，趁着老婆不在家的时候，喝了几口酒壮胆，把刚洗完澡穿着清凉薄透的小冬梅抱上了床。

被姐夫抱上床，她觉得理所应当。但是身体上撕裂般的疼痛，却明白地告诉她，这是实实在在的第一次。据说女人的第一次很痛的，身体像是被撕裂成了两半，而第一次带给她这种疼痛的男人，将留在内心的某个位置，永远不会消失。

从此她既惶惑又开心，不仅慢慢地从心里接受了这个现实，还更深的解读了这个事件。她迷恋姐夫崇拜姐夫，想和姐夫亲昵似乎是心里的一个藏得很深的愿望，突然实现了。有一段时间她觉得"心花怒放"这个词写的就是她的感觉。

自从有了这个心底的秘密，龚冬梅的性格逐渐起了变化。她不再像小时候那么叽叽喳喳的爱说爱笑，不知不觉变得与年龄不相符合的成熟与沉稳，她比大姐更加内敛和深沉，凡事都会三思而后行。她也明白不可能跟姐夫之间长久地保持这种亲密的关系，除了私下有机会跟姐夫亲热一番之外，也不可能在这个家庭里代替姐姐的位置。

小冬梅找了一个机会，当着姐夫的面一声不吭，把他的一张八寸彩色照片拿走了，收藏在自己的小相册里，那个小相册的大小放这幅照片刚刚合适。这照片藏在小相册里，就像藏进了心底。虽然只会在没人的时候打开看看，每看一次都会高兴和满足很久，这是她和姐夫之间最深的隐私。

这幅照片让她永远记住了情窦初开时第一次的感觉。虽然已经说不清是刺激还是幸福，但是那种爱和被爱的情景，已经烙进了心里永不磨灭，用刻骨铭心这个词来形容，一点也不为过。

姐姐龚灵芝没多久就从照片的事情以及其他蛛丝马迹，觉察到了自己丈夫与小冬梅之间的暧昧，虽然也曾想大闹一场，可是冷静下来之后还是接受了，不仅因为家丑不可外扬，更因为她也明白，自己深深地爱着这个男人，无论是相貌身材还是工作能力，包括一般人难以企及的收入，都使她无论如何也割舍不下。

她清楚地知道，尽管自己战胜了展瑞所有的追求者，和展瑞结婚了这么久，仍然有很多女人对这个男人不死心，明里暗里的勾引和亲近，送礼物的，打电话约会的，邀请看电影、听戏的，故意找个借口到家里来看望他的，甚至没事找事请展瑞帮忙的，从来就没有断绝过。展瑞却对这些人应对有度，从来没发现他与其他女人有风流韵事，也体会出展瑞一直还爱着她。

何况整个社会风气也允许男人娶二房和纳妾，如果撕破脸皮非要把他们拆散，后果也许是跟展瑞离婚，即便不离婚也许纳妾娶来别的女人，或许是干脆就娶了小冬梅也未可知。与其弄得鸡飞蛋打婚姻破裂，甚至全家声誉受损，不如顺其自然相安无事。等将来小冬梅长大了，找到一个男人成了家，事情也许就会回归正常了。

得到了女人的默许，展瑞自然怀着感激的心情，更加善待自己的妻子，而且为了不过多的刺激她，基本都会避开龚灵芝，等她不在家的时候，再与小冬梅踏踏实实地偷情亲热。龚灵芝也会在适当的时候，让出一些时间和空间成全他们。几年时间里大家相安无事，当事人都心知肚明，并不把这层纸挑破。

因为这关系的特殊性，展瑞每次与小冬梅在床上云雨时，虽然话不多，但是那千般爱护万般柔情，已经使得小冬梅如醉如痴。也正是二人有这样特殊情况，无论再陶醉再心情激荡，哪怕是到了高潮的时候，小冬梅也控制着自己，紧闭嘴唇一声不吭，以至养成了一声不吭的做爱习惯。

就在与姐夫这种不明不白的关系中，小冬梅长到了十九岁，已经过了一般女孩子谈婚论嫁的年纪，她突然醒悟，自己也该有个男人成家了。尽管社会上还有男人娶妾收房的习俗，但是两姐妹嫁给一个男人的事情，依然是凤毛麟角一般的存在。她很喜欢与姐夫展瑞的亲密关系，又不愿意伤了姐姐的心，心存一丝愧疚。

从小冬梅十七岁前后，就有人上门提亲，因小冬梅的拒绝，都由父母借口女儿还小，等长大一些再说。而后由他们二老物色的一些男孩子，既有中外学问高的，也有身价不菲的富豪之子，还有一些官宦子弟或是同事中长相帅气的年轻人，回来对小冬梅介绍一番。她也能把照片接过来端详片刻，仔细询问着男孩子的一些情况，但几年来一直没有一个能入她的法眼。

即便是小冬梅自己也弄不清，为什么对这么多男青年都没感觉。他们不是太胖就是太瘦，不是太高就是太矮，不胖不瘦也不高不矮的，脸型又不理想，有几个勉强说得过去，又会在见面聊天的过程中发现不合心意的地方。

这天又和一个男青年见面之后，小冬梅回到自己的卧室心里暗笑，这个男孩身材和姐夫很像，胖瘦高矮都差不多，面相也说得过去。但是他说话的声音怎么会又细又高，还有点腼腆，感觉就像个女孩似的。伸手把书桌的抽屉打开，取出那本相册，看到姐夫展瑞的那幅照片，嘴角微微向上翘起，露出了甜蜜的笑容，心想还是姐夫更可爱。

她意识到自己这么多年来，一直是把姐夫当偶像，以姐夫的标准去找男孩的。世界上哪里有跟姐夫展瑞一模一样的人呢，即便是身材胖瘦甚至长相都很相似，说话和性格以及神态、气质可就有千差万别了。想要求一个二十岁左右初出茅庐的男孩，有四十岁的男人那么成熟稳健，不是太过分了吗。

可是看到这些男孩都没有感觉，不愿意跟他们任何一个交往，更不要说将来还要一起过日子，守在一起生活一辈子，这是一件不可想象的事情。她接受不了这个现实。

美国的洋货打入中国市场，龚经理为此用尽全身解数，要在自己年富力强的时候，开创一个属于自己的商业帝国。

香烟洋火的市场打开了，下一个任务是要打开老百姓用石油产品的市场，可是汽车太少市场很小，他们看上了中国人多的现实，只要家家都用上油，哪怕用得再少也是一个很大的市场，于是决定推广煤油灯，为了让千家万户都点上煤油灯，也采取了送油灯试用的办法。有了前面推广香烟的成功案例，龚老板把这个差事也交给了蔡朝海，作为新人蔡朝海的薪水，已经破例提升到了每月十五块。经过一番筹划之后，朝海和几个同事开始了推广煤油灯的任务。

大街上搭起了一个不太高的台子，依然是一群鼓号队在旁边敲打吹奏，大桌子上摆着很多崭新的煤油灯，灯里都灌满了煤油，还放着几个点着的煤油灯，在白天的阳光下居然还能亮闪闪的。

在鼓号队吹打了一阵子之后，周围聚集了很多看客，互相议论纷纷。

一个穿着洋装的男人，走到了台子中间，拿起几个煤油灯，送到最前边的几个人手里。给您、给您……一人一个，都拿着！发出去几个煤油灯之后，用手举起一个蓝色灯体透明灯罩的煤油灯，大声制止了还在轰鸣作响的鼓号队，用喇叭状的话筒跟大家开始喊话。

大家走过路过请不要错过，都过来瞧一瞧看一看啊！这是美国人送给咱们的煤油灯。一个大子不花，过来就拿，连灯带油您都拿走，拿到家里点上，保管您家里比白天还亮堂。

您看看这煤油灯做得多漂亮，蓝莹莹亮晶晶，放到家里简直就是艺术品。只要把这个煤油灯拿回家，从此您就再也不用家里的小捻儿灯台了。要是您怕点完了灯里的油，灯就没用了，那我告诉您，甭担心也甭害怕，只要您愿意，随时到咱们这公司里来取煤油。公司是美国人的，美国的石油公司有的是钱，永远供给您点灯的油。点上了油灯您要是不满意，转手就扔也不用心疼。

说完指挥着周围的人群，到台前领取煤油灯。

一人一个排好队，人人有份啊！穿洋装的指挥着，嘴里还不停地喊着。可是周围的人还是不太相信，互相交头接耳，还有人大声地问着。

哎，我说，真是白给不要钱哪？

拿上煤油灯，转身您就走，要是有人跟您要钱，您上来先给我一个大嘴巴。穿洋装的话刚说完，引起人们一阵哄堂大笑，气氛马上就活跃多了。

看来是真的，美国人真有钱啊！一个领了煤油灯的人，一边看着手里的煤油灯，一边自言自语。

那是，全世界最趁钱最阔气的就数美国佬了。穿洋装的马上接过话茬，伸出大拇指夸张地大声说，什么叫新科学技术，那就看美国佬的了。

来，给我一个。

我也来一个。大家看到真是一个大子儿不要，争前恐后地伸手索取，公司员工一边维持着秩序，一边分发着煤油灯。

哎我说，现在就要一点儿煤油行吗？一个拿了煤油灯的人转身刚要走，忽然想起了什么又回过身来问着洋装。

行啊，每人一瓶您先使着，使完了再来拿。穿洋装的脸上现出一幅不屑回答的模样，似乎早就知道有人会这么问他，马上答复。

什么时候来拿都行吗？

瞧您说的，公司就在这儿又跑不了，什么时候来拿都行。穿洋装的马上又换了一副笑脸，指着公司的大牌子，就像对待自己家亲人那样耐心地解答着。

好嘞，我来一个。

给我一个。大家纷纷伸手接过煤油灯。有人不知道怎么用，洋行同事分别给他们指导着，怎么点灯，怎么扭动一个地方，调整灯光的大小，现场一片欢喜和热闹景象。

　　不一会儿就发完了一大桌子的煤油灯，赶忙让人从屋里又抬出一大箱子。慢点慢点，千万别淬了，咱们大家伙都有份，甭着急啊。

　　您的街坊邻居，有没领到煤油灯的，或者不知道这件事的，麻烦您互相通报一声，两三个礼拜之内我们都在这发煤油灯，拜托各位，拜托各位！

　　路过的男女老少，排着队领取煤油灯，一天的工夫就发出去十几箱。城里分了好几个地方，分发完了一个地段再到另一个地段分发，时间不长大街小巷市民和买卖家都用上了。各家各户到了晚上都点上亮晶晶的煤油灯，街市上也亮堂多了。

　　点完了煤油就去到公司领，领了几次之后就领不到了，需要花钱才能买到，但是价格不高，大家都认为很便宜。几个月之后煤油的价格慢慢长了上去，大家也就习惯了。不过还是保留着那个油灯台或者灯碗，因为用煤油灯的花费比用小灯碗还是大多了。

　　蔡朝海也给舅舅和哥嫂家都领了一个煤油灯，也给捎带了一瓶煤油，俭省一点可以用很长时间。

　　打心眼里看不上那些男青年，但是父母和亲戚们催着自己结婚成家，这个问题再也不容回避。龚冬梅自己也觉得需要找个男人成个家一起过小日子，既然那些男青年都一样的不顺眼，也就说明无论是谁都可以了。在公司里见到过几回蔡朝海，觉得这个青年虽然脸上有块小胎记，文化程度不高，但是看上去文质彬彬干净利索，一点儿也没有懒散不求上进的样子。说话办事有分寸讲礼貌，勤快谦虚好学上进是公司众人对他的一致评价。于是在一次父母跟他谈起婚姻大事的时候，她出乎意料地说看上了公司那个姓蔡的文员，愿意嫁给他。

　　家人虽然很出乎意料，但是想一想蔡朝海这个小伙子确实很让人满意，除了家里穷了一点，没有什么其他毛病。既然女孩喜欢他，二老也觉得这个年轻人是个可造就之才，既然没房没钱，那就必须要入赘到龚家，在父母给她准备的房子一起生活。于是把蔡朝海叫到家里，把二人安排坐在一起，认真地跟他谈了女儿的意见，希望接受自己女儿的要求，入赘到龚家来。蔡朝海虽然感到意外和不解，还是答应和家里的长辈商量一下，商量之后再给回话。回到家里跟舅舅商量，舅舅想了半天也想不出个所以然；又到哥嫂家里把这事说了一遍，请哥嫂为自己做主出主意。

那女孩怎么会喜欢上你了？蔡朝武莫名其妙地问弟弟。

这事我也不知道，不过看起来她是真心的，是她父母当着她的面跟我说的，她当面也点头认可了。蔡朝海根本不用隐瞒什么，事情就是这么回事。

你喜欢这个女孩子吗？姚秀敏对这个问题很重视，认为这才是最重要的。

喜欢，她长得真挺漂亮的，我一见到就喜欢她了。蔡朝海喜笑颜开，说出了心里话。

像这样从小娇生惯养的有钱人家女孩，脾气都有点大，你受得了吗？蔡朝武提出了一个很严肃的问题，提醒弟弟注意。

咱们家原来也是有钱人家，我也当过少爷，不怕。蔡朝海不以为然的认为这很简单。

不管怎么说人家是女孩，一旦成家在一起过日子，你还真得凡事让着一点。姚秀敏嘱咐着这个小叔子，不能有大男子主义。

看您说的，再怎么说她也比我小几岁，忍让疼爱都应该的。蔡朝海觉得嫂子有点多虑了，不用说也该这样。

人家是高门大户的女孩，咱们穷家破业的，这门不当户不对啊。姚秀敏总觉着不对头。

那怕什么呢？又不是咱们上赶着追求她，是他们家看上我了，再说了，门当户对的女孩，我也没找着啊。朝海觉得想多了也没用。

答应他！咱们是大小伙子怕什么呢，好好过就一起过日子，要是欺负咱们给气受，甩了她咱依然是个好小伙，走到哪儿也不怕。姚秀敏一锤定音，就应下了这门婚事。

无论公司里的员工还是龚家亲朋好友，谁也没想到公司总经理的女儿，一个娇生惯养的小姐会爱上了蔡朝海。龚冬梅居然主动邀他陪着上街，买了上等好料子，做了几身合体时髦的衣裤，又给他买帽子和鞋袜，整个人精神焕发，蔡朝海愈发身材笔挺帅气十足。自己原先身上的一套衣裤，虽然有点旧，但是他一直保持着这份干净利落，有了新衣裤也舍不得丢掉，重新洗过之后保存在一个小包袱里，女孩为这事还笑话了他。

婚礼当然举办的很有排场，即便他俩之间说不上有什么感情，也是互相摊开了都同意的事情。女孩自己挑选的丈夫，男孩同意了的婚姻，婚礼过程一帆风顺。女孩美貌高雅冠压群芳，男孩文质彬彬玉树临风，真有珠联璧合的感觉。参加婚礼的很多来宾，虽然不知道男方的家世，但是看到了男孩气宇轩昂，也觉得二人很般配。唯一的遗憾是姐夫展瑞因公司有事出差在外，只送过来一份厚礼，大姐倒是红光满面的里外帮着周旋，安排得滴水不漏恰到好处。

蔡朝海看着住房里的布置摆设，完全出乎意料，十几年住惯了一间又小又黑的房子，突然搬进这么宽敞亮堂的住房，给了他很大的震撼。两间卧室和一间客厅之外，洗澡和厕所又各占了一间房，厨房居然比他原来的住房还要大。虽然还记得一些小时候家里的富裕和生活的样子，但是跟龚家比依然是天壤之别。

他很喜欢龚冬梅的美丽和高雅，看不够她行动坐卧的姿态，听不够她说话的声音，每当他把女人抱在怀里的时候，都会认真体会这个时刻的感觉，简直比喝多了酒还醉人，比穿了皮衣烤着火盆还温暖。打心眼儿里感激女人不挑选那些年轻的富人子弟，而单单挑选了他这个穷小子做丈夫，让他一下子锦衣美食过上了人上人的生活。

龚冬梅从结婚的那天晚上开始，虽然跟蔡朝海睡到了一个床上，但是连续三天都没跟他圆房。勉强接受了让他把自己抱在怀里，也容忍了他在自己身上急切地摸索，甚至在自己的脸上亲吻。就是还没有准备好与这个自己选上的男人行房，甚至接受不了他跟自己亲嘴，只能任他在脸颊上亲吻。虽然无话，但是身体语言已经让蔡朝海知道了女孩的意思，既然打心眼儿里喜欢这个女孩，也没有要求马上按照自己的意愿行事。

明知道躲不开这件事情，一直拖到婚后的第四天，龚冬梅才与蔡朝海圆房了。终于不得已与自己的丈夫做了第一次行房之事，在这过程中却发现这个男人居然不懂如何行房，折腾半天也找不到门户，最后还是在冬梅的引导之下，使得事情圆满完成。没料到蔡朝海竟是未经人事的童男子，龚冬梅心里稍许有了一些安慰。

可是通过这次圆房，她确实明白了一件事，自己跟姐夫那才是真正的爱情，尽管行为上几乎相同，感觉上的差别就太大了，明显觉得心里没有一丁点爱意的流淌。

但是心里也清楚，这个男人是自己选定的，已经合理合法的登记，并且举办了隆重的结婚典礼，所有这一切尽人皆知。从今以后她就要和这个男人一起生活，无论如何也要忍受和压抑住其他非分之想，尽量把日子过下去。

蔡朝海也发现了女人在欢爱时，睁着眼睛冷静地看着他，他不明白为什么会在这样让他浑身激动、快乐、全身心投入的时刻，她会如此的冷静平和。至于小冬梅一声不吭，以及没有一点儿快乐的感觉，他以为女人都应该是这样的，或者是她的性格就这样，并没有过多的想法。即使第一次是女人用手引导他进入了她的身体，也没觉得奇怪，他认为女人就应该比男人更了解自己的身体。

为了维护这段突如其来的富贵姻缘，蔡朝海对女人百依百顺。按照结婚之前商定的，结婚之后吃住都在她家。工作也被安排做了洋行的襄理。为了便利他上下班，还给他买了自行车。虽然薪水涨了一倍，但龚冬梅并没有让他把钱交到家里过日子，因为她不缺这几个钱。为此蔡朝海常给女人买来一些自己认为好吃的好玩的东西，龚冬梅也会笑一笑接下来。

其中最满意的，是一张从龚冬梅相册中选出来，他认为最理想的照片，到照相馆定制了一张最大幅的巨照，镶好框之后挂到了客厅里，见到小冬梅也很喜欢的样子，蔡朝海觉得自己又做了一件令她满意的事情。亲朋好友到家里来做客，看到这幅大照片都很赞赏，有人对龚冬梅说，看到这幅大照片就能感觉出你在这个家庭中的地位，也有人说这幅照片说明了你在蔡朝海心目中的重要。

尽管在洋行里上班已经是襄理的身份，但是蔡朝海在工作上依然尽职尽责，不但继续干着公文的抄写工作，还经常到公司开办食品厂的车间去，学习一些食品的制作工艺知识，有了问题依然会向几位前辈师傅讨教，跟八大金刚的关系也搞得很好。老丈人说这孩子真是个有心人，能到下面车间里去学习各种食品知识，为自己将来接班管理洋行打下了基础。

龚冬梅却认为这是蔡朝海没出息，不愿意当老板却非要当臭苦力。

从小生为富商之家的女孩，早已被父母娇惯得没边，婚后又被蔡朝海哄着惯着，就越来越骄横跋扈，家里所有的大事小情都必须自己做主，与蔡朝海之间几乎没有商量的份。蔡朝海却一直安慰自己这就是女孩子的任性，等生活时间长了就会好，最后总是以赔着笑脸说好话，哄得女孩不再生气为止。

可是几个月过去了，半年的时间过去了，感觉龚冬梅对他越来越冷淡，跟他行房做爱的次数越来越少，由开始的一两天一次，到三五天一周左右一次，再到后来逐渐变成了半个多月，甚至一个月以上的时间，才会在他的多次请求之下，进行一次房事，依然是在女人冷静没有感觉的情况中进行的。

一年多之后，两人之间几乎没有交流，很少坐在一起聊天谈点什么，也确实没有共同语言，不知道聊什么才好。

为此，蔡朝海经常失眠睡不着觉，身边躺着自己心爱的女人，却不能正常行房事，不敢摸也不敢抱怕打搅了女孩的睡眠，可自己辗转反侧的失眠也很难受，就提出要求分开睡觉，女孩很轻松地答应了，从此分开被褥各睡各房。刚开始分房睡还有几次行房之事。结婚二年之后，再也没有了夫妻生活。

这种事让蔡朝海无法言说也无人可问，困惑使得他思前想后不知道如何是好，很长一段时间都感觉脑子里乱哄哄的。在一次参加洋行举办大会的时候，蔡朝海推着自行车走到会场门口，有两个年轻人笑着跟他打招呼，蔡襄理来啦！把自行车交给我吧，大家都进去了，就等您了。蔡朝海也没在意就把自行车交给了那个年轻人，等开完会之后发现找不到自行车了，不知道是谁给推走的也不知道车子放到哪里去了，前前后后找了半天也没找到，才知道自行车是被骗走了。

垂头丧气回到家中，跟女孩说了这件事。没料女孩只是瞥了他一眼，依然无话可说地回到自己房间。

看着女人对他的态度越来越冰冷，他觉得自己已经无法再忍受下去了。他猜测在龚冬梅的心里可能自己永远是低人一等，是通过和她的婚姻，自己才摆脱了穷命，走进了上层社会的圈子。

蔡朝海走进女人的房间慢慢地对她说，我家原来也曾经是一个大买卖家，我也是少爷出身，只不过遇到了一场大难，家道败落才有了后来的穷苦生活。看在原先是你选中我的分上，也看在你的父母对我不错的份上，而且我也一直特别喜欢你，才忍让着你，宠着、惯着你到今天。既然感情已经到这份上了，咱们俩也就不好再过下去，那就离婚吧。

我不离！女孩冒出了这么一句话。

那能不能告诉我，你到底爱不爱我？如果不爱我为什么要跟我结婚，如果爱我为什么不跟我好好过日子？

女人不再说话，蔡朝海回到自己房间，心里感到很累很烦也很困乏，仿佛比干了一天苦力活还要无力，倒在床上睡着了。

第二天早上起来，发现女人已经吃完早饭在沙发上坐着。他也到餐桌上吃完饭，换好长衫正准备到公司上班，女人叫住了他。

朝海，我昨晚一夜没睡，想了想你说的话。如果再这么过下去后患无穷，咱们还是离婚吧。

行！既然你这么说了，我也就不上班了，你自己跟你父亲说明白就行，我不会再回来了，也感谢你终于放了我。你们家这点财产小爷我还真没看上，真没有吃软饭的习惯。往后怎么样你看着办吧。蔡朝海没等到女人回话，换好了自己一身旧衣裤离开了。离开之前他望了望那个曾经的家，发现自己一直是这里的客人，尽管在这里生活了一段时间，却对这个所谓的家并不熟悉。他没有回到舅舅家，而是直接去了哥嫂家。

到了哥嫂的家里，蔡朝海把事情的缘由跟哥嫂尽量详细地讲述了一遍，蔡朝武听了之后想了一会儿对他说，工作的事情别着急，可能生活又会有一阵子困难，这几块钱你先用着，慢慢找个其他的工作，甭发愁。说完掏出身上的几块钱递到蔡朝海手里，

行，我听您的，只要找到其他事由，我就不给哥嫂添麻烦。蔡朝海的身上虽然还有几块钱，但是想到以后没谱的日子，还是皱着眉头接过了哥哥的钱。

朝海，咱们有钱多花没钱少花，好日子苦日子咱们都能过。媳妇的事也不怕，嫂子帮你留心看看谁家有好女孩。俗话说，只要男人有本事，媳妇就能大鞭子轰。能挣能花是好小子，此处不留爷，自有留爷处，处处不留爷，爷爷投八路。姚秀敏不觉得这件事有多么严重，按照她的观点来安慰着蔡朝海。

嫂子，您别拿我开心了，我这不是没本事么。蔡朝海苦笑了一下，他现在的脑子有点乱，虽然理直气壮地离开了女孩的家，可是到底往后的日子怎么过，一直没想好。

你怎么没本事啊？你们哥俩都会打算盘，识文断字，况且年轻身子骨也不错，这就是有本事。姚秀敏两只眼睛瞪得老大。

刚刚离开洋行，他闲了几天没找工作，为了散心租赁了一辆洋车，每天拉洋车出汗挣钱，拉洋车每天都跑出几身臭汗，自己卖力气挣钱吃饭心里很舒坦，他感觉比在那个矮檐下受气舒服多了。

龚老板知道了事情的前后，也明白无法再挽回这个婚姻，派人找到了

蔡朝海说要给他一些钱弥补，蔡朝海一个钱也没要，只说我与冬梅不合适，我不怕过穷日子只怕不开心，只希望将来她能找到比我更合适的人。

女孩跟蔡朝海离婚之后，因为没有孩子依旧每天打扮得花枝招展，跟几个商家后代出入各娱乐场所，过着花天酒地的生活。没料到洋货大量涌进国内，物美价廉形成了垄断势力，一下子就把自家开办的食品工厂给挤垮了。

龚老板公司为了生存，与其他商行展开了一场贸易战，为推销香烟，在大游戏场入口处，随入场券赠送一包十只装的鸳鸯牌香烟，另一个外国公司马上派人在同样的地方，赠送每人一包二十只装的水鸭牌香烟。国人评论说，两家公司竞销还是人家公司大方，烟质既好数量也多一倍。

这个外国公司又与大游戏场密谋，定立场内烟草专卖合同，花大价钱定下合同，规定场内不准售卖龚老板公司的香烟，并不准做任何广告。

后来这个外国公司又定下毒计，大量买入龚老板公司的香烟，用笼屉蒸过再放到潮湿的地方任其发霉之后，发到各地低价出售。因价格低廉各地商贩竞相购买，待买到之后发现都是发霉的香烟，又回到批发处换回其他品牌香烟，使公司在信誉和经济上受到重大打击。

这个外国公司趁机将各地的发霉香烟尽数收回，架起柴火淋上煤油当众焚毁。并宣传发霉的香烟有毒，吸了有害健康。各大报纸刊登消息发表评论，皆称这个公司有商业道德，关心人们的健康，今后如果吸烟还是买这个公司的。

龚和轩经商多年，期间因生意上的钩心斗角，尔虞我诈也坑害过其他商人，多年来得罪了很多人，最后被对手官商结合坑得倾家荡产，最后在悲愤中死去。家道败落后的龚家，谁也不知道去了哪里。

❶❼
秀珍出嫁

　　姚秀珍经常要出去买点油盐酱醋之类，成了家里的专职采买。胡同里有几个坏小子看见她瘦弱矮小，还有一只眼睛是残疾，觉得她好欺负，每次都用小石头打她，她只好躲着跑回家。坏小子中有一个年纪稍大一点儿的，到处打架斗殴，在这一片也算是一个小霸王无人敢惹。他们还给姚秀珍编了一个顺口溜，每次看见她就用小石头扔过去，还拉长声音喊"小瞎妞，小瞎妞，瞎着眼睛到处遛。想找爷们没人要，一人在家自个哭……"气得姚秀珍哭着跑回家。看见一家人都在忙生活，害怕这事让姐姐姐夫心烦，就不敢说出口。

　　没想到这帮坏小子看她好欺负，有一天居然一边喊一边追到家门口了。姚秀敏先看见妹妹哭着跑进来，又听见门外有人齐声编排着骂人。听了几句之后，她抄起身边的擀面棍拉开门走了出去，朝着那群坏小子就抢了过去。那群坏小子哄笑着一下跑散了，一边跑还一边笑着喊着骂人的顺口溜。

　　你甭想跑，我认识你了，你回家等着去吧！姚秀敏知道这群人都住在哪里，尤其是那个带头的。

　　姚秀敏回家找到煤油瓶子，看见里面还有半瓶煤油，先把一盒洋火放进兜里，一手提溜着擀面棍一手拿着煤油瓶，出门大步向那带头的坏小子家中走去。到了他家门口二话不说一脚踹开了院子大门，站在院子里对着他家喊开了。

　　小歪鸡你给我出来，别以为你跑了就没事了，在棒槌营这胡同里住着，也不打听打听我是什么人，就敢欺负我妹妹，出来，你给我出来！姚秀敏声音洪亮调门高亢，一嗓子引的五邻三舍都出来了。

　　小歪鸡你这个王八蛋，有人生没人教的坏种，没人性的兔崽子，一肚子坏水的小杂种。今天不把你打出屎来，算我没本事。姚秀敏看见来了这么多人，理直气壮的当街就骂开了。

　　那家的父母已经问了孩子，知道了来龙去脉事情缘由，也知道姚秀敏的厉害是出了名的，正埋怨孩子不懂事，不该太岁头上动土。听到姚秀敏进了院子一阵臭骂，原先想不出面让她骂一阵子出出气，等她出完了气自己走了就算了。

　　我家二妹是瞎了一只眼，那是我小时候不懂事给抠坏的，不是做了什么缺德事害眼疾，更不是欺负人作死得了报应，她老实巴交的不招谁不惹谁，你们没事欺负她干嘛？天天拿石头砍她，没完没了地骂她。一回两回不理你们就算了，还没完了是吧，见着怂人憋不住火是吧，你出来，再骂一句试试啊！姚秀敏连说带骂把事情说清楚了，围着听的人们也知道了是怎么回事，你一言我一语议论着，说这家孩子缺教养，每天正经事不干就知道到处惹祸，真该好好教训一下。

　　小歪鸡你出来不出来？姚秀敏在外边连问了三句，小歪鸡躲在屋子里大气也不敢出，他的爹妈瞪着两眼指戳着他，也一声不吭的不敢出去应答。

　　大伙看见了吧，这家里没人，欺负完了人就跑得无影无踪。既然找不着人，我也不能让他们白白的欺负了这么多日子，各位邻居你们大家作证，我一人做事一人当，坐牢枪毙都是我一个人顶着，与其他任何人无关。姚秀敏说完话把那个煤油瓶子朝那家屋子的墙上一扔，瓶子立时被摔得七零八碎，里面的煤油也溅洒得墙上窗上到处都是。紧接着姚秀敏把擀面棍夹在腋下，从兜里掏出洋火，拿出来了一根走到墙下，转过头来对大家说。

　　这家没人，但是有左邻右舍的街坊在，等他家人回来，告诉他们家人，他们惹上吃生米儿的了，这个房子是我放火烧的，犯罪蹲笆篱子我认账。姚秀敏说完划着了火，就要往沾满煤油的窗户上点，煤油刺鼻的味道已经散发出来，周围的人们一时吓得目瞪口呆，有几个已经惊呼起来。

　　哎哟，千万别介，姚家大姐我们在家呢，您千万别点火啊。小歪鸡家的屋门一下打开了，那两口子都跑了出来，喊叫着止住了正要点火的姚秀敏。

　　噢，屋里有人啊，你们刚才干嘛呐。想躲过去啊，做你的神头鬼脸大头梦吧！姚秀敏把火柴吹灭了，又甩了甩火柴棍，把最后的一点儿火星也弄没之后，对着那对夫妇掂了掂手里的擀面棍。

不是，姚家大姐您听我说啊，刚才我们没出来，是想等您消消气，不就没事了么。既然您骂了半天还不出气，您说怎么才能出气？这二人既然是硬茬口就不要硬往上撞，希望好言好语息事宁人。

把你儿子交出来吧，你们不敢管他，我帮着你们教训教训他，我要打断他一条腿，省得到处乱跑惹是生非。打完了我就走人，上医院接断腿骨花多少钱都由我掏，你们只要把他送去就行。姚秀敏紧盯着那夫妻二人，恶狠狠地教训着。

您别介，千万别生气，我们老两口就这一个儿子，虽然不争气没出息的一无是处，也毕竟是我们将来老了之后的依靠，您真把他打残了，我们老两口就惨了。您高抬贵手饶了他吧。夫妻二人好话说尽，只希望能把这事尽快地解决了，免得在左邻右舍的眼皮子底下，这么丢人现眼。

我饶了他，你们早干嘛去了，见着我家二妹就打就骂，你们怎么不管啊？早点好好教训他，能有今天吗？不让我打他我就出不了这口气，那就还是点了你们这个房子吧，房子可不是白烧，我是打着坐监狱蹲班房的主意，估计一两年也就出来了。姚秀敏嘴里不依不饶的，心里却想着怎么才能收这个场。

千万别介，您再给划一条道，咱们商量着办行吗？二人知道今天是躲不过也糊弄不过去了，一个劲地好声央求着。

周围看热闹的人群里，也有人帮着说好话，说是这两口子也不是什么坏人，平时也是四邻和睦互相照应，恪守本分不招灾惹祸，只不过太溺爱孩子，孩子没管教好，您来了好好教训他们一下，也是应该的。

那行！就看在你这左邻右舍的份上，不打你这没教养的孩子，也不烧你的房子了。但是要做到两条，咱们万事皆休，否则，必须打断他一条大腿，才能解我心头之恨。姚秀敏不依不饶但是慢慢往回收了话茬，看着他们怎么应对。

姚大小姐，您说吧，我们尽量照做。二人一本正经的应承着。

第一，让你儿子到我们家门口，给我二妹磕头赔礼道歉。姚秀敏说完抬眼看着这二人，看他们怎么回答。

行啊！这是应该的，谁让他做了坏事呢，他要是不去我们俩打着捆着也得去。两口子赶紧应承下来，这可比打断腿和烧房子的事轻多了。

第二，你儿子已经在那至少连打带骂的好几个月了，就按一个月算，一天陪一块钱，赔偿对我家二妹的伤害。姚秀敏瞪着眼睛，死盯着他们。

哎哟，您这个要求也太过分了吧，平常人谁能一天挣一块大洋啊，就算我们孩子犯错了，您高抬贵手饶了他，我们念您一辈子好。两口子对视一眼心里犯了难，不答应吧看样子过不去，答应吧真拿不出这么大一笔钱，只有一个劲说好话。

我就知道好人没好报，什么叫就算你们孩子犯错了，合着我这没事找事讹诈你们哪。我心软了不打断他的腿不烧房子，你们就蹬鼻子上脸的讨价还价。那还是烧房子吧。姚秀敏说着掏出火柴，上前一步就要点火。

姚大小姐您千万别发火，咱们再商量啊。我们认罚了，您少要一点吧，这年头老百姓都不容易，我们真拿不出来这么多钱。这两口子赶紧上来一人拉着一只胳膊。

行！我这人就好说话，从来不愿意跟左邻右舍的结仇，你们自己说应该罚多少钱吧。姚秀敏把这个难题交给他们俩。

家里就一块钱了，往后几天的嚼谷还不知道在哪呢。给您不算是赔偿，只能算是我们两口子给你们家二妹赔礼道歉了。夫妻二人赶忙拿出家里仅有的一块钱，递到姚秀敏手里。

姚秀敏接过这一块钱，拿在手里看了看，举起来让周围的人也看了看。

大家伙都看见了，这两口子跟我说了不少好话，也答应了给我二妹磕头赔礼，咱们都是低头不见抬头见的邻里街坊，你们大家也说了，这两口子不是坏人，只不过没把孩子管教好。我也看见了，他家的日子过得也不富裕，要是再贪图他们这俩钱，我就是坏人了。这一块钱我也不要了，省得他们往后没法过日子。姚秀敏说完又把那一块钱送回到那两口子手里，赢得了周围一片叫好声。姚秀敏走了几步回头喊了一嗓子，我回家等着你们啊！嗓音清脆响亮，吓得那夫妻二人浑身一哆嗦。

那孩子果然在父母的带领下，不一会儿来到了姚秀敏家门口，开口喊了一声，姚家二姐在家吗？我给您赔礼道歉来了。姚秀敏把二妹领到门外，那孩子低着头脸上憋得通红，见她们姐俩出来就要跪下磕头，姚秀敏拦住了他，你先别跪，老话说"男儿膝下有黄金"，不用跪下磕头了，你就说说吧。

小歪鸡一下眼泪就流出来了，看见周围过来的人，低下头小声地说，是我欺负了二姐，对不起您，以后再也不敢了。

好了！你知道错了就行，以后要学好啊！姚秀敏看到这个小伙子已经来到家门口认错，立刻就给了他一个台阶下。

我知道了，大姐，谢谢您！小歪鸡万万没想到会是这样的结果，他以为一定要挨一大通骂，甚至会挨一顿打，叫他丢人现眼永远也抬不起头来，也没脸在这几条胡同混日子了。

大伙看看啊，这个小伙子，知错就改能登门道歉，就是有血性有股子艮劲的好小伙子，以后要学好，你父母多不容易啊，你要是不学好他们将来指望谁呢。你这就叫浪子回头金不换。姚秀敏的一番话，又被大家啧啧叫好。

小歪鸡一时什么话也说不出来，感动的两眼一个劲地流眼泪。

小歪鸡你记着，这事打今儿起就翻篇了，永辈子不再提了。当大姐的我再跟你说一句，你老这么吃爹喝妈的不是个事，不能挣钱只会花钱那叫败家子，能挣不花是傻小子，能挣会花是好小子，赶紧找个事由，自己个挣钱还能孝敬父母，那活的多硬气。记住了吗？姚秀敏看他并非不可救药坏透了的孩子，于是苦口婆心地教导一番。

我记住了，大姐我听您的，一定找个事做。小歪鸡从这番话里听出了姚大姐对他的关心和教育，没挨打也没挨骂还让他有了抬头挺胸做人的信心。从此两家人走得很近。

一九四五年阴历腊月十六日，蔡朝武的又一个儿子出生在虎坊桥帐垂营十六号。孩子身体瘦弱不堪智力很差，体质跟去世的老大几乎一模一样，不仅尿得不远，连喘气都是有气无力的。

蔡朝武大儿子和舅舅那几个孩子的去世，给他心里留下了阴影。看见孩子又病了，生怕这孩子再活不成。蔡朝武愁的吃不下睡不着，没办法纾解心中的这个疙瘩，看了一眼姚秀敏怀里抱着，这个瘦弱不堪的儿子，没有哭声闭着眼有气无力的样子，揪心担心、无能为力的感觉，像一块大石头沉重地压在心头。

这个儿子要是再死了……哼！憋得无话可说了竟然冒出了这么一句话，那话里的意思似乎是姚秀敏不好好养儿子，儿子才病死了。要是这回儿子再死了，就要把姚秀敏怎么办了似的。姚秀敏听了他说的这句话，抬起头茫然地看着他，知道了他心里的苦楚，不跟他争一句嘴上的强弱。

发愁心里堵得难受，起身去了舅舅家，跟舅舅诉苦。

舅舅，您说我的孩子怎么也是这个命啊？刚长大一点儿就死了，我真怕了。爷俩坐在炕沿上，一边喝水一边聊起来。

唉！这都是命啊，糊里糊涂活到这么大岁数，很多事情想不明白，干脆就不想了，活一天算一天地混日子吧，你给孩子起名字了吗？

还没呢，心烦意乱的都没那心思了。

他只要活一天，咱们就养活他一天。把心思放开一点，名字还要有啊。舅舅随口找了个话茬安慰着他。

头生叫的倒好听——宝强，强什么啊？蔡朝武的心里还想着把头生宝强埋到地里的情形，虽然他在家里从来没提起过这事，生怕给姚秀敏心里添堵。

名字起得太响亮了，神鬼都惦记。我想起了认识的一个挺壮实的小伙子，人高马大的就叫锁住，给这孩子起名叫锁柱吧，你看行吗？舅舅随口说出来，也希望这个外甥孙子，能壮实地活下去。

好像想起了什么，舅舅起身到炕上的一个小箱子里翻腾了一会儿，找出来一个小布包，坐回炕沿上打开布包拿出了一个银锁。

这还是我小时候带的长命锁呢，扔到这个箱子里几十年了，一说给孩子起名叫锁住才想起来，你拿走给孩子戴上吧，兴许能保他长命百岁呢。舅舅讪笑着，用手摩挲了几下递给了朝武。

叫锁柱么，嗯，我明白了，您的意思是要把他的命锁在咱家柱子上。蔡朝武把银锁拿在手里也很喜欢，虽然觉得这个名字不太响亮，但是意思不错。

对，大名叫锁柱，小名叫柱子，长大了就是家里的顶梁柱！舅舅坚定了自己的想法，越想越觉得这个名字靠谱。

行，就这么着吧。唉！这孩子虽然也是个男孩，可是一看身子骨就太挼。蔡朝武决定了这个孩子叫什么之后，心里也稍微踏实了一点儿。

我都不想这个孩子将来有什么大出息，也不用他当咱们家的顶梁柱，只要他能凑合着活着，长大了就算是个傻子，什么也不会干都成。蔡朝武长叹一声抬起头，看着黑乎乎的房顶，眼光像要透过房顶看望苍天。

他的户口先别上呢，等过两三年他要是能活下去再给他上户口，上户口的时候别说明白日子，就说忘了等回家好好想一想再回来填写上，让阎王爷记不住他的生日，兴许就把他忘了。舅舅嘱咐着外甥给他出主意，希望他把心放宽一点。

我记住了，先不给他上户口。蔡朝武把自己对这个孩子的希望降到了最低，但愿别把这个最低的愿望也扑灭了。

还有，你看哪家死了人出殡的时候，把他们家门口打幡的信纸要几根来。回家把信纸围成一个能套在脖子上的圆圈，外边再用红布包上，给孩子戴脖子上，至少让他戴三年，据说能避邪保命！舅舅又把自己听来的一个办法，告诉给了外甥。

还有这种事么？您怎么知道的？蔡朝武回过神来，半信半疑地问舅舅。

这也是后来听人家说的，有办法就比没有强，宁可信其有，不可信其无啊！舅舅也不是很相信这个办法，只是希望外甥听话，找到这些东西照着做。

行！反正有枣没枣打三杆子，我明儿就去找找，给孩子弄一个。蔡朝武也报着信则有不信则无的态度，决心照办。

还有！以后每年在外面包一层红布，一直到三岁之后再拿下来，用剪子剪碎了，扔到护城河里边。舅舅又想起来后续的事项，赶紧说出来怕待会又忘记了。

成，我记住了。还得找大哥王德山去，他办这事绝对没问题。蔡朝武点了点头，盘算着找这个打幡的信纸，没别的人可以托付。

我跟你说啊，朝武，我那几个孩子都没了之后，我也思前想后的很长时间，人不能跟命争，不是有那么一句话吗"是儿不死、是财不散"这都是命中注定该着的，咱们尽力养活他，他能活下来更好，实在活不下来你也不能太往心里去，唉！命中只有一斗米，走遍天下不满升，命中注定的事，你怎么跟命争竞呢？

我记住了。

朝武你等等，还有一件事，你也得记住了，就是别给他过生日，到了他的生日那天，顶多给他做一碗面条吃，什么话也别说，省得提醒阎王爷，他又长大了一岁。舅舅看他出了门，突然又想起一件事，追出来嘱咐了一番。

不管是真是假，柱子户口本上没有出生日期，从来不给他过生日，脖子上戴着一个红布圈，在父母和小姨再加上吴姥姥的看护之下，总算侥幸活下来了，红布项圈一直到四岁才摘下来。

直到三岁，柱子终于开口说话了，学会唱的第一个儿童歌谣是：小小子，坐门墩，哭着喊着要媳妇。要媳妇干嘛呀？点灯说话，吹灯做伴！

要是生了女孩，也有女孩的童谣：皇城根儿，一溜门儿，门口站着个小妞儿，有个意思儿。白布汗褡蓝布裤子儿，耳朵上戴着盘桓坠，头上梳的是大抓㿝，擦着胭脂抹着粉儿，谁是我的小女婿儿。

石头舅舅不知道听了哪家名医的指点，说是童子尿对老人有好处，抹到眼睛上明目，喝下去清心败火。还特别要拿小茶碗让柱子尿一泡，他说这叫童子尿，进门先拿茶杯，来吧小孙子！给爷爷来一泡尿！柱子挺起肚子往茶杯里尿了一泡尿。舅舅先用手指沾着尿，抹了抹眼睛，然后一口喝个干净。吧嗒吧嗒嘴，哎！好喝！好喝！来到家里就爱吃一顿炸酱面，所以再没钱，也得给老人家做一顿炸酱面吃。吃完炸酱面再喝一碗面汤，老北京讲究这个，这叫原汤化原食。

有种被称为老头票的日本纸币，比国民政府发的金圆券值钱，用金圆券换成老头票，到张家口一带买了农村小布，捆在身上腿上带回来，再兑换成银圆就可以赚钱了。大龙听说了这个赚钱的道道，跟蔡朝武商量了一下，姚秀珍在家事情也不多，想着二人一起出去互相也有个照应，就跟姚秀珍一块到口外跑买卖。每个月都跑两趟，吃苦受累但是挣下了些钱，两个人同甘苦共患难，时间一长有了感情，互相都产生了谈婚论嫁的意思，大龙的父母也认为眼睛残疾不要紧，只要人好、顾家，能把家里的日常生活都拿得起来，那就不碍事。

大龙把这件事挑明告诉了蔡朝武，蔡朝武跟姚秀敏商量了一下，也觉得挺好的。

大龙听到秀珍说让他到家里去一趟，要跟他商量婚事，兴冲冲地来到了蔡朝武家里，俩人落座之后，秀珍给他俩都倒上了茶，坐在一旁低头听着，大龙满心欢喜地看着蔡朝武。

四哥，我想了一想，你跟我二妹的婚事，我不愿意。蔡朝武一本正经地对大龙说，低头喝了一口茶。

不是，您怎么会不愿意了呢？大龙完全没料到听见的第一句话是这样，立刻就像挨了一闷棍，懵了。

姚秀敏和姚秀珍姐俩也没想到谈出这么个结果，昨晚上在家里说得好好的，现在突然不同意了。

五弟，出什么事了，你怎么不愿意呢？大龙看他喝茶不说话，只好小心翼翼地低声问了一句。

别的倒没什么，只是这辈分乱了，没法解决称呼啊。蔡朝武放下茶碗，慢条斯理地说起来。

怎么了？我怎么听不明白呢？大龙没听明白，那姐俩也不明白怎么回事，三个人大眼瞪小眼的都看着蔡朝武。

您是我拜把的哥哥，我得管您叫四哥，对吧？

是啊。

秀珍是我的妻妹，秀敏是他姐姐，她管我叫姐夫，对吧？

没错啊。

如果将来你们俩结婚了，我们两口子就应该管秀珍叫嫂子了吧？

是……啊……

秀敏本来是她姐姐，这么一来就要管她叫嫂子，合适吗？

这……

如果让四哥管我们叫姐姐和姐夫呢，好像也不合适，毕竟您是我的四哥，对吧。

这……

所以这称呼上就没法定，乱套了，我看这事算了吧。

别……别……我好好想想啊。大龙也听出这里有问题，仔细想一想也确实是这么回事，称呼上辈分上弄不清，可真是乱了套。

你就别想了，我想了半天也没主意，算了吧。

别介……这个，我其实真是属大龙的，怎么也比您小一点，当年拜把兄弟的时候，我就逞强非要压您一头，不甘心当最小的老五。我跟秀珍结婚之后，您们还是秀珍的姐姐和姐夫，也是我的姐姐和姐夫。从此您就是我四哥，我就是您的五弟，这就没问题了吧。大龙现在心里别提有多后悔，当初不该逞强非要当四哥。

问题是没有了，可是您多委屈啊。蔡朝武看他实心实意的样子，也就没有再说什么。

不委屈……不委屈，应该的……应该的，这样……四哥，您看可以了吧。大龙心想婚事的问题解决了，叫什么无所谓。

冷不丁的改口，管您叫五弟，我还真不习惯。蔡朝武也没想到大龙能这么痛快的改口。

没事，叫上些日子就习惯了。既然没事了，四哥，我就先回去啦。大龙一看问题解决了，就想赶紧离开这里，要不然总觉得很尴尬。

行！你先回去跟二老说说，然后把日子定下来。现在的世道艰难，不宜大操大办，哥几个一块简单的吃顿饭，婚事就这么办了。这是我们的意思，问问你的父母，还有什么意见没有。蔡朝武看他这么急着要走，马上几句话把商量好的事情说明白。

好，我回去商量商量。大龙满口答应，起身告辞回家了。

这件婚事既然定下了，也商量好日子，就等期期一到，他俩就可以搬到一起，成为一家人，过上小日子了。

可谁想到，大龙到护城河里游泳，被水草缠住了脚，溺水淹死了，婚事也就黄了。

白天学生们闹学潮，夜里国民党官兵大肆抓捕进步师生，作为学潮的领导人韩先生，受到通缉要逃到城外去。遇到国民党特务的追捕，慌忙中跑进了帐锤营，敲打着一家人的大门。

家里有人吗？家里有人吗？……

谁呀？这么晚了您找谁？正在屋里睡觉的蔡朝武两口子，听见急促的敲门声，吃了一惊，蔡朝武赶紧穿上衣服，走到院子里向着门外发问。

我是大学老师，请您帮忙让我进去吧！门外的韩先生压低嗓门，急切的请求着，担心躲不开这次追捕，把身体尽量靠近门板，不时地向胡同口张望着。

您怎么跑到我们这来了？一向老实谨慎的他，不得不多问了一句。

请您帮忙救救我，国民党兵要抓我，我进去躲一会儿行吗？韩先生想起自己没说明白，赶紧用最简练的语言说明了情况，又轻轻地快速拍了两下大门。

哦，那好。蔡朝武弄明白了怎么回事，国民党的兵比谁都可恨，他们要抓的人一定是好人，于是赶快打开门，把韩先生放了进来。

我们家地方也不大，您看躲在哪里好呢？这时姚秀敏也穿好衣服起床到了院子里，看到进来的人穿着长衫，一副文质彬彬的样子，很像个学校的老师。但是想起来这个小院里就这么大一间屋子，也犯了愁。

韩先生伸头看了看外面，把门关上插好了门闩。在院子里急切的巡视了一遍，确实没找到可以藏身的地方。赶快走进屋里，才发现这一间屋子半间炕的情况，也没地方藏一个人。

唉！看来我是逃不出去了！韩先生满头大汗，急的在屋里转来转去。

您看这儿行吗？这有一个炕洞，炕洞里的灰掏出去不少，这里头虽然能藏人，可是又闷又脏，您看行吗？

姚秀敏指着墙根的炕梢，想起前几天下雨，房子漏得厉害，把土炕冲塌了一大块。

脏怕什么，我藏进去吧！韩先生一听有炕洞大喜，满口答应着。

蔡朝武赶快掀开被褥和炕上的席子，把一块门板抬起一点，下面果然有一个大坑洞。二话不说韩先生马上就钻了进去，示意盖上门板，不要说话，赶快睡觉。

这时门外已经有人砸门了，而且左邻右舍都响起了敲门声。蔡朝武两口子把门板压在炕洞上，盖好席子铺上被褥，互相看了看不知如何是好。

稍微停了一会儿开门走到屋子外边，蔡朝武知道是当兵的来了，指使姚秀敏出去开门，姚秀敏到了院子里大声发问，这是谁呀？大半夜的敲门。

外面早已不耐烦地大声说，说是查户口的，快开门！

把院子里搜一搜。姚秀敏拉开门栓把门打开之后，呼呼啦啦进来十几个国民党军人，领头的军官先向几个当兵的下达了命令，然后看了看眼前的这两口子，厉声发问，你们家几口人啊，有外人没有？

我们家就这几口人，老总，这里长都知道，不信您问他。看见后面跟着进来的里长，姚秀敏先把目标转向了他。

里长，他说的对吗？军官歪过头向里长发问。

这家人我知道，就这么几口人，您放心这家人绝对是好人家，老实巴交的不会惹是非。里长徐文良可知道这个女人的厉害，也知道这家里的情况，一句话也不敢乱说。

哦，今晚上没进来外人吧？军官走进屋子里，顺口又问了一声。

没有，您看我们家就这么大，一间屋子半间炕的，自己家人住这都挤不下了哪儿还有地方安置外人。姚秀敏嘴皮子利索应对如流，蔡朝武却心里乱成一团，什么也说不出来。

报告长官，没人！几个当兵的在院子里搜了一圈，对军官说。

好吧，要是看见了外人就马上报告，不报告就算私通八路，那可是死罪，知道么。看见能把这家里的男人吓得说不出话来，军官觉得自己很威风，故意再吓唬他们几句，昂首挺胸地走了出去。

知道了，知道了。姚秀敏赔着笑脸，表现出无比恭敬谦卑的样子，连声答应着。

咱们走吧。军官向士兵们挥了一下手，呼呼啦啦一伙人大摇大摆地走出了院子。姚秀敏趴在门缝上看了看又听了听，等确定那些人走远了，才满脸鄙夷地呸了一声。这帮挨枪子的东西。

蔡朝武两口子进屋，把韩先生拉出了炕洞。

大恩不言谢，我走啦，后会有期，不知先生怎么称呼呢？韩先生满身满脸的都是灰土，低声说道。

我姓蔡叫蔡朝武，一般老百姓，您不用费心。

蔡朝武，蔡先生我记住您了，容当后报。韩先生一拱手，转身出了屋门，到了院子里本想开门出去，回过头来看了看不太高的院墙，走到墙边上伸出胳膊比画了一下。姚秀敏明白了他的意思，从屋子里拿出板凳放在墙角下，韩老师蹬着凳子双臂一使劲，伸腿转身骑到了院墙上头，向四周看了看没人，迅速地向他二人一摆手，轻轻地跳下墙去，消失在黑暗的夜里。

国民党军队招兵，在大街的马路边上放两张桌子，上面有一个横幅写着"国军征兵报名处"有人负责登记有人负责发军装和银圆。老百姓之所以把这种征兵叫作"卖兵"，就是到招兵的地点把人名字报上，写到名册上的人就算是自愿当兵了，然后发给二十块银圆的安家费和一身军装，因为这样做等于是把自己卖给军队，所以俗称"卖兵"。

因为有这二十块银圆的安家费，所以就有不少人自动报名加入了国民党的军队。这些人把银圆拿到手之后，在指定的日期到集合地点，一般是在西直门火车站去集合，然后发武器编入队伍，从那里出发随军队开拔。

要是拿了银圆不到军队里集合报到，被抓到之后以逃兵论处，一般是处以枪毙的极刑。因为招兵拿银圆也是要有保人的，所以一般都跑不掉，就算跑掉了，找到保人之后军队也能把银圆讨回来，讨回来的甚至比发出去的银圆还要多。但是如果有人找不到保人，又想要那二十块钱，就会有人出面作保，保人会从中抽头拿几块钱回扣。

当然也有拿了银圆逃跑了的，也有找不到保人拿不回银圆来的事情。这片胡同的里长徐文良，为了从那些卖兵人的手中拿到回扣，就为他们做保人。徐文良是当地一霸，开着一个打井的营业。坑人骗人、强奸妇女、拐卖人口，用手里的图章干坏事。人们对他的评价是；吃喝嫖赌抽，坑蒙拐骗偷；奸懒馋滑坏，阴毒损黑狠。蹎寡妇门，扒绝户坟，打瞎子、骂哑巴，欺负没娘的孩。头顶长疮脚底流脓，简直坏透了。

三哥外号叫二麻子，其实他并不是麻子，只是脸上有两个小疤痕，在左右两边的脸蛋上，不十分对称但很显眼，所以从小被起了个外号二麻子。小伙子身体不错，平日到处打短工或拉洋车挣钱养家，只因父母长期有病，买药看病开销也不小，所以穷得吃了上顿没下顿，前些日子老两口熬不下去都去世了。

家里老人去世，不仅几个把兄弟都过来帮忙，邻居们也过来伸把手，或者出点份子钱。二麻子干脆把家里所有的东西都卖了，加上邻居街坊们凑的一点份子，才凑出了一份薄皮棺材钱，把父母放到一副棺材里。蔡朝武里外帮着忙乎，还出了一块大洋的份子，最后总算是草草地把二老下葬了。

简单地料理完了二老的后事，二麻子先去国民党招兵站把自己卖了兵，然后到蔡朝武家里跟他俩说，自己要逃走。

你都卖兵了怎么还逃走啊？蔡朝武认为已经拿了人家的钱，就该按规矩办，拿了钱再逃走，有点儿不合适。

五弟你不知道，我们家什么都没了，老是耗在这儿混吃等死的，我真不甘心，上外边闯练闯练，找一条活路。二麻子早已想好了自己的出路，只不过一时不愿说清楚。

那你干嘛去卖兵拿人家钱啊？让人逮着就是死罪，可不是闹着玩啊。姚秀敏也为他担心。

弟妹你放心，他们逮不着我，我跑得远远的，他们上哪儿逮着我去啊，您放心吧。二麻子呵呵一笑，一副胸有成竹的样子。

你要是跑了，给你做保人的可就倒了霉，嫁祸给别人可不是好人该干的事情。蔡朝武想到了这个问题，心里有点看不上这个三哥了。

这回是里长给做的保人，这个坏蛋没少坑害人，就让他也倒霉一回吧。二麻子一脸严肃地说了这么一句，知道这个五弟为人正直，也让他放心。

咱们只要不坑好人就行，不管怎么说不能坏良心。蔡朝武把自己为人之道说了出来，希望自己的兄弟也是这样的人。

我不卖兵弄点钱，就哪儿都去不了，横竖不能身上一个大子都没有啊。但是咱不能坑朋友也不能坑老百姓，我心里有数，您就放心吧。二麻子信誓旦旦地说完，拍了拍胸脯。

你准备什么时候走呢？姚秀敏不知道他心里怎么打算。

家里所有的事情已经都料理完了，我这就走，不过我身上这件红衣裳太显眼了，发的军装也不能穿，等到晚上我给这些衣服扔到远远地茅房里去，您给我找一件旧衣服吧。二麻子身上穿的是一件轿夫穿的红色轿袍，腰上系了一根麻绳，虽然很旧很破但是的确很显眼。姚秀敏就把蔡朝武的一件黑夹袄拿出来给了他，二麻子换下衣服就逃走了。

二麻子卖兵，里长做了担保，为的是吃几块大洋的回扣。他没想到二麻子钱一到手就跑了，谁也不知道跑到什么地方去了。部队找不到人就找他这个担保，跟他要人，没人就跟他要钱。里长慌了神，找不到人又舍不得赔那么多钱，急得在几个拿枪的官兵面前直转磨。忽然间一拍自己的脑门，他想起那个二麻子认识蔡朝武，他们还是把兄弟呢。

这胡同十六号老蔡家认识这个小子，谁都知道他们是把兄弟，说不定就是他们家帮着他跑了。他逃跑不敢穿军装啊，军装肯定都留在他们家了。我带你们去看看，只要能搜出军装就好办了。里长脑袋一热，对那军官说完，带着这帮官兵急匆匆到了蔡朝武家。

这时家里只有姚秀敏和孩子，她抱着孩子开了门，看见里长带着一伙官兵在门口，赶忙赔着笑脸问那当官的。

长官，您找到我们家有什么事么？

你们里长说，有一个卖兵的拿着钱跑了，这个人你们家认识他，你爷们跟他还是拜把兄弟。据说连军装都留在你们家了。长官指着里长对姚秀敏说。

姚秀敏心里明白是二麻子的事发了，睁大眼睛盯着里长看，里长的眼睛却躲闪着，东看西看的不敢和她对视。姚秀敏抱着孩子坦然地对那长官说，哦，里长是这么说的啊，长官您要怎么办呢？

这时不少邻居都过来围着看，不知发生了什么事情。

我要带兵进去，搜查搜查。那当官的口气很硬，一副公事公办的样子。

慢着，长官。里长说我这儿藏了军装您就来搜查，还说我们认识他。没错，我们是认识他，可是认识他的人多了，里长更认识他。里长要是不认识他，怎么会为他担保呢？姚秀敏不慌不忙地对那当官的说。

你别废话，要是不让搜我就要抓人了。军官有点不耐烦。

我又跑不了，您着什么急啊。姚秀敏把嗓门放大了，为的是让大家都听到。

里长只说我们家藏了那个人的军装，说没说我们连抢也藏了啊？说是我们放跑了这个人，里长有证据么，担保书上没有我们家的图章手印吧？

你到底让搜还是不让搜吧？军官指着姚秀敏，皱着眉头发问。

让啊，搜我的家没关系。现在我不进这个门了，大门也一直敞开着，由着你们随便搜查，如果搜出来军装或者枪什么的，要抓要杀随您法办，就地枪决我都没二话。可是有一样，要是什么都搜不出来，您怎么说？姚秀敏把话说清楚了之后，有了自己的主意。

搜不出来说明你没犯法啊。军官觉得事情很简单，这不用说啊。

那不行，如果搜不出犯法的东西来，他就是诬告。姚秀敏抬手指着里长，是他诬陷好人，就得枪毙了他。姚秀敏转过身指着里长说，是你给他做得保，图章是你给盖的，拿钱作保的账上写的是你的名字，有我们家人的名字么？凭什么上我们家要人啊！姚秀敏可觉得这事不简单，既然摊上了就得把话说明白。

是啊，是啊。

就是啊，哪能随便诬陷人啊。

当里长也得讲理啊！围观的群众你一言我一语地说。

你……你……那当官的张口结舌说不出话了。军官对这件事根本就没走脑子，全凭自己的一身官服，欺负老百姓是经常事，没料到碰上跟他讲理的了。

长官，咱们这么说吧，您要是口渴了，进门我可以给您沏杯茶。您要是饿了，进了我家门，您赶上什么吃什么。这都好说！要是就凭他里长这么一句话，您就非要搜查我们家，那我告诉您——不成。何况您上面还有长官呢。姚秀敏口气放软了一些，但是软中带硬。

那当官的想了一想，嗯，你说的也有点道理。回过头来发现里长不知道什么时候已经蹲在墙根底下了，就低下头问蹲在地上的徐文良里长。哎，我说，人家说的在理啊，你敢保证是他们家放跑了那个人吗？搜不出军装来你就得吃官司啦。

里长蹲在地上，把脑袋都快钻到裤裆里了，一句话也说不出来。军官踢了他一脚，瞧你那狗怂样吧。然后对那些当兵的说，别在这儿丢人现眼啦！把这家伙拉到团部去，走吧。又对姚秀敏说，对不住，打搅您啦。带着一伙人讪讪地走了。

姚秀敏双手叉腰对着那伙人的背影喊道，长官，有工夫来家里喝茶啊。

到了军队团部里，徐文良被连打带骂一通折磨，不仅退赔了吃回扣的钱，还搭上卖兵的钱和几十块的罚款，浑身是伤一瘸一拐的回到家，打了老婆一顿才出了点气。

因为这件事，徐文良差点把里长的差事辞掉了，可是也知道自己没什么本事，想了半天也不知道自己还能干什么。干出力的活没有好身板，要是动脑子的活没文化，用老人的话说就是，猴带胡子——没有一出。后来还是听了老婆的劝解，以后注意别再惹着老蔡家就行。

施汉知道了这件事，带着几个兄弟把里长家打砸了一通。还让蔡朝武等在门外，一直到打砸得差不多了，施汉对一个小兄弟使了一个眼色，那小兄弟跑到外面对蔡朝武招了一下手。蔡朝武赶快跑进院子，拦住了大家，又说了些好话似乎是他把大家劝走了。里长徐文良旧伤没好又添新伤，躲在床上躺了一个多礼拜，等到身上的伤好得差不多了，专程到蔡朝武家赔礼道歉一番，此事才算完。

一个身穿长袍马褂头戴礼帽的人，走到蔡朝武家门前，抬手敲了几下门上的铁环。

家里有人吗？

谁啊？蔡朝武听到有人敲门，马上出屋应了一声。

请问这是蔡朝武先生的家吗？门外的人很客气的继续发问。

是我，我就叫蔡朝武，您请进。蔡朝武听到是找自己的，赶快走上前把大门打开了。

好好！来人进门之后，摘下礼帽向他点了点头。

先生喝茶，请问贵姓？找我有什么事吗？进屋之后，坐在椅子上，烧开了水沏上一壶茶，分别倒入两个茶杯里，互相谦让之后，边喝茶边聊天。

谢谢您，鄙人免贵姓田，叫田寿全，今天突然造访，是您的拜把兄弟王德山介绍来的。我在亨通货栈任职，需要找个可靠的押车人，必须要人品可靠，要不然让人家把货拉走了车也回不来，那可就赔本赚吆喝了，您说是吧？

是这么个理。蔡朝武听着来人说话，就顺口搭音地回答。

王先生知道了这件事，向我们保举了您，说您为人老实本分，绝对是个靠得住的人，论人品绝对一百一。

哎哟，我这王哥可太抬举我了。

王先生以全家性命担保，只要您愿意的话，就可以来公司做押运员了。

做贵公司的押运员，是个怎么样的工作，您能跟我再细说说吗？

是这样，有人雇汽车拉货，一般汽车运输都是拉到比较远的地方，包括天津、承德之类的周边城市。您跟随着汽车把货物押送到目的地，然后再把空车押送回来，出去一趟一般三五天、十来天，回来休息几天再跟下一趟车，报酬绝对比您在同乐电影院当堂头挣得多！

那这样吧，我再想一想，过几天给您回话，行吗？

没问题，什么时候想好了您就找我，这是我的名片。恒通货栈，副经理田寿全。

哦，田副经理。您多担待！

夫妻二人商量半天，也不知道这事到底做得做不得，反正现在电影院也跟停工差不多了，既然没什么工作就先干一段时间，好就接着干下去，不好的话再说。

押车的工作确实报酬比较高，每个月除了基本薪金十元之外，还有利润里的一点儿提成。时间不长田副经理跟蔡朝武就成了好兄弟，无话不说的经常一起聊天，只要是不出车的日子，就常常找到家里来喝茶聊天，无论是中午还是晚上到点还要一起吃饭。

田寿全有个嘴臭的毛病，每次吃饭总能挑出毛病来，这个菜咸了那个菜淡了，这个欠点儿火候没熟透，那个时间炒得太长了不脆。气的姚秀敏不想再伺候他吃饭了，蔡朝武总是劝她不要在意这点儿小事，咱们挣着人家钱呢，能忍就先忍着点吧！

田寿全娶了两个老婆，住着一所大宅子，应该算是个有钱人，但是挣得多花钱更多，花钱没存量到处欠账，有了点钱只得拆东墙补西墙。

蔡先生在家吗？我是田寿全。田寿全在这年的大年三十，手里提了两包点心和两瓶酒，站在蔡朝武家门前，敲门并且喊着。

哎哟，田经理，您怎么来了？正在屋里准备过年的一家人，听见有人敲门，蔡朝武走出房屋开了大门，见田经理站在门外，很是吃惊。

这半年多咱哥俩混得不错，我这给您拜早年啦！田寿全进门面带笑容，边说话边递上带来的礼品。

看您这话说的，我还说明天早上登门拜年呢，您怎么大年三十的就过来了？您屋里请。蔡朝武没料到经理能上门拜年，伸手接过礼品，请田经理进屋说话。

就想跟您一块喝两盅，聊一会儿天。田经理笑呵呵地说着，走进屋来。

快到屋里来，秀敏，田经理来了，要跟我喝酒聊天，你看能不能炒俩菜啊？蔡朝武知道田经理一来就要喝酒，炒两个菜是免不了的。

姚秀敏虽然没说话，但是见到了田经理脸色也不太好看，心说哪有大年三十还上人家来喝酒的啊。

弟妹您好！我平日里就没少来打搅，过年了也该来谢谢你们，这点儿小意思算是拜个年，也给弟妹买了一块花布，好歹做件新衣裳穿，也不知道这花样你喜欢不喜欢。田经理心里也明白，大年三十是一家人团圆的日子，自己不该来打搅，所以事先也做了点准备。

来坐会聊天，吃点喝点都不要紧，还让您破费多不好啊。姚秀敏见到田经理也给她带来了一点礼物，不好意思再给他脸色看，接过礼品之后收好，就准备给他们炒两个小菜。

我上您这吃吃喝喝的常来打搅，这点小意思真不算什么。田经理赔着笑脸，见到姚秀敏脸上的缓和之色，心里踏实了。

姚秀敏手脚利索，不一会儿炒了两个小菜，两个男人坐在炕沿上，中间放着小桌子，小桌子上摆好了酒菜，二人推杯换盏慢慢喝着。

蔡先生我告诉您一件事，过了年不出正月十五，咱们就得出车了。田经理把工作的事说出来，表示我不光是为了聊天喝酒，还是来谈工作的呢。

早一点出车也好，多挣点钱日子就更好过。蔡朝武笑了笑顺口搭音，心里也明白，类似这样工作上的事，等过了破五再来通知一点不迟。

但是这个事我得提前跟您打招呼，咱们是给这个运货。田经理放下酒杯，脸上现出严肃的神情，伸手比画了一个八字。

这个我知道是什么，不管给谁运货，咱们挣工钱就是了。蔡朝武也知道这个八字就是八路军的意思，没料到车行跟八路军也联系上了。

这可不一样，为了保险特意偷偷地去了一趟。田经理满脸神秘伸着头小声说着。

您真见过他们啊？蔡朝武注意听着，他还没见过人们传说的八路军呢。

亲眼见啊，确实是他们说的那样，是老百姓的子弟兵，为解放穷苦人打天下的。我也活了几十年了，从来没见过这样的军队，说话和气办事守信用，纪律严明一点兵痞劲都没有，田经理一板一眼地说着，竖起大拇指赞不绝口。

那可太好了，世界上有那么好的队伍。蔡朝武想起这条标语最多了。

原先真不知道这个国家怎么了，活着怎么会那么难，在这些人的所作所为上，明白了不少，我觉得中国有希望了，穷人快过上好日子了。田经理若有所思地说着他从来弄不明白的道理。

您现在过得就是好日子啊，有那么大的房子，还养着两个老婆。蔡朝武觉得田经理的日子就是富人的日子，他怎么会为穷人着想呢。

你哪知道啊，汽车是人家的，我就是个帮工，房子是租的，按月交房钱。我是这两年管理运输才挣了点钱，租了一套大房子。田经理把自己的老底交了出来，如果一旦没了工作，他也是穷人中的一个。

真的啊，我一直以为车行是您的呢，没想到是'老妈儿抱孩子——人家的'。蔡朝武想起弟弟也当过几天裹理，一旦没了工作，照样去拉洋车当苦力呢。

说一句掏心窝子的话，我这辈子最后悔的就是娶了个小老婆，真应了那句话啊。田经理喝了几口酒之后，对着蔡朝武异常感慨。

哪句话？蔡朝武喝酒很有存量，从来不让自己喝过量，所以酒桌上能控制自如的聊天。

您不知道有这么个说道吗，要想一天不安宁——请客！田经理感到很奇怪，这个老北京流传的俗语，还有人不知道么。

对！是有这么个说道。蔡朝武明白他要说什么，故意让他说个痛快。

要想一年不安宁……田经理说完了上半句，眼看着蔡朝武看他能不能接下去说完整。

盖房……呵呵！蔡朝武马上接着话茬，给了他一个满意的答复。

要想一辈子不安宁……田经理笑了，又说出了下一句。

娶小老婆……哈哈！有两个老婆，您想找谁就找谁，多好啊。蔡朝武想着田经理的生活，觉得已经很好了。

你哪知道啊，找了这个那个不高兴，找了那个这个不高兴，没有一个是省油的灯，谁都不给我好脸子看。田经理抱怨着。

不都住到一块吗，好好过日子呗。

想得美，俩人只要一见面准掐架，说话都是横着出来，没有顺气的时候。

那您还找俩老婆？

这不是挣了俩钱烧包吗，听人说过"四香"吗？

听说过。不就是回笼觉、二房妻，干炸丸子，卤煮鸡，对吧？

是这么个四香。我能睡回笼觉，也吃上了干炸丸子和卤煮鸡，还不知足啊，就娶了个小老婆。凑足了四香。

是啊，日子应该更美啦。

还美呐，年三十都不知道怎么过，这不躲到您这来了。自打娶了小老婆，从此不安宁啦！

哈哈！

看着俩人聊起娶俩媳妇的事情，居然这么兴奋，姚秀敏满脸的鄙夷，臭男人，脑子里就不想别的事。

年三十田经理在蔡朝武家过了十一点半才走，再不走就等于在人家待了一年啊。

在恒通货栈的司机里，有一个司机名叫茅玉林，家住西四砖塔胡同，身体强壮个头不算高，长得方脸庞很周正，说话声音沙哑，快言快语，人很勤快，由蔡朝武押车拉了几次货之后，觉得蔡朝武这个人很好，不但有文化还待人非常和气，没有一般文化人的架子，经常在一起出车熟悉了，就交上了朋友。后来有一次出车回到家中，蔡朝武邀请他到家里做客，哥俩喝酒聊天很亲热。蔡朝武觉得他也是个值得交的朋友。

没料到这一顿饭之后，他居然就看上了姚秀珍。

蔡朝武眼看着姚秀珍年龄越来越大，早已到了谈婚论嫁的年纪，知道了她跟大龙有感情之后特别高兴，以为找个时间给他们成了家，眼睛有残疾的妻妹年内嫁出去，也了了自己一个心事。大龙去世之后，妻妹虽然没说什么，情绪却低到了极点，有很长一段时间，总是低头进出脸上没有笑容，也很少张嘴说话，有时候一个人坐着发愣，甚至低头流眼泪。

蔡朝武看在眼里急在心里，也不知说什么好，有时候买一点小零食带回家来交给她，想哄她高兴，谁知她接过零食依然一声不吭。想带她出去散心或者到同乐看电影，姚秀珍也不愿出去。这件事两口子想起来就发愁，怎么找一个不嫌她眼疾的年轻人嫁出去，成了一块心病。

听见这个开车的司机茅玉林想要跟自己的妻妹好，蔡朝武简直不敢相信自己的耳朵。按说这么一个年富力强的小伙子，有点文化还有技术，长得也算是一表人才，怎么会看得上自己这个只有一只眼睛的妻妹呢。总觉得这里面一定有点问题，就抽空到他住的砖塔胡同去转了转，在附近的小酒馆里打听出了原因。

茅玉林从小在砖塔胡同出生长大。他的父母用临街的房子铺面，做油盐酱醋的小生意，虽然不能发什么大财，可因为都是各家各户日常要用的，生意倒也不错。就这么一个儿子，长到二十多岁就知道吃喝玩乐，也不想上学更不愿意学手艺。谁家姑娘喜欢一个败家子呢，所以就高不成低不就的，二十多岁也没娶上媳妇。

没有姑娘能看得上一个浪荡子的原因之外，还因他家那个老妈也不是个省油的灯，外号人称母夜叉，又叫坐地炮，从来不肯吃一点儿亏不说，无论年纪大小男女老少，只要惹着她了就绝不忍让，吵嘴骂大街永远要在嘴上占足了便宜，不吵赢骂胜绝对不肯罢休。弄得左邻右舍的街坊们，都不愿意跟她聊天说话，所以在胡同里的名声不太好。

话又说回来了，秦桧还有几个好朋友呢，跟她的脾气相投的也有几个嘴上不饶人的老太太，大都是住的距离较远，或者没跟她嘴上交过锋，只是经常来到店里买日用品的。因为在这个胡同里只有这一家小店，比较方便，所以生意上影响不大，反正来买东西的交完钱就走人，尽量不跟这家人打交道就是了。

茅玉林整天游手好闲，没事到处瞎溜达，看见马路上牲口拉的马车之间，汽车越来越多，那锃光瓦亮的外壳，呼呼作响的四个轮子，清脆响亮的喇叭声都使他很着迷，有时候坐在马路边看来往的汽车，能从早上一直看到晚上，中午回家吃点东西马上又回到路边。

有时候汽车停到了附近不远的地方，他就赶过去转圈看，递上根烟跟司机聊几句，围着汽车里里外外看着过瘾，时间不长就记住了所有汽车的牌子，了解了一些关于汽车的知识。但他识字不多，让他觉得离这四个轱辘的宝贝很远。

茅玉林越来越喜欢汽车，简直入了迷，每天回到家里，就把今天所听来的凡是关于汽车的事，哪个开车的师傅告诉他了什么知识，谁让他到汽车里坐了一会儿，都要滔滔不绝地讲给二老听。等到有位师傅说愿意教他学开汽车的时候，一下点醒了他的大脑。

对呀，原先以为必须自己买了汽车才能开，没料到这些开车的司机，开的都是老板或者官员的车，当司机给人家开车，也是一个很体面的工作呢。要是学会了开汽车的技术，再找一个开车的工作，能干上自己喜欢的事由，到那时候可就是老太太踩电门——抖起来了。

回到家一跟二老说要学开车，二老不太懂这里的前因后果，也不懂怎么才能学会开汽车，但是知道自己的宝贝儿子终于开窍想学点本事了，不由得喜上心头，问清楚了需要花多少钱，打开箱底拿出多年积攒的存钱，如数交到他手里，嘱咐他要好好学，千万别把这些钱打了水漂。

父母花钱让他拜师学艺，小伙子的脑子还好使，不多久就学会了开汽车的技术。通过学开车，茅玉林觉出自己没文化的难处，很多机械和使用方法和操作，都需要有点文化才能更好地掌握，于是被逼无奈开始学文化，好在是自己喜欢的行当，学得很上心，一两年的工夫，就成为浪子回头金不换的典型，没多久上门提亲的便来了。

茅玉林自从学会了开汽车的技术，也学了一些文化，尤其是找到了一个开车的工作之后，经常把光闪闪亮晶晶的小轿车开到家门口，白手套黑墨镜一身合体的西服，再穿上锃亮的皮鞋出来进去，一下就把整个胡同的男女老少震住了。每天挺胸抬头目不斜视，有事没事也对着胡同里按几声喇叭，一下子身价就高了起来，媒婆介绍的女孩相看了一个又一个，一直没找到自己能看上眼的。

这一天茅玉林总算是相中了一个姑娘，姑娘漂亮白净、高挑身材，两只大眼睛也很有神，微笑着抬眼看他，话语中显得温柔亲切。茅玉林喜欢得语无伦次，姑娘对他也很满意，满面笑容地跟他聊了半天。他一看姑娘这么喜欢自己，赶紧就建议一起去看电影，带着姑娘进了离家不远的一个电影院。买票后进门俩人坐在一起，起先悄悄地说几句话，女孩也细声慢语地跟他聊着。茅玉林慢慢地在下面拉着了姑娘的手，姑娘也紧张得看了他一眼，没说什么就任他把手抓在自己手里。茅玉林心中高兴，慢慢地聊着伸手抓了一下女孩的胸部，没料到女孩立刻脸色大变，尖叫一声站起身打了他一个嘴巴，哭着往外跑。

这一下惊动了电影院的守卫，拦住了女孩，问清楚之后就把巡警找来，打开大灯抓流氓。事后茅玉林赔礼道歉还赔了几十块钱才摆平了这个电影院里的风流事。

如果只是在派出所处理完了这件事，影响也不大，问题在事后，女孩的哥哥姐姐都出动了，带着他们家的老太太到茅家堵着门口，一个个跳着脚大骂。一家人整整在茅家门口骂了三天，弄的附近三五里的大街小巷都知道了这档子事，有好事者把故事加油添醋，又多添了些隐晦的内容。

茅玉林的名声饯风臭出三十里，几乎所有的亲朋好友都跟他家断了联系。虽然还没到耗子过街人人喊打的份上，也是人嫌狗不待见，几乎没人愿意跟他说话。后来有一天，就在茅玉林生活最寂寞无聊的日子，来了一个从小一起长大的好朋友，拉着他去喝酒解闷，还说要请他去找姑娘玩玩。这个好朋友等他喝醉了之后拉他去窑子里，茅玉林昏头昏脑地进去，糊里糊涂一夜荒唐，没料到竟然染上性病，等到发觉自己得了病之后，害怕传出去脸面不保，让父母偷偷地找偏方治疗，拖到几个月越来越严重了，才到洋医院里去看病。

到了洋人的大医院，花了不少钱总算是保住了一条命，可是生殖机能严重受损，不可能再繁衍后代了。这一下名声越来越臭，十里八里之外都知道了砖塔胡同有一个流氓，不但调戏人家黄花大闺女，还得了花柳病不能生孩子了。他出门不管走到哪里，后面都有人指指点点，媒婆们也不敢再上门提亲了。即便是住得很远的女孩家，只要在附近一打听，就知道这人是个流氓，他这一下可就臭了大街了。

茅玉林一直到三十岁还找不到媳妇，后来到了恒通货栈开上大货车，到了蔡朝武家发现有个年轻姑娘，说话之间了解到女孩还没出嫁，虽然眼睛一只是残疾，可是论长相也不难看，一眼就能看出是个老实本分的姑娘，家里家外都拿得起来，说话慢声细语性格也很温顺善良，再看姚秀珍一只眼的残疾就不算什么了，何况一旦人家知道了自己的那些丑事，愿意不愿意嫁给自己还两说着呢。

找了个机会，茅玉林把蔡朝武请到酒馆里，连吃带喝东拉西扯地聊了半天，最后才把自己想娶姚秀珍的心思说了出来，但是当面没好意思说出自己那些丑事，希望蔡大哥说服家里的妻妹，嫁给自己搭伙过日子，说他不在乎妹妹的残疾，看中了她性格好会过日子，自己绝不会因为这个妹妹的眼睛残疾对她不好。一再保证自己说的是真心话，就请蔡大哥成全了这桩婚事。

蔡朝武回家之后想了很久，这人有点文化也有技术，个头不高不矮身体强壮，要是说起来电影院里那点事，也算是女孩不够开化，就算是结婚之前，两相情愿的亲个嘴拉拉手、往身上摸摸也不特别过分，那些没结婚就上炕睡觉的男女，带着孩子结婚也有不少呢。虽然得过花柳病，但是这病也治好了。至于男人不能生育，问题的确很大。可自己的妻妹眼睛有残疾，想找个男人成家过日子也不容易，将来没孩子的事再想办法，只要两人愿意到一块过日子，也是一件好事。谁让茅玉林这个倒霉孩子赶上了这些事呢，眼看着妻妹年纪越来越大，找个婆家更不容易。

问题最后归结到茅玉林的人品上，在砖塔胡同都臭大街了，自己的妻妹要是真嫁过去，受得了那些背后的指责么。翻来覆去的拿不定主意，只好跟老婆商量。

姚秀敏听了他的分析判断之后，思索片刻斩钉截铁地说，哪天我跟你一块儿去会会他，看看这个人究竟咋样，说不了几句话，我就能品出他的人性来。

蔡朝武带着姚秀敏把茅玉林约到一个茶馆的小屋里，坐下点了一壶茶，互相打了招呼之后，蔡朝武就让茅玉林先说说自己的想法。

我今年快三十岁了，前些年因为自己个的一些行为不端，弄得名声不太好。……事情过去这么多年了，我也改邪归正，特别想找个媳妇成家好好过日子，哪怕将来不能有儿女，两口子过日子也比一个人熬日子强啊。……我想过了，将来可以抱一个孩子，让家里有个接香火的……在大哥大嫂家看见这个妹妹之后，我就挺喜欢的。茅玉林把自己的身世和家庭简单地介绍了一番之后，心里就怕人家在乎自己的那些陈年烂事，红着脸磕磕巴巴地说了几句，也不知道再说什么才好。

你等会啊，先别往下说了。我妹妹的眼睛有残疾，是小时候我不懂事，用手指头给抠坏了，所以我养她一辈子也认头。之所以坏了一只眼你还能看得上她，我们也打听了是怎么回事，你小子也不是省油的灯。馋风臭出几十里的主，别跟我这耍里格楞。姚秀敏一点儿没客气，虽然嘴里一个脏字没有，可把这小子骂了个底掉。

我明白大嫂说的话，也知道自己名声不好，虽然看见小妹的眼疾，还是挺知足的，只要小妹能嫁给我，我一定痛改前非，跟她好好过日子。茅玉林的小脸一下由红变白，嘴里拌蒜磕磕巴巴，总算把早就想好的话说了出来。

让我妹妹嫁给你的事可以商量，但是咱们当面锣对面鼓把话说清楚，你别想结婚之后玩几年再找漂亮的。姚秀敏除了这事她没什么可担心的。

我知道自己名声不好，都愿自己没管住自己，后来再怎么要强，也堵不住别人的嘴，这回是我壮着胆子主动求婚，将来绝对不能委屈了妹妹。要是我说话不算数，让我不得好死天打五雷轰！茅玉林说着扑腾一声跪在地下，一只手举得高高的，发起毒誓了。

这话可是你说的，男子汉大丈夫吐口吐沫都是钉，你记住了今天的情形和说过的话，赌咒发誓的要娶我妹妹，如果将来她跟了你，娶到家里给她气受或是悔婚之类的耍狗怂脾气，只要我知道了，就没有你好果子吃。姚秀敏说话斩钉截铁，个子不高气场十足，绝对把茅玉林给镇住了。

　　我记住了，我今天在这儿，跪在地下跟大哥大嫂请求跟秀珍妹妹的婚事，绝不敢给妹妹气受，更不敢悔婚。

　　你已经把话说到这了，再多说就啰唆了，我回去好好问问妹妹，看她愿意不愿意嫁给你。我们觉得你还不是块朽木，还没坏到头顶长疮脚底流脓的份上。就替你说几句好话，如果我妹妹答应了，那是你的造化。假如怎么说她也不愿意，你就给我滚远远的，别来找不自在。姚秀敏板着脸，一字一句地教训着，心里明白不把他茅玉林震住了将来会很麻烦。

　　大哥大嫂你们请放心，这些年我也明白了好多人情事理，娶媳妇光求好看可不行，往后几十年要一起过日子，就得找您二妹这样本分善良会过日子的才成呢。茅玉林把话说完，见蔡朝武和姚秀敏二人表示要回家，赶紧把茶钱付了，赔着笑脸雇了辆三轮车，嘱咐车夫把人送到家里，并付足了车钱，千叮咛万嘱咐的麻烦大哥大嫂，为自己多说好话，然后回家等信。

　　蔡朝武和姚秀敏回家之后，跟姚秀珍说明了这件事，姚秀珍本身就是个老实巴交心地善良的女孩，自从大龙去世之后心里一直憋闷，时间过去几年虽然慢慢淡忘了，但是想起自己也应该嫁个男人，有个自己的家过日子，每日为自己的终身大事发愁。听了这事也见过那个男人，又有姐姐和姐夫做主就点头答应了。

　　茅玉林知道这事成了，结婚的日子订到两个月之后，两家都为这事做了一些准备。茅玉林虽然知道姚秀珍有一只眼睛残疾，但是如果不看这只眼睛的话，模样长得也算很俊俏，个子不高身材苗条，性格脾气挺好，家务活也都拿得起来，情人眼里出西施，越看越爱看，越看越想看，恨不得马上就娶回家跟他过日子。为了在结婚之前多见几次，时常在她家附近把车停下，借口是汽车出了点小毛病，找秀珍要一口水或者歇歇脚的套近乎，数着日子过的茅玉林一个月以后就和姚秀珍结了婚。婚后的日子也还算平静，姚秀珍的性格温顺，能吃亏忍让成全他人，除了把家管理得井井有条，与邻里关系也处得越来越好，在砖塔胡同有了很好的人缘。

　　有一天，茅玉林带着姚秀珍回姐姐家，说是想家了要在娘家住几天。姚秀敏觉得在家住几天也没什么，没料到等到茅玉林走了之后，姚秀珍就哭哭啼啼地跟姐姐说了实情。

　　原来是那个恶婆婆总是没事找事欺负她。刚结婚的那些日子，她婆婆觉得自己的儿子总算娶了媳妇，了结了自己多年的心事，日子过得还算平和。可时间长了就免不了有些生活上的矛盾，老太太嘴上刻薄爱挑毛病的性格就显了出来，看姚秀珍老实忍让不敢还嘴，更觉得她好欺负，日复一日越来越变本加厉。

原先那些街坊邻居的，看着茅玉林臭了大街找不着老婆，心里还幸灾乐祸地看热闹，等到这会人家找了媳妇也过上日子了，反倒眼馋上了。

几个没牙老太太，只要坐到一块就撒气漏风的议论不停。你说那么好的小伙子有技术会开车，穿着洋装往大汽车里一坐，开着汽车风吹不着雨打不怕，身不动膀不摇，喇叭按着震天响，每个月大洋钱哗哗地往家里挣，吃穿不愁还都是高档时髦货。这么好的事怎么会让一个瞎了一只眼睛的女孩给摊上了，早知道还不如给我们家闺女或侄女呢。

张家长李家短，三只蛤蟆五只眼，左邻右舍的多嘴婆，三天两头的在这个老太婆的耳朵边嚼舌头，说得她越看姚秀珍就越不顺眼。弄得姚秀珍说什么话都不对，坐着站着都不顺眼，吃得多了少了都不合适，无论干多少活也得不了好。不是面和得硬了就是饭闷得软了，桌子没擦干净，房子也收拾不利索……

茅玉林跟他母亲说了几句劝解的话，就被骂得狗血喷头，说他没本事没出息，找了这么个瞎了一只眼的媳妇给他丢人。说到后来还说到这是没爹妈的女孩，住到姐夫家能有干净的好女孩吗，谁不知道小姨子那儿有姐夫半个屁股。

听了这些话气的姚秀敏一夜没睡觉，第二天拉着妹妹直奔老茅家，到了门口二话不说一脚踹开门。

茅老帮子，我告诉你，你别以为我们老姚家没人了，就敢给我妹妹气受。你别忘了，是你儿子上赶着要娶我妹妹，她才嫁到你们家的。不是我们嫁不出去了，非要嫁给你们这个臭了大街的流氓儿子。我妹妹老实巴交，整天伺候你们老的少的，结果还受你的气，想当恶婆婆出名是吧？那好啊，今天我就叫你臭名远扬。姚秀敏从屋里拉着一把椅子，转身走到门外把椅子放好，坐到椅子上放开嗓子大声喊起来。

各位街坊邻居，老少爷们，我叫姚秀敏，是这个老茅家儿媳妇的姐姐，大家伙都知道这家的儿子茅玉林是个什么样的人，戗风臭出十里的浪荡子。他看上了我妹妹要娶回家过日子，跪在我和我们家老爷们的面前，红口白牙保证要善待我妹妹，绝对不会给她气受，我们两口子看着茅玉林年轻有悔改之意，也相信了他指天画地的发毒誓，才把妹妹嫁到他家。

是茅玉林上赶着要娶我妹妹，到我们家求着要我妹妹，不是我们嫁不出去了，非要嫁给他们这个臭了满大街的儿子。

我和妹妹都没有了父母，只能由我带着妹妹一起过日子，这个茅老帮子说跟姐夫一块住没有干净的，你怎么不问问你儿子，嫁到你们家的姑娘是不是黄花大闺女。不是吃多了撑的胡说八道，能这么往自己儿媳妇身上泼脏水吗。这才是有好日子不会过，混蛋老婆养的一家子混蛋，你上我们家左邻右舍的打听打听，谁不知道我们家人老实本分，凭着卖力气挣钱养家，从来不做那些框外的事。善有善报恶有恶报，欺负老实人天理难容。

这回你要是有点存量也就算了，见着怵人憋不住火是吧，胆肥的你还把脏水往我们家泼，没错，我们家就是一铺大炕，姐夫小姨子都在一个炕上睡了好几年了，你装傻不知道吗。那炕上还有我和我妈，你是不是还有别的说法呀？

今天算你倒霉，姑奶奶我能腾出工夫来，好好跟你算算账。话再多说了也没用，茅老帮子你给我出来，说说你打算怎么办吧！

这结婚已经半年了，我妹妹可是好人家女孩，为什么肚子一直没动静啊，是你儿子不中用吧，还让我多说吗？

就算明天他们俩离婚，我妹妹还能找得着好男人，俗话说有剩男没剩女，你儿子要是再找媳妇就别想了，只要我知道谁家女孩要过门，非掏出你这个恶婆婆的脏心烂肺给那家送过去，看看谁还愿意把闺女嫁过来，我说得到就做得到，不信你就试试！看咱们谁耗得过谁。

茅玉林再一次见识了姚家大姐的厉害，赶紧进屋里说服了老妈，出来赔着笑脸认错，保证以后再也不会对儿媳妇不好了。姚秀敏见好就收，也不想把这事弄得太僵，怕以后的日子不好过，也给这母子留点脸。

您不管怎么说也是老家儿，对待后辈要有点慈悲之心，把日子过好了比什么都强，只要您知道以后该怎么对待我妹妹，我也不会得理不让人，妹妹我已经送回来了，你们好好过日子吧！又嘱咐了妹妹几句，转身往回走。茅玉林赶紧叫了一辆三轮车，先把车钱付了，嘱咐一定把姐姐平安送到家。

这才算又了了一桩烦心事，从此茅家再也不敢欺负姚秀珍。

⑱
饼干工厂

　　蔡朝武经常押车出远门，柱子和爸爸特别亲，总是想他，每次只要父亲一出车柱子就会生病。等到病稍微好了一点儿，柱子就常坐到门槛上去等爸爸。或者叫妈妈抱着他到处走着找爸爸。在柱子印象中最深的就是爸爸的发型是分头，老远要是看见一个留着分头的男人，还没看清楚就喊，妈，那个是爸爸。

　　恒通货栈除了给天津等城市运货，也为承德和张家口等地的解放军运送货物，每个月都会有一两次。运送的货物有：油漆、轮胎、布匹、机器、药品、通信器材、五金材料等等，大都偷运到承德、张家口、古北口、内蒙古一带的口外解放区。

　　有一次蔡朝武押车和茅玉林到了承德，到了地方，出来接待他的军人一见面就指着他大笑。

　　五弟，你怎么干上押车这个行当了？

　　哎哟，是三哥啊，我真没敢认您，这一身军装穿着，够威风的啊。蔡朝武只觉得这人眼熟，竟没看出来他到底是谁。直到听见喊他一声五弟，这才敢认这个三哥。

　　什么威风啊，参加了解放军，我们官兵一致穿的一样。二麻子笑呵呵地解释了几句，拉着蔡朝武的手走进军部，给他到了一碗水。走进里屋把货单交给了首长，又通知几个军人去帮着卸货，然后坐下跟他聊天。

　　电影院没生意，做小买卖挣不着钱，这还是大哥王德山给我找的差事呢。你怎么当了八路军啊？蔡朝武简单把事情说了一遍。

　　现在叫解放军，我早就知道解放军是为穷人打天下的，那一年跑出京城就是为找这个队伍，找着了就参军啦。二麻子现在把实话说出来。

二人正说着，从里屋出来一个首长，拿着货单对他说，其他没什么问题，只是药物的品种和数量，下回还需要多一点，你……首长说话间抬头看见了蔡朝武，你不是……那个……蔡先生吗？这回把货拉过来的是您啊？首长略一思忖，说着过来握住蔡朝武的手，热情地摇了摇。

您是……蔡朝武一下愣住了。

您不记得我了，前些日子在北平城里，我被国民党兵追赶，跑到了您家藏进炕洞里，才躲过了他们追捕。您可能没记住我，可是我记住了您，您姓蔡没错吧，叫什么来着……我想想啊。首长拍着脑门仔细回想起来。

我叫蔡朝武，您是韩先生吧，那天躲进炕洞里的就是您啊？蔡朝武万万没想到居然这么巧碰见了韩先生。

对，蔡朝武，当朝武将，我想起来了。首长睁大眼睛指着他说，表示自己还记得。

原来二麻子在拉洋车的时候，认识的韩先生，也曾经拉着韩先生穿街走胡同，七拐八弯地躲过了特务的追捕，期间受到韩先生的指教，知道了八路军是穷人的队伍，早就有了参加八路军的志向，但是父母有病离不开。直到二老去世之后，跑出城找到队伍参加了八路军，因为他会点武术人也机灵，被首长选派当了警卫。三个人意外相遇，请蔡朝武进屋喝水，不免坐下聊了几句。

那位韩首长说蔡朝武不仅救过他的命，还在关键时刻拉货来支援革命，是对革命有功的人，一番话让蔡朝武觉得受宠若惊。

里屋有人喊首长接电话，首长进去之后接完电话，出来叫蔡朝武马上开车回去，因为总部命令已经下达，围歼战斗立刻就要打响，马上离开这里越快越好。

既然货物已经全部卸下来，一切手续也办理交割完毕，他们马上回到车上打火，尽快把车开出了军营，茅玉林开足马力向京城方向飞奔。突然间枪炮声大作烟尘火光四起，枪炮子弹乱飞，仿佛天崩地裂一般。

战场上的枪炮声震天动地，远近一片爆炸、着火、冒烟的场景把蔡朝武吓坏了，拼命喊着让茅玉林把车开得飞快，把震天的枪林弹雨抛在后面，总算是没伤着回到车行，却全身无力地动弹不得，被茅玉林送到家里就病了一场，从此就再也不干押车的工作了。

有时候想起这段经历，或者跟人一谈到这件事情，就自夸起来，甭管怎么说，咱爷们也是经历过枪林弹雨的人，没经历过那个场面，您就真别在我面前说什么见过世面。蔡朝武能心平气和地把这话说出来，已经是几年以后的事了。

给恒通货站做押运员工作的这几个月，收入比较高挣了一些钱。

蔡朝海在街上偶然遇到了原先食品厂的两个师傅，听说了龚家的遭遇，也很感慨。知道了两个师傅的生活工作都没着落，用他俩的话来说，人歇工，牙排队，肠子肚子活受罪。突然想到既然这两个师傅没了工作，自己能不能想办法也开一家食品厂呢。记下了两个师傅的住址，就让他们等自己的消息，一半天就来找他们。

蔡朝海跑到哥嫂家给哥哥提了一个建议，可以雇佣他们开一个食品点心工厂，经过一番商量和调查，家里这几年积攒下的资金，基本够投资开个小饼干工厂，因为制作饼干需要的地方不大，自家的住房大约有三十多平方米腾出来可以做饼干车间。房子对面两间屋子中间有个一庹宽的过道，如果跟房东商量好加了一个顶棚，弄出了一间小房全家人挤一挤当住房。腾出来的住房完全可以摆下一个小压面机，一个小烤箱和一块大面板。有了这几个简单设备开个小工厂就没问题了。

蔡朝武觉得自己撑不起这个事业，心里七上八下地拿不定主意。他本身文化程度并不高，一直干的工作都是出力动手的活，不懂得管理，既不会对外联络推销产品，也不会联络各卖家跟商店经理们打交道。再加上经济管理也不懂，也就是说从采购到制作再到产品推销一概不懂，又因为性格老实懦弱，胆量小脑子也不很灵活。无论跟谁说话都是点头哈腰，卑微的口气和身姿是长期在人之下受指使养成的习惯。而开工厂是实打实地干大事，作为一个老板就要有老板的气势，不能什么都跟人商量。话说这当老板的本事也不是说有就能有的，三十几年的生活经历和自身的性格，限制了他的思维方式。

所以翻来覆去思考再三，过了一星期还拿不定主意。

蔡朝海等了几天没听到哥哥的回话，那两个工人也一直在等着他的回话，于是到哥哥家问问情况。

这几年咱家也就挣下了这么一点钱，我是生怕干不成都打了水漂。蔡朝武还不太好意思说自己没那个能力，先说了自己的担心，怕把老本赔进去。

大哥您忘了咱们哥俩这些年是怎么过的吗，这些钱就算是都赔进去，无非再一点一点挣回来，没什么了不起，舍不得孩子套不住狼，您这前怕狼后怕虎的，什么事情也做不成。蔡朝海毕竟在大公司里见过世面，每天在账房里见到的都是成千上万的流水账，很有一番干事业的心思。

实话跟你说吧，办一个饼干工厂事情太大了，我不懂筹划，根本就不知道怎么干起来，安排谁干什么怎么干，心里一点数都没有，觉得自己不是干事业的料。蔡朝武实在没辙只好承认自己不知道怎么干。

大哥您看这样行不行，打虎亲兄弟，上阵父子兵，您当经理专门抓好制作饼干点心这一摊，我负责对外采购和推销，咱哥俩一起把这件事干起来，怎么样。蔡朝海觉得自己的哥哥说的也是心里话，于是决定跟哥哥一起把这件事干起来。

要是哥俩一块这样干的话，我心里还踏实一点，干脆你当经理，我就管家里制作这一块。蔡朝武当过最大的官就是堂头，管着两三个人打扫电影院，收门票的简单事物，所以不想当经理抓全盘规划。

您比我年纪大，所有的资金也是您和我嫂子的，所以经理还是您来当，我当副经理辅佐您，对外联系这个名头也说得过去，我觉得咱们这个买卖一定能做起来。蔡朝海琢磨了很久，觉得这生意不是很复杂，应该能干好。

既然你觉得能干好，明天你把那两个师傅也叫来，咱们一块好好合计合计，豁出去干一场。蔡朝武终于被说动了。

第二天两个技工师傅到了家里，蔡朝武把自己的想法跟他们说了，两个技工师傅跟他们说，您放心，我们哥俩做点心有好几年了，做饼干是点心里工料最简单的。有您这间屋子的大小，完全可以开工了。因为原先的老板破产了，人都不知道跑到哪去了，也没发工钱，所以没有活干了，您的兄弟介绍我们过来，这都是缘分，也知道您是个老实本分的人，我们绝对不能干出汤泡饭的活。

两口子把积攒下来的几十块银圆都拿出来买了烤箱和压面机，又购进了一些原材料，就把饼干工厂办起来了。

说是饼干工厂，实际就是一个小作坊，哥俩自任经理和副经理，到警察厅办好了营业执照等一些相关手续，借用房东的电话用作对外联系。作坊起名叫芝兰园饼干工厂，蔡朝海负责采购各种原材料，白面、白糖、大油、果酱等等，还负责跑各食品商店销售。

可就是缺一种香料，无论到哪个原料批发商店，人家一听说是私人作坊制作点心，不是说没有货就是拒绝出售，缺少香料制作出来的饼干就不香，师傅说做点心香料是少不得的。

蔡朝海到处买不到香料，私下里找到经理打听，这才了解到事情的原委。原来其他原材料都属于食品，老百姓生活上需要的都可以买卖，唯独香料是制作点心的必需品，用于食品加工的化学香料中国制作不出来，必须要买从美国进口的。而点心包括饼干现在除了美国进口，就是几家买办的工厂在制作，他们控制着市场供应，不允许再有其他人进入这个市场，最后的办法就是控制着香料，买不到香料就做不成点心了。

要是花大价钱买香料，倒也能买到，可是成本增加利润就没了。卖香料的批发商店还担着责任，生怕自己的买卖受到惩罚。

我不可能为了您这个小饼干工厂，断送了我这个公司的活路。那个经理最后对他说了实在话。

蔡朝海回到家中跟哥哥汇报了情况，哥俩商量半天直犯愁，设备买来了，都在屋里安装调试好了。在没有香料的情况之下也试制了一点饼干，口感很好味道也不错，就是没有点心的香味，试着送到几个食品商店，人家尝了几口，都觉得差点香味不肯代销。

哥俩没料到在香料上被卡了脖子，愁的饭也吃不下觉也睡不着，没几天哥俩都瘦了一圈。

姚秀敏本来就管给大家做饭，吴婶管照顾孩子，连着几天看着机器不开，工人也不干活。这天看着满桌子的菜饭，几个大男人愁眉苦脸的喝酒，也不吭气，实在不明白忍不住就问一句，你们几个老爷们茶不思饭不想的，整天愁眉苦脸唉声叹气，到底是怎么了。

怎么了，有一个迈不过去的坎，开不了工了。蔡朝武抬起头看了她一眼。

嫂子，被人家卡着脖子开不了工，想不出一点辙来，我们这愁的一点办法也没有，可能这个作坊就开不下去了。蔡朝海几天都没想出办法，一点胃口也没有。

到底被什么事卡住脖子了，能跟我说说吗？机器案板什么的都买了，做出的饼干也挺好吃的，还能有什么卡住脖子干不下去的事情呢？

跟你说了也没用，我们这几个大老爷们，来回商量好几天了，都没想出好办法来，你一个妇道人家，能有什么好主意呢？蔡朝武心灰意冷。

嫂子，咱们做的饼干什么问题都没有，就缺少一种香料，没这种香味的饼干，哪个食品商店也不收，说是卖不出去。

香料就是让饼干有香味，对吧。我吃着咱们做的饼干挺好吃的了，他们还要香味啊？姚秀敏弄明白了事情的原委，也跟着发起愁来，慢慢转身走到屋外，想再炒一个小菜给大伙下酒。

把锅里倒上油之后，突然想起一件事，跑到屋里面露喜色地跟他们说，我想起一个办法不知道行不行。

你能有什么好办法，我们这都烦死了，您就别掺乱了。蔡朝武瞥了她一眼，向她挥了挥手。

大哥你看你，遇见事大家都想想办法，众人捧柴火焰高，嫂子您说说，您有什么办法。

两个工人师傅也插嘴，劝说蔡朝武别太固执，让大嫂说出想法，行不行的再商量。

行！你说说，你认识哪个美国大老板，上哪能买香料？蔡朝武认为结婚这么几年，自己的媳妇除了厉害会过日子，真没什么其他本事。

我想啊，既然人家不卖给咱们香料，咱们就另找办法……姚秀敏兴致勃勃地想把自己刚才灵机一动冒出来的主意说出来。

还另找办法，你会自己制作香料吗？那是化学、科学，美国进口的，你懂什么？蔡朝武一听就觉得不靠谱，不耐烦地打断了她的话。

你当了几天经理，长行市了怎么的，听我把话说完，行不行？姚秀敏忍了半天没发脾气，听到蔡朝武又堵着嘴不让她说话，一下就瞪起眼睛火了。

好好好，你说吧，我不插嘴了。看你能说出什么好主意。蔡朝武看见姚秀敏发火了，知道自己惹不起，赶紧说软话。

自己个没能耐了还不让人家说话，算什么本事？姚秀敏得理不让人。

得，嫂子您别生气，这件事的确把我们几个愁得无路可走了，心里不高兴难免说几句不入您耳的话，您千万别往心里去，看我的面子，您说吧，我们大伙都听着。蔡朝海赶忙连解释带说好话，哄着嫂子把话说完。

那什么，我突然想起咱们炸开花豆的事情，咱们用几种香料弄得开花豆多香啊，做饼干能不能也试试这个法子呢？姚秀敏终于喘匀了气，把自己的想法说了出来。

几个大男人听了不禁一愣，哥俩儿互相看了一眼，都觉得这个办法可以试试。

对啊，咱们的父亲给过我一个炸酱的秘方，上边也有怎么提香味的办法，咱们都试一下，也许就成了呢。蔡朝武顺着这个思路，想起了父亲留下的那个炸酱秘方。

正思考着忽听院里呼的一声，火光明亮火苗蹿起老高，原来是炉子上的油锅着火了。好在原来锅里的油不多，烧了一会儿就灭了，有惊无险地过去了。

大伙出来一看，火光已经慢慢下去了，于是用抹布蘸了水，把油锅从火上拿下来，重新刷干净。

我觉得这个主意可以试试，开花豆炸的真挺香的，再加上炸酱的秘方里的佐料，应该可以了吧。蔡朝武心思已经回到了香料的代替上，没料到姚秀敏给找出了一条路。

大哥，油锅着火了，咱们的买卖也要火了。蔡朝海也觉得这事可行，尤其见到刚才着了火的油锅，觉得是个好兆头。

那两个工人师傅没说什么，因为他们并不知道炸开花豆的事情，也不知道什么炸酱秘方，见到这哥俩都认为这个主意可以试试，反正也没别的办法，试试就试试吧。

说干就干，几个人分别找来花椒、大料、香叶、茴香和肉桂等各种植物香料，有的泡水有的油炸，实验了几天之后，终于找到了最好的办法，制作出来了一箱饼干，分成小包装之后送往各食品店请他们品尝，没料到获得一致好评，说这种饼干的香味更醇厚浓郁，不仅闻着香吃着也香。

用这个办法烤制出来的饼干，在附近几家食品店里卖得很火，远处的食品商店，包括好几个大点心商店和百货商店都要订芝兰园的饼干。

因为要饼干的食品店越来越多，几个人加班加点日夜不停地干也忙不过来，于是商量好准备租一间较大的房子，再进两套机器。等机器买到和房子租好以后，再招收几个工人，这样扩大生意。

蔡朝海去订购机器的时候，商行老板说，上次您来买的那台机器和烤箱属于样品，因为一直没人看所以就卖给您了，如果这次要买两台，就要事先订货，一个月之后才能到货，您还得先付定金，于是只好付了定金等机器到来再付全款。

找到了不远处的一个空旷的四合院内，有几间大房子，想着将来工人多了吃住也更方便，自己的住处也有了改善，不用再挤到那个小房间里。四合院租金也要预付，机器设备一到就要搬到里面，现租就来不及了。

生意正在火火地发展的时候，有一天来了几个穿官衣的警察说是检查营业执照，把营业执照拿到手里之后，只看了一眼，马上就收存到皮包里。说你们的手续不全，这个作坊的卫生条件也不够，缺少防火措施，工人也需要检查身体，必须没有病才能开工，等把条件满足了，再来营业厅取营业执照。

于是只好去医院检查身体，买来灭火器材，重新糊了顶棚，可是无论怎么改进，去了警察厅好几次，人家不是没工夫接见就是往后推脱。一来二去快半个月了，营业执照就是拿不回来，想了很久也不知道得罪谁了。后来蔡朝海干脆每天都找负责办执照的警察，一连去了五六次之后，还是告诉他过几天再来听信。

这天蔡朝海又到了警察厅，赔着笑脸问一个警察，老总您好，今天我那个执照的事情能办了吗？

你怎么又来了，不是跟你说过几天再来吗，天天都来也没用，上级不批准我们也没辙。一个年轻的警察，把这句话已经说了好几遍，每次都这么搪塞他，自己都烦了。

那我先在这歇会，您忙您的。蔡朝海想着坐一天半天的，跟他们耗时间。

一个老警察端起茶水缸子起身，慢腾腾地走到楼上，敲了敲局长办公室的门，喊了一声报告。

局长正在全神贯注地看着一份美国 LIFE 杂志，聚精会神盯着杂志里面的美国女郎，口水都快流下来了。听到有人敲门喊报告，赶快收敛起嘴脸，把杂志放进抽屉里，再拿起一支笔放到原先杂志下面的一份文件上。准备妥当之后，清了清嗓子，非常镇定严肃地说了一声，进来。

老警察进门之后，直截了当地对局长说，那个开饼干作坊的蔡先生又来了，您怎么也得给他个准信了，老让他这么跑来跑去的也不是个事啊。

他怎么又来了，真的。局长皱起眉头，抬起一只手支着自己的脑袋。

人家投资花了不少钱，一个平民老百姓攒点钱有多不容易，刚干了没几天就不让干了，也够缺德的。老警察有点儿看不过去，跟局长发起牢骚。

我问你，这张营业执照咱们能给他吗？局长坐直了身子，指着老警察不耐烦地发问。

怎么就不能给啊？老警察不明就里，觉得有点莫名其妙。

为这事美国大使馆给咱们商务部发了照会，提出抗议。你惹得起吗？

局长也没办法再搪塞，只好把事情的缘由说了出来。

真想不到美国人会为了一个小老百姓的饼干作坊，找到政府的商务部。连美国人都出面了，这我可惹不起。老警察非常吃惊，这件事完全超出了他的思维范畴。

可是咱们有理由不发给他营业执照吗？局长又发问，左右都不行的事也实在难为了他。

人家是正常营业的正当生意，守法老百姓，咱们的确没理由不发。老警察终于明白了局长的为难之处，两头都没办法。

就是啊，美国人不让发，咱们就不敢发。可是没有正当理由不发，就应该发给人家，事情闹大了再捅到报纸上，舆论出来谁担得起责任，弄不好我这个局长都干不成了，头疼啊！局长总算是把堵心的话一吐为快，向后仰靠在椅子背上，两手揉着太阳穴。

我就弄不明白了，美国人那么大那么富的一个国家，怎么会跟这么一个中国小作坊过不去，也太掉价了吧？老警察喝了一口茶水，自言自语道。

原先我也弄不明白，那么大一个美国要多有钱有多有钱，怎么就不能让这个小作坊活着呢，后来我才想明白了。局长把身子坐直，郑重其事地说起这件事。

您跟我说说，让我也长点见识。老警察赶紧凑得近了一点。

有一个吃美国饭的老板说的，现在它只是个小作坊，要是不掐死它，过几年变得越来越大了呢，今儿个是一家小作坊，没准明天就一个变俩俩变仨，越变越多，越变越大，到最后中国人都吃自己的、穿自己的、用自己国家的东西，那美国人的买卖不就没法赚中国人的钱了吗？所以老美才死咬着不松嘴呢，他不敢松嘴啊，一个不留神松嘴了，他们的买卖兴许就吹灯拔蜡上西天了。局长把自己跟人讨教来的道理，一五一十地娓娓道来。

还是局长见多识广，能从小看大由浅入深，博学多才智勇双全，要不然怎么会让您当局长呢，一般人还真看不透这里的道道，我这会又跟您学了不少能耐。老警察太知道局长爱听什么了，赶紧顺杆爬，瓷瓷实实拍了一通马屁。

既然混到了这把椅子，就得掌管全局，我这个局长也难啊。局长无病呻吟故弄玄虚，摇了摇头闭眼养神。

那咱们就硬顶着，把这个执照发给他，让他们慢慢干着，上边要是问的话，就给他打马虎眼装糊涂，怎么说也得向着咱们中国人呐。老警察眼珠一转，又想出了一个主意。

你糊涂啊，打马虎眼装糊涂的事咱们没少干，可这回不一样，美国人手底下那帮办事的也不白吃饭，到最后不但他们的作坊一样得关门，咱们的差事也得丢了。我问你，是他的作坊重要，还是咱们的饭碗重要，人在矮檐下怎敢不低头。警察局长早就把这件事想透了，指着老警察就是一通训斥。

这么严重啊，我那一大家子还指着我吃饭活着呢，我可管不了那么多，先保住自己的饭碗吧。老警察吃了一惊，问题这么严重他确实没想到。

可是这话我真没法跟这位蔡先生说，不是咱们跟他们过不去，洋买办的后戳杆是美国人，谁惹得起呢？不想得罪美国人也不想在中国人面前认怂，只能这么跟他耗着拖着。局长向后躺倒在椅子上，委婉地说出自己的意思。

这话您是不好说，我出去跟他慢慢道出实情，也别老为难咱们了，让他自己个想辙去吧，谁让他一把火烧了美国人的屁股上，也该着他倒霉。老警察体会出局长的意思，是让自己跟蔡先生说明白，赶紧说出自己的想法，征询地看向局长。

我看行，你让他明白，咱们斗不过美国人，像他这样的开小厂子的中国人，这阵子倒闭得太多了，尽快把这事了结。局长腾地坐起来，指着老警察让他马上就办。

老警察出了局长办公室的门走到楼下，把蔡朝海拉到警察局外边悄悄地说，蔡先生，我实话跟您说，您这事没人敢办，您以为自己办个饼干工厂是小事，可实际上谁也不敢告诉您，您把美国佬的生意都顶了，人家能让您好过吗。美国大使馆给咱们商务部发了照会，这是美国人打了招呼，商务部直接打电话下的命令，咱们惹得起吗？那对咱们老百姓就跟一座大山一样，压在脑袋上谁能抬得起头，就类似您这样的小厂子，这阵子倒闭得多了去了。赶明儿就别来啦，再来多少趟也白搭。

蔡朝海这才明白过来，市场上的生意不是只要自己做好就行，铩了美国人的买卖，把官司打到了商务部，商务部都顶不住，老百姓就更没辙了。

饼干作坊一下子就垮台了。机器和房租的定金都收不回来，辛苦了一个多月挣的一点钱又都不见踪影，旧机器做了废铁的价格，仨瓜俩枣的钱就给卖了，剩下的那些面粉、果酱、白糖之类的东西一家人吃了好长时间，最后还剩了不少果酱都发霉变质只好扔掉。

失败给蔡朝武精神上打击不小，几年省吃俭用攒下来的百十块大洋，都打了水漂。

饼干工厂倒闭之后，虽然损失巨大，但是精神压力也没有了。两口子就靠买卖劈柴，炸开花豆、烤白薯等混日子。

同乐电影院也因世道混乱，经济不景气物价飞涨，没什么人来看电影，只好关门停业了。蔡朝武就到晓市上趸一点货，看见什么便宜估摸着好卖就买来，然后拿到大街上摆摊，赚点钱养家糊口。

买来蚕豆就炸成开花豆，拿出去卖，也买来一些烂木头，劈成比手指稍粗的程度，再截断到能生火的长短，论斤卖给周围的邻居，谁家没有劈柴生火，就到这里来买几块，也能赚点小钱。

每天晚上睡觉前，必须要商量的内容，就是明天能干点什么挣钱。

头天晚上商量好，第二天上晓市上看看，能不能趸点货来做生意，姚秀敏千叮咛万嘱咐一定要看准了货再买，千万不能砸到手里。

第二天在晓市上转了半天，蔡朝武突然发现一个卖苍蝇拍的，苍蝇拍是皮子做的拍面，拍面上冲出来一些长的圆的小孔，组成花朵的形状，皮面挺直质量不错。很多人老远一看货就走开了，根本就不往前凑。想一想也是啊，现在明明是冬天，没有苍蝇的季节，怎么卖得出去呢。蔡朝武拿在手里看了看，觉得很可惜不由得摇了摇头，就要走开。

那摊主好不容易看见了一个识货的人，心中暗喜，见他摇了摇头要走开，赶紧把他叫住。

二人交谈之后，知道这家工厂是一个汉奸的产业，汉奸被政府镇压枪毙了，工厂也被政府没收，只剩下仓库里的这些苍蝇拍，接收大员把工厂财产充公，也填满了自己的腰包，然后陆续把这些能卖的仓库存货都卖给了自己的亲戚朋友，让他们也发一点小财。本来十块钱的东西一两块钱就能买下来，再让他们卖出去，有很大的利润，自己也能得到一些口碑。

可是这苍蝇拍子质量再好，冬天也不好卖，摊主已经把心里的价格降低了好几次，在这里摆了好几天，只有很少几个人看货，可价钱都没连问，更不要说买货的了。看着一捆一捆装满一排子车的苍蝇拍，蹲在旁边干瞪眼，就是没人买，好不容易盼着来了一个识货的主顾又要走，他必须把他叫住，就算赔点钱也要把这一排子车苍蝇拍卖出去，在这个晓市上他已经耗得腻歪透了。

经过一番讨价还价，两块大洋买了一车苍蝇拍，还得给他拉到家里去。买到家之后，两口子商量着怎么才能卖出去，学着别人吆喝卖货的路子，费了不少劲编出了一套说辞，觉得很有说服力了，而且价格这么低，怎么也能挣到钱了。蔡朝武把编好的广告说辞背下来，又练习了好几遍，总算是熟练了。下决心豁出脸面连卖带吆喝，一定要把这一车货卖出去。

您瞧一瞧看一看啊，这种苍蝇拍子可真少见啊，真正皮面苍蝇拍，货真价实当场检验。这苍蝇拍有什么好处，告诉您吧使用十年不带坏的。一般的铁纱网做的苍蝇拍子，用上一年就不能用了，咱这个您使上十年八年的也绝对坏不了。花的钱贵不了多少，可是这一个顶十个，您要是使得在意一点，就算二三十年也别想用坏它。买了它就买了一个踏实，买了他就买了一个省心。买一个您就尽情地使，买两个这一辈子打苍蝇都够用了。快来买啊！过了这个村就没这个店，您到哪能买得到这么便宜这么好的苍蝇拍呢，咱们这是蝎子拉屎独一份，白屎壳郎找不着对，金刚钻包饺子——好的那叫钻心……

两个人把货拿一部分到街口摆摊，蔡朝武一边吆喝着招揽顾客，姚秀敏负责发货收钱，两人配合默契，几天工夫赚回来十块大洋。

姚秀敏冬天给人家做棉袄，夏天从早到晚干锁扣眼的活，不管什么地方只要有活干能挣点钱就干。为了多挣钱，接下了五家西服店锁扣眼的活计。夜里加班饭要是能有一碗片汤，绝对是很享受的事情，一般情况之下就是一个窝头和一碗青菜汤。路远的地方要是人家不管饭，就要自己带着窝头，等饿了就着一碗水吃下去，有时候狠狠心花上俩大子，路边吃一碗热豆腐脑，感觉很舒服。

姚秀敏常把柱子抱在怀里给他唱歌讲故事，所以柱子从小就喜欢唱歌也会讲故事。有一次母亲在锁扣眼，柱子缠着妈妈给他讲故事。

妈你给我讲故事吧。

给你，拿花生自己玩一会儿。妈妈拿了一把花生逗他玩。

花生有什么好玩的。柱子不喜欢。

花生好玩啊，我能从花生仁里面变出一个小老头来。

我才不信呢，花生里面没有老头。

我要是给你变出一个老头来，你就自己玩一会儿啊。

那好吧！柱子想看看妈妈怎么从花生里面变出一个小老头来。妈妈拿起一个花生仁，让他使劲吹了一口气，妈妈把花生仁掰开了。

你好好看看，是不是有个小老头，还长着两撇小胡子呢？

柱子仔细一看，好玩，真有一个长着胡子的小老头啊！

你要是对着每个花生仁都吹一口气，就能都变出小老头来。

真的啊？

你不信就试试啊！

柱子拿起一个花生仁，使劲吹了一口气然后小心翼翼地掰开了，果然也见到了一个小老头。于是这一下午，柱子就给这些花生仁一个一个地吹气，看看他们是不是都能变出小老头来，结果是把他们都变出了小老头。最后他不吹气了，再掰开几个看看，原来不吹气也能变出小老头，忽然觉得自己的本领很大！

后来很长时间，柱子都要给爸妈和来家里做客的人们，变出花生仁里的小老头，他们都夸他有本事，是一个聪明的孩子。

开春的日子，胡同里经常来一个卖折箩的，快到了吃饭的时候，就能听见一个大嗓门吆喝声，折箩噢——折箩噢——！胡同里的各家要买折箩的，就会拿着大碗出来，围着他买一碗拿回家去。

所谓的折箩，就是饭馆里客人吃剩下的剩菜汤，所有盘子里的剩菜都折到一起，再加点盐和白菜之类的煮一下，在灶火上见开之后装进一个大水桶里，提着到胡同里来卖，由于剩菜里有不少油水，再加上一般人家平常只吃咸菜，所以这种剩菜折箩大杂烩，就比较受胡同里穷苦人家欢迎了，价格也十分便宜，一个大子就能买一碗，只不过常能吃出牙签之类的杂物。卖折箩的生意的确挺好的，每天提着铁桶，铁桶上挂着一个大勺子，走过两三个胡同，一大桶剩菜折箩就卖光了。这几个胡同的老百姓也能吃到了一点油腥味，比只啃一口咸菜疙瘩味道强得多了。柱子看着别人家买折箩，不知道是什么好吃的东西，也缠着爸妈给他买，拗不过他只好买了一碗，拿回家又在火炉上煮了一会儿，才端下来给他吃，看他吃着窝头就折箩，吃得那么香，爸爸妈妈的心里真不是滋味。

转眼到了夏天，蔡朝武在路上看见个卖灯笼的小贩，买了一个灯笼又买了根蜡烛，回家把蜡烛点亮立在灯笼里，找来一根树枝挑起灯笼，递到儿子手里。他想起自己小时候，爸爸给他买灯笼玩的事。柱子挑着灯笼，在院子里转了一会儿，又到门口打着灯笼玩，一块石子把他绊了个跟头，爬起来灯笼已经烧着了，挑着烧毁的灯笼，嘴一咧哭着回家了。蔡朝武新买的灯笼还不到五分钟，就让儿子烧坏了，看着柱子满脸的泪水，掏出手帕擦干净，摇摇头笑了。

别哭啦，烧就烧了吧，赶明儿再给你买一个新的。心里想着打着灯笼还让石头绊了跟头，准是跟他小时候一样，看着灯笼却忘了看路。

听见有人敲门，蔡朝武把院门打开看见姚禄华坐在门口。

您怎么上这来了，钱跟干粮不是给您送去了吗？家里一直都是把钱和饭菜送到他抽大烟的烟馆里，从没耽误他抽烟和吃饭，很奇怪他怎么会坐在家门口。

我病了，跑肚拉稀，你扶我进去。姚禄华有气无力地抬起头，又伸出一只胳膊，让他搀扶着自己。

秀敏，爸爸病了，到家里来了。蔡朝武把姚禄华架起来，搀扶着进了院子。

是么，快进屋里来吧。姚秀敏想让姚禄华到屋子里休息。

不用，我身上脏，在院子里待着就行了。唉，好汉架不住三泡稀，这刚拉半天，就给我弄得眼扣腮际瘟浑身没劲，实在难受。姚禄华似乎感到自己的日子不久了，不想再祸害他们俩。

您还是进屋吧，俩人都往屋里搀扶他。姚禄华居然站着两条腿都打晃，还想让他进屋里休息。

我说不用就不用，这会儿都夏天了，你在墙根那儿给我搭一个挡雨棚子就行了。你们已经四五口子人了。姚禄华坚持不进屋，现在他都嫌自己脏。

您不是病了么？怎么能让您住院子里啊。

我说住院子里就住院子里。

俩人拗不过他，拿了一把椅子让他先坐下，然后给他在南墙根用油布搭了一个小棚子。棚子下面放了木床板和棉褥子，然后扶着他躺了下来。

找来大夫给他诊治，说是烟后痢疾，不治之症，准备后事吧！

您想吃什么？我们给您买去！俩人问姚禄华。

小病我知道，肚子疼是屎憋的，脑袋疼是鬼捏的，我这回绝对不是小病，甭费那事了！有什么给我一口吃就行了，少吃点还少拉点呢。

拿了一块贴饼子，姚禄华吃了两口，就不吃了，说是咽不下去。

给您再买一口大烟去吧！想着可能抽最后一口，就给他买来一块大烟。

点着了之后，放在他嘴边上，他闻了闻说，我不想抽了，一口也不想抽了，我有点冷，你们俩把我扶到太阳地里吧。俩人抬着床板，把他放到太阳地里。

这可就暖和多了。我像猪一样活了这么些年，有工夫我得看看那个姓郑的王八蛋去！姚禄华感觉寒冷的身上暖和了一点。

那就在这晒一会儿太阳吧。姚秀珍给他端来了一碗水，喂着他喝下一些。

好歹我总算活到四十岁，虚岁就四十一啦，比你妈还多活了七年呢……往前一步赶上了穷，往后一步穷赶上，不往前也不往后，就正好掉进穷窟窿，这几十年活得真窝囊啊……唉，大丫头，我对不起你啊……姚禄华睁大眼睛最后看了看眼前的几个亲人，长叹了一声，就闭上了眼睛，咽下了最后一口气。

姚禄华毕竟是这家里的长辈，殡葬等后事也要张罗一番。蔡朝武买来一口棺材，用黑布套在几个人的胳膊上，把白布做成孝帽和腰带，又买了几刀草纸剪成纸钱的样子，在一个瓦盆里烧了。拿出一套半新的衣裤，几个人七手八脚给姚禄华换上，姚禄华身上发出的馊臭味，呛得几个人几乎呕吐。捏着他换下来的旧衣裤，拿到街上烧掉，一路走过去，那衣裤上的虱子打成了蛋，一团团地往下掉。

看到姚禄华已经瘦成了一把干柴骨架，想起这个人的一辈子，从小不学无术，后来是自己任性一事无成，再后来抽大烟到抽白粉，身体这么好脑子也不笨，这辈子居然活成了个废物，对任何人没有一点用处，对他最好的形容词也就是一个造粪的机器。

王德山找来几个人帮忙把棺材抬到马车上，要拉往城外的坟地，出发前有人问，这家主有没有儿子打幡招魂呢!?

他没有儿子，不用打幡了吧？蔡朝武想尽量快一点儿把棺材拉到坟地，说好点入土为安，说得不好听就是埋了拉倒。

没儿子女儿打幡也行啊。那人还把准备好的一个白纸幡递过来，很尽职尽责，想把事情办圆满一点。

那我给爸爸打幡吧。姚秀珍走上前接过那个幡，就要走到车前面去。

蔡朝武见了一步迈到她前面，把幡抢到手里，在马车的前面找到一个板缝，把那个幡插进去，拧了几下看着结实了才放手。

二妹，你不用给他打幡，咱们都对得起他，让他自己给自己打幡吧。蔡朝武看姚秀珍有点不解，也怕吓着她，就低下头来和声细语地说了一句。看她也明白了自己的意思，蔡朝武就让她坐到车上。

然后对那个人说，小鸡不尿尿，各有各的道，今儿个这丧事您就听我的吧。

几个人把棺材送到坟地埋葬了。

大栅栏临汾会馆的账房郑先生，就在姚禄华去世的那天总觉得有人跟着他。明明是大夏天，他却总觉得身上发凉，一身的起鸡皮疙瘩，不停地打哆嗦。左看右看地找身边的人，跟别人说他觉得身边有人老跟着他，大伙说哪有人啊，没人跟着您。

谁说没人，我怎么老听见姚禄华跟我说话。郑先生心虚的满脸煞白，说话的声音都发着颤音。

我们这么老些人，都没看见有人，大伙蒙您干嘛啊。众人你一言我一语地敷衍着他，都有点鄙视这个心地不善的账房先生。

我真的听见那个姚禄华在我身边，没完没了地骂我，怎么就看不见他呢？郑先生一双手在身边使劲地拍打划拉着，似乎要把那个声音赶走。

大伙看着他那个样子，觉得这个人的神经不正常了，互相议论着他是不是得了疯魔病，也许是神经病，还有人怀疑他是干了缺德事，得了报应。

郑先生这时已经听不见大家伙的议论，只听得见姚禄华对着他不停地骂。最后一边打着自己嘴巴，一边骂自己说话太损，办事缺德，往后一倒，死了。

几天之后的晚上，蔡朝武躺在床上逗着柱子玩，忽然长叹一声，唉！

咱们要命的不吃犯法的不做，你守着老婆孩子，安心居家过日子，叹什么气啊？姚秀敏不解地问他。

俗话说，"不当家不知柴米贵，不养儿不知父母恩"，有了儿子之后，才真正体会到了当年父母的不容易，这些日子总梦见我爸和我妈。前两天有人跟我说，他去天津办事的时候，在劝业场那边的街上，看见一个老太太特别像我妈。你知道吗，有一种草药叫"隔夜找娘"，你把它砍断了，只要不把断枝拿走离开本体三尺以外，断口处相连像藕那样的细丝，一晚上的工夫就能拉回来重新接到母体上，所以叫"隔夜找娘"，这是一种非常好的接骨续筋药，就连草木都知道找娘何况人呢。蔡朝武深有感触地说出了心里话。

也是啊，咱妈往前走这一步有多少年了？姚秀敏想到没见过面的婆婆，只听说过又嫁人了，却很少听蔡朝武提起有关婆婆的话题。

猪店破产那年我十五岁，今年我三十二岁，整整十七年了……蔡朝武算计着年头，也为时间过得飞快有点儿感慨。

一晃这么多年了，也不知道老太太日子过得怎么样？姚秀敏听到男人的话，也感到了日子在不经意间已经过了这么久，自己是没有爸妈的人了，要是婆婆还在世，两口子也应该尽点孝心。

是啊，这么些年活得也不容易，现在好像缓过一点儿气来了，我还记得我妈做的小点心，我们小时候就爱吃那些点心，一辈子也忘不了，听见有人看见我妈了，真有心上天津找找去，甭管多大岁数，有个妈也好啊。蔡朝武真想把母亲找到。

天津卫那么大能找得着吗？姚秀敏除了跑买卖去过一趟张家口，为家事所累，一直就没出过远门，所以有点担心。

天津离北平不远，你甭担心害怕的，我是记得不太清楚了，但是前些日子问过舅舅，那个田景民也是做猪店生意的，要是按照这条线去找也许就能找到。蔡朝武先打消了女人的顾虑，又说出了自己的想法。

说的也是，没妈的孩子像根草，没人疼没人爱的日子过得太难了，我总算是有了自己的家，有了你这样的男人，日子才过得有了奔头。姚秀敏想起了妈妈三十多岁就因病去世，自己年纪轻轻就没了母亲，心里也不免有点难过。

我再攒点钱，好好准备准备，再买上几块布头一路卖着，没准就找着了呢！蔡朝武琢磨着怎么才能了结这个心事。

说是准备其实也没什么，到大栅栏的绸布店，找到经理买了一些便宜布头，带了一点钱和干粮就去了天津。

找到了劝业场之后，就在四处的大街小巷一边卖布头一边找老娘，逢人就打听认识不认识一个姓田开猪店的老人，他老伴是一个北京来的老太太。一天又一天过去了，布头卖光了也没找着，卖布头的钱花光了还是没一点儿消息。

这天正坐在路边啃一块贴饼子，六七天没吃好睡好的蔡朝武人瘦下了一圈，胡茬子长得老长，眼睛盯着面前走过的每一个老太太，希望运气好找到自己的母亲。

这时过来一个五六十岁的老人，一身老派打扮，穿着长袍马褂，头戴一顶瓜皮帽，帽子上镶着一块碧玉，一双老头鞋八九成新，看穿戴就是有身份的人。方脸大眼很精神，下巴上留着一绺山羊胡，微笑着走到他跟前，看着他狼狈不堪的样子，稍微摇了摇头。

我说，小伙子，你要找的人还没找着吗？

是啊！大叔，还没找着呢。蔡朝武赶紧站起身，使劲嚼吧几口，咽下嘴里的那块吃食。很有礼貌地向老人点头哈腰地打招呼。

看这样子你是还没吃饭呢，我家离这不远，上家歇一会儿喝口水嘛的。老人诚恳地邀请着他，指了指自己家的方向。

那敢情好，谢谢您啦！蔡朝武正吃得口干舌燥想喝水的时候，听得老人邀请赶紧抱拳作揖表示感谢。

二人边走边聊着这些日子蔡朝武在天津走过的地方，最后问他如果还找不到，是不是打算回北京。

这些日子我省吃俭用的，还是把钱都花光了，留了这两块钱是最后的路费，实在找不着就只能回北京了。蔡朝武实话实说，满脸疲惫和无奈。

到了老人的家里，独门独院的二进四合院，干净整洁透出殷实的家境。老人把蔡朝武让进客厅坐到桌子旁边，从偏房里拿过一把茶壶，亲自给他倒上一杯热茶。

小伙子，你慢着点，喝完还有，这几杯水我还是请得起你。看着蔡朝武端起茶杯就喝，不禁笑起来。

您不知道，我真是渴坏了。把嘴里的一口热茶咽到肚子里，蔡朝武略感尴尬地抬起头。

看得出来你是真渴了，慢慢喝别着急，我干脆给你弄一碗热汤面去，你好就着吃贴饼子。说完转身出了客厅，不一会儿端过来一碗热气腾腾的汤面。

哎哟，谢谢，谢谢！您真费心了。蔡朝武赶忙起身弓着腰，双手比画着接过汤面，碗一放到了桌子上，赶忙深鞠一躬表示感谢。

一碗汤面而已，不用客气，你慢慢吃，不够还有啊。老人满脸带笑的，坐回自己的椅子上。

行！我听您的。蔡朝武这时已经顾不得再客气，为了省着点花钱，好几天都没吃上这么一口有滋有味的东西了。

小伙子，我多问你两句啊，你来天津找人，到底找的是什么人啊？老人一边喝着自己手里的茶，一边慢条斯理地跟他聊起天。

我找的是我母亲，我亲妈。十七年前家里遭了大难，我母亲一个人嫁到了天津，打那时候起就再也没有音信，我现在也成家立业了，前些日子有人说在这片看见了我母亲，我就活动心思想来找找，没想到这么难。蔡朝武一边吃着，一边回答着老人的话。

你怎么称呼呢？家里还有什么人呢？老人不慌不忙就像聊家常似的。

我姓蔡叫蔡朝武，家里就是我媳妇、我儿子和一个妻妹。

你也算是老北京人了，还有不少亲戚吧？

我是老北京，出生在东四牌楼那边，我还有一个弟弟叫蔡朝海和一个舅舅。

你们哥俩跟你舅舅也挺好的吧？

我们哥俩从小跟着舅舅过日子，现在也都长大了有了自己的家，舅舅虽然年纪大了点，身子骨还挺硬朗。

说到这里似乎听到偏房里有人憋闷着哼声，不由地抬起头两只眼看着老人，似乎在询问这是什么声音。

那是我老伴，这几天身上不舒服，难受咳嗽，怕影响你吃饭，憋闷着不出声，没事，你吃你的。老人解释了几句，转头向着里屋说，你要是咳嗽就咳嗽出来，不用憋闷着，人家小伙子不会挑眼，没关系的。

唉，就为了找母亲，大老远的你受了多少罪啊！你也真是个孝子。老人看着他吃一口贴饼子再吃一口热汤面，吃得很香的样子，流露出怜悯的目光。

我倒是想尽孝，可是父亲去世母亲也找不着，怎么尽孝啊？我一想起这事就发愁，心里头就像长了二十五只耗子——百爪挠心啊。蔡朝武三口两口吃完了热汤面和那块贴饼子，把筷子放到了碗上。

先把碗放到一边，咱爷俩聊一会儿天。老人示意他把碗放到一边，又要给他倒茶水。

我来，我自己来。蔡朝武赶紧接过茶壶，先把老人的水杯倒上茶，再给自己倒一碗。

这世上的事情，都有因果，谁也不知道能遇见什么事。遇见好事咱们就受着，遇见难事咱们就忍着。日子长着呐，千万别想不开。

您说的是，我听您的。

你要是真听我的，我劝你别找了。你母亲在天津，可天津地界大了，找个人就跟海底捞针似的，找得着是你的命，找不着也得认命。

是这么回子事，我这身上也没几个钱了，再不回去连坐火车的钱都得花没了，也只能先回北京去了。

看你是个孝子，听你这么一说，我这心里也不大老好受的，我是个生意人，家里有俩闲钱，为你这一片孝心，奖赏你俩钱儿，钱虽然不多，只是表示我的一点心意。老人说罢伸手排出十块大洋钱，放到桌子上用手推到蔡朝武面前。

哎哟，这是怎么话说得，我哪能要您的钱呢？蔡朝武吃了一惊，赶忙起身双手推回那十元钱。

你看啊，你比我的孩子大几岁，我看你的样子就像看自己的孩子，但是你的孝心让我很敬重，我是做生意的，所以这手里还有俩钱，你就别再推辞了，再推辞就是嫌钱少打我的脸了。老人说完把脸一沉，满脸的笑容一时消失得无影无踪。

行，行，您别生气，我收下，可是我没什么谢谢您啊。蔡朝武担心老人生气，赶紧把钱拿起来收到口袋里。

我用你谢什么啊，这俩小钱在我这不算什么，你这一片赤子孝心，我是敬重你这个人的人品，小得溜地帮你一把。

那就谢谢大叔了，我还不知道您的尊姓大名呢。蔡朝武很有礼貌的把手一拱，很想知道老人的姓名。

你这就有点过了，小伙子，施恩图报非君子，这事只能说咱爷俩有缘，再多说就没意思了。老人示意他喝茶。

蔡朝武只好端起茶杯，继续慢慢喝茶。

你也出来好几天了，再找下去估计家里人该不放心了，我劝你回去吧，再这么耽误几天，说不定你也要闹病了。

您说的对，我是得回去了，找了这些天真是精疲力尽。

面条吃完了，茶水也喝了，我这儿就不留你了，若是有机会再到天津来，就到这做客，没别的，喝碗茶水吃碗面条什么的，没问题。

那我就走了，真没想到给您添了这么大麻烦……大爷，多谢您了，回见！

又客气起来了，再这么客气下去，就没完没了啦，你回吧，我不送了。老人摆摆手，意思是让他赶紧走。

老人看他走了，又走到大门处往外看了一眼，若有所思地摇了摇头，回到客厅时只听得偏房里，一个老妇人痛哭失声。

老人站在客厅里听了一会儿，慢慢走近去劝道，儿子也见到了，俩儿子都长大成家了，你弟弟也挺好的，哭一会儿就行了，时间长了伤身子，别哭了啊。说不定没多久他还来天津，也许还会来咱家，那就能再见见他。

我对不起他们哥俩，也对不起我那苦命的弟弟，更对不起卖了的那俩孩子，是我把亲生的孩子给卖了，我没脸见他们啊！老妇人勉强止住了眼泪，抽搐着说着。拿起刚才堵住嘴不能哭出声音的毛巾，擦着流不完的眼泪。

蔡朝武告辞出了门，离开家一个多礼拜，他也想家了，二话没说到火车站买了车票，回北京了。

回家之后慢慢把这次去天津找母亲的经历说给大家听，说到一个老头请他吃喝还送钱的事情，几个人都感到很惊奇，最后的结论是孝子出门遇见了善人。

⑲ 北平解放

1949 年北平解放之前，解放军围住了北平。很多房子没人住，是有钱或者当官的人家，携家逃出了北平，把房产扔在那里不管了。于是扒倒一些搬空了的房子，用那些房砖加固城墙。

已经升为巡长的杨老三按照指令，要求老百姓参加城防建设，天天在胡同里挨家挨户地叫门，逼着每家都派人加固城墙。

带烙饼和洋锹洋镐，上城墙啦！保卫国家，保卫京城啊！

给谁干活都得给工钱，不给工钱也管饭不是，凭什么给他们干活还得自己带干粮啊？

修城墙是给谁干活呢？白干活还要自己带烙饼。

你们家有烙饼啊，我们家早就吃不上饭了，连窝头都没有，还烙饼呢。

外边的是八路军还是解放军，都是中国人吧？国军在里边是中国，他们进来还是中国，我保的哪门子国啊？

我告诉你啊！莫谈国事，知道吗？杨老三的锐气早已不如从前，尽量和声细语地说和大家。

修城墙是不是国事，国事不能说，就让干是吧？说都不许说还干什么啊？

能干多少就干多少，少说两句吧。杨老三敷衍着，尽量不惹是非。

刚开始还有一些老百姓被喊出来干活，无论是扒房子还是搬运房砖，边干活边发牢骚。

在扒那些搬空了的房子的时候，蔡朝武发现米缸的周围有些散落的米粒，这可是好粮食啊，家里正好没米下锅呢，灵机一动趁人家不注意，就到处找这些散落的大米，看见散落在地上的粮食，就非常细心地扫起来拿家里去，除了一些大米之外，还能找到一些其他粮食和油盐酱醋之类，不仅自己能吃，还给了邻居一些，救助了不少人。若是找到了那些富人逃跑时扔下的旧衣服，也会送给那些缺衣少粮的人家。

胡同里住的一个邻居女人敲门进来，叫姚秀敏带着孩子到她家坐坐，说想跟她聊会天。姚秀敏抱着孩子跟她出了门，到了她家看见屋里坐了十几个街坊四邻的妇女，在那喝水聊天的很是热闹。

见到姚秀敏进来了，中间一个留着短发的女人赶忙站起来，请她坐到炕沿上，还给她倒了一碗水。邻居大声说，今天我的这个大姐是从城外来的，让我把大家伙叫到这来，想跟大伙聊聊天。

狗蛋，小丫，你们到院子里玩一会儿去吧。短发女人把儿子和这家的女孩都放到院子里玩，免得在这里打搅大家。

狗蛋和小丫到院子里一边跑着一边笑，后来在墙角抓到了几个蛐蛐、油葫芦之类的，装到一个瓦罐里，用木棍逗着玩。

屋里的妇女们听说这个女人是从城外来的，马上安静下来，都知道城外已经让解放军包围了。

短发女人对大家笑了笑，把头发往后一抿，大大方方地对大伙讲起了新闻时事。

大伙都知道，京城外已经被军队包围了，这个军队就是原先的八路军，是咱们老百姓的队伍，现在叫解放军。为什么叫解放军呢，就是要把咱们这些穷苦的老百姓，从旧社会的苦日子里解放出来，消灭国民党反动派，让那些原先骑在我们头上作威作福的坏蛋，再也不能欺负我们，穷人要当家作主，永远不会有吃不饱穿不暖的苦日子，新中国成立之后要人人有活干，人人有饭吃有衣穿。

这几十年毛主席和共产党，带着我们的解放军，从南到北从东到西跟日本鬼子和国民党军队打仗，目的就是让所有的工人、农民还有所有的穷人，都过上好日子。

新中国成立后男女平等，干一样的活就要挣一样的钱，不许男人随便打自己的老婆，赌博、娼妓和抽大烟、白粉都要坚决禁止……

院子里，狗蛋和小丫正在玩耍，狗蛋问小丫你会唱歌吗？

我会唱歌呀，我给你唱一个吧，我这个心里头一大块，左推右推就推不开，怕生病偏偏又把病儿害，无奈何只好请个医生来。

　　……小丫已经很久没人跟他一起这么快乐地玩了，和小哥哥一起玩得很开心，就给他唱了一首歌，轻声细语软绵绵的。

　　你唱的这是什么歌，心里有病了还唱歌，我没听过，不好听！狗蛋从来没听过这样的歌，觉得很没意思。

　　我还会唱，春季里来百花香，浪里格朗里格朗里格朗，和暖的太阳当空照，照到了我的破衣裳……

　　小丫摇头晃脑的又唱了一个，逗得狗蛋哈哈大笑。

　　哈哈，破衣裳也能唱歌，真逗。狗蛋前仰后合地大笑不止。

　　你甭笑话我，那你会唱歌吗，我都唱了两个啦，你也唱一个吧。

　　我会唱的歌，都是我们那儿的大人小孩都会唱的，大伙开会的时候一起唱，可带劲了。狗蛋觉得唱歌也要唱带劲的歌。

　　短发女人正说着，突然听见外面的狗蛋奶声奶气地大声唱起了歌。

　　八路好八路强

　　八路军打仗为那桩

　　八路军八路军打仗为老乡

　　日本鬼子欺负咱们八年整

　　八路军来帮助咱们

　　打虎狼打虎狼……

　　别人还没听清唱的什么，短发女人赶忙跳下土炕，三步两步奔到门外，看见自己的儿子和小丫坐在大门的门槛上，儿子摇头晃脑地唱着歌。赶紧捂着嘴把他抱回家里。

　　在这儿现在不能唱这个歌，知道吗？短发女人松开了捂着儿子嘴的手，低声严厉地训斥着狗蛋。

　　是妹妹……让我唱歌，我就唱……给她听的。狗蛋已经吓得面无血色，结结巴巴地解释着。

　　这个歌现在不许唱，什么歌也别唱了，知道吗？短发女人放低声音，态度和蔼地慢慢说着，她也怕吓着孩子。

　　知道了……男孩不知所措连连点头，短发女人放下孩子，又接着给大家讲起来。

　　毛主席是我们的领袖，领导的共产党八路军是革命的队伍，就是要革掉那些地主老财、欺负穷人、压迫穷人的资本家和富人的命，实现人人平等，人民当家作主翻身过好日子，眼看北平就要解放了，全国也快都解放了，告诉你们的男人，别为国民党反动派的军队做事，欢迎解放军进城，解放军进城穷人就都解放了，才是穷人老百姓的新天地。

姚秀敏和这些妇女们，虽然一时听不懂这些革命道理，但是对于要翻身过好日子的话语，一下说进了她们的心里，这日子过得太难了，什么时候才能不愁吃不愁穿地过踏实日子，大家已经盼了几十年了。

姚秀敏看着那个短发妇女，觉得很亲切，就问她，这位大姐，您也是八路军吗？

我也是，原先叫八路军，现在都叫解放军了。短发女人对她很亲切。

对，您刚说完我就忘了，是解放军，可是现在都封城了，谁都不许进来出去，您怎么能进来的呀？姚秀敏觉得这件事挺奇怪的。

妹子，这你就不知道了，北平的确是封得很严实，但是这么多人还在城里，要吃饭吃菜吧，这么些日子要是没人往城里运菜运粮食，老百姓怎么活呀？这就有一条道，必须开通着，保证老百姓的正常生活，我就从这条道进来啦。短发女人笑着把事情给她解释了一下，也让大家打消了顾虑。

这位大姐，我怎么觉着越看你越眼熟，好像从前见过似的。

是吗，可能是我也出生在北京，行动说话都带着咱们老北京的味吧。

看得出来大姐是北京人，说话的口音一点儿也不差，您在哪儿出生的呀？

我老家是在前门外大街，我出生在廊坊三条，你们都知道那儿吧。

我出生在大栅栏临汾会馆，后门就是廊坊三条，有一个姐姐叫明云跟我特别好，我的名字还是她给起的呢。

我就是明云啊，你是……姚秀敏……没想到还能碰见你……

明云姐，我是秀敏，我越看越像你，就是不敢认。

秀敏，你也长大了，越变越好看，这些年你过得好吗？

你走了之后，我被逼得差点死了……后来结婚了，就搬到这边住来了。

这一晃七八年了，那年我跟几个同学出城投奔了八路，现在是解放军，现在全国都快解放了，因为我是北京人，所以就派我进来先跟咱们老百姓聊天，让大家伙都知道我们是什么样的队伍。

我见过八路军首长，前年国民党兵在城里抓他，就是藏在我们家躲过去的，后来跑出城了。我男人给解放军运过好些货呢，都是押着汽车运过去的，碰见过那个首长，首长还说他对革命有功呢。姚秀敏听得真切也很激动，毫无顾虑地对她说着。

真的啊，那你们家的确对革命有功啊，你也来帮我们工作吧。听她这么一说，那个明云特别亲切地过来拉着她的手。

明云姐，我不会做什么工作，也不认识字，姚秀敏老老实实地回答。

这样吧，如果有力所能及的，您要是有空就来帮帮我们行吗？明云想了想，爽朗地对她提出了一个要求。

那行，有事了您就叫我吧。姚秀敏感觉自己在这群妇女中很有面子，痛快地答应了。

你的胆子挺大的，我们解放军是共产党的队伍，你就不怕坏人告发你通共吗？明云很欣赏她的勇气，干脆把话挑明了说。

明云姐你是解放军，你都敢进城来找老百姓，告诉我们这些事，我还怕什么呢？再说了，就我们这条胡同里，除了里长徐文良是坏人，剩下的全是好人。我连徐文良都不怕，别人就更不用说了啊。姚秀敏痛痛快快说了一番话，很有女中豪杰的气概。

是，她在我们胡同是有名的厉害女人，从来没人敢欺负她，她也从来不欺负别人。一屋子的人都说她是个厉害女人名不虚传。

北京也快要解放了，最后我给大家唱一个歌吧，等解放了大家伙一起唱，这歌要一边扭秧歌一边唱，我小声一点儿啊。

解放区的天是明朗的天，解放区的人民好喜欢，民主政府爱人民呐，共产党的恩情说不完呐，呀呼嗨嗨伊呼呀嗨……明云一边扭着秧歌一边唱歌，那气势和自信的感觉，这些女人从来没见过。姚秀敏感觉屋子里都似乎更亮堂了，这回可算是长了见识。

最后明云教大家认几个字"解放了，天亮了"。就这六个字也有人怎么也记不住，一个女人说自己是属耗子的，撂爪就忘。另外几个女人也笑着说她，干什么活都一样，是一个整天大大咧咧丢三落四的刺胡屁。

用了很长时间，不管会不会写，大家至少都认识了这六个字，一遍又一遍的反复读着，慢慢记到了心里。这是姚秀敏除了爷爷姚复臣的名字之外，记得最清楚的六个字。

这些女人回家之后，把明云的话告诉了自己的男人，在这之后就没什么人去做苦力加固城墙或者挖战壕，就连晚上巡夜都没人去，躲到附近的树林，或者人烟稀少的地方，天安门东面的太庙，就成了很多人躲劳役的好去处。

姚秀敏跟蔡朝武说起了明云的一些往事，没想到明云也成了解放军。从此蔡朝武留起来了胡子，走路也弯着腰，步子迈得小，走路慢，像个老弱病残的样子，每天去太庙躲着，找人下棋或者在地砖上练字。她自己在家里找点事挣钱吃饭混日子。

到了太庙练习写字，也就是抓一把破麻，在一根棍子头上捆成一团，提着铁桶在金水河里打点水，用沾了水的麻丝笔，在地上的砖上写大字。时常会走过来几个人围着看，也都是化了妆躲拉兵的，一起谈论起来。

您这字写得真不错，一看就很有功力。

唉！没有进项这日子都难过，吃了上顿没下顿，谁也别充大尾巴鹰。

躲到这儿写写字，省得在家躲不开，非得拉着给他们修城墙去。

一个不留神让炮崩着，要不然挨了枪子，可就倒霉了。

修城墙是为了谁呀？说是保护老百姓，谁用他保护啊。

北京城可是一座古皇城，大炮弹飞进来一轰，那不全玩完了。

听说要谈判不攻城，只要是国民党投降了，就打不起来。

听说共产党是穷人的队伍，为了穷苦老百姓打天下，之所以叫"解放军"，就是要把我们从吃不饱穿不暖的苦日子里解放出来。

要真是这样，早点打进来才好呢！

我可听说了……

一九四九年初，终于盼来了北平的和平解放。老百姓这种苦海无边，暗无天日的日子也终于熬出头了。人民解放军浩浩荡荡地开进古城，"解放了，过年了！""解放了，天亮了！"成为那年北京市民的流行语，敲锣打鼓扭秧歌成了全民参与的盛事，以至红绸脱销、鞭炮告罄。

全市人民敲锣打鼓放鞭炮，上街游行庆祝，热烈欢迎解放军进城。开国大典，毛泽东主席在天安门城楼上向全世界宣告：中华人民共和国成立了，中国人民从此站起来了！很多人家里都贴上一张毛主席像，放在北墙下面，坐北朝南的正位上，点好三炷香，有粮食的家庭供上一碗米，没有米的供上三个窝窝头，穷的没饭吃的家里也供上三碗水，磕头作揖地请毛主席保佑人民吃饱穿暖，从今往后能过上好日子。

蔡朝武说，这一解放，我觉着喘气都痛快多了。姚秀敏觉得终于盼到天亮了。

吴刘氏在新中国成立后登记户口的时候，给自己起了一个名字叫刘金荣。

姚秀敏曾经带着孩子回到她出生的老地方大栅栏，看看临汾会馆和同乐电影院周围老街坊，大家都为她高兴，无论生活怎么艰苦，她都挺过来了。一个女孩在那么艰难困苦的条件下，自律要强努力生活，严守自己的做人底线，不往歪道上走，是那个污浊社会底层的一小股清流，无人不佩服。后来参加了街道工作，为附近的老百姓组织开会学习，帮着大家解决一些生活上的问题，多次被评为街道工作积极分子。

茅玉林因为会开汽车，顺理成章地进了公交行业，成了一名公交司机。姚秀珍也参加了街道新成立的托儿所工作，给那些参加工作的年轻父母，减少了生活负担。虽然自己并没有亲生的子女，后来从小叔子家过继了一个男孩子，弥补了精神上的一点缺憾。姚秀珍善良能忍让，很多时候都能为别人着想，虽然自己并不十分富裕，依然爱帮助别人照顾他人，所以无论是工作的单位还是左邻右舍，对她的人品都是一致好评，在砖塔胡同也多次被评为街道积极分子。

有一天早上，蔡朝海拿着一张报纸，来到了哥哥蔡朝武家，进门就说，哥，您看看这张新报纸，好像是妹妹找咱们哥俩呢。

我看看。蔡朝武听了一愣，把报纸夺过来。

还真是的啊。她说她姓蔡，大名叫蔡惠清从小被卖到了这家，记得有两个哥哥，印象中二哥的脸上有一块胎记。蔡朝武看完报纸之后，越想越觉得这的确是妹妹登报找他们哥俩呢。

这就是咱们的小妹啊。蔡朝海早就觉得这是妹妹的消息，才拿来给哥哥看的。

哎，报纸上除了说有两个哥哥之外，只对你脸上的胎记有印象，她怎么不记得我呢？蔡朝武觉得自己也应该给妹妹留下一些印象。

那时候她还小，我跟他一块玩的时候多，再说小时候一块玩，她老用手抠我的胎记。蔡朝海提醒了哥哥一句，尤其是胎记的印象，他想起了妹妹爱用手抠的细节。

是这么回事，我去念书的时候，就你俩在家一块玩。蔡朝武也想起了小时候弟弟和妹妹在一块玩的情景。

咱们怎么办？蔡朝海见哥哥一直在回忆，马上提醒他。

那还用说啊，赶紧打个电话问问，问清楚了就过去找妹妹啊。蔡朝武也回过神来，叫朝海去打电话。

好，我先去打个电话，朝海说完就转身出去了。过了一会儿拿回来一个纸条，纸条上写着妹妹的住址，递给了哥哥。哥，没错了，是妹妹找咱们，这就是她家的地址，让咱们下午就过去。

二人在家里匆忙吃过饭，赶到了妹妹家。这是东单骑河楼胡同，渤海大饭店，这个饭店就是妹夫家的产业，他们一家人也住在这里。除了渤海大饭店，妹夫家还有几个茶叶铺等等其他产业。没料到妹妹家这么阔气，兄妹三人见面之后泪流满面，互相问起这些年的日子，唏嘘不已。

妹妹蔡惠清被人贩子买走之后，卖到了这个杨老板家。长到十岁左右开始当使唤丫头，没料到长到十五六岁之后，居然出落得大眼睛小嘴巴高鼻梁，圆圆的小脸唇红齿白，细嫩的皮肤吹弹得破，眉清目秀顾盼生辉，身材模样出落得无人不夸无人不羡，老爷顾不得全家人反对，坚持把她收为二房。头房妻子也知道自己年纪和相貌都远远无法和这个从小在家里长大的使唤丫头相比，无论用什么办法也打消不了老爷的决心，抵挡不住这个女孩地位的上升，要想保住自己的身份和物质享受，只好应允了这门婚事。

蔡慧清被收房之后很得专宠，杨老板整天把她捧在手心含在嘴里，生活倒也过得很滋润，她前后共为杨老板生下了三男三女六个孩子。性格温顺活泼开朗的蔡慧清，对家里所有的人都亲切善良，无论是对大房还是大房的孩子，她都尽心尽力地照顾和疼爱，使得全家上下连仆人在内都很喜欢她。那头房妻子虽然保住了名分和地位，物质享受一点也不比从前差，但是精神上的孤寂和心理的怨恨，没有几年就把自己折磨得去世了。

新中国成立后，根据政府的政策和要求，除留下给杨老板在北京西四东面一座二层小楼房为自家十来口居住之外，其他的所有产业全部上交。蔡慧清也参加了街道工厂的工作，这个街道小工厂是金星钢笔厂的街道分厂。

蔡慧清几经社会变迁和动乱，沉稳的心理素质和开朗的性格，使得她对眼前的各种精神和物质变化都看得很轻，随遇而安不起波澜，一直活到了二十一世纪，享年九十八岁才去世。几个孩子倒也聪明伶俐，除了小女儿在"上山下乡"中身体受伤，后来再也没有参加工作，其他几个不但上学时成绩出类拔萃，在工作的岗位上也都是担当重任的顶梁柱。

姚秀敏结婚六年后，曾经抱着柱子去虎坊桥帐捶营胡同，看望昔日老街坊时，听他们说曾经有一个年轻的解放军，到这里打听过蔡家人的去向，可是谁都说不清楚就只好走了，后来就再也没回来过。

推断起来，这个小伙子很可能就是猪店破产的时候，蔡吕氏卖给别人家最小的那个男孩，算起来应该是十九岁。长大以后他从收养自己的人那儿，知道了自己姓蔡，也知道了当年他被卖的地点，东四的猪店附近。不知费了多少千辛万苦，才找到了大栅栏和帐捶营胡同，可惜就差一个环节，没能找到蔡朝武从帐捶营搬到一机部筹备组的地址。

蔡朝武结婚的时候，石头舅舅把自己的棺材本都拿出来，凑够了结婚用的各项花销。新中国成立后社会物价平稳低廉，蔡朝武慢慢攒了一些钱，给石头舅舅买了一口上好的新棺材，放在他睡觉屋里的土炕边上。看着这副崭新还发着木头味道的新棺材，原先担心没有子女，怕两旁世人会把他扔到乱葬岗子，这下放心了，睡觉都踏实了。每年都买一桶油漆，给那棺材里里外外刷一遍。到后来日子越来越好也越活越精神，居然记不清已经刷了几遍油漆，反正是越刷这棺材就越黑漆锃亮。小屋里装上电灯之后，墙上又刷了几遍白灰，一下子就亮堂多了。从旧家具市场上挑了一个小桌子和两把小椅子，也用油漆刷上见了新。

石头舅舅买了一辆新的小竹推车，每年都做一身新衣服，也买一套新鞋帽。蔡朝武见舅舅精神焕发，就买了两个装冰棍用的保温桶给舅舅，让他老人家夏天上街去卖卖冰棍，老人笑呵呵地说，这下可是鸟枪换炮了。想孩子们了就来外甥家里看看，两口子照例用炸酱面招待老人，只不过炸酱里肉多了。再炒上两个下酒菜，吃面条之前还能喝上几口酒，爷俩边喝边聊觉得这好日子过得真舒坦，就像那首歌里唱的"旧社会，好比是，黑咕隆咚的枯井万丈深。井底下压着咱们老百姓，……谁来搭救咱。共产党，毛泽东，他领导咱全中国走向光明，从此砸断了铁锁链，妇女就成了自由的人"。歌里虽然唱的是妇女翻身解放，石头舅舅却觉得也唱出了自己个的心里话，尽管天还是原来的天，地还是原来的地，可是这明朗朗的天地，却像从来没见过的那么好，让人心里觉得敞亮。

多年来的小贩生涯，让石头舅舅练出了一幅响亮的嗓音，可是对音律依然一点儿不懂，什么好听的歌都只会听不会唱。听了很多解放的歌曲，也想跟着学唱几句，最后只学会了一句，"解放区的天，是明朗的天"，无论到了哪儿也无论什么时候，只要高兴了就扯着嗓子喊这么一句，喊完了就哈哈大笑，自娱自乐开心得很。有人问他怎么老唱这一句，他就故意哭丧着脸，跟人家说，我倒是想多唱几句，死活也唱不出来啊！然后就呵呵地笑起来。笑完了又一本正经地问人家，要不然您再教教我，没准您一教我，兴许就学会了。气得那人哭笑不得，斜着眼睛瞪了他一眼，就你那左嗓子，多好听的歌到你嘴里也变了味，你拉倒吧。一番话逗得他又笑个不停，周围的人就跟受到了感染一样笑起来，个个都满脸笑容开心不已。

石头舅舅遇见生意好的时候，还把攒下的几个钱拿出来，帮衬大外甥的生活，有时候还给柱子买点小玩意和零食吃。只要一听见外甥孙子叫自己一声舅爷爷，马上眯起眼睛张开大嘴呵呵地笑个不停。

石头舅舅一个人自己生活，依然是每日里推着小车卖小零食和简单的儿童玩具，虽不富裕可是温饱不成问题，等到年纪大了一些之后，政府也对这个鳏寡老人有一定的生活补贴和照顾。小屋里也常飘出酒香，无论是一包五香炸蚕豆还是一包炒花生仁，他会自斟自饮自得其乐。若是赶上节假日，除了买几个小铺里的各类点心，还要特意买二两猪头肉之类的荤菜，给自己改善一下伙食。

石头舅舅熬过旧社会挣扎着活命的日子，再也没找老伴，自己一个人开心的生活，每日快乐的像个老神仙。一直活到九十六岁无疾而终，就像他自己说的，一辈子没干过亏心的事，永远也不会坑人害人，就应该平平安安地过一辈子。

新中国成立后国家马上着手建立各个工业部，从第一机械工业部到第八机械工业机部，从全国各地抽调了很多官员和工程师，在北京成立了几个筹备组。

蔡朝海的家距离八机部筹备组的地方很近，拉洋车路过那里，见到八机部筹备组招工的告示，把洋车放到门外走了进去。

走进门房隔窗见到屋里有一个穿着军装的年轻人，坐在桌子后面，就轻轻敲了敲门。

请进。穿军装的人听到有人敲门，抬头看了一眼请他进来。

您好，我看见门外的招工告示，是您这招工吧？蔡朝海走进门恭恭敬敬稍一欠身，打了招呼之后问了一声。

是我们招工，你认识字吧？我们需要稍微有点文化知识的人。穿军装的人和颜悦色地问他，强调了要有文化的重点。

是，我看了告示上的条件是要识字，我也确实稍有文化，但不知道是否合乎招工条件。蔡朝海心里有数，只要是要求不太高，就的问题不大。

那好，你把这个报名履历表填写一下，写完了交给我。穿军装的人伸手递给了他一张表格，同时指了一下旁边的桌子和椅子。

蔡朝海接过表格，才看见旁边还有一个办公桌，桌上放着笔和墨盒。落座之后拿起笔，在墨盒里沾了沾墨汁，想起自己很长时间没写字了，微微咧嘴一笑，把笔上下左右运动几下找了找感觉，提笔填写履历表。

请问先生，这个本人成分应该怎么写呢？蔡朝海填写到本人成分这一栏，不知道如何下笔，就问了一声。

你现在是做什么工作的呢？穿军装的人从文件中抬起头，笑眯眯地问他。

我是拉洋车的，洋车还在门口搁着呢。

那就填写城市贫民吧。

行，城市贫民。

蔡朝海填写完报名履历表，起身交给了穿军装的人。穿军装的人拿着那张表格看了一眼，眼前一亮，马上站了起来。

哎哟，你这笔小楷字写得真漂亮，你稍等等啊。穿军装的人说完用手示意他坐下稍等，就像发现了宝贝似的转身走向院子里，快步走到正厅的门前，喊了一声报告。

进来。听见里面有人应声，穿军装的人马上开门进去，进门立正站好向两个人敬礼之后说了一声：首长好！

正厅的椅子上坐着两个身材魁梧的军人，似乎是老朋友见面相谈正欢，见到他兴冲冲地满脸带笑进来，有点奇怪的互相看了一眼。

小刘，什么事让你这么高兴？

部长您看，有人来应聘了，他这手字写得真漂亮。

是吗，我看看。嗯，你别说，这小楷字确实不错。部长转手把这张报名履历表让身边的那位首长。

咦，他叫蔡朝海，你把他叫进来我看看。那位首长看了看报名履历表略一思忖，抬起头让他把人叫进来。

蔡朝海跟着小刘进到正厅里，小王把他介绍给二位首长。

首长，他就是蔡朝海，是个拉洋车的。

你的名字叫蔡朝海，那你认识一个叫蔡朝武的吗？

蔡朝武是我的哥哥，我们是亲哥俩。蔡朝海实话实说。

不错，你们哥俩长得的确很像。你尽快去跟你哥哥说，让他到第一机械工业部筹备组找我。我给你写个条子，让他拿着条子到这个地方就能找到我。我这儿工作急需一个可靠的人，让蔡朝武尽快来报到。解放军干部说完写了一个纸条，站起身交到蔡朝海手里。

我这就去告诉我哥哥，他也想找个事由养家糊口呢。蔡朝海答应了一声。

这是怎么回事啊？部长看到老战友这么重视蔡朝海，拿起暖水瓶给那个首长的茶碗里续上水。

我认识这个蔡朝海的哥哥蔡朝武，我在城里做地下工作的时候，被追捕到他家躲过一劫，应该算是救过我一次，后来还给咱们部队上运送过很多物资，这家人我信得过，可以用。

不错啊，你还碰上熟人了，蔡朝海同志你上过学吗，小楷字怎么写得这么好？

我没上过学，是我哥哥教我认字写字的，我哥哥小时候上过几年私塾，学过几年三字经千字文什么的。

是这么回事啊，既然我的老战友说信得过你，那就用你了。小刘你安排一下，这个工作就交给他了，尽量早一点儿上班。

是！小刘应答之后带着蔡朝海出了正厅，交代一番后二人告别。蔡朝海出门抄起洋车的车把步履飞快，一溜烟赶到哥哥家，把这个消息告诉给了哥嫂，也把那张纸条交给哥哥，突如其来的喜讯让一家人惊喜万分，各个喜笑颜开。

这个写纸条的干部是新上任的第一机械工业部汽车工业管理局的局长，正是新中国成立前曾经在蔡朝武家躲过国民党官兵追捕的韩老师，也是在战场接受过蔡朝武押车运送物资的解放军军官。知道蔡朝武就是蔡朝海的哥哥之后，马上就把蔡朝武招到了自己正在筹备之中的汽车工业管理局。

蔡朝武到筹备组报名之后，局长分配他当上了传达室的工人。过了几天之后，韩局长抽空把蔡朝武叫到了自己的办公室，请他坐下问家里人和这几年的生活和工作情况，最后很严肃地对他说了一番话。

　　蔡朝武同志，根据你的履历我们进行了调查，无论是街道邻居还是你工作过的那些单位，包括恒通货站、同乐电影院等等，对你的评价都相当高，身处污泥浊水的旧社会，洁身自好没有沾染一点恶习，老话说得好"德者得也"，你的品德让我们相信你能做好这份工作。而且你曾经对革命做过贡献，是有功劳的人，也是个可靠值得信任的人，从现在起你就是我们的同志，我们都是革命同志，无论干什么工作，都属于革命工作，都是为人民服务。韩局长坚定的语气，加重了这份工作的重要性。

　　蔡朝武虽然没有完全听懂韩部长的话，但是也意识到了自己工作的重要性，点了点头把这些话都记在了心里。

　　管理筹备组给他分配了住房，房子就在筹备组的四合院里，房间比原来住的大了不少，新刷的白墙使得整个房间亮堂堂的。他们也请来一幅毛主席的画像，贴在屋子正面大墙的中央。参加了革命工作以后，每月有了固定工资和公费医疗，一百八十斤的小米，从此不再过担惊受怕的日子，他的心里觉得舒坦，安居乐业对老百姓来说是一件很幸福的事情。

　　今天就要去上班了，蔡朝武正好三十四周岁，很庆幸自己赶上了好年头，日子过得有了盼头，穿上单位发的蓝布中山装工作服，挺直了腰杆精神十足，心里热乎乎地像燃起一把火。

　　姚秀敏高兴地帮他前后抻平衣服，剪掉衣服上的线头，又拿过那顶蓝色解放帽递到他手里，看着自己的男人的精气神，简直换了一个人，心里甭提多高兴了。蔡朝武整理完自己的新工作服，又对着镜子把帽子戴正，非常自豪地跟姚秀敏说，我这回的工作可跟从前不一样，我们局长说的，这回是参加了革命队伍，给革命做工作了，我跟局长都是革命同志。我们局长说的，我是对革命有功劳的人，还说我是可靠值得信任的人呢。

　　行啦，蔡朝武同志，这话都听你说了好几遍了，快走吧，第一天上班别迟到了。姚秀敏很少听见自己的男人这么唠叨，知道他心里高兴，自己也很开心。

　　你说得对，宁可早点去也别迟到。蔡朝武拿上妻子给他准备好的一个布兜，里面是茶缸和茶叶等等。蔡朝武临出门回头看了看墙上的毛主席画像，又看了看两眼妻子和她怀里抱着的儿子。

　　我上班去啦！蔡朝武跟妻子说了一句转身出了家门，迎着阳光大步向前走去，满脸的笑容与阳光一样灿烂。